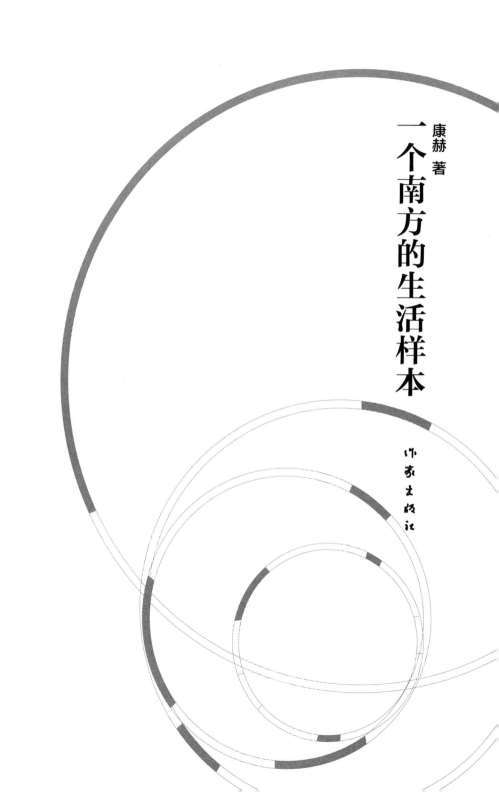

康赫 著

一个南方的生活样本

作家出版社

摄影：廖伟棠

康赫

浙江萧山沙地人，垦荒者和流浪汉生养的儿子，1993年8月始居住北京，经数度搬迁，从王府井来到了回龙观，随后从老家接娶了妻子，随后又有了一个儿子，其间换过许多职业，家庭教师，外企中文教员，时尚杂志专栏作者，大学网站主编，演出公司项目策划，地理杂志编辑，日报记者，戏剧导演，美食杂志出版人，影像作家，样态设计师，大学客座教师，当代艺术鞭尸人，影像写作倡导者，由实而虚，直至无业：一位从不写诗的诗人。"北京犹如沙地，是流浪汉们的故乡。"他说。因而他的命和他的父母一样，是垦荒。

目录

李得儿

麦
弓

李得儿

第 一 章

第一节
台球高手的新式拼音

"g——a——?"上门补课的五年级学生双手插在裤裆下危坐在沙发边缘，两脚并拢，半个屁股悬空，白领子上的风纪扣，紧箍着一根细脖子。

"g——a——"李得儿洁净细长的右手食指和拇指从外侧眼角滑向内侧眼角，在高高的鼻梁的低低的谷地会合，将两粒眼屎灵巧地搓成一坨，淡青色，半透明，黏胶状，无异味，天朝百姓特有的午后财宝，弹向了幽暗的窗玻璃。

"g——a——"五年级补课生翻起小方脸上的冲天鼻，猛然答道，"g——a咕!"

"好! g——a，g——a咕，闻所未闻，世界一绝，中国第二。"李得儿说着揭开了毛毯，一点式"啄木鸟"牌淡蓝内裤，覆盖着洁白灿烂的肌肤，那弹性十足的幽暗一角。他跷起双腿，屁股尖旋转九十度，在床单上拧出一个凹陷，走下床来，轻晃着因为漫长的午间小睡变得昏昏沉沉的脑袋，来到敞开的衣箱前边，从里面里拎出一件白色的"恺撒"牌 T 恤，套在脑袋上，说："这是第一课。"

他踮脚转过身来，从身后的书柜上抓起那瓶自制蛇酒，嘣，拔了软木塞，将一只眼睛贴在瓶口。一条棕色小蝰蛇立刻探过头来。嗯，两枚小毒牙依然晶莹剔透，只是，眼珠子已经被酒精腐蚀，蒙了一层白翳。蛇皮松了，肚子也瘪了。不能晃，不然底下的沫沫全都会漂上来。好腥啊。乳白色的沉淀物，全是丫醉生梦死之时之屎～恶毒！真他妈搞错了。应该先让丫饿上两天，等丫把肚子里的脏东西全都排泄干净了，再放将进去。多乎不多。下次可得记住。李得儿小心翼翼把酒瓶倾倒过来。一大队白泥便跟着泛了上来。他停了一会儿，将嘴凑上去。真他妈腥。营养肯定都在这腥味儿里。一小股阴阳怪气的白酒，混合着从毒蛇牙尖喷出的毒液，流向李得儿的舌头。这条与女人们做惯了口水交易的东西，自以为百毒不侵，这会儿怯生生地卷了起来，悬空着，怀疑着。是吐出来还是咽下去？To be or not to be？女人毒于蛇，没有问题我的王子，有半口是蛇大便。他犹豫片刻，咕咚咽下了。蛇头趁机溜到瓶口，舔了一下李得儿的舌尖。下去坏东西下去。小毒蛇张大白乎乎的嘴，两个弯弯的牙尖上还滴着毒液，吓得我忘了闭上嘴，正好让丫从容钻进我口腔，滑入我咽喉，堵塞我食道小肠大肠十二指肠盲肠和直肠，来到胃腔。但直肠好像在肛门的上一段。天哪到底是胃在上肠在下还是胃在下肠在上？这得看是先消化后储存还是先储存后消化。一个经院生理学的问题，与反经院营养学毫不相干。那就算了。我胃里的酸液够不够浓以便把蛇彻底销毁？腹部在燃烧。蛇在飞舞，向密闭的椭圆球囊的每一面带软刺的肉壁喷出怒火。千万别烧出一个洞来让丫杀进体腔去，那里有我手无寸铁的心、肺、腰、肝、胆。它横冲直撞，穿过胸腔横膈膜爬上肩膀，最后从我耳朵里横空出世。既然如此，就让丫在胃里撒点儿野吧。可那里也一样不设防啊，除了一个多小时前下肚的这会儿已不分彼此的米饭鸡块西装鸡太难吃嚼起来像豆腐皮儿萝卜干咬得牙都发酸霉干菜好吃下次炖肉记住了得多加糖西红柿哎醋早知道要消灭一条小毒蛇就多喝点儿醋了酱油猪油色拉油啊梅城的油渣面才是人间至味啊就数东门饭店做得最好酱油汤面上撒一把金黄的猪油渣再撒上一把切得细细的小葱绝了怪不得人家叫葱花呢行下了班儿就去东门饭店吃油渣面去对了一个老玉米这里的人却叫嫩玉米对了口香糖咖啡龙井茶一撮爆米花一只饭后梨一小块西瓜肯定有几粒瓜子儿马王堆这具不知名的九十年代男尸肠子里有一粒西瓜子儿抽过烟一堆混合烟的烟雾南方很难买到混合烟奇怪的是混合烟却大都是南方卷烟厂出的一个北方出生南方工作的烟民得去北方买南方出产北方销售的卷烟但烟不经胃而是由肺部吸收一小部分进入血液循环大部分重新由呼吸道排出体外你丫抽烟过肺吗我可不是形式主义烟民正宗得叮当响将以肺癌送终的烟民酒烟茶一起上简直就是大染缸啊烟熏之酒润之茶涤之我喝茶时咽下过几片茶叶要是每片都吐出来就太麻烦了这是喝中国茶的乐趣人的嘴唇与自然的茶叶直接接触哪怕有数不清的麻烦照样比你英国茶有滋有味有香有声有色有形还有什么还有什么不管了对了半只生辣椒一根黄瓜对了昨晚还喝了一大杯牛奶昨天的不能算我根本不知道自己吃过这么多乱糟糟的东西得倍加小心不然众元素混合定将产生难以预见的副作用甚至毒性有一天中毒而死死因不明老爸号啕大哭他捶胸顿足啊啊啊死因不明啊我的儿子还有什么还有什么不管了，除了除了除了就只有一片胃酸的大海了。腹部在燃烧。人与蛇的剧烈搏斗正在进行。双臂张开仰面朝天的拉奥孔。痛苦还没有扭曲一切。请在这儿打住。就在这一点上，悲剧发生前夕最静穆庄严的一点，最能显示崇高美学的一点。李得儿从嘴上挪开酒瓶，看到那条小蛇软软地滑到瓶底，搅起一团更大更混浊的白泥。

"你来一口吗？"他问五年级补课生。

对方正在抚弄竖在墙边的那支气枪，这时抬起头来摇了一下。

李得儿把酒瓶放回原处，从写字台抽屉里拿了一盒铅弹，有点儿沉，扔到五年级补课生怀中："推开后门，便到了西山脚下，墙根有一烛台，点上蜡烛之后就可以试一下你的枪法了。不过你得站到外头客厅去射击，不然距离太近了，缺乏难度。这是重磅气枪，压气的时候要小心。这把枪有些偏差。我的左眼有视偏差，我是按着它校正的。你得重新校一下。"

五年级补课生低着脑袋费力地扳开了压气杆。可别轧坏了手指。咔嗒。拉到头了。没事儿了。李得儿缓缓掉过头去，踩着"冒汗"牌地板走进了卫生间。他用冷水轻轻打湿面孔，挤出一点"柔柔柔"牌洗面乳均匀地抹在脸上，等会儿，得让洗面乳和肉眼看不见的小灰尘做足至轻至柔的化学反应。客厅里传来啪的一声。一个铅弹飞出。烛火纹丝不动。绝对的。都跟你丫说了得先校一下枪，不校哪成啊？他听到五年级补课生抽鼻子的声音，随后是脚步声。丫进卧室去干吗？要是没打中就该再装一粒铅弹接着打呀。莫非，打中了？！重新去点蜡烛了！李得儿拧开水龙头，用"富氯"牌自来水拍了几下面孔，睁开眼睛，一滴水珠滑进了眼眶。酸。涩。眼泪出来了。没洗干净，还得再洗一遍。拍拍拍拍拍。一百下吧。可以了。他拿干毛巾擦了把脸，又听到了五年级补课生鼻子抽抽的声响。"简短的第一课。"他边抹着"维纳斯爱液"牌面霜边大声说。没反应。阴阳怪气。我早就看出你丫是个十足的捣蛋鬼。他弯腰站在妆镜前，往黑发上挤了一团"宋玉"牌发蜡，拿起"象牙"牌塑料梳子，从额头开始，一手轻压梳子让它铲匀了发蜡，将光滑的头发细致地分向两边，继续大声说："从中，我已看到你混乱的过去，蒙昧的现状，以及，远大的未来。"啪。又一个铅弹飞出去。烛芯断裂？火苗灭了？还是刮一下胡子吧，早上才刮过，一睡午觉又长出了一截。胡子和头发都是在你没有防备的时候偷偷溜出来的。"胡不归"牌剃须膏已经用完。挤。空空空空的叹息。只好生刮了。又抽鼻子。把丫小冲天鼻给割了。咔咔。下颌上胡子被生硬地连根割断。李得儿说："请转告令尊谭老板，户外你是天才，屋里你是傻×。你的学堂是马路公园和广场，露天台球摊和半露天游戏机。现在，补习结束，永远地结束了。"李得儿放慢了剃刀，让它从脸上唯一的那颗小青春痘光亮红润的表面缓缓滑过，但也因此不得不放过紧挨着它的那根胡子。他让刀锋自下往上抹去。嗤。嗯，行了。

"谢谢老师。"李得儿看到五年级补课生站在卫生间门口，认真地向自己鞠躬。

"不玩儿了？"

"不玩了。"

"打开风纪扣了吗？"

"没有。"

"打开了再走吧。等一下，你平时都玩儿些什么？捏泥巴？捉迷藏？打扑克？摸女人屁股？遗过精吗你？"

"斯诺克，其次，电子游戏。"

"能二击子打 KISS 球吗？"

"能背杆击母子碰第一子碰第二子碰目标子进洞。"五年级补课生背课文似的说，把自己的天赋陈述得如同一件过错那样客观。他看着李得儿，毫无表情地嚼着上嘴唇。

这小小的脑袋已在向妻子心灵商量孕育一团喜悦的情绪了。那就再推它一把。洞察一切的催生婆李得儿，决定在它即将降生的出口处铺上一块温暖的软垫。他把脸拧得歪歪扭扭，让皮肤绷紧，然后挥动剃须刀，刮起了另一边的胡子。

"吹牛不打草稿。本人业余九球九段，从未在场面上见过你这位背杆三击子双 KISS 的高手。"李得儿说。

"我见过你。"小学生一把抓住自己的衣领往一边猛扯，动作固执又夸张，似乎不是要打开风纪扣，而是想要把自己的小脑袋从肩上搬走。领口开了。就像初生的小草，他细长的脖子在敞开的领子里扭动着舒展开来。

见五年级补课生眉开眼笑，李得儿也暗自得意。接生成功。

"你打的是露天台球。我两年前就打完这种低水平台球了。"五年级补课生说。

"你的意思是说，你是真人不露相，是在体育馆对面那家小台球房打二十块钱一分的顶级高手？"

"你去那里找我，我每盘让你三十分。"

"每盘赢我六百？得，还是拿它们滋润你那些任课老师干瘪的钱包吧，你的成绩单就不会这么红成一片了，赶紧的。"

"要会考了，说道这次模拟摸底不能以前那样将就了。"五年级补课生往两边牵动脖子，考试的阴影让这根细小的脖子一时重新变得僵硬。他嚼着嘴唇，不时抽一下冲天鼻，愣愣地看着李得儿。没有坚持太久，他忽然"嘻嘻"咧嘴假笑："上星期我抢了卷子，语文老师还没发我就抢了。"

"釜底抽薪，牛×！"李得儿摸一下青光长亮的下巴。滑溜滑溜的。一根根纤纤玉指从上头蜿蜒而过。她们闭起双眼，嗅着附近哪儿发出的兰麝之气，春情摇荡。"然后呢？"李得儿问。立马筋酥骨软，玉体乱倒，两腿跷高，喔操。揭起你的盖头来，让我来把裙儿掀。

"语文老师就来追我，一直追到男厕所门口。她不敢进去。等她叫来男老师，我早就把试卷扔进污坑，跳窗逃了。"五年级补课生短促却诚恳地笑了一下。他看出来了，这等儿科业绩根本不够格在我李得儿大人面前炫耀。五年级补课生于是最后抽动一下冲天鼻，说："我走了，老师。"

李得儿扬起下巴，往镜中水仙般的倩影投去深情一瞥，小心着魔，不不不，女人的身体里有我最好的倒影，这才让手中的剃须刀咕咚落进水池，用一股急速的清水，将刀口的断须一古脑儿送入下水道。可惜了。应该把每一截胡须都交给我们伟大的女性，将其最大限度合理利用。请踊跃认购"得儿"牌断须，五块一截不论长短，但请事先清洗手中垢鼻中屎，在第一时间将得儿麝香这一稀世商标铭记于心，以免与其他劣等杂毛相混。李得儿走到五年级补课生旁边，拍拍他的肩膀："你的牛×，唤醒了我更牛×的记忆。"九岁就开始勾引班主任了，爱哭爱发呆爱受委屈爱忧郁。装得可真他妈像。那位十八岁的高中毕业生，叫王什么来着，真他妈漂亮，终于有一天，让我尽情搂着她，在她怀里痛哭了一场。牛×啊。之后这就成了家常便饭。

"放学了，去你的故土走你的旧路吧。"李得儿说，把五年级补课生轻轻地推出了门外。

"学费放在你桌上。"五年级补课生傻呆呆看着李得儿说。

"今天的？"李得儿愣了片刻，问道。

"今天的。"

"哈哈，你打台球赢来的。"

"是我爸爸让我走之前给你的。"五年级补课边说边下了台阶。

"行。课不用来补了，但若是你父亲谭大人有钱没处扔，就全都送来好了。"他冲着孩子的背影大声说，关上了结满水珠的松木门。卧室门也在冒汗，地板上一片水影，全是"多汗"牌。"南方的气候多养人。"我妈说。您自个儿过来养一段知道怎么回事儿了，冬季或是梅雨季都行。可不能拿这话去刺激她，说不定真的就搬过来跟我住了。虽说我一向把您老人家当作亲妈对待，可是，唉……为了保湿，她们连命都可以不要，更何况她的新一轮夺夫大战才刚刚打响，虽说我爸不思进取找的女朋友无论年龄还是长相一个比一个更接近我妈，可在细胞的水分含量之争上，她向来都输得很惨。在四十和五十之间，女人的每个生日都是一次辛酸的大溃败。行吧。

气枪已回归原位，以原角度斜倚西墙。桌上放着那截被打烂了的蜡烛，从上到下等距离十个洞孔，虽说大小不一，却全都擦芯而过。烛体寸断，却依然能连成一线。牛×，远在我之上。还真有可能是一位斯诺克高手。可惜我两只眼睛一个近视一个偏视，都不正常。"哎哎，酒全都倒在外头了。"胖子高月半叫起来。谁能保证我喜欢的女人不全都是丑八怪呢。这不会。鲁芳芳，微笑着看着我。她看我的时候总是那个笑容，不冷不热不放光，可就是好看。脖子上的蓝点子，好诱人。能摸得着吗？不管摸不摸得着，不管我看偏了有多少，她脸部的其余部分也会跟着作同方向等距离偏移。所以，我看到的她仍是别人看到的她。我心中的美人也仍是别人心中的美人。区别是我胜利了，而他们只是看到了。我也错过了。痛心。夜里她来找我。我正跟噢，那个那个噢白薇薇，疯女孩，惊心动魄的一夜，借着一股子疯劲，不是骚劲，光着身子在我面前转呼啦圈。阴毛乱飞，双乳叮当。不是疯狂，是精神失常。这病由�卵抽一抽，就抽好了。病虽定然抽好，祸也绝对惹上。幸亏早早了断。那张娇嫩的面孔，没几天就长满了青春痘。惨哪。看上去更像个小疯婆了。再不能去江南大厦。有好几个漂亮妞。不行。危险。"π看上了他对面柜台的白薇薇，真当。"胖月半说。这事儿不能让他们知道。这苹果有些干了，扔了吧。你的使命早已完成。李得儿抓起苹果扔进了墙角的垃圾筐里。东晋破陶缸。两个烟头。吕蒂蒂从她那位傻瓜丈夫那儿偷出来的。"真是东晋的，只是不值钱，当烟灰缸可能还不错。"她说。国家三级文物，价值五块。若贩给老外能判上三年。底下是，一张一百块。丫还真留了学费。李得儿从烟缸边上捡起最后一粒洋参丸扔进嘴里，仰起脖子，跟上一口隔夜开水。这口有些走味的凉白开透出参液的丝丝凉意，传遍他全身每一根经络。他闭上眼睛，排除了一切杂念，以免错过整个滋补过程的哪一个细节，因为这不光是一种享受，还是一种监督。哼，哪个营养分子都别想舞弊，溜到它不该去的地方。下次碰到 π 问问他大小周天的线路，以便最大限度吸收滋补品中的乾元之气。完了。我刚才喝过一口蛇酒。是否会起反应？也许已经开始了。中毒身亡。诊断书：死因不明。"我知道，"我从停尸车上挺起身大声说，"是由于食物结构过于混乱。"边上所有解剖医生一个个目瞪口呆。老爸号啕大哭。可怜的孩子啊，死因不明啊。柜台上竖着一大瓶药酒，里面泡着三条毒蛇一支人参。既然可以公开出售当然安全可靠，比如中草药。蛤蟆干蟑螂干蝎子干蜈蚣干蛇皮干蝉壳干鸡肫皮干苍蝇干蚊子屎干。屎干？麦冬干枣子干枸杞干红花干地黄干茯苓干草灰干。灰干？小小的铜盘秤。鼻梁上架老花镜的老头，低头瞄你一眼。

秤杆翘起小铜砣，
三钱薄荷四钱蛤蟆油。

药到病除。李得儿舒出一口气，睁开眼睛，伸出食指和中指，从那张百元大钞底下拎出一张电信局寄来的停机通知单，歪着头凑过去，大声地：

"因李得儿大人拖欠本局电话费逾期未结故自今日起暂停1234567之通话服务待电话费及滞纳金悉数补交后可重新申请开通。"停机通知单从李得儿指缝落下，轻轻磕了一下桌沿，擦出嘶的一声，飘向"多汗"牌地板，在快要落到地面的时候，轻荡一下又重新扬起，慢慢悠悠飞回到李得儿大人面前。嚓嚓，嚓嚓，它摆弄着优美的舞姿：

"你真要把我扔了吗？"

"就是。"李大人说完对它吹了一口气。它飘开了。

"看清楚了吗？"它在废纸篓上方缓缓降落。

"别让我再看到你。"

"一百块。"它在那张百元大钞上轻轻蹭了一下。

"少啰嗦。下去坏东西下去。"李得儿一挥手把停机通知单打了开去。去自个儿的棺材里呆着去！

"一百，够了。"它再次一扭一扭飘回到百元大钞上方。

"就不缴。"

"读我一遍，再读我一遍吧。"它一动不动地停在了空中。

"就不读。"李得儿扭过头去。

"我必须去废纸篓吗？"

"没错儿，赶紧的。"李得儿不耐烦地挥了下手，再不搭理。

它垂头丧气，缓缓飞向墙角那口带网眼的筒状棺材，心灰意冷，嚓，落在了里头，从此结束了自己高高在上作为害人精停机通知单的一生，永远与卑贱肮脏的垃圾为伴。

第二节
艳史回顾

李得儿把桌上的一百块学费塞进了软瘪瘪的"永不枯竭"牌钱夹。Money money money, must be funny. 得去财务科借钱了。多借点儿，不然通知单二世还会来搜刮民膏的。财务科的娘儿们嘴短耳根子软，用一堆甜腻腻的恭维话软绵绵的口香糖打翻她们。五千吧。恐龙水就不必了。吕蒂蒂不喜欢。"噢，你的气息。"她深深嗅一下我的衣服，边抬头边轻轻叫道。她自己爱用娇兰，还是狗兰？出自广东鸟语吧。倒是得赶紧弄一些洋参丸回来。还得去一趟菜市场，战备桥下，看看有没有眼镜蛇或是银环蛇。什么时候弄一条大蟒蛇吃。三百多块啊。还是泡酒容易吸收。这条小毒蛇刚才搞得我有些恶心了。可有什么办法，蛇酒确实管用嘛，大蟒蛇泡酒自然效果更佳。情场多险恶啊。要不备好一副好身子骨，难保一阵马上风，顷刻毙命。没有金刚钻不揽瓷器活。就算有了金刚钻，要将它保养好也不是件容易的事，至少不是一朝一夕的事。就目前而言，将电话重新通上比什么都要紧。不然她们还会不时给你来一次突然袭击。怎么也得有个先来后到啊，可不能再撞车了。她们才不会在乎呢，或许还就乐意看到那种闹哄哄的场面呢。为了独霸秃头魔鬼，这些地狱天使甘愿在魔窟门前挤作一团，看看谁的地狱之口张得更大。

小指无名指中指食指。四个。也忒热闹了点儿吧。敢情是来我这儿演堂会戏来了。小疯婆白薇薇。真没兴趣。"哎我们下围棋怎么样?"小南瓜脑袋里有的是这类破点子。只好摆出来喽，以我业余一级的棋理指导刚能分辨虎口和眼位的业余零级对手。一局未了，来娣娣破门而入。一路尾随? 还真有可能，满脸桃红却故作轻松，笑着说:"噢，你们正在捉对厮杀。"

操。你们正在捉对厮杀。这是什么屁话! 李魔头恨恨不已，一咬牙，把一只椅子搬到两军对峙的中间地带。白天使大大方方邀请全然棋盲的来天使索性充任裁判。棋盲来天使当仁不让，款款落座。她看得仔细，把两位棋盲尴尬的沉默当作了激烈的较量，于是，倒吸一口酸气，轻叹:"你们双方的战斗已经接近白热化。"操。战斗已经接近白热化。这又是什么屁话? 白天使听到此番评语，立即抿嘴一笑，把一枚黑子填入仅有两眼的己方气孔，毫不客气地杀死了自己一大片活棋。噢真恶心真他妈的恶心真他妈的恶心。要吐了要吐了。那天可真是点儿背，进门时居然没看到门前的一地瓜子壳，和涂在门上的两行石灰狂草:

李得儿混蛋，找你四次不见! 吐你一地瓜子壳。

吴琳琳! 要不是后来吕蒂蒂看到了来取笑我，就会留过夜。亮光光老王早上一下楼就会看到，然后就立马传遍全局。幸亏吕蒂蒂那天来得晚。那就不是四个，操，是五个! 实在是太他妈热闹了。

嘻嘻。哈哈。吴琳琳对两位棋手一位裁判瞧都不瞧一眼，仿佛来此之前，脑海中一直勾画的便是眼前这幅图景。小机灵鬼，这里刚才发生了些什么，她会不知道？猜？才懒得花这分力气呢，她一定在心里对自己这么说。这说明，羞愧难当啊，操，我这种生活真他妈毫无想象力。她把一大包食物啪地扔在桌上，顾自倒进了那张空中摇篮，脸朝着天花板，嗯——，叫得多么悠长多么舒坦，寻寻觅觅一整天，此时终享其成。她边晃着吊床边哼一支小曲儿，没头没脑地忽然亲热叫出一声："李得儿，"略作停顿，以示悠闲，"我运气还不错，留着吊床可以躺，真是太好了。"吊床横过支离破碎的棋局，从靠山那面的窗栅到这边的门楣，一晃一晃，发出吱吱嘎嘎的声响。噢，跺脚跺脚。心乱心乱心乱。两位糊涂棋手横下心，铁钉一般钉在原处，决心将人局棋局一并搞死。"我退出。"李得儿说。裁判怒目而视："单方退出？""退出。"李得儿说。裁判警告道："那就是认输！""我认输。"李得儿一个劲地点头。吊床上的吴天使突然哈哈笑了两声。白天使乱了方寸，急忙问："那么我们现在做什么？"李得儿不安地等着吴天使再哈哈笑上两下，她却忽然站起来，将漂亮的脸一扬，说："我走了。"还真走了。不回头，不甩门。太可耻了。"好！"李得儿大叫一声，"我们也走！"那两位天使僵着面孔相视一笑，同意。李得儿低着头，一个劲地抹棋子。以乱抗乱，以乱抗乱，不许嘲笑自己！走走走走。可你还是得客客气气，坚持到底："我送你们出去。"事已至此这两位居然还在犹豫。走走走走。"我这儿很潮。"李得儿说。"你房间里还是挺阴凉的。"一个说。"是挺阴凉的。"另一个说。她俩居然还有心思唱双簧。还没完呢。路口，碰到了鲁芳芳。背，真背。怎么约都约不到她，这会儿从外地演出回来，踩着之字步，来了，凑热闹来了。"嚯，今天那么热闹？"鲁天使开心地叫起来。"热闹死了。"李得儿说。"不想请我去你家坐坐吗？"鲁天使笑着说。"要不，我请大家喝茶去吧。"李得儿说道，像个受刑犯似的。"既然是'要不',那就算了。"鲁天使说罢便转身而去。那两位一直一动不动地站在一边,打定主意不让李得儿作弊。这叫一个乱啊。幸好吕蒂蒂晚来一步,不然可真死×了。李得儿叼起一支烟,从边上取过雪亮的"烟斗"牌镀铬打火机。叮,拇指弹开盖头,同时向左一划,转动火石轮。雪白的棉芯亮了。一二三四。四天了。蒂蒂恰恰啼蒂蒂恰恰啼。无论如何得来一下了。今晚无论如何无论如何。有些毛糙的内壁。略有阻碍的推入。在一股吸力下缓缓抽出。她水可真多。胀。起来了。操,不能想。"啄木鸟"被顶开了。李得儿低头看了一眼,红色的龟头已贴着腹部升到了松紧带外头。不行了。今晚无论如何无论如何。他连吸了两口烟,把烟灰弹进了东晋陶罐里。

李得儿站起来朝吊床走去,脚尖碰到了地上装聋作哑的电话。他踢了它一脚,让它在"多汗"牌地板上吱溜滑开去,随后往回一绷,话筒飞离了主机。李得儿跳上吊床,身子往后仰,伸手从底下的箱子里摸到一条黑色"撒旦"牌牛仔裤,使劲往前一甩,两条光灿灿的田鸡腿紧跟着灵巧地一挺,溜进了裤筒。双腿缓缓垂下,脚尖刚好碰到地面,顺势轻轻一点,晃上了。晃啊晃。咚咚咚咚。为什么我就感觉不到呢?咚咚咚咚,踩着一级级台阶缓步上山,四周是白蒙蒙的雾,阳光弥散在雾的上方。随着呻吟和痉挛发作,隐隐的忧伤开始上升,冲刷全身的肌肤,在风一般一片片突起的毛孔里泛滥开来,毫无节制地发出汩汩的声响,直至将她推出云雾,来到光辉至福的山顶。为什么我感觉不到?是我操她而不是她操我的缘故吧。你永远不能真正了解女人,因为你永远无法搞懂她们的高潮究竟是怎么回事儿。都完事儿了,她们还能缩成一团抽风似的抖上半天。我没有体验过高潮,也许永远体验不到了。管它呢,我是来享用的,不是来迷失的。谁说品味美酒非至于烂醉?一位高度近视的书呆婆,文绉绉的,倒不难看,做爱时方显野性。那副无所顾忌的样子可真叫人害怕。第二年又千里迢迢赶来想要重温吊床春梦，吓得我赶紧先把这张吊床拆了。委屈了，上棕绷床吧。地狱之火难以点燃龟头的坚冰。她失望了。居然如此挑剔。抽好了她们的淑女病，倒抽出了她们的荡妇病。为治病救人而惹火上身。切记切记。她就死不明白，由怜悯心支撑的情欲只能是一次。第二次就得装模作样了。天哪，要是她再次出现，我再怎么装它也不会有模样了。天哪她叫什么名字来着。鲁芳芳来娣娣可怕的女孩白薇薇疯子吴琳琳张婕婕猫咪咪我永远不会忘记。可是她叫什么来着？刚上火车，我还没有找自己的座位，就看到她穿着红裙子，眼睛盯着我一动不动。她边上有一个空座儿。她身子在颤抖。第一眼见到我就想做？不是。就是抖。控制不住。就是抖。我一个劲想，你要坐下来了。你一定会坐在我这边的。就坐这儿吧，挺好的。小姐这儿有人坐吗？没有。很好。从上车见面到下车做爱共五个小时。本来我还犹豫着是不是顾自回霉窝，可她忽然不说话了，不高兴了。我帮你找那个培训学校吧，杭州我很熟，我说，风光旖旎的城市。只是太烂太烂，我心想，从钱塘桥蜿蜒而下两边多毛的阴道，直通西湖的子宫。谁都在那里踩上一脚。于是满城尖叫。这破×。应该把西湖从杭州整个儿端走，这样杭州就通没用了，但肯定，丫的宫颈糜烂病也就给治好了。四年。从学校到西湖走两个小时，逛上一夜。快到学校时天快亮了。一棵青橘树。挂着几只青色的橘子。立马满嘴酸水。你能替我摘一个吗？她笑着看着我，又仰脸看看树上的橘子。分明是挑逗嘛。她们通常都以挑逗来激励你。立马你血就涌上来了。我爬了上去，摘下两个，给了她一个。你能咬一口吗？我立即咬了一口。她盯着我，笑着。咽下去咽下去，她咯咯笑着催促。眼睛瞪大了。我咽了下去。这叫一个酸。口水流出来了。你也吃吗？我说。不吃。她往幽暗的天空抛着青橘子。陪伴我午夜漫步的猫咪咪。雨后，我俩面对面紧挨着站在学军中学门口墙角。为什么我这会儿看到的是我们两个人，斜倚着花坛后面黑暗湿漉的马赛克墙角，而不是她的脸？是不是在我们迷失的时候，永远有一个魂，远远站在我们身体外面观望着我们自己？我那会儿很难过。那会儿我总是很难过。是为什么？忘了。她说我抚摸你吧，我来抚摸你你就会好一点。我没有说话。她解开了我的皮带，将它拽到了外面。哦，她看着它轻声惊叫。午夜的小阵雨闪耀在路灯前。两个男生没带伞，在前面马路上匆匆跑过，快活地轻声喊叫，骂骂咧咧。猫咪咪嘿嘿笑起来。我也笑了。她拿拇指在它顶部来回轻轻滑了几下，将它放了回去。我们做吧。那天有吗？总是随便找一块草皮一个墙角一张长椅就做。我心爱的猫咪咪，我总是写诗送她，多么开朗多么迷人。我的心情却总是不太好。我在她学校里四处找她。教室，寝室，阅览室，舞厅，小树林。那天晚上我多么想她，想得都要哭了。我推开她们系教研室门，她一个人在里面看书。她对我说着什么来着。她的毕业论文？我什么也没听进去。她目光忽然变得迷离，抬头看看我，说："亲爱的，外面下雨了吗？""没有下雨。"我说，"为什么你说外面下雨了？""看你的样子就像是外面下雨了。"她说。我立刻破涕为笑。她搂过我的脖颈，用温暖湿润的唇来回地吻我，说："小傻瓜，我一天都坐在这里，写论文，你来正好，帮帮我吧。"于是我坐到她边上，边抚摸她的乳房边滔滔不绝说了我对那个论题的观点。那会儿她是我时不时发作的悲伤病的神膏，只要她银铃般的嗓音跟我说上一句话，只要她给我温暖的一吻，再大的悲伤也立即烟消云散。现在这声音变质了，有了土里土气的满足感。"我正在变形变态。"她在电话那头说，完后轻声笑起来。"什么变形变态？"我说。她继续轻声笑着，说："不说了，你会受不了的。"这才知道她怀孕了。不是一直怀不上吗？那个病快快的善良的丈夫。让人帮忙了？！她那个德语系老乡干的？！大傻×。操，在学校的时候我就烦这大傻×。他在操她。操，真他妈受不了。她这会儿肯定两颊凹陷，颧骨突起，脸上布满了妊娠期雀斑，穿着一件临时赶制的宽松连体衫，以便让两腿可以自由自在地撇来撇去。所有的感觉都被肚子里那团浑浑噩噩的肿囊给吞没了。她一副心满意足的样子，说不定还一手握着话筒一手慢慢地在自己高高鼓起的腹部来回摸呀摸呀的。她居然让我听到了她微微有些急促的喘息声。故意的。她不明白这已完全对我不起作用。真可恶。才二十六就这个样子了。你有什么办法呢？她伴我度过了大学四年。要不然我那四年不知怎么过。乱，真他妈乱。一次开除四十个，体育系的，什么系都有，往五楼搬了不少沙发，打牌喝酒抽大麻玩女孩。被开了。四个男生楼里放起了鞭炮，窗口彩旗飘扬，夹道欢送我们的英雄们。那位物理系的俊男笑着朝各窗口不停举手致意，赢得阵阵赞美的吼叫。他走到小卖部前，立在窗前台阶上对里面那娘儿们说：我走了。那娘儿们一张丰腴的宽面孔，粉嫩的。看她的脸仿佛就有一股暖烘烘的气息向你吹来，旺盛的。饿是杭仄人。银铃般自信阔绰的嗓音。那会儿居然羞得不成样子，呼地扭头就往里跑，没忘了留个左右扭动的丰盛的背影。那位物理系的温州俊男还站在窗口。外围的男生都大叫起来。那娘儿们这才满脸通红笑着走出来。"你仄欸啊？"她雾腰轻晃单手抿嘴笑个不停，"祝你一路顺风。"顺风。顺。往上挑。迷人的杭仄话语。迷乱的四年。只跳过一次黑灯舞，旅游系楼上最后一间教室。后半夜，女孩们都歪在墙边椅子上睡着了。我拉起一个。她倒在我怀里，闭着眼睛和我跳。我拿拇指抹了一下她的乳头。没反应，当然没反应。就算不在黑灯舞上，有些女孩你这么动她她也照样没反应。一会儿她就贴了上来。柔软的身体，荡开一团团持续从肌肤里溢出的暖意自我胸口向我的脖子蔓延，如同连绵不绝的钱江晚潮，让鼓胀的欲望自由流淌，让紧张的手指停止颤抖。这边腰部臀部这边胸脯小腹。不拒绝，不蛮进。有那永恒的自甘堕落的邓丽君相伴，慢三加慢四，邓丽君。"不理。哈，她不理。lěi du bù lěi。

那我有什么办法，只好，再干。呃。"陈蚕说，将再干两字说得特别短促有力。再干。"天哪，可不能这样，"陈蚕说，"到天亮一看，哦，真他妈想给自己两个耳光。绝对是两个耳光。真丑。哦真丑。可你还得对她保持礼貌，对吧，还得保持礼貌。这可没办法，没办法。"他故意将办法说成 bò fo。有什么 bò fo。幸好旅游系的不爱打架。体育系对面是法律系。非法之徒受不了啰里叭嗦的法律，动不动就干起来。四个体育系的围着一个四十多岁的进修生打，用刚充了开水的水壶砸他。给打残了。不能去惹体育系的，他们看上的女孩绝对不能去动。好险。幸好我没有再打那体育系娘儿们的主意。她站在远处，轻跳一下，助跑，稍顿，加速。背部升起来，一越而过。迷人啊。险啊。砰一拳将我脸打歪。那我就完了。他们将一个拿斧子的杭州佬儿扔进了上宁河。瘪几几上岸瘪几几走回家吧，一路抹着泥水脸，从我和猫咪咪身边走过。幸亏他们没有看上猫咪咪。居然跟她厮守了四年。只背叛过一次。谁都知道陶萍的大腿全校最美。外语系花。看哪陶萍的腿！在五千米跑道上，像鸟儿一样在轻轻跳跃。冲她的美腿才做了那事的。谁会放过呢？她勾引了我，借看老乡来我们寝室，一直赖着不走。"能去你租的小屋看看吗？"竟然没做好。是她太厉害还是我太心虚？纯洁的我。四年。我在这里生活过四年，我说，离我现在的住处只有一小时汽车。书呆婆舒心地笑了。她叫什么名字来着？生在长白山长在哈尔滨大学在青岛工作在合肥。算了。我们直奔她那个培训学校边上的旅馆。也没这么急。夏天嘛。花了半小时冲洗身体。要不然。夏天嘛。对了还吃了晚饭。三个小时车程加洗澡加吃饭，加湖边序曲。她在湖边嗯嗯叫着，身体不停往后边的小湖仰开去，差一点儿就跟她一齐下湖里去了。要真那样，也行，水下搞，没问题。跟张婕婕，就在后门外头。暴雨让所有窗户都紧紧关闭。谁也看不见我们俩就在他们底下的阳台干。我握着她的腰，举到半空。楚腰纤细掌中轻。谁的词来着？韦庄秦观柳永？真正的嫖客才能写出这样的词句来。我俩之间隔着暴雨。她的身体耸起在半空，头发贴在脑门上。雨水顺着我们的脑袋手臂和胸脯，流到我俩身体交合的地方，在那里发出噗噗的声响，像放屁。可你来不及笑，得不住地甩头，把雨水甩掉。耸起降落耸起降落。她的嘴张着，双乳在密密的灰白的雨线里上下飞舞。她仰着脸在暴雨里喘息，刚想说话，雨水便堵住了她的喉咙。她就大口大口忙着吞咽雨水，好不容易从我的脖子上腾出一只手来，抹了一把脸说，你疯了。随后她的面孔又消失。鱼儿似的，李得儿心想，他转过头，望着窗外的高墙和从墙顶一直向上延伸的山岩。已经看不到阳光，估计已经过了一点。逍遥的时光结束了。我结婚了，她在信上说，找到你的海伦了吗？她又该是什么模样了呢？那时她多美啊，在圆明园的废墟后头，坐在一堆乱纷纷洁白无瑕的汉白玉上面。粉色的连衣裙，柔软的，毛巾织体。平跟拖鞋。阳光透过她长长的浓浓的眼睫，底下一双柔和的大眼睛在闪动。"嗨，替我照张相。"她向我招着手说。咔嗒。"我也替你照一张。"她举起相机。咔嗒。她的相机。那就意味着她得要我的地址了。"我们走吧。"她说。我跟在她后面，被她的步伐迷住了，扁扁的，在洁净的空气中飘着，像是没有踩在地上。玩了一整天，到傍晚才互相告知姓名。骑自行车去长城，过了昌平便全是山路了，一直都得推着。眯起眼，抬头看。太晒了。水喝个精光。她的体力可真不赖。上了长城天气忽然就变阴，风呼呼地吹。上面没什么游客。再往前爬一会儿，就只剩我们俩了。她站在城垛前让我照相。大风噼里啪啦拿她的衬衫打着她饱满的身体。她流泪了，之后再没有跟我说话。下山的时候她根本不刹车，飞快地在山谷里转来转去。我在后面跟着，被越甩越远。我一直在用车闸。陡坡。急转的弯道。可怕。她胆儿比我大多了。我爱她。结婚了。回北京再想见她恐怕不一定方便。她知道我是什么样的人，从来就没对我抱过什么希望。"只是一不小心着了你的道。"她说。她偷看了我的日记。"你怎么可以同时有两个女孩呢?"她被气哭了。我他妈的写什么破日记。一张照片掉了出来。"我在街上见过这个女孩,"她指着吴琳琳说,"长得还行嘛。不过没我好看是吧。"我顺手从桌上拿起一个苹果递给她说:"是的,这只金苹果是属于你的。"她接过苹果笑着咬了一口,说:"谢谢。"我吻她。她只是让我碰了一下她厚厚的嘴唇。"你会找到你的海伦的。"她说。"那维纳斯呢?"我说。"人与神之间得保持距离。"她说。"接吻呢?"我凑过脸去。"一个手指的距离。"她举起一个手指将我脸挡开。可最后我还是碰她了。我俩在香湖游泳。西湖可以游泳吗她问我。骑了一个多小时到苏堤,分头下水,没游到三潭印月就回来。累了。她躺在我怀里,柔软的肩膀压在我那上面。立刻起来了。她居然没察觉。风吹着。湖水在我脚下发出噗噗噗猪吃稀食似的声响。西湖可真烂。张婕婕喜欢得不得了。真是一个谈恋爱的好地方,她说。确实挺迷人的。往回骑到钱江桥的时候天亮了。她边骑边睡着了。她穿着一件水磨蓝的真丝背心,真丝短裤,有气无力地在我前面骑,湿漉漉的白色胸罩和内裤在她的车架上飘动,像淫荡的手臂。都快出桥墩了,她擦着水泥栏杆摔了一跤,手肘皮擦破了。饿了。路边一家面店。还真有人那么早就开店,勤快的南方人。我扶着她去马路南面的玉米地里撒尿。"蚊子叮我屁股,气死了。"她埋怨道,摇摇晃晃在田埂上走。她吃着吃着开始打瞌睡,两个乳房从松松垮垮的背心里掉到了外面。她身后那个老头儿干脆不吃面了,瞪着一双老眼看她的奶。我大笑起来。我爱她。回到家里我俩分头睡觉。醒。我往下看。她躺在油亮的地板上。我下去了。我进去了。她流泪了。"我知道你会这样的。"她说。她身上的一切都是美的。真的爱她。那封信,痛,啊心痛,直到遇见吕蒂蒂,直到她第一次来敲门。你的预言已经应验。从此再无她的消息。鲁芳芳婚后也没再来过。啊不约而至,啊千载难逢,痛失良机。路上碰到过几次，脸胖了一点儿，还是很精彩。好些人认为她比吕蒂蒂漂亮，也许。吕蒂蒂不仅仅是漂亮，她令人沉醉。李得儿伸手拿起烟缸上烧掉大半的香烟吸了一口，荡了两下吊床。荡荡荡，荡出了荡妇病来。叫什么来着？

李得儿理了一下思绪，大致是：晃吊床——做吊床春梦的女孩——杭州我熟悉——四年大学——宫颈糜烂的西湖——与猫咪咪午夜漫步——迷乱的大学生活——四年——我在这里生活过四年——陪她去培训处——她差一点儿掉进湖里去——水里也完全可以做——与张婕婕暴雨中做爱——在贴山的后门外——山遮挡着阳光——一天只能露一小时——现在已看不到——估计已过了一点——逍遥的时光结束了——张婕婕结婚——与张婕婕过去的过去，过去——女神的祝福——吕蒂蒂到来——写信告诉张婕婕她的预言已经应验——和张婕婕鲁芳芳都断了往来——谁是漂亮的谁是美的谁是令人沉醉的——找到烟吸了一口——晃了两下吊床——她叫什么？

兜了一大圈，那位生在长白山长在哈尔滨大学在青岛工作在合肥的姑娘的事还是没说清楚，而且照此下去，怕是永远也说不清楚了。那就这样吧：

在培训部附近的小湖边，李得儿披星戴月抚摸那位生在长白山长在哈尔滨大学在青岛工作在合肥的女孩，用的是左手，为免她跌入湖中，右手正揽着对方腰部。李得儿用左手拇指按住她的肚脐，缓缓伸出其余四指，让手掌弓起弹直弓起弹直，贴着她的肚皮往上爬。在两只奶子中间的平缓地带，小指向左伸开，爬上一块光滑的小坡，勾住了竖在上头的结实的奶头，随后又让小指将整只手掌带了过去。乳房太小，捏之无味，李得儿改用拇指和食指拎着奶头左右转动。三五下后，仍是兴味索然，赶紧让手掌爬到了右乳上，以示公平，并不偏袒哪一方，事实上却做得比刚才左边要潦草许多，动作也加重了，有些狂乱，仿佛它已嗅到来自底下阴阜的骚味，急不可耐地决意开赴前往。尽拇指和小指所能伸展之极限，李得儿将对方两只小奶捏到了单掌之内，将它们做了几个大范围的来回碾磨，之后便火速向下返回肚脐眼。数个指尖在一阵轻快小跑之后并到了一起。稍作停顿，等欲望点了火，这只左手才如火箭一般，呼地径直滑到一片湿漉的阴府门前……

由于中指探得过久过深，触动了阴府的根基，一阵急颤就像洞深处发生了塌方似的突然间从那幽深的阴府大殿传到她腿根，既而是支撑着整个阴府的两条大腿。尽管李得儿及时将中指从洞里撤出，但强大的震动已经波及他自己的下体。两人的腿抖动起来，并且越抖越厉害，不由自主，无法控制，根本无法控制。稍后，高频的抖动变成了可耻之极的大幅晃动，让人几乎无法站立，就像是突然间患上了帕金森症，或者说，如同一只闹钟突然间咔嗒在内部一个地方松开了扣着发条的机关在桌上将自己掀翻没完没了地狂蹦乱跳起来。

眼看再这样下去两人都会掉进湖里去，他俩便相互搀扶着跌跌撞撞往旅店跑。培训部旅馆的房间里有别的学员正在看足球赛直播。他俩立即转身跑向旅馆顶楼。在最高层，他俩看到左面有一个门洞通向露天阳台。两人便一前一后抓着嵌在墙上的空心钢筋梯一节节爬了上去……

过了两天，这个生在长白山长在哈尔滨大学在青岛工作在合肥的女孩从杭州的培训班逃出来，来到一江之隔的梅城，在这张吊床上与李大人再度合欢。生命中第一次也许也是最后一次，感受到性爱所能达到的至福境界。她为此哭了整整半个夜晚。先是有节制的幸福的淑女的哭泣，哭着就伤心了，后来依次成了断断续续的呜咽——伤感的呢喃——半梦半醒的混乱诉说——渴望再度交欢的絮语——夜半被再一次顶入后心满意足的轻叹——渐渐急促的忧郁的呻吟——难以支撑自己的哀求——要死要活的嘶叫——半死不活的喘息——直到最后，模拟死亡的长叹。李得儿来不及从她幽深的地狱里抽出自己的秃头魔鬼，已经趴在她身上睡着了。可她没睡觉，一根接一根地抽了一夜烟。

第二天中午，李得儿从她散发着自己的口水味儿的双乳间醒来，发现自己毫无志气地缩成了一小截的卵头还留在对方的阴户里。他跳起来，晃着腿缝中软瘪瘪的阳具，随手从窗台上拿了一截铅笔，走到墙边，唰唰唰描下了她的头像：一位戴高度近视眼镜的神情固执的少女。要是挪开墙上那幅静物，现在仍能看到那个肖像。

在她，看来在李得儿这里，这个地位低下的指示代词将被一如既往地用下去，在她学习班结束前的几天里，她每天都要从杭州向李得儿发数次信，里面不乏癫狂的呓语。第一封：她根本没有去西湖，却说自己在雨中湖边游荡了整整一天。最后一句是：我曾去过我正在去我就要去了。署名：我。第二封：她根本就没有在梅城，却详尽地向李得儿描述，前一夜在梅城她跟一位叫李得儿的浪荡公子狂热做爱的每一个细节。最后一句是：我曾与他做爱我正在与他做爱我将要与他做爱。署名：是我。第三封有两句话：我不想给你造成压迫感。我刚去邮局问了，"压迫感"是可以邮寄的。署名：又是我。第四封只有一句话：你会哑语吗？署名：还是我。第五封接上信，只一句话：我会一点哑语。署名：很好我。第六封接上信，只一句话：离开你那里的路上我不想说话。署名：好。第七封：一只拆不开的纸叠鸟。无内容。署名：鸟好大谷好深水好多。

结果把李得儿吓坏了。他硬着头皮给她去了一个电话，说一直没回信回电话，是因为刚刚从北京出差回来，不过很遗憾恐怕还是没法见她，因为自己当天下午又得出差去北京。当然是当天下午，如果心一软为了谎圆得更真实一些而说成第二天才出差，他怕她会当晚赶到梅城来，用没完没了的交媾曲为他饯行。

事隔一年之后，她居然事先不打一声招呼，再度光临梅城。她径直找到李得儿的公司，在他的办公桌前坐了整整一个下午。没等着，她仍不死心，来到西山脚边一家小饭店，准备登记住下。两个月前她来信说也许她过段时间要来，并问及："那张吊床还在摇吗？"李得儿还以为这不过跟她以前那七封信一样，是在胡说八道，就没当回事。谁知她还真来了。李得儿打完"战斧"回公司，看到她在台历上的留言和同事的描述，赶紧回房间拆了吊床。他来到自己住处边上那家饭店，发现她正在办登记。李得儿走到她旁边，请求服务员在淡季给予六折优惠。她拍了一下手掌，一把撕了刚填好的登记单，跳到半空，笑着说："今晚能住在你那儿真是太好了。那张吊床还在吧？"

"早拆了。"李得儿友好地笑着说。

敏感的姑娘已经看出大致，只是旅途如此漫长，她不愿就此骤然打消一切希望，再说夜晚即将来临，她得找一个有亲情的地方好好休息，以便第二天她能够有足够的勇气和体力去承受看来必须做出的决定。果然，在经历当晚久别后简短潦草的云雨汇报后，由于失望居然如此的巨大，她反而安然入睡了。

第二天一早，她愉快地下了决心，准备回去与那位等了她五年之久的男人立即结婚。不远千里在梅城下完这番决心后，她悄然离去。她本打算听取李得儿意见后再做决定，现在不必了，她已经得到了再明确不过的答复。她终于一去不回，不过还是来了最后一封信，大致论及两点：没了那张吊床，所有的改变都显得很明确，并且无法对改变再加以改变。第二，我注定无法成为你的妻子，是我有幸，不然，我会注定一生都为你的。李得儿这才明白，她的上一封中"我盼着踏踏实实地和你呆在一起"是什么意思了。他松下了一口气。这样很好，不然没完没了了。去上班吗？她们各有各的内部理由，却无一例外归于同一外部现实：结婚。噢张婕婕，对她还是有些不甘。她一个人呆在房间里，翻到了我的日记，把自己气哭了。下班看到她红着眼睛。"怎么了？"我说。"哭过了，"她大声说，"你怎么同时跟两个女人有关系？太气人了。"幸亏她气哭了之后没有再往下看。要不然就真过分了。以她的脾气，是会立即去机场的。张婕婕。张。那地方比吕蒂蒂厚实多了。宽畅润滑，有很美妙的弹力。她每次总是闭着眼睛。当然吕蒂蒂的最好了，内壁稍稍有些毛糙，不至于一下子就陷进去，让释放的愿望立即就捕捉了你。太好了。真正的通宵达旦，聊一会儿又干上了，睡一小会儿又干上了。一直能顶到子宫的底部。带痛感的快乐尖叫，怕被楼上人听见，尤其是亮光光老王，还得努力抑制。能顶到那儿？不可思议。"在这儿这儿。"她喊道。那个生在长白山长在哈尔滨大学在青岛工作在合肥的女孩，操，叫什么名字来着，也是这样，使劲从我手臂下昂起头来，用手压着自己的小腹中央。"在这儿这儿，啊。"她喊道，带着惊奇的哭腔。她让我把手放在她的腹部，摸一下我自己的东西。我摸了。长长的微弯的，突起在她的肚皮底下。隔着她的小腹我感觉到它一次次推进一次次抽离。她要疯了我心想。从一开始就有此担忧，怕她死缠着我不放，越搞越不想搞。厚道的姑娘，记不得名字的姑娘，失望的姑娘。没辙。暗了。阳光彻底过去了。得走了。走？吕蒂蒂是下午班吧。想操她了。有些下垂的乳房，比那些挺的更让人着魔。得约她晚上过来。得儿渴病急需救。每一根经络都开始抽紧了。毒瘾发作。来吧都来吧所有的洞儿坑儿沟儿缝儿，让我鞭抽你们。"嘻嘻，估计昨晚多来了几回，透支了。"牛寨笑着说。"看来还得多吃蛇肉。"宋秀才说。"年纪那么轻，换了我比他还透支厉害，反正以后有的是还债的机会。"老汪说。"还债机会自然有，就怕伊娘搭格，日到一半翘辫子格。"陈来旺说。我在办公室的沙发上睡着了。张婕婕在我这儿住了一个多月。每天三次。要不然才不会那样呢。我喝大了，跑去敲吕蒂蒂的门，也不想想那位阴阳怪气的郭嘏在不在。周末回乡下看外婆去了她说。冬天。我一进屋就趴到了她温暖的肩头。情浓人带酒。我要吐。我说。大吐一场。我是不是吐了？后来吐了。她把我扶到床上。"好看吗？是我特意做的，就在你来的时候穿。"她从衣柜里取出了一件紫红色真丝睡袍，贴着身体打开问道。她脱下那件蓝睡袍。光了，除了那团蓬松弯曲的黑毛。她光着身子站了一会儿，把那件新睡袍穿在身上。脱光了又穿上。夜寒衣携香嘛。她在上面洒了香水。"我要吐。"我说着把脖子伸出床沿。她微笑着。笑了吗？肯定笑了。是因为我当时像一个无赖的主人吗？她需要这种感觉。她笑着缓缓走到卫生间，拿来了脸盆。我一定吐完就睡着了。醒来以后想干了。我盯着那两个挂在半敞的紫红色睡衣里的乳房，说："替我把衣服全都脱光。"她来解我的皮带。我说："对，皮带背心内裤全脱了。"我抬了一下头看到自己那东西举直了。她笑着拿食指勾了它一下，让它啪地弹回到我肚皮上，说："啊，这东西，我真是太想这东西了。"说完她就坐了上来，把它塞进自己那里。从清晨到下午三点一直都在干。一次接一次的高潮。有六七次吧。她疲乏地笑着说："这下完了。再不会有高潮了。"我说："那就算了。"我正想抽出来。她立即像个小孩儿似的叫起来："不。啊～我要你一直这样做下去。"我同意了。她那时起就懒洋洋地半闭着眼躺着，软软地敞着两腿，任我在那里进进出出。"没有高潮，但很舒服。你知道懒洋洋地让你在那里弄有多舒服吗？很甜，真的是很甜很甜的。"很甜很甜的。得约她。操，电话不能用了。他－妈－的。不行了。看看它，涨红着脸，又升上来了。救救它吧。下去坏东西下去。今晚看来是别无选择了。滚开！电话机从李得儿脚边飞了起来。这次，电话绳绷断了。机子砰地砸到了水泥墙上。李得儿迅速跳下吊床，掐灭烟头，穿上"纯棉"牌丝袜和"非革"牌皮鞋，准备去上班。先把蛇酒倒了吧，都快喝完了。要不，再兑一瓶四特酒进去？得得得，喝完这点儿就倒了，要不然喝到何年何月，实在太他妈腥了。

第三节
滋补品，毒蛇

李得儿抓起酒瓶，准备喝上最后一口。剩下的酒是瓶子的三分之一。白色的蛇粪是酒的三分之一。他摇了两下酒瓶。全浑了。不喝了。他走进卫生间，把剩下的酒倒进了下水道。那条小蝰蛇还留在瓶子里，软乎乎，瘪几几，烂兮兮。他用力甩着瓶子，可小毒蛇的三角脑袋卡在瓶口出不来，只有两条发白的淡紫色细舌头软软地挂出瓶口外面。李得儿翻转酒瓶，让它溜了回去。胃里有东西涌上来冲击两腮。喉咙口酸了。可别是那几粒洋参丸。肯定是。把胃酸咽下去。好，咽下了。蛇没烂。酒精不允许任何东西在它里面腐烂，不过是无孔不入的酒精分子把别的分子互相隔离了。得嘞得嘞，可恶的化学，从初中到高中就从没考及格过。HtwoO 唯一至今不忘的物物物物物质称谓也许叫化合物吧，不像，也是从地地地理老师那儿学到并记住的。还有灰白色的金属钠。从初中化学老师我暗恋的情人那里偷一颗金属钠。去河边。他们跑着跟在我后面。我将一小粒钠小心放到水面上。它开始在水里冒烟打转。一会儿就没了。"钠可是很贵的。"她说，但还是给了我一粒大的。总算没全忘光，可还是没法推知我是否中了蛇毒。把它扔到山上去。轻轻捏一把它脑袋或是脊背，肯定就像德州扒鸡那样糊成一团。当初它对醉生梦死的好日子如此不情不愿，被我掐着七寸，张嘴狠命一口，闪亮的尖牙咬住了闪亮的玻璃瓶口，一泡毒水顺着瓶颈流到了外头。多心疼啊。要的就是毒液跟酒精的汇合。总算把它的脑袋塞进了瓶口，赶紧放手。它唰滑了下去，行嘞。可惜你丫不会飞。是有一种蛇是会飞的。

一条长蛇从树丛里破空而起，在天上卷起一个 Q 字，缓缓弹直，落进我的酒瓶里。赶紧插上瓶塞。要醉了要醉了。会是什么感觉，整个淹在酒缸里？可以作为一种刑罚，也许古代真有过。它游了一会儿，吸进一口口浓浓的白酒，吐出一股股稠稠的毒液，就像白糖在温水里融化时的样子。多吐点儿多吐点儿。它游不动了。这下真的醉了。晕晕乎乎浑浑噩噩。操，丫居然从屁眼儿里挤出一缕淡绿色的东西。蛇便。真他妈后悔，操，怎么就没想到先养上两天等它把肚子里的屎全排个干净再泡酒呢？要那样的话这酒该有多纯啊，也不会那么腥了。不过就这么一丁点儿东西，再毒也毒不到哪儿去，再补也补不到哪儿去，还是得弄一条大蟒蛇来泡。大补。那条银环蛇本来能泡啊，我却把它杀了。是怎么吃的？清炖？水煮？红烧？酱爆？油炸？那胆呢？拿什么裹着吞下去的？霉菜叶？雪里蕻？嚼了咽？囫囵吞？啤酒送？

那条不到二斤重的银环蛇李得儿用的是文火大汤清炖，整整四小时，每隔十分钟加一钱啤酒，每过半小时加一次凉水，除此以外并无别的佐料，以保证其原汁大补，决不让任何一种佐料的任何一种不确定的成分与银环蛇的筋、骨、肉、血、毒相冲。

蛇胆没有像通常那样被挤在白酒里，或是用雪里蕻菜叶包着咽下，而是用清水冲洗后直接丢入口中，从咽喉一路下滑到肠胃。只是后来他觉得咽喉处始终有些滑腻腻的，才又送了一口啤酒。蛇胆是蛇中之宝，以后必须善加处理。

关键是杀蛇。

李得儿每次从办公桌前溜走，除了去弹子厅游戏房，更多的是去公司附近的河边菜市场。菜市场是令李得儿心醉神迷的地方，那里的拥挤，混乱，嘈杂，和那些五花八门稀奇古怪的陈列品，永远让他觉得新鲜无比又舒坦自在。挤在东张西望的人群中，听到这边那边呢呢喃喃忽高忽低的人声，或是板鸭的嘎嘎声，或是鲜鸡的喔喔声，或是活鱼的噗噗声，或是鸽子的咕咕声，或是麻雀的叽叽声，或是老鼠的吱吱声，或是苍蝇的营营声，或是蚊子的，啊听不见，或是撒尿的嘘嘘声，或是切骨的嚓嚓声，或是刨皮的嗞嗞声，或是剥壳的咔咔声，或是光脚的啪啪声，或是雨靴的橐橐声，或是脚底打滑声，或是鞋跟坼裂声，或是裤带绷断声，或是双掌打墙声，或是单掌劈耳光声，或是漫不经心的询价声，或是正儿八经的诅咒声——若话我阶肉打过水，我就倒路死——或是猪腿和羊蹄情话的喁喁声，或是鸡爪和凤翅打闹的喳喳声，或是尖刀与铁杆凶吻的啾啾声，或是鸭箩与鸟笼相互妒忌的磕碰声，或是臭水与阴沟翻云覆雨的淅沥声，还有人在吵架、打嗝、吸牙、放屁、哼鼻涕、打喷嚏、点香烟、敲碗盏、斩鱼头、割羊尾、拔鸡毛、泼脏水、摸裤裆、踢卵泡、给河鳗喂避孕药、往甲鱼肚里注清水、在青蟹绳里填沙泥，还有蔬、荤、生、熟、死、活、腌等菜种发出的酸、辣、霉、腥、香、甜、臭各种气味。所有这一切像一团乱麻一样互相交叉、互相吞噬、互相打断，互不在乎、互不理会、互不同情、互不体谅。在这里呈现的每一种现象都毫无意义！绝对如此！交流却依然顺利地进行，各人的目标也都在有条不紊地展开、实施、实现、收场，少有半点闪失：秤杆该翘起的时候决不落下，零头该抹掉的时候决不保留，卖羊肉的还得有牛肉，买了河虾的不会再买对虾，看样的时候必嫌货差，品尝的时候定须蹙眉，付钱的时候慢慢吞吞，数钱的时候开开心心，早市定得抬价，收市该甩卖等等等等，何等奇妙。混迹于此，让李得儿觉得舒坦无比，哪怕自己是个恶贯满盈的坏蛋，只要打定主意不买东西，绝不会有人在意。除了在一副安逸的神情底下做惊心动魄的胡思乱想，李得儿还是一位勤快的询价员，当然，只问不买，除非，太阳从西边出，这里出现了好蛇。除非有好蛇，李得儿绝不炒菜煮饭，轻易显山露水。

　　卖蛇的摊都在桥面上。李得儿在这儿看过几次杀蛇后，就买了一条银环蛇，连着网兜提回家。他从网兜外面掐住银环蛇的咽喉，把它抓到外面，举在半空来回看了一遍，赢得了四周看客的一片惊呼。他没有让卖主在现场杀掉，为的是要将那只绿色的蛇胆和那支美丽的黑白相间条纹的蛇皮带回家。李得儿一起身，四周看客便立刻露出一脸敬意为他让路。为了保证蛇皮完好无损，以便晾干后缠在手腕上做打球用的腕套——这可是一件他早就想要的"一个游手好闲的青年出门打天下的随身家伙"之一——他没有像蛇贩子那样干净利落地一刀把蛇头切下，而是掐着它的七寸，在它的咽喉处割了一道小口，然后从这里下手，开始细致地一点点揭开蛇皮，以免在蛇皮上留下任何一个细小的瑕疵。他能着力和下手的地方太小，银环蛇突然身子一扭挣脱了。当李得儿迅捷地重新抓住它的中间部位时，它飞快地甩头一口咬向他的手背。李得儿赶紧松手，还好，它咬到了自己身上。它肯定是发昏了，狠狠咬着自己半天不放，还从牙根里喷出了一大摊毒汁。怪，蛇毒不死自己。李得儿趁机抓住它的尾巴，提着它用力一甩，将它甩直。这下他再也不敢大意，用脚踩住它漂亮的脑袋，狠了心在它屁眼上开了一个大口，然后滋溜剥出了蛇皮。可惜没等他晒干，蛇皮就发臭了。苍蝇密密麻麻地簇拥在卷曲的蛇皮内侧，啜饮着那里残剩的白色油膏。可恶的南方天气。要在北京就不会有这事儿。快了。得问问老爸北京在哪儿能买到蛇。李得儿拉开贴山脚的阳台门。阳台，什么屁阳台，一天一小时阳光，其余全是阴光。阴光都匿有，梅城人说。他使劲把空酒瓶扔到了墙后的西山上。啊路灯，对呀，还没打完。

第四节
阳台所见

　　李得儿提了气枪走到阳台上。他看了一眼头顶的西山。去走一圈吗？打到三只就能炒上一盘了。秀眼白头翁十姐妹。南方人取的名儿。鸟人取鸟名儿。上山吧，闻一闻树叶里流出的甘甜的气息。现在山上应该已经有些闷热。江南醉人的春天又过去了。北京的春天更短。潮湿的泥土长满短短的松软的青草。每年我都是在野外发现春天。一个池塘。两只蜻蜓屁眼吸着屁眼在空中飞来飞去。水面上飞快地滑行着身体细长的水蝎。底下成群的黑色蝌蚪在轻轻跳动。到处是臃肿的浑身疙瘩的蛤蟆。一只雄蛤蟆伏在一只雌蛤蟆的背上，下面那只拼命踢腿划动，第三只蛤蟆在它们后面紧随不舍，但被上面的雄蛤蟆毫不客气地拿后腿一脚踢开了。有趣。算了，不上去了，太晚了。李得儿看了一下右边。老太太的门紧闭着。是不是死了？通常那扇门总是开着的，能看到老太太在屋里掐佛珠。老太太耳聋。每次打照面，她都边念念有词边毫无表情地看着李得儿。李得儿都无一例外向她无声地笑笑。老太太怪异的目光和低语的双唇总让他感到她正在诅咒他。他希望自己的微笑能缓解老太太古怪的敌意。后来他才发现，老太太那只白乎乎的眼睛是假眼。不过他每次见到她，仍会冲她扮笑脸。李得儿坚持这种礼节，并非只为敷衍老太太剩下那只明亮的眼睛，或仅仅出于对她神秘诅咒的惧怕，而是，出于你我的通病：怜悯心。

　　不过李得儿确实目睹过老太太惊人的诅咒。

　　清晨，他被一种空洞但持续的低语吵醒了。他听了半天，确定声音不是从自己慌慌张张的梦里，而是从外头阳台那儿发出的。他走下床，耳朵贴在门上谛听。有人在那儿说话，只有一个人的声音。

他抓住了竖在门角的气枪。因为立即看穿了自己的怯意，他又把它放了回去。他拉开门，看到一位老太太跪在水泥地上，朝着狭窄的阳台划出的狭长的天空中正冉冉上升的旭日不停地磕着脑袋，嘴里咕噜咕噜念着什么，还不时大声啊唔啊唔哀叫。李得儿并非第一次见这位老太太，但以前都是在楼前见到她。他一直以为阳台右边这间屋子是哪户人家的自盖房，没想到是那位老太太就住在这儿。我操幸亏她耳聋，但愿也眼花，要不然我这儿一场又一场地唱云雨戏，得得。她从自家后门出来，悄无声息地趴在我的窗口。就此打住吧。我肯定有几次没有拉上窗帘就跟人干上了。我操，她肯定是以毒攻毒在诅咒我。目光模糊，口齿不清，没一丝血气的脸上布满了花斑和皱褶，看上去满身疾病，这位突然冒出来的老邻居引起了李得儿内心痼疾一般的战栗。她身上再清楚不过写着一个字：死。并非因为她比别人更接近生命终点，而是，她就代表了死亡本身，至少可以为死亡代言。不管对谁下咒，都会绝对有效。太他妈可怕了。老太太没有看见李得儿站在自己面前，一如既往地朝拜磕头念咒。大妈大娘太太外婆老大妈老大娘老太太老外婆叫什么好？

"老婆婆，"李得儿的嗓子已被眼前的景象吓哑了，"您，您这是怎么了？"

老太太抬起一张白色的挂满褶子的方脸。半晌，她忽然向李得儿可怕地笑了起来："噢，是偌啊，哈。我是来哒求菩萨啦，保佑我早日死啦，哈。对，早日死啦。"

"老婆婆您快起来，别跪着。"李得儿过去搀住了老太太的胳膊。

"哈对，早些死啦。有何活头？匿有活头啦。"老太太由李得儿搀扶着向自己屋里走去。

李得儿让老太太坐在椅子上，问道："您想不想去床上躺一会儿？"

"谢谢，哈对呀，我老太婆八十八岁啦，想死也死弗坏啦，眼里水也流弗出来啦，可怜阶啦，谢谢偌哦。我求菩萨保佑我早日死啦。哎，早日死啦。"老太太冲李得儿翻着一只白眼，边向他道谢边对自己下咒。李得儿差点儿哭出声来。他想起那位每次见到都会狠狠瞪他眼的女孩儿，偶尔端着一碗饭，上面盖着一些菜，敲老太太北面的门。那女孩儿并不难看，但对李得儿显得很不屑，尤其那对露着轻嘲的上翘的嘴角，真叫人受不了。一个被美人们宠惯了的男人，无法接受一位相貌平平的女孩对自己不屑一顾。

"您的孩子呢？"李得儿问老太太。

"哈我阶倪子嗳。"老太太忽然唱起歌来。歌词大意是诉说儿孙的不孝，媳妇的刻毒。抚幼子之不易，度暮年之凄惶。慕虫蚁之命短，悲人生之路遥。虽草木而有情，何为人而寡义。嗟道不行于此世，岂前生之所欠。啊唷，拨我一个人关在空屋里啦，还时常弗肯管饭吃呀。啊唷，噶大阶年纪耳朵聋又眼瞎啦，还要去山上捡柴来烧饭呀。啊唷，我年方二八就做童养媳啦，成亲八月又死夫君呀。啊唷，五七一过就作我赶出家门啦，怀胎九月我就沿街讨饭呀。啊唷，我一把稀一把污作倪子养大啦，让伊读书工作还讨老婆呀。啊唷，我为伊耗光一生阶心血啦，临到头来伊一家三口骂我老不死呀。啊唷，保佑我快些死啦，但愿伊早些了心事呀。啦啦啦，呀呀呀。

千篇一律催人泪下的老一辈故事，令李得儿听了愤愤不平：你丫是人吗？长得丑点儿就丑点儿，可你他妈给自己奶奶送一回冷饭冷菜还摆一副冷面孔。真他妈没教养。要不拿"得儿"牌房中术来治你，你丫就没治了，绝对没治了。操，饮其玉浆，弄其鸿泉，龙翻其上虎步其后，用外游内交二十七势将其拿下，拆烂丫烈女臭架子暴露丫荡妇真本性死心塌地做我李得儿的床上囚。李得儿始终没能如愿，那位女孩见了他照旧冷眼相对。不过，从此以后每逢公司发什么橘子橙子芦柑柚子香泡文旦苹果鸭梨杨梅仙桃西瓜冬瓜南瓜黄瓜蜜瓜可口可乐百事可乐雪碧芬达健力宝粒粒橙矿泉水椰子汁荔枝汁芒果汁番茄汁花生米巧克力开心果老玉米板鸭火鸡腊肉香肠啤酒白酒黄酒米酒中药西药中成药香水香皂香波面乳牙膏牙刷发胶锅子勺子砧板菜刀锯子镊子老虎钳螺丝刀插座天线电筒灯泡折叠椅迷你柜简易床一次性雨披多次性雨伞一次性鞋子多次性鞋刷一次性内裤多次性避孕套恨不得就这样写到篇末他总要分一点儿给老太太。不过现在，趁着老太太后门紧闭，李得儿大人得试试枪法。

被他拿气枪打坏的路灯依旧没有安上，还好他特意留了几盏。他重新数了一遍，还是五盏灯，都在较高的位置，但这支重磅气枪的射程是五十米，没问题。他决定打倒数第三个。前面挡着一根树干，不好打。那就慢慢来呗，本来也没太想去上班。幸亏没有告诉谭公子，山上还有那么好的靶子，不然早让那小子给打得稀巴烂了。李得儿露出了微笑。他装上铅弹，举枪搁到左肩，右手托枪管左手勾扳机，闭上右眼，瞪大左眼，视线靶心目标成三点一线。这边噗，那边乳白色的灯罩便跟着哗地碎裂。娘的奶，不许用南方话骂人。这么快，再来一个。不行，万一全打完了，他们就是不装新，下回就没得可打了。我操，过去了，没及时装上子弹。他妈的就不来这几棵树上停，肯定知道这儿有一把气枪。没戏，操，上班去。李得儿收了气枪，关上后门，房间里顿时变得十分幽暗。山脚下的墓室。夜夜都要闹鬼。鬼哭狼嚎。啊唷，我隔壁那小伙啦，夜头伊房里总是有鬼哭叫呀。这水粉画得，颇具塞尚遗风。再也没心思画画了。业余画师高更。不如丘吉尔，首相兼画匠。背后有那个戴深度近视镜的叫什么来着生在长白山长在哈尔滨大学在青岛工作在合肥的女孩头像。床。棕绷床。北京就没有这玩意儿。摇一下。有些晃动。被操松的。本来就是单人床嘛。没必要去修它，有这吱嘎声相伴做爱才妙不可言。有一天干着干着，哗地塌了才叫好。门锁四周的水泥都掉了，露出了钢筋。屡次出门忘带钥匙，只好一遍一遍地踢门。

这回别忘了。在。再摸一遍。在。应该修一下。拿水泥糊一下再糊一下，好了。太牢固也不好，踢不开门比踢破门框问题更大。还是应该修一下，门框上的半个锁都快无处生根了。不过关上了还是不太容易推开的。除了我谁还敢来踢我的门。捉奸。"起来起来，穿上短裤，快点出来。"胖子月半这畜生。我居然没听出是他的声音。捉奸捉奸。这是提心吊胆的年龄，对了别忘了买一打口香糖去财务那里借五千块钱来。举债的年龄。砰，门弹回去撞在墙上。吸足了梅雨季节的水气发胀了。李得儿使出全部力气再次拉门。关上了。

第五节
尾随美女

　　外八字。屁沓屁沓，屁沓屁沓。亮光光老王。半秃顶亮光光老王踩着外八字屁踏屁踏从楼梯口走进来。上了半天班就开溜。来拿什么东西的吧。

　　"你好，老王。"李得儿在门口站住说。

　　"你好。没去上班？！"亮光光老王说着探过脑袋往李得儿正要关上的门内张望一眼。

　　"头晕。正要去。"李得儿说，显出浑身无力的样子。恰到好处，一点也不过分。娘咚阶操，看什么看？无奸可捉。要是真有两只大腿一团黑毛砰从屋里飞出来又在丫正往里探望的光脑袋上丫肯定瘫倒在地，不是因为受了惊吓，而是哀叹自己力不从心。也许丫等的就是这个。正中下×。去定做一个，就跟真的一模一样，叫丫啃吃啃吃啃遍两腿一毛一洞，有色有形无味。

　　"上不上班都无所谓啦。调令都下来了。哈，哈，做不了多久同事了，"老王拍拍李得儿肩膀，"以后去北京别装作不认识噢。"

当然不认识，怎么是装的，除非哪天有机会能在你丫哪位熟人面前说：亮光光老王是个屁眼里生大疮的乌龟王八蛋，我认识。

"会吗？"李得儿说。

老王上楼了。干吗骂他。看着不顺眼呗。对了，丫出卖过我。"报告康熙大帝顶头上司局长大人总裁先生，有人大言不惭自称李得儿大人，在办公时间办公场所用一支荸荠漆重磅气枪打窗外的、马路边的、树枝上的、喳喳叫的、蹦蹦跳的、过路的、迷途的、巡逻的、常住的、探亲的、蹲点的、下访的麻雀，以至人言昏昏民怨沸腾，窗户全部打碎×毛不落一根。"老王站得笔直，右手平举，致着敬礼。康熙大帝局长大人顶头上司总裁先生懒洋洋地说"知道了"并把三字用鹅毛笔红墨水写在三尺熟宣上交给亮光光老王让丫立即扔进废纸篓里。究其原因，康熙大帝局长大人顶头上司总裁先生也曾经用那支气枪在办公时间办公场所对着窗外的马路边的树枝上的喳喳叫的蹦蹦跳的过路的迷途的常住的探亲的麻雀放过几枪，且因李得儿大人事先早已准备了一大堆死鸟一大团鸟毛待枪声响起奋力一掷跟着一声欢呼，让康熙大帝局长大人顶头上司总裁先生以为自己一发千中，龙心大悦，决定对举枪打鸟事件不予追究但对重磅气枪须得严加惩治下令立即予以拘捕押送局长办公室接受终身监禁。高大的推自行车的女人。上山回家。苟窠老婆。悍妇。当着我的面，啪，打了苟窠一记耳光。为什么来着？下班关牌不回家，还说谎。晕！可还得跟她打招呼。你看看人都笑了。这破娘儿们，再这么笑下去我会得伤寒的。

"嗨，得儿，上班去？"苟窠老婆说。

"是啊。苟窠出差了。"李得儿说。

"天真闷真潮，梅雨讨厌死了。走过去啊？"苟窠老婆说。

过去了。

"嗯。车被偷了。"李得儿含糊不清地在她屁股后面说。这种女人实在可怕。把她交给驴×未央生吧。拐弯。一辆车飞速而上。李得儿闪到一边,差点撞墙。机电公司的单身小子。还好手肘没破。

"哈哈。"那家伙回头朝李得儿笑着。

"操,你丫不打铃。"

"忘了。"

操,干吗这条道修得这么狭窄这么别扭。好了,到头了。我操,胸可真高。见过。没错,是她。在山洞里跟踪了半天,以为她一直没有注意到。突然转过身:"你为何一直跟着我?"傻了。一个屁也放不出来。"我想看看你奶头黑不黑,乳晕大不大。"这会儿在自个儿脑子里模拟有屁用。对突然袭击反应不够敏捷。这叫一个悔啊,连肠子都悔青了。也足见人就算不是老甲鱼也决非什么嫩豆腐,绝对久经沙场。也许她当时就等着我说那类昏话。荒唐是荒唐了点儿,可直奔主题啊,说不定效果还不错,能做成一桩好买卖。就是她。操,胸太他妈高了。心往下沉,人要摔倒,太难过了。雅典抓住了我的心和魂。让我看看让我看看。挺。挺好。做女人挺好。乳房大绝对是美德。奶头也不小啊,都已经从紧身黑背心里印出来了,像纽扣,仿佛长在衣服外面要分一点给我似的。紫黑色的。大奶头会刺得你嗓子眼发酸,立即唤起淫邪的感觉。充血了。愤怒了。怒而胀胀而大大而坚坚而热。gī了她。

一位穿紧身弹力黑背心的姑娘走在李得儿前面,手臂轻摆,腋毛未刮;宽肩上吊一只亮闪闪小黑包,细腰间缠一根金灿灿长链子。曾经尾随过她一次的李得儿走到她边上,侧视,就是她,但见:嘴宽唇厚,唔,底下多汁肉;鼻挺眉广,那里吸力大弹性足。睫影幽深,眼波绵长,色;指如白玉含脂,臂似象牙有膏,嗲;凉鞋红脚趾,短裙黑腿根,骚;胸前丰乳荡,腰下肥臀晃,操,不操不行了。饥饿明星李得儿顿时口干舌燥,腿酥脚麻,腹胀×翘,心乱眼花。所谓佳人体如酥，腰剑斩愚夫，虽无人头落，却教鸟油枯。为防失控，赶紧跑到路边小摊要了一盒饮料。已经倒过一次霉，李得儿这回只能在左边紧靠城河的人行道上遥遥相随。没比盯梢更傻更被动的了，可有什么波否？没波否。一个男孩盯了鲁芳芳一路。按她说法，估计也就在这附近。"我昨晚去你那里了。"她说。天啊，痛啊，小疯婆白薇薇非要我住她那儿。可恶的光×呼啦操。"我喝醉酒回去晚了。"我说。"我本来想住你那儿的，"她若无其事地说，"跟家里闹别扭。"心在流血，哀号吧哀号吧哀号吧。梅城所有做妻子的都骂她鲁花鸡，躺在她们边上的丈夫却无一不梦想着跟鲁花鸡搞一下。她一直不愿跟我上床。可那天晚上。哦，心在流血。我说："是吗？那今天来吧。"她说："不啦。要是那天你在家里就好了。"我说："是啊，天哪。"上山的入口。九龙壁像九蛇壁，真他妈恶心。她还没看到我。要是她转过头来我也立即转过头去，不能让她认出我来。"那天难过死了，"鲁芳芳说，"从你那里出来，碰到一个盯梢的男的。""哦，换了我也会盯你的梢。"我说。"别盯我的梢，太多了。"她说。"后来怎么样？"我说。"那个男的居然还认识我。从后面骑上来，叫了我一声。我没理他。他问我愿不愿意一起去吃宵夜。我说好啊，你皮夹里钱够吗？他肯定是被吓坏了，一句话不说。可没死心，到了道口，他还傻乎乎地骑在我一边。我对他说，我要左拐了，跟我一起走吧。他哗地飞快往前逃走了。我都没法骑车了，索性停了车，蹲在路边大笑一通。哈哈，就这么点本事也敢出来盯梢。"太多的人说她是鸡，真假难辨。这只还是那只？这一只也会对人说，哈，今天在西山隧道又遇到一个盯梢的。可惜太嫩，还没出道呢。这只多半是真鸡婆。鲁芳芳肯定不是，她很开朗，既不辩解也不在乎。我搂着她。她扮着鬼脸把脑袋晃来晃去。"好了，你搂够了。"她让我碰了一下脸颊，然后溜了出去。我以后的妻子也许就是鸡婆，但绝对得漂亮。道口。栏杆在放下。一男一女一前一后弯下身体从容钻了过去。李得儿一时找不到黑背心女孩的身影，但肯定就在那拨人中间，这些人不论男女都将视线射向了同一圆心。在这种无聊时刻，还有什么比边上站一位身份不明的美女更能提神的了？行人车辆请注意嘟嘟火车就要开过来了嘟嘟嘟嘟请在栏杆外面等候嘟嘟嘟嘟行人车辆请注意嘟嘟嘟嘟。两边贴着栏杆站立的人不住地将头扭来扭去，以免与另一边栏杆后的人群对视。江南人爱侧视，不爱跟人对视，这方面他们很有负担。北京人根本不当回事，这种时候完全可以白痴似的若无其事互相看着对方。我已被南方污染。也许是进化。后面的人轻松多了，发呆，闲聊，剔牙，放屁，抠鼻屎，挤粉刺，弹弹衣袖，看看天空，打两下车铃，轰三下油门，你挑着担，给我一杯忘情水，直到远处汽鸣传来，这些人的脑袋才一齐转向传来汽笛的方向，尽管还看不到火车的影子。

　　地上依旧有些潮湿。没完没了的梅雨。南方天气。一阵寒潮过去，在瑟瑟的冷风里降下雨来。第二天，春天到了。温暖的雨滴在早晨悄悄地停下。来了潮湿的风。窗玻璃上有了雾气。午后变得沉闷，人容易困倦，喜欢懒猫般地团在阴凉的被子里。到了四月，翠嫩的鹅黄色的油菜花成片开放，令在漫长的寒冬里一直四肢紧缩的人们心智恍惚，情意迷乱。痴男怨女们大清早就抬腿走向田野，蹲在泛滥失控的黄花丛中，为胸中泛滥失控的情欲失声痛哭直到日暮。夏天急欲现身，不时越过晚春慵懒的步伐跳宕而至。为了尽快脱下笨重的外套，越来越多的人开始谈论天气。人形忽然消瘦，双肩不经意间松懈下来，神色变得明亮，步伐也随之轻快。欲望舒展着触须，催生爱与淫念，牵动主人的笑容与眼波。只是紧接着，梅雨到了，浇湿放纵的火焰，成为缓缓蔓延的烟雾。灰蒙蒙的天空结满了水汽，携带着清凉的粉尘游动在人们的衣袖上提包上面颊上指尖上。在轻微的烦躁底下，心灵依旧保持着一丝春日的柔情蜜意，渴望着召唤和回声。在一个个街头暗角，在廊檐下，在树影里，在小巷的远端，处处闪动着暖意融融的肉的涟漪，随时都有擦肩而过的异性为你送上一缕暧昧的轻叹一个潮湿的眼神似是而非的邀请。这种印象虽然如萤火虫般飘忽不定转瞬即逝，却滋养了性情孕育了爱情，更重要的是，它维护了人们可怜的错觉美妙的幻想：所有在白天冲我微笑的陌生女孩，都会在夜里悄悄爬上我的梦床，与我无声合欢。一幅多么美妙的南方爱情的耕耘图。每时每刻都有欢笑每时每刻都有心碎。Un é clair... puis la nuit ! 电光一闪，美人已去。

李得儿徜徉于这诱人的耕耘图之中，却并不甘心受制于这里的爱情美学。他热爱南方，也多年受其滋养，在面对欲望时却执意要拨云开雾，清除一切模糊与隐晦，并不惜为此破坏南方的情爱法则。

当火车从右边呼啸而来，掀起一股劲风，将两侧过路人的脑袋和头发齐刷刷打向左边的时候，李得儿重新看到了前面那位黑背心女孩诱人的后背。他希望自己此刻能出现在她身后，一把抓住她的手臂，等她一转过头来立即大声说："走，我那儿有一张合欢床。"要不就是："我还欠你一个问题。"不，不好，太大惊小怪，应该先入为主。"喂小姐，您的书掉了。"她转过头往地下看，忘了自己根本没有带什么书。这样只能让人觉得你滑稽可爱，不会有什么结果。"请问小姐什么什么在哪里？"老掉牙的套路，把自己扮成一个需要照顾的小屁孩以唤醒她们的母爱天性。"小姐，我想跟你套瓷，可还没有想好我已经过来了，怎么办？"装腔作势。愚蠢、懒惰、寒酸、恶劣。径直走上前去，伸手轻轻搂起她的腰肢，低语："对不起，忘了替你带墨镜出来。"这还行。谁能这样胆大包天？把一大束鲜花举到她鼻子底下："小姐，这枝玉兰献给你的脸庞，这枝睡莲献给你的嘴唇，这枝玫瑰献给你的乳房，这枝牡丹献给你的屁股，这枝百合献给你的阴户。"疯子才这样干。可以一试。真该好好琢磨一下，写一本《泡妞技法大全》。第一版抢购一空。加印一百万册。请签名请签名。千万支纷乱的手臂。李得儿李得儿李得儿李得儿李得儿格当轰轰格当轰轰李得儿格当轰轰格当轰轰得儿格当轰轰得儿格当得儿格当得儿格当。清脆的格当远去。没了。嘟嘟嘟嘟。没了。后面的人在挤我了。栏杆已经重新吊起。天哪她去哪儿了？李得儿急急忙忙穿行在人群中，搜寻着那位黑背心女孩。

啊，书店。

与苦命汉子擦肩而过

书店里面清清朗朗。除了一位服务员一位收款员，就是那位黑背心女孩，和一个倚着书柜看书的男子了。这人寸头，肩上一个鼓鼓囊囊的大旅行包，一件砂洗黑色牛仔衫，前胸后背都起了盐花，底下一条牛仔短裤，脚上一双凉鞋，其中一只的带子断了，拿一根橡皮筋缚着。他肩膀宽阔，手臂坚实，大腿粗壮，脚踝细长。黑背心女孩从书柜一端走到他身边，看了一眼他手上的书，本城地图册。她举高洁白的手臂，从他脑袋旁边抽出一本《梅城名胜》，翻了两下，又塞回去，抽出一本《梅城黑话》。

第一千九百零三条：

脑髓搭牢：八十年末新一代梅城俚语，意谓人精神失常，脑子里的神经通道胡乱纠缠，无章可循。

第五千八百条：

娘冬索煞：梅城自古就有的俚语。"娘冬索煞"实为鲁迅误写，应是"娘得我日煞"。"得"为被动态，"我"之发音为"呃嗯哦"之快读，"得我"与"冬"音相近，意即"被我"。"日"为入声，乃动态性而非状态性之动词,与北方话"操"义相近。鲁迅"日""索"之谬盖因绍兴方言"日""索"不分也,抑或绍兴大男子主义者以为,并无男女互日之理,唯有男人索所需之×而入之,亦未可知也。全句译成普通话即为:你妈被我操死! 实乃恶毒之极。

第四千条:

扳牢:梅城最低级的文字游戏。梅城车夫、侍者、小摊主喜称顾客为"老板",意谓对方近来暴发,财运颇佳。被称"老板"之人偏又不愿承认,便回它一句"扳牢",意谓碌碌于世务而不得脱身,赚几个死铜钱而已,财运何从谈起。

第八千九百零五条:

gī:梅城新出的拟声动词,为梅城职业中学教员钟三点所发明。虽钟三点之前鲜有人发"gī"之音,然于梅城方言之语音体系中,此古里怪气之音令人想起快刀抹鸡脖子时的奇妙感受。钟三点自编此词,音简义赅,尽透男人痛快放倒女人之快意。例:为何不把她gī翻?

第二百三十一条:

dé:原字散佚,仅剩读音;属形容词性,说不得体之话行不得体之事之谓也;梅城人一度好说那些悖时鬼"dé五dé六",或是"dé七dé八",但其余数字均不成立。此黑话五六十年在梅城风行一时,八十年后用者甚鲜,乃代之以"脑髓搭牢"。dé亦可为诸下作名词之前缀,骂男人可用"dé sóng",sóng为男人精液,骂女人可用"dé×",或"dé煞鬼","鬼"几于切,诸如此类不一而足。

第十四万五千六百一十二条：

捏卵子过桥：卵子虽指男子阳具，在此却不分男女，意谓过桥尚捏着自家那东西不放，生怕其掉入河中，其谨慎小心实在大可不必。例：葛个人捏卵子过桥，弄弗灵清咉。

第四百十五条：

卵脱壳："卵"在梅城方言指阴茎，"卵泡"方为阴囊。"卵脱壳"形容精光，常用的如"输得卵脱壳"。该俗语曾在镇上乡下偶有人用，但近年似已祸及城池矣。

第一百三十二万条：

哑子看见花卵泡（亦可写作卵脬）：此处"哑"发ō音，"花"作huō念，意谓大惊小怪。何以非哑子看见花卵泡指代大惊小怪？乃常人见某某腹下挂一花卵泡，无非稍作异容，哂之曰：噢，花卵泡。唯哑巴见花卵泡而无以言表，不知如何是好，非得咿呀作语，且手舞足蹈，实大惊小怪之极也。梅城人深谙言语之机巧，且喜玩之唇舌之间，其幸也？其祸也？

黑衣女郎笑起来。有时间得好好翻翻这本书，也许还能找到一些我们用过的黑话呢。她把书放回去，又看了身边这位男子一眼。外地人，她心想，看样子也像。梅城人可不会这么忧心忡忡的。她贴着这位男子的左侧，装作看不清被他身子挡住的那几本书，轻轻挤了他一下。毫无反应。她微笑了，用自己左胸鼓起的边缘蹭了一下他的手肘。对方抬起头来，皱着眉头，带着一丝厌烦晃了她一眼，又继续低头看地图。她退开两步，转过身，抬起头，看到那边出现了另一个男孩，感觉有些面熟，于是冲他微微一笑。李得儿！他远远地站着，但黑衣女孩刚才的一举一动他却看得一清二楚。他见女孩转过身来，立即将视线晃开，装出一副找书的样子。她好像冲我笑了，他天性中对女人最敏感的那部分给了他确切的信号。于是他重新抬起头，朝黑衣女孩走了过去。他的胸脯隔着短袖 T 恤贴上了女孩裸露的手臂。黑衣女孩没动。李得儿试探性动了一下。对方还是没有动。李得儿挪动手臂，让它的外侧倚住她挺拔的乳房外侧，然后静伏在那里。等他觉得两人都比较适应眼前这种状态时，他将手臂往前顶，在那里弹了一下。有点硬，不过应该不是假胸。他的手臂撤离了。也许就是假胸呢，现在胸罩的手感都做得那么好。那么那两颗明显突起的乳头的印痕呢？总不至于是有意缝在底下的纽扣吧。但也许她的乳房弹性就是比一般的要好，因而需要更有力的挤压才能让你有更真切的感受。再碰一下就知道了。

女孩举起了那只手臂，吓了李得儿一大跳。以为她要叫人了，赶忙将手臂缩了回来，并提前做好了鼠窜的准备。黑背心女孩真是叫人了："小姐，替我拿一下这本书，《这里的黎明静悄悄》。"操，这种声音。怎么会是这样的声音？操。李得儿差点儿狂叫一声夺门而出。那边那位背大旅行包的男人在听到女孩的声音时，饶有趣味地转过头来看了她一眼。他微笑着把手上的地图册往书架上一塞，转身大步离开了书店。真他妈活见鬼，李得儿不住摇着头慢慢往门口走去。可见我那次有多紧张，竟然连这么恐怖的噪音也没留意。如此性感诱人的眼睛嘴唇，如此富有美德的乳房和腰肢，竟然配了这么一个粗俗不堪的破嗓音，又粗又大，像是从一截被蛀空的树根里吹出来的一股恶风，让人感到她一定会有一双毛糙又笨拙的手掌，在抚摸你身体的时候会让你感觉是一些破烂的木头块在那里划来划去。这可不是第一次了。那个半边长发披挂的姑娘，多么秀美的长发，多么漂亮的半张脸，我非得凑近去看另外半边。结果看到了一块巨大的突起的青色胎记。哀号吧哀号吧哀号吧。胃口倒大了。千真万确：一头秀发使英俊的面庞越发俊秀，使丑陋的脸更加可怕。

李得儿出了书店，无精打采地走在大街的人行道上。

第七节
高月半得道

　　冰冰冰。冰镇老爹。得快一点得快一点，要不然很可能心还
在跳，身体已经发臭。胖子月半骑着车飞快地从体育路往市心路
拐，迎面驶来一辆嘀嘀嗒嘟唱着尖锐的圣诞音乐的洒水车。尽可背
祸水尽可背祸水尽可，背，祸水。妈的已经这么潮了还要洒水。他
咯噔冲上了人行道，车头晃了两下，前轮磕到了前面那位昂首疾行
的男人的脚后跟。葛只包有些大哒，汗酸也实在有些臭呢。这人拧
着眉头露出痛楚的神色，随即很快又恢复了。他勾起受伤的腿，用
右手抹了一把脚后跟，向胖子投来快速的一瞥。等胖子想要道歉
时，他已经快步向前走去。蛮有可能是东片的，至少绝对不会是梅
镇人，胖子心想，这满脸的忧虑，对周围一切视而不见，简直出神
入化。胖子脚点了一下地，重新骑到了被洒得烂湿的马路上。冰冰
冰。冰镇老爹。再不马上冰镇会坏的。好像我是个局外人，只晓得
一味做事体，已经觉弗着悲伤。它在哪里？老娘哭得吃力了就对着
电视犯傻。"月半，"她说，"我看人死坏做只雕倒是弗错呢。自由自
在唁。"她在看慢镜头的飞翔的鸟群。我说："有啥用场，砰一枪打
杀。"她就不吱声了。一会儿她看到了姿态优美的鱼群，又说："做
鱼倒也还弗错。"我说："闷煞唁，气都透弗转。"确实如此。绝对不
允许有幻觉。我的现实是，大树已经倒了，从此再无荫凉，一切要
靠自己。不可能跟他们去打官司，明摆着的，即使官司打赢，一条
人命最多赔你五千洋钿，快十天了，这么多亲戚朋友的饮食住宿就
超过一万。但如果说向院方同市里施加压力甚至适当的威胁，倒有

可能赔到三五万。全梅城恐怕以后都会骂我这个做律师的不为父亲做主,讨回公道。什么是公道什么是利益?哪个是虚的哪个是实的。他们谁都会把手伸向利益那个方向。只要有人来敲我高律师的门,我就必须明白一点:他们是为利益而来的,不是为公道而来的。他们不是来向我寻求帮助的,是来向我要金库钥匙的。可就算真的赔到五万也亏啊。亏啊,真太亏了老爹啊。一生清廉。清苦和廉价的一生。冰冰冰。冰中的老爹。假水晶里的老爹。书店。暂没有必要去了。再不能做书呆子,得好好想一想,把该想通的全都想通,再不能有半点糊涂。出来一位穿黑背心的漂亮妞。奶奶有些大吓,难为是假吓。本城鸡婆,葛道是真吓,高月半对自己嘀咕道,我宾馆里专门碰着伊。"胖子童子,你要愿意花五百块钱,就可以在这位小姐的肚皮上打麻将。"π说。九条,杠一杠,好啊财神刨头,和了。吸一口烟。烟灰缸。把烟塞进那个乱毛飞舞的紫云洞里。抽动,吐出烟雾。不稀奇,胖子心想,泰国人妖还可以从那洞里吐出一条条活蹦乱跳的鱼来。白乎乎的阳光。蹬蹬蹬。好闷好闷。高温要来了。冰冰冰。冰堆中孤单的老爹。冰镇老爹保鲜保甜清凉爽口,可口亦可乐,喝一口尝一尝,哈哈笑。长歌当哭。因为哭已经来不及了嘛。没法哭的,我必须做出一家之主的样子来。胖子回头看了一眼,已不见黑衣女孩。偏偏就李得儿看不出她是一个妓女。哦,他太爱女人了,只看到她们的美,不知道什么是妓女。

"胖月半!"李得儿看到穿着一身皱皱巴巴的灰色西服的胖子从自己面前骑过去,大声叫住了他。胖子回过头来。

"噢。"胖子停下了,等着李得儿走近。

"你爸怎么样了?"李得儿问道,一改平日没正经样,神情很严肃。

"差不多了。"胖子望着别处惨然说。冰镇老爹。冰冰冰。可口又可乐。

"我得再去看一下他老人家。"李得儿诚心诚意地说。这下犬儒不起来了。一见我总是先递上那支破歌:"得儿是个神枪手,每一个子弹消灭一个敌人。"那些来自他嘴里的没完没了的打油诗和高家传奇。"前段时间出了一起分尸谋杀案,昨天才破了,"他说,"一个捕鱼老光棍摸起了一只大麻袋,还以为是什么,刚刚解袋口绳子,砰,从面头滑出两只大腿一只凹×。"

"还有什么区别?"胖子并没有交谈的欲望。

"去办事?"李得儿想要告辞,又怕不礼貌。可这会儿礼貌对他有意义,李得儿心想,现在整个世界对于他都是不礼貌的。捉奸!穿上裤子!看你还有没有空来干这种坏事儿。

"冰块用完了,再去弄一些来。"

"一点儿希望都没有了吗?"李得儿听自己说着大人的话觉得很不习惯。

胖子略带嘲讽地盯了他一眼,凄然一笑:"老爹一生清廉,却落得这个下场。"他摇了几下大脑袋上车走了,连再见也不情愿说。

第八节
想起一次医疗事故

高尚廉快翘辫子了。头号新闻:梅市第一镇即梅城梅镇也即梅市市府市委所在地之镇之第一任退休老镇长高尚廉因遭梅市第一医院诸位专家护士的两次误诊三次医疗事故尔后在外部呼吸器的帮助下坚持一星期植物人的艰难挣扎已于今晨八点三十分五十九秒停止心跳挺直狗腿翘起辫子市委市府决定全市降三分之一国旗以示哀悼并彰其临云之志怀霜之心。卖报卖报,衣衫褴褛的报童满街乱跑。这可不是三十年代的上海重庆。全城都会摇头晃脑在茶余饭后论及此事。听听来自病人家属的正方意见和来自医院的反方辩解。

秃头法官：请反方为自己的失责行为作辩护。

院长：我们确实有过一次小小的失误，但那也由仪器设备未能及时更新换代所致；然则市立医院经费短缺，梅城人民一向有目共睹，所谓白雪冰冻三千尺，疑非一日之寒也。

秃头法官：（打断）不许乱念歪诗。

高尚廉之妻：至少也得指明出处。

旁听众人：对对，指明出处！

院长：由于仪器无法更新，设施配备不足，人员严重短缺，插一句，我院的病床至今还是上世纪末留下的毛竹床，每到夜晚，所有的病房里都传出吱吱嘎嘎的声音，不但令病人和值班护士无法入睡，也严重影响了附近居民的夜间生活，附近居民区近三十年来产下各种弱智婴儿连体婴儿葡萄婴儿血球婴儿不能说完全与此无关，同样，医院的所有痰盂尿盆已是一补再补，却依然补不胜补，因此已有病人和病人家属开始在床下、门角、楼梯口乃至走廊上吐痰小便，至于药房，除了中药房由于根据中国传统药理不计较物种只在乎搭配，是的，我们发现了很多为前人所忽视的新中药配方，那也是被逼上梁山之后的伟大创举，例如马路上随处可见的瓜果皮配以萝卜蒂、臭虫屁、蚊子尿和蜘蛛血就是一帖极好的减肥药，而少女裤衩烧成灰烬调以六月晨霜七月午露八月夜雪可治愈男人的按月痛经并确保其房事通畅等等，因而中药房永远货源充足，但其他药房的情形却惨不忍睹，有一次一位病人牛皮癣忽然发作，痒得要死，西药房却找不到一片阿司匹林，另一个病人抽筋三天了，痛得死去活来，也没有护士能及时变出一粒黄连素来。医院的情形如此，市里不但没有为我们调拨适当的经费开支，还不许我们提高物价损害百年福利医院的形象，以防失去市府市委在市民中的崇高威望。可威望何在？在凉风习习的盛夏之夜，当所有在自家门前乘荫纳凉的梅城人都在抱怨从市一医院飘来的阵阵尿臭屎臭时，市府市委的威望何在？当整个市府市委都笼罩在这片屎风尿雨中时，它们的威望何在？当然我说的是两个月以前的事，也就是说是前任墨市长下台前发生的事。听说我们的前任墨市长已经被监狱流氓敲光了牙齿，我个人倒是愿意相信这是一件真事。就是这位市长，一方面坚持把我们市一医院列入福利医院，一方面却一年到头不给一点市政经费。做个通俗的比方，这样等于是又要妓女自己出钱立牌坊，又不许她们上街去拉客。

正方辩护律师：（打断）法官大人，刚才反方的陈述有借入狱市长之名恶毒攻击市府和市委之嫌，且通篇所述与本案毫无关系。请法官大人让反方立即回到本题：医院是如何在专家会诊时出现错误和出现什么样的错误的。

秃头法官：哈，我本来还想听他多说一会，他说得很有意思。但反对有效，请反方回到本案眼下急需讨论的话题。

院长：在这种条件下，我们的专家医生当然就无法避免诊断失误，把高尚廉先生的前列腺肥大当成了早期恶性膀胱肿瘤，并劝说他尽早开刀切除。这无疑给高尚廉先生带来了极大的心理压力，幸好他是一位豁达大度……

高尚廉妻子：（打断）大度？有大度得愿意送自家的老命给别人家的吗？

院长：（不加理会，继续）……而又乐观开朗的人士，对荣辱得失从不计较，对生命和非生命的界限认识模糊，因而愉快地同意了我们的建议。为了保证诊断的准确无误，我们又一次对高尚廉先生的膀胱部位做了切片检查，结果还是前期迷漫性结节状恶性肿瘤。这就是所谓的两次误诊，显然，其中命定的色彩远远多于人为的因素。

一旁听：是误诊？弗，弗是。

另一旁听：弗是误诊？是，是吤。

秃头法官：请反方继续陈述手术开始以后所发生的三次医疗事故。注意，除非万不得已，或是实在精彩绝伦，不许远离本议题。

院长：我们这才打开了高尚廉先生的腹腔，遗憾的是我们半天找不到那块恶性肿瘤。我作为当时在场的主刀医生之一，第一个看出这是一场误诊。于是我要求另外两位医生先把腹腔缝上，等高尚廉先生醒来后再征求他本人的意见。但由于本来预计手术至少得做上八小时，现在才过了一个多小时，过量的麻醉剂使昏睡不已噩梦连篇的高尚廉先生必须等到六小时以后才能醒来。

高尚廉之妻：（打断）征求意见？你们当时为什么不来征求我的意见？

秃头法官：插嘴有效！

院长：（摇头）这就是所谓的第一次手术失误。因为事实上麻醉师在调制麻醉剂时跟人聊了几句。确切说是跟一位护士。他说护士屁股又大了不少。护士说不可能，我刚做完一个减肥疗程，就把屁股撅到他鼻子底下，说你摸一摸就知道了。于是麻醉师一边捏着护士的屁股说嗯是是嗯嗯没大没大，一边配好了麻药，少用了三分之二的剂量。这事的结果是，当我们另外两位主刀医生正在缝合高尚廉的腹腔的时候，高尚廉突然从手术台上跳起来，号啕大叫：杀人啦！杀人啦！幸亏他及时看到了自己洞开的肚子，立即惊厥过去，重新倒在了手术台上。大家都知道，一位像高尚廉先生那样上了年纪的人，好像是六十七岁。

高尚廉之妻：六十八。

秃头法官：插嘴有效！

院长：这样的年纪当然不宜在两天内三二次打开肚子。基于这种考虑，我让一位护士拿来一桶冷水往高尚廉头上泼去，并让她接连抽了他十几下耳光。高尚廉这才又呻吟着醒了过来。我立即把好消息告诉了他本人。他问我，前列腺肥大会有什么问题吗？我说所有的问题你来医院以前都已感觉到了的，就是小便时间过长，有时一次小便可能会持续两三个星期，这样就使得这种病人不得不时常在厕所进行餐饮睡眠和娱乐，且伴有疼痛感和少量的出血，但有一点可以保证，这种血肉增生永远不会恶化为癌症，因而没有生命之忧。高尚廉于是问我，他的肚子是否缝上了。我说只是先胡乱缝了几下而已，等您做完决定后再好好缝过，否则样子不好看。他就点点头说，既然开了肚子，就顺便把那块多余的小肉割了吧。我认为他的选择是明智的。由于我觉得这只是一个连见习外科医生也能主刀的手术，就预先退场了。

正方律师：请问院长在这时退场有什么特殊原因吗？

院长：法官大人，请允许我回避这个与本案无关的提问。

秃头法官：正方提问有效。反方必须回答这一提问。否则本庭将视此为藐视法庭。

院长：法官大人，我当时退场是由于我情人的丈夫的情人，也即拙荆出了一些问题。

旁听众人：拙荆？拙荆是何兮？酸滴吧啦少酸酸。

院长：不酸的说法就是我妻子，假正经的说法是我家里那位，假洋鬼子的说法是我夫人，小资产阶级的说法是我爱人，实实在在的说法是我老婆，俗里俗气的说法是我老太婆，最粗鄙不堪的说法则是我那只老×。

旁听众人：用最粗鄙不堪哜话话下去！我们一致认为葛桩丑闻比本案更急需予以披露。

院长：请法官大人在审理此案过程中能维护当事人的隐私权。

秃头法官：（拍惊堂木）提议有效！肃静！本庭责令反方，在休庭时私下里尽快与本法官交流相关隐情。现请反方继续陈述案情。

院长：法官大人，我的陈述也许应该在此告一段落，因为接下去我已经不在现场。

秃头法官： 押院长下，传反方证人麻醉师出庭。

院长押下，麻醉师上。

麻醉师： 我第一次失误，事实上导致了一个意想不到的好结果……

高尚廉妻子： 难道让病人看到自家吶肚皮血淋淋开大洞是好结果？

麻醉师： 可手术出人意料地只进行了一小时，而他毕竟是靠着我的失误提前六小时醒来了。

正方律师： 难道医院没有苏醒剂吗？

麻醉师： 绝对没有！就算那是我的一次失误吧，也完全因为女护士用她的大屁股勾引了我。这一点刚才大家都已经从院长的陈述中得知了。

在场女护士：（从旁听席中站起，打断麻醉师）你诽谤！我的屁股是大是小跟你有什么屁关系。我请求法官大人让大家来评说评说，我这样的屁股究竟算不算是大屁股。（转身撩起裙子撅出一个大屁股）。

旁听众人： 看啊看弗灵清，脱脱落来么算哉。

正方律师：（眼睛瞪大，嘴巴半开）哦。

高尚廉之妻：（冲到护士身边，送上两记耳光）我认为法官无知无识，下下作作吶屁股岂能出庭作证。

秃头法官：（垂头丧气地）插嘴有效。本法庭责令护士立即遮盖好自己的屁股，不得在庭上随意暴露。请反方证人继续陈述案情发生经过。

麻醉师： 我第二次失误是因为吸取第一次药剂用量过小的教训，多用了一倍的药剂。因而原则上，这次失误仍得归因于护士拿她的大屁股对我进行了骚扰。事实是否如此，我相信法官会有公正的裁决。莎士比亚说：嘴唇乃是嘴的一部分。据此，屁股也该是大腿的一部分。可她那件东西，我们大家刚才都看到了，早就不是什么大腿的一部分了。每天有这样的屁股在你眼前晃来晃去，谁还能安心工作？这就是问题的症结所在。

护士：如果我的嘴能自由活动，我要咬人！

正方律师：我请求法官大人让反方证人在引用名人名言时注意其确切性和适当性，以免混淆听闻。并责令他立即澄清过量麻醉剂的使用所带来的严重后果。

秃头法官：有效！请反方证人少来这一套冬烘气十足的引经据典，尽快用朴实无华的语言陈述过量麻醉剂的使用所引起的严重后果。

麻醉师：是高老头十六小时噩梦连篇的昏睡。但若是供氧护士能保证充分的氧气供应，事故也不会发生。我想我可以退场了。

秃头法官：同意。押麻醉师下，传反方供氧护士出庭。

麻醉师押下，供氧护士上。

秃头法官：请不要哭哭啼啼。请你陈述一下当时的情况。

护士：（抹眼泪）那天只剩下不到一瓶氧气。

正方律师：严重的失职。作为供氧护士应随时保证充足的氧气供应。

供氧护士：我确有失职之处，可那天是礼拜天，没有地方能买到氧气，再说我身上也没有带这么多钱。（又开始抽泣）医院半年都没发工资了，我老公整天赌博输钞票，被债主逼得逃来逃去，我三天只能吃上一顿饭。刚才麻醉师说那位护士的屁股又大了，可是谁注意过我的屁股一直在变小。哪怕我不要脸满大街向人撅屁股，估计也不会有人肯上来摸一下。

正方律师：（安慰道）别哭了，小姐，不要难过。事实上屁股的尺寸与卡路里的摄入量关系不大，而主要取决于某类特殊运动次数的多少和强度的大小。有关这方面的一些细节，待庭审结束以后我俩或许可以单独再作交流。

秃头法官：安慰有效。请反方证人尽快陈述供氧不足的后果，然后离庭。

供氧护士：病人本来应在手术后一小时苏醒，并开始脱离氧气瓶自行呼吸，所以在正常的情况下，当时所剩的不到一瓶的氧气是够用的。但现在病人在手术后三小时还没有苏醒，直到氧气用完后还没有进入清醒的自行呼吸的状态。它导致的结果是，病人的大脑急速休克甚至坏死。当然当时若有源源不断的氧气供给病人，让他在吸氧过程中渐渐苏醒，也未尝不可能，这应该是我的责任。不过我还得说明一点，更大的责任应由病人监控室里的护士承担，他们没有及时发现病人早已因缺氧而休克。

秃头法官：嗯，下去吧，姑娘。这样的屁股确实哎……

正方律师：（推一下眼镜架）请法官大人自重。

旁听众人：我们很愿意听一听你们两位对葛个问题吖弗同意见。

秃头法官：传监控室里的护士出庭，

供氧护士押下，两位嘻嘻哈哈监控护士上。

秃头法官：请你俩陈述当时情况，并解释为何没有及时发现病人已因缺氧而休克。

一护士：（推一下另一护士）嗯，你先说吧。

另一护士：那得怪《免费购物导报》里登的一则广告，说是江南大厦那天早上八点半以前到的顾客，可以在化妆品柜台任意挑选三件一元以内的商品。因为我俩上早班，病人看上去一切正常，就去各挑了三件价格在一元内的商品。她的我不记得了，我是挑了过期三年的洗面奶一瓶，一分为十的眉笔一截，还有现场挤的摩丝一朵。

一护士：我挑了，哈，过期二十年的尼龙假发套一个，就是我现在戴的。没看出来吧。

旁听众人：看弗出。为何法官弗戴假发。

律师：本国法律没有这方面规定。另，假发质量普遍较差。

一护士：（继续）剃腿毛的刀片一块，和过期十年口红一抹。（推另一护士）接下去还是由你来说吧。

另一护士：事实上我们免费购物所花的时间还不到一个小时。当我俩回到监护室发现高尚廉开始缺氧的时候，立即从另一位已无生还希望的病人那里拔下了氧气瓶，接到高老头嘴上。按理我俩的失责最大限度仅能导致病人醒后的永久性痴呆，却决不可能像后来那样变成植物人直至最后翘辫子。最大的失误是接管医生造成的。因为在这时，他在前一天在病人体内所接的管子突然破裂，导致大量本应由排泄管排出体外的病人体液中途破管而出，重新进入了病人的血液循环，这样等于是病人的大脑被这些废水彻底地洗了一遍，而病人此刻还没有醒来，只能听凭大脑活活坏死。

秃头法官：你们下吧。由于接管医生畏罪潜逃，暂时无法出庭，我宣布现在休庭。

肩上挑大梁，还要背老娘。这下还有工夫来捉奸吗？"起来起来内裤穿起来！"妈的。"快快。"我说。吕蒂蒂紧紧抓住我的手臂，忘了穿衣服。赶紧跑出后门，从老太太窗外有一个小道通山上。她内裤都还没穿，只能光着身子上山。光着屁股穿行在黑暗的树丛里。就怕她说：我不管了，让他们来看吧，我们就在一起干怎么了？！以她的脾气还真就会这样说。砰砰砰踢得越来越急。烂锁，早就想修一修了，都快掉下了。她穿上了内裤背心，缩在墙角。我匆匆吻了她一下打开门。外面太黑。"在干吗？！"是胖子和红鼻子。妈的。我说："你们怎么进来的？"胖子说："你的声音怎么在抖？"红鼻子钟三点说："哈哈，妹妹找哥泪花流。"我说："操你们怎么进来的？"胖子说："谁让你连外门也不关就干上了？里面是谁？我想我一定认识。"说完他就唱起来:"得儿是个神枪手,每一个子弹消灭一个敌人。"眼镜店。这里有一位美女。不在。这下要他命了,经不起折腾的犬儒。那个活蹦乱跳的犬儒呢?"昨天来了一个挺性感的乡下女人,要我帮她离婚。我说怎么回事?她笑了一下,然后就指着自己的阴部说:'这里,就是这里,他根本不会,就晓得乱来,弄得我很痛。'我说:'真痛吗?'她说:'真痛,不骗你。'"南痛北疼。前面有家食品店。一打口香糖?不行,边上就是来娣娣的鞋店,也许她正等着我自投罗网。她太可怕。三轮车夫看我一眼。又往前骑了。"三轮车——"李得儿用梅城话朝车夫叫道。回来了。刹车。跳上。快点儿过去。操,篷子拉不上来。"嗨,这篷子怎么拉不上来?"这下有可能被她看见了。别扭头看。过去了。"昨天看你从我们店前跑过去怎么回事?那么怕我?"她总是这种调子总是这种调子。但愿这回她没看见。认识她真是昏了头了。她坐在一个女孩的后座上,冲骑在后头的同伴笑。我在路边开车锁,还以为是冲我笑,立即跟上,边骑边递上一张名片。她看到后面同伴的车与我的撞在一起,笑得更起劲了。她接过我的名片看了一眼,又百思不解地笑着看了我一眼。我就估计她不一会儿肯定会照着上面的电话号码打过去,立即回办公室,守在自己的电话机旁。响了,真是她。"你刚才为什么给我名片?"她说。"什么意思?"我说,"是你自己先朝我笑的。你干吗朝我笑?"她在电话里笑起来,说:"我不是冲你笑的,是对我后面的好朋友。"我说:"哦,是这样。既然误会可以这么美好,就索性让它继续吧,看看究竟会发生些什么。先别告诉我你叫什么名字,我们来先讨论一下,十分钟之后我们应该在什么地方见面。""哪儿都行。"她说。我操,都这样了,除了我家还能哪儿?我操,处女,太可怕,处女太可怕。这么难缠的女孩儿。哎,你们双方的激战已近白热。去你的。

"你等我一会儿,我去买点儿东西。"李得儿对车夫说,下车进了副食品店。

　　一位抱婴儿的少妇款步朝他走来。啊她！怪不得这么久没见到这位本城美女了，原来挺肚皮了。等到肚皮一瘪，除了奶和 × 各大了一圈，一切恢复原样，这便又敢于出来抛头露面了。显山露水吧，啊伟大的中文啊，一想这成语我 × 就立马起跳。下去下去，别他妈在这儿瞎胡闹。你可以同时有两个女人，但不可能同时有两个哺乳期的女人。嗯，从容了，舒缓了，可少女的光彩也随之消失。他闻到从对方披卷长发里透出一缕缕檀香味，好呆板的香味，正好可以让下面的老二消停一会儿。李得儿在这位怀抱婴儿的少妇身边又转了一圈，走到柜台前，朝服务员打个响指："小姐，来一盒'酥心'牌巧克力。"

第二章

第九节
寨里好汉

因为看不清别人的表情，从不戴眼镜的近视眼高由根脸上一劳永逸地挂着微笑。他手上拎着一只老式光面人造革黑包，走进物资局二科，站在科室中间看了半天。都在。

"都来哒。"他说，找了一张沙发坐下。

科长牛郁盛从烟盒抽出一根烟，捏住烟蒂，瞄准十米开外高由根的鼻尖远远扔过去。"接牢！老高。"他在出手后跟上一句。香烟越过宋秀才的头顶，磕到被"热力"牌空气状况机替代长久弃置不用这会儿又不得不转动起来的"赛冰"牌吊扇，被打进了高由根坐着的沙发缝里。

"弗好意思弗好意思，哈哈哈哈老高，再来得支咚，接牢。"牛郁盛又抽出一根要扔过去。

"唉，匎匎匎。"老高说着已经挪开沙发，从灰蒙蒙的地上找到了香烟。他低着头把烟凑到眼皮底下，朝它吹了两口气。"生意奈格套？"他用厚实的手掌抹着烟问道。

"生意？总是噶呀样子。"牛郁盛说。

高由根重新把香烟放到鼻子底下转动，发现断了。"断了。"他说。

"老高，勿吃那根烟哉，来吃我呀。"宋秀才手臂向后伸到后脑勺，准备让手里的烟越过自己头顶，飞向老高。

老高连连摆手："勿伊勿伊。我估计是被电扇打断呀。嗯，匿有全断，噶捏把牢么就好哉，问题弗大。"

"亦来拿线材？"老汪替自己倒满了茶壶，看一眼胳膊底下的老高，加上一句："我看我拨倷茶泡一杯？"

"泡茶啊，噶么再好不过，不过胛太浓，我坐息就走。"老高呼呼地吸着漏气的香烟说。

"噶急作何？帮我拿点材料去？噶许多年呀老朋友哉呢，真当话。"老汪说。

"嗨，话起来咱两人交情是有些年头哉。倷手头有何些材料？"老高说。

"有何些材料？倷要何乃我就拨你弄何乃。板材么板材，管材么管材，线材么线材，圆钢么圆钢，螺纹钢么螺纹钢，碳结钢么碳结钢。只要倷要，我终归拨倷办到。"老汪为老高泡了茶，递给了他。

"话弗错，话弗错，"老高吹着漂在杯口的茶叶，说，"可惜我现在真当匿有胃口吃。啊，现在是倒过来哉，"高由根低头吹掉了泼洒在他手背上的茶水，微笑着说，"老底子咱求爹爹拜娘娘问乃要钢材，现在是乃把钢材硬塞拨咱，咱倒反而弗敢要啦。现在只有一只镍板还好做做看，钢材臭得像一泡烂污，堆在仓库里，问都匿有人来问一声。"

"烂污？倷要是现在弗吃一点，到辰光恐怕想吃也弗一定让倷吃。眼光放远一些，现在多吃一点，以后紧俏呀辰光咱自然也会多多少少拨你吃一点。"宋秀才说。

老汪看着宋秀才，得得得地笑起来，身上的浮肉轻轻地抖动着。

"就怕偌葛一枪。难为眼前真当赔弗起，一月跌四百，何家还敢进货？"高由根终于把烟吸过了裂口。他再次将烟凑近鼻尖看了一会，满意地笑了。

"格么你来葛里纯粹是为联络感情喽？"老汪说。

"葛倒是真吭，匿有生意做，走动一下总是要吭，就当来看看老朋友。"高由根说。

"哎，高尚廉死坏哉啊？偌还是他老表来呢。"老汪说。

"老朋友奈格好忘记？到时光么总要来转转。不过真话，葛次主要还是为我表阿哥葛桩事体进城来吭。"高由根喝了一口茶，将贴在嘴唇上的一片绿茶摘下来，又扔回到茶杯里，说，"昨日子来得一个电话，话准备今朝拔设备。设备一拔自然就去哉即。"

"拔设备？呼吸器喽，话道是植物人哉啊。"

"植物人比活人还要养弗起，一日三千。若话是个活人，日日相是燕窝鱼翅好当饭吃哉。"老高说。

"医院弗承担药费啊？话道是医疗事故介。"老汪说。

"何止是事故，是被医院吭一帮坏蛋活活杀坏吭介。医院么，就是活人进去死人出来吭地方。"

牛郁盛在椅子上扩了两下胸，站起来，望着底下的马路，笑着说："咱吭冒牌小伙子回来哉。短短一趟差走得三日，估计亦有一位处女注销哉。"

"介个伢儿真当不懂事。拉天子许局长恨不得杀了他，今朝肯定吃马（骂）肉。"一楼门市部的杭州佬儿老方这会正坐在沙发上与林大荣打官牌，摸起一副K炸弹说。

"走哉。去楼下底门市部看看。"老高低头看着香烟屁股说，"噶闷噶潮吭天，活人都要臭坏，依我看还是早些做决定好，真当若话臭起来，再多呤冰块也压弗牢。"他微笑着掐了烟头，站了起来。

"就是噶话喽。"老汪说，"走哉啊？再坐息嘛。"

"有空调么再坐一息就再坐一息。乃空调坏坏哉介，气都透弗转，还是外头通气。不过可惜葛杯茶还有些浓来，我看还是新茶。"老高盯着手里的茶说，边来回轻轻晃着它。

"当然新茶。偌也真当是，好像咱几时亏待过偌葛位老朋友介。"老汪不满地说。

"是是是，是是是。"老高将杯里茶水喝干，放下杯子，举着手掌跟大伙一一告过别，缓缓踱出了二科。

"老高呤人，也是人精拐子。"牛郁盛说。

"拐，多少拐，只拐进弗拐出，"老汪说，"不过人葛个东西也话弗好，变变也蛮快呤。"

"听说伊原先弗是噶呤。"牛郁盛说。

"完全弗是噶呤，天差地别。"老汪说，"我跟伊大家还都穿开裆裤呤时候就一道搞哉，伊搞场多少好，虽然我年纪比伊大两岁，何里好作伊比，一日到夜做伊呤跟屁虫。伊说往东就往东，伊说往西就往西，队伴里匿有一个弗听伊呤。放火，偷瓜，偷鸡，赌博，困桥洞，看女人家撒稀，书弗读，一日到夜人家呤田埂里潦来潦去。到了大家都廿岁爬出，想想差弗多哉，讨老婆生小孩，都安耽落来哉，还想奈格？就剩伊由根一个人，一直到三十出头还一直拆天拆呤搞，跟比自还要小两辈呤人同道搞，样样坏事都来呤。连爹娘都怕伊，动不动就举一把菜刀要斩爹斩娘，何家敢去管伊，就得高尚廉呤话伊还愿意听两句。"

"他原来是噶个啊。哈，小伙子到了。得儿，来了？"牛郁盛对走进门来的李得儿打了个招呼，又转向老汪问道，"格伊后来奈格会变成现在噶个样子？"

"我作俉话嘛。有一日，伊跟一帮人吃得空老老匿有事体做，去拔电线杆两边阶钢丝绳，看何家力道大。"

"固定电线杆的吗？"李得儿问。

"对对，固定电线杆的。"老汪笑着看了一眼李得儿，改用梅普话继续讲，"一个不当心，电线杆倒下来，打在他头上，打得他头都裂开，浑身胡脑都是血，边上所有人都吓坏了。他脱下衣服，一把扎牢脑袋，腾腾地往医院跑。呐，那以后，他医院里出来，就换了一个人，话也不爱说了，脾气也没有了，成了个人精拐子。原先他像猴子那样一只，现在个大头成这个样子，连眼睛都近了。"

"唉，那么说来人都会变的。那你说咱得儿以后会不会变？"牛郁盛盯着李得儿笑着说。

"自然也会变的，"老汪瞟了李得儿一眼答道，"得儿对不对，不要以为你现在女人要多少有多少，到时候结了婚，老婆日里夜里紧箍咒念起来，你还不跟我们现在一样，哪里腾得出？"

"得儿，告诉你一个好消息，"宋秀才举起一根手指挥了一下，停在半空，低下头，点上一根烟，吸一口，喜欢卖关子的人，继续，"刚才有一个电话找你。"

"对，是个女孩儿。"李得儿说。

"看看今朝的'梅城特刊'，哈嘿，晚上体育馆有'人畜大赛'。"传达室老傅拿着一叠报纸进来。

"娘的阶，早间头看到海报，我还道是何家开玩笑。"老汪从老傅手里接过报纸说。

"真的，还以为我骗你。"宋秀才说，"真有。我当然说，得儿不在，请问你是不是宾馆的那位小姐啊？她说不是。我想，啊－呀，一不小心又把得儿给出卖了。正要打住，可老汪接过了电话。不信你问老汪。"

"这很正常嘛，我问她是不是鞋店那位姑娘，她也说不是。"老汪从"梅城特刊"抬起头来说，"得儿，你不是有一位鞋店的姑娘吗？我也想打住了，可郁盛又抢了电话。不信你问郁盛。"

"嘿，我想反正已经这样了，又不是我开的头。我问她是不是那位播音员小姐。人家索性一句话不说就搁了电话。"

"哈哈，"老汪眯着眼睛怪笑起来，伸手从嘴唇上抹下一片茶叶，搓两下，弹进烟缸里，说，"连猜三位没有猜着，把得儿老底都快翻光了，人家小姑娘还不生气才怪呢。宋秀才么是真当缺德。"

"三位？要真只有三位我也不会那么说了，实在怕得儿透支太多吃不消，帮他弄走几个。有什么不好？得儿你说是不是？"宋秀才朝得儿挥着手里的烟。

"多谢诸位，多谢。"李得儿微笑着说。我上次给你电话，你们单位的人说你去丈母娘家了，那位生在长白山长在哈尔滨大学在青岛工作在合肥的姑娘在信上说，把她给吓得。尽管还是来了，毕竟让她有了心理准备。还是得该感谢这帮孙子。难得他们今天如此神气，一星期的开始。平时我哪次上来的时候不是一个个歪倒在沙发上做白日梦？目光呆滞。空虚挂在他们的手指上手臂上脖子上脸上缓缓吐出的呵欠上。身体前倾，抓起茶杯汩汩喝上几口，试图把注意力转移到嘴唇舌头肠胃和尿道，给自己提点儿神。要不就是面孔还在梦里，嘴角已浮出一副对现世不满的神气，像戴顶帽子那么自然。一只麻雀。叽叽，转动脑袋。砰！掉到了马路上。小姐，您能帮我捡一下吗？飞走了。要是枪在这儿。这可不行。局长会问：你把枪偷回去了？不是早已判它在我这儿终身监禁吗？他应该不知道我第二天就把枪偷走了。亮光光老王，大秃瓢被刚钻出阴云的太阳照着，闪出金光。他踩着外八字，劲头十足，一只手掌机械地举过头顶，嘴唇在蠕动，碰到了什么熟人？他见到谁都像要作报告似的把手机械地举过秃瓢致意。从楼下进去了。报告康熙大帝顶头上司局长大人总裁先生被判终身监禁的鸟枪已经越狱而逃。一颗铅弹塞进他的秃瓢。亮光光秃瓢一朵花。

"得儿确实厉害，丢了一个女孩根本不在乎。要我碰到这种事情，非得跟人拼命不可。"牛郁盛说。

"嗯，"老汪打一个呵欠，搓一下脸，"夜里我也去凑个热闹。连市长都亲自出马，哈，跟猢狲比爬杆。哎－耶咿耶咿呀，我看弗困晏觉还真是弗来时。"

"前任市长刚刚进班房，葛位新上任哗大概是想进疯人院去庅两日。"宋秀才说。

"哈。喂，哪位？噢，苏总你好你好。不是鸡窠，错了错了，是牛窠牛窠。哈。还替我留着是不是，好太好了，谢谢谢谢。我通知车队明天提货。那当然，明天我先给你打四十吨的汇票过去。肯定肯定。虽然现在资金紧张点，你这里还是要保证的。对对，以后钢材紧俏的时候可要优先考虑我这里。对对。好啊，改天约个时间去钓鱼，你苏总这么大的面子我怎么敢不去。带上女朋友吧，不用是不是，女朋友还在丈母娘的肚子里。我想你是应该考虑这件事了，不能老让人家叫你苏童子，现在都改叫先生了。先生先生，先生他一个再说嘛。我当然不敢。别人叫我牛窠没关系，反正我们这里不只有一个窠，还有猪（朱）窠，狗（苟）窠。哈。好好。明天十一点我让车队过来。好。不会不会，四十吨，对，对，四十吨的货款，不会忘不会忘。再会，好再会。"牛郁盛按下电话，开始拨另一个，边拨边先自语，得意地："哈，老沈那边还是要再确认一下，要不然空老老地吃一百吨螺纹钢进来，到辰光想吐都吐不出。"然后，"喂，老沈，你好，我郁盛。明天支票不会碰头？说好了噢，你先打六十吨货款过来，剩下的一个月里结清。说好了噢，别到时候碰头，不然的话我钢厂那边付了全款帮你吃进，赚你不到四十块一吨，你再拖我三年六个月，我不是要死给你看了？相信相信，你老沈我还是信得过的。实在是生意太难做了，谁还敢再进仓？好，明天你带了支票来，我这里派车去提货，就直接都送到你工地了。好。醉虾啊？醉虾还不简单吗？闲话一句嘛，随便什么时候你都过来好了，你要是没空的话我可以叫个厨师去你那儿现买现做。好好，就这样就这样。"牛郁盛挂了电话，伸直两只手臂，十指相交，反扣在头顶，然后扭动关节，发出嘎嘎嘎的声响，笑了："哎，一百吨 18mm 螺纹钢。命苦啦，叫人拿一点材料还要备上醉虾。生意做到葛种田地啊。不过坐在这里也就坐在这里了，没有事情做，倒来倒去一场倒，弄包烟钱也好，呵，有什么办法呢？我要是有得儿的水平，肯定也不做生意了。得儿，我看你开一门采花课算了，让我们大家都开开窍。"

第一要点。宋秀才你来回答，我上堂课怎么讲的？

"学不得，"老汪不以为然地说，"我看见他在湖边公园出过洋相。半夜三更还抱着一个小姑娘荡圈圈。结果，一个不当心手滑脱，咚，把那位小姐扔进了湖里面。"

"其实，"宋秀才拿出他那一套一板一眼、有根有据的口才，"你们谁也学不了得儿的泡妞本领。那靠的不是技巧，而是气魄。请问在座诸位，谁能做到公司里挂着一万多块债，还照样一身名牌，出门手一挥，'三轮车'？"

操。得儿也幸。

"到底还是我们郁盛，这么一息工夫，一百吨钢材做进。这么淡的淡季，真本事，真本事。"老汪叹了一口气说。

"啊啊啊啊啊，原来如此介。"萝卜干陈来旺满面烧酒红光，哼着没有出处的调门，甩着两支细细的胳膊，踩着八字方步进来，听见一片笑声，立即加入对得儿的围剿。

"什么原来如此介，听都没有听清楚就随便发表意见。"老汪说。

"市长牙齿被敲光格。"陈来旺说。

"牙齿被敲光？！"宋秀才说，"何家话咿？"

"估计是陈来胜传拨伊听即，"老汪说，"乃阿弟还来咚市里开车？"

"伊晓得个屁啊。市长一落台，'巨鲸'牌就卖拨得谭老板哉。伊葛位梅城第一司机也只好跟着失业，整天来夯屋里打呆顾。"陈来旺说。

"告诉偌绝对弗可能！"宋秀才说得斩钉截铁，"明朝就公审，偌要弗相信，就挖开墨市长听嘴巴去数一数，到底有弗有少一颗。"

"真个敲光哉，"陈来旺哈哈大笑，"都是噶话，还话要判死刑介。"

"你看着好了，顶多二十年。"宋秀才改用普通话。

"我听到的刚刚相反，说是墨市长在看管所里一个人一间空调房，还有电话彩电冰箱，兴许还有女服务员呢。"老汪说。

"那个杀时装店老板娘听小死尸要枪毙的呢。"牛郁盛说。

"嗯，真是可惜，得儿是不是？那么漂亮的一个娘儿们，无缘无故地对着脑袋去闷了她一棍子。好了，从此与黄泥为伴，花容月貌一笔勾销。"老汪痛心地说。

"她还送过我鞋带和鞋拔呢。"李得儿说。痛心。

"我看过公安局拍的照片，"宋秀才正色说，用食指戳着自己的左肩，又接着道，"舌头拖到这儿，这儿。什么花容月貌，完全不成样子了。真是肉麻。可惜。"

"晦气鬼，悖时佬儿。"老方打出一张臭牌，嘟嘟囔囔。

"那个小死尸是还不出赌债，酒吃醉之后去借钞票听。一听弗肯借拨伊，懊恼哉，马上当头一闷棍。脑袋咕隆咚翻落，还弗解恨，真是昏得个头，见到边上一根铁索，拿来就勒达伊项颈高头，噶样子舌头才一拖出外头。格么好走哉喽，伊个畜生还弗肯走，还要去卫生间接水，冲地板高头听血迹。还想逃？"陈来旺说。

"说什么哩？"一楼开票处的"浮兰人"杨大妈进来了，"是说拉个时装店底老板娘？我听说是这样底。凶手杀老板娘底时候，她两岁的女儿哭了起来。对面底人家就有点怀疑喽，他们知道老板娘是在里面底，怎么会让女儿哭个不停哩。这才去叫了人来。这样子才去叫了人来喽。"

"听说在看守所里被打得要死，污水都打出，哈哈。"陈来旺大笑着将身体一仰拍了一记大腿。

"葛种人枪毙一百遍都是应该。若话是看上得老板娘吤相貌，想强奸伊坏，或者强奸不成杀坏，还总归还有些好理解理解，毕竟偌是为得伊吤皮肉去吤，美女吤皮肉么是个男人么都欢喜，我也欢喜。娘咚日煞，偌结果道为得区区几块洋钿，要噶一条美人吤性命，绝对要枪毙！弗枪毙电都要打雷都要劈，天理难容。"老汪越说越愤怒。

"噢，个牌儿啊，真是牌（败）天牌（败）地底牌（败）。"老方才输一局又摸到一副臭牌。

"今年看来是梅市吤晦气年份。长河被杭州佬抢得去，美人被伢无缘无故杀坏，墨市长又马上就要枪毙，国际机场眼看要泡汤。照噶吤势头，讲弗定再过两年，整个梅市都要拨杭州吃得去格。"陈来旺说。

"那不可能，"宋秀才断然否定，"梅市上层关系还是非常铁的，没那层关系，当初也不可能撤县改市。你等着好了，不出三年，"宋秀才向陈来旺打出一个有力的三指 OK，"梅市就是一个堂堂正正的地级市。"

"嗯，确实是有可能的。"老汪应道。

"归根结蒂，今年是一个晦气年份，连我常胜将军陈来旺都做不好生意格。"遇到严肃话题，连陈来旺也说起了梅普话。

"宋秀才。"杨大妈朝宋秀才走去。

"嗳嗳杨大妈，怎么？"

"有人叫潘师傅看过风水哉，话道弗应该把西山打断。西山是梅市阶龙骨，是命脉，龙骨怕道好随随便便打断哙啊？"老汪说。

"你这月有一百吨低于进价底线材销售发票。"杨大妈把发票摊到宋秀才桌上。

二窠全体成员立刻闭上嘴巴，竖起了耳朵。

"龙骨？"林大荣从老方手里接过一张五十大洋，摸一把鼻子，把牌收起，接着说道，"葛位疯七疯八阶潘大仙阶话怕道好相信哙啊？旧年子兆马饭店完工，开始装修大堂，伊叫人去大堂中央阶喷水池里做个太极图，话道可以保证兆马饭店生意兴隆。现在好，兆马饭店噶副烂摊子。"

"我听说新上任阶歪头乌市长也是葛件货色，也欢喜听潘大仙嚼舌头阶，硬绷绷逼人大通过提案，要把打断阶龙骨重新用网架搭好，当中间再修一个空中过道。"老汪说。

"葛道是好弄弄看阶，"陈来旺乐了，"东南网架厂跟我阶关系就得噶铁。若话要重新接龙骨，我看五百吨网架是少话阶。只要市府头点一点，让我陈来旺来供应这批材料阶话，日得伊格，哈。"陈来旺狠拍一记大腿，将一句话就此拍断。

"噢，开给南阳拉丝厂的。"那边宋秀才看了一下杨大妈递上来的发票说，"他们帮我们接待钢厂的人观潮。"

"去年观底潮？"杨大妈说。

"当然是去年的，今年的大潮还没来呢。"宋秀才被问得不高兴了。

"好好，说清楚了就好。"杨大妈说着赶紧逃下楼去。

"那么大年纪了还管那么多。是人家的差价，他们喜欢什么时候来取就什么时候来取。"宋秀才吸了一口烟，头侧向杨大妈离去的方向，自语道。

"弗打通西山，去开发区阶路往何里修？"牛郁盛说。

"西山是肯定要打通阶，夯片山矮，打通呢肯定就会打断，也叫匿有办法。市里好像已经准备采纳潘师傅阶意见，从山顶高头重新把断开阶山脊接牢，高头再修一个高空庙，下底还是照样可以通车。"老汪说。

"高空庙？下底人来车往，神龙菩萨一年到头要吃多少烟尘？"老方说。

"曼龙骨弗断，伤些龙体问题弗大，毕竟夯边差弗多已经到龙尾巴哉。"老汪说。

"真当是脑髓搭牢。"林大荣说，开始慢吞吞地洗牌。

"快洗牌快洗牌，"老方不耐烦地挥了一下手，"管它啥阶龙骨鸡骨马骨蛇骨。"

"哈，我洗得快你不就输得快吗？"

"我倒不大相信来咚，会得盘盘输底？"老方连摸了两张A，脸上有了喜色。

"啊，呀——"陈来旺突然又跷起一条腿狂叫一声狠拍一掌，"得儿得儿，得儿呀，眼睛乌珠卵戳瞎介。"他说完咯咯咯地笑个不停。

"干吗？"李得儿从窗前转过头来问，在此之前，他的思绪一直在死去的鞋店老板娘那儿打转。是天台人好像，嫁到了梅城，噢她是多么美多么软嗓音又是多么脆多么甜。

"来旺，什么意思？眼睛乌珠卵戳瞎，文法都不通。"宋秀才点完烟，将打火机啪地拍在桌上说，中气十足，动作果断有力，语气不容置疑。

"奈格阶文法不通？偌宋秀才要死快咚哉。"来旺冲到宋秀才面前，指着他的鼻子说，不等对方回答，又若无其事，从口袋里取出烟盒，使劲挺了两下细脖子，啊啊啊，从喉咙底下呕出一坨痰来。

他将它含在嘴里，走回到门口，吐向摆在一窠与二窠之间的那只高脚痰盂，噗，打到了水磨石地板上，那上面早已结了一层滑腻腻的黄色痰迹。来旺慢悠悠来到沙发边，挨着林大荣屁股坐下，在指甲盖上敲了几下烟，清一下嗓子里的余痰："听我慢慢道来。奈格回事体呢，有两夫妻要日×，老公要老婆门边立好，话道我今朝想放一颗远程炮弹。随后呢，伊就远远较，举起一根卵子向伢老婆冲过去。何里晓得伊眼火弗够好，一冲冲得斜坏哉，长枪戳进夯门高头吆一只小洞眼里。啊呀，好巧弗巧，门高头是嘠有一只小洞眼来夯。按理讲么天兵天将弗管日×闲账，可好巧不巧，夯头偏生有一个日×先生吆老朋友来夯偷看嘠，则么好，葛根卵子再想刹车已经刹弗牢，一记孤掷戳进伢老朋友吆眼睛里，作伊眼睛戳瞎。所以讲，眼睛乌珠卵戳瞎。"

"操，真是文法不通。"李得儿骂道。这些浑浑噩噩的南方疯子。开溜吧。台球？游戏？音像店？花五分钟你就能把梅城走上一遍。无所事事的青春，你已沦为一切的奴隶。他在老魏尔伦身上抽动。两座直挺挺干巴巴的巫山，如何积云成雨滋润底下的荒田？上古遗风。无法理解。节奏和强度至上，是人是兽是男是女无关紧要。无法理解。女人身体，一切部位皆可探索。莎士比亚，又是怎么回事？三番五次劝男友早日结婚生育。你租赁的靓影，永不到期。男人互舔？天哪。吐吧。吕蒂蒂趴在我两腿中间。塞得满满的嘴。一截露在外头。她抬起眼睛。什么气味？我问她。嗯，她笑着想了半天，说，是淡淡的荔枝的气息。

"哪有你通？被你捅过的女人家，别人家就没有法子再用了。哐当哐当，哈，四十吨位的平板车都可以在里面掉头了。"陈来旺终于达到目的，二窠的所有窠员这回都笑了。

老汪捧起宜兴紫砂壶，嘟嘟喝了两口。宜兴紫砂壶，一只卵泡一根巴屌。老汪说："前两日，河庄乡有个老疯子，吃得匿有事体做，把自家阶卵子剪刀剪成一截截，掼夺门角落头。媳妇第二日一早扫地，扫息扫息么得来，一脚踏牢得一截阿公阶卵子，哎，葛个软屁屁滑腻腻阶是何东西？传起来一看，才之发现葛样东西。心里想伢男人家阶东西匿有噶黑，格么是何家阶呢？进屋去一看，伢疯子阿公已经眠床高头挺起夯哉。"

"卵子本来就是一些纤维管道，剪落来肯定萝卜干介贼贼细阶一根。"陈来旺说完哈哈大笑，猛地倒向沙发，两腿跷到半空，做成一只元宝，撞到林大荣身上。

"勠吵来旺。"林大荣说，没有转过头来。

豆腐佬在老婆肚皮上踩啊踩，高月半说，底下一只只避孕套从×洞里噗嗒噗嗒钻出来。

"猪窠电话捧得有个个把钟头哉呢。要是猪窠来做牛窠阶副窠，牛窠肯定要被伊气煞。现在噶个淡季，伊也有本事一日带夜电话捧牢，别人家根本就甭想打。"老汪说。

"幸亏狗窠出差哉，弗然伊亦要骂娘哉。"牛郁盛说。

"哈哈，娘的阶，半斤八两，哈哈。"陈来旺还没说完，自己先已笑得不行，"上回弗是啊，娘的阶狗科出差，发得一篮夏白桃，过得两日等伊出差回来，一篮桃子还来夯伊办公桌下底，是介匿有人帮伊送回去，全部烂光。狗科二话不说，哈，拎起一篮烂桃子，噗噗噗全部都倒达走廊里。"

"伢老婆么真当凶。天下底何里有噶凶阶女人家？"老汪说。

"这叫，要你的好看！"宋秀才说。转过头向着窗外，吸一口烟，又陷入了沉思。

"哈，我叫得儿去捡，得儿就是不捡，结果还是我弄干净了。"牛窠看着李得儿笑着说。

"你是他老部下嘛。"李得儿说。

"许局长看见也呆起，立得半日，只话得一句'难看弗难看？'

就上楼了。"牛窠说。

"放落哉。"老汪手捧茶壶，看着玻璃墙那边的一科说。

"哎呀，我看见电话就头痛。"陈来旺情绪变得低落，"五百吨板材，等得四个月还匼有车皮，一边看伊价细啪啪跌落来一边看伊利息啪啪涨上去。我来旺今年真当是眼睛乌珠卵戳瞎介。"

宋秀才一直面朝窗外一声不响在吸烟。搞什么名堂？"哼，机会难得。"他忽然轻声一笑，"妈的，郁盛一个电话就是一百吨螺纹钢，我也得做一点生意。"他说完拎起电话，把一元硬币按在话筒上。拨了电话号码。等着。

李得儿转过身，看到茶色玻璃墙那面猪窠拎起了听筒。李得儿跟牛郁盛相视而笑。

宋秀才开始跟猪窠说话了："喂，我是所罗门市物贸中心，请问朱科长在吗？噢，您就是啊。哈哈您好您好。生意怎么样？马马虎虎？不会吧。我们这儿？货源倒是很充足，就是最近银根抽紧，资金周转稍微有些吃力。听说你们资金情况不错。是吧，那得多多合作了。嗯最近倒是进了一批镍板。多少，嗯，四十吨。还有五十吨在那儿。都吃下来？不是跟您说我们这儿资金周转有些吃力吗，只好忍痛割爱了。来啦来啦！对不起，您等一下。"宋秀才捂住话筒，往面摇头晃脑的猪窠投去一眼，笑着对牛窠，然后是李得儿，说，"这猪脑上钩了，说让我尽快脱手给他，再进另外五十吨。嘘！"宋秀才举手向窃笑不已的一窠同事们一一打过招呼，重新放开了听筒："喂，刚才对不起来了一位客户，说有没有可能把这批镍板先给他，下一批再给您。您看怎么样？不行是吧。噢，你们两家不能互相通融一下吗？对啊是我先跟您联系的。是啊，我也是看重你们雄厚的资金实力。现在生意不好做还不是因为银行不让贷款嘛，并不是一定想从您这里赚多少钱。攀一门好亲不在乎贺礼多少，是不是这样？哈哈。好，我就答应您，四十吨全归您。嗯，提货？

什么时候都可以，只要不超过一星期就行。好说定了。账号和开户行？我现在就报给你。抬头：所罗门市物资开发公司。不抬头是不行的，对——不—抬—头是—不—行—的。开户行：所罗门市工行。账号是123321123321。账号很奇怪是不是，那是我们为了方便用户提高知名度，花了十五万从拍卖会上搞到的。我这里的电话更奇怪呢，你记着，518518518。好，我等您电话。最迟后天。好。再见，一定一定，再见。"宋秀才抬起头来，还是一副沉思状，吸一口烟，眯起眼睛自语："这笔生意不知能不能做成。"

"天下底比宋秀才坏阶人恐怕是匿有哉。得儿再坏也是明刀明枪真功夫，实打实，凭卵头打天下，碰着宋秀才，偌受得伤还道是自家何里碰得一头。"老汪说。

"哈哈。"陈来旺笑得在沙发上爬来爬去。

"弗可吵！"林大荣说，他抬起头来看了老方一眼，出牌，"34567，打偌一副小顺子。"

"过！"老方镇定自若。

"真当有本事，"牛寨说，"老高嘎个老实头人，伊还要开伊玩笑，叫人家吃污。"

宋秀才忍不住了，他哈哈笑着冲向陈来旺，掐住他的脖子，"来旺，眼睛乌珠卵戳瞎，猪脑髓要上当哉。"两人扭打起来。

"弗可吵。葛牌，正当有些难打哒。"林大荣把手里的牌插来插去，反复思量。

陈来旺被宋秀才掐得涨红了脸，边咳嗽边嘟噜噜叫："弗可掐哉畜生，阿哼阿哼，电话电话，赶快去接。"李得儿主动离开牌局，去接了电话。

第十节
上来一趟

"李得儿？！"许局长中气十足的声音。

完了。

"是我。许局长吧。"李得儿说。

"上来一趟！"许局长挂了电话。

操。我跑到上海跟人聊天儿去了。这不行。我误了车，局长。这不行。我坐错了车。我不想干又怎么了？不行。我。哈哈局长，您当年手下有多少兵？转业军官。师长还是排长？立正稍息向后转齐刷刷向右看，距离不对。脚步轻轻挪。手持冲锋枪。咔嗒嗒咔嗒嗒。您冲锋过吗？肥胖的身体滚了一阵子，跌进壕沟里，露出了大肚皮。突突突，一串子弹射在上面。他伸手在肚皮上抹了一下，将一把子弹抓在手里。对不起司令官先生，之所以如此难看相，只是因为鄙人稍微胖了一点。混账！司令官说，降三级，去做李得儿军长的勤务兵！

"下星期？那就来不及了。"许局长一副菩萨的尊容，耳朵上夹着一只电话，肥硕的手掌里翻扑克牌似的翻着厚厚一叠名片。他从办公桌上瞄了李得儿一眼，哈哈笑了两声。能引起共振的噪音。只要他一说话，墙壁屋顶走廊楼道都会跟着轻轻振动，当然还有你们这些小兵喽啰小小的心脏。震慑力！当局长先得是一个好低音。"明天不行吗？要是明天可以的话那还有机会。"许局长继续对着耳朵上的电话说。不但有共振效果，而且富于节律：拖长的声调——忽然加速——稍顿——拖长的声调——加速——完全的停顿——拖长的声调。他从一叠名片里抽出一张，把其余的弄齐，放在一边，又说，"不行是吧。没关系，没－关系。我别的地方再想想办法看。好好，嗯，再见。"他放下了电话，带着微笑看着在对面款款落座的李得儿，手指捏起了烟缸上着了半天的"孔子"牌超低焦油烤烟，轻轻吸了一口。完全外行的吸烟动作。玩玩而已。"怎么回事？"许局长说。

"汇票送到了。"李得儿说。不打自招。不过的确送到了。您看窗外一只过路鸟，转业军官局长大人，若有本事您就打将下来。

"依你说来，"局长仍然微笑着，脸却有些青了，"一切都还算正常？"

"当然，出发的时候不太正常。"李得儿说。若是这低音继续这么来回振动我小小的心脏，我就招架不住了。

"怎么不正常？"局长笑得越来越和气，脸色越来越难看。

"误了火车。我把13点4分当成了1点34分，误了半小时。"当时想好的绝妙的谎言。哪怕他看穿了也拿我没办法。

"胡说八道！"局长盯着李得儿大声喊道，仿佛要把他从对面沙发上弹出门外去。

至于男低音啊，那畜生只会咆哮。驴子吊嗓。心跳。不是因为共振，是真慌了。娘咚阶操，还没有见着那女孩儿。"噢，她去外地了。"她对面的一位中年女人说。微笑。脸上起了红潮。脸稍稍有点凹，可有女人味儿。"我的名片。"我说，让名片从我身后飞盘似的飞出去，落到她桌上。脸更红了。有女人味儿。"我发现当天没别的车次了，就去了上海。我还是希望尽快赶到松江。有当天的班车最好，万一没车，第二天一早就能赶到。结果到上海已经快八点了，最后一趟车刚刚开走。"李得儿说。

"好，好。"局长这回是真笑了，"你去了上海，又是哪个女孩？得儿，李得儿！派你去办这种事情我真是昏了头。当天就可以打来回的一趟差，是上海，不是北京老兄，你花了三天，而且还有两百万汇票随身带着。你不要命没关系，可万一汇票被人抢走或是偷走呢？"

"偷不走的。"李得儿说。

"就算被人偷走，我们也可以去银行注销。可是三天，你算过没有？多少利息？"

"按几分算？"李得儿笑着问道。

"李大人李先生，"局长摇着头说，他弯起右手的指关节开始敲桌子，"二百万李老弟，三天利息按两分算，一月就是四万，三天就是四千。"

"这倒真是一笔可观的数目。"李得儿遗憾地说。若他告诉我早一天送到，利息归我……

"四千块对你是可观，对我们局来说还不算最重要。对方在等着用这笔钱，等着用，懂不懂？"许局长再次用弯起的四只指关节咚咚咚敲响桌面，带着挂在上面的脂肪的重量，继续，"星期四下午五点，对方就来电话说理应到了，为何还不见人影？银行六点关门五点半停止入账。我说没事，放心，来的是一位大学生，虽然调皮，头脑还算灵光，一定会送到的。五点半对方又来电话了，说还不见你的鬼影子。我估计你是在外面乱来了，可还替你辩解说，可能是一时找不到地方。对方跟开户银行再三商量，说第二天就得用钱，而银行又规定当天入账的钱最早只能在入户后的第二天才能提取。你知道这意味着什么？"局长问。

"那就是星期五入账，然后是星期六星期天银行休息提不了款。最早只能在今天，星期一提钱。"李得儿慢慢吞吞地说。

"好。那天对方的开户行同意等你到六点。可你这混蛋小子连招呼也不打一声去了上海。"许局长说着就无忍受了，别过头去一个劲地摇着。

"本来我想等送完汇票借公济私去一趟上海的，但既然误了班车，就只好先去上海了。"操，太划不来了，还没见着人。她对面那位中年少妇，耳朵太大了，有中年人才有的敏感，不住轻轻晃着脑袋，像是在持续输送什么暗示，却什么也没有。这类人通常行事都非常谨慎。她们害怕男人的谎言，极慢极慢地伸出一小截试探的触须，稍有一点儿疑虑就赶紧撤回。她光亮的头发薄薄地贴在脑门上，这样确实可以让她看上去年轻一些，可是松弛的耳朵和两腮也因此裸露无遗，哦还有眼角浅浅的鱼尾纹。她有过青春吗？

"不管你在上海做什么勾当，这事出来了，无法挽救。我唯一能做的，就是扣你三个月工资奖金。你下去吧。"

"局长又在训人了。"财务窠出纳董美人一直笑眯眯地站在门口，这时操着梅普话走了进来。

救星。骚姐姐救我。

"弗像样啦。"局长说，"贷到哉啊？我忙得大半日，一无所获。"两手一摊。

出纳坐到李得儿边上，搂着他的肩膀，继续用梅普话说："我是跑了整整一天，总算从工行弄到二百万，中行弄到一百万，交行又弄到二百万。正好齐了。"

"总算！"许局长右手用中指的第二关节响亮地敲了一下写字桌，"这样我就可以松一口气了。"

"人家更可以松一口气了。"出纳意味深长地说，微笑着看着许局长。

局长快速地瞥了李得儿一眼。李得儿心领神会，扮起一副呆脸，装作什么也没听明白。而这一位，虽说长得不好看，可指若柔荑臂如年糕送来阵阵肉香。下去坏东西下去，重大社交时光，不要乱来。

"我弟弟的处罚也免了吧。"出纳又嘻嘻笑起来，用挽在李得儿脖子上的手拍拍他的脸。

"我知道你又要替这个小混蛋求情。有什么办法？免了吧。按这混蛋小子的表现，实在不该免。不知道以后他一个人呆在北京办事处会出什么乱子。不太放心。很不放心。"

"弟弟多可怜，本来已经够穷了。对吧弟弟？"董美人说。

"少穿点名牌就行了。下去吧，小混蛋。"柔和的低音。

安全着陆。别了，驴子吊嗓。别了，骚姐姐的胳膊。诱人的皮脂，洁白光艳。他们梅城话叫什么？嫩松松。形象。乳房小了点儿奶头又太硬了点儿。见过一回，弯下腰去的时候，领口荡了下去。估计是故意的。咯噔咯噔咯噔咯噔。若是她有刚才那黑衣女的美乳。跟踪那个女孩实在是失策，那破嗓音真让人受不了。怎么可能这样？皮鞋沾了灰。"可鉴"牌鞋油已用完了。花了我八十块钱操。一窠。二窠。牛窠在冲我笑，以为我这回得栽个大跟斗了。就差那么一点儿。他们都弯着腰，围在林大荣和老方的牌局周围。

"他绝对是脑髓搭牢来咚，每个人三张牌，一共六张，长考一个钟头，还没出牌。"杭州佬儿老方说完舔一下手指，把自己手上的三张牌抹开，看了一会，又合上。

李得儿走到林大荣后面，看到他手里抓着一对2一只3。另外几人也围了过来。一张探头探脑的南瓜脸出现在林大荣身后，这位陌生人伸出食指，点了一下林大荣的牌。林大荣打出一只3。老方气恼地叫一声PASS。他故意念成了"皮阿斯"。林大荣甩掉两只2，顺着向老方摊过去两掌："哈，都拨得佬。"老方骂一声娘卖×，甩了手中的牌。"关牌打得是真有水平。就等你出一对2，拉个会得放一对2不出，去出一只3呢？偏偏出一只3。服得，我是服得。"老方说，摊出手上的三张牌，一对3，一只2。四周发出一片叹服声。老方两眼仍盯着摊在沙发垫上的牌，轻声长叹着掏出五十块钱，交给了林大荣。"下回不上来得。还是坐来咚下底门市部安耿。不过下底那帮女婆婆也确实没啥吤意思。"老方整了整西服，拖着大两码的皮鞋个杳个沓地下楼去了。

林大荣收了钱站起来，抠一下鼻孔，手指互相搓上几下，当是洗过了，然后整一整衣襟来秋后算账："要是听葛位老兄吤话，"他扭头看刚才对他指点的南瓜脸男人，忽然定格三秒，然后才扬那张困惑不解国字脸，从对方脸上慢慢摇到脚上，再一次扬起来，又摇回来，"何方神仙？差点一来一回蚀去一百大洋。"

第十一节
我来推销两只打火机

"来推销两只打火机。"振振有词，理直气壮的绍兴师爷口音，因为门牙少了一颗有些漏风，却也因此而更加理直气壮。永远不会落在你下风，这才是师爷本色，也许门牙还是人有意拔掉的呢。师爷把一只大包扔到茶几上，从里面抓出一大把亮灿灿的打火机说："看看，眼睛都要戳瞎哟，精光长亮！"猪脑拿了一本簿子跑向康熙大帝局长大人顶头上司总裁先生的办公室。汇款申请单。报告康熙大帝局长大人顶头上司总裁先生，有低于市价一万的镍板四十吨，明天在所罗门市提货。

林大荣立即揎起自己的眼睛："哦是，我眼睛是得来戳瞎达哉。"他说完陀螺似的转一个身，来下他的结论："牛皮客人。"

师爷正经地："真话难听造话好听，偌拿一只照照面孔就晓得哉，毫毛都根根灵清咚。"

"多少一只？"假的。李得儿拿起其中一只掂了一下。

"正宗'烟斗'牌打火机，一百一只，大亏本大割肉血出淋淋红兮兮，亏得我连屋里都要弗认得哉。偌去店里看看，匿有三百碰都甮想碰一碰。"

"一百一只？侬昏咚哉。看看，一块两只，轻巧、美观、大方、塑料，随买随掼，比侬还好用哉。"林大荣从裤兜里掏出一只一次性打火机。

"哦唷，葛种东西也叫打火机，掼咚路高头都匵有人要传，"绍兴师爷毫不示弱，"拿出来偌弗难为情，我都被偌难为情煞哉。"

"偌去拨我传一只来看看。"林大荣陀螺似的又转完三百六十度，下了断语，"牛皮客人。"

"五块一只，"宋秀才大叫一声，"好好偌算哉，我可以动员二楼所有阶人都买偌一只。"

"哦唷，谢咚谢咚。我还弗打算明朝去吃西北风。五块一只。五十块一只偌卖拨我，有多少要多少。"绍兴师爷收起假"烟斗"，扔回大包里，又立即从里面抓出一把，打开一只，"葛种是防风电子，看乃袋袋里瘪塌塌铜板匵有几个，推板索，便宜索，三十块一只。"

"防风?"老汪说着拿过一只，啪嗒，打着后立即要往火苗上吹气。

"哦唷唷，老先生，痰吐水都吐达我阶打火机高头哉。老年人阶口里水跟小伙子大姑娘两样生阶啦，臭烘烘弗值铜钱哉啦。"绍兴佬从老汪嘴底下一把夺回了打火机。

"那么便宜?"李得儿拿起两只打火机，比划着。

"假阶么。真货买勿起，假阶也可以；香烟啪吮着，袋袋里啪塞进，再是假阶都是真阶。"绍兴佬边说边用许文强的招式给自己点了根烟，"主要还是要看派头，有弗有数?"

"绍兴佬，娘咚阶，出口成章。"李得儿把打火机扔回到绍兴师爷的包里。

绍兴师爷背起包往门口走，半途又转了回来，从包里取出一只假"烟斗"："八十一只，要勿要?"

"好走哉好走哉。"林大荣低着头，不耐烦地向他挥动手臂。

绍兴师爷走到门口，又转回来："再放些血，六十！买弗买得起?"

"则是哪怕白拨拨我，我都勤伊哉。"林大荣说。

"白拿拿倒总是要拿阶。"老汪不以为然。

"格么二块一只。"南瓜脸绍兴佬笑着说完，从屁股缝里砰地跟上一声，拔脚就走。

"畜生阶绍兴佬就是坏，永远弗肯吃亏，生意做弗成，还要作倨啰嗦半天，硬绷绷非要等出一个屁来，出门前放咚倨屋里。"老汪说。

"给你。"李得儿朝宋秀才扔去一只假"烟斗"牌打火机，"这是随处放屁的代价。"

李得儿赢得了满堂彩。结论是：谁都以为徐文长的子孙后代绍兴师爷最坏，现在看来还没有李得儿这个北方小子坏。师爷要是发现少了一只打火机肯定会三天三夜睡不好觉。

"去年刚分到我们局里的时候，谁看到这么一位斯斯文文的白面书生都觉得舒服，没想到这么坏。"为示敬意，老汪也改说普通话。

"咱们得儿快要回北京了，以后就不太容易见到了。得儿，调令下来了没有？"宋秀才关切地问。

"还没呢，"李得儿说，"我不是很想回去，舍不得离开这儿。"

"是舍不得离开这儿的女人。"老汪纠正道，"北方大嫂哪有这样温柔？要不就不理你，要不就是还没有说上几句话，就把裤子一下子全脱光了，一点回味都没有。"

"我得为得儿辩护，"宋秀才抚弄着新到手的打火机说，"得儿不是重色轻友的人。"

"那就是宋秀才见利忘义，不就是一只假'烟斗'吗。"牛寨说。

"你们又在取笑我弟弟了！"出纳董美人手里拿着一张表一刀现金，站在门口厉声说。

"我先声明，我是站在你弟弟这一边的。"宋秀才朝董美人举起一只手。

董美人对李得儿妩媚地笑着，走到他身旁，将一只柔软的手掌搭在他的后颈上，并顺手轻轻捏了一把，没有一丝隐晦或暗示的意味，而仅仅是一个对所有人而言都最最自然不过的举动。伟大的江南艺术。唯有理所当然方能正大光明，方能不虚不实游戏肉欲之间而不受其累。

"姐姐帮你，弟弟。"董美人说。

"是发钱吗?"李得儿往董美人手上的表格凑了一眼。

"刚才还没有谢过我，一见我又是钱钱钱。"董美人恼了。假装的。

"谢谢你，姐。"李得儿悄悄把手伸到她背后，拎住她的胸罩搭扣，拉开，稍顿，放手，啪，任其弹回到那块光艳柔腻的背部，说，"这样总行了吧。"

"噢，越来越不像话了。"美出纳指着李得儿的脸，身体稍稍后仰，显出一副心灰意冷的样子，"有这么一个浪荡的弟弟真是没办法。你们看，做姐姐的只好时不时地勒紧裤腰带，给他送钱。"她把手里的表摊到李得儿面前，指着他那一栏，命令道:"这儿签字!"

"这样的姐姐还算是明智的，知道在这种弟弟面前该勒紧裤带的时候还是要勒得紧一点，就怕有时候一不小心裤带自己往下掉，想勒都勒不住。"林大荣抠着鼻孔说。

董美人如遭雷击似的呆站着盯着林大荣，半天，才让自己舒出一口气，轻拍着胸口，垂头丧气地说:"完了完了。这下看来我这辈子要讨刁德鬼林大荣欢喜是没有希望了。"

"想办法稍稍补救一下，"老汪说，"在他面前裤带也别勒得太紧就行了。"

董美人摇着头，不再企图反抗。她把三百块冷饮费给了李得儿。李得儿立即塞进了价值五百块的"永不枯竭"牌钱夹里。剩下众好汉也跟着一一签字，收起意外之财。熟睡在沙发里的陈来旺眼看董出纳就要离去，立即跳起来，拍一记大腿，大叫一声："啊——呀，什么钱？"

"我还以为你不要了。"出纳在门口转过身来。

"我陈来旺哪怕眼睛乌珠真吤卵戳瞎，也赡连钞票都弗认得噶，哈哈。"陈来旺边嚷嚷边摆动蒙古摔跤手式的舞姿，走向董出纳，"哪里签字？"

"怎么这么下流。这儿！"

"好好这儿这儿，陈——来——旺，旺怎么写？哈哈，日字一个王。日你的大王。"

在众人争相签字当口，刁德鬼林大荣放下胡飞从宾馆打来的电话，响亮地拍一记手掌，紧接着又踌躇满志地搓着手掌转了两个圈。李得儿看着他那股异乎寻常的兴奋劲儿，大致猜到了他的下一个行动目标。

"得儿你看看，你们科全都这么下流，是不是你把他们带坏的？"董出纳发完钱，立刻又回到李得儿面前。

"也许。"李得儿搂住董出纳的腰，一根中指稍稍用力压下。柔软的肉脂，洁白，美妙的弹性。老王。亮光光老王。报告报告报告。夜色中我跟一位女士擦肩而过。又是这个女的。若是本光头没有看走眼，她就是我局对面储蓄所的吕蒂蒂。他扭过光头看着她夜色中的背影。报告报告。若不是本光头走眼，那她一定是从咱们的得儿房间里出去的。我操忘了给她打电话了。这会儿不行。一会儿吧，找个没人的科室去打。但愿他们一个个都提前开溜，反正呆在这儿也没事儿可干。会的。去野外！我操又起来了，幸好穿的是长裤。那家伙不会晚上安排她去做什么事儿吧。一个木头似的男人，一声不吭，摸着一块块秦砖汉瓦。"不知道他脑子里在想些什么呢。"吕蒂蒂说。

第十二节
你闯祸了

"你闯祸了，宋秀才。"亮光光老王忧心忡忡地从门口进来，朝宋秀才挥着一根手指头。

李得儿回头，看到猪窠得意洋洋地从局长室出来，拿着汇款申请单走进自己的一窠。

"伊连之葛笔业务阶提成去买何阶牌子阶空调都想好哉。"老汪正色说，"若话泡汤，真当会像从伊皮夹里挖出同样一笔钞票介肉痛唻。"

"局长已经汇款申请单上签过字哉。"亮光光老王向一窠张望两眼，压低了泄密者的嗓音。报告报告。不明身份的美女又一次出现在物资局宿舍楼前怀抱不足三岁的小孩子是女孩子。

"小赵一会就要去银行办汇票了。"董美人说，反手轻拍了两下李得儿的脸颊，若无其事往门口走。

宋秀才看一眼玻璃隔墙对面那位猪头仰面朝天正吞云吐雾的猪窠长，再次陷入沉思。过了一会，他嘿嘿笑道："这还不好办?"说完便站起来，出了科室。

"老朱，啥事儿那么开心啊?做成了什么大买卖?"李得儿冲着玻璃墙那边的猪窠大声喊道。猪窠从一窠抬起头来，发现二窠里的所有窠员都一动不动站着，望着他。众望所归。猪脑里挤出一个成语。他慢慢吞吞地走出一窠，站在二窠门口。

"这种架势，肯定是桩大生意，除得猪窠匿有人有福气消受的大生意。"林大荣说着捏了几下鼻尖，从鼻孔拎出一根又黑又粗的鼻毛来。

"镍板，四十吨镍板。"猪窠懒洋洋地拖长声调说，朝天扭动几下脑袋，走进了二窠。得意像一支藏不住的尾巴，不住地从他雍容有度的大屁股底下露出来。

"发大财哉猪窠！哈，哈。"陈来旺再次从沙发里跳出来大呼小叫。

"运——气。估计对方也糊里糊涂弗大了解行情，自家报上门来哙，三万块一吨。"猪窠的口气还是那么平和。

真是猪脑。要不趁他们全等着看好戏去给吕蒂蒂打电话。晚上来！我也想看这场好戏啊，就快出大结局了，错过就太可惜了。

"啊？何兮三万一吨？镍板？！啊呀！"大方脸小细眼香湖物资公司业务员张海根庞大的身影出现在二窠门口，"这下子朱窠，日脚好过哉，下半年坐坐吃吃好哉。"

"你——好！海根。"朱窠打了一记张海根厚实的肩膀。

"哎唷，个畜生，手噶重。"张海根弓起身体，抚着受伤的肩膀叫道。他边往沙发走边又说道："匿有何生意好做，到乃葛里来领领市面。"

"葛是运气，运气大哉猪窠。生意噶难做，一下子四十吨镍板送上门来每吨差价一万多块。五十万毛利四十万净利十五万提成嘛！请客请客猪窠，赶紧请客。"牛郁盛说到后来笑了起来。

猪窠此时正为抵挡狂喜的攻击火力，一个劲朝天花板慢慢转动着粗壮的脖子。

"请客葛是小意思，对弗对牛窠？目前最需要解决哙是我葛套房子，实在是太小哉，一直想换套大户，就算有十五万提成也远远弗够，还要装修对弗对？"猪窠提前开始为拒绝请客作铺垫了。

"买何哙涂料倷有弗有想好？"老汪挖苦道。

"何里有噶快？钞票还匿有到手哽呢。"猪窠说。

猪脑真转不过弯来还是在装疯卖傻？宋秀才去哪儿了？葫芦里卖的是什么药？

"偌噶小气作何?"老汪真有些火了,不过他立即恢复了知情人的优越感,"花个万把块洋钿请客也弗算多,找噶大眆借口。娘咚呀,顶好拨我阴沟里船翻坏。"

"唉偌好,海根,噶难得。"宋秀才走了进来,先跟张海根打招呼,完后才意外地看到了朱寰,"朱科,你来哒葛里?!"口气不温不火,恰到好处。

"宋秀才,他妈的。"猪寰用普通话没头没脑骂了一句。

猪脑就是猪脑,李得儿心里不住骂,瞧他那得意劲儿,真是个傻×。

"哈,宋秀才真有水平。"老汪眯着眼睛,低头吮了一下茶壶嘴,笑着说。

"那当然,不然怎么叫他秀才?"张海根拿梅普话做引子打了一圈香烟,让高胖大的身体陷进了沙发里。

"寻得偌半日,还道偌来咚局长办公室里。"宋秀才走到自己的办公桌前,点了张海根扔到他桌上的烟,朝记事台历投去一眼。

"有何贵干?宋秀才嘴里吐不出象牙眆,哈哈。"猪寰说完顾自笑起来。

"偌好像联系得一批镍板。"宋秀才喷了一口烟说。

"奈格?"

"刚刚有一个,"宋秀才右手食指在记事台历上滑动,"噢,我记达葛里,一个所罗门市开发公司眆人来过一个电话。"

"话何兮?"猪寰朝宋秀才的办公桌咚咚咚走去,把头凑到了台历上。

"四十吨镍板已经让我总裁给卖掉了,望朱先生多多包涵,不要再打汇票过来了。"宋秀才一字一顿念完,抬起头来,看着猪寰。

"看看,真当被我话着啦,我话偌猪寰噶小气,非阴沟翻船弗可,现马上就应验。"老汪说。

"娘咚吥，畜生，半路杀出个程咬金来。"猪窠咚咚咚冲出门外，向财务科跑去。

狂笑。

"去注销汇票哉。"牛郁盛说。

"伊竟道财务真会拨伊办葛张汇票呢。"宋秀才说。

"连我都看出来是宋秀才吥恶作剧。"亮光光老王说。

"亦匿有人话偌只有猪脑葛些智商。"林大荣再次旋转三百六十度说，然后，趁着众人狂笑不止，溜出了物资局。

"娘咚吥日煞，我还道真吥猪窠要交财运哉。噢，宋秀才，偌奈格好噶来捉弄捉弄咱吥猪窠？无缘无故让伊一场欢喜一场梦。他若话上吊自杀吥说话，偌宋秀才恐怕要进去坐年把呢。"张海根说着站起来，走到牛科面前，掏出一张纸来，"牛科，想请教一下，葛批垃圾里有弗何值铜钿吥东西？。"

"是何兮？"牛郁盛问。

"异型钢管，都是稀奇古怪吥规格，真当想要吥厂家还寻弗着。"张海根把那张纸摊到牛科桌上。

"嗳呀，要是让狗窠来看一看就好哉，他有数账何家来咚用这些东西。一旦有人要，都是好东西。"

"噶我去进仓？"张海根说。

"哎先弗可进先弗可进，估计对方一时也脱不了手，让伊拉去垫资金去背仓储费，先留咚再话，头一头一弗可急，即使有人问偌要，偌也弗好急，要装得像偶然想起葛批货来，不然吥话，对方就要杀偌价钱哉。"牛科说。

"噶偌帮我打听一下子，"张海根说。

"我葛两天帮偌问问看。"牛郁盛说。

"若话真当碰着何里个晦气鬼要葛里吥管材，哪怕就是一吨两吨，也一定要死死活活好好较敲伊一竹杠。"张海根说。

"葛当然，物以稀为贵。"老汪说，"大半年匾有生意好做，血盆大口都张得蛮大夯。"

"匾有生意做真是要命。奈格办办呢？剩落来吤时间奈格打发打发呢？只有得来打牌九，要么三拱，要么掷骰子，总是葛些套头。娘咚吤，今年我光麻将就出去好几万。匾有进账只有出账，偌话要命弗要命。"张海根说完咚地拍了一记桌子。

"偌还要做何生意，让乃连襟谭老板挑偌一下子就好哉。"牛郁盛说。

"哦唷，伊泥菩萨过河自身难保夯，屁股后头讨债吤人一大串跟起夯。"张海根说。

"唉海根，前两日报纸高头登得一封谭老板吤隔壁邻舍叫鲁何家吤读者来信，奈格回事体？"宋秀才问道。

"好哉好哉，哪里是谭老板啊，夯间屋是伢老爹庙咚介。谭老板刚刚拨伢老爹装得一只空调。隔壁吤绍兴佬鲁远贵也真当叫脑髓搭牢，每回听见他话说话，我就想一个巴掌劈伊杀。话空调对得伊拉窗门口装，嗯。"张海根开始模仿绍兴佬鲁远贵的口音，"'噪音两边散开，热气忙上冲介，亦热亦吵，夜头奈格困得熟？'嘿，娘煞，十有八九《梅城晚报》夯吤记者是伢囡鲁花鸡吤搭子。弗然奈格会去登葛种介东西？"

"空调后头有弗有拆坏呢？"陈来旺问。

"拆个屁啊。谭老板气得要死，话要叫桥头帮吤阿靠出手。我话算哉算哉何苦呢。偌曼照自开偌吤空调么好哉。记者要嚼舌头让伊拉去嚼，管伊何乃母×。怕道好奈格偌啊。头一头一弗可去碰桥头帮葛帮人，到时光偌想甩都甩弗坏。"

"阿靠？是原来公安局吤阿靠？"宋秀才问道。

"对对对，就夯个阿靠。"张海根说，"伊原先是局里派去桥头帮做卧底吤，结果一做两做变成桥头帮帮主哉。噶一来么，变得究竟算何吖身份也话弗好，反正亦匪亦警，两边通吃。上回有个黑龙江老板来万向节厂进货，一个弗当心一密码箱三十万现钞寻弗着哉。鲁冠球亲自一个电话打拨阿靠，要伊去寻只箱子。钞票弗算多，但影响弗好，对弗对？第二天一早，阿靠就派人把东北人葛只箱子送到东北人吖房间里。三十万现钞原封弗动一分弗少。"

"阿靠葛盘好像还挂咚公安局里咪。"宋秀才说。

"葛当然，梅城公安局根本少弗了伊。按阿靠自家吖话法，吹弗牛 × 我弗晓得，公安局半数以上吖大盗窃案子跟人命案子都是伊破吖。要是匿有阿靠，局里葛批人吖年终奖就成问题哉。"张海根说。

"其实稍微大些吖案子基本上都是外地人弄吖。桥头帮主要是赌跟嫖两样事体。"老汪说。

"主要是何兮呢，帮人讨债。否则葛潮人何里来吖钞票一日到夜狂吃狂用？哪怕神仙也匿有噶吖本事。"张海根说，"我出门之前，钱财坑钱老板办公室里就有两位老兄坐起夯，一个阿凹一个阿凸，是阿靠手下两员大将。弗是来帮人家来讨债，就是要帮钱老板去讨债。只要桥头帮上门，偌还得出也要还，还弗出也就得还。"

"鲁花鸡好像跟桥头帮也有来往。"牛郁盛说。

"嗯，葛只鲁花鸡弗简单。看伊大起来吖，小辰光一直叫伊小芳小芳。做这行生意，要是弗靠着桥头帮，根本匿有办法立根立脚。"张海根说。

"前段时间还经常给李得儿打电话。光我就接到过两次。"牛郁盛看着李得儿笑着说。

"是吗？哎唷李得儿，居然还有这么一窍本事，跟鲁花鸡的都有一腿？！"张海根说。

"哈哈，别小看我们得儿，梅城不一定找得出比他更厉害的杀手。"牛郁盛仍冲李得儿笑着。

"是吗得儿？凭心而论噢，"张海根恢复了他诚实宽厚的本色，"鲁芳芳在结婚以前应该算是梅城最美的姑娘家了。她妈妈当年也相当的风骚，是文工团唱越剧的，后来被绍兴佬鲁远贵砍了左手两只手指头，才硬绷绷地总算安分了。"

"我们得儿幸亏没认这样的女人做丈母娘，要不然一起吃饭，老是有一只缺两只手指头的手给他夹菜，总归不是个味道。"老汪眯着一双小眼睛说。

李得儿已悄悄从抽屉里取出了他的溜冰鞋。

第十三节
溜冰线路，从诸窠到局长室到财务窠

李得儿脚踩旱冰鞋，两手各拎着一根鞋带，滑到张海根面前，正要撞个满怀，立马右脚打横，贴着他庞大的身体倒着溜开，在桌椅之间流畅地转圈儿。"神气啊看来出差三天没干过什么坏事，哈哈。"牛窠说。"那种事情哪里可以天天做。那天不是嘛，一个上午瘟鸡磕头，在沙发上睡着了？"老汪。李得儿转到牛窠办公桌前，身子一蹲，双手扣紧鞋底，跳上了办公桌。"得儿，"宋秀才抬头对滑行在办公桌上的李得儿说，"你说咱们中国自古到今，哪个女人最美？""妲己的皮，褒姒的嘴，西施的眉毛，貂蝉的眼，"李得儿的旱冰鞋绕过茶杯，台历，烟盒，笔记本，文具盒，打翻一只墨水瓶，继续，"武则天的奶子，赵飞燕的腰，杨贵妃的肚皮，苏小小的毛，萧皇后的屁股，潘金莲的腿……"李得儿越过牛窠头顶，在他椅子背上蜻蜓点水，上了墙面。"还少了一样关键的东西，"老汪说，"女人再怎么漂亮，少了这一样，还算得上什么女人？""哈哈。"李得儿大笑两声，心想：自然是吕蒂蒂的。他在墙上翻过身来，展开

双臂，像蝙蝠侠一般飘然而下，在玻璃茶几上蜻蜓点水，晃出了林立其上的罐头瓶、咖啡瓶、玻璃杯、搪瓷杯、紫砂壶诸泡茶容器里的一大片红茶绿茶白茶黄茶果茶花茶姜茶参茶。回北京之前得去趟宜兴买些紫砂壶。李得儿心想，溜至沙发边，伸出手捏住领完三百块冷饮费后便心安理得呼呼大睡的陈来旺的鼻子。"紫砂壶真当是一样好东西。"老方从紫砂壶壶嘴里呼呼吸着茶水离开楼下门市部自己的工位重返二楼，"现在茶道八道，根本不对，绝对要直接从茶壶嘴里厢吮茶水才之有茶味。"李得儿见陈来旺毫无反应，只好继续在各窠员之间来回穿梭。"对，"老汪说，"还有，茶垢一定要积得厚，越厚越好，千万弗可作伊汰清爽，一汰清爽，茶阶香味就弗足哉。"李得儿飞速溜出二科，在二科与一科之间的廊柱下准确无误地吐痰入盂，溜入一科。狗窠出差，猪窠已去财务窠注销汇票，其余窠员均去向不明，顿觉索然无味，便退出一科进了对面的综合科。里面有两位陌生人，并非物资局窠员，站在围棋盘前面争得面红耳赤，一方说另一方趁他刚才下楼去放闸排尿之机偷吃了一大片活棋，另一方说根本没有，倒是对方刚才趁他出去倒茶时救活了一片死棋，两人各不相让最后不约而同，一起抬起棋盘连着棋子把它轰上了天花板。这黑白棋的暴风骤雨将李得儿打出了综合科，打进了隔壁的化工科。化工科里空空荡荡，只有一位未满十六临时童工尚在严守阵地。临时童工趴在地上，手里高举一只小铁锤，没命地砸向他面前的电话机，说是想看看电话机壳是不是真由 ABS 制成，若真由 ABS 制成，那绝对敲不坏，但现在看来不是。李得儿伸开双臂大鹰似的从门口倒着泻出，进了走廊尽头的三科，听见了令他十分耳熟的歌声。娘咚吥。李得儿在 π 对面立定，压低嗓音责问道："你丫又在这儿偷打长途？"

π 抬起头向他坦然一笑，举起一手六指轻挥两下，转过脸去，继续朝电话筒唱歌："请跟我来～～～～"趁另起一节之机，π 一手六指捂住话筒朝李得儿抬起头来，另一手六指仍继续在一边打着四拍子，为了不至于在规定的节拍里错过歌词，他同时对李得儿轻声哀求："让我再打一会，就一会。"他打拍子的一手六指忽然高高地在头顶扬起，等它像鸟儿一样滑落时，π 放开捂着话筒的一手六指，继续对着它唱道："别说哦~什~么哦~"李得儿从 π 手里抓过听筒，按到自己耳边，听到了对方尖细的和声："什呃呃呃么，你底眼睛。怎么啦？周立！ π ！混蛋！为啥不配上我的和声？"李得儿让话筒一头在坚韧的 ABS 底座上猛地一击，然后才按下了听筒。宋秀才教的绝招，对方听到的将是天崩地裂的末日之音。

"他一妈一的，你居然又偷偷跑来跟你哈尔滨女朋友长途对歌鬼知道她长什么鸟样值得你盗用朋友单位的电话给她没完没了挂长途。我快要被你这条蚂蟥精叮得破产了。我操上次邮电局接线员发现有人在宾馆里用我们公司的账号挂国际长途就问我们办公室主任亮光光老王有没有我们局里的职员住在某某宾馆结果我们冲到宾馆抓了丫一个现行一顿狂搡趁热打铁跟老王两个又跑到电信局查了这半年所有用密码打的长途我操居然在我自己名下查出了一大堆电话费来有六千多块操最长一次你丫还记得吗从午夜一点一直打到四点你俩肯定打着打着最后都睡着了话筒从手里滑下电话费却仍然狂流不止。你他妈的挂的全是我李得儿的名儿回的全是你家的电话只有不到三分之一是我自己打的。娘咚吤老天哪六千多块啊还不能把你给捅出去我他妈替你掏了六千多块钱的腰包到现在你丫还没还我估计也不会还了可我他妈债台高筑一会儿又得向财务行贿借钱我冤不冤啊？那次盗打电话事件亮光光老王一回局里便向康熙大帝局长大人顶头上司总裁先生如实汇报康熙大帝局长大人顶头上司总裁先生为此大发雷霆打算拿我开刀幸好我急中生智赶紧说盗用我们账号的家伙我并不认识但既然挂在我名下我只好自认倒霉替他还清这笔债务好了这么着我才勉强息事宁人替你丫揽了下来不然你丫就去蹲六个月班房吧这会儿你丫又从哪里弄来我们的新密码你丫是吃了豹子胆居然老虎头上拉屎跑这儿来打上了就他妈不想想你丫一旦被人逮住出丑的是我丢饭碗的是我被罚款的也是我六千啊我哪来的六千啊上回的六千还没还那就是一万二啊你这一条命在阿靠那儿的挂牌价绝不会到这个数啊你他妈跑这儿来卡拉温圆 OK 以你丫温圆慢半拍的走调音一支五分钟的歌你丫可以唱上半个小时你丫一唱就是五六支加上废话连篇已经打了有一上午了吧我敢肯定你丫来这儿上班比我还早也许你丫每天都准时来我们这儿上班，只是我不知道而已。"

"没——有，"π 站起来恼火地说，"开什么玩笑，刚打一分钟你就来了，真是倒霉。"然后安抚式地："怎么样？高老头快翘辫子了，我还想最后一次去医院发功，看看能不能力挽狂澜。晚上你去吗？"π 做拉面似的扯开两掌十二手指中间的一团空气，又用波浪一样舒缓的动作慢慢合拢，再拉开，又合拢。

"我会过去一趟。你赶紧走吧，要再让人家发现我就真完了，怕连调北京的事儿也得跟着泡汤。"

"我送你一套紫砂壶，是古董。"π 说着把手里的一只塑料袋递给李得儿。

"哪来的？"李得儿从里面掏出一只裹着一团泥巴的龙头嘴小茶壶，立即把它扔了回去，还给了 π，说，"那么脏，肯定是假货。"

"啊呀呀，怎么你们都能看出这是假货，我却白白蚀了一百五十块钱。"π 仰天长叹，"一百五十哪，我一个月的生活费。还好，我在你这儿用长途打了回来。"

"我操，原来你丫今天来这儿蹭长途是有预谋的。"李得儿边说边把 π 推出了三科，又很不放心地目送他下楼，然后，他身体一蹲，跳上了楼梯。左面右面跳。右面左面跳。左面右面跳。"你好来旺，去开闸放尿了？"右面左面跳。

"吃五杯茶，放十泡稀，一天过去了。"来旺以自创京剧陈腔唱道，忍着底下尿脬里不断鼓起的尿水，饶有兴致地看着李得儿右面左面跳。砰，尿脬破了。"什么时候我也跟你学溜冰。"陈来旺说。

左面右面跳。"没问题。"李得儿说。

厕所到了。

"祝你撒尿 × 不疼。"李得儿说。

"畜生。"来旺骂道，进了三楼厕所。

李得儿沿着长廊助跑两步，哗，飞快地滑向走廊深处，直到康熙大帝局长大人顶头上司总裁先生的门口一脚打横，拐入他的办公室，啪地倒进了宽大的沙发里。

"又翻什么新花样了？"局长睁开眼睛，费力地从太师椅上探出身来。

"您试试？"李得儿说完双脚一蹬，让旱冰鞋滑到了局长的脚底下。

"这种东西对我这样的年纪，这样大的个头已经不合适了。"局长摇摇头笑着说。

"试试无妨嘛，有我在一边护您大驾，绝不让您摔成四脚朝天。"李得儿说完蹲到康熙大帝的脚边，强行把两只旱冰鞋绑到了他脚上。

"好，试试就试试。"局长大人豪爽地一拍桌子叫道。

"现在您提一下脚，感觉一下。"

"这双鞋还真不轻。"局长提了一下脚说，"有点不太习惯，毕竟是多挂了两块铁。"

"很快就适应了。现在您可以试着站起来了。"李得儿扶住局长大人的手让他站起来。局长大人还没有完全站直，便已双脚一打滑，砰地坐回到了太师椅里。

"你看确实不太适应。我这样的年纪这样的个头，动作灵活不起来。"局长坐在太师椅上说，两只脚还在桌子底下咕噜咕噜地来回滑动。李得儿看他没有脱下冰鞋物归原主的意思，猜想他又要判冰鞋终身监禁了。

我最多判它两天看管，李得儿心想。

"您可以双手撑着桌面自己试着站起来，这样试几次，您慢慢就会有感觉了。当然，要学会溜冰首先得学会摔跟斗，谁摔得多谁就学得快。其实像您屁股肉那么厚根本不用怕摔坏身体。您要觉得被人看见自己摔倒在地不太雅观，您完全可以关上门自己一个人偷偷练习，直至摔得屁股开花。"

"局里决定过段时间调你去北京办事处，这样你就可以照顾你父亲了。"局长和蔼地说。这喜你丫已跟我报过无数遍，调令却迟迟不出来。

"嗯。他一直挺健康的，不需要我照顾。"吕蒂蒂吕蒂蒂吕蒂蒂。她要和我一起走。

"不管怎么样，你们父子俩可以团聚了。"

"是是。很快就要调吗？"晚点儿出调令也好，我需要一点儿时间，不，她需要一点儿时间，可别临阵脱逃。

"反正年底以前。最近好像在放他的电影，《狐狸》是不是？听说是吸血鬼片。"局长脱下旱冰鞋，把它放到了自己身后的墙角。

"他的电影没法看。"李得儿说。最后一晚得带她上西山，重温我俩在那里的良辰美景。雪白的胸罩鲜红的内裤挂在树梢。下面有个老头在割草。嚓嚓嚓嚓。没一会儿天就黑了。她拨弄着它。"小了小了，"她笑着说，然后遗憾地，"啊，缩进去了。"她的脸伏在那里轻吻它，然后用力吮它。她两腮越来越鼓。"起来了。"她抬起头出神地盯着它。"我真想叫真想叫，"她说，"让满街的人都知道我是和你在一起。"

"梅城还有什么割舍不下的吗？"局长大人问道。

"我都不知道自己还能不能适应北方的气候和饮食。连大学四年，我都在南方呆了五年多了。"李得儿现出一副黯然的样子。

"这倒是真的，北方人吃东西总归没有我们南方人讲究，而且风沙那么大，天气那么干，吃的就更不用说了。我每次去天津，他们就给我吃狗不理包子，他们认为已经很好了，放在我们这里，嘿嘿，还真的有可能连狗都不想理。你们北京也是，好端端一碗馄饨，非要倒很多酱油在里面。这怎么吃？"

"青菜炒得油腻腻，白菜烧得黄兮兮，"李得儿用梅普话做了两句打油诗，"要是跟江南美食比，确实有些惨不忍睹。"

"不管怎么说，北京还是得你去，局里也找不出比你更合适的人了。年轻，没有老婆孩子，连固定女朋友恐怕也没有吧，随时拍拍屁股可以走人的露水姻缘可能是有一些的，最最最重要，你是正宗的北京人，要是换个人过去，人家一听是南方屁通话，连着两句话听不懂，就再也不愿意跟你讲话了。"

"那我到时花钱上哪儿借去？我是说业务上的。"

"我看你既没有什么业务，也不想做什么业务。到了那边时不时跟这边通通电话，花不了多少钱。我会让财务替你办一张公卡，不过你每月的对账单是会传回这儿的。我们会看你每月的收支情况让财务把钱打入你的信用卡。"

"那那，这，这信用卡啥时候能办好啊？"

"钱夹子里又没钱了是不是？你可以卖掉一些身上的名牌对不对，没有人要的话，当在我这里好啦。"

"我要是把那把气枪和这双溜冰鞋当在您这儿，能当多少钱？"

"那把气枪不能当。它早就被剥夺了一切权利，包括典当权。冰鞋可以，二十块。"

"那算了，还是让您玩儿两天吧。"李得儿走出局长门，进了财务科。

春意融融的妇窦。三个妇人五只卵巢，其中一只已被切除。装腔作势做一会儿弟弟吧。主要工作是轻车熟路奉献殷勤。主要目标是借钱。不得主次颠倒。

"弟弟来了。嗳，只要一天不看见我们这位亮闪闪的弟弟，人就像丢了魂一样，哈哈，做生活也没心思了。"单卵巢会计说。

妇人的媚道。每句话里都散发着温暖的体香。靠着中年的无耻，到处都能从容脱下裤子。

"有那么厉害吗？"低头做报表的赵小姐说话轻得像在自语，但口气明确：不敢苟同。

哼，她只是不想让人忽略。

"坐吧弟弟。"董美人从她鼓起在旗袍里的满月般的大腿底下让出半只椅子来。

李得儿将一盒"酥心"牌巧克力放到桌上，然后便站到董美人身边，揉了几下她洁白的脖颈说："乃阿弟快完蛋了！康熙大帝顶头上司打好了算盘要从我这儿收购衣帽裤鞋。现在夏天，正好可以甩冬天的行头。到了冬天，我或许还能用最后一条裤衩换一串炸臭豆腐吃。"

"我倒是很想看一看那会是什么样子。"单卵巢会计说完笑起来。

用露骨的玩笑亮出红灯。江南妇人媚道：释放假醋意，滋养真春情。

"不会有什么不一样吧。"出纳美人朝李得儿仰起脸，微笑着追问，"一样吗弟弟？"

形状大同小异，尺寸小同大异，结构千篇一律，用法一律千篇，效果大相径庭。

"用得着它去换臭豆腐吗？那么多相好，怕还要抢呢。"赵小姐说。

"赵小姐也一直在进步嘛。"单卵巢会计说。

"靠两位大姐教导有方嘛。嗳，吃一块得儿的巧克力。"赵小姐往嘴里塞进一块"酥心"说，"得儿就是高明嘛。你明明知道他是来借钱的，可还是觉得很甜。"

单卵巢会计手指上多了一只新钻戒。青春平淡，婚姻沉闷，欲火猛然醒来，中年已近在眼前，急需一只钻戒的光芒照亮渐渐被黑色素侵占的糖火烧脸。还没人注意到。不不不，这些同屋的娘儿们是故意视而不见。哦南方女人。这才是人今天愤愤不平的原因。"新钻戒很漂亮嘛。"李得儿说。女人面前的奴才。"是吗？"单卵巢会计开心了。

"你要借多少钱？"出纳冷淡地问道。

判断错误。显然，关于这只戒指，女人们已经讨论完毕。

"我能借多少？"

"你已经从单位借了一万三千多块钱了。"报表少女抽出上月的报表说。

"难道到了我放债的年头？"李得儿从出纳大腿边站起来，来到报表小姐身边，"有那么多吗？"

"你这样的男人到时谁敢嫁你啊。"报表小姐低着脑袋说，脸红了。

"完了完了，看来我没机会送你鲜花了。"李得儿说。

"机会还是有的，就看你心诚不诚。"牛郁盛走了进来。

"你有什么事情啊？"单卵巢会计抬起头来，冲向她靠近的牛窦笑道。

"能有什么事情？我们是老太公了，就算是有再好的好事情也不可能像咱们小伙子那样受欢迎了。"牛郁盛打着哈哈，然后改用梅城话，放慢语速，诚恳地，轻声细语地，"我刚刚吃得一百吨螺纹钢，偌帮我把葛个月阶运费做到下月去，不然阶话报表一落来，葛个月就难看坏哉。"

"怕赤字啊，怕伊作何？现在公司里有几个人弗赤字？"对面的出纳说，然后又笑着转向边上的李得儿，邀功似的拖长声调说，"对不对呀，弟弟？咱们把你的所有费用也都做到下月去，争取这个月不赤字，你看怎么样啊？"

"你们两位姐姐再个怎么帮他做账，横做也好直做也好，他还是逃不掉从头赤到底的。反正他已经是这个样子了，索性让他去么好咪。"赵小姐说。

"从头赤到底？你都看到过了？"牛窠立刻续上一个黄段子，让赵小姐脸一时涨得通红，说不出话来。

"真当坏啊，你们科全都是坏蛋。"单卵巢会计摇摇头说，然后理直气壮地，"牛窠，我这么帮你一做，你这月奖金又有了，请客。"她合着"请客"板起面孔重重拍了一下桌子，然后立刻又笑开了。

"吃一两顿饭总好说的，自己人嘛，闲话一句。"牛窠说。他叹了一口气，又说道："可怜相，现在让客户吃几吨材料，都要搭上醉虾。"

"真小气，客还没请就先来叹苦经了。"出纳露出鄙夷的神情。

"咱们还是赶紧逃，嘿嘿，何苦在人家小伙子的地盘自讨没趣。"牛窠说着逃出了财务室。

"越是会做生意的人，门槛越是紧啦。"单卵巢会计说。

"你真的又没有钱？上月刚刚借了三千。花钱怎么比我们女人家还厉害？"出纳问李得儿。

"看，空的！"李得儿取出"永不枯竭"牌钱夹亮给了在座的三位。

"五百块的钱包里面装了不到三百五十块钱，三百块还是刚发的冷饮费。"出纳抢过李得儿的钱包翻着里面的钱说，忽然她一拍自己的满月腿，笑着叫道，"啊我知道了，这四十多块钱是一张一百块找开的。弟弟，你刚才是不是花了一大半的积蓄给我们买巧克力吃？"

"好像是。"李得儿不情不愿地承认了。

"嗯，出手大方的，好样的。"出纳说。

"可爱不可靠。能玩不能真。"赵小姐说。

十字方针，真他妈恶心。哪个平胸发明的？跟这位一样平。

"得儿，上午有一位戴墨镜的女孩子是来找你的吗？"赵小姐问道。

"没有戴墨镜。"会计说。

"戴的。"赵小姐说。

"没戴，我都看她两次，一脸不高兴。"会计说。

"上午我没在。"来娣娣？可怕。她干吗戴墨镜？她恨不得让所有人知道她是我女朋友。鲁芳芳？去演出了。吴琳琳？对，没错儿，应该就是她。

"那要不就是两个人。"赵小姐说。

"别折磨我们得儿了，"单卵巢会计说，"他又开始胡思乱想了。"

"五千块够吗？"出纳问。

"够了，我怕康熙大帝拒绝签字。"

"我帮你去签。你填好这张单子就行了。"出纳说。

"你姐姐对你真当不错。"单卵巢会计说。

"是，的确是。"李得儿感激地看着出纳说，把填好的借款单递给她。牛×！温柔一吻已使马儿驰过百里。但这爱的图章，并未生效。

"那你以后一定要好好报答人家。"会计说。

"那当然。"怎么个报答法？哦这满月，这满月。

"我看得儿还是对出纳姐姐最好一点，"单卵巢会计等出纳出去后说，"是不是得儿？"

"没有吧，我对你们都挺好的。"李得儿说。

"明摆的事。"赵小姐说。

"虽然说你从出纳姐姐那里取钱，但还要看我的章愿不愿意盖下去。"单卵巢会计笑着说。

"这事儿听着有点儿严重。"李得儿说。

"这次先饶了你算了，下次就要看你表现如何了，哈哈。"单卵巢会计突然大笑起来。她抬起那张被黑色素肆虐的糖火烧脸，用几乎是淫荡的眼神盯了李得儿一眼。

走廊里传来砰的一声。

"何兮响？"单卵巢会计问。

"好像是许局长办公室里传过来哴。"赵小姐皱着眉头说。

的个的个。出纳进来了，咯咯笑着。

"怎么回事儿？康熙大帝没签字？"李得儿紧张地问道。

"这下康熙大帝被你害得苦死了，"出纳抿嘴笑着说，"关着门，里面哗啦哗啦哗啦哗啦。我还以为他在做什么呢，原来一个人扶着墙在溜冰。没脱溜冰鞋就踢沓踢沓跑来开门了。刚打开门就砰，掼了一个大跟斗，半天爬不起来。那副样子实在是太滑稽了。那么一个大胖子，快摔倒的时候还伸出一只手想在我旗袍上拉一把，哈哈哈哈，还想在我旗袍上拉一把，"出纳笑得弯下身去，一进进不了门，哦好丰盛的大屁股，在空荡荡的走廊一角，"我赶紧躲开了，要是被拉住肯定也跟着掼倒，那么大的块头，哈哈，砰地掼倒了。估计楼底下都震动了。"

"我得去道个贺。"李得儿说。

"别找上门去自讨苦吃，要不然他可真要跟你算账了。"出纳回到财务室，把签了字的借款单递给会计让她盖章，"刚才他签字的时候就有些恼火了，说'噢，李得儿这小混蛋'。"

"局长也真当，出空哴，中得何哴邪？"单卵巢会计埋怨道，在单子上盖了章递还给出纳，"我看得儿是不是脑子有点不太正常。真的，他来我们单位以后，从二科到局长室全都变得神经兮兮的，跟着他一会推手，一会做立定跳远，一会比摸高，一会在窗口打鸟，现在又开始溜冰了。"

"局长把他调回老家看来是明智之举。"赵小姐说。

"我舍不得弟弟走，要是没有弟弟经常上来跟我们来说说话可真会冷清死的，是吧弟弟？"出纳把五千块钱交给得儿，"数数。"

"不数了。我还会回来的嘛，比如八月十八看大潮。"李得儿将一刀百元大钞塞进了屁股兜里。低微的声响从地下传来。若有若无。又轻又软的震动，从脚底的浮土往上抬，然后滑过去。消失了。杂乱的漫不经心的人声变得集中低沉，似乎有了方向。"在那儿看在那儿。"可是你什么也看不见。好久以后天际才露出一条闪亮的白线，很小，很细，很慢，像是永远都到不了你脚下。失望。在那些老看客们的带动下，众人又将刚才的兴奋轻轻按下。他们松懈下来，露出老练的惘然的目光，嗑着瓜子，若无其事地东张西望，直到空气开始有些抖动，直至它变成隐约振动的风。它有了一些规模，但似乎仍可以跳绳似的一步越过。模糊的水声。已经可以看见一条有细碎浪花的白线，后面跟着一摊混浊的黄色江水。几十条抢潮头鱼的渔船已经掉好了头，安静地对准了潮头。风大起来。潮头翻卷泡沫。推近。空气和泥土的振动声灌满了耳孔。潮水奔腾着迫近，那些渔船顷刻间变小了，无助地仰望着眼前这轰然而至的褐色巨崖，等着自己被它压个粉碎。杂乱的喊叫声消失得无踪无影，仿佛被它低沉有力的巨响挤出了眼前的空间。它充满了整个天地，从四面撼动着大堤和上面拥挤的人群。那些渔船看上去就像一把碎纸片一般六神无主，趴在谷底那片黯淡的水面上。在它们头顶，那堵褐色巨崖正愤然崩裂，要将它们深埋其中。这时，突然就有白色的巨浪从它后头涌起，如同洁白的狮群咆哮着一齐跃过它古铜的头顶，顷刻将那些可怜的渔船吞入腹中。在潮水的怒吼和众人失声的惊愕中，它们头足倒置，紧紧吸附于混沌的水面，急驰在地府看不见的幽谷。死亡并没有真的将它们带走，消失了片刻之后，这几条散乱的小渔船又再次出现，远远地，在被巨浪拱得高高的水面上。

"每年看潮水都有人死坏。夹煞夹活哜，一个弗当心就被潮水卷得去哉，我是弗欢喜看哜。"单卵巢会计说。

"回潮顶好看。"赵小姐说。

我冲向堤坝护墙，看到潮头被笔直伸向江心的丁字大坝挡了一下，如同一头被羞辱的野兽，它怒不可遏，立即狂啸着从堤岸和丁字坝的外侧向丁字角飞速挤压过来，决意一口吞下堤岸上那堆好奇的看客。两个潮头轰地在夹角处撞在一起，如同一条卷起的褐色巨舌，在灰蒙蒙的天空下高高竖起，从空中箍住整个丁字坝，要将它连根拔起。丁字坝消失了。一座更高更宽的浪峰接踵而至，将那条愤怒的巨舌收进嘴里，然后头也不回，直奔远处下一个丁字坝。董美人从后面拉住了我。"你不要命了，"她大叫道，脸都白了，"真的，要再高一点你就卷在里面了。真的。"

"好多人都是死在回潮里的。"董美人说。

"去年回潮没死人。"李得儿说。丁字坝从水底下抬了起来，背着一股古铜色海水，像一条巨艇从水底缓缓升起。岸上一些人急急忙忙翻过堤坝往下冲。他们光着脚在丁字坝上嬉水打闹。笑声。你不会想到回潮也会那么厉害。潮头在第二个丁字坝那儿再次受阻，这下它被撞了回来。太快了。你以为还老远呢，它已经到了。赤脚嬉水的人们惊慌失措地往堤岸上跑。最后一位已经回不到岸上了，吱溜爬上了竖在坝上的桅杆。岸上发出一片哄笑声。

"噢，去年潮水太小了。"董美人说。

"前年最最有意思了。我们么在一份人家的四层楼平台上看噢，就在大坝边上，地势又高，看潮水最好了，真当是煞煞清爽啦。"单卵巢会计说。

"哪份人家?"董美人问。

"哪份人家也不知道,反正是牛郁盛的一个南阳客户高什么,啊,一时说不出来了。"

"高由根,刚刚还坐在下面。"董美人说。

"对对,高由根,他带我们过去的,吃了晏饭之后走过去的,也是那个南阳客户请的。到了之后,楼顶上面已经站了好些人了,还有好几个梯子,也都爬满了人,就像紫葡萄一样,一串串挂着。潮水还没有来噢,下面的人就开始涌起涌倒,竟想挤到堤坝边上去看。"单卵巢会计说。

"也不一定是真想看潮水,很多人噢,很坏的,就是喜欢这样挤来挤去起乱。"赵小姐说。

"后头听有人叫,潮水来啦潮水来啦,就挤得更起劲了。哪里晓得一个不留心,突然之间嘭,一个大潮头打上来噢,一直打到比我们站的四层楼还要高啦,噢,不要说是下面的人,我们站在四楼都看得慌死。嘭一记夹头夹脑打过来噢,下面的人根本就来不及逃。"

"哪里来得及。"赵小姐附和道。

"全部都被卷在里面,"单卵巢会计不作停留继续说,"看去噢就像泥鳅一样在烂泥浆里啪啦啪啦,沿着斜坡一路往下面滚,根本停都停不下来。"

"前年就死了一个好像。"董美人说。

"刚好斜坡下面是个鱼塘,一大潮人全都噼里啪啦滚进鱼塘里面。"单卵巢会计没理会董美人,"哦,屁股磨破的磨破,手啊脚啊断掉的断掉,男男女女衣裳全部撕得很破很破,哪里还像个样子,鞋子是反正是一只都没有了。"

"难看坏得。"赵小姐用梅城话轻声说。

"难看坏弗难看坏倒随伊去,反正总是葛些花头,更何况大家都浑身胡脑烂污泥搪牢，哪怕真个赤卵赤膊，偌也看弗出来何乃母个西洋镜来。"单卵巢会计也改说梅城话，说完眯起眼睛笑着看了一眼李得儿。

"看得出又怎么样？性命保住最要紧。"董美人用梅普话接道。

"对，性命保住最要紧。"会计跟着改回梅普话，"你倒想想看，从那么高的大坝上一路滚下去，就算屁股是铁打的，是不是也要磨掉大半个。哈哈哈哈。"单卵巢会计往椅背一仰身体，放出淫荡的大笑。

"听着很过瘾。八月十八之前，我得回来看大潮。"李得儿说着转过身，往门口走。

"太势利了，一拿到钱就走。"赵小姐说。

李得儿在门口站住不动，许久，又回到屋里："你们做财务的照理应该最体谅势利啊，不需人家不打自招。"

"是的，不需要！"单卵巢会计叫起来，"赶紧走赶紧走，你再这样站下去，这样说下去，我们今天活都要干不完了。"

五卵巢们嘻嘻哈哈地笑开了。

第十四节
倚天屠虫

老傅拿着报纸来到一窠。没人。他把报纸放到桌上。一窠二窠之间的痰盂满了。他低头看了一眼，显出厌烦，然后干巴巴哈嘿一声笑，进了二窠。

"一天送三趟报纸，倒四回痰盂。"老傅说。重点放在后半句。

李得儿从他身边经过。

"看看晚报。"老傅说。

李得儿已经过去了。

"给我。"宋秀才接过报纸。

"痰盂又满了，哈嘿。"老傅说。给个提示，可没一个识趣的，只好，亮了底牌，"你们最好啊，不要在里面倒茶水，洗不干净的，哈嘿。"还是没人搭理，只好从裤兜里掏出一副杏黄色橡胶手套戴在手上，默默退出二窠，拎着满满一罐痰盂下楼去了。白天往楼下走，不能把局长边上的厕所弄得乱七八糟。晚上往楼上走，因为楼上厕所要近得多。

"妈的，要干净就回家去拿退休工资。"宋秀才往门口瞥了一眼说，一把抓起嘟嘟作响的电话："喂。哦，李得儿电话。"他放下电话，读报："'操场远千里，何处早锻炼？'哦唷，这操场也真是，挖了五年了。新操场今年才建好，还那么远。咱老娘本来每天都要打太极拳的，骂死了。谁愿意跑那么远去锻炼？"

"前两天我看到那边已经升起几根钢筋来咚，葛回子我看倒是有点像是要动真格底样子。"杭州佬儿老方说。

"喂。我李得儿。噢谭老板。您家公子一点多就从我那儿走了。我倒想从他那儿偷点儿台球绝活。绝顶的高手。我教不了。因为嘛，他是一位天才。绝对绝对。您好像并不是很了解您自己的儿子。真教不了真的，不然就太不自量力了。天才一定会做他想做的，也一定会做他应该做的。您别着急别着急，他厉害着呢。不不，真的。他只要静下心来，花上两天时间就能做全班第一。会的会的您放心，他一定会。好。不客气。再会。"李得儿放下电话。

"娘的吚，我是也想去大操场学太极拳吚。日外子看到一则广告，话，吃烟折寿十年，心情弗好折寿五年，吃酒折寿五年，感冒折寿五年，弗锻炼折寿五年，总共加起来三十五年，我全有份。就算我能够活到一百岁，再十五年我也要去见阎罗大王哉。"老汪说。

"你五十岁？我六十二，我也全有份。噶套说起来，如果我能够活到九十岁，我活到今朝还是冤枉底，阎罗大王糊里糊涂来咚弄啥花头儿？"老方说。

"烟酒只好去阎罗大王面前戒哉，心情也好弗了，感冒每次流行都轮得到我。奈格办办呢？只剩落锻炼吤五年可以由我自做主捞回来，偏偏大操场弄成葛副样子。完哉完哉，估计是匿有两日好活哉，"老汪嘿嘿笑着摸了一下脑袋，"真吤，偌看，头发都即剩得葛两根哉。"

"哈，怪不得偌也开始吃蛇得。"牛郁盛说。

"哦对，得儿，"老汪边沏茶边转过身来对李得儿说，"有件事想请你帮个忙。"

"什么？"

"新操场，"陈来旺端平螳螂臂，又马步了蚊子腿，踱出两个方步来，思忖老半天，难以语出惊人，只好随口荡了，"估计是为农民伯伯建格，噶远，无非为得省两个铜钿么。哈哈，对老方反正是最好没有。老方，就来咚乃屋旁边呀。"来旺说。

"让它去么好特。要死总要死底。打啥个太极八极。"老方站起来，边扩胸边向门口走了两步，扭头看了一会来旺，又走回到沙发，坐下。

"话起挖地基，前两日话道南阳施工，一挖两挖挖出得一个炮弹来。农民晓得何乃母×个炮弹八弹，反正大家都匿有看到过，更何况已经锈得弗成样子，还道是何件劳什头。轮起铁榔头叮呤咚咙一场敲，结果好，嘭吤一声，现马上炸杀得三四个。哈哈，最发颜是何兮呢，边高头有个民工刚刚好挑一担沙子来夯走，一个弹片，哈哈，一个弹片着飞过去么，作伊半只屁股削坏。偌话要死弗要死？"老汪说。

"正当有噶回事体底啊？要死得唻。"老方说。

"葛位仁兄本事也大，半个屁股削坏竟然还匿有马上掼翻，哈哈，娘煞吤，可能一时还匿有反应过来，咚咚咚亦往前走得一大截路，才之砰吤掼倒。"老汪说。

"奈格会无缘无故挖出炮弹来呢？真当也是有些奇怪。"牛郁盛说。

"话道是日本佬留落达吤，估计是日本佬留落达吤。何家会吃得匿有事体做去地下底埋一个炮弹？"陈来旺说。

"五十多年底炮弹还会得爆炸，有个妖怪来咚。"老方说。

"估计是定时炸弹。"陈来旺才说半句便闭上了嘴。

"脑髓搭牢。定五十年时？"宋秀才说，继续读报，"今夏银幕一百零八大坏蛋。娘的，全是美国佬，一个都不认识。"宋秀才翻转报纸。

"李得儿怎么没有列进去？哈。"陈来旺说。

老汪喝了口茶，自说自话："淡坏哉。浓茶吃得忒多，舌头皮有些发木，勿泡过哉。"

"啊呀，亦要落班哉。"陈来旺脑袋伸出窗外，看了一眼梅城大笨钟。

"还有一个半小时。"李得儿说。

"哈，得儿，你来了，我看才个把钟头。"老汪说。

"淡季，早些早些迟些迟些，来也噶坐坐，不来也噶坐坐。要紧底得儿。"老方说。

老汪用脚踢了一下茶桌边上的一只墨绿色网袋："刚才说了一半，二斤一两，得儿，麻烦你帮我杀杀掉。"

"好差使，"李得儿把网兜提了上来，"菜花蛇。你不是不吃蛇吗？"

"都说你性功能强，是因为经常吃蛇，我也想试试，哈哈。不过看上去实在有点肉麻，光溜溜的，摸上去还有点毛糙糙的，估计也就是尝一下。实在不行，倒了也无所谓，反正没几块钱。"老汪说。

宋秀才读报："'保护珍稀动物，农药再立大功。''尝完蜜月盛宴，爱情开始挑食。对一对正准备离婚的新婚夫妇的采访。从他吸烟的样子看，是刚学的。因为女的还没到，我们便聊了起来。我们结婚不到三天，叽里呱啦叽里呱啦……''安徽人的困惑：海龙王究竟看上了咱什么？''洪灾袭皖，难民进浙。'安徽佬看来是没有出头之日了，穷啊，真穷，这两天到处都是讨饭做马戏的安徽佬。"

"他们坐车是免票的。"牛郁盛从门口进来，嘎啦啦压响二十个指关节。

嗓音洪亮，过分的。一进门就来搭腔，是紧张。宋秀才抬头看他一眼。你小子压手指的动作太紧了。有回扣到手！这一圈，走得值得。

"免票？！对我们这边的人来说那是毛毛雨小意思了。他要是能安分守己呆在车上，不去偷别人家的东西，那就是谢天谢地了。"宋秀才说。

秀才本色，专往人痛处打。他总是能轻描淡写一两句话让你浑身不自在。得儿，我们推手。不会，我说。我教你，他说，搭了箭步，拍拍自己结实的腿面，说，要稳，要实，还要松。好，你过来。很好，力道不小。不过僵了一点。我就这样把你的力借过来，然后，轻轻地，走。我被弹到了玻璃墙上。再来再来，他招呼道。不来了，我说。

"葛种鬼地方，一万年都翻弗了身。安徽佬，娘的格，眼睛乌珠比我陈来旺还要卵戳瞎格。"

"来旺今天真是脑髓搭牢了。"老汪说。

李得儿将手伸进尼龙网兜，把里面的菜花蛇翻了个个儿。

牛郁盛从抽屉里拿出一条"中华"。"真怪气，李得儿会不怕肉麻的，"他边拆烟笑着说，没人给反应，继续，"昨天夜上一位上饶客户非要塞给我一条烟。那怎么样呢？打一圈。"牛郁盛向诸窠员一一扔过烟去。

心虚嘛。亮出小外快，遮住大回扣。大伙还是不说话，直到陈来旺点了烟：

"我今年吃客户吥香烟，夯棚郎打弗到五条，再加上麻将桌上手气发霉，我看安徽佬格格穷日子也盼得到快格。"

"要是真的吃了有效果，我以后天天吃蛇了，再肉麻再恶心也要吃。"老汪说，他将牛郁盛扔给他的烟夹到耳朵上，向李得儿走去，"你当心被咬一口噢。"

"菜花蛇一般不咬人，咬了也没毒。你要是想增强性欲，最好还是去买蝰蛇或是眼镜王蛇，吃菜花蛇只能清火理气，帮不了你采花的忙。"李得儿说。

"采花看来是不需要了，我家老太婆不但早过了开花的年纪，谢了恐怕也有七八十年了。哈哈，别唶唺唶唺三分钟不到就下来就算好了。你看，"老汪抓了一把自己半白的头发，肉乎乎的手掌心便有一小团脱发，"你看，一抓就是一把，做人真是假的。"

"做人来戏戏，迟早要回去。眼乌珠一翻，两手一摊，一把火烧坏乃母×，啊呀，一蓬烟头飞出烟囱外头。"陈来旺说着两手一摊，倒进了沙发。

"真当有个活人说死话来咚。要死总要死的，你急啥兮？"老方说。

宋秀才听见众人都在笑，从报纸上抬起头，也笑着问："何兮何兮？"没有人回答。继续读报："'菜叶减肥'，得儿，你看这个女人穿的礼服怎么样？价值一万美金，由一千零一片卷心菜叶做成。"宋秀才把报纸侧向李得儿。李得儿正把玩着网兜里的菜花蛇。宋秀才："'这是由全美卷心菜锦标赛上展示的菜叶礼服。着装人为了保持菜叶新鲜，不得不每隔三分钟往身上浇一次水，苦不堪言。'嘿嘿。美国真是一个闹哄哄没文化的国家，得儿是不是？"

"美国佬钞票忒多哉啦，做人也会得无聊啦。"老汪说。

"就怕模特儿一不小心，把胸前的菜叶给撑破。"李得儿说。

"对啊，"陈来旺大叫一声，冲到宋秀才边上，"我看看，伊下底格×毛有弗有戳到菜叶瓣外面来。"灵感来袭，一拍大腿："啊呀！葛一千零一张菜叶若话是炒炒吃，绝对是世界第一道名菜格，味精也甭摆格。哈哈哈。×毛么油沸沸也可以格，松脆喷香，过老酒枉是再好弗过。"陈来旺被自己逗得开心得要死，拍着空心胸，重新滚回沙发，屎壳郎似的朝天举起了两手两脚。二窠全体成员喜笑颜开。

宋秀才抓起电话："哎，来旺？伊，"看一眼来旺，"来哒，我帮你叫一声。"宋秀才将话筒放到桌上，走到门口，冲着楼道大声地："陈来旺？乃老婆电话。"

陈来旺从沙发里跳起来，冲过去一把抓起话筒："喂，喂，畜生，宋秀才！"砰，砸下话筒，对露着一副烂牙嘻笑不止的宋秀才怒目而视，"又上你宋秀才一当！"

"来旺也真当是，猪窠刚刚上过一当，才之过得多少辰光，又去上伊一当。伊明明看到偌困咚沙发里，非要跑到楼道里去叫人。噶都看出弗来，真当是，哈哈。"牛郁盛说。

"明天听老汪谈吃蛇感想，"宋秀才笑够了，"看看我是不是也去买一条来让得儿杀。"说到"杀"的时候宋秀才化掌为刀划了一下自己的脖子。

"宋秀才实在是勤快，就喜欢礼拜天来公司加班，谁也不知道他给谁在打电话。"老汪讥嘲道。

"哦，对呀。"宋秀才拍了一记脑门。

"你去傅师傅那儿借个剪刀来，我这就替你去杀蛇。"李得儿对老汪说，边将蛇从网兜里提了出来。

"我还是不看的好。真是，越看越腻心，到时候烧好了，可能都不想去碰它一下。"老汪匆匆跑下楼去。

李得儿将菜花蛇不松不紧握在手里，令其缓缓穿行，等它头部探出一尺左右，立马一把抓紧。蛇将脑袋笔直竖起，左右晃动，忽然扭过头来张嘴就咬。李得儿将手腕轻轻一抖，让它在贴近自己手背的地方咬了一个空。菜花蛇于是化干戈为玉帛，吐出一条细长的粉舌在得儿手背客客气气舔上一口，向他示好。李得儿左手抓蛇头右手抓蛇尾，将它围在腰上，拿它又硬又细的尾巴戳它不时从嘴里吐出的嫩芽状的舌头，等它一张嘴便立刻把尾巴往里头塞。菜花蛇知道遇上了克星，张嘴打过一个哈欠，便举着椭圆脑袋一动不动地看着李得儿，不想玩了：

　　山有舜，隰有蓬。今我有凶，尚寐无聪。振振君子，不宜有怒。为尔我兄，与之采蓬。屠夫屠夫，莫我肯顾。
　　山有桑，隰有苓。今我有丧，尚寐无闻。振振君子，不宜有怒。为尔我昆，与之采苓。屠夫屠夫，莫我肯居。

老汪提着一把剪刀从楼下上来，看到李得儿还在兴致勃勃地折腾着大蛇，站在门口不愿进来。"真是肉麻列剌。妈的，你是存心不想让我有胃口。赶紧收起来收起来。"老汪说着往门口新倒过的痰盂里呕出一大口酸水，涨红了脸咳嗽着走进来。"你去弄吧，"他递给李得儿一把剪刀，"走快拿到外面去。"

"我倒觉得噢，介个伢儿实在是有窍本事底，人家越是怕肉麻底事情，他做得越是有味道。"老方说。

"去外面马路上，得儿！"宋秀才站起身来振臂高呼。

李得儿将菜花蛇盘到脖子上，手里的剪刀舞得切嚓作响，意气风发，蹬蹬蹬来到走廊上，对着空荡荡的诸窠高声喊道："来，跟我来，看我如何将这老蛇抽筋剥皮。"

诸窠的留守窠员们闻声而动倾巢而出，紧随在屠蛇英雄身后，山呼万岁万岁李得儿。这支由疯子带领的瞎子队伍，吵吵嚷嚷推推搡搡挤下楼梯，拥进了一楼门市部大厅，为其殿后的是康熙大帝顶头上司局长大人总裁先生本人，耻厮耻刻，丫已成了李得儿摇头晃尾的哈巴狗，臭不要脸的拖油瓶，瞎凑热闹的跟屁虫，正跟着全体职员齐唱：

> 得儿扬扬，左执蟒，右招我由巷。
> 彼狡童兮，群丑其从，群丑其从兮，予和之。
> 得儿陶陶，左秉刀，右招我由敖。
> 彼狡童兮，戎丑其和，戎丑其和兮，予从之。

一楼开票处对面是传达室，倒痰盂老天使傅师傅用湿布擦完这天的第二百四十遍手，还剩下一百二十遍。大致是：抓过打铃闹钟擦手，放回打铃闹钟擦手，揭开毛巾毯子擦手，撑下床来擦手，穿上右脚袜子擦手，穿上左脚袜子擦手，右脚套上左鞋擦手，左脚套上右鞋擦手，脱下右脚左鞋擦手，脱下左脚右鞋擦手，套上右脚右鞋擦手，套上左脚左鞋擦手，系上右鞋鞋带擦手，系上左鞋鞋带擦手，系上皮带擦手，紧一格皮带扣擦手，扶一下桌沿擦手，打开电灯擦手，找到刮胡刀擦手，关上电灯擦手，剃胡子擦手，拆开刮胡刀擦手，洗过刮胡刀擦手，装好刮胡刀擦手，放回刮胡刀擦手，擦一下桌面擦手，取过簸箕扫把擦手，扫一下地擦手，擦一下湿布擦手，洗一下湿布擦手，擦一下手擦手，擦手擦手擦手，啊呀，为何这手这一小块红色斑点怎么擦都擦不掉？越擦越脏越擦越脏。傅师傅这时正要去洗擦手布，看到李得儿头上盘了一支大花蛇，领着一群窠里坏蛋迎面走来，立即冲回传达室砰地关上门，擦手擦手擦手。

一楼传达室对面是开票处，七个女婆婆正聚在一起交头接耳叽叽喳喳，心动的时候打个呵欠，不屑的时候扭个脖子，焦躁的时候紧闭双唇，绝望的时候翻起白眼，厌烦的时候扮个笑脸，得意的时候挥下手臂，偌造孹万千乱造造，真吃惊时候呆立不动，假吃惊的时候退后一步，咂，真当有噶个事体呀？羡慕的时候摇摇脑袋，嫉妒的时候摸摸屁股，该肯定的时候吸吸牙缝，不该否定的时候跺跺脚跟。好巧不巧，菜花蛇趁李得儿一个不留神，从他手中奋力挣脱，打着圈圈飞向门市部柜台里面，恰逢七位女婆婆同持不该否定之意见，十四条大象腿肚狐狸脚、狐狸腿肚鹭鸶脚、鹭鸶腿肚田鸡脚、田鸡腿肚蟑螂脚、蟑螂腿肚蜜蜂脚、蜜蜂腿肚蚂蚁脚、蚂蚁腿肚蚊子脚一阵乱跺，终于踩上了大花蛇，于是翻起斗鸡眼撅下烟囱鼻捂住麻子脸抱紧平板胸顶顶要紧一把捏牢底下那个歪七扭八的防产洞市一医院产后缝 × 技术有待提高，哇啦哇啦一通乱叫，以为世界末日已经来到。

李得儿闲事不管饭吃三碗，长笑一声，飞身跃进柜台。他从地上抓起长蛇，张大嘴，装作要将它一口吞下。大花蛇心领神会，跟着张大嘴，狂打一个呵欠，又见李得儿目光甚是威严，便伸一下懒腰，无精打采地把脑袋牵了开去。七个女婆婆对得儿无赖之举愤懑之极，齐声唱道：

础蜴有皮，得儿无肺。人而无肺，剥之烹之。
蟒蜥有灵，得儿罔心。人而罔心，炙之燔之。

得儿不作计较，略略一笑，来到了门口。物资局前头的空地上已然聚拢一队看客，又有常住的过路的迷途的巡逻的蹲点的下访的漫步的好奇行人为看究竟，络绎不绝地向这边赶来。二寨诸好汉已早早在看客脚边画下一道红线，替得儿留出一片场子，免得妨碍他屠蛇献艺。但见得儿缓步走到场子中央，拱手向诸看官道声献丑，忽地大喝一声"走"，将手中大虫奋力甩向半空。大虫在天上卷起身体，犹如一只柔韧的钢钩，倏然长尾横扫，弯成一个S飞向路边梧桐，却是要趁得儿不备，溜之大吉。哪有此等轻巧之事？但见李得儿手握铁剪，高高跃起尾随其后。眼看大虫就要落上树梢，李得儿的手臂也早已长至身后。大虫见一时脱身不得，只好掉过头来，勉强应战。它张开血嘴嘶叫一声，随即掀动长尾，一鞭打向得儿执刀之手。虽然一击未中，李得儿却也因此略作迟疑。大虫趁此当儿，急忙变了路线向屋顶疾走。哪知李得儿一个鹞子翻身，赶到了大虫前头，未等其回过神来，早已迎面击出一记"偷香掌"。大虫哪里经受得住，但觉耳灌沉雷，眼冒金星，昏昏然忘了牙中无毒，张嘴便咬，这便中了李得儿设的圈套。大蛇不咬则已，一咬便吞下了对方送来的那把夺命尖刀。李得儿未等大虫魂飞胆丧——胆乃蛇中之宝——左手二指叉出，以"摸×神功"钳住蛇头，不等对方回过神来，便跟着在它七寸处咔嚓一刀。一股冷血飘飘扬扬自空中洒下，一道蛇魂迷迷惘惘向西天飞去。马路上一大群常住的过路的迷途的巡逻的漫步的探亲的蹲点的下访的看客一律翘首引颈，手搭凉棚，但见空中一片血光，并无李得儿半个人影。正当此际，只听得啪的，响声乍起，大虫已颓然落地。常住的过路的迷途的巡逻的蹲点的下访的漫步的看客急忙向四面散开，齐崭崭将头低下，想要看个分明。但闻噗的，又有一物落地，乃是李得儿自半空翩然而至。未等常住的过路的迷途的巡逻的漫步的蹲点的下访的看客发出惊叹，李得儿早已一脚踏牢欲断不断的蛇头，长臂一挥，将铁剪探入大虫屁眼，唰地一泻到底，划开了大虫的腹腔，跟着手腕轻轻一抖，咔嚓，大虫身首异处。啪！（若听不出这是惊堂木，各位看官，定是你昏了头）李得儿从断颈处翻开大虫皮层，自其长尾吱溜剥出了整支蛇皮。这大虫的肉脂雪白晶亮，冒出了一簇簇鲜红的血珠。虽说大虫断了头剥了皮，却仍一味地扭动，将钢条般的身子骨卷成圈状，且在其中穿行不止，总算是把自个儿打成了死结。李得儿长声狂笑，当着咬牙切齿的常住的过路的迷途的巡逻的漫步的蹲点的下访的看客，把蛇骨嘎啦啦节节折断，举着刽子手的血剪子，领着众人齐唱：

南有嘉蛇，勃然迁迁。虽无旨酒，子肯我适。载号载呶，

嘉宾其湛。曰既醉止，不知其秩。君子万年，介尔景福。

南有嘉蛇，勃然曲曲，我无嘉毂，子肯我适。载倡载舞，

嘉宾乐湛。曰既饱止，不知其则。君子万寿，丐尔景禄。

第三章

第十五节
怨恨女神

　　喝吧。喝了它吧。我端给他一杯开水。他抬头看着我。怀疑的目光。噢，里面没什么，只加了一克砒霜。治不了牙痛，治得了你狗命。睡眠不好？天气太潮？还是那个消息太糟糕？来娣娣趴在柜台上。喝吧喝吧。它将失去父亲。不，是那只狗将失去它。在哪个角落里？血肉血肉。最近的血缘，使他离得更远。撕开。破了。心绞紧。给别人不如给你给别人不如给你。统统给你统统。山上。等着他从背后抱住我。他的呼吸。我的呼吸。他就始终站在边上。"你冷了吧。"他说。他知道我为什么身体不停地抖。当然知道。喝吧喝吧。"你有过处女吗？"我说，冲着月亮。"没有。"他说。"想吗？"月亮。树。下面城里的灯光。抱住我吧。他还站在一边。"自然，想过。"过了一会他说。拿走吧拿走吧，反正要破的。你是第一。你是唯一。顶紧。绷紧。咬紧。开了。过了。别了。对不起对不起他说，刚才都进去了。就这样吧就这样吧。我没有洗掉它们。管它呢。让它们出现，全来，都来吧。缚牢他，缠牢他，连牢我，再也剪不断扯不开。全给全给。第一。唯一。你总会被我打动的。第一。唯一。想不到是这样的。也想过，就不信。不信不信。喝吧。喝吧能治你的狗命。本应打动他的东西竟然像是成了他的灾难，让他急着躲避。爸爸。爸爸在哪里？妈妈。我呌宝贝囡我呌宝贝囡，咱把葛条狗寻出来。弗能让伊就嘎音讯全无，无论如何偦总要有一个话法。他在哪里？在哪里？在——哪——里，在哪里见——过你？你底笑容什么破歌什么破歌。他在马路上晃来晃去，朝一个露着半只奶的骚货回头看。一辆车撞翻了他。他在路中央蜷着身体，死了。"哎前头奈格回事体？"司机从窗口探出头来问。"是一只狗，被车撞杀哉。该死，还冤枉我白买得一克砒霜，"我说，"不过，或许可以拨伊一个机会，万一伊回心转意呢。""哦，还匿有死达哞。"围观的人轻声叫道。他爬起来，看到了我。"谢谢你来娣娣。对不起来娣娣。我该死来娣娣。扶我回家吧来娣娣。我离不开你来娣娣。"哈。哈。在哪里，在哪里见过你。烦死了烦死了烦死了。在哪里，在哪里见过你。发什么神经。"你那位小白脸噢，刚刚坐着三轮车过去了，连看都不肯往这里看一眼，真是太差了。"茹英刚才说，故意用了普通话。幸灾乐祸。她一向看不惯李得儿。"说是说北方人噢，脸长得比南方人还要白，白面小生。我是不喜欢这种人的，就不晓得你怎么会看上这种人的。"她说。如果能像她这样。如果能像她这样。姐妹们一直都这样劝我，我就是不相信。唉，我就是不相信。他刚刚过去了，坐在三轮车里，连看都不肯往这里看一眼。也许看了，赶紧拉起篷布。在——哪——里。烦煞哉！去公司，还是刚从公司里溜出来？这么晚去上班？还是问问茹英他是从哪个方向过去的。抓住那条狗！打死它。我上楼的时候下面一楼的老女人都盯着我看。我站在他科室门口。他不在。一个脸胖胖的女的从楼梯上来，一路看着我。我戴着墨镜，她们认不出来的。我回过头去。她正从上面回头看我。奇怪？看什么？去死吧。楼上下来一个少妇。脸真黑。她似乎没有看见我。嘿嘿嘿，她笑着，笑声拉得很长，借着笑别的什么事情顺便笑我。我可不是来这里跟你们抢东西的。难道那条狗是你们的？笑话。只是调戏只是调戏只是调戏只是调戏。不在。等吧。真不在？问吧。科室里的男人都贼头狗脑来看我，在笑。不问了。肯定在躲我。在——哪——里。在沙发底下，呼哧呼哧。往屋里走一步。我没动。在厕所。我应该上一趟厕所。就算他真的躲在那里，不等我下楼早就有女婆婆通风报信。他慌慌张张从厕所里冲出来在门口挥手叫了一辆三轮。他跳上车，逃了。晓得是出事了。他根本不信，根本不会信。难道我想讹诈你？求求你啦求求你啦不要你负一点责任我说过无怨无悔无怨无悔你一千个放心一万个放心现在出了一点点意外你想想我才虚岁十八岁足岁十七头一次碰着这种事情什么都是头一次求你啦求求你啦我什么也不懂不知道怎么办办你就陪在我身边也就几个星期你得有一点良心有一点点良心好不好哪怕我是自愿的我是自愿的可你还有没有一点良心是人总得有一点良心要不然老天爷也不会放过你会从天上一剑把你劈死劈死劈死劈死劈死劈死劈死劈死劈死劈死你还躲到哪里去哼躲到哪里去哼总归是在老天爷的手心底下还不如趁早老实一点争取宽大处理抗拒从严他慌死了朝我转过半个脸我喜欢你来娣娣我可不想听这种话你早说过了我爱你来娣娣这样就对了好吧饶你一条狗命我喜欢你我爱你两句话一步之遥遥不可及及时回头头也不回区别在哪里在哪里呀在哪里烦煞哉烦煞哉。"我不如吴琳琳漂亮吗？"我问他。他笑着。洁白透亮的牙齿。"都很漂亮，"他一本正经地说，"都是梅城小姐。"我又说："你喜欢我吗？"他说："老鼠敢不喜欢猫吗？"我很凶吗。脾气不好。"妈妈我要娣娣做我老婆。"隔壁那潮小死尸整天跟在我屁股后头。我可以随便指挥他们。再怎么个发脾气，他们也不敢怎么样。"娣娣长得是真当漂亮啦。"那些一直想吃我豆腐的大富豪。吃他们，喝他们，再骂他们一顿。我把酒泼在那个老板脸上。"挪开！

偌个狗脚爪。"我直接就骂了。这下子他老实了。该给他们脸色就要给他们脸色,该骂掉就要骂掉。李得儿老是一副笑嘻嘻心不在焉的样子。一想就来气。脑子里专门想着别的女人。很多女人吗?我说:"你觉得梅城到底谁最好看?"他笑着看了我一眼,说:"鲁芳芳。"鸡婆。梅城谁不是这么在说。鲁花鸡。暗娼。只要有两个钱,什么东西不能塞进她那里面去?男人难道不都是这样的吗,喜欢在女人那里面做些别的什么事情?他和鲁花鸡有过吗?浑身胡脑都是毒,很脏很脏。可别传给我。"她美吗?"他指着照片上的女孩问我。美什么,风骚而已,就奶大一点,从棕色灯芯绒背心里透出来。大是有点大的,可是太扁了,一点都不秀气。撕碎撕碎撕碎。我把他手上那张照片夺过来,准备撕个粉碎。结果没有撕,又扔给了他。他很吃惊的样子。厌憎我脸色不好看。就是要给他一点脸色看看。"怎么了?"我笑着说。他收起相片,说:"但愿我不要得罪你。"我又笑着说:"我不见得有那么凶吧。"他坐在那里一动不动,不说话。我问他:"你为什么不说话?"他说:"是啊,我们应该来说些话,说些让你高兴的话。可我怕我无论说什么,你都会生气。"我揪牢他的脖子吻他:"不要这样,好吗?我确实不愿意听到你在我面前说别人比我好看。"他说:"对不起。"听他说这种话我更来气。我可是把什么都给了他。我说:"我把什么都交给了你,你还说对不起,还说对不起。"他就说:"知道你要后悔。"他说话的那种样子好像是应该后悔的是他而不是我。烦死烦死。

"我想看看葛双凉鞋,小姐。"

烦煞哉。何里吖吊杀鬼?

"我想看看葛双凉鞋,小姐。"

烦煞哉烦煞哉。滚开吊杀鬼,滚。"没货!"趴在柜台上的来娣娣冲着自己胸口喊了一句。她听到茹英把鞋子放到了柜台上。"哎——"是茹英挽留的声音。大概是走了。滚得越远越好。他回头狠狠盯了我一眼。肯定狠狠盯了我一眼。盯吧，盯吧盯吧盯吧。鬼晓得是来看鞋的还是来捡便宜的。这种人。你只要回盯他一眼，他的眼光就连忙避开。做贼心虚。心怀鬼胎的人就是这样。你不会觉得李得儿心怀鬼胎。他边骑车边一手递过一张名片。我接了。他立即掉转头飞快往回骑。奈格会接伊眹名片呢？真当莫名其妙，根本就弗认得。"你刚才冲我笑了。"他说。我没有朝他笑。"我没有朝你笑，"我说，"我是朝骑在我后面的姐妹笑。"哪里有这样边骑自行车边向陌生女孩递名片的？不管随便哪个人肯定都会好奇，想知道他到底是谁，是无赖呢还是滑头，说不定是个很好玩的人。结果是只狗，笑嘻嘻亮闪闪，看上去怎么也不会有坏心眼。不管无赖也好滑头也好，一定很可爱。他不像别的男人，看到我要么色迷迷的样子，要么就是抖抖缩缩的样子。他若是那样我根本不会去理他。活该我倒霉。湿。不停出汗。黏搭搭。这种鬼天气这种鬼天气，可怎么做人流？说是还不好碰冷水，还不能见风着凉。让他来照顾，肯定要让他来照顾。我坐在他的床上看他在我身边走来走去，洗菜煮饭炒菜擦桌子拖地板洗衣服。他满头大汗，一手叉腰，吃力地缓缓直起身，嘴半张，哦唷，一副腰酸背痛的样子。我半躺着在一边看他干活，又心疼又甜蜜，因为我是被迫休息嘛。"来娣娣吃饭了。"他叫道。我就说："我不想吃嘛。"他就只好过来吻我。"来娣娣喝点儿绿豆粥。"他叫道。我就说："我不想喝嘛。"他就只好过来吻我。嗯嗯好好。像佣人一样把他支来支去，还好在一边心疼他。当然是暂时的，等我好了之后加倍偿还。只要我在，另外的女孩就不敢来了。这下子他就死心塌地了，就对我一个人好。哪里有那么简单的事情的，让你随随便便欺负一个处女。无偿的。我是说过。没有不算数，可现在出事情了。他当然要负责，肯定要他负责到底。他吓坏了。躲我。噶看来伊晓得是出事体哉，话弗定老早就晓得哉，只不过装得像是匿有事体眹样子。肯定是哪个小护士向他通风报信了。他躲在小护士的值班休息室里。小护士一进门就和他抱在一起。连看都不肯往这里看一眼，太差了，茹英说。"躲得了吗?"我说。"躲不了。"他说。"你就再怎么扭过头去假装看不见我，你人不照样还是在梅城吗?"我说。"是的是的。"他说。就是啊，不可能说你转一下头就到了北京，再也找不到你了。哼，随便一打听就能抓住你。说不定他以为熬过几个月，等回北京就没事了。哪里有那么好的事情? 到底是几个月? 他总说"几个月"。想隐瞒? 你要真敢这样，我就追到北京去，把你告上法庭。我要报复，一定要报复。要你的狗命。

在这个梅雨时季闷湿的午后，来娣娣趴在柜台上，她昏沉沉心智的海洋正掀动着复仇的惊涛骇浪。"我怀孕了。"我说。"是吗?"他故作轻松，假装不相信。管你假装不假装，法庭见! 我爸爸主持。"我宣布，"爸爸说，"北京流氓李得儿强奸梅城少女来娣娣，判死刑，就地正法，立即执行。"砰。脑袋开花。哼，就是要这样!

在一颗子弹打穿李得儿俊美的头颅之后，来娣娣立即抱起她奄奄一息的恋人：谁最美?

李得儿：你最美。

来娣娣：去年你是怎么评的?

李得儿：那是作弊，现在作废。

来娣娣：还躲我吗?

李得儿：不躲了。

来娣娣：还想偷偷调回北京吗?

李得儿：不敢了。

来娣娣：还相不相信我怀孕了?

李得儿：相信了。

来娣娣：打算怎么办?

李得儿：不打算了。

来娣娣：服从我安排吗？

李得儿：一切服从。

来娣娣：走，马上去登记结婚。

"究竟是奈格回事体？怕道我判错哉？弄得我头里顶萝卜数都匮有。"爸爸说。"是我自愿吩，爸爸，是我主动跟伊约好地点约好日子约好钟点吩。要错也是我吩错，作伊弗搭界吩。"他进不去。"你并着腿。"他说。我都不知道我腿并得那么紧。我张不开，太害怕了。他顶过来。痛。他没顶进去。他把我的腿弄开，又顶过来。痛。他一直往里顶一直往里挤。裂开了。太痛了。我扭了一下，想不要了。我手湿了。他停了一会，又顶到那里，痛啊。我狠狠扭一下腰，想把它扭进去。真痛啊，那里砰砰地跳。两个人身上全是汗。"我不要了。哦，处女。"他失望地说，退开了。她们当然全都很有经验，全都乱搞过，可我是第一次。"后天我再来。"我说。这回两个人都下了决心，非把它了了不可。他顶住那里，一直涩在那里，可再也没有松开。我尽量把腿张开。痛就痛，反正也就是痛。他低低吼了一声，挤开两边的骨架，冲了进来。下面整个裂了。钻心的痛啊。我叫了一声就不叫了。痛就痛好了，反正也就是痛。"进去了。"他气喘吁吁地说，好像是做了一件他不得不去做的事情，一件任务。我连续流了一星期血。他每次进去都会出血。那时候怀孕这两个字是多么模糊，虽说确实想到过。怀就怀。"你怀孕了。"她看了一眼化验报告说，然后就一直看着我，很奇怪的样子。"已经有七周了。"她一直都跟我说普通话，说不定还以为我是那种人。虚岁十八，没有男的陪着来。莫名其妙，轮得到你这个破医生来管？流产。坚决不流，就生下来。看你这只北京狗怎么样面对。要刮吗？刀在里面一层一层刮肉，全是血。问问茹英究竟是怎么回事。她有过几次。绝对不能让她知道。谁说过可以打针打掉的？变成血浆排出去。一条命变成一摊血。我不到十七，就打掉一个小孩子。太没有意思了，付出那么多，就这样来回报我。流产，嘿，流产。会不会出问题？万一把人弄坏了。坚决不打掉，坚决生下来。那只狗在哪里？它毁了我。我要报复，报复！

“说不定他刚才有什么急事噢，才那样子匆匆忙忙，这确实也是说不定的噢。”茹英走过来，抚着来娣娣的肩说，沙哑的嗓音。

手背上的伤疤。“葛是何兮？”我说。“香烟蒂头烫吤。”她说，若无其事的样子。“何家？”“自家。”“为何要香烟火烫自家？”“懊恼嘛，”她哼出一声笑，“就自家烫一下子。”她好可怕。我用香烟火烫了自己一下。嗤。皮肉高头一股青烟。焦臭。烂。永久的疤痕。可怕。“这是怎么回事儿？”李得儿抓起我的手。“自己烫的，懊恼嘛。”我说。“天哪。”他叫了一声，昏倒在床上。我可不要这样。我才不会这么傻。他也不会喜欢。那样他更铁了心要躲我了。

“偌也甮忒往心里去吤。”茹英说。

“也弗是头一回噶，我自家也看见过。像避瘟神介从店前面逃过去，还道我匿有看见。”来娣娣说着抽泣起来，还是没有抬头。

“找他算账去，问他妈的到底什么意思，”为了表示对北方臭小子的愤慨，茹英改说普通话，“要我是你噢，要他好看。”

“他不相信。”来娣娣说漏了嘴。

“不相信什么？”茹英说，见来娣娣再不开口，便走开了。她从小化妆包里取出妆镜口红，涂下嘴唇，涂上嘴唇，紧一下，把一片深紫色抹匀，门牙也沾了一点。“像不像女吸血鬼，啊——”她张大嘴吓唬自己，“哈哈，可怕可怕。”她拿手指擦去牙齿上的口红。“我真是老了，”她又说，“是心老，哈哈，被烟跟酒害坏吤。”伊也是破罐破摔，人流弗晓得做得几次。勠命啦。她请墨少爷把她前任打了一顿，然后就跟墨少爷怀了一次。人流一做完墨少爷就把她甩了。对这种小地头蛇你能有什么办法。我没法对李得儿真的生气，想的时候是气的，见到他本人之后就忍不住想讨他好。每回都是我主动，永远都是我主动。若话伊再噶一直避我躲我，我也会下手，倷道就看看看！

"我要报复。"来娣娣说。

"叫两个人把伊根卵子割坏，曼两千块洋钿钱就有人愿意做，"茹英说着大笑起来，"哈哈，掼达阴沟里去，或者是直接掼拨狗吃。哈哈，随便何里只狗，哈呜哈呜两口就吃坏，哈哈哈。"

"是伊啊？"来娣娣问。

"绝对！"茹英说，扬起眉毛，在上面画了几笔，朝自己扮一个鬼脸，将眉笔扔进了化妆包里，"真的不行了，我只有对自己身上不用涂不用画的地方还比较满意，比如奶奶，我估计男人家都会认为我阶奶奶比你阶好看呢。"

"夜头还要去唱歌啊？"

"我身材没你好啊，"为了表示失意，茹英又改说普通话，"我的小肚子啊，一天比一天鼓，好可怜，怎么给它做按摩也没有用。"茹英边说边轻抚着自己的小腹。"只有在灯光下，我才能找回自信。晚上跟我去唱歌吧。"

"不想去。"来娣娣说。

"真是搞不懂噢，怎么会有那么多女人喜欢他。一个北方人，生得一张轻飘飘阶小白脸，有何好？"茹英说着拿湿纸巾擦掉了紫口红。

每根头发都有自己位置的人。绣花枕头烂稻草。他是吗？

"来娣娣，想弗想我叫人帮倷做伊一顿？"茹英取了一支大红重新涂起来，"随便叫阿凸或者是阿凹过去噢，现马上就可以叫伊服服帖帖。要么重新跟倷好，要么从此勤庇达梅城得。哦他妈的我的小肚子啊，我吃得太多了。要赶紧减肥赶紧减肥。怎么个弄法子啊？今天饿上两顿，明天吃上五顿饭，一平均还是一天三顿。也想过去健身房消耗一点卡路里，想想都觉着累。家里那个跑步机，就用过一次。唉快来看快来看，葛个男阶呆弗呆？骑得一辆破脚踏车，还骑得嘎慢。哎哎，伊一直盯牢我看，哎，伊朝我张嘴，哈哈哈，来娣娣，快来看，葛个呆子朝我张嘴，哈哈，逃坏哉哈哈，笑煞笑煞哈哈哈哈。"

我怀孕了。"你怀孕了。"女医生说。不会不会，还没到十八岁。十三岁就可以，第一次来月经。来娣娣趴在柜台上，一个劲地甩动着脑袋。

"亦是一个。这个男人看上去有点意思噢。来娣娣，背着这么大一个包，走路还那么快。他看样子是要来我们鞋店。他进来了。"

一个背大包的男人，举着面孔，从马路对面看了一眼这边的鞋店，快步走来。他像是没看到茹英，径直来到来娣娣面前，轻轻叩了两下柜台。

"喂醒一醒，大姑娘，拨我挑双凉鞋。"他说，沙地口音。

他脸上结了一层薄薄的灰土，牛仔T恤上满是白色的盐花。脚很脏。鞋带很脏，断了，自己胡乱扎在一起。脚后跟已经磨出了一个大血泡。茹英细细打量着对方，沙地里来咿男人家，看偌咿样子大概是苦出身，不过呢胸怀大志，想要有一个远大前程。格么好，偌只要呛一声，我就马上拨偌买一双好些咿新鞋子。一副苦相，心思在天边外，不需要别人的温情，也不会给别人温情。跟你直说了吧，总有一天，你想要也没人给你，茹英身体前倾，要上前为这位沙地来的男人提供适当的照顾。来娣娣抬起头，亮出脸上一道凹陷的大白杠，和一对红彤彤的牛眼睛。谁来帮我复仇？

第十六节
英雄在游荡

梅城人从来生活富足安逸，贪图享乐，不思进取。不过不能说这是因为他们从来没有见过世面，只是即使清贫人家也总能在这个富饶的鱼米之乡轻松度日，不必为生活犯难，因而大多的梅城人都憎恶离乡背井，无端让自己过颠沛流离的日子。在这个愚蠢地长久自缚手脚的国家终于允许国人去尝试一种无论于名于实都暂且暧昧不清的自由生产和自由流通伊始，梅城人便以江南水乡人的敏感和好逸恶劳，一致选择了尚缺乏规范的浮夸商业，和由此派生的地产业娱乐业餐饮业，率先肆无忌惮地吹起了后来令全亚洲人深感头疼的经济泡沫，并积极利用公有制和计划经济的种种荒唐的漏洞，比其他城市更早地展开了至今已经演变成公然掠夺的私有化运动。城市改造自然而然地迎合了这种一哄而上大而无当的商业幻想，并显出同样的大而无当心血来潮的种种特征。政府在货币和信贷上所采取的突击式紧缩政策，和种种名目的以腐反腐运动，就像满身疥疮的脚麻子郎中的医术，不只难以遏制业已钻出所罗门宝瓶的人心的贪欲，除了造成国民经济突发性的全面停顿和衰退，还在下一轮的通过纸币贬值实施的经济扩张风潮中起更为恶劣的推波助澜的作用。梅城人早就洞悉了这一点，因而他们要比别的城市的人更懂得如何在短暂的经济萧条期先养精蓄锐，撑好门面，以等待下一轮狂潮的到来，伺机全力出击大赚一笔。在这种情形之下，无边无际的夸夸其谈和自吹自擂自然就成了梅城人的最大嗜好，甚至可以说，成了他们立足于梅城的必备本领。一种人的习性由于它在城市中长久盛行，必然被逐渐培育成为这座城市本身的习性，最后成为它的痼疾。然而，无论时代变迁的潮水多么凶猛，一个有千年以上历史的城市，大都会在其心脏地带放缓演进的脚步，显出一副无可奈何不知如何是好的神气，这个处所通常便是城河或城墙的周边地带。

城河作为群居的市民入侵并改造自由散漫的村落的最初标志，无论它精雕细琢的狮子扶栏如何破损模糊，它密密堆砌的河床长条石如何为厚厚的青苔所覆盖，它优雅拱起的穹形石桥长满多高的蕨草，它整齐的青石板路如何被磨得绢光并在行人的脚下发出橐橐松动的声响，它两边参差不齐的双层建筑的白垩墙皮如何脱落如何被雨水染上斑驳的印痕，也不管它底下的河水如何漂满各种生活杂物翻腾起令人掩鼻的恶臭，叫人不免想起远离河中仙女唯有水妖相伴的城市人的种种恶习，它依然是城市活生生展露其过往历史的最恰当的场所，也是当地居民在浑浑噩噩的一天后，迎着千古不变的落日余辉，沿着它弯曲的身躯缓步向前，听任历史和记忆将心灵轻轻振动，并将思绪带向个人和城市的往昔的最理想的地带。在这一点上，梅城与其他受惠于历史之光特殊照拂的城市几乎没有什么两样。无论是从城东水稻田里粗暴冒出的小商品城楼群，疖子般长在西山脚下的百店一面的时装绣衣坊，还是赶尽晨练的老头老太决意从市心操场拔地而起的世纪广场，虽然只有稀稀拉拉的商家入驻，更缺少合理久远的市政规划，且拥有一副不中不西不古不今的杂种外表，梅城人仍是将它们做得果断坚决，但对于蜿蜒流经全城的城河和紧贴河岸的幽暗破败的老式砖木旧房，梅城人就像是面对自己的一位老朽却仍固执地坚持其权威的老祖父，一时不知如何是好。这位老祖父虽然两眼昏花不明事理，且蛮不讲理歪歪扭扭地横贯全城，让城市规划者们伤透脑筋，它却依然是城市最初兴起的最大功臣，拥有着值得儿孙们时时回味的家族的伤痛和荣耀。梅城人知道不可能等它自然寿终才替它送葬，迟早要将这半死不活的躯壳推进土里，但梅城人仍在对他们共同的老人家的处置上做得羞羞答答拖拖拉拉。

城河流过市心桥一直向东，来到梅城最中心的地段，也是城市东扩所必经的关卡。急不可耐的地产商正是从这里率先向这位老朽的城市公共老人砸去了铁臂。不管它是否情愿，一副黑面孔的散发着新鲜柏油味的马路已贴着城河内侧从它身上碾过，无情地将它切成两半，使它露出一截截来不及推倒，或是来不及粉刷的砖木结构的颓垣断壁，露出它带小尖顶阳台的双层旧阁楼温情脉脉的外表底下丑陋可怖的内脏。

　　然而，这仅仅只是开始。梅城人的心态也一如面对城河和城河两侧可供怀旧的旧式建筑展开的城市拓展运动，只是在一些零零星星的地段对未来充满了欣喜的期待，对公共遗产的真实暴露和重新分配充满了跃跃欲试的渴望，而在更多的地方则愿意听任城市老人以拿腔拿调的旧时代做派及时修复不时被撕破的脸皮，维护彼此间平素的谦让和体面，以保持城市得过且过的安详外表，而不在乎其是否虚情假意，是否自欺欺人，是否破绽百出。总之，在这里，掩耳盗铃式的偷窃已经到处泛滥，公然的无耻掠夺却仍不多见。人们一面等着城市公共老人的丧钟敲响，一面不时为它着上鲜亮的寿衣并祝它长命百岁；一边如不知餍足的白蚁般决不错过任何机会吞噬它内部的财富，一边仍不愿它就此颓然倒下而在它们啃空的地方及时填上廉价的砖石。总之，在最无廉耻的地方，梅城人刻意坚持了自己的羞耻之心。

　　然而下一代呢？那些二十出头刚被摘了家庭奶嘴每月初只能领到区区三四百工资的毛头小子呢？那些被荒唐的毕业分配制度所激怒愤然南下北上又因吃不了苦耐不了寂寞而回到梅城这个安乐窝里来的学子们呢？还有那些怀揣分享城市之光的殷切希望沿着沙石路纷纷鱼贯而入的乡村姑娘和小伙呢？他们尚未被纳入公共利益的分配体系之中，没有资格参与成年人对公共财富的瓜分和偷盗，却也无意遵循用以养护人际温情的种种梅城旧习，更不会费心去关注被城市老人视为珍宝的梅城古蕴。他们终日无所事事游游荡荡，争相目睹一堵堵旧墙轰然倒地，升起一团团霉味十足的白灰；他们不厌其烦地一遍遍跑向城市最新破土动工的工地，欣喜地数着它节节升高的脚手架和水泥柱；他们债台高筑却鲜衣亮服，一领到工资便呼朋邀友兴冲冲地走进新近开张的餐馆舞厅时装店游戏机房挂着按摩或足道招牌的妓院，决意将一月的薪水如数倾倒出去；他们不相信成年人的虚情假意，更不欣赏他们面对财富时的羞羞答答，虽然从来就不是什么抢劫公众财富的元凶，却乐于趁火打劫，敢于一有机会就大捞一把；他们不屑玩弄感情，仅凭着青春的莽撞便无需回避让感情来玩弄自己，他们认可城市之风的迅速败坏，并将败坏之风大口啜饮，在下一代的社团里学习种种自吹自擂恃强凌弱的本领，并努力挤入既得利益者之外各族群的最上层，等着上一代的有权势力尽早将自己相中并寄生其中。他们以热情的否定大胆抛弃梅城古老的伪善，同时也以热情的贪欲无所顾忌地一并吸纳它旧有和新生的丑恶。

陆翼锋的家便坐落在市心桥以东的城河内侧，因为父亲是小学退休教师，一家人住的并不是什么带天井的双层阁楼，而是在梅城已经十分少见的，这个国家分配给教员的特殊住宅——不分厨房卧室，不设私家卫生间的筒子楼。

噢，说到筒子楼，我们的记忆或想象中便会浮出这样的画面：一位中年教师拖着疲惫之躯爬上楼来，手里拎着顺道从菜场买回的一袋削价苹果或是一把芹菜出现在堆满了杂物、散发着油烟味儿的楼道里，一路哎哎哎频频点头，跟楼道里捂着鼻子炒菜的邻居一一打着招呼，然后小心地侧过身，擦着她们的屁股挤过去。或是这样的景象：一个锅里正冒油烟的妇人向邻家大声叫喊：某某某，乃吓酱油先借我一口用一用，咱自吓酱油刚刚用完，买起来肯定来弗齐得，到辰光再还拨乃。那家的女人就说：噢偌随便用好得，自家拿，客气作何？隔还吓，一口酱油，亦弗啥个金子银子。然后转过身，又轻轻补上一句：葛份人家顶喜欢传葛种介小便宜哉，还话要还，一口酱油奈格个还法子？或是这样的景象：一户人家来了一位衣着新奇的年轻小伙子，左张右望之后开始砰砰叩响那家的房门，来约这户人家活蹦乱跳的独养女出去。边上几位中年妇女收起手中的活，一动不动定睛观察许久，才借着大声询问日常琐事，将脑袋凑在一起，交换各自心中的猜测和评判。我看好像是上回子那个。弗是，老早换过得，上回子那个比葛个个头要大得多唻。我看小姑娘心思有些活络呢，男朋友换得好两个得。何止有些活络，相当活络即，男朋友弗男朋友咱也弗晓得，反正是一个比一个奇出怪样。

　　什么是筒子楼？因无人过问而永远又脏又臭的简易公用厕所和紧连着厕所的公用盥洗间。缺乏隔音功能的薄墙，让你能清晰地听到隔壁的活动谈话和吵闹。毫无人情味的一个个正方形房间，如同犯人们的监牢一般简陋又一致。自家的松木门对着邻家的松木门，也是两家之间仅有的遮挡物，一旦将各自的房门打开，屋里便一览无遗。捉襟见肘的空间和永远压制不住的私心，使得这里的住户们毫无节制地将各种弃置不用的物件胡乱堆放在公共走道上，并不时因此引发种种牢骚和争吵。稀少的几盏路灯本来就照明不足，又因无人更换用坏的灯泡而使得楼道更加昏暗，似乎是一向都对无处不在的惊人浪费熟视无睹的官僚们，突然在这里记起节约是人类最重要的美德，为了几十户人家的每月节省几块钱，不惜无视人类与其他生物一样的趋光本能，将他们的住处弄得像一个适合谋杀，藏污纳垢，或传播疾病的场所。

　　筒子楼的格局透露着这个官僚国家针对城市平民最简单草率的分配原则和监视原则：无视个体性的平均主义和互相监视的集体主义。最糟糕的是，这样的格局确实在实际生活中，在年复一年的对此的适应中，使人们不但完全看不到它对美好人性的腐蚀力，还渐渐地培育了他们各自扭曲的人性和他们之间的扭曲人际，斤斤计较，好管闲事，互相猜忌，蔑视公德，散布并传播流言蜚语等等，虽然这些坏事在这个国家不仅仅是筒子楼内发生，但在筒子楼里却是完全地不可避免。幸好，这种从黑暗时代遗存的临时建筑正在遭到抛弃，也没有人想过要再度建造。

　　不久前，这个四层筒子楼前面还是一排临河而立的旧式砖木建筑，这会已经被尽数推倒，变成了滨河马路。而这栋筒子楼虽说逃过一劫，它西侧被切去的一大块墙角，和涂满三面墙的一个个红油漆"拆"字，表明它不久也将遭受类似的命运。幸好陆翼锋父亲在退休前碰上了改善中小学教师待遇的好时光，拼死争取到了一套市东新盖的六层三居室。虽说陆老对新房的布局很不满意，嫌它位置太远（旧城居民通常对未来几年里城市将以何等规模快速膨胀缺乏想象力）也缺少筒子楼里与邻里共处的温情，但这套宽敞的三居室，至少能让两老与他们的宝贝儿子分隔开来，省得他不时在跟前晃悠让他们头昏。两老早已打定主意，哪天新分房装修完毕，就哪天搬走，让宝贝儿子一个人留在这里，随他去瞎折腾。

像所有胸怀大志而又手足无措的青年一样，考古专业毕业的陆翼锋蓄过长发理过光头，打过群架也做过徒步旅行，时不时狂饮滥醉却永远身无分文，有过这世上最深沉，最动人，誓言必然伴以热泪的初恋爱情，珍藏着它由纯洁的少年情怀催生又不幸过早坠地的酸涩之果，却绝不因此错过以蓬勃的血气浇灌成年女性干渴土壤的任何机会；一摊难舍难弃的半吊子学业勾画着飞向自由天空的窗户，却已没有平心静气的苦工夫来把它打开。认输不能甘心，机会和出路如此渺茫，熬不完的苦闷激发打不倒的骄傲，只需一句带刺的戏言便可离开父母，远走万里，却总是在难以为继的时候背着一袋脏衣服垂头丧气地滚回老窝；信心不断遭受打击，精力虽屡经胡乱消耗却依然剩余过多，多得足以让无尽的迷茫和狂热去肆意啃咬，而回忆和经验的银行尚不能如中年人那般随手开出虚假的信仰的支票，以支撑稳步向前的漫漫苦旅。啊诸位，这是想要疲惫也无法疲惫，想要枯竭也无法枯竭的年龄，这是人生中最真实最敏感最热情的年龄，而时代的错误让它成了最可怜最落魄最混乱的年龄。

在大学最后一年，陆翼锋曾以一分之差没能通过燕大考古系研究生考试，尔后的毕业分配也未能如他所愿，在省考古研究所从事考古研究，只好愤愤不平地回到了梅城。梅城人事局很快将他塞进一家即将倒闭的国家二级企业梅城味精厂，做厂报主编。年轻人拒绝去味精厂报到，决心托福在家，争取一年后在大洋彼岸与久疏音讯的女友会合。凑巧半年后，人满为患的梅城文物管理委员会一改成了梅城博物馆，急需陆翼锋这样的人才去填补空缺名额。年轻人厌烦了整天跟父母怄气，也听腻了家人无休止劝告絮叨，便听任母亲向人事局递了报告，随附五千块红包，要求进博物馆工作，不再将他的户粮关系退回学校。

记忆，回顾，溯源，考古，反省，都属于过去的事业，在有闲时代由有闲阶层从事的事业；而在我们这个时代，对于一名求胜欲已被充分发动却又明显落后于人的选手，这些属于过去的事业，正是他急于抛弃的包袱。

博物馆自然是这个时代急欲抛弃的属于过去的事物之一。梅城，一座胸无大志享乐成风的江南小城，决无追溯自己的历史、拷问自己的过去、稽查自己先祖的真情实意，却毕竟大至广厦落成要员致词，小至商场开张乡绅剪彩，无人不知须在自己胸前别上一枝红玫瑰，要它赤裸裸地亮出暴发户的本来面目来，自然也是心不甘情不愿。这种心态经它近年浮夸习气的催发，不免一时脑子发热，要将自己打造成一个源远流长的文化古城，倒也颇好理解。总之，博物馆成立了起来，并且立即名副其实地成了存放各单位弃之若敝屣的老古董的地方：被撤销的原文工团无处可去的中年愚儒，公检法系统受内部通报的失足者，从政府机关精简出来又无法一脚蹬开的闲散人员，受特殊照顾以静候退休年龄的老弱病残。这些人能翻翻跟斗，耍耍笔杆，磨磨嘴皮，搬搬是非，整整他人，对文物考古自然一窍不通。馆长呢，已是年过花甲，虽说也非科班考古出身，倒是位地道的文物爱好者；且博物馆前身文物管理委员会一直隶属于市工人文化馆，老人自二十年前从梅城一中调至文化馆当馆长，几乎一心都扑在梅城历年所采集的文物的修复和维护上面，也曾花了不少心思去啃阅自己所订的各种文物考古期刊，和一摞摞出差时从大城市书店里背回来的专业书籍，即便够不上被称作一名真正的考古工作者，也算是对得起自己所爱，完全有资格被视作一名忠诚的文物保护者。当这位老文物迷听说市人事处尚有一位历史系考古专业的毕业生没有去处，而且还是国家二级短跑运动员，最适合不过动辄要在山上蹲个把月的挖掘工作，真是大喜过望，如获至宝地立即将他的档案要了过来，随即发去录用通知，等着年轻人前来麾下报到。

等到陆翼锋真的出现在眼前，老馆长无异于挨了当头一棒。预想中质朴稳重又不掩其睿智光华（就像那些古董）的考古专业的学生，他未曾料到会是如此浮而不实的一副做派：穿着背心短裤，趿着一双拖鞋，一辆光秃秃没有车铃、车刹、车兜、车座、车杠、车支脚和前后挡泥板的大雕牌破赛车，歪歪扭扭地一直骑到他办公室门口，将它砰地往墙上一推，打翻了他爱之若命的双车铃、双车刹、双车兜、双车座、双车杠、双车支脚、双挡泥板、双包链的小鸽牌，并狠狠地压到了上面。老馆长没来得及放下手里的放大镜对此作出反应，对方已经走进屋里，拍起了他的肩膀，并像多年故友似的凑上前来大声问道："你在干什么？"这是什么意思？未等老馆长找出答案，对方早已朝天扭动橄榄球似的脑袋，摇着举过头顶的手臂说："任伯年唅山水？啊，赝品赝品，看都甭看。"

真是见了大头鬼了，这幅山水可是任伯年当时住在梅城时亲手送给馆长父亲的，馆长正在考虑是不是忍痛割爱把它捐给刚刚成立的梅城博物馆，居然让面前这位来历不明的浑小子说成是赝品，还看都甭看一眼。

"您是哪位？贵姓？"馆长戴上老花镜，压着满腔怒火客客气气地问道。

"哪位？贵姓？你不知道？哈。"陆翼锋指着自己突兀地插在橄榄球上的高鼻子，张圆惊讶的嘴巴，瞪大了一双铜铃似的眼睛，直到老馆长无地自容，才又拍了一记他的肩膀，退开一步，微笑着一个劲地摇头抽气。

换了现在，老馆长时不时地后悔，仅凭他这副油腔滑调，就得将他当下开除。都快十一月份了，他居然这身夏日乘凉的打扮前来报到。不过当时，当他知道眼前这人便是自己主动去人事局要来的毕业生时，不但立即原谅了这小子，还一个劲地替他担心是不是会着凉。虽说这小子嘻嘻哈哈戆头戆脑的样子，却看得出他的底子还是十分的忠厚实在。见年轻人不住拿手掌搓着泛起一阵阵鸡皮疙瘩的大腿，还不时忽地一阵哆嗦，胸部往前一挺，打出一个寒噤来，老馆长顿时慈悲心发作，再没有心思从年轻人倾箱倒箧的高谈阔论里捡拾一串串珍贵的、让人如堕五里雾中的学术名词，赶紧换"您"为"你"，以父亲式的关切、赔着父亲式的小心提醒他：天气已经有些冷哉，要么偌先回去添件把衣裳？

没多久，老馆长便让人腾出一间小库房，拨给了陆翼锋，在博物馆顶楼，半间作他的办公室，半间作他的卧室。陆翼锋对此十分满意，它不但可以让他从此挣脱母亲无休止的絮叨，更重要的是这块不足十平米的地盘，理应是自己这枚火箭最理想的发射基地，他只需往大脑后舱灌足词汇和句法的燃料，就随时可以托福点火腾空而起，去追赶已先他飞向太平洋对岸的女友。然而，在这美好的一刻到来之前，频繁的疲倦容易恢复，永恒的单调却不好对付。终于有一天，他一位女同事的丈夫替前任墨市长出车回来，借着几分醉意想与隔壁这位大学生吹吹牛皮出出酒气，在叫醒了尚在光着膀子呼呼大睡的陆翼锋时，一眼便看到了粘在他背上的那一小片红色胸罩搭扣。这是他的妻子来冬红在前一夜勾引当时还是童子之身的陆翼锋的杰作。

馆长那时一见陆翼锋就花白脑袋发涨，正好借东窗事发，把陆翼锋逐出了那间库房。陆翼锋只好再度与父母亲和一个妹妹同住一屋。他觉得这事实在划不来，那场在隔壁半遮半掩的窗帘后摆出的沐浴鸿门宴，显然是老骚货来冬红事先就精心安排好的：中午下班后，打着赤膊午睡的陆翼锋迷糊中听到从隔壁传来的古怪声响，哗哗的水声里夹着妇人喉管深处阵阵饥饿的呢喃。陆翼锋立即从床上跳起，猫腰过去。没想到来冬红没关房门，连浴室的帘子也只拉了一半，有意让陆翼锋一饱眼福。童男子陆翼锋哪禁得住这番刺激，在门口呼呼喘气还不住发出一声惊呼。来冬红展示过自己大奶大屁股的荡妇身段，当晚便十拿九稳，径直走进陆翼锋的卧室，略施御男淫技，啄咬吮吹舔，由上而下由前而后，全方位破了他的童子之身。那个胸罩搭扣是缺少妇女用品基本常识的陆翼锋在心急火燎时一把扯下的。最大的损失不在于把童子之身拱手送给了一位中年荡妇，而是丢了那块理想的火箭发射基地，令他不得不一次次拖延托福升空的计划。

　　他父母住的是被走廊隔开的一样大小的两间房，每间八平米，门对着门。一间做客厅，用以喝茶吃饭洗衣服计议家事，搁陆翼锋从学校搬回的书架，并像博物馆三楼一样搭陆翼锋的晚床，另一间做卧室，用以看电视听收音，放置两老的大衣柜女儿的迷你柜，摆两老的大床，铺女儿的晚床。厨房在走廊的简易煤气灶上铺开，卫生间和厕所如前所述，全楼公用，位于筒子楼的走廊末端。

　　陆翼锋母亲一年前已从一家无线电厂退休，那家厂只会生产十四寸的黑白电视，和样式煞是难看的半导体晶体管收音机，本来就没有什么市场，属于政府急于摆脱的第一批计划经济体制下的包袱。陆母知道这小厂朝不保夕，几块时常发不出来的工资哪里挣不来？还不如在家歇着，便天天去厂长那里嚷嚷，要求病退。厂长顶不住陆母的软磨硬泡，便准了她提前退休。陆翼锋父亲几十年在一所小学当语文教员，年初学校争取到四五个分房名额，论资排辈理应有他的一套三居，新来的副校长却想趁职务之便私吞了他这房子。犟头脾气的陆父自然不干，当着众教员的面，以三十多年老教师的身份据理力争，并铁定了主意要把这事闹到教育局乃至市里去，这才将那串珍贵的新居钥匙从副校长口袋里夺了回来。

这是几个月前的事。陆翼锋父母几十年淹留在这湫隘鄙陋之所，自然想在手头稍稍宽裕一点的时候将新房好好装修一番，然后才舒舒服服地搬将进去，踏踏实实地安享晚年，因此才至今按兵不动。在陆翼锋被逐出库房之后，一家四口人便重又挤到了一起。

除了偶尔以看新房为名，带女人去空荡荡的新居念一回他的日×经，陆翼锋不得不重新领受家人的终日絮叨，难以集中精神往渐渐开始生锈的火箭后舱添加燃料。他的第一次托福考试是在客厅里准备的，没有考上。第二次托福他自然必须全力以赴，提前准备。同事郭腿让在北京电影学院的表弟庞大海替他报了一个新东方托福加强班。陆翼锋这便去了北京，在那里呆了半年，认识了老乡麦弓和郁利，勾引了几个女孩，还混熟了一帮同龄的京城闲汉，染了一身京城赋闲者共有的牛皮烘烘的习气。由于翘课太多，最终托福分数还是不到五万分。

他一怒之下递了辞职报告，打定主意要去广州赚钱。馆长欣喜万分，立刻在他的辞职报告上签了同意两字，外加一个惊叹号和自己的名字，除却了自己的心头大患。陆翼锋从妹妹和妹妹的男友那儿各拿了一千块钱，买了一张硬座车票去了广州。一个月之后他花完两千块钱回到梅城时，已顺理成章地成了梅市无业大军中的一员。当他母亲各方求情想让儿子回到梅市博物馆时，好不容易送走了这位活宝的老馆长自然死活也没有同意，更何况，他母亲见用苦肉计不成，立即写信给了现在已经坐上豪华班房的墨市长，要他亲自过问并妥善处理此事。老馆长听说自己被人出卖，顿时火冒三丈，铁了心不让陆翼锋回到博物馆来。陆翼锋捶胸蹬足叫苦不迭，老娘啊老娘，你知道不知道，你的宝贝儿子曾让墨市长的司机陈来胜戴过绿帽。

那些从自己家乡拥入京城的浪汉们，既然已被排除在可享受既有利益的社会体制以外，就自然而然地一一举起了个人主义的大旗，不屑理会也决不认可体制内人所公认的种种美好生活的准则，并敢于无所顾忌抨击黑暗现实。与这些在腐朽的栏圈外自由游荡的浪子们终日厮混，陆翼锋回到梅城后更加无法忍受梅城人的小家子气，他们一窝蜂彼此追仿的浅薄时尚，他们人云亦云的陈词滥调，以及掩藏在干净整洁的市容底下虽不可见却人所共知的，从各路下水道流向臭不可闻的城河的种种腐败，更不愿像他人那样，听任自己沉浮于城市的大污沟里。

雄心被一次次挫败，旺盛的精力仍在身体里左冲右突纠成一团，然而温良的天性使他无法像梅城先祖勾践那样，以满腔怨怒激发万丈魔焰去反对生活。他变得一天比一天骄傲，每一张迎面而来的模糊的梅城人面孔都喂养着他的骄傲。他确实需要用骄傲去排遣失意，可也并不愿意像野狗一样逢人便咬，无端地使自己恶名远播。噢，那就试试简单易学的堂吉诃德式的独头做派吧，只需添以些许犬儒，便能用那莽撞豪情催生出一出出欢快的滑稽剧来，偶尔发出一两个刺耳的声响，却决不纠缠其中，总之，于己无益于人无害，正好可以借此将自我隔绝，随意穿行于梅城熏人的污流之中而不受其害。

问题并不因此就得以解决。生活并不仅仅是生活的姿态，不然很容易让人厌倦。陆翼锋最终仍不得不服从内心热忱的召唤，服从那个他能投注全部精力和情感的世界对他的专横的要求。他热爱文物，热爱通过一星半点的线索确定它们的所在位置，小心翼翼地将它们从黑暗的地下拯救出来重见天日，谨慎地作出甄别，细心地加以修复，尽力恢复它原有的历史荣光，最后贴上标签，在库房归档存放。是的，他无法回避那从包裹着泥巴的古物一下经由指尖传递而来的莫名激动。然而时至今日，他只能借探望好友之名，去梅市博物馆偶尔摸一下那些他心爱的出土古物了。

在原来那些同事中，跟陆翼锋比较投缘的是那位木讷的中年人，郭嘏，七七届哲学系毕业生，从市文联转到博物馆来，对文物一窍不通而且从来不感兴趣。郭嘏有一副诚恳但心不在焉的面孔，通常不太吭声，偶尔轮到他说话，也总是慢慢吞吞，将字音一个一个地缓缓吐出，仿佛从盐水瓶软管里匀速地滴出液体，不用担心它会中断，也永远不会喷涌而出。按他妻子吕蒂蒂的说法，"没有人知道他整天都在想些什么"，不过他跟陆翼锋倒是十分的投缘。

陆翼锋最近从各方听到消息，吕蒂蒂与对面物资局的一个北京小子有染，怪不得原本就木乎乎的郭嘏一天比一天神思恍惚。这位吕蒂蒂，早在少女时代，便已是梅城男人的一大谈资，之后又不断有各种艳闻风传梅城间巷，甚至还涉及关在班房里的那位墨市长，那会儿他还是旅游局局长，正奉命将县政府招待所改造成为现在的梅城宾馆，整天带着新来的打字员吕蒂蒂四处奔走。据说是直到后来嫁了糊涂虫郭嘏，吕蒂蒂才忽然收敛，似乎决意从此恪守妇道，远离风月场，在家安耽度日。然而，这不过是她挺着肚皮不便出门时才有的不切实际的想法，一旦卸下肚里包袱，恢复了轻便的体态迷人的身段，她便故态复萌，经不住年轻男子香喷喷青春的诱惑，急不可耐地投入其怀中。

自家花圃里的美人蕉竟然让一个外地佬随手摘走，真是令人痛心疾首。有好几次，陆翼锋看到那位油头粉面的北京小子坐在三轮车里，都想上前一把将他揪下，痛打一顿。想必不少梅城男人都有这种念头。那小子至今逍遥梅城男人的铁拳之外，是因为郭嘏自己一直装聋作哑，不作表示。这笔账迟早要算的，哪怕郭嘏愿意忍气吞声，也定会有人站出来主持公道。这事不只是丢了他糊涂虫一人的面子，是丢了所有梅城男人的面子，坏了他们心目中梅城西施的形象。

这天下午，陆翼锋母亲边搓着儿子的脏衣服，边又开始将一片忧虑化作没完没了的絮叨在客厅里肥皂泡似的吹了开来。"噶个宝贝儿子哦，嘿，"母亲面带微笑，小心翼翼地用轻嘲开头，然后看一眼儿子，继续说，"来哒屋里浪费大好时光。"

"奈格？"陆翼锋翻着一本刚从北京寄到的故宫宋瓷藏品画册，这时抬起头来。

"翼锋，我看偌要么去兆马集团应聘做业务员呢？"

"何个兆马集团百马集团，偌晓得伊欠得人家几兆钞票？前两日梅城骗子白有，都准备要律师去伊叽四星级酒店大堂叽喷水池高头贴封条哉。"陆翼锋把画册塞回书架，准备开路。

"弗管奈格话，人家欠得噶许多钞票，还照样盖起三十几层楼叽高档酒店，总归是有本事叽。"

"我可以向偌保证，"陆翼锋站起来，走到母亲身边，挥着手说，"阿狗阿猫，只要去应聘，百分之百绝对录用。"

"既然你有噶个把握，为何弗去试试？"他母亲稍稍抬头，向儿子做了一个讥笑的鬼脸，意思是，牛×精。

"把握？噢，都好三个月弗发一分工资，当然随便何家都要啰。"

"亦走哉？"

"偌不是让我去应聘？我马上就去跑一趟。"陆翼锋一拍屁股出了家门。

"就怕偌踅转屁股弗是去打老K，就是去跟博物馆作郭呆子两人混咚一道。"他母亲在后面说。

"老K还是要打叽，赢哉归我，输哉钞票匿有，有何弗好？"陆翼锋在走廊里说。

陆翼锋一上马路就碰到了手里拎着一只塑料袋兴冲冲朝他扑来的十二指 π 周立。

"正要上去找你,"这位杭发厂子弟学校出身的 π 先生通常只说普通话,"晚上你真要跟马比四百米短跑?"

"怎么?你觉得我会输?"

"谁搞的?"

"市体委。你手上是什么?"

"就为这个来的。帮我看看,是不是真货,是不是真货?" π 急不可耐地从塑料袋里拿出一只裹着泥巴的龙嘴小紫砂壶。

"哪来的?"

"上午我去杭州,从一个福建农民那儿买的。"

"多少钱?"陆翼锋笑着看了一下壶底。

"六十块钱。没上当吧?"

"他怎么说?"

"他们有两个人,妈的,慌里慌张的,跟做了贼似的问我要不要文物。我本来还不敢买,怕是个套,一转身人家就叫了警察来罚我钱。"

"罚钱是轻的,倒卖国家文物少说得判几年,后来呢?"陆翼锋说。

"其中一个一直缠着我,我心想,看样子多半是一个盗墓贼,既然来了发财的机会,还有什么可犹豫的。我就往角落走,看四周没人,问他这些东西哪来的。他支支吾吾,半天才说是从古坟里挖来的。开始时说三百一个。我说十块钱一个。他犹豫了一下就塞给我一袋,六个。我给了他六十块钱,他立即说还有更好的,问我要不要。我怕被人抓住,立刻走了。谁知道马路对面又一个家伙过来,和刚才那两个一样的口音,跟了我一路。"

"你应该把它们好好藏起来。"陆翼锋说。

"是真的？值多少钱一个？"

"你想呢？"陆翼锋推了车打算走了。

"我本来确实想藏一段时间，可到了家还是忍不住洗了其中一个，居然那么新。我有点担心是假的，再也不敢洗另外几个了。"

"不用担心，肯定是假的。"

"你这个畜生，真是假的？妈的，真是假的？六十块钱，我一个月的口粮。"π 救命稻草似的一把拉住要离去的陆翼锋。

"放开！你妈的干吗拉着我？"陆翼锋甩一下胳膊装作发火趁机骂人，然后继续笑着说，"要是这也能发财，梅城满街都是百万富翁了。"

"为什么？说说为什么？"为了让自己彻底绝望，π 不得不赔着笑脸。

"不光你的真是假的，所有的真，都是假的。"

"妈的，你说嘛，怎么是假的。"

"你看看底下的章，是不是'元熙年制'？东晋哪来的紫砂壶？"陆翼锋说完，跨上车，脚尖一踮，向体育馆骑去。

"遥遥"期货交易所。两条白纸十来个黑字一个红章搭成一个叉。封了。争亮啊争亮啊，那时非要我跟偌做期货。现在你看看。吃得拾五倒六酒醉哄哄，就会得两句，一句你干吗呢，一句偌作何啦。干吗呢作何啦干吗呢作何啦干吗呢作何啦。幸好。做假单子，放假行情。还道别人家都是呆子。你看看，现在你除了做酒鬼还能干吗？不过要是伊袋里两个洋钿全部花光，我吃酒阶地方都匿有。夜头比完赛去寻伊吃老酒。葛车啊，烂麻绳介一捆捆叠牢，乱七八糟。嘀嘀嘀嘀咕唧咕唧咕唧。大洋证券交易所。大厅玻璃门洞开，上写："冷气开放随手关门。"一簇簇股民像巨兽嘴边的食物，被不停地吃进去吐出来。

陆翼锋机械地摆动双臂，劲头十足走上前去。停。仰起面孔，对着高悬在人行道上方的电视屏看了五秒钟，大声自语："哈，趁着大牛市该做多做多，该满仓满仓，明朝大利空，准备好高台跳水，输个卵脱壳。"股民们扭过头，目光忧心忡忡地追随着这位来路不明的预言者，企图从他语焉不详的启示录式自语中寻找自己命运的答案。

陆翼锋挤进大厅，左右转动着脑袋，将脖子扭得嘎嘎作响。一片油光。全体飙汗。为了看到前方的显示屏，一张张固执的鱼脸朝天翻起，后脑勺快要贴上脊背。终于累了，哗地，断了发条似的，脑袋挂到了胸口。一个比一个丑。摇头电扇和空气状况机为大厅内酸臭的空气齐唱赞歌。歌词无聊，单调："热嗡嗡，臭烘烘。"一只粉嫩的手，执一块香帕，在小小的幅度内扇着面孔。开衩旗袍，露着一片狭长的美肉。小腹微鼓。奶子高耸。脸被挡着。陆翼锋两手做成一个尖锥，钻了过去。那妇人侧过脸来。大麻脸。倒霉倒霉，他妈的走走走。来葛里吤女人家奈格会得好看？大户室。看看有钱人的面相。推门。烟雾缭绕纵声欢笑。陆翼锋把芋头凑到一位胖子耳旁，右手拢住对方的招风大耳："赶紧斩仓出局还等何兮？"

黑制服保安走过来，一手拍在他的肩膀上："出去。"

"等息等息。"陆翼锋说。

"出去。"黑制服保安推着他往外走。

"偌退伍军人？"陆翼锋冲保安笑着说。

"走走走。"

"越南逃兵？"

"走走走走。"保安把他推出门外。

骑上大雕。让让让让让让。寻两只好看些吤大腿膀，着吤钻过去。聋哑学校。门口出来一个大姑娘，还有些好看看呢。转。啊呀，手膀擦着哉。"畜生！"她在后面大声骂。弗聋弗哑么。城河，臭啊。一条黑色的鲤鱼，往空中跳了一下，溅起一簇水花。真当臭啊。

麻油香。转。麻油鸭店。嗯，葛爿最好。温城人开呀。真香。店小二用刷子来达鸭子高头涂麻油。油博士包中，背得一只油脑脑呐黑布袋，立达饮食店前头，朝里头笑，露出一副粉红色呐牙床肉。伊进去哉。一只黑怵怵呐手伸向一碗馄饨汤。陆翼锋回过头去。包中咯咯笑着被店里一把扫帚戳了出来。迎面走来的一个男人，快速闪到路旁，躲过陆翼锋的车轮。"额角头有弗有带眼睛？"他回头冲陆翼锋埋怨道。花店。四五个大姑娘来达挑花。十一朵红衣主教。葛叫一心一意。梅城最新流行的示爱花语。高桥新区。来冬红呐绿头乌龟分得一套新房。就在这儿吧。"我们新房在高桥，装修好了专门请你过来玩。"大瘾婆来冬红喜欢对大学生陆翼锋说梅普话。那地方算是尝着味道过哉。谁玩谁还不太清楚。还是为自家留条活路算哉。典当行。黑底黄字旗。何辰光葛里出来一个典当行？师傅，想典一样东西。何兮？宝货嘿。何个宝货？喏，葛根卵子。砰往柜台高头一掼。长卵当鞭，还好用用，现马上就有骚货会来赎得去，对得自家痒脑脑呐地方抽个半夜头。体育馆。

体育馆跟平时没有什么两样，只是门口多了几张海报和几个看海报的人。场馆外围的空地上有几个工人在叮叮当当做木工。陆翼锋没有下车，借着从麦弓那儿学来的一点车技，身子稍仰，轻轻一拎车头，身子前倾，再拎后轮，上了台阶，冲传达室老头点点头进了体育馆。他从南入口骑进场馆，看到南侧紧靠观众看台处新搭了两间旧式厕所似的木板房。木板房的两扇腰门从中间分开，像女孩的小背心似的吊着。一个工人正在试着把它们拉开，然后放手，让它们自己噼里啪啦地合拢，检查弹簧是不是能正常工作。另有一个工人正戴着猪八戒似的防毒面具，拿着几罐彩色喷漆在木板房上涂鸦。看来是为我跟夯匹马准备呐，陆翼锋心想，就弗晓得何间是我用，何间是马用呐。他相信在起跑时他会绝对占优，关键是最后的一百米，那匹高头大马也许突然加速，会轻松超过他。郁利呢？这家伙怎么不来电话？他应该从杭州回来了。电话叮叮。老娘接了："哦，翼锋啊，他出去了。他今天一直在等你。"怎么跟他接上头？呼机被停了。八点半以前他应该来体育馆了。他要是不来，还得另外找人跟大象掷木饼。

陆翼锋从里面出来，沿着场馆顶部像牛仔帽檐一样翻起的圆形凉廊骑了一圈。东面廊下还像往常一样摆着几张台球桌。每张台子边上都有人手里握着杆子边抽烟边来回走动，不时猫腰看一下球位。边上围了几个看客，木桩般地站着，以便通过细心观摩，将来有一天能技艺精进，有资格来这儿与人较量二十块钱一分的球局。在最后一张台子上，是那位瘦小的五年级补课生谭公子，正在与一位高大的满脸油汗的大胡子在较量。大胡子看来已经打毛了，居然放过了一只洞口粉色球。他用球杆敲了一下台面，直起身来，呼哧呼哧吐着气站到一边，等着五年级补课生来为自己最终量刑。五年级补课生一脸严肃，没有多看，哼两下冲天鼻，扭一下细脖子，伏到台边，伸出一只小小的左手，把球杆架在拇指和食指做成的叉子上，击出了干净利落的一杆，用母子把对面远远沉在底线的一只红色球拉回到自己这边，进左手边的洞内，让母子缓缓停到中洞边的粉色球前面。五年级补课生一个低杆把粉色球打入洞内，母子回弹稍过，已无法让它直接碰上最后一只红色球，而它前面有一只绿色球挡着。大胡子面露一丝喜色，把入洞的粉色球重新摆好。五年级补课生看了一眼大胡子，用拇指和食指搭起一个高高的炮台，让球杆最大限度地往身后竖起。杆头击到母子底部，白色的母子高高地跃起，呈抛物线飞过绿球上方，落下来击在最后一只红球的右边，红球向前滑去，进了左面的底洞。所有在场的人都惊呼起来。

"高手。"大胡子男人用大手掌抹一下油滋滋的额头黯然说道。

"真当是高手。"陆翼锋开心地说。

小学生轻轻松松收光了台面上余下的除白色母子外的所有的

球。他站在汗淋淋的大胡子前面，伸一下脖子，哼哼几下鼻子，等着对方数完一刀钞票交给自己。

"他妈的，有一千多。真当本事大，靠葛个都好挣钞票，而且绝对是只铁饭碗。"陆翼锋在心里骂着，离开了体育馆。

街面边摆满了一篮篮紫杨梅，正向过路行人散发着诱人的酸甜味。陆翼锋骑到路边，一位妇人向他举起了一颗杨梅："正宗阶杜家杨梅，老板，尝尝看。""我自家来我自家来。"陆翼锋摆了摆手，从车上探下身去伸手抓了四五个，往嘴里扔进一个。不吱声。又扔进去一个。不吱声。等手里杨梅全都进了嘴里，他才朝那位一直可怜兮兮翘首以待的妇人连连点头，"还可以还可以。"

"买一篮去。"妇人笑着把整只篮子拎了起来。

"覅伊覅伊。"陆翼锋边说边瞄准了上面最大最紫的那一颗，伸手准备去捞上来。

"覅伊偌还要吃。偌吃得噶许多仍旧覅伊。噶个老板我还匿有碰着过。"妇人赶紧侧过去，用身子将杨梅篮挡了起来。

"尝都弗拨人家尝，奈格卖得出去？"

"尝是可以尝，尝一个两个是可以，都像偌噶一直尝落去，格么我卖也甮卖得。"

"好好好好。"陆翼锋扭着脖子，举起了手。他用两只脚把车踮到对面另一只杨梅篮前面，在那儿故伎重演。

就这么一路将杨梅尝过去，他来到了市一医院门口。牙齿有些松动了，胃酸也开始翻上来。赶紧打住。陆翼锋刚要上车，一辆白色的小货车挡住了他的去路。货车后头堆了许多晶莹透亮的冰块，正冒着寒气。陆翼锋过去摸了一下，轻轻叫出一声"舒服"。一位穿一身皱巴巴灰色西服的胖子一脸倦色从小货车里出来，跟挡着小货车不让进的传达室老头说了几句，向医院里面指划了几下，又走回来跟司机说："进去吧。"

货车开进了医院，那个胖子被门口一位神色诡秘的老太太拉了一下衣袖。他停下脚步，回过头来。老太太向他说了些什么。他便弯下身子，将一颗圆圆的大脑袋靠近对方干瘪的嘴巴，侧耳倾听。一会，胖子直起腰，疲倦的脸上涌出一股红潮。他紧紧闭起嘴巴，摇了摇大脑袋，转身进了医院。

拉噶许多冰块，估计是伊吤何家要翘辫子哉，陆翼锋骑上车心想，千万千万勿来市一医院看毛病，完完全全是个屠宰场。偌生场感冒，伊会拨偌诊断成癌症，然后一刀孤掷拨偌送上西天。高尚廉弗是就噶变成植物人哉啊。逃弗出哉。活人都会作偌医杀，植物人怕道还医得活来啊？

第十七节
向着博物馆继续游荡并折回找人

从医院往前是梅城电影院，方头方脑，台阶来得一个高。陆翼锋看了一下宣传橱窗里的简介和剧照，月底以前还有三部电影：魔怪片《狐狸》、喜剧片《上楼》、言情荒诞片《银针》。全部匿有看过，原著倒都曾经扫过两眼。不知所云，印象不深，忘了作者是谁。

他想起自己在这儿接待过一位过路女孩，是一位杭州朋友推荐的，说富阳来的大兴货，自己对付不了，看看陆大师能不能将她拿下。陆翼锋借来一张钢丝床，放到只有几堵毛坯墙的新房里。到了约定的钟点，他来到电影院门口，果然有个将前额梳得光光的高个女孩，长长的鹅蛋脸，噘着一张与她的身材很不相称的紫色小嘴，站在台阶上东张西望。陆翼锋上前作过自我介绍，便把女孩领回了新房。那女孩看到眼前只有一张半米宽的钢丝床，而且满屋的石灰气息，建议去看通宵电影。陆翼锋裤袋里只剩下二十块钱，最多只能去附近茶室喝一人一杯明后茶。他劝过路女孩不如大家先聊一会，等彼此有个初步了解之后，再找个茶室一起坐坐也不迟。他稳住了局面，便不住地拿话撩拨对方。女孩显然对此并不反感，却也没拿对方没完没了的肉麻话太当回事，心不在焉地懒懒回了几句，又一次提醒他去喝茶。陆翼锋见女孩难缠，索性推说自己头昏，不如早点睡觉算了。富阳女孩本想找个男孩陪自己在梅城各处玩一玩，可人家并不情愿，失望归失望，可有什么办法？既然都来了，人生地不熟，外头又昏天黑地，只好顺了对方。她问陆翼锋这么一张小床两人怎么个睡法。陆翼锋说如果她真的觉得挤不下的话，他自然只好睡地上，不过要挤肯定挤得下的，就看她愿不愿意了。

　　他地上躺了一刻钟，就说，自己本来就有些头昏，地面太凉，再这样躺下去非出人命不可。富阳女孩本来也不情愿白来梅城一趟，就许了他侧身挨上了自己的屁股。陆翼锋趁热打铁，用五指检查了对方针洞，看看是否干净，是否需要消毒，或是需戴防毒套，或是干脆弃之不用。结果令他满意，他便满心欢喜地掏出了自己上部尖细下部粗壮的大号针筒。富阳姑娘也不是省油的灯，二话没说，一把握住这支沉甸甸的大针筒，说是该轮到她作相应检查了，随后便将它整个儿塞进了自己的樱桃小嘴里面，没命地抽拉了起来。没两下，大号针筒居然含羞草般地弯了下去。钢性太差，不经折腾，富阳女大失所望。陆翼锋对此煞是恼火。他告诉富阳女，这东西与众不同，用情甚是专一，除了那个洞，对所有别的洞一概不感兴趣。一会等它恢复过来，必须让它直接扎进那个洞里。果然，十分钟后它又翘了个笔直。这回他二话没说，径直戳进了富阳姑娘被各种型号针筒一戳再戳的黑色大针孔。这一针打得十分漫长，从晚上八点一直打到第二天早上五点，花了整整九个小时，才把一筒蛋白似的药水注射完毕。高个富阳姑娘从渴望的绵绵潮雾到欢快的汩汩溪流到极乐的洪水泛滥到退潮的无力呻吟到干涸的哀告求饶到龟裂的昏昏沉睡到失血的再次醒来，陆翼锋依然不住抽拉着针筒，救命的药剂却迟迟不从针尖喷出。当他总算完事，富阳姑娘已是筋酥骨烂，哑无声息了。一个大清早，趁陆翼锋还在熟睡，富阳姑娘强忍创痛，拖着一副软软绵绵支离破碎的躯体匆忙离去，免得他一觉醒来，再施毒手。

两个月匿有替人家打针哉，陆翼锋心想，杭州徒弟也一直匿有介绍新货色来，看来是伊亦有长进哉。这位徒弟原来每回做那事之前，都得先在龟头喷一通药雾，也不过能死撑五分钟，后经陆大师指导，居然也能连干一小时不让精液泄出，不过要破师傅九小时的记录是决无可能的。到何里去拎个归来？要是真当匿有新货色，只好来冬红吥大凹×再用得一回再话。陆翼锋心里盘算着这事，不觉已来到了梅城宾馆前面。底下鼓胀得厉害，得赶紧进去撒泡尿。他停了车，朝宾馆门口走去。门卫对他点头哈腰。他理都不理，大步入内，熟门熟路拐进厕所。里面的侍者对他点头哈腰。他理都不理，拉开裤裆，揪出红澄澄微勃的大针筒，放出一泡被输精管挤得又细又急的黄尿水，他妈的，喷得满手都是，先扯一下鸡巴蛋，再扯两下鸡巴，将它连抖三下，甩干尿液，塞回裤裆，等侍者调好温水，洗完带尿臭的双手，接过侍者递上的热毛巾，抹一把脸，跟着响亮地哼出一堆鼻涕，扔了毛巾，站至烘手器前烘烤半分钟，回到大堂，取一份以三十九种方言编成的《世界日报》，出了宾馆。

我们还需要在梅城宾馆多逗留一会，因为那里有一出有趣的棋局正在上演。在十三层楼十三号房内，物资局的林大荣与镇上来的一位中国象棋高手摆开了第三局棋。此番对弈由一下午都没有在物资局亮相的该局二窠窠员胡飞牵头。胡飞对镇上高手自称是梅城某校教师，从未与林大荣谋面，只是听说梅城物资局有一个叫林大荣的棋艺不凡，若是双方有意，他可牵线搭桥让两人一决高下。镇上来的冤大头从未在梅城棋界听说过林大荣的名头，而这位胡飞先生明显是个不知马脚不识炮架的棋盲，噶看来，估计林大荣是匿有何花头呐，但凭一点争强好胜呐匹夫之勇就想从我农民伯伯葛里发一票横财，真当底都弗兜一兜。偌有弗有数，天有多少高地有多少厚？我几次打进梅城中国象棋锦标赛八强？偌有弗有数，我为何从旧年子起就退出梅城赛场，一直隐姓埋名？就是为得有朝一日好好端端来杀偌葛种肉猪。格么奈格套呢，酒钿总要弄两块。既然偌硬要送货上门，还有啥话，就成全成全偌算哉。

　　无论如何，碰到真金白银，都会口水归口水实战归实战，谁也不敢怠慢。第一局双方摸底，只赌了二百块钱。林大荣看出对方有意隐瞒实力，就赢了他。镇上来的象棋高手额头冒汗，脖子也红了，要求再来一盘，这次赌注是一千块。林大荣慨然应允，这回他让自己输了。镇上来的象棋大师看了一眼满脸充血的林大荣，估计伊是不想罢休，格就奉陪到底，让伊输达赤卵赤膊，屋里都弗认得为止。"服弗服？"镇上来的象棋大师激了一下林大荣。林大荣举着关公脸，说："服？奈格服服？是以理服，以德服，还是以结果服？一比一平，而且第二局我一直压得偌打，只不过大意失荆州，一招不慎才之全局落败，输得实在忒冤枉。""看来是弗服。"镇上来的象棋大师微笑着说。"三局两胜！偌赢得我之后再来问我弗服弗。"林大荣说。

　　"三局两胜当然可以。"镇上来的象棋大师点了根香烟慢悠悠地说，"不过呢，看偌信心十足，咱不妨赌得大一点。""多少？"林大荣赔着小心问道。"再少总勿少于一万，偌话呢？"林大荣略作沉吟，痛下决心："豁出去哉，要输总要输呐，要赢总会得赢呐，勿话一万，乃母搜×，哪怕五万我也豁出去哉。""噶就五万！"镇上来的象棋大师大叫一声，"索性大些来得盘咚！我今朝刚刚好带得五万块现金，要去建材市场进些材料。"一言既出，林大荣显得全无准备，开始手忙脚乱地给早已接好头的这个朋友那个朋友打电话呼扣机，在一片令人绝望的婉拒声中，终于有一位朋友愿意借给他两万，另有三位各愿意出一万，并同意让人马上送到梅城宾馆十三楼十三号晦气房来。

林大荣作此安排是为了以后的生意，他得让对方输了钱还以为只是出于偶然，不致露了他的老底。在陆翼锋昂首阔步走进宾馆时，林大荣已经率先摆出了稀松平常的当头炮。他将磨磨蹭蹭不时陷入苦恼的长考，在大难不死后才起死回生赢回现金五万。

在梅城，没有几个人知道梅城中国象棋的无冕之王的头衔当属林大荣。他自十二岁那年，便连续三届荣膺全省少年象棋锦标赛冠军，那是二十五年前的事，此后就再没有公开在梅城棋界露过面。直到人们把这位少年天才棋手忘个干净，他才悄悄开始了另一种更为惊心动魄的象棋生涯：由"棋盲"牵线搭桥的私人象棋赌博。那些"棋盲"都是他为数不多的高徒。

陆翼锋这时取了车，心里想着这个停车处晚上将是一个大排档。可是酒钱呢？得找那些哥们儿杀几局关牌募捐捐了。他推出车来，仰头看到一块漆皮斑驳的梅城操场的展望图：一堆儿童积木似的建筑——世纪广场，已进豪华班房的墨市长继带监控国际菜场后的又一大未竟杰作。

三年前，墨市长不顾在梅城操场做晨吐纳晨气功晨舞剑晨甩手晨慢跑晨打球晨跳舞晨吊嗓晨咳痰晨喝茶晨吸烟晨闲聊晨观赏的梅城市民，和代表这些晨练市民切身利益的市人大的强烈反对，把这块操场以超低价位卖给了他同镇放猪出身的后在广州潜逃的现为香港客商的边先生。高尚廉便是当时在市人大持强烈反对意见的委员之一，也是与老妻每日必来此地做半小时香功的晨练者之一，他因一贯的不识时务的各种提案而被劝提前退休。边先生原先放出风声要在这里建九十九星级八十八层航空母舰，后改为九十九星级三十层远洋巨轮，比对面的梅城宾馆高出两层，眼前已改成一堆矮小的儿童积木。三年来，时不时有几个工人在操场的这头挖一条壕沟，那头打两个桩子，运来一些黄沙石灰，拖走一些草皮土堆，九十九星级远洋巨轮或积木型世纪广场的影子却始终没有出现。

这块操场就像陆翼锋粗暴针筒下的女儿身，如今已是千疮百孔，面目全非。有了这个联想，陆翼锋顿时对自己的生活有了悔意。噢，他嘎嘎扭响脖颈长叹一声，我真不应该死在这里，我得离开。不过，先进操场去看一看。

以前他常常去各处工地包括这儿呆着，捧一本书，坐在土堆上，屁股边扔两盒劣质烟，等着工人在挖到民间青花碎瓷片时拿来与他的烟换，一天下来，他总能背回一麻袋碎瓷片回家。靠这种办法他已经积了十几箱碎瓷片，按产地、年代、型制、质地分门别类一一贴上标签，堆在他家底楼废弃的楼道里。虽不值什么钱，但对研究梅城和邻近几座城市青花瓷的烧制历史有不小帮助。何况，万一他哪天突然捡一堆春秋时期的印纹硬陶呢?！梅城可是印纹硬陶烧造史上最重要的地区之一，若真是如此，那可将为他提供陶瓷界梦寐以求的陶—瓷过渡时期的实物证据，甚至彻底改写由前人撰写的那段陶瓷史。啊呀。

陆翼锋走进操场，吃了一惊，想不到一段时间没来这里，渐渐升出地面的钢筋混凝土已经开始切割起灰蒙蒙的天空了。既然挖土工作已经结束，自然只好与将从此长埋于地下的梅城青花瓷，最重要的是春秋印纹硬陶黯然作别。等下一只远洋巨舰启航吧，估计不会太久。

拎黑色公文包的高由根从二轻大厦花两块钱买了一盒飞马牌香烟，低着头把烟凑到鼻子底下嗅了又嗅从里面出来，与从外头晃荡进来的陆翼锋擦身而过。高由根转头看了一眼这橄榄脑袋的背影，觉得这小伙子从鼻子到眼睛到嘴巴到身材到步态都有些说不出的怪。他回过头，向市一医院走去。

陆翼锋步入二轻大厦，在工艺品柜台前让服务小姐拿了一只

"烟斗"牌打火机，叮打开，吹灭火苗，关上，叮打开，吹灭火苗，关上，还给小姐，笑着向她道别，来到衣帽柜台，让小姐拿出一顶"挡雨"牌鸭舌皮帽，戴到头上，在妆镜前面转动橄榄脑袋，还给小姐，夸奖说样子确实弗错，可惜是合成革，弗然绝对要买一顶。小姐说绝对绝对可以保证这是真皮，不信，可以让你看一下省劳动厅发的优质产品证书。陆翼锋连连摇头摆手，来到了化妆品柜台，让小姐拿了一瓶"万里传骚"牌法国香水，刚要往自己腋下喷洒，被小姐客气地阻止了，说香水不能随便乱喷，口红倒可免费一涂。陆翼锋予以拒绝。正无所适从，一阵爆米花香冲进了他的大鼻孔，他扯动两下鼻翼，朝对面正往红色纸喇叭里灌着金黄色玉米的小姐走去，伸出拇指和食指，用两只指尖从她手腕下方夹起一颗爆米花，呆兮兮地盯着她。等对方抬起头来，他立即仰面朝天，吐出绛紫色布满颗粒的舌头，一动不动停了半天。等爆米花小姐噗嗤笑出声来，这才让爆米花落在舌头上，呼地拖进嘴里。

地下商场，有一块钱一杯的饮料和大屏幕背投电影。陆翼锋拾级而下，看到一大群镇上来的毛头小孩坐在那里，唧唧喳喳大声说着各镇方言。陆翼锋正要转身离去，一片古怪的静默引起了他的注意。他回头看了一眼屏幕，嚯，三级片。他回到吧台，花一块钱要了一杯汽水，然后端着涂蜡纸杯坐进了那堆小土包子中间。画面上一位拎密码箱的男人被戴墨镜的持枪匪徒追逐，逃向顶楼平台。他站到平台边缘威胁持枪匪徒：再走近一步，他就连箱子跳楼。持枪匪徒骂了一句 Damn，将他脑袋打开了花，连密码箱一齐打下楼去。画面切至内景，一位饥饿明星站在浴室的一面黑瓷砖墙前，捏着自己一对猪肺似的巨乳，闭着眼睛，仰着脸，呻吟着淋热水浴。一位警察突门而入，来到饥饿明星身后。一只戴皮手套的黑手伸到了她的无私处。饥饿明星边唧唧咕咕叫边捏自己的猪肺奶，随后便被警察押到了床上。两条毛腿两条光腿叉在一起大干起来，叫欢声被扬声器扩得震天响。镇上来的小男孩一个个瞪大眼睛屏住呼吸，小女孩则扭过头去吃吃地笑，唯有陆翼锋被底下的宝贝顶得憋气，忍不住大声叫好。镇上的男孩们立即都跟着狂呼乱叫，掀起阵阵喧哗。这下吓坏了吧台里的女服务员们，她们未曾料到场面会变得如此热闹，一阵无头苍蝇般地来回乱跑，才总算关了背投机，换上软绵绵的流行情歌，又向在座诸位大声道歉：刚才不小心放错了激光盘，请多多原谅，多多原谅。不过这件事情噢，千万不要在外面传来传去噢，那样不太好的，若话有空的话噢，还是要带朋友经常过来坐坐，抽抽香烟嗑嗑瓜子喝喝饮料吃吃香肠。

陆翼锋没好气地站起来，提着喝剩的半杯汽水走了。他回到一楼，将手里的空杯子放到日用品柜台上，等服务小姐迷惑不解地朝它走去，他已重新来到街上。闷，热，湿。可恶。陆翼锋骑上车，有意绕道从那家鞋店前面经过，要瞄一眼那里的一位美女。他把车速放到最慢，在鞋店门口不到十米远的距离内一点点地慢慢骑着。来娣娣趴在柜台上，一直没有抬起头来。她边上站着那位"十二点歌手"，亦恶心亦性感，估计本事蛮歇吤，搋起来伊应该有些工夫好挡挡吤。陆翼锋张着嘴，冲"十二点歌手"微笑了好半天，才逗得她一串狂笑。他赶紧骑车走人，怕来娣娣这时抬起头来，看到自己在调戏"十二点歌手"。梅城几位美女，唯有这位来娣娣看上去清清爽爽，值得好端端调教调教，不可造次。

是何家？一道异样的光亮，一股异样的气息。陆翼锋刚离开鞋店，便忽然有一种古怪的感觉：刚刚肯定有个熟人从边高头走过！他是谁？他是哪里人？他现在去了哪里？陆翼锋一路冥思苦想，来到了梅市博物馆。

老馆长正带着两位台湾佬，参看一件刚刚在梅城河庄乡出土的良渚文化时期的玉器，和他已经捐给博物馆的画在二尺熟宣上的任伯年山水图。馆长已从踢里踏拉的脚步声听出是谁来了，怕他开口就扫台湾同胞的兴，急忙冲出贮藏室，连声说："郭毈不在郭毈不在。"

"哈，阿悖哥，吓得梅城话也罢得话哉。"陆翼锋凑上前去，要拍馆长肩膀，这已成了他来博物馆的必修课。

"伊上西山画地形图去哉。"老馆长避开陆翼锋拍过来的手，忙不迭地用梅普话把所有有可能支走陆翼锋的消息悉数抖了出来，"刚刚有一个北京来阶人寻你和郭毈。我话郭毈不在，你早已不是我们这里的人了。他就走了。"

"噢，北京。"陆翼锋一拍大腿恍然大悟，急急向门外冲去。我就话，有一个熟人。麦弓嘛！伊奈格会来达梅城？估计是要回老屋里。赶紧寻伊去，赶紧赶紧。

陆翼锋又飞奔回鞋店门口，没有麦弓的影子。来娣娣正和"十二点歌手"在轻声聊天。她脸上有泪痕。管弗了噶许多哉，寻老朋友要紧。陆翼锋踩下脚蹬，打算在城里乱骑一通，说不定能碰上麦弓。梅城确实是弹丸之地，但是真当话想瞎碰碰去碰个人着，也弗容易。算哉，伊梅城就认得郭毈作我两人，肯定还要再去博物馆。落班前再跑一趟郭毈办公室，估计就有哉。匿有事体做，应聘去。

第十八节
应 聘

"你好，你找哪位？"前台小姐挡住了穿短裤凉鞋的陆翼锋。

陆翼锋一脸困惑盯着对方好半天，随后将脑袋凑近对方的脸。"谭老板。"他翘着拇指，从自己右肩指向身后空无一人的楼道。

"约好的吗？"

"伊约我阶。"

"他不在。你有什么事情？"

"倷帮谭老板做主啊？"

"不不不，"小姐满脸通红，赶紧否认，"我只是负责前台接待。"

"格谭老板下底是何家？"

"嗯，我把你介绍给庞小姐吧。"

"庞小姐是何家？"

"谭老板的秘书。"前台小姐一只中指在办公台上来回抹，又加上一句，"我不知道她是不是能处理你的事情。"

"格倷作伊去话，就话我来哉。"

"你贵姓啊？"

"免贵，贵姓陆。"

"你稍微等一下。"前台姑娘说完进了庞小姐的办公室，附在她耳边说，"外面有一个头很大很大的，要么你去看看。"

大头鬼的陆翼锋被请进了庞小姐的办公室。

庞小姐正在给物资局许局长打电话，询问前两天他答应谭老板的五百万是否已弄妥：谭老板现在有些麻烦，一个不好或许真会弄出点什么乱子来。我们两家合作了有十多年，交情很深很深噢，就像一家子人一样了，不过以谭老板的个性噢，越是糟糕的局面越是要自己一人揽下来，绝对不会拖老朋友下水，那种事情他做不出来的，你许局长就一百个放心好唻。不过朋友之间嘛，总归还是要同舟共济互相帮一下的噢，谁有难处大家都拉上一把，这样才能你好我好大家都好，你赢我赢大家都赢。总之，庞小姐以轻柔的语调，将该暗示的都暗示了，该施压的也都施了压。她本以为这一席话足够许局长掂量半天，谁知对方说话上气不接下气，全然不似平时，还夹杂着古怪的咕噜咕噜声。庞小姐以为许局长装聋作哑，心里来气，正打算加重砝码，话筒里突然传来砰的一声，许局长跟着大叫一声"啊唷"。听动静，那边已是乱作一团，有女人的惊叫声和笑声，高跟鞋急促的踩踏声，和许局长哎唷啊唷的呻吟。庞小姐目瞪口呆，不知道许局长办公室里发生了什么。幸好许局长总算又抓起了话筒，气喘吁吁地告诉她，钱已经办妥，明天派人来取支票就行。庞小姐这才手捂胸口重重舒了一口气。在一连串对不起冒昧打扰谢谢之后，笑眯眯地挂了电话。

"你有什么事？"庞小姐问道，没有正眼看深陷在对面沙发里的陆翼锋。

陆翼锋瞪直眼睛，张着嘴呼哧呼哧地一个劲抽气。

"你是？"庞小姐这才抬起头来，随后便面孔猛然泛起一大片红晕，对方的表情使她觉得自己刚才问了一个很无耻的问题。

"是你们老板要找我。"陆翼锋指着自己的高鼻子说。

"对不起，他上午走的时候没有和我交代。可以跟我说是什么事吗？"

"伊是弗是逃债去哉？偌是伊吤私人秘书啊？"陆翼锋微笑着，亲昵地向庞小姐凑了凑。

庞小姐这下整个脸都涨得通红，半天出不了声，最后才好不容易轻声吐出一个"是"来。

"哈嘿哈嘿，"陆翼锋再次做出那副让庞小姐无地自容的笑得喘不过气来的样子，然后挥着胳膊安慰说，"弗可慌弗可慌，哈嘿，我弗是来逼债吤，哈嘿。"

"那你？"庞小姐不敢懈怠。

"你们谭老板不是想要找几位得力助手吗？"陆翼锋总算降尊纡贵改口说起了普通话。

"噢，您是来应聘的。"庞小姐顿时放松下来，同时第一次冷静地打量了一下陆翼锋。

"本来就是来应聘的。"陆翼锋立刻处下风，做出一副痴呆相。

"哪个大学的？"

"燕大西语系研究生。"

"那你英语应该很好很好的。"

"哈十国外语,哈嘿,十国,哈嘿。"

"怎么去学那么多外语啦。"

"西班牙语英语德语俄语瑞典语芬兰语阿拉伯语,多少了?嗯德语芬兰语意大利语,学得太多自己都糊涂了。要不要我说几句十国混合语你听听?"

"不用了,反正我连英语也听不懂几句。你学了那么多外语,要是来我们这里噢,实在是太埋没你了。"

"我还没有决定嘛。"

"你想做什么?说说看嘛,不要紧的。"

"哈嘿,我想?你们要什么人?"

"要么这样,你介绍一下自己有什么特长吧,除了外语之外。"

"特长?怎么能说得清楚,那么多特长。"

"那你介绍一下自己从事过哪些工作总可以吧,比方说你有没有跑过业务什么的?"

"哈!梅城这种地方,谁要是说他自己没有跑过业务,肯定是个神经病。"

"也许吧。我们这里噢,最缺的是跑银行贷款这块的人才。我不知道你能不能贷到钱啦。"

"你要几分的?"

"比方说一分。"

"一分?"

庞小姐顿时脸又红了,努力笑着问:"怎么,是高了还是低了?"

"我要是现在能贷到二分息,人人都会叫我一声爸爸。我要是现在能贷到一分半息,人人都会叫我一声爷爷。我要是现在能贷到一分息,我为何好做太公弗去做,特为之跑到葛里来做龟孙子?"

"那你留给我一个电话吧，过两天我通知你什么时候过上班。"

"哈嘿，面试完了？"

"说实在，我感觉是我在参加面试。"

第十九节
一对袖珍夫妻的长途对话

郁利：嗨，我。

小孙：你？你是谁？

郁利：嘿，我你还不知道吗？我就是那个。

小孙：谁知道那个是不是那个。

郁利：嘿，看来还在生气。

小孙：那是因为某些人太自私太胆儿小了。

郁利：不对，某些人既不是自私也不是胆小，是谨慎。

小孙：谨慎，谨慎更可恶。

郁利：嘿，一点都不，尤其对一个刚成立不久的家庭来说，谨慎是最最重要的。

小孙：你还知道有家庭这回事儿？

郁利：开玩笑，操，我一家之主。现在，我以一家之主的名义，要求你立刻出发来杭州，然后跟我一起去我们家。

小孙：谁跟你我们家呀？我家在北京。

郁利：看来你还是想留在北京？

小孙：本来就是。

郁利：万一下月真有地震呢？你还是不要再固执了。

小孙：我跟我爸妈呆在一起。谁像你啊，顾自己先跑了。

郁利：你自己不愿意跟我一起走嘛。我动员过你多少回了。

哎，你不是一直讨厌上班吗？也快放暑假了，就算是跟我一起回南方度假嘛。

小孙：不，我要跟我爸妈在一起。

郁利：我倒真希望那些消息都是谣传。

小孙：敢情你还真盼着北京地震？是不是把我给震在里头你就从此可以逍遥了？

郁利：北京这两年属于地震活跃地区。这可是国家地震局自己发布的消息，操，不是我胡思乱想出来的。

小孙：那你就索性别再回北京了，大家都省事儿。

郁利：那倒不至于。唉，各种小道消息实在是太多了，大家都在传北京七八月份要地震。

小孙：胆小鬼。

郁利：但愿是我杞人忧地吧。

小孙：本来就是。

郁利：唉，你怎么样？

小孙：特别好。

郁利：是不是因为我不在，你就特高兴。

小孙：本来就是。

郁利：嗯，苗头不太对，才走了几天就这种口气了。

小孙：最好你永远都不回来。别回来了，啊。

郁利：啊？你有什么不良图谋？

小孙：多着呢，哪能什么都告诉你啊？

郁利：我真该走之前替你买台织布机。

小孙：后悔了吧。

郁利：看来白给你讲了那么多遍奥德修斯和贤妻珀涅罗珀的故事。

小孙：你不会是想说，你也是英雄吧？

郁利：我本来就是啊！我这两天经常去梅城玩，这儿满大街都贴了写有我名字的海报。

小孙：胡说。

郁利：嘿嘿，真的，真的没骗你，你要来了就知道了。

小孙：是你替人画的海报吧，底下签了自个儿的名字。

郁利：是我画的海报。

小孙：我说呢。

郁利：但我的名字是列在英雄榜上的，不是海报签名，画海报哪有签名的。

小孙：我不信。

郁利：我今天晚上还要去参加梅城竞技大赛呢。

小孙：就你？我不信。

郁利：就是我！真的真的，这事从头到尾都太他妈好玩了。你要在这儿，准会笑死。

小孙：什么乱七八糟的。

郁利：你还记得去年来我家的那个梅城人吗？

小孙：是长了个芋头脑袋，理了个光头那人？

郁利：对，就是那小子。

小孙：你跟他在一起吗？他多好玩儿啊。

郁利：哈哈，我就是跟他在一起。他也确实特别好玩。

小孙：动不动就激动得要命，拿一个手到处乱拍，还不住地呼呼抽气。他可好玩儿了。

郁利：前天碰到的，不过这回是我找他的。

小孙：你找他干吗呀？

郁利：我不是想在杭州等等你，先暂时不回温城嘛。没事干，就给他打了个电话。他听出是我，立即在电话里狂呼乱叫一通，非要我立即去梅城不可。

小孙：麦弓老家是不是也在梅城？

郁利：我就过去了。

小孙：是不是？

郁利：哎呀，他老家是梅城地区的，但不是在梅城，是在乡下，离梅城有一百多公里呢。

小孙：也不远啊。他云南回来了吗？

郁利：我怎么知道？他没往我家打电话吗？

小孙：没有。

郁利：这家伙太不近人情，操，简直刻薄。

小孙：是有点儿。他挺牛的我觉得。

郁利：以后我们就叫他麦刻薄吧，操。

小孙：哈，麦刻薄。他听了会气死的。

郁利：不会。他的刻薄没人受得了，别人对他刻薄，他完全没感觉。这才是麦刻薄本色。

小孙：哼哼，他确实挺刻薄的。

郁利：有次他找我不着，他妈的，看见我停在门口的自行车，咣的一脚把它踢翻了。

小孙：你那辆破车多可笑啊。

郁利：可踢它干吗？

小孙：也许就是随便踢着玩儿的。

郁利：是刻薄。

小孙：是不是因为他老说你懒惰，凭小聪明小机灵在画画儿。

郁利：他就好为人师嘛。这麦刻薄，操。

小孙：嗯，他是好为人师。你也确实有点儿懒惰嘛。

郁利：你到底站在哪一边？

小孙：行了行了，我站你这边儿行了吧。

郁利：哎，不知麦刻薄现在怎么样。这家伙他妈的老把自己搞得很不安定。

　　小孙：有时候吧，我觉得他挺惨的。你呢，又实在是太安逸了。

　　郁利：安逸怎么了？安逸多好啊。

　　小孙：没出息。

　　郁利：后悔了？

　　小孙：嗯。

　　郁利：来不及了。

　　小孙：确实挺后悔的。你看看你，现在连鲜花也不送我了，也不带我出去吃饭了。

　　郁利：嗯，你做的饭比什么饭店的都好吃。

　　小孙：那你还老埋怨我做得太咸。

　　郁利：还行啊。进步挺大的。你得感谢我在厨房门上替你贴了"减半"的告示。不过以后还可以再少放点油。你们北方人总喜欢把什么都做得油腻腻的。

　　小孙：油多香啊。

　　郁利：还有，别煮得太烂，一点鲜味都没有。

　　小孙：煮烂点儿好消化啊。其实你自己来煮多好啊。

　　郁利：那我倒宁愿吃你煮的。

　　小孙：那就少放屁。哎，那家伙让你去做什么？

　　郁利：谁？

　　小孙：就是那个不说话先抽气的家伙，叫什么锋来着。

　　郁利：噢，陆翼锋，就是他介绍我给梅城体委，让我画一些海报和招贴。你知道什么嘛，梅城人全都疯了。操，他们要举行一场人畜竞技大赛。

　　小孙：什么乱七八糟的。

　　郁利：就是人跟畜生比赛，说是为了弘扬梅城的梅林匹克精神。

小孙：那多好玩儿啊，哎，北京怎么就没这种比赛。

郁利：确实好玩死了，本来我画完海报就没我什么事了，可临时有一名运动员不参加了，陆翼锋就拼命鼓动他们市体委的人，让我代替那人参加比赛。

小孙：你跟什么比？老鼠？小鸡？小猪？

郁利：开玩笑，大象。

小孙：吹吧你就。

郁利，嘿，真的，跟大象比掷木饼。

小孙：什么乱七八糟的。

郁利：木头做的铁饼，嗨，就是木饼，饼状的木头块，是我提出来要改的，因为铁饼对我来说实在是太重了。

小孙：真好玩儿，真想去看。

郁利：现在后悔了吧。南方就是好玩嘛。不过看比赛你是来不及了，一会八点半就开始。

小孙：你就只顾自己在外面玩儿，我一个人没意思透了。

郁利：谁让你不跟我一起走，非要留在北京。

小孙：就要留着嘛！

郁利：好吧好吧。

小孙：我不想上班了。宣传部那些人太没劲了，全是些中老年人，整天说些特无聊的事情。都是你，把我弄到这种破地方去。

郁利：那怎么办？

小孙：我想辞职。

郁利：那还是有点可惜。我可是花了好大的大力气才搞定这事的。

小孙：谁让你花力气来着。我要进电视台你不让我去。

郁利：那种地方是你能呆的吗？操，都是些什么人啊，一个个全他妈是京油子。你好好一个人，混在他们中间，操，不是整天受他们欺负，就是最终被他们带坏。操，我当然不能把你往狼窝里面送啦。

小孙：就现在这样净浪费时间好？麦弓那次也建议我辞职。

郁利：他的话哪能听啊，操，他最好是全世界的人都跟他一样做无业游民，不然他就进行恶意抨击。操。

小孙：哦。

郁利：不过，你实在不想去的时候可以先请几天假。

小孙：为了上次的病假条，我们主任都去找医务室替我开条儿的人谈话了。她真可恶，太可恶了。

郁利：那怎么办？

小孙：我不去了。

郁利：你就什么招呼也别跟他们打，旷它几天工，操，反正没人能代替你的工作。

小孙：那回去上班以后，见了主任说什么呀？

郁利：你就这么跟她说：昨天我来学校上班，快到国贸大厦的时候，忽然有一群人拔出枪来开始互相射击。子弹从我耳旁呼啸而过。无数个炮弹在我身边爆炸。街上的大楼纷纷倒塌。所有的人都在尖叫呼喊，抱头鼠窜。我以为是世界末日到了，就回家了。你要这样说，操，我保证你们主任听了目瞪口呆，然后她就会主动让你立即回家，静养休息。

小孙：那我真那么说了。

郁利：他们会以为你疯了。

小孙：我就是快要疯了。

郁利：好啦好啦。最近有什么人来过电话吗？

小孙：庞大海来过电话，问你怎么样了。我说你回老家了。他暑假可能会去你家找你玩儿。

郁利：你信他？操。他在北京吗？

小孙：没有，好像说是在上海。

郁利：我猜他也不可能留在北京，操。

小孙：他说跟你订一幅油画，至少也得铜版画。

郁利：听着是他的口气。你答应他了吗？

小孙：我哪敢替你做主啊？

郁利：行，我知道了。还有什么人来过电话吗？

小孙：有啊，你爸。

郁利：噢，我已经跟他们通过电话了，跟他们说了我这两天回去。

小孙：那你打算什么时候回来？

郁利：开学以后。

小孙：那么久？

郁利：既然都已经逃出来了，也背上了胆小鬼的千古骂名，就索性一头走到黑了。

小孙：你就不怕我跟别的男孩去约会？

郁利：不怕，做这种事情你有心理障碍。

小孙：还不是你长期压抑我的结果。

郁利：你不也压抑我吗？

小孙：那行，咱俩从现在开始就互相解放吧。

郁利：不行，我已经习惯于过压抑的生活了。要是真的突然搞起自由化运动来，操，我不一定适应得了。要不这样吧，还是从我做起，先单方面杜绝一切女色吧。

小孙：是哦，杭州有你不少旧情人。

郁利：嘿嘿，真要想动歪脑筋，机会还是挺多的。

小孙：那还是去吧，找你的旧情人去吧，可千万别把自己给憋坏了。

郁利：算了，不去了，我得以身作则。

小孙：听着还心不甘情不愿的，噢。

郁利：对了，你还是回你爸妈家去住吧，别一个人呆在新家了。

小孙：我本来就一直都呆在我爸妈家里。

郁利：那今天怎么又回新家了？

小孙：好几天没来了，开开窗户透透空气，也打扫一下卫生。

郁利：不错不错。

小孙：哼。

郁利：回去给你颁一张奖状。

小孙：这回我想要一本烫金的荣誉证书。

郁利：没问题，回去马上给你颁。哎呀。

小孙：你要挂电话吗？

郁利：小孙简直太好了。

小孙：本来就是。

郁利：行，继续保持。

小孙：你想挂了吗？

郁利：挂吧。

小孙：我先挂。

郁利：好。出门小心点，别像老丢这个落那个的。

小孙：我挂了。

郁利：挂吧。天越来越热了，不许穿得太露。妈的断了。

第二十节
女记者的下班路

　　潮。太潮。据本台记者吴琳琳刚刚从马路上发回的消息：梅雨不仅打湿梅市的一切建筑和街衢，也深刻地淋湿了梅市居民的情绪。

希有关部门对此予以重视。标题：爱梅之情人皆有，防霉之心不可无。或是：天不作美人亦霉，梅雨季节谨防色鬼。梅城电视台播音员兼《梅城日报》记者吴琳琳戴着墨镜，斜肩背毛边牛仔蓝皮包，透明白纱短夹克，内衬黑白相间横条纹紧身露腰背心，一条黑白小方格吊脚紧身裤，粗条纹帆布细腰带，带头垂在小腹，脚下踩着镶金丝麻织平底鞋，自东向西跳跃在黯淡的马路上。她伸出舌头舔一口手里的冰棍，将它举起来，向马路上来往的车辆划动，如同一根舒缓的指挥棒。据市委第一号文件精神，全市将在下周起模仿女播音员吴琳琳的新式招人力的法。下班期间汽车慢于步行。步行吧。车辆都在霉烂。三轮车吧。敞篷，通风，灵巧，转动脑袋观霉光。另一个好处是它的叫声，粉色橡皮泡。咕唧咕唧咕唧。吴琳琳伸出一只艳光四射的胳膊，肘部往上抬，手掌向下垂，在徐徐臂波之尾端，一根纤纤如葱之食指优然翘起，为的是想招一辆三轮车。悠长甜美的嗓音从喉底滑出："三～轮～车～"。都坐着人。本市三轮车亟待整治。吴琳琳双唇紧夹着冰棍，并随着它缓缓抽出一点点向外翻卷。吻。大吻。巨吻。超巨吻。热爱在下班时分观光渔色的梅城市民，掀动阵阵饥饿之光的波涛，纷纷向吴琳琳转过头去。要么我摘掉墨镜算了，让他们在吃夜饭的时候有舌头好嚼："夜快兴我路高顶看见梅城电视台吖播音员吴琳琳。"好压韵啊，哼哼。新华书店。绣衣坊。进去看看吧。那件背带长裙是不是还在那儿，开司米真丝混纺，还是绣边的。真当有些欢喜。六百五十块。讨到两百块钱估计差不多了。也许已经让人买走了。一个水坑。还好。绣衣坊越来越乱。弄噶许多盒子店面做何也弗晓得，破里索啰吖，怪弗得人气越来越差。还弗如当初建成夜总会，至少孬得葛盘介冷冷清清。不过弗管奈格话，推倒噶长一排黑不溜秋吖沿河旧建筑总归是件好事体。实在忒有碍观瞻。"答答时装"。鲁芳芳老公开吖。贵。黑。噶瘦噶难看吖女吖坐来夯里厢，生意会得好才怪。白有民航售票代理处。神经兮兮的家伙，笑的时候像女孩子一样用手抿着嘴巴。是这家。阿凹阿凸。阿凸摘下西服上的标签，在试衣镜前转动身体。阿凹在试穿一双皮鞋。胖子老板站在屋角抽烟，手腕上和脖子上戴着金链子，亦厚亦阔，团着肉鼓鼓的身子，一动不动看着阿凹和阿凸一件件衣裳鞋子挑来挑去，弗晓得来咚挑何乃母阶脚趾头。最好离桥头帮的人远一点。嗯，裙子还挂着。管伊何阶桥头帮桥尾帮，我才之弗去慌伊拉。吴琳琳走了进去。

"葛件西装我穿奈格样子？"阿凸从镜子前面转过身来问道。

"好看，像猢狲介一只。喏，着实还是我葛双鞋气派喏。"阿凹踩着新鞋来回晃了两步。

"匿有听见啊？"阿凸走到胖子老板前面，将面孔凑到对方鼻子底下，"葛件衣裳我穿奈格样子？"

"蛮好。"胖子老板往后仰了一下身体说。

"有弗有听见，葛只肉猪话蛮好。"阿凸转过头来，笑着对阿凹说。

"偌作伊吓也吓坏，伊何里还敢讲真心话。"阿凹叽嘲道。

"偌刚刚是弗是真心话？"阿凸问胖子老板。

"是真心话，蛮好。"胖子老板僵硬地答道。

"正宗阶华伦天奴？"阿凹说。

"是实正宗阶。"胖子老板说。

"呜噜呜噜，喉咙底里来咚话何兮？话得响些！"最后一句阿凸猛然抬高了嗓门。

"好得好得，被偌吓也吓煞，"阿凹说，他抓起一只高跟鞋，拿鞋根打碎了店中央的玻璃柜，从里面取出一支皮带，展开看了一下，"葛支皮带，绝对弗是鳄鱼皮，胖子。"

"弗是鳄鱼皮。"胖子老板说。

"多少？"阿凸问道。

"皮带啊？"老板说。

"多少！乃母×！"阿凸突然咆哮道。

吴琳琳把手臂从那条背带长裙上缩了回来。"吓人倒怪吓，吃得一头惊。"她轻声埋怨道。

"吴琳琳。"阿凹在她后面叫道。

"做何？"吴琳琳回过头来盯着阿凹问。

"弗可噶凶么，都是认得吤，是弗是啦？"阿凹笑着说。

吴琳琳回过头去继续看她的裙子，不再理会对方。

"格么多少？"阿凸心平气和地问胖子老板。

"偌问进价啊？"胖子老板犹豫着说。

"多少？！"阿凸再次咆哮道。阿凹在一边咯咯笑着。

"五千。"胖子老板说。

"伊话五千，哈阿凹，五千吤华伦天奴西装。"阿凸说。

"是水货。"胖子老板轻声补充道。

"嗬嗬，伊话是水货，阿凹，钞票有弗有带？"阿凸说。

"带吤。"阿凹说着走向胖子老板的钱柜。

"乃两位想要，我肯定是要打折过吤。"胖子看着阿凹的背影说。

"阿凹，伊话要打折呢。"阿凸说完又问胖子老板，"打几折？"

"五折，好弗好？"胖子老板哀求似的问道，眼睛死死盯着自己的钱柜。

"哈，噶弗是明摆着要蚀本啊。阿凹，帮我点二千五。"阿凸对阿凹说。

"何里够，还要加上我吤皮鞋皮带吊带跟领带呢。"阿凹点着胖子钱箱里的钱说。

"葛些东西也弗值啥钞票，挖得去好哉。"胖子的脸色渐渐平复。

"为何？"阿凹拿厚厚一刀钞票轻轻打着自己手心问。

"我还欠阿靠一点人情。"胖子说。

"一点人情，一点是多少？"阿凸问道。

"脑髓搭牢，真当脑髓搭牢，"阿凹嘟囔着一脚踢翻了玻璃柜台，"阿靠奈格会同偌葛种人做朋友。"

"再想想看，有弗有记错，"阿凸轻拍着胖子肉乎乎的腮帮子说，"我晓得可能弗是一些人情呢。"

"脑髓搭牢，真当脑髓搭牢。"阿凹越发不耐烦，"提醒偌一下算得，香湖公司有弗有数，香湖公司阶老板叫何家有弗有记得？"

胖子突然往外冲。阿凸不等他起步一脚踢向他腹部。胖子老板捂着肚子蹲到了地上。一旁的吴琳琳轻叫一声，跳到了店外。

"对不起对不起，吴小姐，让你受惊吓了。"阿凸赔着笑脸对门外的吴琳琳打起了普通话，"你要是喜欢这条裙子直接拿走好咪。"

"不一稀一罕！"吴琳琳用普通话回了三个音，从远远聚在店门口人群中间挤过去，离开了绣衣坊，嘴里仍不住嘀咕："流氓，真当是一帮流氓。"

拐过弯，西河路上没有阳光，两边各蹲着一排卖杨梅的农民，大部分是中年妇女，一个个手里举着深紫色的杨梅，大声请求过路行人上前品尝："杨梅杨梅，杜家杨梅，多少大，多少紫，多少甜都弗晓得。尝一个，老板。先尝后买，老板。"昨夜的雨一直下到今早，杨梅雨水吃饱，分量重还好看，马上去摘得来卖。竹篮编得蛮漂亮。廿块一篮，连篮送。高顶压三两片绿叶瓣，映出下底阶紫红色。大杨梅其实就得上面薄薄一层，下底肯定亦小亦白亦生亦涩。勥想哉勥想哉，牙齿酸煞哉。沙地闲话。真吃起来也就没事了。口水来了，吃几个吧。冰棍。扔了。垃圾箱。转过三个弯，穿过两个垃圾箱。吴琳琳把冰棍塞进了路边一只垃圾箱里，并拢被吊脚裤紧紧包裹的双腿，弹力十足，蹲了下去。千万弗可嗌——阶一记，白屁股开小×花。真下流，呵呵。她揭去盖在杨梅上的杨梅枝，水淋淋绿茵茵，拣起一颗又大又紫又圆的杨梅，塞进嘴里。嗯，甜。

"弗错弗错，要是底下朌也有噶大就好得。"

"都差弗多朌，小也小弗到何里去朌。"女人说。

"乃都欢喜讲造话么，我有数账朌。"吴琳琳笑着说。

"真当要天打煞朌噢，若话讲一句造话。我今朝才之第二日出来卖杨梅，羞都羞煞得啦。"女人说。

"偌朌意思是下底我甭看得?"吴琳琳说。

"要看，要弗看，都随偌自家，反正我话过得，我出来卖杨梅，今年是头一年，今朝是第二天，是实人弗讲造话朌。别人家都劝我下面垫小朌，高顶压大朌。我也想噶，就难为胆子太小，弗敢做。下面也是红朌，可能匿有高顶噶紫是真朌，主要是何兮呢，是怕压坏。"女人直直地仰着脸，两只手臂不住在杨梅篮上方划来划去。

麻烦死了。

"弗看得，十五一篮。"吴琳琳又往嘴里塞进一颗。甜。

"嘿嘿，人家都是卖廿块一篮。"女人傻笑着说。

"十五!"

"匿有做过生意，还道卖篮把杨梅有何了弗起，曼货色好么就可以得，何里晓得噶难做。"

"十五!"

"拎一篮去拎一篮去，哦哨，伊拉有本事多挣两块，咱匿有本事少挣两块，也无所谓朌。"女人下了决心。

"'拎一篮去'?像白吃介开心。"吴琳琳乐了。她付过十五块钱，拎起一篮杨梅，开始歪着肩膀边走边吃。三轮车上都坐着人。马路突然十分拥挤。她已经来到了国际菜场前面。绝对是市政规划当中最不讲规划性的一个项目，把世界顶尖的带监控系统的菜市场建在市中心马路边，就是想摆阔。土包子。幸亏及时关进监狱，弗然朌话弗晓得还要造出多少个葛种菜场来。下班路过葛里，夜饭弗吃，气息先闻饱，回到屋里厢夜饭都吃弗落去。大标题：梅城之幸。

副标题：市长进班房，菜场少多少。各位观众，今天我在省第一监狱贵宾班房采访了我们梅城前任墨市长。请他就在他的农民习气感召下所完成的市政规划，尤其是西河路国际菜场的建造谈了些许感想。请看相关报道：

吴琳琳：镇上来的前任墨市长先生，您因受贿多于行贿而暂时受到监禁，立即将受审判，可能会被杀头。请问您对此作何感想？

镇上来的前任墨市长先生：我可以很欣慰地告诉全体梅市人民，自我进监狱以来，这种局面已经彻底扭转。

吴琳琳：您进贵宾班房后是否感觉有什么不适应？

镇上来的前任墨市长先生：这里的服务我基本上还是很满意的。就像你看到的那样，房间有空调有电视有电话还有电冰箱，每天还要换床单，搞卫生，送开水，核对冰箱里的食品，并送来晨报午报晚报和日报；楼上还有恒温游泳池、桑那房、歌舞厅，还有酒吧，底下有弹子房、健身房和网球场。不过呢，也有一些女士不太识相，经常打来骚扰电话，要求向我提供皮肉服务。你口渴没有吴记者，（拿起挂在脖子上的哨子，大声吹了一下，服务员很快送来一杯明前龙井）喝点茶喝点茶，冰箱里的东西太贵了。这个监狱大楼现在已经对外开放，也就是说，任何人，只要他持有本人十年有效身份证，就可以跟我们犯人住在一起。我们跟他们的唯一区别，只是，他们可以自由进出，我们永远呆在大楼里面，自觉自愿，决不走出大门一步。其实出门与不出门，只不过是一种感觉啦。即便我的身体可以随时离开监狱，到马路上去闲逛，我心里面也明白，我还是在监狱里面。不管我走得多远，监狱都要扩得更大，谁也没有办法和它对抗。我的身体属于它自己，我的心灵永远只属于监狱。也就是说，不管我们的身体如何自由，我们的心灵无时无刻不背着一座监狱。现在我可以回答你刚才的提问了：我从来没有出过监狱大门。

吴琳琳：少废话。再也没有人愿意听您的伪辩证法报告了。您得清楚一点：您现在是一名市长囚犯，而不是囚犯市长。谈谈您对现任梅城乌市长的印象吧。

镇上来的前任墨市长先生：最令我感到痛心的是，昨天我从报上看到现任右歪头左倾肩柴鸡胸骆驼背马桶肚罗圈腿高低脚的梅市乌市长，我的前任乌部下，尽管他当时天天都向我行贿，我却只安排他每天替我点烟泡茶敲背捏脚剃胡子剪鼻毛洗马桶揩屁股，我很后悔没有让他一直这样干下去，心一软，听了市人大出的馊主意，让这位臭博士当了常务副市长。现在你看，他居然在报纸上中伤我，说我是为了自己生活方便才把超豪华国际菜场建在市中心的。所有臭老九都是死心眼，我家当然就在现在的菜场旁边，可是我想问他一句：一位需要从菜场买菜的市长，会是一位好市长吗？我经常以这个逻辑教导梅城的行长局长主任和经理：要是他们连抽烟喝酒品茶斗殴赌博嫖妓添置金银珠宝钻石首饰都还需要自己出钱，他们绝对不会是什么好行长好局长好主任好经理。还有，他居然通过预设前提扬言，力排众议毅然敲断我的牙齿是省一监的英明决策，说反正我这张臭嘴除了说几句废话，只喜欢红烧猪头肉。他想要变着法子骂我农民也可以，因为所有人都知道猪头肉并不只有农民才喜欢吃，也并不是所有的农民都喜欢吃猪头肉。最最可恶，现在满城传得沸沸扬扬，说我的牙齿被省一监的看守敲光了。吴记者，我认为你是梅城最美的姑娘，是当之无愧的梅城小姐，本应当早就取代鲁芳芳的位置了，她都已经结婚了，变得又胖又难看，请你让后面的摄影记者把镜头对准我的嘴巴，拉近，来一个大特写，每个牙齿都大特写一遍，啊啊啊，看看我的牙齿是不是比你们少一颗。完全不是，相反，整整多了两颗，上排多一颗下排多一颗。

吴琳琳：收起你的牙齿吧。取消你的"您"资格了，你在位时的得意之作是哪一件？

镇上来的前任墨市长先生：当然是那座超豪华国际菜场。

吴琳琳：为什么？

镇上来的前任墨市长先生：若是算上它二百米高的避雷仪，它就是梅城的最高建筑物。它是梅城人以食为天精神的最好的标志。

吴琳琳：丢人现眼。

镇上来的前任墨市长先生：它可同时容纳五万商贩五万市民。

吴琳琳：说明梅城人不爱头皮爱肚皮。

镇上来的前任墨市长先生：它拥有与天安门广场一样完备的监控系统，以监视那些短斤少两的不法奸商。

吴琳琳：导弹打蚊虫，乱对阿毛。

镇上来的前任墨市长先生：它里面有一个一百零八声道立体声电影院，一个三百六十度环幕电影院，一个三维拟真电影院，以及两个迪厅三个茶室四个酒吧五个桑拿房六个游泳池七个网球场八个弹子房九个健身中心十个SQUASH。

吴琳琳：（打断）脑髓搭牢。市民最恨的就是这个国际菜场。因为收费太高，它一度招商为零，反倒是引来了一批阿飞流氓。直到你下台之后，现任乌市长亲自用拖布在它每一面墙上写上一个"拆"，这种状况才一夜之间得到改观。因为就在市里把它当一个废弃建筑的时候，梅城人才开始把它当成了一个菜市场。

镇上来的前任墨市长先生：这小子……

吴琳琳：闭嘴。我们认为，尤其是市一医院院长认为，建造国际菜场的钱本该用来改善像市一医院这样一个一直处于严重亏损的医疗机构的医疗环境。由于你强迫市一医院打肿脸充胖子维持亏损福利医院的形象，在你上任期间，市一医院已出过多次重大的医疗事故。今年的头号事故是，前任梅城镇镇长由于市一医院的两次误诊三次医疗事故，变成了一个植物人。据说是今天就要蹬大腿捏拳头翘辫子。

镇上来的前任墨市长先生：啊啊啊，真是意想不到，我一离开梅城，她就失去了一位德高望重的元老。高尚廉是一位正直的人，从未向我行过贿。

吴琳琳：更为严重的是，国际菜场的突然繁荣，使得梅城这个以市容整洁出名的全国卫生城市居然出现了行路难的现象。尤其是在上下班期间，国际菜场前面这段路更是脏、乱、差、臭、堵、糊。太讨厌了，太恶心了。我每天上下班路过这个破菜场，不是衣服弄脏，就是裙子勾破。

镇里来的市长痛哭流涕，双手抽打自己的面孔，臭骂自己是高小没有毕业自学又不成才的文盲，不懂镇以上级别官僚美食趣味的土包子，喜欢吃并非每个农民都喜欢吃的红烧猪头肉的烂脚农民。吴琳琳满意了，对自己嘻嘻，嘻嘻笑出声来。一位高个子女孩在路边打公用电话。居然比我还要高，气煞。脚跟削坏一公分！打电话的女孩转过头来，看到了吴琳琳，又恼火地转过身去。声音小了，以为我要听。以为自家是新梅城小姐。你应该明白，真正的新梅城小姐是本小姐。啊，原来是伊！那个傻乎乎坐在棋盘边的小村姑。"你们双方激战已近白热。"哈哈，太傻了。李得儿怎么会要这么老土的女孩子？她是在给李得儿打电话吗？夺过话筒，歪转脑袋，噘起嘴巴，送上顶嗲顶嗲一句话："得儿，夜里厢陪我泡酒吧奈格样子？"保证他大吃一惊，还以为我和她联起手来了。我才不会跟这种傻瓜联手。李得儿会认为她比我好看吗？不会，他眼光不可能这么差。他从不认为我有多好看，他妈的。他手里握着一只苹果，拿食指点着照片上那个女孩子说："圆明园碰到的，太美了。"他说完啃了一大口手上的苹果。是很有味道的，可那就是美吗？"鲁芳芳很迷人啊。"他说。现在应该改变看法了吧，她都结婚了。卖相确实还可以。鲁花鸡嘛。性感是从性活动中产生的吗？男人在那里挖啊挖啊，把女人给挖穿了，然后整个就变了，皮肤变了，眼神变了，声音变了，举手投足的幅度也变了，可能就好像整个人的血液都换了一遍，说不定血液的流速和毛细血管的分布也不一样。啊也许就是因为这个呢，血不断地涌上来退下去涌上来退下去，日复一日，冲击毛细血管的末端，向四周蔓延。尤其是脸部这种血管密布地带，可能变化更大，一夜间给女人带来了异样的光彩，男人们叫这个性感。对啊，那里血管更密啊，而且主要就在那里运动，应该会起更大的变化吧，会不会整个内分泌系统都发生变化。说不定还就是那么回事呢。那次拒绝了他。也许主要是因为他没有给我安全感吧。他也没有太坚持。本来也许就能验证是不是这么回事了。"你是可爱。"他说。性感肯定会妨碍可爱。鲁芳芳就性感有余可爱不足。性感靠培育，可爱乃天成。本小姐处女，李得儿你就甭想了，你甭想打我鬼主意，甭跟我来这一套，甭甭甭甭，甮甮甮甮。真傻李得儿。太傻了李得儿。大傻瓜李得儿。北京小死尸。人少了。赶紧叫个三轮车，赶紧赶紧。都有人。手太酸。牙齿也酸得浮起。再吃一个，就一个。塞进嘴里。他们在看什么？海报。又是人畜大赛。可以采访一下他们。没有带摄影记者。算了，反正晚上要去现场解说的。可以让电视台考虑每年一度的梅市小姐竞选，而不像以前那样由市体委仅仅根据身体条件来评议。分四场，演讲，礼仪，服装，和现场勾引梅城先生比赛。嗯，哪天跟台长商量商量这件事情，再找个傻瓜富翁赞助一下。我宣布，今年的梅市小姐是吴琳琳。哗哗拍手。手太酸了。再吃一个，索性再多吃两个或许牙齿反倒弗觉着酸得。塞进嘴部里厢。哦酸煞。啊呃啊呃，吐坏吐坏。

吴琳琳看到剩下的杨梅大都白乎乎的，又小又生。才刚吃掉最上面那一层。上得伊个贼骗子吤当！奈格噶坏？葛个女人家假呆假痴，心居然有噶黑。赶紧寻个垃圾箱掼坏，根本吃弗来。本来还想留滴拨姆妈吃。估计葛一息亦来夯做香功得，边甩手边看电视。这就算香功了。"偌有弗有闻着香气？"伊问我。有何乃母吤脚趾头吤香气介。这种话是不能直接在她面前说的。"嗯，好像是有些介阶。"我说。这下她满意了。那天子伊突然之间像跳大神介跳达起来，吓得我一头惊，就慌伊练啊练啊练达后头走火入魔。伊自家还开心煞，话葛次自发功把伊多年阶风湿病都治好得。弗可能有噶灵光阶，肯定是心理作用。然后就到处鼓动人家跟伊一道练香功。则么高月半阶老爹老娘就也得来练香功。可怜的高尚廉。"我倒是有一个小伙子，琳琳，是我一个老朋友阶倪子。人蛮稳重蛮老成，才也有，可惜伊拉爹前天子出得一桩医疗事故，弗知性命保弗保得牢。但愿能够保牢，否则我葛个老朋友就要跟我一样得。偌弗晓得一个老女人孤孤单单一个人，有多少心酸。"伊还道我弗晓得高月半，人老得，记性也歇得。我就话："噢，偌是话高月半啰，我认得阶。偌忘记坏得，偌带我去过高尚廉拉屋里呀。高月半也来过咱屋里，偌也忘记坏得。嗯，人倒是还稳重，不过有些忒太实际得，不浪漫。"伊话："弗浪漫？偌奈格晓得人家弗浪漫？我看高月半葛个小伙子藏而不露，内心里应该是蛮蛮浪漫阶。""好好好，浪漫浪漫浪漫，偌话浪漫就浪漫。"我只好顺伊。"偌是弗是认为像物资局阶北京小混蛋才之算浪漫？上班弗好好上，亦是溜冰亦是打麻雕，根本弗像个样子。"伊居然李得儿伊都有数。哈哈北京小混蛋，你已经在梅城触犯众怒了。"哈，偌奈格晓得葛个人？"我问伊。"我奈格会得弗晓得？葛个小混蛋就是高月半阶大学同学，一个读法律一个读中文。话是话同一个学校出来，跟高月半比比真当是天地之别。"伊讲。跟老年人谈浪漫实在是太滑稽太滑稽。李得儿嘴里有股甜味。那天都被他吻得醉了，竟然防线依旧守得那么牢。那傻瓜电话该打完了吧。要不我也给他打一个吧。"喂李得儿，激战是否已近白热？"就快到他上班的地方了。上去一趟怎么样？肯定下班了。算了。晚上去找他一次。就一次，在也好不在也好，就一次。不能像上次那样毫无节制，来回找了他五六次。窗口。没有。也许等一会他会探出头来。储蓄所。这女人可真好看，男人一定会觉得她很妩媚吧。李得儿应该也这样认为吧。离得那么近，只要从窗口探一下头，两个人就能互相看见，每天都能看见。他们两个不会有那种关系吧。跟有夫之妇他应该不会吧。难说。这个人什么事情干不出来？颈饰真漂亮。这样年龄的女人你很难跟她们比性感，何况还那么会打扮。她们在勾引男人的时候既从容又有效，每一个眼神都会用在点子上。慢慢积累经验吧，急伊做何？上午我来这里取钱，顺便跑到对面，去了趟他办公室。没在。幸好没人认出我来，也没人问找谁。戴了大墨镜。哎，用心良苦啊，特意把钱存到这个储蓄所，增加一些跟他相遇的概率。就算碰不到，他说不定会看到我进出这个储蓄所。"人家对你怎么样？痴心吧。""是是。"他说。"那给我一点犒劳吧。""你想要什么犒劳？"他说。"就一个吻好了，久一点的。"我说。他就吻我。真甜，真激动。醉了醉了醉了。这儿也贴了海报。大笨钟下面嘛。花点红底，黑毛笔字。还画了三个人一匹马一头象一只猩猩。一群人在仰头看。

海　报

　　为弘扬我市源远流长的梅林匹克精神，今晚八点半将在梅市中心体育馆举行别开生面的人畜大赛。赛事分三节。第一节，由有梅市飞毛腿之美称的陆翼锋先生与汗血宝马比四百米短跑。第二节由温市暑期回乡青年教师，人称"神算子"的郁利先生与大象比投掷铁饼。最后一节，是由新上任的市长大人与猢狲比爬杆。望梅城广大体育和宠物爱好者切莫错失良机。

六月二十三号

一个男人大步走来，背上一只大旅行包，在人群外围站住，抬头看了一眼海报，嘿的一声笑。过去了。一副苦相，不像本地人。背那么多东西，怎么不叫一辆三轮车？外地人很少能体会梅城三轮车的妙处。梅城导游手册。第一章：三轮车。必须在第一章写三轮车，吴琳琳心想，回头去看那个背包客。只见叫花子包中手里拎着一只油腻腻的布袋，正从陶瓷垃圾箱的狮子口里掏来掏去。伊位男人叫伊何兮啊？大卵泡包中。哈哈。真的很大吗？包中从垃圾箱里掏到了半只面包，朝迎面过来的背包客咧嘴而笑。其实他不傻，每到圣诞日他都会背着麻袋去教堂。吴琳琳又翻了一遍杨梅篮子，找不出一个能吃了，走到垃圾箱前面，把篮里剩下的杨梅都倒了进去。竹篮编得很漂亮，留着吧。穿过两只垃圾箱。拐过三个弯穿过两个垃圾箱去山脚墓穴找霉主李得儿。他居然跟两个傻女孩在下围棋。真傻真傻。路上又碰到了那只鲁花鸡。他那儿可真潮。还搞那么多女人，就更潮了。"你这儿真潮，还这么乱。"我说。他不好意思地笑了。"你出门一身亮闪闪的名牌，房间却从不收拾一下。"我说。我替他拖了地。嗯，表现还不错，用仅剩的十块钱为我买了两枝玫瑰。"你喜欢不喜欢我。"我问他。"挺喜欢的。"他说，还有点害羞的样子。"那你吻我吧。"我说。"刚抽完烟，嘴里有气味。"他说。"没关系的，"我说，"吻吧。"好甜好激动。"真激动。"我说。"怎么个激动？"他说。"就是激动。你呢？"我说。"有点儿。"他说，手伸到了那里。他是不是只对那里感兴趣。我把它拿开了。他继续吻我，动作真温柔。他知道女孩子需要什么。他呼吸变急了，鼻息喷在我脸上。"你醉了吗？"我问他。"还没呢。"他说。"那我来吻你吧。"我说，就开始吻他。让他碰一下我胸吧，还没让人碰过，就试一下吧。我拉过他的一只手，放到我的乳房上面。他的另一只手竟然招呼也不打一声，伸到了下面，把我的内裤弄下来。我推了他一下，手碰到了他那里，硬硬的。我立即把身子缩回来，以为是什么怪物。实在是太不好意思了。可我又没有想到那东西会贴在肚子上面，不是挂在裤裆底下的吗。太奇怪了，能爬那么高。他见我把手缩回去，马上整个身体都压了上来。那东西顶到了我那里。脸烫了。摸一下。真的烫了。他把我弄痛了。我有点害怕，用力推他。"你是处女？"他轻声叫道。"是啊，怎么了？"我说。他站起来，把裤子扔给我，说："赶紧穿上吧，好好留着。我操，你一天到晚嘻嘻哈哈的，居然还是处女。"看来我给人的印象就是很随便的人。这样也好，能吓跑很多无聊的男人。其实不一定非要做爱吧，接吻就很好了。脱了衣服跟他搂在一起倒挺好的。我那时身上来长了一些小东西，现在没有了。吃了那个老中医两帖药就好了。他刚看到我手上那些东西的时候连连摇头："噶小些年纪，亦噶漂亮，就生葛这种东西，幸亏是碰着得我，弗然句说话，走遍天下都弗一定寻得着第贰个能治葛种毛病阶人。"有那么严重吗？还不肯告诉我那是什么病。弗晓得是何个怪毛病，应该就是什么湿疹吧。不管怎么样，现在干净了。我阶皮肤多少好，摸起来多少舒服，我自家都欢喜摸。长了那些红斑在他面前脱衣服心里很不踏实。有几个上面结着一层薄薄的透明的鳞片，还被我用手抓破了呢。他那东西贴着我的小肚子上，会传染上那种怪病吗？最好是传染上了。越长越多，没人能治。我还有那位老中医的地址。他只能找我才能治好。太好了。不会伤他性命，却可以给他点颜色看看。哼，他居然说那个灯芯绒女孩子比我美。但愿他染上。但愿。

第四章

第二十一节
两只鬼胎

宋秀才把喝淡了的明前龙井倒入门口的痰盂内，重新泡了一杯，端到自己的副寨长席上，掏出李得儿从绍兴师爷那儿偷来的假"烟斗"牌打火机，叮，点了一根烟。头朝天，一杯龙井一支烟，装悠闲，要动鬼心眼。

"得儿。"宋秀才沉思了一会，忽然向对面的李得儿咧嘴而笑，丢来一支烟。烟在桌上跳了一下，被李得儿按住。他掏出正宗"烟斗"牌打火机，叮，也点上了烟。

"嗯。"李得儿说。

"我想晚一点回去。妈的，早回去老婆又要让我做饭。嗯，给她打个电话。"宋秀才呵呵地笑起来，露出一副黑色的烂牙。

四环素牙是后来的事吧。那么是小时贪吃糖果。

"喂，是我。呵呵，下班？还有半个钟头。别人家？何家话生意淡季就可以早退？嘿嘿嘿嘿，我绝对匣有想要逃避汏菜烧饭，"忽然语速放缓，"有一位客户，来达我葛里。外头？外头弗去吃，回来吃回来吃。侬等等，我问声看，"按住话筒，"得儿，我老婆问我那位客户是不是跟我去我家吃饭，你觉得怎么样？呵呵，"放开话筒，"哦，伊讲晏些还要去跟另外一个客户一道吃饭，要我也去。我呢就弗去哉。侬辛苦一下，侬辛苦一下。今朝再让我吃一口现成饭。明朝我接小人，我买菜，我做饭。好弗好？格就噶。"撂了电话，对李得儿："嘿嘿。"

宋秀才的风格。卖大关子放小风声，而且还是编底。

这是宋秀才的黄金时间，他真正的业务通常都是从下班这一刻开始。在公有私用的电话网上，处处有他的死党，在这时等着他的消息，或是给他消息。那张巨网从这时起开始在宋秀才眼前闪出一道道金光。不过，他不会被这片金光照得迷失本性，永远有足够的理智控制住激情，对自己的处境做出最切实的判断，制定出最合理的进退方案。每次重新抓起电话以前，他通常都作长久沉思，偶尔与李得儿交谈一两句，发出一串串朗朗笑声，不会对自己的沉思有丝毫妨碍。

他这时沉思的内容大致是，用什么口气什么声调什么句法什么修辞什么例证什么引用什么笑话什么暗示什么刺激什么逻辑什么节奏什么陷阱，如何有理有节有张有弛有起有伏有责备有安慰有嬉笑有怒骂有旁敲有侧击有私语有高歌，压卖方价格涨买方价格，劝说滞销货物进仓囤积，催促紧俏材料装船入港，说服局长在汇款申请单上签字，鼓动财务在他户头下转入资金，看报表是否对自己不利，问工资是否少加一级，送供货单位茶叶，收求货单位香烟，打探内幕消息，估量近期涨跌，去仓库看样品，要材料质保书，对妻子谎报收入，向母亲隐瞒支出，压下家的筒子，吃上家的束子，骂来旺痛处（谁让他跟自己夺昆明市场），挠朱寀痒痒（中午捉弄了他，有些内疚），暗示得儿应该走了，提醒自己必须留下。

"得儿，"宋秀才说，"你为什么还，不谈恋爱？是不是在北京已经有了意中人？"

"你不知道我在谈恋爱？"李得儿说，心想今儿没办法，只能跟他耗到底了，管不了他心里舒服不舒服了。完全可以晚上再来这儿打电话嘛，那时就剩你丫一个人，岂不是更加逍遥自在？

"上次我给你介绍了那么好的女孩子，跟人家没说几句话就逃了。"

"怎么？哈嘿，"老傅拎着一壶开水进来，要倒在茶柜上的那一排空水壶里，"你们两人还在谈心？"

谁也没有答理他。可怜。为什么明明长着一张青光光的冷面孔，却总是非要冲人点头哈腰？

"哈嘿，你们下班，我就开始忙了。痰盂太多，哈嘿。"老傅倒完开水，拎着空电壶往外走。

不理他，不然他会把什么牢骚都掏给你。时间。

"嗯，"宋秀才半闭着眼睛，吸了一口烟。烟灰一直没有弹掉，弯弯地连着，中间有裂口，快掉了，真想过去把它弹掉。又吸一口，都燃到了海绵蒂上了，焦臭味。烟灰终于掉到了桌子上。宋秀才慢慢拿了烟缸，把桌上的烟灰抹到里面，指缝里还夹着冒烟的黄色海绵头。他刚想吸，看了一眼烟头，把它捏了。"呃嗯，"他低头顾自轻笑一声，从烟盒里又抽出一支，挪过假"烟斗"牌打火机，叮，点上。这回没往李得儿这边扔。这些南方人，总喜欢把烟扔得满天飞。李得儿也抽出一支，掏出真"烟斗"牌打火机。叮，没着。气体不多了，得打点儿进去。叮，勉强着了。点上。老傅在门口哈嘿两声。走了。才走？

"我送她回家了。"李得儿吐出一口烟说。一小傻×。

"她没有让你上去坐一会？"

"记不太清了。"她指着一间亮灯的说，那间就是我的家。我说好好。路上后来又见到过。在她给反应之前先装作视而不见。有过第一次，再遇上就好办了。

"得儿，"宋秀才又挤出一个话题来，"今天怎么那么老实，一下午都呆在办公室里，不出去溜达一圈，打几盘台球？"

"刚出差回来嘛。"

"嗳，刚才局长大人说你了吧，嘻嘻。"

"嗯，去撒泡尿。"李得儿说着站起来。你丫赶紧打电话吧。我动作慢点儿，你说话快点儿。

李得儿走到门口，听到后面传来宋秀才的一声喂。1 2 3 4 5 6 7 8 9 10 11 12 13。倒霉的数字。为什么施工人员不多造一级或是索性少造一级。少造一级还可以每层少建两级楼梯的高度，十几层楼的房子就能凭空多出一层来。额外的收入。也许他们本来就是这么干的，本应该是十四级。死。还是日死。人能被日死吗？日与被日，谁先死？当然是西门庆。要节制要节制。厕所喷过消毒水了。难闻又卫生。哗，底下裤门拉开，上面窗户打开。李得儿脸朝窗外开始小便。左边马路上一个女孩骑着小摩托过去了。一个背油博士布袋的傻子朝路人笑着。为什么今天尿路如此不畅。心肾之交。坎离之交。π说的。不会是病了吧。看一下。有点儿黄。蛇酒中毒。不会的，喝了那么久了，不可能到现在来中毒。龟头懒洋洋垂着。只要一想她那块湿漉漉的地方就嘣地跳起。这会儿不能想。没尿了。本来就不太想撒尿嘛。丫该打完电话了吧。

"得儿！"宋秀才大声在底下叫。

"哎。"得儿回了一声，赶紧甩了两下龟头，塞进裤裆。

"电话。"

"来了。"李得儿跳下楼去。是吕蒂蒂的？不会。但愿是吧。

"是个女孩子，这下是真的。你慢慢泡妞，我走了。"宋秀才笑着下了楼梯。

是来娣娣。哦天哪，头大了。

"你是李得儿吗？"

"没错儿。"李得儿振作精神，让声音听上去轻松自在。

"刚才你从我们鞋店门口逃过了。"

"谁说的？"

"自然有人。"

"可我没去过那儿。"

"你别跟我装神弄鬼。你是不是想躲我？直说。"

"没有啊。你怎么样？"

"别装了。你心里想什么我知道。"

"来娣娣，我马上得去趟医院，看一位同学的父亲，他快死了，要不然咱俩可以找个地方好好聊聊。"

"又想躲？好，我再把那个好消息跟你说一遍，我怀孕了！怎么处理你自己想好！"电话断了。

怀孕了？不可能。想要挟。要挟我什么？结婚。我爸都忙着跟我后妈离婚呢。脾气可真暴躁。操，没事儿找事儿递什么名片？一个陷阱，从头到尾。该让她自己掉下去。万一真怀孕了呢。听口气像是真的，否则不会这么理直气壮。她可是什么都干得出来的。危险。早点儿回北京，带上吕蒂蒂。她怎么还没下班？来娣娣来娣娣。古怪的名字。没听说过。老家不是梅城人？我根本就不认识这个女孩儿。住在农民房里？哦是吗？她怀孕了吗？倒是一件新鲜事儿，可与我无关。这孩子不是我替她怀上的。我并不是她的唯一的男朋友。她不是我唯一的女朋友。她的脾气那么坏。想要表达温柔的时候就来一句：你们双方的激战已近白热化。还"化"。吴琳琳从吊床上跳起来就走。傻女孩，倒不算难看。第一次搂她就觉着乏味。"我要把'第一次'交给你。"一个固执的声音，既不稚嫩也不老练，既不是抒情调，也不是慷慨调，只是表示她见过世面。莫名其妙。

"真～～～的。"莫名其妙。"我觉得把初夜权交给你，是我的幸福。"天哪，初夜权。操，这个让人恶心的字眼。别扭、粗鄙、老成、恶毒、准确，也很美好，事实上。她在黑暗中望着我："要是你有事情，我就走，改天再来。"哦改天来。还得来！她靠在我的肩头，缓缓地："哦——"真他妈让人受不了，这个"哦"，贴上了我的肩膀，真该把它坚决抹掉。可它贴上来了，像一片初生的树叶，在阳光下抖动着，刚刚舒展开来。丑是丑了点儿，可还是不忍心去抹掉它。我抚摸了一下她又小又圆的肩头。真是昏了头！现在你看看现在你看看。她立马就哭了，然后就是"我好苦啊～～～"哦何从谈起何从谈起。那个调门忒他妈难受。然后是"你吻我吧～～～"我可从来没有吻过她。吻过吗？也许吻过，在她交付"初夜权"的那个晚上。这可叫我如何是好如何是～～～好～～～～哎～～～呀～～～～铿锵铿锵。哦牛眼少女，怨恨的神祇，身段美妙，可太过僵硬，肌肤洁白，又稍嫌粗糙，双唇鲜红，只是少了点儿弹性，眼珠子够大，却没啥光华。哦，牛眼少女，怨恨的神祇，激情没有从抚爱的手指传来它颤动的音符，欲望也未能从汩汩作响的股沟举起它鲜红的旗帜。哦，牛眼少女，怨恨的神祇，开始我便想将你放弃，可那未受尘土玷污的鲜果，激起了那想要畅饮的好奇之心，那片未经铁犁施虐过的湿地，让我不禁要尝试将之耕耘。而你又说，要为自己哪怕是一厢情愿的爱情，供上它理应享用的祭品。随后便自定良辰，选好美景，带着一颗美滋滋乱纷纷的心，赤条条往我床上一挺，要我赶紧将那根等急了的棍儿往你洞里捅进。可是我说啊，我说了吗真说了吗？也许是说了，是的，也许。我说你得收起你的小肚，抬起你的屁股，跷高你的大腿，敞开你的阴阜；让我先将它来轻抚，再把它来降伏。哦，天哪，你笨手笨脚哭哭啼啼，红门终是无法开启；我心急火燎呼呼喘气，棍儿已是顶得弯起。我说你怎么不施润滑剂？你说我痛得哪里还能记起？娘的阶。我只好揿着红肿的宝贝，从你身上绝望地一滚而下。既然你的城池如此坚不可摧，我说，我们索性尽早把它放弃。真正的爱情，不需要额外的祭品去供奉，不需要多余的仪式作见证；况且我，在女人的肉堆里翻滚了太久，对爱情早就没了兴趣，至于人人难免的婚姻，我的天啊，饶了我吧。我呀，啊呸啊呸啊呸，命中注定，就该一辈子安安心心打自己的光棍。提前警告了吧，警告了。够意思了吧，太够意思了。可她忒固执，忒固执，不论我如何劝说都死不答应，真是个死脑筋，只想着处女换激情，激情换爱情，爱情换婚姻。女人昏而又婚，自古就是这么写。哎，伪善的读者，让我还是先将这个窝囊故事给你唱完吧：她戴上胸罩，让我从后面把它轻轻扣上，又从我手里接过她薄薄的内裤，从细细的脚踝一直拎到厚实的小肚，在两块突起的胯骨上啪地弹住。她曲着双臂，要我将那条白色真丝长裙替她穿上，从泪盈盈的脸庞一直滑向她哭泣的心房，垂挂在光溜溜忧伤的腿旁。她看着我，一声不吭，让我心里发毛，不知如何是好。然后，天哪，她把左脸还是右脸缓缓贴到我胸上，嗳，她说，在太阳两次起落之后的现在这个时分，我会再次叩响你的房门，你只需提前将它虚掩就行。请你多多安抚你勇敢的旗兵，磨利它今天受挫的兵器，到了那时，就在裤裆里耐心地等。处女的鲜血，不能说有多么珍贵，但总归市面上已是难得一见，我定会让你开怀痛饮……噢，她还要来，我心想，这是什么烂事儿什么烂事儿？可如果理智不能及时修复它的漏洞关严它的门窗，好奇之心便会垫着欲望逾墙而出，直奔它早已瞄上的目标。于是在黑夜对白天完成两次追逐的同一个时辰，我再次跃进了那片专为我敞开的林中秘境。这一回，龟将军痛下决心，一头撞开了那扇从未有人叩击过的暗门，挤过一道道逼仄的峡谷，一剑捅破那道碍手碍脚的挡路膜，在汹涌而出的血流中入主为王。只是道阻且长，龟将军在红袍加身时已是伤痕累累，无心往返巡视它刚刚征服的疆域，以便细细回味胜利的喜悦；它在通向圣殿的肉阶上匆匆吐出一摊白色泡沫，作为征服的标记，便赶忙缩进脑袋，返回自己营盘，及时接受治疗和补给。噢，处女坑人啊，我那里疼了有三四天。她更惨，整整一个月，每回进去那里都血流不止。奉献就是奉献，怎么可能变成交易？她失算了。这会儿终于亮出了隐藏已久的杀手锏。有预谋，绝对有预谋。不管事实是否如此，以后都应谨防处女，不过最好：

勿碰处女！

第二十二节
等待时机

晚霞把对面储蓄所的门面和它前面的刺槐打得通红。郁闷的白天总算在最后一刻唤回了它羞羞答答的红脸情侣，但已不能靠它驱散徜徉在城市里的烦人的潮气。在这个梅子成熟的季节，垂挂在手臂上和车把上的一篮篮杨梅，令梅城人心怀喜悦，也令他们行动不便。人群和车辆在马路上缓慢地蠕动。

亮光光老王手里甩着一串钥匙，像别的中老年人一样，由一根打过金刚结的军绿色绳子拴在腰间，机械地穿过马路，边开车锁边朝上看海报的人群投去一眼。他推了自行车，将亮光光脑袋转向储蓄所，刚想跟里面的美少妇们打个招呼，便已一脚踩空，差点摔倒在地。亮光光老王哈哈笑着，重新上车，重新扭过头来跟里面的人打招呼。储蓄所里传出隐隐的笑声。听不清有没有她的。一辆车哗地过去，拐弯。是局长的，"赛蜗牛"牌。一个芋艿头高鼻子铜铃眼的男孩骑着一辆光秃秃的破赛车怪叫着在人群中飞快穿行。

吕蒂蒂从储蓄所里面走出来，一身黑色，站在马路边牙子上，在笑。对着谁？并不对着谁。又亮又黑的大眼睛。大嘴，宽而不厚，吻那里的时候吸力十足，底下的舌尖灵巧地快速滑动，天哪。鼻子微微上翘，多么精美多么轻盈。她发出了笑声，欢快又甜美。一排洁净的牙齿，门牙略微偏大，闪耀着撩人的野性。她张开双臂，双掌上翘，伸了一个松软的懒腰。哦，这微微带点兴奋的懒腰伸得美极了，没有通常三十女人松松垮垮、随便又廉价的倦态。从前面路过的男人们无不为之侧目，为之心碎。一朵黑牡丹，盛开在马路牙子上。黑色大 V 领上装，脖子凹陷处缀着一块亮闪闪的蝴蝶形颈饰，用一抹黑绸带系着，底下是两片洁白的半月形乳房，以自然的垂感，结出更为幽深的两道 V 形弧线。下面是一条黑色的直筒长裤，棉麻混纺，又绉又垂，勾画着她的翘屁股，中间一道诱人的深沟。啊她又像刚才那样伸了一个懒腰，亮出了一小截淡棕色的肚皮，光滑，洁净，微微隆起，衬着肚脐那一小块凹陷。天哪。在那里面搅动。外面是两人沙沙作响的毛丛。她发出尖叫。很痛吗？不是。是什么？就是很刺激，可能顶到了子宫，忍不住要叫。你不怕楼上亮光光老王听见吗？让他听吧，听得他尿床，哈哈哈。她的笑声无所顾忌。她往两边各看了一眼。在等运钞车。

两位保安晃晃悠悠边开车边闲聊。

哎你说为什么吕蒂蒂那么苗条的身材，奶奶却又挺又长？是真胸还是假胸？

真胸，假的抖动的时候哪里会那么软。我看到过，她跟我抬现钞箱弯下身去的时候。看得真当让人心痛煞。真想一头撞进她的背心里去。

就想死在她那里。

嗯，就想死在她那里。

要是真跟她做起来会是什么味道？

肯定好，下面水不会少。大水女人。

她下面会不会很大?

应该不会，嘴大 × 小，有没有数?

那真当要舒服死了。她做的时候肯定很野吧。

估计是。绝对是。

别动！我左右两手食指和拇指做成枪状，顶在两位正在热烈意淫的保安脑袋上：把钱箱打开！

他俩乖乖地打开了钱箱。

亮闪闪的金条哪！哈哈哈哈。要不是今天从财务借了钱，真可以这样试试。

吕蒂蒂抬起头来，朝对面楼上看了一眼，然后远远投去一个微笑。她看到我了? 不会，她以前说过看不见。我应该去开灯。这样谁都看见我在等人了。那么她是对着可能还留在办公室里的我笑。没错。她知道我在这儿，知道我在等她。她应该弯一下腰，让领口荡下去，就一瞬间，只有我一人看见，两只秀乳，低垂，在阴影深处晃动。我真希望你那东西就在我身边，她说，一下子塞进我那里面去。真受不了，看着你从马路上走过，下面就会流个不停。想去一趟厕所也不敢，生怕一站起来给老 A 看到裤子上有一块湿。凳子也是湿的吗? 我问她。肯定啰，她说，看到我在盯着她看，顿时满脸通红，羞愧难当："你怎么这样的啦。"明明是她自己先那样，哦南方女人。那我把它割下来送你得了，我说。好的呀，她笑着说。应该在上面用火漆写上"吕蒂蒂专用"。不错的主意。这才是她们最最心爱的宝贝，决非吓人的耳朵。她转过身。要进去了。进去了。给她打个电话吧。晚上来。必须来！销魂又甜美，味道好煞哉。不许学南方话。一个背大包的男人，走那么快。在哪儿见过? 书店。我操吴琳琳。叫她吗? 不行，今晚得跟吕蒂蒂在一起。别站在窗口，要她看见我准会上来。"得儿——"那个故意拖长的嗲音能让人魂飞天外。叫她吗? 不行。要是吕蒂蒂晚上有事儿呢? 岂不是东打西不着，浑身胡脑痒恼恼？不许学梅城方言。还是先打个电话吧。老Ａ会听到的。又是你的得儿来约你了？叽叽喳叽叽喳。满城风雨，是中年女人的舌头在满天飞舞。最好的和最坏的。割下它们。差点儿碰了她。李得儿拿指关节叩了两下电话，想起这事他顿时心惊肉跳。吕蒂蒂居然放心让他帮老Ａ抬煤气瓶。一个独身女人，有一对奶牛似的巨乳。松弛的奶子自有其威力：无遮无拦的淫荡。"你走上面。呼哧，我走下面，呼哧呼哧。"老Ａ说。领口松得可以塞下我整个脑袋，里面两个奶又大又长，橡皮水袋似的晃荡着。她满脸通红，紧咬着牙关，鼻翼一张一歙，牵动已经有了皱褶的嘴唇，上面布满了湿乎乎汗毛。汗水不住从她脸上往下淌，从下巴滴入她深长的乳沟里。"哦太热太热。"她说着提给我一杯冰水，拿手扇着脸，自己不喝。"做女人真糟糕，"她又说，"又不能赤膊，胸前还多了这两大团东西。我的比一般人还要大得多。"她说到"两大团东西"的时候，用一根食指隔着短袖衫轻轻戳了一下自己的奶头。一个三十七岁的女人，还真有点儿怕她，根本不敢跟她开那方面的玩笑。我边喝冰水边感觉嗓子眼要冒烟，差点儿就将手伸过去。幸亏她揭起衬衣下摆嗅了一下，咚，弹出一个圆鼓鼓白乎乎的大肚皮。"噢，汗酸。"她说。就在她说出"噢"的时候，我看到了她那两颗半死的门牙间那道黑色的牙缝。这就是衰老，变质的淫荡！我忽然平静下来，就好像闻到了一股腐臭味，一切生命在被恣意挥霍之后都会发出这种臭味儿。这才是她让我感到害怕的地方。好了，没事儿。尽管她提醒我可以在她那儿冲个凉，我还是立马告辞了。你可以信任我，吕蒂蒂。

李得儿决定不打电话了，但今晚必须得要她。传达室老傅又进来了，还戴着那副橡胶手套。

"哦，小李，刚才你头上盘蛇，真当把我的魂都吓没了。"老傅撑开两只杏黄色的橡胶手笑着说。

假。为什么他每次说话都让人感到是假的？嗓音笑声和语调。是笑声。脸上又白又薄一层皱皮，太干净了，就像是橡皮做的。他这张小气的橡皮脸显然是不适合笑的，可他却老笑。一头白发，每一根都擦得干干净净，也不像是真的。

"您先倒别的痰盂，我还喝会儿茶。"李得儿说。

"嗨，嗨，你最好别在痰盂里倒茶叶，还有烟头。"老傅又来一遍，还是带着那个可恶的笑容。

"我只倒茶水。"吐痰入盂？一个离你一米远的容器专门等着你吐痰入内。哪能次次都瞄那么准？噗一颗痰，打到了地上，拿鞋底拖掉。从主席到平民。民族问题。

"嗨，每天都那么满，没法收拾。"

操，还说。"行，确实太满了，我不倒就是了，"李得儿说，"或者您要不先收拾别的科室？"

"没关系，我就这样顺路收拾过去。"老傅保持着笑容，端起痰盂往楼上走。

可真够累的。这脸干净得跟他年龄不符，有凶相。杀过人？很小的时候？所以才每天擦三百六十遍手。这儿，这儿还有一块血迹。痰盂内壁锈黄，漂满烟头茶叶和痰。这么严重的洁癖来干这个，真他妈可怜。

"别倒了噢。"老傅将冲洗过的痰盂放回原位，再次笑着提醒李得儿。为了确保有效，他又一次提起了那条把他吓坏了的蛇："你真把蛇杀了？这种事情真可怕。哈嘿。"这是在哀求了。

赶紧走赶紧走。我得打电话了，一会儿运钞车就来了，大家都等着下班，她就没心思跟我说话了。

老傅下楼去了。

李得儿听着老傅下楼的脚步声，重新拿起了电话。有人下楼来了。高跟鞋，敲击地面的声音带着两条小腿的重量感。应该是董美人。脚步声停了，又起了，拐过来了。

"这么晚了还不走啊，在等什么呀？"出纳站在门口说。短袖外两支白胳膊。

"等你啊。"李得儿说。

"明摆着骗人。"

"真的。你今天好迷人。"

"哪里迷人了？"董美人开心地笑起来。

"白胳膊，黑胳肢窝。"李得儿走到董美人身边说。

"流氓。"

"让我抱一下。"李得儿向董美人张开了双臂。他见对方没动静，便垂下了手，顺路在她饱满的屁股上拍了一下。

"小坏蛋。"

我得看一眼运钞车有没有到，不能让董美人看出来。转头。到了。一辆灰色的运钞车挡住了整个储蓄所的门。一位戴大盖帽的小伙子从车里出来，在朝储蓄所里面的人笑。

"你在望什么呀？"董美人立刻问道。

女人太他妈可怕了。"我在想你们下午说的那个女孩儿是谁。"李得儿有意犹豫了一下才答道。

"还在想这件事情啊。女孩子太多了，想不清楚的。走吧。"董美人说着拉了一下李得儿的手。

"真想跟姐一起走。"

"你在等人。"董美人笑着盯住李得儿。

"你啊。"

"真的假的？什么时候变得那么好了？"

"你不信？"

"信，怎么不信？老实交待，在等哪个女孩子？"董美人继续盯着李得儿不放。

"等一个电话。"太他妈虚了，一点儿底气都没有。

"哼，真没意思。走了。"

"再呆一会儿吧。"李得儿有气无力地挽留道。

"请我吃饭？"

"好啊。"

"一点诚意都没有。不过姐知道你今天没钱，下回吧。怎么样，去姐家里吃饭？"

"你老公又替你做好了。"

"他不做谁做？这点小事也算得上话？去不去？"

"我真的在等一个电话。"李得儿诚恳地说。

"噢，算了，走了。"董美人做了一个不屑的鬼脸，走了。

李得儿长长舒一口气，重新把头转向窗外。运钞车还在。是不是她今天那儿又不行了，账怎么结也结不平？李得儿哼起了一支小调。他哼了两声便停了下来，哼不下去了。这什么曲子？自己临时瞎编的嘛。那个大盖帽走进了储蓄所，半天没出来。说明她们账还没有做完。她下了班还得去接那位大嗓门女儿吧。她一笑，全世界都得捂住自己的耳朵。她抓住我的手，边仰头看着我，边纤夫似的将我拉向吕蒂蒂。她硬让我把手放到吕蒂蒂的乳房上，要我摸，然后仰起头来哈哈大笑。那笑声，太可怕了。她感觉到了什么？性。不然她怎么会让我这样做，还感到那么高兴。可有时候在我抚摸吕蒂蒂的时候她又大叫大嚷，抓我手背，吐我口水。邪门儿。"这样不好的，这样不好的，"吕蒂蒂说，"她以后长大了肯定还都记着。到那时她就懂了。"这是真的。我半夜醒来找不到我妈。我听到黑暗中传来我妈和我爸的喘气声，就哭起来。我妈出现在我身边，抱起了我。我在高中的时候突然明白那会儿他俩肯定是在做爱。趁我睡着的时候，赶紧来一下。那时他俩应该还有感情吧，至少还有性生活嘛。是谁离开谁的？二流导演的父亲和三流演员的母亲。她要是回国我还能认出来吗？妈妈，母亲，毫无感觉的概念。吕蒂蒂可是爱她女儿的。才一年多，她就大了那么多。越来越难对付了。"你别带来了别带来了，我讨厌小孩儿。"我说。"自己的女儿嘛。他又从来不管。"她就说。他不爱自己女儿？不是我的噢。这一点他可得搞清楚。说不定还真有人认为她是我的女儿。好像谁曾经向我暗示过这事儿，开玩笑的吧。操，怎么可能？我来梅城时她已怀胎八月。第一次跟她做爱，还挤了她一胸的奶水。有分泌物。她应该也一样。两个人，近在咫尺，都为对方湿了裤子。底下又湿了，这一天要湿上几回？她在心里埋怨道，这账越做越不平。赶紧拨吧。管你忙是不忙，管你老A接是老B接。果然又是老A。李得儿听到她在那头喂了一声。

"老A？你好。"李得儿说。

"是对面那位假冒小伙子？"

"正是。麻烦你叫下吕蒂蒂听电话。"李得儿说。

"想约咱们吕蒂蒂出去玩啊？"老A说，"她今天恐怕是没空咪。吕蒂蒂。李得儿的电话。今天你怎么分身也不够了。"

"晚上想请你去我那儿坐会儿。"

"不行唉。"

"我刚出差回来。"

"今天我妈妈生日。"

"那过完生日过来吧。"

"刚刚发现有些账做错了。今天晚上起码要做到七点以后咪。"

"那我也去你母亲家吃饭。"

"嘿嘿，一会小小也来。"

"让我想想。你是说你那位一会儿要带小小过来？"

"对的。"

"吕蒂蒂脸都红了。你要再说下去，她就更没有心思做账了。

这样到明天账都做不平。还想不想让我们下班？"老 A 在吕蒂蒂边上大声插话道。

"我挂了噢。"

"别别，最后一句。"

"好吧。"

"来吧。"

"我挂了。"

"别别。"

呜呜呜呜。李得儿放下电话。偏要在今天，在我出差回来，鸟儿贴壁欲飞的这一天。走吧走吧，反正电话是不能再打了。那么多傻×在边上竖着耳朵听，让她怎么跟我说话？一会儿打到她妈妈家去吧。那会儿愚者郭碾应该会在。今天怕是没戏了。怎么办？心在流血。怎么办？不等了。不知道她们今天会做到几点。多半是完了。李得儿感到心灰意冷。饿了。

第二十三节
晚　宴

　　李得儿拎着那袋老汪不要的菜花蛇出了物资局。运钞车。别看了。再有一会儿，那个愚者郭碾也就到了。走吧走吧。去饭店烹了它。食其肉寝其皮，给它一个好下场。早知如此应该把皮留着。"两大炮"能做出相当不错的蛇皮汤。嘭啊嘭啊两大炮，一炮轰过钱塘桥。高月半肯定没心思跟我一起吃蛇。叫上钟三点吧。他是我大学同学的高中同学，我是他高中同学的大学同学，跟着胖子来捉奸。之后就时不时捂着一只红鼻子黯然飞来。妹不找哥泪花流，骗不到女学生真伤心。从黑毛丛生的酒糟鼻鼻孔里能一连打出十八个喷嚏来。一个沉闷的人，灰暗的脸上长满仙人球似的粉刺。有些沉闷人让你感到他深不可测，愚人郭毾有时就有这种出神入化的哲人面孔。哲学系毕业生，是哲学系吗？海格德尔柏拉图，莱不莱茨克拉苏。得等一会儿，不会打很久吧。他挂了，离开电话亭前特意看了一眼李得儿手里的蛇，剥了皮切了头还在不停地扭动，把塑料袋弄得切嚓响。

李得儿拿起话筒。叮咚。莱不莱茨柏拉图。咕噜咕噜咕噜。通了。海格尔德克拉苏。"喂，麻烦劳您大驾叫一声钟老师。他的一个朋友。谢谢。"大学同学的高中同学。去叫了。缺乏消化能力的人，满肚子的计较，但总又装出一副满不在乎的样子。得学习放松，三点先生，譬如讲课的时候，突然躺倒在地，滚它几圈。我也不会这样做，可还是有本质的区别。我既不沉闷，也不犬儒。

"得儿！"有人啪打了一下李得儿的肩膀。李得儿转过头来，满脸得意的林大荣，"嘿嘿，"扭着自己的大鼻子。进了票大账。

"刚宾馆出来？又有五千进账？"李得儿说。可千万别扯鼻孔毛给我看，不然一会儿还怎么吃蛇？

"不多不多，两千。"林大荣笑道，终于还拎住了一根鼻孔毛。还好没扯下来。

"一会儿在楼上又有牌局？"李得儿一针见血。

"哪里，我回来加一下班。"林大荣边走边回头应了一句。

"你牛×。"李得儿说。胡飞一天没有露面，估计是跟这位在宾馆里唱双簧。马不停蹄，夜里躲进角落里的化工窠再开牌局，五张 sōhā。同花顺子四个 A。为什么我对打牌一点儿兴趣都没有？看书的时候一看见数字就晕，赶紧跳过去。丫总算来接电话了。"喂三点，有一条菜花蛇。跟我有什么关系？是菜花蛇，不是采花蛇，操。我在'两大炮'等你。上完课了？那现在过来吧。有你这么泡幼女的吗？快点儿啊。我请我请。是，腰包又鼓了哈哈。完了咱俩一起去看看高老头。嗯，回见。"初中写作兴趣小组第一次预备会议。清一色幼女。太他妈坏了。一辆三轮车。还挺干净，车夫也精神。"三轮车。"李得儿朝正向他回头看的车夫大声叫道。可对于他这样非得在女人面前端着臭架子的人来说，也就剩了梁山一条路，找女学生下手了。操，拐骗幼女。罪名当然成立。丫永远都不懂，不管你是将军还是国王，在自己喜欢的女人面前，男人唯一该做的，就是去成为一个小丑。

"去何里？老板。"车夫笑着问。

"两大炮。"

"两大炮？"

"从大转盘右拐，路口右手边那家小饭馆。"

一个腹部微鼓的男人，白有，眼神左右飘忽，柔软的手指斯文地弯着，步态像女人。他小跑几步，向马路对面背大包的男人招着手。"哎，麦弓。"

那位叫麦弓的男人停住，看着迎面来的年轻富商白有，露出无奈的笑容。那么他叫麦公、麦工麦贡或是麦粪。今天第三次碰到了。估计是在北方呆了几年吧，可一看便知是南方人。过去了。

据李得儿所知，那个走路女人气的男人是梅城最年轻的百万富翁，地产商饮料商罐头商香料商保健品商执照包办商机票代理商政客题字零售商之江大学名誉教授梅城文联兼职作家，作坏不作恶的无耻之徒，说句真心话便心里难过的疯子。这个时代的错误之一。我热爱这套在百皱领里的半个秃顶，他的悲剧不像悲剧。一个有强烈小丑意识的人，虽说他是男人面前的小丑。小丑发现了世界的美，并且发明了世界的美。

摩托车行。那位美少妇死了。老公肯定不愿再把服装店开下去。砰，对着脑袋一棍。粉嫩的脖子立马软了，头挂到了胸前。恶棍。他从边上拿来一根铁索套到她脖子上，狠狠一拉，舌头拖出来了。恶心。操，多好的一条命，就这么给搞死了。为什么对漂亮女人会有如此深仇大恨？真他妈不可思议。对女人，布你的网就是了。怎么能举起棍子呢？当然棍子总是要举的，但得看是什么部位啊。这种男的必须枪毙。明天和墨市长一起接受公审。必须枪毙，哪怕为了她送我的那副鞋带也必须把你丫给毙了。美女是城市美化运动的第一推动力。可不是嘛，原先生意多红火，现在你看看，这摩托车行有多冷清。心往下沉，带着痛。音像店。嘭嘭嘭。上一次在这儿看到鲁芳芳。白皙的脖子上的蓝点子。好美啊。"我要去开刀了，"她指了一下那个蓝点说，"你看，肿起来了。""让我摸一下，"我说，"我特喜欢你这蓝点。"她笑着避开了我的手，说："现在不可以摸了，我已经结婚了。"真要命。有个把月没见着她了。又上哪儿走台了？黑色闪光面料露腰短夹克，秀乳微垂，不时晃出半个来，底下白色全透直筒裤，衬着网眼紫色小内裤。缓踩交叉步，走到 T 台尽头，掀开夹克。咔嚓咔嚓随便拍吧。不行，不能这么干，我还没见过她的奶。唧哧唧哧，上桥了。该下来吗？给点儿小费吧。城河。臭。黑。看，有鱼，跳了一下，黑色的，还不小。奇了怪了，这么臭的河里居然还有这么大的鱼。全中国的城河都是又臭又黑。城市的血管。倒是一个不错的比喻。城河坏到何种程度，城市也一定坏到何种程度。这么说来，现在所有的城市都得了坏死病。梧桐。饭店，里面有人走动。穿白衣服的服务员擦着油腻的桌子。片儿氽两碗。吃得呼呼作响。开心煞哉。不许学南方话。在我看右边的时候，我错过了左面前面和后面。赶紧看赶紧看。一二三四五肯定有不止五辆杂色车从前面过来并开过去了。错过的还是比看到的多，必须更快。前面大转盘拐弯的车辆无法计数但一切都已为我所见左面食品店已锁门紧邻花店又花店公用电话牌白底蓝字未亮霓虹灯"脚下脚"鞋店"空中空"文具店又花店一个女孩手执一枝紫百合那就百合吧百人杂合吧不许岔开去右边要错过了工商局两人搬着一只煎臭豆腐的炉子臭豆腐可真好吃蘸着酱外焦里松闻着臭吃来香南方最让人迷恋的就是小吃馄饨锅贴小笼包水晶排骨做出这种小吃来必须具有超凡的想象力和超凡的滥情力饿了饭店"两大炮"先来一瓶啤酒垫底儿肯定没有时间清炖了那就只能酱爆了这蛇还是不错的没生过病肉很白红灯。

"两三步路，老板倷要么走走过去好哉。"车夫回头说。

"我得坐过去。"李得儿说。

哪怕是饿疯了红灯红灯再红灯我这会儿也不想走这两三步路。刚才一想到吃，就什么都错过了，全错过了，回头看也看不见了，时光清理了一切。我错过的现实已消失在现在的现实之中。这么想是不是就算是哲学思考？哲学就是胡思乱想。那些混乱的人，傻瓜白痴呆头鸟。海德尔格柏拉图。车流从右边挤过来，裹着一支支灿烂的美腿。唐璜，别放过，别放过。不行，不能乱碰。我怀孕了她说。说谎。但愿是说谎。勿碰处女。勿碰。到了。给钱，外加小费一块。谢谢谢谢。不客气不客气。

"来了。"老板娘笑着站起来，迎接常来客李得儿。

"带了一条菜花蛇过来。"李得儿扬了一下手里的薄膜袋。

"奈格做？"老板娘接过蛇袋，往里看了一眼，"还有些大的。"

"酱爆吧，快一些，饿了，先来一瓶钱江啤酒。"李得儿找了一张靠窗的位置坐下。

"今天就你一个人？"小姐递上湿手巾。

"一会儿还有一位。"李得儿擦了手。

"夜里去看人畜大赛吗？"老板娘说。

"要是裁判是畜生，我就去看。"李得儿说。一对年轻夫妇坐着三轮车过去了。去看人畜大赛？不可能。这会儿才几点。

老板娘和两位小姐都笑起来。邻座的几个人扭头看了一眼李得儿。一位有一副大烟枪牙的家伙一直在嘻嘻哈哈笑。他接连朝李得儿看了几眼。李得儿向对方微微点了下头。

"嗨，你是物资局的，"那家伙大声说，"我看到过，是在许局长下面。"

"没错儿，他三楼我二楼。"

"哧，我说下面又不是下面。"

"哧，难道我没有说下面而说下面了吗？"

"不跟你争，跟知识分子争不好的。唉，最近钢材行情看来是好不起来了。除了一只 18mm 螺纹钢，一只 28mm 圆钢，和一只 45 号46mm 碳结钢，别的绝对不能去碰。"那家伙挥着手里的筷子说。

"我最近要进三百吨 28mm 圆钢。"李得儿说。

胡扯。

"那保你发财了。还没有脱手吧。"那家伙盯着李得儿。口水的反应是最直接的。他的嘴唇开始发亮了。

"暂时还想再看看，谢谢。"小姐为李得儿倒上了啤酒。

"想脱手的时候打声招呼，"那家伙说，"我的冷拉型钢厂刚前两天开始投产，想先拉几百吨 22mm 圆钢看看。"

我的。多半是哪个远房亲戚的。

"拉多少的？"李得儿喝了一口啤酒。

"16 的。"

信口开河。16mm 冷拉要多臭有多臭，傻 × 都不会去拉。"我正好有个客户口想要一点儿 16mm 的冷拉。看来这笔生意倒是可以做做的。"

"绝对绝对好做。"那家伙气愤地挥了一下胳膊，掏出了一张名片，从座位上探出大半个身体递过来，然后用命令表示友好，"你的名片也拿一张过来。"

"啊呀我没带，抱歉抱歉很抱歉。"李得儿接过名片，"汪德归。好，我到时给你电话。"

"什么汪德归，汪德鬼。"他边上的一个男嬉皮笑脸地插话道。墨市长的公子墨君。

"汪德归也好汪德鬼也好，都无所谓啦。"汪德鬼说。

又是吴琳琳。刚才看她是往家里走的，手里一只杨梅篮。不会要去我那儿吧。叫她一起吃饭。不，吕蒂蒂那儿仍有一线希望，万一她能来，到时又全乱套。她噘起了嘴。她时不时地噘起嘴，即便只是对着空气。好可爱。她有这可爱来噘这嘴。

嗨吴琳琳。李得儿在想象中招呼道。

哎，李得儿。吴琳琳在李得儿的想象中应道。

去哪儿？李得儿在想象中问。

你说去哪儿就去哪儿。吴琳琳在李得儿的想象中答道。

你今天好性感。李得儿在想象中说。

太好了，我终于升级了。吴琳琳在李得儿的想象中跳到半空答道。

格子屁股斑马腰，全都露在外头。李得儿在想象中说。

我允许你摸一下。吴琳琳在李得儿的想象中说。

李得儿在想象中摸了吴琳琳的腰和屁股。远了，李得儿在现实中所见并自语。

她又走回来了。李得儿的强迫性幻觉。

让我吻你一下再走吧。吴琳琳在李得儿的强迫性想象中。

让你吻我一下就别再走吧。李得儿在强迫性想象中顺水推舟并顺手牵羊。

还是你吻我一下就走吧，去你的霉洞里。吴琳琳在李得儿强迫性想象中得寸进尺。

"看到女孩子眼睛又花了。"现实中汪德鬼斜着眼睛说，用瞧不起表示友好。

为什么她也是处女。李得儿被汪德鬼打散了思绪。

眼花不如手快。李得儿在想象中回应现实中汪德鬼的讥嘲。

飞机快呢火车快？劈个巴掌还要快！李得儿以江南俗语在想象中替现实中的汪德鬼做出回应。

她今天确实很迷人。转眼就消失不见。李得儿暗自感叹，但对现实中的汪德鬼的讥嘲还没有做出相应的现实反应。

李得儿朝汪德鬼微微一笑，并轻哼一声，神情有些捉摸不定。李得儿草草了事的对现实中的汪德鬼的现实中的反应。可立即，他又旧病重犯：要不吕蒂蒂那儿就算了。不。勿碰处女。她们的问题她们自己解决。况且我得跟吕蒂蒂谈谈私奔问题了。今天几号？

"今天几号了？"刚刚从想象中探出头来的李得儿问一直处在现实中的汪德鬼。

"二十三号。"现实中的汪德鬼回答刚刚从想象中探出头来的李得儿，"是不是又在算这个月的利润跟分成了？"以一针见血表示亲热。

我在六月就挥霍了夏季。李得儿在想象盗用并篡改名人名言。"没有，这种淡季会有什么利润。"李得儿从想象中忙里偷闲对现实中的汪德鬼做出现实中的反应。

吴琳琳已经走远，但要是李得儿立刻就追上去的话，还能找到她。这是现实。

要是现在追上去，夜里就会跟她呆在一起。李得儿在现实中想。算了，再见再见，束腰紧深的雅典少女，李得儿在现实中以内心独白篡改经典，随后展开一段或许充满篡改但绝非有意而为的记忆。吴琳琳走进他屋里。

她说：真潮真霉，一会都不能呆。

我说：那就呆一会儿吧。

她说：嗯。在这儿单独接受你的接见真是不容易。

我说：我也不容易。

她说：一群霉女，穿过两个垃圾箱。

我说：进了一个山脚霉穴。

她说：前来觐见霉主。

我说：梅雨浇得霉女醉。

她说：霉主霉得人憔悴。

我说：不是霉女爱霉鬼。

她说：却为霉鬼心儿碎。

我说：天不霉我我自霉。

她说：雨不催我我也来。够了，北京臭小子，我们来抽烟吧，我带了两根墨西哥上等雪茄。

她拿出了雪茄。火柴全潮了。火药头又松又软，一划就掉。我找了一根稍干的，连同火柴皮一起夹在腋窝下。她笑眯眯地看着我。我把火柴和火柴皮取出来，划着了。我俩赶紧凑到一起点上雪茄，又一起深吸一口。

她说：不错，北方佬，看来人还没有潮。

我说：因为热情似火。

她说：太好了。我带了吃的，估计你工资早花光了。

我说：还有十块。

她说：那你就去为我买两枝玫瑰吧，我来帮你拖地。

等我买回两枝红玫瑰，她已经拖好地，在上面摊了一块红色的格子布，中间竖着她清洗过的玻璃小花瓶，里面已经装好水。我把花插好。她从包里取出一大堆吃的和一瓶香槟放到格子布上。她从烟缸里取过自个儿灭了的雪茄，说：北方佬，快，借你的胳肢窝一用，取点火。

我说：不用了，我向花店老板要了一盒火柴。

我替她点上烟，问她是不是现在就开香槟。她说得先有一个仪式。我说什么。她噘起嘴，头昂起来，说：你来吻我吧。我吻了她。

她说：真不错，你吻得真让人激动。

我说：真的激动吗？

她说：嗯，真的激动。

我说：怎么激动？

她说：就是激动。

我把手伸到她的腹部，碰到了细软的毛，那里有些黏湿。她的腿根处的肌肉忽然跳了一下。她坐起来，把我放在她腹部的手挪开，傻里傻气地微笑着看着我说：你醉了？

我说：还没有。

她说：我刚才醉了，就怕你也醉了，到时候不好收拾。

我说：收拾什么？

她说：很多啦，比如怀孕。你可不像是惹了麻烦还愿意好好收拾的人。

我说：你有过教训？

她说：不许胡说。现在我来吻你。

她就把嘴凑过来吻我，虽然毫无怯意，可做得有些单调。我的手这次没动。

她说：你可以抚摸我的胸口。

她解开了胸罩，把我的手拉过去放到她的乳房上。不大，却也是鼓鼓的，上面是一个小小的微微有些凹陷的粉色乳头。我用舌尖一左一右舔了几下她的两个小奶头，它们立即竖了起来。我的手又滑到了她下面那块鼓起的地方，紧挨着那道口子。她受惊似的忽然把它紧紧按住，不让它继续往底下更柔软的地方滑去，随后目光又散乱了，身体又软了下去。

她说：你别进去，我有点醉了，要不你就在外面吧。

我说：你好像是处女。

她说：（闭着眼睛，懒懒地）本小姐就是处女。

我操，我赶紧让她起来，差点儿又上一当。她竟然也持有童贞？真他妈可恶。谨防处女！勿碰处女！酱爆蛇段来了。色泽不错。嗯，稍稍偏甜，有些老了，还行。三点怎么还不到？

"我让厨师剔了一些蛇肉下来，一会帮你做碗蛇羹。"老板娘说。

"谢谢谢谢。尝一个？"

老板娘过来，伸出两只紫色的长指甲，从顶上夹起一块，轻巧地用牙齿撕下一点。

"很好的，要是再嫩一点点还要好唻。"她边吃边说。

"我也觉得。"

"我也来尝一块。"汪德鬼大声说，探过身来，拿筷子夹走了一块。

都忘了这人，李得儿心想。

"甜了一点点。"汪德鬼说。

"可能是，可能是。"老板娘替自己倒了一杯啤酒，在李得儿对面坐了下来，"我的口味是有点偏甜的。"

"女人嘛。"汪德鬼说，又伸过筷子来，捞走一块。

女人究竟要什么？

"妹妹找哥泪花流。"钟三点这才捂着一只红鼻子，从门外走了进来。

麦弓

第五章

笔记

"这批酒味道还不错起。"老进海说。

"当然好！酒厂进的，来路正。来块肥猪肉，多少香。"麦本顺把一块肥肉夹进老进海碗里，舔了一下筷头，热切地注视着对方。

阳光从油毡棚的破洞落在老进海头上，晒得那团乱草似的头发噼噼作响，立即就要起火。老进海咬了一口肥肉，喝下一口黄酒，给了麦本顺想要的评语："嗯，酥的，好的。"

"红烧肉么一定要有精有肥，光是精肉，燥乎乎的有何吃头？"

"热啦，真当热不过。酒这闷碗进去么，气通通。"老进海说。

"过两日我仍旧要把这个棚棚搭好。修屄的路，除得咱们两个老人，何家还要来这种地方？盗生！吃饭！"麦本顺说到懊恼处，气呼呼地扔了酒碗。他抬头看了一眼边上切萝卜条的老婆，端起饭碗，露出不满的神色。

笃笃笃，笃笃笃。菜刀切萝卜。真当烦煞人。

"本顺嫂，我看你脸色比之前好得不少了。你自家也要可惜些啦。这么一个大热天，不要斩萝卜条啦。"老进海劝说道。

"又不费何力气，斩十斤萝卜要何些工夫？总归之有五角钱。"

本顺大嫂说。笃笃笃，笃笃笃。菜刀斩萝卜，十斤五角多。

"嘿，这个破油毡下面，稍微坐一息就要污水都热出。唉本顺，乡里难道不来管你啊？"

"拆棚棚可以！"麦本顺有力地挥了一下手臂，满脸怒容，大声替敌方叫好。他将两根筷子捏成 V 字形，嘴里喷着饭粒，提出了硬性条件："乃先给我把这条河弄干净。"这才收回手臂，缓了口气，驳其对手立论："阻碍交通？这里乡下角落头，有何交通？一日两部拖拉机，不交而通。"给出反面例证："嘿，你听凭印染厂放出这么多污水来，整条大湾都血血红，叫咱如何淘米淘菜？"麦本顺亢起通红的脖子，对老进海怒目而视，仿佛仇人就在眼前，继续咆哮："如何淘米淘菜？你倒给我说说看！"软性附加条款："不管何家，想要我拆棚棚，必须先回答我这个问题！"

老进海身子不住往后仰，将一把老骨头缩成一团。

"你这个人怎么会这样呢？"本顺嫂叫起来，"我坐得这么远都被你魂灵水都吓出。进海伯难道是你仇人啊？"

"嗳，就是这样一个态度啦。"麦本顺降低声调笑着说。

"这条梅林湾是梅林的命脉呢，你道何兮，现在等于是命脉坏掉了，是不是？"老进海缓过了气来，"原先你只要一下水，踏上一里路，一斤湖蟹一斤虾肯定会有的。现在还有个屁啊。"老进海肥猪肉和着黄酒下肚，汗里冒油，面孔发亮。

麦本顺两腮高鼓，若有所思地："嗳。"声音被堵在饭团后面。他夹一筷咸菜，匆匆送下米饭，吐出一句梅林湾名言："不日他娘就不认得他爹。"

"腰骨酸。"本顺大嫂费力地挺一下腰，抬起一张油黄的脸。她用握着菜刀的手臂擦了一下脸上的汗水，让身体歪在一边，抚着自己的大肚子，说："本顺，我觉得我肚皮里还有水呢，撅得这么高。"

"你不要斩了，去困晏觉！"麦本顺恼火了。他看着妻子满是黄色汗渍的短袖衫，因为在石板上搓得次数太多而变得透明，伸手一勾就能撕下一大片来，底下是滚圆的腹水肚和细细的脚骨。她在切萝卜条时身体不得不往前倾，胸口紧紧顶着那个大肚子，喘气的时候就呼哧呼哧地响。麦本顺的神情柔和了："吃饭去，不要做了，好好困一觉。"

"这种富贵病也只好休息，你再是着急也没有用。"老进海说。

"也不觉着饿。生了肝病，人好像不会饿了。"本顺嫂说。笃笃笃，笃笃笃，菜刀斩萝卜。"乡里硬要咱拆这间小屋，买那间店面，亦要好两千块钞票，位置还这么靠里，何家来买东西？"

"看病花了不少钞票了，可能。既然好些了，也要自己可惜。"进海说。

"哦唷，不知花了多少多少钞票，药呀吃了无数种，不管何个名堂的药全部都吃遍。刚开始那时候，本顺说，你肚皮突然间大起，里头一定有毒在。要我去查查。我说我不去查！是病总是病，要死总要死，随伊乃母×去。本顺说，唉，一定要去查的。硬绷绷逼着我去医院做检查。结果查出一个大毛病来，哈。"本顺大嫂笑起来，最后十分肯定地下了结论："病根总是在了，不太断得掉了。"

"你萝卜再多斩些，鸡啊鸭啊再多养两只，竹再多种两枝，毛病就会好了。"麦本顺反话正说。

"乃儿子最近在哪里工作？"进海说。

"读书。"麦本顺冷淡地说。

"大学毕业还要读书？要博士了？"

"毕业有两年了，也不晓得他究竟想要怎么样。"

"读书倒总归之是好的，"本顺大嫂说，"从小我就要伊读书，千万不可再做咱这种烂脚农民。为得读书这桩事情，我不知打了伊多少顿。每回都是伊不哭，我自家先哭。"

"已经学得四国文字了，不晓得将来有何用场。"麦本顺咸菜汤和着粳米饭，稀里哗啦地扒完了。

"四国？朝鲜国，印度国，还有何个国？"老进海嚼着花生米，问道。

"麦本顺，你说麦农何时归来啊？"本顺大嫂收了萝卜菜刀站起来说。

"总是最近。去困去。"

"真吃力了，去困一息，不一定能困得熟。"本顺大嫂说。

"到了屋里，别又东摸摸西摸摸的。鸡鸭我会饲的，碗盏我会洗的。"

"有那么多事情，哪能马上困得下去。"本顺大嫂用干巴巴的手掌掸了一下衣服，开始收拾小桌子上的筷子和空碗。

"放着放着，走。"麦本顺不耐烦地低头朝妻子使劲地挥着手。

"好好好，我走我走，哈。"本顺大嫂自嘲着捧起碗筷出了桥头小店的破棚子，朝白花花的桥上走去。

的叮的叮的叮的叮的叮的叮。

"嗨，劳碌的人，碗都端不稳了。"进海说。

"嗯。"麦本顺盯着前面空荡荡的小街，一脸严肃。

"两斤酱油。"一位腰上束草绳的男人赤着脚从桥上跑进来，"哦，真热真热。"

"大麻烂下了？"麦本顺接过黑乎乎的酱油瓶说。他揭开坛子盖。空了。

"烂下了。"

"酱油没有了。我去抬。进海，你帮我照看一息店面。"麦本顺冲到桥上，朝远处的妻子扯着嗓子喊起来，"你慢些困，帮我抬一坛酱油。"

眼下

我底家，在江南。江南梅城梅东区梅林镇梅林湾底的老爹老娘。她的六十大寿。会有些痛苦，看我还是这副样子？我儿子好的。对这点她总是那么理所当然。她为我的失意担忧。她从不为自己活着，只相信奉献和延续。她是那么紧张，勤勉劳作，尽献所有，以免他人失望。她从不贪图享乐，拒绝得过且过。她为明天彻夜难眠。她是如此悲伤。她对幸福生活抱有敬意。她懂得谦让，从不妥协。她了解非凡，要求非凡。她让我看到非凡，说出非凡，成为非凡。我没有。一道黑暗的墙，与将来隔绝。不能让她知道。不去了。噢我总是这样总是这样。她以为文化的圣火能烤去儿子的烂脚气。小心地深思这里所说的事情，他说。这没用。他几乎掌握了柏拉图以来最强大的沉思的武器，还是帮不上自己半点忙。在某一刻，你会突然发现，他的身体和心灵都在黑暗的地狱受着煎熬。那与生俱来的，无法改变的，将苦心经营的沉思之殿变成流俗的贼窝。他想成为荷尔德林之子，却只是个哲学之贼。我是她的儿子，拥有她的力量。偌欢喜我何兮？我父亲在公社食堂问她。母亲说：我欢喜偌有文化。格偌欢喜我何兮？我父亲说：我欢喜偌劳动好。"葛是伢编阰。"她笑着说。或许是真的呢。可怜的父亲，总是那么刻薄："你家处处铺地毯，我家随地好吐痰。"他俩是一对。结婚后一天三顿麦糊涂，撒一泡尿肚皮又瘪了。他俩还老在饭桌上互相把碗扔来扔去。外婆来劝架。高大的望不到他们头顶的三个人，慢慢地倒下去。外婆在最底下。居然儿子也大了。她要是知道我吃了一个冬天清汤白菜面，她会哭的。这可是麦弓与麦弓在一起进餐。前面右拐。香湖饭店。"光面两碗——"油博士叫道，将尾音拖得很长。就怕她那样。Ceux-là seuls qui partent pour partir. 她跟邻居谈论着我，口气轻描淡写，神情骄傲。只为出走而出走。光面两碗——。

她可以为他感到骄傲，没问题。Cœurs légers, semblables aux ballons。得打个电话去。白金戒指。麦弓与麦弓。光面两碗——。不用告诉她了，到时给她就行。还得请他们去叫。不好。喂，偌是弗是熊全雄？是吤啊。我是麦弓，谢谢偌帮我叫声咱母嬷？哦，他们会想，乃宝贝倪子还匿有拨乃装电话啊。尊严啊尊严，光面两碗——，和初中时一个样。她每星期从衣兜里摸出两块钱来塞给我，再加上满满一瓶猪油，附赠一滴眼泪。现在呢：麦弓与麦弓，为走而走，光面两碗。还好没人知道，这就好这就好。

　　一个胖女人，脚上跶一双破烂的男式泡沫拖鞋，身上穿一件洗白了的蓝色直通大汗衫，底下黑怵怵硬挺挺印着两个大奶头，小腿肚一晃一晃，从博物馆里面走出来。她站在水泥台阶上，对着浮满绿色水泡的臭城河伸起两支滚圆的手臂，让袖子滑到肩膀上，露出两团浓黑的腋毛，然后，张嘴打一个呵欠，懒洋洋冲人行道吐出一股子毒雾，晃荡着大胸下了两级台阶。嗯？葛是何家？居然坐达步梯上？外地人。背脊腰把亦挺亦扎瓷，就是菥得些。应该叫伊去我屋里汏个浴。那里的功夫肯定不错。可能有些粗吤呢？有种介男人家，长得劈长劈大，身高顶肌肉像铅球介一抔抔暴出，看上去吓人倒怪，裤子脱达落来，下底日日短吤一截，像煞一只南瓜柄。还有种介男人家还要肉麻，包皮来得个长，翻半日都翻弗完，越往里翻越臭。真当叫一个恶心。葛郎倌来咚看何兮？稿纸。看上去比陆翼锋还要精干，功夫肯定費歇吤。如何才之能够让葛位陌生人，自觉自愿跟我来上一腿？一腿。包皮包牢，像煞一腿。要先把包皮裤腿介卷高，然后才之能够来上一腿。有几个人像翼锋葛种死胚，天生舃卷裤腿，啪弹直，龟头就马上伸出外头。仔细看过，匿有缝过吤痕迹。咱屋里葛位就有。劝过伊多少回啦，让伊去割坏割坏，就是介弗肯去割。回回一两分钟结束，弄得我一些劲道也匿有。则才之下决心去割坏。也难为伊吤，三十出头还去割包皮，何况夯根劳什头本来就偏小，拨女护士看到毕竟有些弗好意思。结果也匿有何效果。其实主要还是看本事，尺码大小弗是顶顶重要。不过我那里实在稍微大得一些，男人葛件东西总归之是越大越合适。

这位便是曾为陆翼锋精心沐浴鸿门宴的不贞少妇来冬红。她见到梅林湾农家子麦弓，就像梅城灰暗的天空中猛然看到一道闪电，于是眼睛一亮走上前去。

"偌等人啊？"来冬红在麦弓前面弯下腰，两个大奶奶将宽口圆领汗衫一下轰了下去。

麦弓抬起头来，一眼瞥见面前两个肉蒲团，皱起眉头，深深吸了两下鼻子，像是闻到了哪儿传来的咸鱼味。

"你好像不是本地人。"来冬红见对方不搭理，便抖两下肥嘟嘟的大白腿，改说起梅普话。

"弗是。梅林湾人。"麦弓说。啪，一巴掌拍过去，一片血糊。噢，一个蚊虫来哒吃血。谢谢谢谢弗客气。

"哦梅林湾人就算本地人。也不算远，两三个钟头汽车就到了。以前经常去的。风光蛮不错的，到处都是络麻，就是蚊子多一点。"来冬红仍坚持说梅普话。

"是去看潮水啊？"

"是的，二十多年了。那里现在还能看到潮水吗？"

"老早看弗到哉，络麻也匿有原来介种得多。"麦弓说。

"过去那边的水很咸的，地也是，种不了水稻小麦，只能种种棉花络麻，先把地里的盐分拔出来。"来冬红说。

番薯换大菱——。河面上飘来绍兴佬的咏叹调。绍兴佬手脚并用划着乌篷船。绍兴佬拉下裤裆，拎出活臭的卵子，站在船头冲河里撒尿。黄昏的水面上一根嘟嘟作响的抛物线，在身后烧饭火的映照下，闪烁着金光。完后扯几下卵子皮大声问岸上小孩："喂，乃屋里阿姐有勿有？"他们剥下短裤，蹲在船头，撅着屁股冲河里拉屎，憋足了气嗯嗯嗯地使劲，要把一段段干巴巴的番薯屎从屁眼里撑出来，撑得整个脸都歪了。草鱼鲤鱼螺丝青，人污吃得闹盈盈。他们唱起了莲花落。

"还有番薯。看来偌对沙地还有些熟悉听。"麦弓说。

十二楦头污楦头。

"就是啊，那时候年年都去看潮水。"来冬红一手按着屁股底盘，斯斯文文在麦弓旁边上坐了下来，说，"地上坐一下，凉快凉快，反正一会就要洗澡了。屋里面很闷很闷，这样的黄梅天，实在是受不了。"

"嗯。"

"你在等博物馆里面的人吧？"来冬红见麦弓不再说话，重新开了个话题。

"嗯，等郭嘏。"

"噢是等郭嘏这个死胚啊。他吃过午饭就到西山描地形图去了，不知道今天回不回这儿来了。"

"陆翼锋还匿有回博物馆工作啊？"

问到点子上了。来冬红脸上有了一块红晕。

"噢你还认识陆翼锋啊。他刚才来过了，骑了那辆破车又急急匆匆走了。"葛个死胚，想留伊话句话都匿有时间。

"啊？看来我跟伊错过哉。伊奈格会得离开博物馆听？"

"不听话喽。"

"今朝夜头听人畜大赛伊参加弗参加？"

"对了对了，你去体育馆可以找到他。他要和马比短跑。他力气很大很大的。"不贞少妇说到这儿，用两只肥肥的手掌托起了双下巴，陷入了对梅城大力士的思念。

我和他掰手腕。他倒了，笑着瞪大眼睛，拼命抽气，像是遇见了什么奇迹。

"嗯，伊力气大，欢喜冬天赤膊困觉。"麦弓说。冬天他光膀子睡觉，一床薄被，钻进去之前总要先吸半天的冷气。

"你是北京来的？"

"嗯。"

"那陆翼锋一定是跟你一起住过。"

"是吤，同道庑过。"

"就是你啊？真没有想到唉。他经常说起你的嗻，对你佩服得不得了唉。"

"佩服我何兮？"

不贞少妇掸了两下胸前一只小飞虫，说来就来的小飞虫，胸脯跟着软软地晃了几下，然后单手托着双下巴，朝麦弓侧过脸，含笑的目光里挂满了肉影，说道："说你会十国外语，天不怕地不怕，独来独往，浪迹天涯。"

好吧。麦弓低下头：她的另一只肉鼓鼓的手掌不住抓着小腿肚上一块红斑。

"他家有地方住吗？"麦弓半天想不好这话用梅城话该怎么说，只好改用普通话。这太不像话了。

"你说郭碫还是翼锋？"

"郭碫那儿肯定不方便。"

"不会的，他老婆经常不在家。"

"最好翼锋那儿能住。"

"他那里怎么住，只有一张小钢丝床，"她绷直两个手掌比划着，"就这么窄，你们那么大两个男人家哪里睡得下。"故意说漏嘴。

"寻得偌半日，坐达葛里？！"博物馆门口站着一位蓄小胡子的瘦个子男人。

"噢，伊来看郭碫，是北京过来吤。郭碫中午就上山去哉，反正匿有何事体，我就陪伊白话两句。"来冬红扭过头去，对小个子男人说。

"老 A 电话。"

"噢，估计是亦要让我去凑三缺一。"物以类聚四巨乳。不贞少妇啪，两只手掌按在厚实的膝盖上，站起来，惋惜地最后看了一眼麦弓。若能二鸳戏一鸯，肯定皮道莫老老好。

麦弓向她仰起一张苦命脸，上面有三条深深的抬头纹。

"再会，你慢慢等。要是实在等不到，我带你去郭硪家。"来冬红说。

笔记

她的眼睛在幽暗的窗帘前面发亮。马上屋子里就会只留下这双眼睛了，麦农想。她的声音仿佛并不来自她残缺的嗓子，也从未经过她苍白的嘴唇，而是从一个幽深的通道冒出来，带着气流通过潮湿的舌尖与四周的唾液摩擦发出的嘘嘘声，低微之极，但由于裹挟着无数尖利的小碎片，又吸附了像是来自半空的沙沙作响的杂音，它听上去又是如此的清晰。

她剪一头短发，前面散乱后头蓬松，身体倾斜在坐椅上，两手交叉在小腹部，手指抚弄着靛青色的衣袖。麦农感到她的位置在退缩，离他越来越远。她小小的身体最终固定在远处，像被罩在一只纱网里，表面涂着一层透明的黏膜。一个陌生虚假的空间，里面闪着一双充满妖气的眼睛。她的嗓音消失了。她的鼻翼仍在不住地一张一翕。接着，她又开始往回移动，从那个深远的地方慢慢又回到了他面前。她吐出一缕缕呓语，那个单薄的嗓音重新出现在切实可感的空气里。麦农总算又能集中自己的注意力听她说话了。

"从一开始我就没想欺骗你，这类游戏我以前做过实在太多太多。我这样说你应该不会生气吧。我是很怕别人因为我说了什么而生气的，一般来说这样的事情不会发生，我还是一个很有分寸的人，就算偶尔有，也不可能是故意的。不然的话，我们可以换个话题。"

"不会。"麦农尽量温和地说。

"那好，"她顿了一下，"我确实是心境变了，想装个淑女了。以前我喜欢坏男孩，很坏的男孩。像你这样根本算不上坏，尽管说话有时候可能会很伤人。我不太容易被伤着。不是不在乎，我哈，总能知道是不是应该给自己打预防针，在什么时候给自己打预防针。我这样说可并不意味我对你有什么戒备哦。"

"没有吧。"

"可能也算是有吧。暂时不说这些了，好吗？"

麦农没有什么表示。

詹未咬一下下嘴唇继续说："我现在只想安静一点，怕碰到那些见了面就会唤醒我激情的男人。我总是还有那么一点点青春嘛。哈，你说那是不是自讨苦吃？"稍顿，"也不过就是想遭点罪受嘛。"她盯了一眼麦农，微笑了。

总算也有夺目的片刻，一小团执着的火焰，没有温度。

"偶尔会在麻将桌上与男人们搞些无伤大雅的调笑，无聊，但挺轻松，能打发时光。"

"你在光线暗的地方很吸引人。"麦农说。

"白天见面的时候肯定把你吓坏了，哈。不过你总算让我听到了一句好话了。"继续笑着。

"你脸上不能照着阳光。"

"是不是我的脸色不好？我真怕有人对我这样说。"她抚着自己的面颊说。

阳光落在哪儿，哪儿的肌肤就会干瘪下去，迅速地。

"你不戴那顶蓝色的小圆帽就精神许多。"

"从你这儿还是很难听到好话。我知道可能你的天性就是这样，不一定对人有多少恶意。其实谁会对谁无缘无故地有什么恶意。你确实可能在一些时候感觉到了，别人对你的一些，至少是敌意，也不是敌意，一些不友好的姿态吧。有时我想，像我这样的人真是太善良了，就处处想要对别人好一点，有时也想要一两块糖吃。不过也没关系，不然就像是我在向你讨糖吃。我知道你这样的男人是不会给女孩糖吃的。"

在我旅程的中途。

她从包里掏出两张票子，说："是我们俱乐部的舞票，怎么样，把它们扔了吧。"

"别扔。你去吧。"麦农说。

"这样吧，看你能不能把我留下来，要能，我就不去了。"

"你厌倦这样的聊天？"麦农说。我有点。

"通常是很容易倦的，但并不是没有例外。我很少跟人这样聊天。那多没意思，我是说跟那些没劲的人聊天。或许现在不一样，要是你高兴，我们可以一直这样聊下去。跳舞嘛，没什么太大劲，偶尔去一下还行。今天不知道会怎么样，会有几个好久没见过的朋友出现，不过也无所谓啦，真想见总是能见到的。跟你聊天应该不至于冤枉长长的一个夜晚，关键还是看你的意思。"她说得有些气喘，稍作停顿，"你不同凡响，我知道。这是真的。"

"谢谢。"麦农站起来，挥了一下手臂，下定了决心，朝卫生间走去。

他对着镜子长吐一口气，然后拧开水龙头，洗了一个冷水脸。他拿食指戳了几下自己的脸，自语道："还有一层妖雾没有洗掉。"

麦农出了卫生间，走到窗前，看到外头天色已暗，便提议去吃点东西。

"你想去跳舞吗？我知道你不太想去。你说过你很少跳舞。有点傻是不是？我是想，你要不是那么地讨厌这种聚会的话，去玩玩也好，顺便给你介绍一些朋友，说不定你以后还想再写点东西呢。你现在站在外面，排斥它，等你想寄稿子的时候就不一定会有人去看。"

"我很容易在这些人面前把自己搞臭。"

"哈，是吗，你这人确实是太有攻击性了。可是有什么是不值得攻击的。并不是说有人不想看见，或是看见了但容忍了，而是根本看不见，没有能力看见，或者确实没你那样看得清楚。好心是不存在的，大家都拿它来做托辞。我也看不清楚，所以我才只好善良。但我是看到了你的，我相信你身上所有的攻击性都自有它的道理。"

"也许。"

"哈，我真的知道你是怎么回事，你信吗？相信了是不是，嘿。"她开开心心地把自己关进了卫生间。

那么我是怎么回事？麦农仰起头来，深深嗅了一下。有股怪味。他打开窗户，外面的噪音连同热流扑了进来，使他冰凉的身体立刻就有些发黏。他关上了窗。病床气息，就是这个气息。

街上的灯已在闪耀。他俩贴着人行道边上的矮墙往前走。麦农在前头走得很快。他不想看到扣在她小脑袋上的那顶蓝色小圆帽。

"你悠闲一点好吗？"詹未小步追上去，气喘吁吁地说，"像赶集似的。"

麦农回过头来，厌烦地向她投去一瞥。可怜的姑娘。幸好这暮色，她看不见。

"一会你小心一点，我会变样的。"她得意地告诫道。

眼下

噢，这是在饭店，都差点忘了。我怎么可能住得起饭店。在上海呆了四年没遇上她，在西安车站遇上了。她有一位"阴鸷"的父亲，她给出的形容词。她由姑妈带大，一位常年穿黑衣服的平胸老处女。她带着我在楼梯里上上下下来回走了几次，就有些缓不过气来。"忘了该从几楼拐进去。"她无助地望着我说。跟她去找什么人来着？她累了，那张小小的布满雀斑的面孔不断地沁出细小汗液，看上去已经有些变形。一张苍白的不住塌陷的脸。就这么一点几乎可以放到手上的东西，还挤出那么多的汁液来。她靠在一根水泥廊柱上，半仰着脸，仿佛这样能让她相对轻松地吸纳更多的空气。浮在水面上的鱼。夏天的早晨。"鱼浮头哉！"全梅林湾人都挤进了河里，举着渔斗渔网和鱼枪。一条喝醉了烂麻水的鲤鱼被鱼枪挑上了天，噗嗤噗嗤在喘气。她喘了一会，终于缓过气来。"我姑妈藏着一大堆那个男人写给她的信件，和一些他的赠物，说让我在她死后转交给那人。"她说。"她不知道那个男人住在哪儿吗？"我说。"知道。她不想去找他。她就是固执。我比她好，至少我不是处女了。"她说。她没找到人，就趁机倚在廊柱上休息，像一条半死的鱼，又在鱼枪上。没想到她在跳舞的时候一下变得张狂。完后她站在镜子前面，哀哀戚戚地对我说："好惨，我变成了一只干瘪的茄子。"那个"十四行"俱乐部，真他妈受不了。她晃着瘦小的身体，笑眯眯地走过来，边说边向两边张望："他们问我你是不是我男朋友。我说你是我弟弟。可怕吧？"

笔记

"你的手怎么还是冰冷的？"麦农说。

"一直就这样。怕了？"她说。眼睛漆黑，透着固执的自暴自弃的神情。她见我没什么表示又说："这没什么，就这样。我说你会怕的，就这点耐性啊。不过已经很不容易了。每次来这种地方我就会一阵膨胀一阵收缩。啊，我真是干瘪了。我刚才上车前就要你准备好的，但男人还是会觉得吃惊的，何况我们才刚认识。"

眼下

是在舞厅。有几个上海的文化巨头在场。一位大块头文艺批评家，披肩长发狮子头，说话爽朗又直接，音量也很大，一直都费力地眨着左眼，仿佛他的脸皮是一张松弛的鼓面，不时地在哪个破损的角落被人扯上一下。一个戴鸭舌太阳帽的男人进了舞厅，伸着长长的脖子东张西望，见走廊上坐着一排女人，立即来了兴致，谦卑地咧嘴、弯腰，你好你好。一一打完招呼，发现有女无色，收起了笑脸，可还不能立马走开。一位处变不惊的中年女性，齐耳短发，永远微微笑着，优雅的理性型，克制的激情型，年过四十风韵犹存，鸭舌帽兴趣不大，犹豫了一下，抬一抬帽檐，又推着那根长长的头颈向前走去。很快他便缩了回来，从口袋里掏出烟和打火机，决心先在此扎根。他点了烟，扬起脸来，在女人们正前方，与她们的坐椅平行，喷出长长一股烟雾。女人们挥舞着乱纷纷的胳膊，往椅子后背方向挤作一团。优雅理性型克制激情型中年女作家并没有跟姑娘们挤作一团。她抿嘴轻咳一声，仍朝这位糟糕的男士投去她永恒的微微笑。咚咚咚咚，突然响起强劲的宿命鼓。午夜横过太空，疯子摇动着女人。鸭舌帽独自蹦起了迪士高。一曲未了，换成了探戈。一位穿白色跑鞋的男孩扯一下身旁女孩的衣袖。女孩犹豫着挣扎着。男孩便有了勇气去抓她的双手。两只橡胶底跑鞋和两只塑胶底凉鞋准备上场跳探戈。鸭舌帽不为所动，依然借着探戈跳他的劲舞。男孩和女孩摆好了起始动作，刚要迈开舞步，掌声一起，舞曲已停。女孩狠狠甩掉男孩的手，急急走向自己的座位。

笔记

他和那个生过小孩的女人睡在一起，变着花样做，从前面进从后面进从侧面进，正着进反着进斜着进，还用嘴。恶心。他的喘气声。她的叫喊声。恶心。麦农混蛋！混蛋。让人脑子发涨浑身冒汗的鬼天气。云层压在头顶。永远灰溜溜。来点太阳，彩云，让我好好喘上一口气。烦透啦。麦农，你怎么样？我一直希望能碰到一个大度的男人。不不。麦农，你好吗？杭州有意思吗？你没带我一起去。我整天呆在家里没出去。母亲唠叨不休。哥哥每天打游戏，输光了老婆的钱，还向我要。我想早点回北京。你呢？呢呢呢呢。没劲。不写了。待会儿给乔打个电话，问他有没有麦农的消息。

布兰呼呼撕了信纸，扔在地上，用脚踩了一遍，看一眼，又踩一遍，又看一眼，捡起来，放回桌上。她移过镜子，对着它翘起嘴，把一个手指放到嘴唇正中间。有点骚嘛，没人看。没人看就自己看。她取出皮包里的口红抹到嘴唇上，咂一下，再咂一下，冲着镜子，嗲声嗲气："亲爱的，哈哈。"她做出各种嘴形，各种扭头，各种撅屁股的动作。学着三十年代电影里的红尘女子，继续嗲声嗲气："我好想念你啊，来吧，来吧，亲爱的麦农先生，瞧瞧这里，就是这里啊，快点进去啊，多快活啊。"她将白色的圆领往下拉，露出两个半只奶子，立即又故作姿态双臂护胸，"可不能那么随便哟～"布兰站起来，退后一步，弯弯地伸出双臂，扭起了屁股："喜欢你从背后抱着我的感觉。"她唱了一句，停了，"这歌词真下流啊。"沙滩。那个九龙人将我的身体翻过来，屁股朝天脸朝下。然后他从后面压了上来，身上都是沙粒。沙粒互相摩擦的声响。"他抚摸了我。"夜色中的沙滩，星星满天闪烁。我们扔了皮艇和桨，赤脚往岸上跑。"哦——"麦农听我讲到这儿痛苦地叫了一声，"我太难受了。"他的手松了，放开了我。"本来我就不想说的嘛。你自己非得要知道我的过去。"我说。他受不了啦，也就这点承受力，与李野差不了多少。"我当然不愿相信那事，"李野写信来说，"而且我对那些常跟我讲起那事的人也十分反感。也许他们只是借着那么一点影子演绎成那样。我想你会跟我讲真实的情况的。"躲躲闪闪的措词。滚！"我一直要找一个大度的男人。"布兰把那张揉成一团的信纸又重新展开来念道。

"你怎么了？一个人说些什么？"她母亲在客厅里说。

她已经把我的毛衣打到了领口。

"没有啊。"布兰大声说，对自己扮了个鬼脸。

"你跟小野没吵架吧。"

"没有啊。"

"那他说你们什么时候结婚？"

"明年啊。我不是跟你说过了嘛。"

"我记得原来说是今年七月份的。"

"他可能想在日本再呆半年，想找个合伙人一起来中国投资。"

"他是个很稳重的可靠的人。你可别再三心两意了。那次我去三亚，他多细心啊，招待得很周全。"

就这点招待，哪个男人不会？麦农不会。这狗东西。

"我不会的。"

"他最近还给你寄钱吗？"

"寄啊。"

"他挺会生活的。"

不懂得浪漫。麦农这混蛋也不浪漫。不一样，他是混蛋。

"嗯。"

"你念完书还回三亚吗？"

"不一定。"

"小野是什么意思嘛？"

"他让我暂时先在北京找工作。"布兰说。早点回北京早点回北京早点回北京早点回北京。烦烦。

"他是不是对你不太放心啊？"

"不是不是。"布兰说，不耐烦了。

客厅那头暂时安静了。

"你应该劝劝你哥哥，这样不务正业，不想想以后日子怎么过。"一会她母亲又另起话题。

"他要那样我有什么办法？他又不是小孩子了。"

"不是小孩你才更要劝他啊。"

"我想早点回北京去。"

"不是还有一个多星期吗？"

"我想明后天就走。"

"你两年没回家，也不愿多呆几天。再呆几天吧，一个人在北京干吗？"

"呆在这儿没事干，难受死了。我已经托人订了票。"

"你的毛衣还没织完呢。"

"以后寄吧。"

"我这两天把它赶完吧。"她母亲迟疑了一会说。

"不用那么急，天还那么热。我出去走走。"

"去看看你哥哥，把他叫回来。"

眼下

游戏房。吵啊。模拟麻将。模拟骰子。模拟跑马。模拟赛车。模拟英雄。模拟功夫。模拟航海。模拟脱衣舞。模拟坦克战。模拟迷宫战。模拟太空战。成年难以模拟的童年模拟着成年想要抛弃的成年。

笔记

老太太的扫把从人们的脚边划过去。那些坐着和躺着的人都跟着默默地站立起来，不过脸上的表情没有什么变化，因为他们还在做梦。他们甚至把这会迷迷糊糊看到的一切都揉进了梦里。只有那位穿黑 T 恤的男人没有起身，他头枕着自己的大背包，还在就地铺开的蓝色雨披上沉睡。当老太太扫到他边上的时候，他梦见了他大学时女友在替他掏耳屎。她是那么喜欢掏他的耳朵，每当她想起他黑咕隆咚的耳朵洞，她就会咯咯地笑，边不住咽下一团团口水。扫帚丝划到了他半侧的脸上。"起来啦，起来啦。"老太太叫嚷着，把一堆黏糊糊的垃圾朝他扫过去。他身上和雨披里很快落满了纸屑烟头果皮之类的杂物。

长廊对面，小食铺里面灯火通明，但由于顾客稀少，看着格外遥远。在缺乏热情的吆喝和锅瓢叮叮当当的敲打声里，不时有一两个人心不在焉地从那片亮处慢慢过，手臂在很小的范围内疲惫地划动着，像是被自己稠黏的汗液和重浊的呼吸裹得不好动弹。长廊底下，一位拎公文包的男人一动不动仰头伫立在时刻表前面，嘴巴长时间无声地翕动开合，看着就像不住往空中轻轻吐着什么。看来他并不是真想从眼前的时刻表里发现什么，而不过是为了让自己保持运动，让自己确信，黑夜的持续是在启动另一个白天。一位散发着浓浓的脂粉气的黄衣女孩左右晃动着脑袋在人群中穿行，目光快速地从一张张面孔前扫过去，最后落在那位提黑色公文包的男人身上。她微笑着向他走过去："先生您住宿吗？我们提供早餐和车票。"那个男人转过头来，像是患了健忘症似的嗫嚅了一下嘴唇，又把头掉回到列车时刻表前面。

长廊里，人影开始缓缓游动，并渐渐积聚。零星的咳嗽、交谈和笑语里，明显有了喧闹的情趣。不过仍有很多人一动不动地站立着，漠然地转动着眼珠子，要与四周正在变得活跃的公共生活保持距离，暂且不想让它们毁掉自己经营了整个黑夜的精神迷宫：纠缠不休的梦境，时断时续的回忆，无望的思念，在舌尖盘踞不散的烟草味。他们要在这些昏暗的迷宫里多逗留一会，不愿急急匆匆穿越过去。

或是由于天色尚暗，或是由于"昨夜"的印痕仍没有从微凉的空气中褪尽，清晨四点的热闹显得古怪又虚假，因而并不妨碍人们继续安然沉睡。

"唉起来啦，别睡了。"老太太的扫帚停了下来。躺在雨披上的男人现在已成了被从各处扫来的垃圾的中心。他挺起半个身体，接连甩了几下脑袋，抖掉头发上的垃圾碎屑，然后仰起脸来，排出三条深深的抬头纹，木然看着站在他面前的老太太。他慢吞吞站起身，将塑料雨披拧成一团，塞进了旅行包里。

售票处的窗前已排起了一队人。那位穿着缀满白色汗渍的黑 T 恤的男人手里拎着大背包，排到了队伍后面。背包的重量拖着他的手臂软软地垂向地面，身体也跟着向一边倾斜。他的脑袋耷拉下来，几乎要顶到胸口。他手里的背包一点点往下滑，最后勉强用一根食指勾着，但也没坚持多久，那只背包啪地掉落在地。随即，他的身体就像被抽去了脊椎一般跟着哗地落了下去。他一屁股坐到那只背包上，睡着了。

眼下

一辆"巨鲸"牌黑色方头十门轿车拖拉机似的轰轰响着，在接连跳了几下之后，磨磨蹭蹭，停在了博物馆前面的马路中央。受阻的行人纷纷挤到车窗前，要看西洋镜：坐咚车里头阶到底是何家？是谭老板呢，还是乌市长，或者是谭老板和乌市长？

驾驶室里出来一位戴墨镜的男人。他往地上吐了一口痰，用脚拖过以后，抬腿朝博物馆右边的游戏房走去。

好好好，坐下了，睡觉吧，这是西安，我当时迷迷糊糊地想。我买了票想去对面的店里坐下来喝碗粥。那位浓妆艳抹的黄衣裳女孩拉住了我的胳膊："先生，住我们旅社吧，免费提供早餐还包买车票。"你要是跟她走，不知道她会把你带到哪儿，然后你就等着一群男人把你搜刮一空吧。"在本店用餐包买车票"。那次我花了三十块钱，最后只喝到一罐要命的饮料，肚子疼得要死。我甩开她的手，冲她大声吼："滚开！"她站在原地半天没有反应，等我走有十来米，才突然扯着嗓子破口大骂："你妈个×！想挨揍！"那年据说西安闹得最凶，除了北京。每人一张自检书，去换毕业证。"你真的不准备写了？"班主任跑来问我。"不写。"我说。因为没能让系里通过我留校的提案，他一直觉得亏欠我。看我这种态度，他只好转头去做系主任的工作。最后他给了我一个毕业证，笑眯眯地："你小子难不倒我。我知道你早已有所准备，可……你看，我还是替你搞定了吧。我怎么能让我班上的才子毕不了业呢。好好保重，好好保重，后会有期，后会有期。"听说要去农场养鸡养鸭，母亲痛苦之极。到头来还是要做农民，还是要做烂脚农民。不过没有因为学潮的事受处分，他俩心里还是落了一块石头。没去梅城农场报到。去了趟宓的医院，从她那里借了五百块钱一只凤凰相机。她将针连着针筒飞快地扔向老头的屁股。针筒拔出来的时候，针头留在了屁股上。老头皱着眉头。哎唷唷地叫。她嘿嘿笑了，若无其事地从老头屁股上拔下了针头。钱，相机，还塞给我一小包参须。母亲说她结婚了，电话里。五一。才一个多月。七月六号？是七月六号，又回到上海，没去学校。零点，新客站。从那一刻开始，这整个事件都过去了。不，在柳园，又一次。清晨。那个杏子倒娘带我去搭油罐车。路上，一家回民面馆前竖着一根黑乎乎的木头，上面挂着一只高音喇叭，千年不变的高调子，女声，报着一串串与整个事件相关的人名。一代又一代女高音，永远不会死掉。在偏远的小城，那个不死的女高音，说着一件与谁都没有关系的事情。才一个月，就如此陌生。噢我的冷漠，是冷漠吗？那一个多月，我就像是在梦游。它没有真正触动过我。那时就从没想过去北京看看。太多的传言。在西安的时候已看不出整个事件的一点影子。四月份在广州车站，那才叫乱。民工潮。满地的大包小包。几个男人从人堆里奋力跃起，一把抓住铁窗栅栏，然后压着前面的人的头顶，不顾一切地将自己拖向售票窗品。警察手握竹鞭，坐在紧贴着售票窗口高高的凳子上，从容地从一个窗台走到另一个窗台，把竹鞭朝底下那些插队的人狠狠挥落。那些人抱着脑袋鬼哭狼嚎。警察毫不手软，继续痛打，直至他们满地乱滚。凌晨才放去深圳的票。凉廊底下躺满了民工，打着大呼噜。臭。脚臭汗臭口臭和屁臭。胡乱吃东西就会胡乱放臭屁。我走到车站一侧，一家已经打烊的商场门口，找了一个窗台坐下，开始傻等。天下着雨，可还是很热。嘀咕嘀咕嘀咕嘀咕，我看着雨水不住地打起许多水泡，一条条腿溅着泥水从前面晃过，不知什么时候就睡着了。一个警察拿竹鞭在我肩膀上轻轻打了一下，几乎是爱抚式地打了一下。看出我烤过几年文化的圣火，已经不像一个农民？托您的福妈妈。"去那边睡，一块钱一张席子。"他说，像是在微笑。"那边？不，我想要活动活动。"我说。雨停了，离开票还有一个多小时。我在站前广场走了一圈又一圈。要不是身体实在太臭，决不会去住旅馆。不是每个城市都会为你准备一条孔雀河，也不是所有城市都有一个洁净的公交总站，从一个没关严的车窗爬进去，躺到柔软的末排五人座上。满地煤灰的停车场，卸了货的车斗，硌人，但宽敞。日用品集贸市场，铁皮台面，身体稍稍动一下就嘎啦啦地响。操场主席台，这个很理想，就像放大了数十倍的床，就是不太好找。商场门口总是挤满了人，最最没有想象力的人才去那里过夜，最最没有想象力的各地流浪汉聚集在国营商场门口。桥底下，得，满地都是屎。要是所有旅馆都像嘉峪关宾馆那样就好了，就没必要老露宿街头了。"你上嘉峪关宾馆住吧，"邻座的当地人说，"六块五毛钱一个床，还有空调。""真有空调吗？"我忍不住笑了。"真有空调，"他说，"每个房间都有。"确实是六块五毛钱，也确实都有空调，不过坏了。不坏也用不上，七月的夜里冷得像南方二三月。一个热水澡。哦一个热水澡，我需要一个热水澡，如果边上就有一个嘉峪关宾馆。走廊里不见人影，那一层楼应该只有我一个人。街上的烤肉串摊，一串两毛，从来没吃过那么美味的羊肉串。现在不行了，也许除了云南。丽江宾馆，不要身份证，男女混住。九人的大房间，住进了一个德国女孩。半夜穿着内衣内裤起来上厕所。瑞丽消费水平很高，他们说。怎么也无法跟这里比，就在家门口，一双胶底鞋就花掉我二十五块，可确实穿着舒服啊。什么都可以不要，但得有一双合脚的鞋子。这类东西，北方永远做不过南方。那双烂凉鞋磨破了我脚后跟，又被那个胖子的自行车磕了一下，雪上加霜，真他妈娇气。为什么磨了那么多年，还没有磨出一个能够吃苦耐劳的脚后跟？不然我好绕着小小的梅城走上几圈，直到人畜大赛开始，就会碰到陆翼锋。他瞪大铜铃眼睛拼命抽气，又拿手掌在我肩上飞快地一通拍。老一套的见面礼，何时才能享用？等到六点吧，一个半小时，很漫长。现在已经没有班车回梅林湾。梅城还是要比杭州可爱一点。杭州软绵绵色迷迷，气煞人。南京是烂，引人入胜之处就是那里的女人完全不要脸。梅城嘛，空气里有一股骚味，没有人知道通奸是怎么回事。看看从前面走过的这些男男女女。对啊，刚才那个大骚货。还有那个黑衣女孩，意想不到的破嗓子。堕落是我本行，她说。这样的城市，能出一个郭毦一个陆翼锋，说明它还是不简单。也许郭毦已经回来了，我没看见，他也没看见我。怎么可能？虽说他一日到夜浑顿。再等一会吧，再翻一会笔记。

我写的都是些什么啊。"你丫不想好好说事儿。"庞大海也许会这么说。碰到他是个奇迹。就打过一个照面,隔了那么多年,还是立刻就听出是他来了。他和他老婆在前面荡晃。他在说话,奇特的喉气。就是那个人,当时多么确定。是什么?疯狂?一个人嗓音中的疯狂。

"匿有!"刚才那位戴墨镜的司机远远摊一下手,冲"巨鲸"牌轿车这边大声说,"游戏房里匿有。"

"娘的吤,"坐在车里的谭老板边挤着人中上的那个大粉刺边轻声骂道,"李得儿话伊可能来咚体育馆,问题是体育馆也匿有。"

"要么再跑趟体育馆?"

"走!"谭老板终于爆出了那个大粉刺,连着一大摊血,弹向窗外。

司机钻进驾驶室,轰轰轰,呼吐吐,轰轰轰,呼吐吐。黑色巨鲸突然往空中弹跳了一下,跟着,嘣,放出一个巨大的响屁,喷出一股臭气熏天的黑烟,磕磕绊绊往市心路方向开去。

笔记

他与排在他前面那个人之间有了一个长长的空当,不过后面的人并没有催促他。白天将会非常燠热,现在正是一天中最为清凉的时刻。

"下一位,下一位。"窗口的小扬声器里传出女售票员急躁的嗓音和踢踢嗒嗒手指叩击桌面的声响。由于职业需要,她们颠倒了黑夜与白天的生活,也颠倒了她们黑夜与白天的嗓音,现在它们听着响亮又清醒,与对面小食铺里传来的喧闹一样古怪,不真实。

"怎么啦?下一位!"售票员的声音更加毛糙刺耳。

"嗨,嗨,轮到你了。"詹未用指尖轻轻地触了一下前面这位陌生人的肩头。他身子轻轻抖了一下,从包上站了起来。他转过脸来,迷惑地盯着詹未，然后露出了微笑。"轮到你了。"詹未又小声地说道。

他毫不掩饰地继续盯着詹未看了一会，这才利索地拎起背包走上前去，从窗口买了车票。他看上去神气十足，像是脱胎换骨一般。

眼下

也许我可以去看看梅城中学。左边。一炮仗路。市重点。三年初中三年高中。第一学期的期末考是沿操场开一圈拖拉机。美好的时光，如此短暂。第二个学期就恢复了纸面考试。"开拖拉机？！"母亲瞪大了眼睛，"还是烂脚农民葛些生活？"她大失所望，不愿向人提及此事。嘀嘟嘀嘟嘀嘟。游戏室。我开着拖拉机穿过学校围墙上的一个大洞，到了街上，绕城河跑上一圈，再从学校前门回去。那时梅城多小啊。父亲要放松得多，对我和母亲引了毛语录："学生以学为主，兼学别样。"母亲火了："何个别样百样，学生子开拖拉机当考试算何乃母阶东西？"关于读书，她只相信考试。"葛个人匿有用场阶。"她以为我上不了大学了。她和父亲两个一左一右立在我两边，她替我打扇，父亲跟我一道道对数学题。"啊呀，葛道题我做得一半。啊呀，葛道题我做错哉好像。喏，反面还有题目？！我匿有看见。"她再不懂也知道大致了。她气坏了。父亲一声不吭。"葛个人匿有用场阶。"她说完转身就走，确实气坏了。考不上就去参军！我当时想。清晨的号角，多么动听。啊？校门拆了，搬了吗？结果数学最高，一百十五分。完全是被他俩当时那副架势搞蒙了。公布分数那天，母亲塞给我两块钱，说，偌乘坐公共汽车去。那时到梅城车票才八毛。我说不，心想我一定要省下这两块钱。骑八十里路来梅一中。父亲那辆破车，不晓得他平时是怎么骑着它去绍兴配货的，路上坏了。那天好大的太阳。出门时还算清凉，过了九点就热得身上要着火。向路边人家借了工具，讨了一勺凉水喝，修了足足有一小时。百汗如流，进了梅城。沿河的青石板路，咯咚咚咚。迎面走来了"And"老师。哈。他总把那个"And"发得特别重，一扬一抑，在"D"上忽然收住。他的×可真他妈的短。在香湖浴室碰到过他，看到了他那个像瓶盖一样突起的东西。他姓什么来着？络腮胡子小眼睛，后来做了副校长。我慌里慌张地问他我考得怎么样。"你考上了。英语还蛮不错，祝贺你麦弓。"他笑着，眼睛都眯没了。哦，好大一口气，长长地舒出来。一路大笑，骑到学校。教室里面乱糟糟，大家都在穿来穿去，拿着自己的成绩单，彼此打听着考分。大多数人喜笑颜开，也有几个寡言少语，很快也都不见了踪影，只留下哗啦哗啦不嫌吵的人。没有人愿意听人说什么，只想自己对人说些什么。一大堆人，挨家挨户去庆祝。那个考试的时候每场都带一块干毛巾，洒满风油精，压在脖子后面中枢神经上的叫什么来着，他爸爸嘿嘿嘿嘿嘿低声笑着，端出了一脸盆西瓜，他妈妈端出了冰糖银耳羹，一人一小碗，让我们坐在天井吃。接着又去白有家，他拎出一只鸭子，当着我们拿菜刀活活剁了它的头和脚，为大伙炖了个笋干老鸭煲，完了在小客厅中央放一只大西瓜，一拳砸个粉碎，招呼叫大家随便抓着吃。傍晚去了高月半家，他爸爸光着膀子为我们炒菜，灶台上放一大瓶冰镇过期雀巢咖啡，炒两下喝一大口，因为舍不得扔掉它，不得不忍受失眠煎熬已有半个多月。他妈妈在房间里练完气功，端出来一脸盆西瓜。又是西瓜？所有人都这么问，然后互相看看哈哈大笑，接着来啃西瓜。偌手膀奈格噶噶红？他妈妈抓起我的手来问。第二天就开始脱皮，嗞啦嗞啦能一片一片揭下来。这次在丽江也是这样。骑车去玉龙雪峰，上山的时候暴晒，下山的时候暴雨。几十里笔直的山坡，一直没刹过车。雨抽打在我手臂上，脸上，眼睛上，疼得都麻了。只有雨，别的什么都看不见。那会要是摔倒在地估计能滑行几百米。我的车速跟雨区移动的速度差不多，好长时间，我都飞奔在黑暗与光明交界地带。后来我还是超过了它。我回过头，看到在白茫茫的暴雨中那条闪亮的银灰色的山路笔直地升向山顶。后面的雪峰隐约可见。而我前面则是开阔的原野、雪亮的阳光和一卷卷巨大的白云。一道暗红色的闪电从空中直贯而下，打在正前方的黑色的柏油路面。几秒后，响雷在我头顶炸开，无边无际震荡开去，我的全部神经都为之振奋。都已经搬完了！我的中学去了哪里？到丽江城，那里还是一派艳阳高照，直到我还了自行车，回旅馆洗过澡，暴雨才从空中倾倒了下来。主教学楼被揭了顶，操场也被翻了个个儿。地产公司吞了它。经济大潮淹灭文化之火！第二天，在楼梯拐角，我被镜子里的自己吓了一跳，脸上脖子上手臂上密密麻麻长出了白色鳞片。麦弓看到一个瘸子从梅一中的废墟堆里推着自行车走出来。政治老师，没教过我。车上驮着两只鼓鼓囊囊的麻袋，一根钢筋从麻袋里面戳出来，估计里面都是些刚从废墟里挑拣的废铜烂铁，一会要送到废品回收站去。左脚那只著名的高跟鞋，足足有一尺厚，涂了黑漆的石膏。只要他开始走动，全校能听到从这只石膏鞋子里发出的咕咚咕咚的声响。总算，在这傍晚时分，有了一些明确的阳光和云层。麦弓转身往回走。四个光着膀子的老头，面朝臭城河围坐一桌，在此纳凉喝茶打麻将。嘀嘟嘀嘟嘀嘟嘟。进游戏室看看。"我哥哥一天到晚打游戏，还向我要钱。"布蓝说。她为什么想要跟我结婚？"我六岁的时候就自己跑去医院看病了。"布蓝说。对自己身体的开发，她比谁都早。这完全不影响她按时结婚的渴望。你永远猜不出女人身体里的钟此刻是几点。过了五点，小学生放学了，大声嚷嚷着挤进了游戏室里。一个人打，十个人看，看急了就伸手抓过遥控杆自己来。老板最头疼的就是这些可恶的小学生，花一块钱买三个铜子能打通七七四十九关，杀死所有巨无霸大魔头。要是没那些新手来缴学费，他早该关门大吉。

一个成年人。"死开！被劈煞哉偌看。"他对边上胆敢对他指手画脚的小孩大声呵斥。

"打'公飞公'都弄得噶紧张，身子扭来扭去。"被呵斥的小孩扮着鬼脸，模仿着那个男人的动作阴阳怪气地说。

那个男的劈光自己几十条命，直至滴血不剩，才放弃了"公飞公"。他走到里面一位中年人的后面，搭着对方肩膀，笑着说："真当难打，娘的哧，还要被葛批小死尸笑。"

那个中年人正站在一大群小孩后面，看里面一位少年高手带着但丁灵巧地穿越地狱的种种凶象。他转过头来，一手抠着鼻孔一手指着少年高手说："喏，葛郎倌厉害喏，估计是葛里哧顶级高手。边高顶葛潮小人，就得旁边隑隑看看哧份，偌看，响也弗敢响，根本就匿有说话份。"

"要是都像伊噶，"柜台后面的店主说，"我生意也覅做得。葛本《神曲·地狱》才之刚刚到得两天，伊已经打出两次通关得。一次用得三个铜子，一次用得二个铜子。葛盘次，我看伊是准备用一个铜子打完九圈廿三层地狱。"

"本事大哧。"那个中年人拎住一根鼻孔毛点头笑道。

"刚刚伊拉爹来寻过伊得，我当时真当恨弗得马上就把伊交出去。"

"啊出深井了！哦，悲哀之国！看，幽灵在冰岩里闪光。冰虱子来了。畜生，噶许多！来来来来。嘀嘟嘀嘟嘀嘟。看，悲哀之国的皇帝！巨无霸，巨无霸，三张面孔。红黄黑。翼膀噶大，比船帆还要大。一二三四五六。每个头两只。何个凹×？母被我日煞，六只眼睛同时哭。哇呜哇呜哇呜。肚皮高顶全是毛，牛×。看看但丁和我的维吉尔，在琉西斐的×毛上爬。忒慢忒慢，快些快些两位大师。赶紧赶紧快快快，趁伊放出冰蝎子以前，赶紧爬进伊哧屁眼里去。哈哈哦，进去得，去屁眼里吃污去得。"五年级补课生说着抬起手来，以自由落体速度稳稳当当敲下按钮，将身体仰向了椅背。

"确实高手。大荣，偌也死光得啊?"年轻人问林大荣道。

"日老八早。我也就得中国象棋上还多少有一点把握。打游戏枉是一些些花浪头都匿有。"

"嗯，哪怕再是个练，都永生永世都打弗过葛批小死尸。"

"好得好得，胡飞，咱总归还是象棋，顶多再加一个关牌，就葛两样东西，游戏同咱弗搭界吇。"林大荣跟胡飞边说边往外走。

麦弓的背包撞到了胡飞。

"对不起。"麦弓微笑着说。

"哈哈，噶大劲道，背得旅行包来打游戏。"胡飞回头看了一眼麦弓，夸张地笑个不止。

"外地人，等末班车吇。"林大荣抠着鼻孔耐心向他解释道。两人一起离开了游戏室。

麦弓在游戏店里转过一圈，便离开那里，回到了博物馆前的台阶上。

笔记

开车啦。清晨，那位胖子司机站在山脚下那排低矮的平房前直声喊叫。周遭寂静寥廓，除了眼前这些陡峭的光秃秃的山峰，就是前方无边无际的沙砾，这位惹恼了所有乘客的胖子，他声音听上去极其孤单，弱小。

麦农从铺了干草的石板床上睁开眼睛，看到一片模糊的青灰色的墙影，和邻床老头嘴上的香烟火。老头的烟很呛鼻。麦农推开身上僵硬沉重的棉被，身子立即在清晨的寒流里抖个不停。老头蹲在自己的床角吸烟，费力地咳嗽着。麦农在黑 T 恤外又套了一件灰色的棉衫，走到靠墙那张歪歪扭扭的长条桌前，拎了一下热水瓶，空了。他放下水壶，把自己的空铁壶塞回旅行包里。

"嘿嘿，水不多，嘿嘿，我装了一点。"老头在墙角说。

"没事。"麦农拿了牙刷和杯子走了出去。

两排平房直角相交的地方，传来滴滴答答冲洗的声音。四周一片黑，只有汽车驾驶室亮着灯，空的。车门已经打开，几个提着包袱的人形在平房前晃动，蹒跚着朝它走去。水龙头被一大群黑黝黝的人们围着。女人边洗漱边发出阵阵笑声和叫嚷声。边上的厕所持续传来臭味，不停有些衣衫不整的人手提裤腰带在那里跌跌冲冲跑进跑出。水龙头四周人越围越多。由于水忽然变小了，大家用力地往里挤，希望自己能抢在断水以前先刷个牙洗个脸。意识尚未完全摆脱睡梦，他们便已被达尔文劫持到了另一场大梦。

麦农手里握着一只空杯子在人群外面站了一会，抹了一下干巴巴的脸往回走。他看到同屋那老头从黑乎乎的屋子里走出来，腰间晃着两只军用铁水壶，听它们发出的声响，里面水应该都是满的。老头看到麦农，拿手臂挡住腰上的水壶，冲他咧嘴笑一笑，走开了。

眼下

三岔口，傍晚到的，吃了两只馍。看天还亮，就往外走。一座寸草不生的山。同车那个精瘦的小男孩，一顶军帽倒扣在歪瓜似的小脑袋上，独自坐在停车场的角落里，眼睛使劲地一眨一眨，不知在想些什么。一路上从来没听他说过一句话。他手里忽然多了一只空酒瓶，之后就一直拿它打水，不知是从哪里搞来的。他后来在哪儿下了？那些西北的小孩，神情单一得像块石头，尤其当他们独自面对你的时候。清晨，过了武威，列车在山脚下拐大弯，走得奇慢。一大群少年散立在黑铁似的山岩上，男孩戴了军帽女孩扎着头巾，每个人怀里都抱了很多鸡蛋。他们忽然都纷纷抓住车门把手，从山崖跳到车上。他们将小脑袋凑到窗口，举着一袋袋鸡蛋向里面的旅客重复着喊："一块钱六个，一块钱六个。"一路过去，从一块钱三只到四只到五只，这里是六只。有人趁着列车渐渐加速不付钱。那些少年一路追赶，不时从地上捡起石块往车厢里扔。噢贱种，噢，那些少年倒霉蛋。半夜。一大群回民哗啦啦上来，一人扛了一只鼓鼓囊囊的大麻袋，不问青红皂白，将别人的包裹胡乱一阵叠堆，愣是把那些大麻袋全都塞了进去。怨声四起，但很快便平息。他们人不少，动作也不小。他们放好包，开始见缝插针找座位。"我们这儿已经四个人了。"一个人嚷了起来。"就是这样，你有座他也得坐，没座他也得坐。"背后一个男人打起了哈哈。"对了对了，是啊是啊。"那个瘦个的中年回民糊里糊涂笑着点头。"怎么'是呀是呀'？我在说谁？太有意思了。"那个男人说。边上的人哄笑。他显出了不安，有些难为情，说："你们的话我不懂的，我不懂的。哎，哎。"又是哄笑。这节车厢的人众志成城，一个座位都不让给他们。这些沉默寡言汉子，除了那个瘦个的中年人，都在别的车厢找到了座位。众目睽睽，他在这节车厢里来回游荡。左边三个巴基斯坦同胞兄弟和一个汉族姑娘。三兄弟去北京念书。老二跟那个汉族女孩打得火热。趁着她去卧铺车厢找同伴，那个回民欠了下脖子赶忙坐到了那儿。巴基斯坦兄弟客气地让了一下。他立即去大麻袋里摸出一只西瓜，做着生硬的手势，让他们切开吃了。三弟二弟谦让几下都吃了一瓣，老大不吃。一会，他又从麻袋里摸出了一包东西，几块棉絮般的碎馍馍，恳请三兄弟吃。他们露出惊愕的神情，都谢绝了。中年回民一低头便吃了一个，将手掌上粉末一一舔干净，又吃了第二个。那汉族姑娘回来了，还是坐到老二边上。双人座要挤三个人。那中年回民欠动几下脖子，坚持坐在椅子最外侧的一个小角上。巴基斯坦老二露出嫌恶之色。那中年回民起先还装作不知，终于还是让开了。一两个小时后他又回来了，桌上的西瓜被老二老三吃得只剩一小片。他犹豫片刻，站着将它吃了。老大冷漠，坦然，老二眼神飘忽，像是对自己任何一个举动都缺乏信心。老小稚气未脱，不时对那个回民显出很感兴趣的样子。三兄弟泡了半杯奶粉，合吃了一包方便面，比我还节约。我又一夜没睡。第二天，那个回民仍在四处找座。他发现原先放在水箱上的行李不见了，便跑过去一屁股坐了上去。他显得很开心，不住晃着两只脚，让鞋后跟咚咚敲着水箱。他脚底下，一个戴近视眼镜的胖子侧身睡在报纸上。那中年回民的鞋子一次次踢到他的眼镜，终于把它踢掉了。对面厕所出来一个女的，一脚踩在胖子的眼镜上。胖子醒过来，摸了半天摸到了自己的眼镜，已经不成样。他举着那副眼镜朝斜对面的同伴惨然一笑。那人从座位站起来，看着又高又壮，走到那个回民面前，命令道："你下来。"

笔记

"什么时候到喀什，都快两天两夜了。"

这些人终于忍不住了，麦农想，昨天中午三点，胖子司机把车往一块空地上一停，顾自己去吃午饭了睡午觉了。他们坐在燠热无比的汽车里，头颈歪斜，目光痴迷，一张张热腾腾的嘴有气无力地吞吐着混浊的空气。胖子司机睡过午觉，又跟几个当地人打了几局露天台球。只要看到路边有台球桌，他随时都有可能把车一停，打上个把小时台球。

"今天还打台球吗？"一个戴八角帽的新疆男人大声问道。所有乘客都笑了起来。

"这不起早了。今天到喀什。"胖子司机懒洋洋地回了一句，"这鬼地方连个喝酒的地方都没有。"

"喝酒？喝水都没有。"有人喊了一声。

眼下

不，是阿克苏，回乌鲁木齐时中途停靠的地方。不，是三岔口，也是黄昏的时候才停的车。傍晚九点。满车都是从喀什来的维吾尔族人。不是回乌鲁木齐，应该是回库尔勒。库尔勒火车站。那个在火车站工作的女孩，穿着一身有玫瑰红点的连衣纱裙出现在我房间门口。叫什么叫什么？啊，阿木夏依。

笔记

"看电影去，小伙。"
她换掉了那套铁路制服，穿了一件带翠绿大斑点的连衣裙出现在门口。

眼下

到底是翠绿斑点的裙子还是玫瑰红点的裙子？文字和记忆。如果文字是对的，我现在的记忆为什么要改成玫瑰红点？我觉得她应该穿成那样，我希望她穿成那样，一个有热度的形象。她穿着一件玫瑰红点的纱裙出现在我房间门口，是的，我感觉这样很好看，很舒服，有热度。我需要她对我有热度。如果换成一件翠绿斑点的裙子，感觉一下，唔，不太理想，有点傻，穿那种颜色衣服的女孩我会感觉多少有点蠢。可我脑子里就是她穿了一件玫瑰红点的纱裙出现在我房间门口，无所谓改不改，无所谓哪个好看，无所谓我希望她穿成什么样。阿木夏依本来就很好看，很舒服，很有热情。只有当你确认记忆出错的时候，你才能去考虑出错的原因。万一她那天真的是穿了玫瑰红点的纱裙，我当时怎么会记成翠绿斑点？我那时候认为那样更好看吗？我那时候认为她应该穿一件翠绿斑点的裙子吗？我可能会认为她穿成那样显得清凉，洁净，优美。我那时候是故意改的吗？我做这个笔记的时候是那天之后又过了一段时间的。那么至少那时候的记录也只是基于记忆，那样的话两个都只是记忆，只是时间先后的问题，不存在谁比谁更有说服力。万一她那天穿的是一件蓝色连衣裙呢，说明我的两个记忆都不认可她穿蓝色连衣裙吗？记忆可以如此胆大妄为随意乱来吗？对，我或多或少是把笔记当成创作了，所以我在笔记中改造事实和记忆的可能会更大。如果我想知道为什么在那样改，我就得去了解我对阿木夏依的全部态度。全部，这可能吗？她很主动，我很喜欢她，我希望我俩的关系能有进展。在看完电影之后，她好像突然对我失去了兴趣。这个感觉确切吗？都那么久了。第二天在火车上，她仍然跟我处得像朋友，可已经没有前一天那种你能随时感受到的亲昵无间，两个人之间排除了所有陌生感的心领神会，好像我可以摸到她的呼吸，也知道她能摸到我的呼吸，这让我暗自激动。可第二天，她好像是把我当成了一个怪人，我，他妈的我，立刻就顺着她的意思让自己的言行变得更加奇怪。那是她还多少有一丁点兴趣去关注的东西。虽然我被她简单化了，可显然我不可能让她回到前一天，现在我要抓住这个被她简单化了的我，那至少她还有兴趣看一下，在经过我身边的时候，说出一句；你可真是个怪人。疼痛。对。因为昨天没有了。不是通常的昨日不再，而是彻底的另起炉灶，被中断了。在我仍在为昨天激动不宁的时候，昨天已经被连根拔起。

笔记

"看电影去，小伙。"

她换掉了那套铁路制服，穿了一件带翠绿大斑点的连衣裙出现在门口。

"你像是变了个人。"

"还行吧。"

"很美。"

"我穿这衣服去参加朋友的婚礼。"

"你说后天对吗？"

"明天。我提前了，想跟你同车走。替你订了靠窗的票。"

"你呢？"

"我是铁路局的，不用票。怎么样，跟我去看看我们新疆人的婚礼吧？"

"我去不了了。"

"想女友了吧，你们汉人。"

"谢谢你帮我订了票。咱们走吧。"麦农对镜子里的阿木夏依说。

眼下

有问题啊。它显然略过了很多东西。为什么这个笔记让我觉得有些不可信？

笔记

很远就能听到从扬声器里传出来，又被温热的晚风吹来吹去的台词。是什么电影。看过。圆鼓鼓裹着棕色蓝色紫红色纱巾的女人们。戴绿色和黑色八角帽穿中山装的男人们。他们把铁锅、煤炉和一盆盆白煮羊肉白煮整鸡从大板车上搬下来。有几个手里举着大铁勺，冲人行道："来来来来，好的羊肉。"盛一勺浓汤，拎到与胸口齐平，又将它往锅里倒下。浓烟在他们脸上翻滚。他们眯起了眼睛。泪水、鬼脸和咳嗽。脑袋上的八角帽歪在一边，手里还握着汤勺："来来来哩，来来来哩来哩。"

眼下

在乌鲁木齐我狂吃过一通。从天山采了一大堆蘑菇回来。天山上下雨之后居然那么冷，比玉龙雪峰冷多了，那里还能就着火吃烤土豆。不一样，那时能省一分钱就省一分钱。早上中午都没吃。穿了一件汗衫，双臂抱胸不住地抖，在一辆辆汽车的缝隙里东藏西躲，盼着班车早点走，可心想这样上天山看个风景就走真是太可笑了，去之前就想到过这一点啊，可还是去了。风光很壮丽。租辆车骑上去会好得多。去喀什路上看到有个老外在戈壁滩上骑车。两百多公里山路，两天上天山。坐公共汽车去了天山牧场。乘客连司机五个人。半路上了一个哈萨克人，牵上来一头羊。司机让它坐到了副驾驶座上。下了车，眼前一大片荒山。往里走了五六公里，山刚开始变绿，山沟对面远远有人冲我大吼大叫，手里挥着一把长柄火药铳。回到下面，唯一的班车下午才到，包里还有几枚哈密买的杏干。绕着山脚走。一个果园。高兴坏了。从铁门爬进去，一个戴八角帽的小男孩在树荫底下睡觉。他向我收了八毛钱。吃了一大堆小苹果，饱了。他说山里有松树和瀑布，大草坪和蘑菇，他亲戚家每年都要进去玩几次，野炊，带一头羊。他在乌鲁木齐上小学，流利的普通话，暑假来替亲戚看果园。他抢了我别在腰上的刀，在树上乱戳一通。他向我比划着，说："我要是把你杀了，埋在这片果园里，谁都不会知道。"厉害。谁想到一上去就冻得要死。总算在山顶找到一家哈萨克小餐馆，在屋里晾干了衣服。一直干坐。换了现在至少得喝他一壶奶茶吧。出来时天晴了。天山确实很迷人。底下一大片缓缓起伏的绿色草甸，点缀着鲜亮洁白的蒙古包和羊群，黑色的牛和棕色的马，都只有斑点大小，它们上头是层层叠叠葱翠的云杉。冈岭四合，隐然如大环，唯一不缺的就是鹤。真受不了那些道士。他们看不见蓝天白云。他们必须在上面再涂上一棵古松，一个白须道士，一只鹤。我看见了真正的蓝天白云。美。好吧，真正的。是真正的。因为没有鹤吗？因为它们和一层层云杉、巨大的草甸、吃草的牛羊马在一起。好吧，自然之美，我无意于此。那想想那些蘑菇吧，它们还和蘑菇在一起。好，这很好，我接受你真正的蓝天白云，因为我接受了那些鲜美的蘑菇。不到一个小时就采了有十几斤，没地方装，脱了背心，扎住一头，好大一包。还有乌鸦，真实你知道吗，真实。好，我接受你真正的蓝天白云，因为我接受了那些肮脏的乌鸦的真实。是在山脚下，成群结队的乌鸦蹲在一棵棵枯枝上，臭柏油似的湿羽毛，老鸭似的嘎嘎叫着，争抢着不知哪儿来的腐烂食物，乱纷纷起飞的时候，还把翅膀上水甩到你脸上来，真他妈腥。我对美景没有兴趣，我对丑景也没有兴趣，因为我对美和丑没有兴趣。我只对奇异的景象感兴趣，因为我对奇异感兴趣，不对，是那奇异的。我不是一个象征主义者。自然就是自然，景就是景，不是别的东西，后面也没有东西。我缺少对自然泛神论式的古怪激情。在他崇拜的巨匠里，永远是爱伦·坡，爱伦·坡。有根本的区别。瓦雷里想让我们相信他看到的一切，不，他描绘的一切。坡从来没有这种过分的要求，他只制造景象。他只给出。他知道这样的景象必定会引发我们的恐惧，不需要说服我们相信这样的景象是恐怖。他是冷血动物吗？不不。Vigor of fancy. Ardor of passion. Men have called me mad. 他是抒情诗人。我感到大地到了结婚的年龄，洋溢着血气。它们触动了我。你他妈什么时候信任过情感吗？庞大海说。你丫就是一冷血动物他说。不对，只是面对瓦雷里这种站在墓园里腻歪半天的破老头子才这样，而绝大部分诗人都是瓦雷里那样的骗子，或瓦雷里那样的笨蛋。不论在墓园还是在海滨，我怎能相信从大海开始的沉思？从一只蚂蚁开始的沉思会更可信一些吗？为什么不从他自己开始？哪怕他是个被吓坏了的胆小鬼。"我要死了我要死了我要死了我要死了"，然后大海才会给予它有可能给予的。从海开始不如从蚂蚁开始。蚂蚁还能爬爬爬，知道自己要去哪儿。我从天山下来，会回到旅馆，不管我想不想这事，我都会回到旅馆。可我忘了将山上采来的蘑菇及时晾晒了，等想起来的时候已经有些黑了。整整一脸盆蘑菇，我在盥洗间里洗。扔还是不扔，洗干净了有什么用。洗了一会，想扔了。"扔了可惜。"边上一位正在洗衣服的中年女人忽然对我说。"怕洗不干净了，洗干净了也没地方烧来吃。"我说。她放下衣服过来帮我洗蘑菇。"我们还是老乡呢。"她说。她给我看那些有毒的彩色蘑菇，都扔了。东阳的。在二楼做服装。旅馆一楼二楼都是做小商品生意的东阳人。我刚进盥洗间的时候她接连看了我几次。眼神好古怪我心想。她怎么会知道我是浙江人？"乌鲁木齐有很多我们浙江人，我一眼就能认出来。"她笑着说。浙江人。有那么明显的标志吗？只是对别的浙江人来说吧。他们脸上全写着"无可救药"。还有西安人呢。浙江人从来就无可救药，别的地方也一样，只要你指定了一个地域，来评定那里的人。地域人。我什么也看不到，除了他们的腐烂。我也有吗？她闻到了还是看到了？小心小心小心小心。她给了我铁锅和油，把我领到地下室的一间屋子里，里面摆满了煤油炉，都是那些浙江人的。她替我倒了太多的油。蘑菇炒蘑菇，并不鲜美。她说应该跟肉一起煮才好吃。吃得还算开心，也许是太开心了，下了狠心花了四块钱下去买了一只羊头和一大杯鲜啤酒。那羊头才叫膻啊。喝晕了，心想放开吃算了，又去楼下花一块钱买了一公斤葡萄四公斤蜜瓜。肚子鼓得滚圆。一路上从来没有这样铺张过。第二天就拉肚子。汉人怎么都吃不过维吾尔族人。他们坐在街头，人手一只整鸡在啃。午夜十二点，天还亮亮的，叮叮咚叮叮咚坐着马车去看电影，五毛钱一站。是不是因为刚过完新年？没问阿木夏依。

笔记

电影院门口摆满了桌椅，上面搁了大盆大盆的整鸡整鸭整羊腿整羊头，跟喀什差不多。

"电影之前坐下来吃，电影散了还是坐下来吃。"阿木夏依说。她拾级而上，裙裾飘拂。她修长洁白的小腿在乱纷纷的大粗腿中间轻捷地闪动。

"你呢？"

"吃啊。没他们吃得多。他们都能吃一只鸡一条羊腿。离我近一点！"她拉住了麦农的手。

"你不会到时也挺起一个大圆肚吧。"麦农说，一股急流从他胸口飞速坠落。

"会呀，上了三十就会。那多好啊，多健康啊。"

眼下

博物馆对面靠城河的阅报亭前站着五个人。三个读报的老头，一个正在换报的男子，一位十四五岁双腿细长的女孩，穿着白色圆领T恤，底下是深蓝色短裙和白色运动鞋。女孩手里拎着一只黑色的提琴盒，脸冲着阅报亭的窗玻璃，缓缓从四个男人的身后走过去。她走完两米来长的报亭，转过脸，看到了马路对面坐在台阶上的麦弓。女孩侧了一下脑袋，用那双天真新奇的大眼睛看着麦弓，嘴角浮着微笑，那神情像是在说：嗯？这样？为什么？

麦弓冲那个女孩笑了。她可真可爱，真漂亮，他心想，忽然有了想要过去搂她一下的冲动。几乎在同一时候，那女孩脸红了，她的笑容还是那样纯洁明亮。她低头很快扫了一眼自己高高鼓起的胸脯，又抬起头去看冲她微笑的麦弓，显得不知如何是好，但并没有扭捏不安。

她会过来吗？麦弓想，他用温和的鼓励的目光继续看着她。

一个跟她差不多年龄的女孩忽然斜着从马路对面奔跑过来，向傻呆呆拎提琴的女孩喝了一声嗨。拎提琴的女孩露出惊讶的神色，说："偌奈格会来达葛里呀？"

"来保护你啊，"第二个女孩理所当然地说，用的是普通话，而且故意提高了嗓门让对面的麦弓听见，"谁像你那么傻，跟这样的陌生男人都敢对眼睛。我看他不像是一个好人。"她说完之后转过身来，摆出一副十分老练刁蛮的样子，怒气冲冲地盯着麦弓。

"好了啦，没有啦。"拎提琴的女孩红着脸狡辩了一句，挽起她女友的手，轻轻甩了两下，表示安慰。

女孩甜美的嗓音让麦弓再次怦然心动。他看着两个女孩沿河岸往西边市心桥方向走去的背影，感到有些不好意思。真奇怪，他心想，被一个十四五岁的小女孩搞晕了，还有了那种念头。是什么呢？柔和。宁静。甜美。Naïve。温暖。是美好，就是美好。十年以后呢？她会一直保持刚才那样的美好吗？会有人毁了它吗？如果我那时突然想要找到她呢？总不会还有可能再次偶然相遇吧。天哪，她现在去了哪个角落？如果我从现在开始起在这个城市里寻找她，十年以后终于找到她呢？哦，十年，一座伟大的城市都已经陷落成为废墟。你还记得十年前的一个下午一位坐在梅城博物馆前面台阶上的男子吗？对不起，想不起来。同一个片刻的不同保存。同一现实模板的两件印品，装在两个心灵各自的某个角落的某个封套里，也许将永远彼此隔绝，无从对照。甚至就算十年后她真的与我相爱，恐怕也仍是一样。我真想不起来了亲爱的。记住它，姑娘，请记住它。

笔记

"你怎么还在？"李可道从广场的大钟前面侧过身来，枯涩的脸上掠过些许欣喜，又很快褪去，显得无奈，又有些怒气冲冲。

"多陪你一会，你不要吗？"詹未朝四周转着头，笑着，"我想找个人说话，进站还有半小时呢。"

"你还是走吧。"他像是在哀求。

透过候车室的窗户，詹未看到他怀里抱着那架"苦水倒不尽"，站立在大钟前面。悖时鬼。一本正经地抽离了生活的每一份乐趣，守卫着那些愚不可及的念头，像宝贝似的，以为可以造出一个他人无法企及的思想殿堂。结果呢，她心想，还是免不了人云亦云的肤浅。这位处处受挫的苦行僧，累得快不行了。

"你说得又拗口又贫乏。算了算了，哈，不说你了。这样不太好，对不对？确实不太好。还是再为我弹一会'苦水倒不尽'吧。来一曲怎么样？"我说，随手打开床头柜抽屉。一堆卷曲的长筒丝袜，零乱的小物件。一只金戒指，顶部一片树叶。我将它戴到手指上。我把它取下来，扔回到抽屉里。

"不弹了。我知道自己不是一个有才华的人。我思考问题的方式过于笨拙。虽说如此，我也只能这样。我只是觉得不该遇上你这样的女人。你总是指着我的痛处。"

"你还是觉得你这样冥思苦想会有什么效果吗？你挖的那些土坑里真有什么金子吗？就算是真有，估计也是你自己预先埋在那里的。我好像有点刻薄哦。哈。我一般对人不是这样的。这不是我的做派。你能坐到床上来吗？这会有点风。"

"也许吧，我的生活能力本来就很有限，现在连这点很有限的能力也都不知不觉退化光了。可我不需要这些。"

"这种担心是不是有点多余？你并没有受到生活的死搅蛮缠啊。或许你只是过于热爱自己现在这种形象而已，就像你对自己的思想总是过于郑重其事。那些东西多么老掉牙啊。什么'白色豹子'啦，不就是罗素说的'金山'吗？"

"我想指示那种不可言说的内心形象。"李可道说。

"哈，那有些无聊哦。"我在镜子面前扭过头看着自己。骨架端正又清秀，事实上也很有力。手指顺着腰肢滑到臀部上端。屁股还可以嘛。跟他来一下。我朝他笑了。他快要垮了，对自己已毫无把握，但还在勉强坚持着。再来一下他就完了。他太没有情趣了。可想到他脆弱屈服的样子，我就心跳加速。看看那个结局，我想看一看。他好可怜，长期的自我折磨，总算在脸上透出了一些男人的深刻来。他盯着斜靠在墙上的"苦水倒不尽"，努力维持着自己的平衡感。阳光从湖绿窗帘的顶部和侧面的缝隙里射进来，在潮湿阴暗的屋子里变得稀淡。他站起来，动作生硬，步履艰难。这一段短短的距离似乎耗尽了他所有的体力。我的面孔随着他向我走近而一点点地仰高。晕了。这个男人就要倒下来了，我那时心想。我低下头，看到了他贴近我面孔的裤裆底下那东西在很快突起来。哈。

"哈，哈。"我笑出声来。

"你是一个小妖精。"嘶哑的声音。他笨重的手掌落在我头顶上，暧昧地揉着我的头发。

猫从床下轻手轻脚地走出来，朝前撇出一条右腿，弯着脖子站在屋子中央。它这样一动不动地停了一会，慢慢地弓起身子，张嘴朝我俩呵了一口气，掉头走了，一步一步地踱。我的手在他大腿上移动。他很快就要不行了，暂时还忍着。

"把门关上，好吗？"

"好吧。"他任人摆布地应和着，把他的手掌从我头顶撤回，朝门口走去。

我隔着自己的衬衣打开了乳罩搭扣，从领口把它拉了出来，扔到了床头柜上。李可道转过身来。我冲他微笑着撩起短裙，把长筒袜从大腿根部褪下来，也扔到了床头柜上。

"我还不像脸上这般黑吧。"我抚着自己的腿说。我已经脱了裙子。他还一动不动地站着。"呵，是不是要我帮你解皮带扣呀？"我说。

"我还是自己来吧。"他背着我坐在床沿上，有气无力地剥去汗衫，解开皮带扣。

我拉开窗帘。阳光立刻进来了，也带来了户外的湿气。"你厌恶的世界，"我对他说，"不过谁也看不见我们。真的看不到的，从外面看，这屋里只有一片漆黑。"

他像一块影子似的覆盖上来。我小小的身体躲在下面。他很笨拙。我对那事缺乏兴趣，只想看看他最后会怎样。我把手搭在他热乎乎的后背上，盯着天花板。让他去吧。他越来越缓慢，脸部湿热。

"我们不做了吧。"我说。我想把身体抽出来。

他突然两只手掌紧紧抓住我的肩膀，说："我要把它做完。"他牢牢地粘在我上面，浑身滚烫，中间那地方却在软下去凉下去。

"我们不做吧。"我说。

"不行不行，"他喘着气说，"我不要了。"他滚落下来。

那种腥味。

眼下

唔唔唔唔。翻回去看看。翻翻翻，翻翻翻。

笔记

　　麦农走进车厢，又一次看到了坐在过道外侧的那位穿便西装，露着白色绣边胸衣的女人。她的鼻子两侧散布着淡淡的雀斑，面孔像一朵小果冻般软弱潮湿，没有一丝生气。她柔软的手指刚才伸进麦农的睡眠，像一阵细语把他唤醒过来。她盯着迎面走来的麦农，从微尖的下颌上部浮出一丝笑意。

　　"你好，"麦农说，"买票的时候我们排在一起，我的位置应该离你不远。哈，邻座。"他把一只大背包塞到行李架上，在女孩边上坐了下来。

　　"你刚才睡得真香啊。"她亲切地说。嗓音单薄古怪，像边缘带小毛刺的芦苇叶一样割人。

　　"这车厢是能吸烟的。你没问题吧。"

　　"你吸吧。"

　　"太好了，你旅途长吗？"

　　"几乎跟你一样长。"

　　"杭州下？"

　　"上海下。"

　　"好。"麦农不说话了。他盯着铺着棕色无釉瓷砖的站台，感到自己陷在一团毛糙的烟雾里，舌头在一点点地变凉。他听到身边这位女孩用纸巾压住的低声咳嗽。车厢晃动了一下。站台上的柱子开始往后移动。脚底下传来阵阵沉闷的振动。列车闪过站台上渐渐连成一片的柱子，背着各种包袱的旅客，和身穿制服、手执小旗、每隔一两秒钟闪过一个的僵立不动的人形。一片光明扑进车窗,铁轮与铁轨的碰击声挣脱混浊沉闷的轰响,霎时变得又轻又远,朝着缓缓转动的旷野轻快地扩散开去。迎面来的风干燥炙热,但多少冲淡了麦农泥泞的感受。他觉察到身上的汗液正在迅速风干,结成一层土膜。他扭动了几下,那层土膜便碎裂开来,不过没有掉落。

热风吹着他指缝里的纸烟,飞快地变短。他身边那个女孩咳嗽得越来越频繁,吃力。他转过头,看到她瘦小的身体随着咳嗽一阵阵抽动。她抬起头来,朝麦农笑了一下,被眉笔画得十分僵硬的黑色眼圈底下淌满了泪水。

"你的烟可真呛。"

"对不起,这根抽完再也不抽了。"

"什么烟呀?"

"新疆的莫和烟。"

"给我一根好吗?"

"行,咱们去过道吸吧,这儿风太大。"

她踩着细小的步子,双臂紧缩在胸前,豆芽般的身体不由自主地跟着车厢一起摇荡。她时断时续地哼哼笑着,以缓解自己失衡的窘迫。她终于跨了过来,看了一下布满锈迹的过道壁板,最后挑了有玻璃窗的那一面,将背部轻轻靠在了上面。她微笑着,娇弱地喘着气,额头已渗出一小片汗液。

"谢谢。"她伸出一只小手,接过了麦农的烟。

麦农听着她不知从何处冒出来的纤细的嗓音,忽然感到一阵晕眩袭来。因为列车晃得厉害,他的手臂触碰到了她冰凉的手指。太古怪了。他厌烦地紧一下面颊,点上烟,重重地吸一口,在空中挥了一下火柴棒,把它扔进了车厢壁部的烟灰缸里。

"我没有火,"她不自在地笑出声来,"我一般不太吸烟。"

"嗯,对不起。"麦农再次划亮了火柴。

她小小的面孔凑过来，几乎沉没在麦农的手掌里。

"谢谢，"她抬起头来，两瓣猩红的薄唇里缠着一股淡烟，"我还是忍不住想知道你的名字。是不是冒昧了？当然你可以不告诉我。"

"麦农。你呢？"

"詹未。你刚从西北回来吗？"

"对，"麦农说，"你的嗓音很不寻常啊。"

"怎么呢？"

"有些残缺，像是单声道。"

"哈，还从来没听人这么说过我。哈，这样说别人。看来从你嘴里得不到什么好话。我很早以前咽喉动过手术。"

"怪不得。"

麦农把右手撑在詹未头顶的车厢壁部。对方细微的呼吸一次次爬过他手臂上的毛，让他感觉头发上的沙子越结越多，头皮一阵阵发麻。这张虚弱的面孔似乎正在从空气中消失。还好，她的眼睛出奇的明亮，黑漆一般闪烁着，使得她的脸部多少还算有一点神采。

汗还在不停地流出来，麦农感到身体又变得泥泞起来。他把视线从她白色的微微外翘的胸衣移到了窗外的田野，随后将撑在她头顶的手臂收了起来。大片大片稻田，已经开始泛出金色，中间立着几株清瘦笔直的杨树，靠近根部的地方各长了一蓬蘑菇形的枝叶。几个农民直起身来，看着火车从眼前开过。火车突然进了隧道，她的脸也跟着被黑暗吞没。一会，阳光重新照亮车厢，它看上去要比刚才陈旧了许多。透过窗户，麦弓看到车头正在弧形的铁轨上缓缓移动。

"快到午餐时间了。"

"刚才抽了几口烟有点晕，都不想吃饭了。不过我见到白色的饭盒还是会激动一阵子的。我就喜欢白桌布，白饭盒，白米饭。"

"白床单白大褂白帽子。"

"真的，我同样喜欢医院。有些病态是不是？去餐厅吃怎么样？那里整洁一点。"

"好，"麦农站起来，"我真有些饿了。"他走在前头，拨开横穿过道的腿脚，把坐在地上打盹的人叫起，从一堆堆行李上跳过去，回过身来，将不知所措的詹未一把抱过去。

"天哪。"她小声叫着，一脸开心的窘相。

麦农把她放到地上，和她一起进了餐车。

"我不太受得了太中心的位置，不过你要喜欢就算了。"

"换一个吧。"麦农说，向角落的一个座位走去。

詹未跟在后面。

"就我们俩，来得正是时候啊。"她规规矩矩地把手肘搁到桌沿上，露出一脸喜色。

"风变湿了。"麦农沮丧地把头从窗口缩回来。他身上的泥土这会又与汗液糊在了一起。闷热潮湿的空气让他感到全身发胀，脸孔似乎在一点点地变大。耳朵又塞住了。是体虚吗？那次去广州也这样，才坐三十六个小时腿就有些肿了。这回可是八十四个小时，无座票。"一过长江就是这种空气。"他说。

"忘了它吧，你也不是地道的北方人。"詹未说。

眼下

那年回来，火车站外面正下着雨。我仰起头对自己说："我又回到潮湿的南方了，这感觉真是奇妙。"我熟悉的色迷迷的天气，色迷迷的女人，红彤彤的像是铺满了女人的大腿的夜空，淅淅沥沥的雨声和在雨声中晃过的脚影。尽管是冬天，我仍能感觉到洋溢在空气里的温暖和甘美。没两天就不行了。南方三月后的雨季和十一月开始的湿冷真让人受不了。尤其现在这种时候，没完没了的梅雨让人喘不过气来，偶尔停上两三天，也是一副阴云低垂半死不活的样子。雨水从屋顶、树梢、伞面上渗下来，在地上积起一个个水坑，一出门就溅一身烂泥。哪天一团白乎乎的阳光从云雾里透出来，人就会像呆在蒸笼里一般难受。所有的东西都是湿的，全在出水。糖果融化，门胀得关不上，被子又潮又重，洗好的衣服晾上十天也干不了，鞋子书籍食物和床脚全都返潮，长出一簇簇霉花。梅城人对此已经习惯了，不会像我这样在意。刚到北京那年冬天，每天早上醒来，我鼻孔里和喉咙里都像是结了水泥块，一样没多久就习惯了北京的干燥。只有三四月的风沙不好习惯。出一趟门，牙缝里吐不完的沙子，嘎吱嘎吱能响好半天。随便抹一下眼角，准能抹出一坨沙土来。相比之下风沙还是比梅雨好受一些。你吃一嘴风沙总归还能骂骂娘，可两个月梅雨下来，连最初的愤怒都不知去了哪儿，只有一团团发不完的无名火。江南梅雨天气只适合女人享用，每天啃着酸溜溜的杨梅，听着嗒嗒嗒的情歌，把脸上和手上的皮肤保养得泛出美玉般的光泽。啊生活趣味。一些傻兮兮的男人还会在厅堂弄个笛子吹吹。这满大街的杨梅，人手一篮，我怎么看了半点感觉都没有，尝都不想尝。喇叭声车铃声。挤了。下班了吧。应该是。等到博物馆里面的人都下了班，我就不等了。

笔记

"这里的三十五度比吐鲁番的六十度还难熬。"麦农说。

"六十度？哈，都成人干了。"詹未说。

我把那件装了蘑菇和雪莲的汗背心挂在车窗外面，盼着热风和阳光能将它们快速弄干。汽车在戈壁里开得飞快。到了吐鲁番，雪莲干枯发黑。这洁白的东西，五毛一个，专治月经不调。

蘑菇变得又小又黑，手指一碾就碎了。市里连公共汽车都没有。每走一步路便像是要被烘干。旅馆的那只电扇哗啦啦响，吹来的全是热气。墙壁坐椅脸盆床铺都火炉似的发烫。后来才知道本该住边上的吐鲁番宾馆。四人一间，每床六块，有空调，还有随处蔓延的葡萄架。晚上在旅馆呆不住，就过去了。一个光头大厨在弹冬不拉，要我坐到他边上去。后来又去了附近的文化官，有舞会。坐了一会，请那个最漂亮的维吾尔族女孩跳了。她开始还说自己不会跳，等发现我才真的不会时，就带着我乱转了。

眼下

老头让我跟他骑一个骆驼。戈壁深处的阿斯塔那古墓群。里面黑咕隆咚的，半天才看清了前面石床上并排躺着一男一女两具木乃伊。尸体上有些部分还新鲜呢，老头说，来了科研人员，采了一些皮毛和骨头，还找到了两个活细胞。两人一起躺了一千多年，有情人终成白骨。老头塞给我一个电筒就顾自跑外头抽烟去了。我打着电筒在两具尸体身上都轻轻摸了一下。大概被太阳晒烦了，老头就想捉弄我，把木门给扣上了。我敲门让他开，他在外面笑着说：下次我带人来的时候就有三具尸体了，多了一个第三者。那种气温，人要是一天不喝水真的就风干了。上年，他们说，是六十二度。幸好他们有坎儿井。一大群小伙子聚在黑漆漆的地洞里唱歌，底下流着一条细水。吐鲁番没有火车站，得去大河沿坐。大河沿也热，可不是像吐鲁番那种烫，偶尔还会吹来一股凉风。那里的风多奇怪，又干又硬，好像立即就要把你吹干。没去北京的时候不能理解水有软硬，这下风也有软硬了。这种风喝多了就口渴口渴口渴只想喝水。车站供应开水，一会就没了。不知哪儿丢了水壶，只好用啤酒瓶代替。外面有人一声惊呼，开水来了。候车室里的人立即抓起杯子或空酒瓶，呼地冲出去，像刚出生的小猪争抢母猪奶水似的挤在水龙头四周。都是些喉咙冒烟干得没汗可流的人，一副奄奄待毙的神情，听到有人喊出了水字，立刻就活了过来。沸水四溅，里面的人尖叫着往外退，外面的人张着嘴，谁都不怕烫坏了身体，拼命往里钻。一分钟后，水又停了。谁能挡住干渴拒不饮水，我就给他整个王国。我不行，嘴淡得要死，最好是来一桶温温的盐水。好不容易打了小半瓶，轮流用几个指头抓着瓶口回到售票室，投了一小包盐进去，忙不迭喝了一口，烫坏了舌头。一失手，连瓶子都摔碎了。边上人都默默看着我，替我惋惜。古怪的车站，静悄悄没有声音。是我的耳朵塞了的缘故，还是因为那里的人本来就好沉默？一个高高地坐在窗台上的男人，赤脚拖一双布鞋，脚后跟竖着半瓶啤酒，乱糟糟的胡子头发，手上捧一本小俄汉词典，咒语似的念个不停，翻过一页，撕掉一页，拧作一团，扔到窗外。疯子。同伴是个胖子，要整齐些，贴墙坐在疯子的窗台下，一瓶接一瓶喝啤酒，在大屁股边上排起了空酒瓶长队。很多人为打开水向他要空酒瓶。也是疯子。我那个好像也是向他要的。他打起了响雷般的呼噜。我直接从他脚边拿一只酒瓶又去打水。供水处的女人从旧木窗里探出头来说："锅炉坏了。只有凉水。"筷子粗细的凉水。跟我之前那个小气鬼房东差不多。戴假发套。夏天也一样。老婆在这头，小气鬼在那头拧总闸。"怎么样？""嗯再小一点儿。""怎么样？""还得再小一点儿。"水弄那么小，洗衣服自然去河里，最好你从此脸都不洗了。不一样，大河沿确实缺水。围着水龙头的人都是掬一点水搓一把脸，完了翻转脑袋，嘴里灌一口水就走。我打到了半瓶凉水，也停了，够幸运了。又往里加了盐，喝着非常解渴。那个矮小干瘦的女人，全身上下结满了泥垢，没人能分清楚她身上哪儿是衣服哪儿是皮肤。脑袋很小，脸黝黑，有点浮肿，嘴巴远远翘在外头。她手里拿着一小截铅笔和几张信笺坐在地上，替一个抱小孩的女人画像。虚线勾几笔，等有了大致的明暗和五官轮廓就不画了，把纸片塞进身边的小麻袋里。那只神秘的小麻袋。以为她是行乞的，都躲着她。她每次总是先从眼皮画起，刚画完眼皮对方就溜走了。我买完票，她已经挪到了候车室里。那些人躲得更快。不全是怕她漫天要价吧。这个神经兮兮的女人，带来了不安。除了那个恹恹欲死的撕词典的疯子和他底下打呼噜的同伴，估计所有人都怕一不小心，自己的脸被这位肮脏的小女人画走，装进她的小麻袋里。她就地坐就地画，说话慢慢吞吞，口气像女耶稣。那个老头被她弄得不耐烦，终于发火了。她死样怪气地回应："本来已经很空虚了，还要骄傲。"我边上那个大黄牙老女人举手朝我遮着半边的嘴说："这人精神不正常。"我正好耳朵堵了，没有听清楚，就大声问她说什么。她只好大声说："这人精神不正常。"那个小个子女人听见了，碎碎叨叨地说："你们正常的人就无缘无故地怨恨别人，猜忌别人。"大黄牙女人立即扬言要扇她耳光，接着大骂，嗓门很大。这样的人是怎么回事？凌晨一点的车票。我从长椅上醒来，看到一个惊人的景象：所有候车的人都半张着嘴巴在沉睡，还陷在烂泥堆里没有成形的亚当始祖相。那个小个子女人赤着双脚坐在地上，还在画人像。她看上去很虚弱，黑色的小包敞开着，里面的东西散了一地：两截铅笔，一沓信笺，一包碎饼，一本她随身带的黑面《圣经》。远远的还有两只踩烂了后跟的皮鞋，也是她的。现在，整个候车室就她一个人醒着，她总算不用请求了，想画谁就画谁，画完了就塞进她的小麻袋里。她是在为末日审判收集有罪人肖像吗？不知道里面有没有我，我那时想，很快又睡着了。

笔记

"不会，有坎儿井，满地的葡萄和蜜瓜。"葡萄架。像梅林湾沙地的番薯藤。成片成片的葡萄就在你眼前。花一块钱随你吃个饱，但你得跟人一起坐在一字排开的圆桌前，等着侍者从你头顶摘了小葡萄送到你面前。你不能摘只能吃，只能吃他们那里最好吃的小葡萄，不能吃别的葡萄。太没劲了。去之前就听人说葡萄架管得不严，想省一块钱，又想吃个畅，还得自由自在边逛边摘。黑心。这也是南方人的习气吗？浙江人。他们最讨厌的是广东人。

"你大约是在新疆有了什么艳遇吧，那边的女孩都很漂亮。"詹未说。

"嗯。"哪有那么好的事。刚摘下一串，吃了两三个，就被保安请进了保卫科。"有没有带钱？"倒是直截了当。"没带。"我说。看我挂着他们的新疆腰刀，就让我解下来，放到桌上。"有没有带钱？""没带。"我说，心想都已经收了刀了。"跟我来。"科长冷不防扣住我的手腕，抓着我往外走。他把我弄到门外一棵大树旁，让我抱着树干。啪，铐上了。没想到会是这样。周围立刻聚满了人。洋相出大了。"今天的嘛你就站在这里。明天开始的嘛，拘留十五天。"科长说。他进去了。"我带了钱！"我喊道。

"不过，哪个女的看上你准倒霉。"詹未说。

"是。"科长走出来，神情严肃，替我松了手铐。录口供。"哪儿人。""浙江人。""浙江人就可以随便偷人东西的吗？你们那里不是共产党领导的吗？""吃葡萄需要共产党领导吗？""这不是吃，是偷嘛！好好学学这个东西！"科长扔来一本小小的白皮书：《中国新疆吐鲁番葡萄架管理及罚款法》。由吐鲁番人大代表提议，全国人大表决通过。罚了五十块钱。亏达屋里都弗认得。我刚要走，又叫住了我："把刀嘛拿去。葡萄的嘛，付了钱了也拿去。"我的赃物，全吃了。她刚才跟我说什么来着。

"你身上有股又无耻又邪恶的糟蹋欲哈。"

"准确刻薄的评价。"麦农说。他感到水汽在他的指缝、腋窝和阴部四周荡漾。它们来自车厢四壁，桌椅之间，来自懒洋洋嗡嗡作响的闲聊，来自窗外的天空和渐渐变得低矮浓密的树丛。

眼下

水汽来自懒洋洋嗡嗡作响的闲聊。这种句子真是莫名其妙。呵，我以前怎么这么糟糕？并非那是错的，而是，我曾认为那是对的。

麦弓看到那个打《神曲·地狱》的少年高手抽抽着冲天鼻从游戏室里走出来，后面跟着那些暂时还缴不起学费只能在一边做看客的小学生。

一个小学生手里抓着一根树枝，舒展着双臂和肩上的透明塑料雨披，从游戏室里飞快地冲出来，嘴里高喊："我是恶鸟。"他将树枝条当作铁钩，扎向前面一位小学生的背部："你被抓住了。"

"你滚开，恶鸟！"背部受击的小孩转过身来，忿怒地说。

翅膀赶不上恐怖。那罪人已钻进沥青下面。那位打《地狱》的少年站在路口，边抽抽鼻子边看着左面那辆向他缓缓靠近的三轮车。车夫停了车，扭过头来笑嘻嘻地看着他。少年上去了。那些小学生现在倒倒歪歪地在学着伪善者走路，对过路的行人悲悲切切地大喊大叫："请你们停步，你们在昏沉的空气中跑得如此快的人们啊。"

笔记

这种感觉，就好像是刚刚呕吐完毕，还有残渣留在嘴边。别想了，就此切断还来得及。若即若离，漫不经心的诋毁和调侃，一副假惺惺节制的面孔，欲望的触须在底下蠕动。停，趁手还没有伸出去。沾满了她们的汗浆和体液的手，谙熟各种逗弄的手，将要死去的手。去洗一洗，去洗一洗。坐在肮脏的过道里抽烟的人群，一条条腿座位底下伸出来，穿过过道，伸进对面的座位底下。那个高个子老人，从乌鲁木齐去北京。八十五岁。半夜里熬不住了，钻到了座位底下。他睡了两个小时，曲着僵硬的身子从底下爬上来，笑着，一身汗湿。在火车上，没有比座位下面更适合睡觉的了。一下去才发现底下也有一个世界，一个扁扁的只许躺不许坐的世界，挤满了人。好不容易找到一条缝隙，挤开胳膊大腿勉强躺下，还没缓过气，就有一只大臭脚伸过来，顶歪了我的鼻子。我把它推开，它借势回弹，搁到了我脸上。反复一来一回，居然就睡着了。醒来的时候，发现前面座位上挂下来的两条女人的小腿已经换成了光脚穿皮鞋的男人的毛腿。一问才知已经过了五个小时，我还以为自己一直都醒着。麦农轻轻拍一下前面那位穿汗衫的女人的肩膀。她侧了下身子，没余地了，示意他从她的手臂上跨了过去。他一次次提起腿，挨着一只只熟睡者的脚慢慢踩下去。那些没睡着的都主动提前双手抱腿，把身体像粽子一样裹得紧紧的。厕所边的水池上坐着三个男人。厕所里有人。一会儿门开了，一个女人半低着头从麦农边上挤过去，带着一股异臭。见过在厕所里呆六七个大男人的，有两个坐在窗口，一手抓着窗框，半个屁股悬在窗外。真臭啊，腥臭。麦农看到厕所里满地烂污，几乎无处下脚。操，月经棉？是月经棉，一块带血月经棉糊在屎堆里，散发着让人窒息的恶臭。那个低头从我边上挤出去的女人留下的。蹲坑被堵死了。我的屎拉在她的月经带上，然后我的尿又浇在上头。拜托，别想了。麦农脚踩烂屎站到了蹲坑上。他掏出报纸，撕下四分之三，扔在那块月经带上面，然后拿脚试探着轻轻踩了一下报纸，希望能疏通蹲坑。报纸很快变湿变软，上面多了一脚屎印。用最快速度拉完屎，这是我的强项。麦农脱了裤子蹲下去，憋一口气，一二三。外头有人敲门。一二三，再来一下，一二三。外头的人开始持续地敲门。操，就这样吧，能熬到上海了。麦农用剩下的三分之一报纸擦了屁股，提着裤子站起身来。车身一阵急晃，他伸手抓住了右边壁板上的把手。等放开把手的时候，他发现自己手上沾了一片屎。操，谁把屎糊在把手上的？怎么办，没报纸了，也没水。麦农在噼啪作响的壁板上擦了一下手，拉开了门。一个老头，不等他出去，便奋力挤了进来。去水房。锅炉前围满了人。空气很烫。人人都拿着一个水壶。一个男人弯着腰十指在铁壶上弹着琵琶从里面钻出来，外面的人纷纷让开，不小心碰一下，谁都有可能被烫坏。麦农趁着这当口一下挤到水龙头前，抢在一只水壶前伸出双手。"噢。"他轻声叫出来，把沾过屎的手伸到鼻子下面闻了一下，还有点臭。于是再次将手伸到开水龙头下面。这回他多坚持了一秒钟，也多"噢"了一声。他再次闻了那只手，屎味没了。再这样冲下去，这手就可以像鸡爪一样剥皮了。母亲用开水烫着鸡爪。呼呼呼，她边扯鸡爪上的黄皮边急急地呼气。这个女人，白色的胸衣里面透出半个小乳房，颜色比肤色还黑一些。身体羸弱，阴气十足。麦农回到了詹未面前。

"让我看你洗澡。"我说。

"不行不行。嘿嘿给我毛巾。你可以出去了。"布兰在热腾腾白乎乎的卫生间里晃来晃去。她的身体洁白又结实，只是那会玻璃糊了，看不太清。她低着头，一卷卷湿漉漉的长发挂到胸前。她撩出一支手臂，说："给我毛巾，一会再让你看。"她的手终于够到了毛巾。门慢慢地关上了，只留下了一道细缝。

"看一眼。"我说。

"好吧。"她说。

"算了不看了。"我说。

水声变小了。

"我好啦。"她挂着满身水珠走进了卧室，啪地扑进床里，屁股朝上脸朝床，一动不动。她洁白的小腿有半截伸在床沿外面，脸侧向窗户。飘浮在她眼中的潮雾映着欲火。一头湿发软软地搭在圆圆的脊背上，中间的恶之花静静地翘着，等待着。一只有卷曲的羽冠的紫黑色的鸟，Brûlante et suant les poisons 她并没有。波德莱尔的女人那里没有洗干净。恋脏癖。但偶尔呢？嗯嗯。但偶尔呢？哈。身体正面与羽绒被接触部位的凹陷，挡着腹部和乳房。从小腿与大腿的连接处有淡青色暗部开始，线条渐渐地抬高，呈 V 形伸向两边，一直到撅得高高的柔韧的臀部。它翘着，敞着，呼吸着，伸在腿缝外面。褐色百褶布一样的外沿和淡粉色娇嫩的内侧。哦这个洞穴，一副任人宰割的样子，我还没有进去过。我全身的皮肤在跳跃。她还是一动不动地伏在被子上，左臂上方是一只绿色的喇叭形的灯套和一个黄色的灯泡。

眼下

这家伙是不是真的回北京了？

笔记

然后我感到了一丝凉意，同时身体变得紧密了。我更加振奋，仿佛此时我的身体成了一只结实的橡皮球，可以飞向任何一个我想要击中的目标。我走到她敞开的小腿中间，把它们拎了起来，直到能勾上紧贴在我腹部的那支已经胀得疼痛的东西。哈玉茎。咱们的命名法则。进去了。她迷迷糊糊地低声叫着，两手伸到脑袋两侧，但根本不是想要抓住什么东西或做出一些抵挡的样子，而不过是想充分体味身躯在光滑松软的被子上往后滑动的感觉，或者说是想要在被顶入之前积储充分的空虚感，并在被粗暴地拖拉、抛掷之中更加自由自在，更加忘乎所以地进入被突然充塞的那一刻。她哼哼唧唧，把脸侧到了右边。我看到她的眼皮合着，底下有两颗黄豆般大小的突起的眼珠在左右滑动。

"我那时想到勾引你一下试试。"后来我们说起这事的时候她笑着说，"印象？嗯，一个古里怪气的人。有些荒唐。你轻一点，他们在那间屋子里，会听到的。"

眼下

那时两个犹太人已经旅行归来，布蓝还不好意思当着他俩的面跟我睡一起。我们告辞的时候他俩站在门口，一脸失望。我想放过这次吧，可今天晚上我实在想跟她干一次。我和布蓝一起在走廊里走。我突然抱住她，把她拖回到犹太人夫妇的房间前面。"It's great." 乔打开门，没有显出一点惊讶，"Why did you wanna go?" 我俩都没回答。他老婆立即拎了两只睡袋出来，棕色的眼睛里闪动着"理解"。"谢谢。"我说，冲她笑个不停。"不，客气，"路茜说，"We have to leave you now." 乔依在门边，因为难得从从容容做成了一件复杂的事情而显得些激动。"晚——安。"他说。"Good dream，哼哼哼，再见。"布蓝转动着红彤彤的脸说。一个糊涂的犹太加一个好斗的犹太。一个对外界无比警觉的民族。因为小，因为受尽磨难。智慧是如此磨炼出来的。在他俩身上看不太出来。他俩把跟学校的关系搞得很复杂，搞得自己都快疯了。一个西班牙外教发疯过。她买了一把中国剑，挂在门口，一有人敲门就拿剑对着人家。他俩对我不错。我父亲替他们端去了倒了热水的脚盆让他们烫一下脚。他俩面面相觑。"My father thought that you would like to get your feet warm before you go to sleep." 我说。"烫脚。"父亲说起了梅林湾普通话，哼哼，完全没有意义，"中国有句话叫'知足常乐'，必须烫脚才能知足，温水不行。你们外国人不在睡觉前用开水烫脚，就不知足，就不能常乐。我们中国人天天烫脚就天天知足，就天天常乐。"他对这番说法很得意，最后加了一个长长的自我肯定的"哎——"。他俩听了我的翻译目瞪口呆。"Foot is enough? Enough is happy? Are you sure?" 乔问我。路茜下了一个简便的结论："That is Chinese."

笔记

"他们会听见的。"她说。

"没事没事，睡袋太热了。"我说，"咱们把一条腿伸到外面吧。"

"好啊，"她说，"嘟——"她轻声叫着，应和清脆的睡袋拉链的声响。

"啊，真他妈的舒服，又贴上你的皮肤了。"我说。她右腿在我腿缝里来回滑动。

眼下

我对布蓝可是够恶劣的。亲爱的你在哪里。

笔记

"你刚才是不是真想走？"我问她。

"想走啊，"她说，"你太无耻了，都已经向他们告别了，还把我从走廊里拖回来。"

"进去了吗？"我说。

"我不知道，哦天哪。"她说。

"现在知道了吗？"我狠狠顶了她一下，又问她。

"暂时还不清楚。是什么东西在我那里面乱搅？真可恶，真舒服。"

"现在知道了吧。"我更加用力地顶了她一下。

"再来一下吧，哦，我才不管什么东西在里面顶我呢，再来一下吧。"

"你喜欢做梦吗？"我说。

"对对，你可以快一点。这个时候最好是在梦里。在梦里让人这样干。"

"你想要显得清白无辜。"

"不是。"

"又能无所顾忌。"

"不是。我喜欢毫无戒备突然开始。随时随地你知道吗？"

"你以前的男朋友是随时随地要你的吗？"

"就是。太热了太热了。我们去阳台上晾一会吧。"

"去吧，大冬天让外面的留学生看看你的光身子。"

"算了，我就光着身子在屋里走走吧。"

"我也得走走。"

"刚才你都叫了。真下流，叫得那么响。他俩一定听到了。"

"让他们听听嘛，激发中年人的情欲没什么不好的。"

"路茜喜欢你。"

"别跟我提这个！"我说。光着身子想起路茜让我突然觉得咽喉有些不舒服。"她就像一块又白又肥的大橡皮。"我说。

布兰光着娇小丰满的身体在幽暗的屋子里走来走去。她踮着光脚丫走到靠阳台的墙边，忽然像壁虎一样无声地贴墙倒立在麦农前方。借着从盥洗室以及窗外路灯冒出的一丁点光线，他能分辨出布兰白色的一闪一闪的乳房，稍稍突起的小腹和更加幽暗的三角处。她将整个大腿在墙上滑开。麦农站到她对面，把脑袋倒过来，头顶着地板，以便能顺着看她在墙上倒立的样子：她站在半空中，脚下空无一物，像一个大 X，中间高举着一团柔软地叠堆着的水藻。那是阴部。用手掌在那上面轻轻地拍一下。口子张开，刚好能搁一只食指，像搁到一个笔架上，或者说像烟鬼点烟前将干燥的纸烟在双唇间来回地湿一遍。眼皮挂下来了。困。麦农的脑袋啪地在地板上弹平了。

"你不来吗？看，看。"她说。

麦农的脑袋再也转不过来，他只能看到灰暗的天花板。"不不。"他说，然后闭上了眼睛。滑动在双唇间的香烟。

"你不来吗？"她说。

"不不，"他说，"我睡觉。天还没亮。我睡觉。"

"你不能睡觉。我不想睡。给你吃一点东西。"

一颗软软的小东西在我嘴唇上滑动。是奶头。他费力地抬起一只手，抓住了它。然后用力一吮，几乎把整个乳房都吸进了嘴里，咬到了它的底部。他的嘴被塞满了。噗，他用力把它吐出去，睁开了半只眼睛。她在咯咯笑着，退开去，倒进了沙发里。他钻出睡袋，看到了墙上的书架，和卫生间透着一丝灯光的门缝。他朝着沙发走过去，一直走进她在扶手上呈八字形敞开的大腿中间。她伸手拔了它几下，一把使劲捏住。她的乳房是湿的。"是你刚才的唾液。哦，太好了太好了。我就喜欢这样，真的。不停地做不停地做，随时随地随时随地。对啦，对啦，你太好啦，你真无赖，太好了。你再也不能跟别人这样来啦，知道吗？"麦农听到它在滑动，带着一些逗闹，并没有多少快感，只是在快要滑到那堆层层叠叠有着暗玫瑰红的表皮时才感到顶部在吸盘般的收缩抽紧中的一丁点跳弹，不由自主的短促闪动，像一支没装水的橡皮塞子竹筒水枪，只有一股暖烘烘空洞洞的气流被推送出去。它引起的振荡十分有限，因而所受到的反弹也十分弱小，几乎就在它的根部，还没有传到腹部就消失了。接着它又一次整个地沉了进去，渐渐地触及了一些暧昧的意愿，心脏部位的一阵小小的抽搐，像血管里有一股血液突然加速向前奔跑，使后来的那股血液毫无防备地进入了失重状态。不知所措，同时有些愤怒和欣喜。那堆花瓣往它粗壮的底部铺了开去，发出轻弱的小水泡开裂的声响，随之是隔着骨头皮脂碰撞的声响。在她与我之间是那团僵硬弯曲的体毛在滑动在嵌入，几乎能辨别出每一根毛的移动线路。接着我又一次把整个身体从她那里抬起来，把多余的连接抽出，只留下那块极小的区域在一边退缩一边纠缠，同时我的意识迅速地穿过头颅，肩膀，腹部，悬空的四肢，集中在那一点将要消失的接触上面。现在它完全异于插入时的暴躁张狂，把整个过程无限拖长，变成轻快的嬉闹，如同恋人分别时彼此试探和冷落，为的是尽情倾吐无尽的千叮万嘱。同时也捕捉了从汁液丰沛但吸力渐弱的洞口传递来的点滴灰心，忧虑，屈从以及挽留。她从沙发上把腹部挺上来，紧紧追随着它，不让它轻易溜走，并不住地把卷曲的边缘像渔网口子一样抽紧，传去一阵阵的颤抖。胸口的血液猛地变成一束束急流从各处向我的腹部泻下。我的上半身和我的下半身脱开了。一股来自幽谷深处的奇异的力量牵引着我，让我不由自主地让整个身体跟着血液泄泻的方向俯冲下去。热流在我四周飞溅开来，如此富足浓烈的快意溢满了我的腹部。"亲爱的亲爱的堕落的女人，我的婊子。"麦农说。"你疯了。你肯定是疯了。哦太好了。小声点。他们。太好了。"她说。"你现在就想我放吗？"麦农说，咬了一口她的鼻子。"慢慢来，再过一会。"布兰说。"我想也是的。嘘——他们起来了。"是乔的咳嗽声。麦农听到背后闪出一道亮光，随后是抽水马桶的声音。他的两腿从扶手上迅速挪下来，用自己整个身体把她盖了起来，但那个地方却一直没有放弃，一直在不断挖掘摇荡。乔打开了卫生间的门。他进去之后才开灯，出来之前就关灯。成人之美。在一两秒钟里，乔的脚步似乎迟疑了一下。麦农感到了屁股上的凉意。乔又咳嗽一声，进了卧室。麦农又一次动起来，但已有些勉强。他发现自己一直在这种令人极不舒服的姿势里，可笑地跷着屁股，悬着腹部，两手撑在墙上。这种动作在他的印象里已经被重复了千百次。现在支配着我的并不是由爱怜、眷恋、仇恨、嫉妒等任何一种清晰的激情所唤醒的冲动，而是远为简单的，没有情感参与的低级需求：放弃活力，消磨欲望，毁掉生气，让自己一蹶不振虽生犹死。虚弱的消失感。那么多的厌烦，他心想，最初对异味的喜好，对微妙新鲜感受的期待，此刻已全然遗忘。不是说它现在被糊上了一层与四周隔绝的膜，而是它自身已退化成为类似于橡胶手套那样的东西，麻木迟钝。它渐渐变慢了，像一台机器被按下了开关，但还要拖泥带水地转上最后几圈。冷了，他想，她也一样感觉到了。

"还来吗？"他问。

"随你便吧。"布兰懒懒地答道。

他又往里伸了几次，才退了出来。尽管最后那几下把他弄得很不痛快，但他知道这是免不了的，是告别仪式中的一道普通程序。

眼下

噢这是什么，老兄。

笔记

那些殷红色的斑点从布兰身上滑下去，叠堆在她的脚踝上。在三亚的阳光下，它们在我身上跳荡。一个骑摩托的男人从对面过来。他刹住了车。我扭头冲他笑开了。"别东张西望。"李野狠狠拉了我一把。"勾引他一下试试吧。"我说。他牵着我，手臂又粗又短。"走吧。"我开始像模特似的扭着屁股走路。"嗨。"我扭过脸，朝李野撅了一下屁股，献了一个媚眼。他嘿嘿笑起来，一副憨样。心疼得要死吧。"嗨，"我在空荡荡的路边停下来，伸起一支手臂摆了两下屁股，挑逗他，"有点刺激吗？"他有点不安了，说："我们赶紧回去吧。"他那里受不了了。"不，我要在树荫底下走一会。"我又朝前走。他噔噔噔跟在我后面。远处的路面发亮，空气在上面扭动，上升。玻璃的流质。我皮肤赤红，发烫。太阳晒海风吹，让我全身干涩疼痛。还得走两分钟吧。"我不走了。"我停了下来，说。"怎么了？"他关切发问道。"叫辆计程车吧。我得保养皮肤。"我说。他跑到树荫外面，伸出短短的手臂。"你别急。"他转过头来，脸上都是汗。"谢谢你。"我为此额外献了他一个媚眼一个媚嘴。我噘起嘴唇把食指放在中间。大明星派头。"对，这样很好，"李野捧着相机在我身边转来转去，"这个动作以后只对我做吧。"怎么可能呢？我没答应。"你衣服上的点子跟那头花斑鹿太相配了。"他说。

"脸色并不是太好。"布兰冲着镜子说，放下了竖在嘴唇上的食指，"麦农你混蛋，竟敢对我漠不关心。"

"你说什么啊？"母亲在外面的屋子问道。

"没什么。"布兰说。她扯了一下内裤上的松紧带，等看到一团油亮的黑影，又啪地弹上。小腹很结实，很有弹性。臀部呢？她侧过身，撅起屁股，嗯好看。现在皮肤多好，不能在海边呆太久。去你的李野。她两手叉腰扭了两下，停了，掰开胸罩，低头看自己的乳房。应该更靠拢一些，可以稍稍再大一些。她把它们往里挤了一下，再狠狠地挤一次，疼了。"让我抱你一下。"麦农厚颜无耻地说。"No—no." 我伸出双手推着他，头发湿漉漉挂在我眼睛前面。麦农被我推着倒着走路，一直推到床沿，他坐下了。"我帮你洗头。"这家伙在我洗头的时候就在我背后油嘴滑舌。他被我推到床边，坐下了，顺势把我也拖了过去。他抱着我，想把脸贴到我脸上来。我避开了。他的脑袋就在我胸前摩啊摩，一点都不专心，双手在我后背上摸来摸去，半天找不到那个搭扣。我笑起来。"怎么了？"他满脸疑惑地笑着。我从他手臂里挣脱出来，沉下脸说："你是碰惯了那些胸罩搭扣在后面的女人。"他涎着脸皮说："那么说来，你的搭扣在前面的啰。"

布兰穿上那件白色的连衣长裙。袖子有块地方不太平整，她拿手掌反复压摩，把它弄平了。这种沉闷的阴天，她心想，穿得亮一些吧。脸色不太好。也没有什么不舒服啊。得找个时间去检查一下。

"我出去一下。"她走到客厅，对正在织毛衣的母亲说。

"你哥哥肯定坐在老虎机前了。"

"我去看看他。你不必替我织嘛，冬天还早着呢。他玩游戏向你要钱吗？"

"他结婚后一分钱不赚，倒是玩游戏输了万把块钱，把你嫂子和我仅有的一点积蓄都花得差不多了。"

"他也向我要了。"

"你给了吗？"

"给了他五百。"

"是小野寄给你的吧。"

"嗯。"已经三个月没有给我寄钱了。妈的，还想不想娶我。"妹妹，"哥哥把墨镜推到额头上，走过来，摸摸我的头，轻轻拍拍我的脖子，"从你每月几万日元里抽出一点来嘛。妹夫不会有什么意见的。"

"哪个妹夫？"

"李野啊，怎么，你们吵架了？"

"你真是烦人，哪有哥哥是这样的？老向妹妹要钱。"

"老虎嘴吞钱快，吐钱也快。我很快就还你。"

我给了他五百。妈的，还不寄钱来。写封信去。再过一段时间吧。古板的人。我才不做这种人的老婆。只剩下不到五千块钱了，开学还得缴一千五。麦农比我还穷。

"看到你哥哥，把他叫回来。"

"成都真是太闷热了，我想早点回北京。"

她母亲有些惊讶地抬起头来看着她，但没说什么。

天空灰不溜秋，看着像要下雨却一直没下下来。布兰白色的身影闪动在暗淡的大街上。一团团懒散呆滞的人形。丁丁作响四处乱钻的人力车。堵在路口狂按喇叭的汽车。她的步姿张扬作态，沉闷的街景中的一块高光，一个透气孔，给整条大街带来了活力。她在行人纷纷投向自己的目光中优雅地游动，装作对男人的贪婪和女人赞叹浑然不觉。两辆自行车，挡住我去路。欺人太甚。她小心翼翼地提着长长的裙裾，想从中间挤过去。糟了！一块黑渍子。她站在人行道上，朝着那两辆破自行车狠狠跺脚。"见鬼！烦人！滚蛋！"她大声骂道，提起一点腿，评估了裙子受损的严重程度。回家让妈妈去手洗。重新开步，步姿大有收敛。一家饭馆又一家饭馆，在马路上摆出一桌桌漂满红辣椒的麻辣烫涮锅。好香啊。一簸箕蔬串和荤串，随到随涮。这一带的空气中充斥着麻味辣味油味，真是叫人馋啊。坐下来吃上几串再走。肯定会把裙子弄得一塌糊涂，晓得就不穿这条白裙子出门了。看看，老家的人多爱享乐。北京人吃得太马虎了。也学着做樟茶鸭呀，酸菜鱼呀，夫妻肺片呀，水煮肉呀，味道全不行啊，居然还敢做毛血旺。这光膀子龙门阵摆得够气派，不下十个男人，外加一二三四五个女人。窗玻璃积满了水汽，他们在里面围着一只只汹涌翻腾的鸳鸯火锅，一万只筷头在里面乱搅。想想很馋人，想想也恶心。一阵阵从旋转的风叶里送出的热流，夹杂着浓烈的辣油味吹动了布兰的长裙。他们大汗淋淋胳膊乱飞。拳呀拳哎，九颗猪头，十只傻瓜，两个混蛋嗳——喝！拳啊拳哎，书店。前面就是电信局。拳啊拳他在哪儿？布兰想起了她男朋友，心血来潮开了家小书店，不懂得坚持不懈赔光了钱。他哭了，小孩子般的伤心。

"这一点你就不一样。"我说。

"怎么呢？"麦农说。

"像头狼，一旦咬住什么就再也不放下。不过你这人太不在意别人，也太不懂得享受生活了。"

"或许吧。我是一个苦命人。"麦农说，假惺惺地哭起来。他朝我侧过身，把手搁到我的腰上，又在我肩膀上吻了一下。他热乎乎的鼻息吐在我的后背上。他下面那地方贴了上来。我们谁也看不清谁。我两腮胀痛，下面等不及了。"你要我吧。"我说。"再过一会吧。"他说，轻轻把我推开。"他后来书店办起来了吗？"他问道。"倒是真办起来了。那段时光是我一辈子也难以忘记的。我们几乎每天在书堆上做爱。有一天我们正在做的时候，外面来了一位顾客。我朋友也不想管了。边往我那里面钻边大声冲外面的人说，'自己挑吧。挑好了把钱放在柜台上就行。'他是我第一个男朋友。"我说。"但不是第一次。"麦农在背后说。"你也会受不了吗？"我说。第一次是在跳舞的时候碰上的一个中年人，口口声声说要跟老婆离婚，跟我在一起。麦农说："这样可不行，从今往后，你不得单独出门。"他在黑暗中将双臂举过头顶，嚷嚷着。"不会吧，"我说，"麦农，你眼里根本没有女人，只有你自己，和你自己关心的事。"我说着一下心里就有些难过。我第一个男友多温柔啊。布兰举起手臂，抹了一下额头。一位小男孩从她对面走过来，碰了一下她肋部。有意的。哼，才这么小一点也来大街上占便宜了。他多温柔啊。从外面捧着一大束鲜花进来，说："好了，不会再有顾客来了。这两天生意不错，我要好好亲亲你。"我笑着哗地从被窝里站起来，光着身体。他伸开双臂。我往他身上跳。他一把抱住了我。他眼睛在闪耀。他咬着我的嘴唇，把我抱到旁边那堆齐腰高的没启封的书堆上面。我身体像元宝似的踡着。他边脱裤子边盯着我那里，脸上傻傻的。他站到我前面，开始挤我顶我。我高悬在书堆上，任他把我颠来倒去。"他做得可比你温柔多啦。你像野兽。"我说，"我们就听到外面有人冲屋里说，'里面有人吗？买书。'里屋和门店只有一块帘子挡着。我就想，他会不会走进来啊。'来人了。'我就说。'不管。'他说，特别任性，往我那里照顶不误。""是这里面？"麦农把手伸到了我那里。"就是这里。"我说，真希望麦农立即把他的家伙狠狠地捅进来，塞满我。我是几岁的时候开始觉得那里需要东西的？初一。那时整天盼着男人的东西顶进去。我自己用手指试了，总觉得不过瘾。"麦农，你赶紧捅进去吧。"我说。"得问问它，你问问它是什么意思。"他说。我伸手到他的大腿中间，一把抓住他那根东西。真硬啊，已经胀得很粗了。我说："它已经同意了，你就快点吧。"我紧紧抓着它，把它拉到了我下面的洞口。它退了一下，猛地冲了进来。"当。"麦农在它进去的同时大声叫道。不行了，布兰对自己说，现在要是排在我后面的那个男人碰我一下，我就马上跟他搞。管他是谁，长什么样的，只要那里过得去就行。先解燃眉之急嘛。啊麦农，心不在焉的男人，总是一副不快的神色。回老家一个多月了，连一封信也没来。"我得走了，"我说，其实还不想走，"本想多呆会，可见到你那样子就又觉得是在打搅你。""那就再呆一会。"他很长时间才说，很勉强的样子。到了。

布兰填了一张电报单子：我八月初回北京。她把单子递给服务员：“我还想打个长途。”

“去 301 号。”

"Hello." 乔的声音，有些不耐烦。

"Hi Joe, this is Bulan, How are you and, how is Lucy?"

“很好，很好，你呢？”

"I'm OK. It's so humid here. I want to be back a bit earlier."

“伟大，布兰，那是伟大。”

"Joe, did you get any message from Mainong?"

“不，布兰，不。他是一个不好人，不是他吗？”

"Yes, very bad man, really."

“他说，他是一个土豆 stomached man。”

"He is shit stomached. Bye Joe."

“哈，再见。”

眼下

犹太人的适应性。

笔记

“我仍不理解，东院既然辞了我们，为何还送这些小礼物。”路茜说。

“因为他们有负罪感。”乔望着屋脊中间的凸形宝镜，肯定地说。宝镜中间有一块黑色，掉了水银。路茜的话再一次激起了他的忿怒，他看了一眼蹲在两只屋角的飞龙，举起啤酒瓶喝了一口，说：“因为他们愚蠢。这个国家的人还没有学会最基本的礼节。”

“他们有孔夫子。”

"那就是他们现在忘了。他们不懂生意，只会说谎，他们甚至还没有学会怎么说谎。"

"乔，咱们回去吧。"

"哪里？纽约？"

"是的。"

"不。西院还欠我们的钱。我们一走，他们正好贪污这笔钱。"

"麦农说他们不会的。"

"你总是相信他不相信我。请相信我路茜，相信我。他们的上司肯定早就拨下这笔钱了。现在他们拿在手上，正等着我们走后瓜分。"乔把手中的香蕉皮扔到地上，伸出一只大脚，将它碾成了糊状。

路茜看看自己手中的香蕉皮，犹豫了一下，也扔到了地上，说："妈的。他们送的那些小礼物还是挺可爱的，不是吗？"

"你毫无理由地认同麦农说的一切。"

"你自己不是也喜欢他吗？"

"现在可不那么着迷了。他甚至说学校有权利辞退我们。"

"乔算了。谁知道呢？也许学生真不喜欢我们。"

"胡说，我跟学生相处得非常好。"

"那些中国人从不当你的面抱怨。"

"这太无耻了。他们可以事先什么也没跟你说，突然把你辞了。"

"我不知道。咱们去前面那个殿吧。别生气了，吻我一下，我亲爱的佛教徒。"

乔手握啤酒瓶，搂着路茜吻了一下。"你骗了我，"路茜抬起头，说，"我们来之前，你说要来中国做一名佛教徒。这就是为什么，我会和你一起出现在这儿。现在你都在佛殿前喝酒了。"乔朝路茜呵呵笑了。他喝完了酒，把空酒瓶插在了释迦殿前一棵老银杏树四周的铁栅栏上。"我是释迦牟尼最好的学生，"他直愣愣地盯着那些不满地向他回头看的游客，说，"比这些中国人好一千倍。""我决定不对你生气了，你太好斗，你在这里制造麻烦。"路茜说。

"Hello, how are you? "一个下颌留着一小块胡子的男人机械地举着一只手朝他们走来。

"我很好，你呢？"乔用同样蹩脚的中文说，握了那人递来的手。

"Not bad I speak English. Speak English please."

"不不，中文我们听懂，明白。"

"English English, I am Bond, James Bond. Do you do you like this? "

"喜欢什么？什么？"

"我的名字，my name. American 迪克忒忒夫。"

"迪克忒忒夫？我喜欢，美国的迪克……你说什么？"

"乔。"路茜愠怒地叫了一声。

"迪克忒忒夫。"

"对，迪克忒忒夫。好－好－我叫乔 J－O－E。认识你很高兴。路茜，我爱人。"乔又和詹姆士·邦德重新握手。

"你好，I sell joking, I sell joking."

"Jokes，很有意思。"

"Yeah 复数，jokes。"

"Joke 中文什么？"

"笑话。"

"So，什么克肖话你要买我们？"

"No no free you, free you, maybe you can, you can help me."

"好好，你说你的克肖话，吧。"

"Simple jokes, maybe you can sen, sen, send them to 呃 some newspaper."

"Newspapers? 不，克肖话不要，不要。"

"乔。"路茜有些生气了。

"哦，Sorry sorry，复数，Newspapers. yeah yeah, sorry，"詹姆士·邦德满脸堆笑，不住把手臂机械地举过头顶，向他致敬。

眼下

麦弓大笑起来。一个自称詹姆士·邦德的卖笑话的疯子，要向这两位犹太人免费提供一则笑话。早晨四条腿。"哈，疯子。"麦弓再次大笑。乔立即接着说："中午两条腿。"哈哈。他们居然以为，他是在装疯卖傻，为了跟老外学英语。"你没看到他真是个疯子，跟每个人都打招呼。"路茜说。哈哈。"相信我，"乔满有把握，一脸愤慨，"他是狡猾的中国人，跟麦弓一样是学英语的。"哈哈。他们俩疯了。心高气傲的乔，骑车出门，时不时要取出北京地图查上一通。"往这儿走。"乔从地图上抬起头来说。"是那儿。"我坚持说。"我赞同麦弓。"路茜说。结果绕了一个大圈。乔受不了了，气得直哆嗦："Sometimes you need a map!" 哈哈 Map。胡乱走，轻得像气球。他们永远不愿知道学生确实不喜欢他俩。乔的第一堂讲座。穿了一件印着美国地图的 T 恤。在大讲堂指着自己的大肚皮说这是加利福尼亚。这是旧金山。这是俄亥俄。这是我家乡纽约。只有前两排的学生知道他在讲什么。"Map map." 路茜在后面大叫起来。乔半天没有反应。哈哈这是宾夕法尼亚。这件 T 恤就是我父亲在那儿买的。他的嗓音含糊又沉闷。啪，座椅板翻落下去的声响。所有的人都朝那里看。一个人走了。乔进行了一半的句子破碎了。"嗯嗯嗯，嗯嗯嗯。"乔说。噼啪噼啪噼啪。更多的人走了。惊讶。"啊－哎－"乔完全忘了自己说到哪了，还需要再说些什么。愤怒。我精彩的讲座被你们中国学生的粗鲁之举给破坏了。"他们既然要走，干吗要来呢？"他问我。"为什么全中国人都在说谎，那些官员，那些教师，那些学生，那些门卫，那些小贩？"他问我。由说谎文化催生的人类文明已经过时了。我们是科学时代的孩子，庞大海说布莱希特说。这家伙真让人受不了。装丫挺！装丫挺的间离。救世主式的恶习。"我们是科学时代的孩子。这话难道不精彩吗？你只知道他说过间离，然后你就受不了了。"庞大海说。是啊，很精彩，怎么可能是布莱希特说的呢？科学时代的孩子。乔是吗？他讲不下去了，便开始请学生提问。"这么快吗？"一位学生带着嘲讽的口气说。"我希望和你们互相交换意见。"乔说。没有人提问。"麦弓你有问题吗？"他说。我说没有。"你跟他们一样。"讲座后他在门口责备了我。"我怕你会因为我不在座感到不安。"我说。这下他气坏了。他希望下次我别出现在他的讲座上。路茜不安了，责备道："乔，麦弓是我们唯一的朋友了。"一个胆小怕事的老实人。是老实吗？存在老实的犹太人吗？唐老鱼从餐桌上站起来，大叫一声 "Let's go!" 他要上厕所，用了他唯一会的一句英语。路茜傻乎乎地跟着站了起来。她总是维护我。乔很恼火，沉下脸："路茜你这样说？那我们再也不能谈任何事情了。"他转向我说，"麦弓，我会记住这个，你来我的讲座只是怕不然我会不安。"他当然要失望。他俩教了我英语。我在路茜的第一次讲座上，用洋泾浜英语提了一连串问题。"我丈夫喜欢庄子。"路茜说。我当晚胡乱翻译了《逍遥游》第一节，背了一夜。一早，我拿着王夫之的《庄子解》，站在他们楼前的路口，嘴里反复念叨着那几句译文。等了两个多小时，乔出现了。我追上去："Your wife said that you like Zhuangzi very much." 他请我去他房间喝啤酒。他拿来英文版《庄子》，翻开第一页，指着《逍遥游》的第一节："这一段你能替我翻译一下吗？"那时候我俩说话互相听不懂，少不了汉英和英汉词典。那时候我的英语发音是个什么样子？跟了他俩一个月，我当了他俩和唐老鱼的翻译。傍晚，碧青的白杨叶哗哗落下来，堆了满地。他们从梦一般纷然跌落的树叶中走来，诚恳而有敬意地："你今天做了一次极成功的翻译。比我们在美国碰到的一个俄国专业翻译还好。"我比谁都敢说，为了速度不管对错。翻译应当快到让翻译时间消失。速度是有快感的。这就算来到科学时代了吗？

笔记

"美国佬不会吃西餐。"

"也不会说英语。"麦农鼓着两腮说。英国佬这么说，不是我。美国人模仿英国人的英语和英国人模仿美国人的英语，两边都能成功做到让对手显得很滑稽。英国人模仿的美国式的德国英语和美国人模仿的英国式的德国英语。这话不能理解。可以参考更感性一点的例子：上海人模仿的北京式的广州普通话和北京人模仿的上海式的广州普通话。

"我以为像你这样的男人，吃东西肯定会发出吧唧吧唧的声响。"

"我会，我爸妈教的。"麦农说，"我小时候家里常吃菜粥，我爸妈会刨一点老碱在里头，让粥看上去绿油油的。然后，啊呀，就跟着我妈端着一碗粥，走上半里路，拜访十家人，一路呼呼呼，呼呼呼地喝。见了熟人，我妈就用竹筷敲敲碗边说，'嗳，吃粥'。"不知是邀请还是只说明事实。

"要是这儿有粥，真想让你学学给我看。"詹未高兴了。她拿起纸巾往嘴唇上拭了一下，上面留下了一道猩红的唇印。

她那么小。若是每次都这样擦下一块红色来，这小小的人会很快被擦光的。

"你的眼圈画得太硬了。"麦农说。这下过分了吧。管它呢。

"你就舍不得给人吃糖。不过也由你，不勉强了。他们刚才说你是我男朋友。我想我比你大一点吧。"

"像吗？"麦农说。

"不说这些没意思的事了，说说你的西北之行吧。"

"嗯。"清晨，楼下传来清脆的马蹄，怪诞的驴叫。没去和田。在喀什听说和田正盛行霍乱，就打消了去那儿的念头。"那多可惜，"阿木夏依说，"你要是早三天到，正是我们过年的时候。那三天，全新疆就数喀什与和田最热闹了。满大街的人们都在跳舞，"她一手举过头顶一手又腰跳起来，"谁错了步子就'啪'，"她的手在我脸上轻轻打了一下，"很多手臂都会噼啪噼啪打过来。"咿咿噢噢，那些可怜的城市啊，看上去跟汉地的一个样。咿咿噢噢。"不过喀什太偏僻了。库尔勒发展才快。"她说。她令人眼花缭乱的舞步。"新疆人跳舞能得很。"她说。

"乌鲁木齐怎么样?"詹未问。

"挺现代的，又整洁又漂亮。"麦农说。到乌市已是疲惫不堪，从库尔勒出发。好几个人被乘警搜了身。警长腰里别着黄色牛皮套手枪，带着跟班在车厢里来回巡视。他拿警棍随手指着一个旅客，要他将自己的包从行李架上拿下来。运动刚结束，他们自然草木皆兵。半夜，一个衣着邋遢的男人被叫醒，让他背着自己的大包直接去列车长办公室。警长用警棍敲着行李架上的一只大密码箱："这箱子是谁的?"没人应答。那个做走私手表生意的温州人，脱了袜子，将脚搁到对座那个妇人的屁股边上，双臂裹在胸前呼呼大睡，他细长的中指上套着一只醒目的金色大方戒。警长走到他跟前叫醒了他，问他那只密码箱是不是他的。温州人说不是。"好，你把它打开吧。"警长对身后的跟班说。跟班取了箱子，将耳朵附在密码锁边上听锁转动的声响。箱子里一堆走私石英表。警长再次问温州人："是你的吗?"温州人讪笑着承认了。他主动穿上后跟被踩扁了的皮鞋跟两人走了。后来他拎着自己的密码箱又回来了。边上几个人好奇地问他怎么样。"能怎么样?我们是规矩的生意人，不偷不抢。"他用古怪的温州口音说。"都还你了？"一个又问。"都在这儿。"温州人骄傲地拍拍自己的箱子，将它塞回到了行李架上。"没罚你钱？"另一个又问。温州人暧昧地打着哈哈："破财免灾嘛，是不是？"我身上和包里都有刀，怕被他们搜走，一夜没合眼。坐在对面一对年轻夫妇，带了两个孩子，小兄妹。他们在库尔勒赚了点钱，买了一个黑白电视，这就回老家延安，在大河沿下。那个母亲才二十六岁，看上去有三四十，歪着脖子，往一边看的时候得牵动整个身体。她经常莫名其妙呵斥两个小孩。夫妇俩把座位留给了自己，让两个小孩站着。小男孩很皮，一路在对老家表示不满。"干吗回老家？老家不好呆，没水。可没意思了。"他说了一遍又一遍。邻座有人在一个小站下车。那位父亲赶忙推小男孩一把，让他去抢空位。"你自己去才对啊。人家会把小孩赶走的。"我同座的乌鲁木齐人忍不住插了一句。那人愣了一下，自己坐到了那个空位上。半夜里两个小孩都嚷嚷着要睡觉。男孩自己钻到了座位底下，女孩在座位上打着与自己年龄很不相称的大呼噜。我耳朵又堵塞了。车厢里又闷又热，睡不着，只好四处走动。五点才会到大河沿，刚过三点，那个歪脖母亲就像疯子似的抓着两个熟睡的孩子乱摇，嘴里还口齿不清地骂骂咧咧。她将他俩都弄醒过来，让他们在座位前站着。那个男孩还没站直，便靠在我身上又睡着了。我让了一点位置给他。他稍稍睁开一点眼缝，又闭上了。大脑袋一下一下往外倒，又忽地挺直。他妹妹眼睛盯着母亲，边呜呜地哭，边要往地上坐下去睡觉。她母亲恼怒极了，对她狠狠骂了几句，呜噜呜噜，不知在骂什么。女孩立即弹簧似的绷直了。等她母亲转过头去，她又呜呜哭起来，要往地上坐，又不敢真的坐下去，那样子真他妈可怜。我心情烦躁，想睡睡不着，就想我的就想想照相机的女主人。啊嗳，我的嗳。我倦极了，不知道中间是不是睡着过一小会儿，无论如何总算是熬到了乌鲁木齐。清晨。车站。站前广场站满了手持旧毛巾和洗衣皂的人，每个人脚边都摆了一只热水壶，一盆浑水，一只装清水的塑料桶。他们朝旅客挥舞着手里的干毛巾和洗衣皂，跟着他们匆匆的脚步转动脖子，问他们要不要洗脸。好像西安车站也见过类似的洗脸服务，只是没有乌市这么浩浩荡荡。五毛钱一位，五毛，五毛一位喽。我那时多想洗个脸，擦一擦结满了身体的盐花。要五毛钱，不如再忍一会儿，找个两三块钱的床位附近就会有一个水龙头，洗一洗，再好好睡上一觉。晚上到市里走了一圈，没想到乌市这么现代。

"是吗？"

"新疆很多城市都挺汉化的。"麦农说。喀什可不是。喀什的美姑娘真真多哪，同车的邻座说。他满脸胡子，身上有羊膻味，一直不说话，到了喀什才唱歌似的来了这么一句。"谁丢了刀子？"天蒙蒙亮，司机在车门口大声叫道。维吾尔族人开车。比那个胖子汉人司机快多了。那个混蛋，一天要停上五六次，不是喝酒就是打台球。整个中国都在打台球。我摸了一下腰间，刀不在。"我！"我从司机手里接过了刀子。是在哪儿？阿克苏。妈的又是阿克苏，好像整个新疆我就只记得一个阿克苏。刚刚还能看到几个房屋，几个瓜摊，几个烤肉摊，转过一两个弯就像到了荒郊野外，一个人影都看不见。黄色的土坡贴着马路绵延，上面满是大大小小的坟包，全都没有墓碑，连棵草都没有。中间有个坟特别大，尽管也是黄土垒成，前面插了一个木牌："此为什么什么王之陵墓。与什么什么王没有关系的人，请不要闯入"。阿拉伯文和汉字。那么是什么王呢？看来是想不起来了，再也想不起来了。一条深陷在土坡中间的羊肠路。一个戴白帽的老头正在往里走。黄昏。坟地深处炊烟正在升起。我爬上坟地，看到坟地那一头有一大片土黄色的平房。他们和死人住得那么近，还让死人住紧邻马路的外侧。所以嘛，老是阿克苏阿克苏。但也许是因为在那里认识了阿木夏依。"你得谢我，"她从车门口蹿上来说，"是我替你捡到的。"中途我边上的人下车，她上车后把自己灰色的制服放到我旁边的座上，对我说："后面太颠，一会我坐过来。""新疆的女人倒都挺美，只要三十以下，肚子被牛奶撑起以前都很吸引人。在喀什，花上五毛钱能喝上一斤鲜牛奶。"麦农说。那个戴墨镜的家伙把她的衣服拿到前面的空位上。"不行，是我的位置。"她从后面急冲冲走上来，站在那男人面前，直到他无奈地坐到前面的位置上去。"他们有一帮，"她在我边上坐下来说，"他非坐这位置不可。不然就只能跟前边那个自己一伙的人坐一起了。""你们也玩儿这东西？"我说。又一项全民运动。几年前在南方，无论在车上船上还是在路边，都有人玩"三张牌"骗几个酒钱。现在要是还有人干这个，就得饿死。在新疆看来是刚刚开始流行，才会有那么多人上当。从敦煌回柳园，中途，那个被骗光了钱的女人下了车，蹲在白花花的戈壁滩上，哭得晕了过去。柳园，可真是个邪里邪气的地方。凌晨到的，又饿又冷，包里什么吃的也没了。车站边只有一爿小店，空荡荡的货架上摆着几个长满了铁锈的猪肉罐头。我叫了半天，才出来一个懵懵懂懂的男人。罐头里的肥肉已经起了泡，头几口还能咽下去，后来越吃越恶心。天哪我居然把它们全吃了。那股恶心的味道从胃里一直往嘴里冲，直到下午才好一点。那个敦煌的"杏子倒娘"，坐在我边上，跟我搭话。二十五岁，有一对双胞胎儿子，看上去好老。她可真丑啊。"现在西北人都兴穿板裤。"她说。我说什么板裤，她就指着我的牛仔裤说："你就穿了板裤。"那时我们叫"萝卜裤"。一个矮个的，满脸皱纹的男人走到她面前，扯她的胳膊，让她去他的招待所住宿。他见倒娘不愿意，东张西望了一会，走了。过一会，他又进候车室里来叫她。"这人这店都坏得紧哪，"那个男人走后，倒娘说，"每回他都要来叫我住他的旅店。"清早，她领着我走到一个停车场，满地煤屑，东一辆西一辆巨大的油罐车。她的熟人不在，几个司机看我们是两个人，说什么也不愿意。我在一家回民面馆吃面，边上一个大汉满身油污，吃好了面在抽烟发呆，桌上竖着一只肮脏的水瓶。我猜想他是个司机，跟他聊了两句。就是油车司机，爽快地让我搭他的车到敦煌。从千佛洞回柳园，车上那帮玩三张牌的将那个女人身上带的一千四百块钱洗劫一空。她面红耳赤，一句话也不说。等那帮人互相打起来，一个个都下了车顺利逃走，她才蹲在戈壁滩上大哭起来。车到柳园，那个女人伏在来接她的丈夫怀里，已经不会吱声了。她的一千多块钱，多大一笔钱。司机在一边不停地说，算了算了，把他们送到附近的一个私人招待所。我早就觉得司机跟那些人是一伙的。一直跟着他们。招待所的主人竟然就是前天那个几次三番去候车室里拉"杏子倒娘"住店的家伙。"那些人尽使心眼赚钱。我弟弟也玩这个，大学不想考。"阿木夏依说。"那里的无花果有手掌那么大，在街上堆得像小山似的。不过桃子只有栗子那么大。"麦农说。

"新疆有个叫英吉沙小镇，产刀子，好像是在喀什。"詹未说。

"对。挨家挨户都在做刀子。漂亮。白铜柄紫铜柄青铜柄，大多是孔雀头。"几个骗子挤到了一起，用夸张的动作掏钱押注，赢钱或输钱都发出夸张的惊叹。骗子都知道自己在做一样东西，必须把想做的东西做出来，别的，全都不要。这样人的动作和表情当然就会变得出奇的简单。人是靠那些多余的无意义的姿态、动作和表情才显得像个真实的人。人艺那些戏剧多么假。那位戴墨镜男人，刚才被阿木夏依从我邻座赶走，是个不错的演员，似乎对玩牌毫无兴趣，一直在与旁边那位民警互敬香烟神聊不已。民警却憋不住了。"这太简单了。"他说着站了起来。戴墨镜的忽然跟着站起来，他用一只手压住其中一张牌说："你别动，五十这里。"他说完放开那张牌低头从皮夹里掏钱。

"啊呀，错了，不是那张了，刚才你转头的时候他换了牌。"民警仰一下头，发出万分惋惜的长长一声啊，然后立即从他老丈人那里取了一千块钱。

"妈呀，他快上钩了。"阿木夏依将头靠到我肩上，掩着脸说。

"姑娘，来吗?"他们赢了民警的钱，过来对阿木夏依说。

"我没钱，不行，只有这块表，不值钱。"

"算你四十块，来来。"

"不行，我准会输。"

"你眼睛好使吧，瞧准了就是了。"

"眼睛好使也输。"阿木夏依朝我扮了个鬼脸。

"维吾尔族人是不是比汉人要开朗些?"詹未说。

"对，很会玩闹。从喀什到乌鲁木齐，整整闹了两天两夜。"麦农说。骗子们再也找不到目标，就忽然扭打起来，叫嚷着要去下面比试。就连这个环节也是全国统一的。司机立即停了车。车厢里再度活跃起来，除了那位民警和他的山西老丈人。司机的售票员老婆和另外两个女人，三个巨无霸，塞满了整个车厢。司机老婆汉语讲得很流利，可每逢到要讲笑话，就赶紧改用维语。我是所有听不懂他们维语的人中笑得最开心的一个汉人。售票员就朝我扭歪她的大南瓜脸，笑着砰砰砰走过来，抓住我的脑袋，一把把我按了下去，同时用她的大肥手盖住了我的面孔。一只手掌狠狠地抽我的背上。巨无霸让我抬起头来。边上所有的人都盯着我。"你猜，刚刚是谁打了你。"阿木夏依对我说。"是你吗?"我说。他们笑起来。说:"不算不算，不许问。"我又被售票员巨无霸一把按到了她的大腿上面。这下有三四个人同时打了我。

"我不吃了。"詹未拿起纸巾，避开之前留在上面的两道口红印，按到嘴唇上。她的嘴唇被纸巾带起了许多小小的红颗粒。

擦光嘴唇，只留下一副牙齿。

"我送你回你住处吧。"麦农推开前面的盘子说。

"哼，你也会做这种事？"

"偶尔会。"

"这种意外还是让我很高兴的。"

眼下

光看这些文字，感觉我和她就是一段雨水情。前年路过上海，又去见了她。她那个父亲，"阴鸷。"她说，没有比它更准确的词语了。那个阴冷的老男人，想起来就要吐，太他妈恶心了。我把它写得那么乱，现在连自己都被它迷惑了。我就是想这样，让我什么时候面对它，都无法将它完全认清。我讨厌她吗？还好。我不认可自己那时候的样子，完全不认可。到家后，父亲对我更不认可。他很生气，我递给他烟，他勉勉强强接了。他要知道我在上海耽搁了两天，也许就打过来了。不会，他不是从前那个剃头匠了。也许就是因为这个，很可能很可能。就是那样，对就是那样，我不能接受在我离开两年再回去的时候，她已经是那样一个病人。我操啊踏踏里吤搜！

笔记

我下了车，沿着梅林湾往北走，身上还缠绕着她的阴气。路口远远站着一个妇女，不是我母亲。她一动不动看了半天，突然一溜烟地跑进小店的棚子里。通知我母亲去了："乃宝贝儿子归来了。"一会我母亲从棚子里走出来，笑着，一副不愿相信的样子。"何家说的？"估计她跟报信天使是这么说的，用怀疑来拒绝一个期待已久的好消息。她朝路口欠了欠身体，站着不动了。直到我走近她，她才算是信了。"啊，真当是麦农儿子，归来了啊，我还道我死都见不着你了呢。""我说是乃儿子，你偏不信。"报信天使在一边笑着大声说。"母嬢。"我叫了一声。她撅着一个大肚子，脸干涩灰黑，没剩下多少肉了。我看见的时候都傻了。生了两年肝病，我都不在家里。"母嬢，你怎么会这个样子？"我说，还算是有些声音从我喉咙里出来。"现在好了，"她说，"头半年你没有看见，哪里还像人咪啊。都还道我要死了。又没有你的写信地址，哪里去寻你？"一年多没有给他们任何音讯。谁能想到她会突然生重病。只想一个人呆在外面，离老家越远越好。操蛋啊操蛋操蛋啊操蛋。一个臭蛋炸上天。砰。"现在好看得多了。"报信天使说。"是在北京？这么远的地方去做何？寻都没有地方寻你。好好好，赶快归去，乃爹在烧饭，叫伊菜多烧两只，我等一息给你来铺眠床。突然之归来哉，一些些准备都没有。"一个打黄酒的站在一边看了我半天。"乃儿子啊？"他说，"都不认得了。""嗳，刚刚归来。"母亲接过了那人的酒瓶说。"儿子归来总归宽心了，这下毛病好得越加快了。"打黄酒的人说。"刚起来的辰光，乃都还道我要死了？"母亲说，费了半天劲才拔了橡皮瓶塞。"我来母嬢。"我说。"你不会得打的。"她说。"嗳是，开头倒是这样说，每天路过，只见你瘫在杌子上，都说，这回本顺大嫂估计是挺不过去了呢。""嘿，一，两，三，"母亲数着酒提子，完了对报信天使说，"咱儿子从小就不欢喜呆在屋里。""你真当好一些了啊？"我说。"好了。那年子夏天你新疆归来，我人还好咪。你说不想去农场，要去北京看看，我想也随你。我做得一辈子要死要活的烂脚农民，真当是一口心血培养你读到大学，还要去养鸡饲鸭，见得个鬼了，心想你要走就让你走。结果你前脚出，这恶病就后脚来了。两三日工夫肚皮就撅高，腿也肿起。何里有这么快的事体。晓是晓得你在北京，可究竟何里落脚咱不晓得。我心里想，这么远的路程，若是乃娘去见阎罗大王了，恐怕你这个儿子都送不了终。"她把酒瓶递给了买主，又问我，"两斤，九角一斤。麦弓两斤是不是一块八？""是的。"我说。我在棚里的长板凳上坐下，看到摊上的样品上面盖了一张白乎乎的塑料薄膜，已经被太阳晒得起了泡了。"我道咱儿子连屋里都不认得了呢。归去归去，赶紧到屋里去，乃爹在烧饭。"

　　我看到了我的家，破烂不堪的四间平房。从桥上能看到它躲在一大堆从河道里挖起来的淤泥背后。墙面都开裂了。居然那么破了。原来有竹园挡着还没那么明显，这下全露出来了。"乃做何竹园都斩掉？"我说。"是乡里斩掉的，还一定要咱拆这个小店的棚棚。快紧归去，问声乃爹，冰糖多少一斤。我的记性越来越差了。"

　　父亲听到有人在桥上扯着嗓子喊冰糖多少一斤，很快从那排破平房里冲了出来，一边还要命地咳嗽着。老烟枪。他没想到是我。"哦唷，麦弓，你归来了。怎么就不想想家里呢？我跟乃母嬷这一年多真当是吃煞老人苦头。你信也不写来，通讯地址也不留。真当真当，不晓得你怎么能做得出来。"

　　混蛋啊混蛋操蛋啊操蛋。若是十年以前，他就拿菜刀劈我了。他的脚。怎么了？"爸爸，你这只脚怎么了？"我问他。他说："上半年雨水多，屋到处都漏。我想上去看看是不是底瓦碎掉了。结果竹梯子上脚滑得一滑，人啪跌落地下。脚髈骨骨折，其实是半根断掉了。上得一礼拜石膏。"噢。噢噢。咿噢咿噢。"乃母嬷全靠我这双腿去配药给她吃，有将近五十里路咪，是一个老中医。则么怎么办办，伊这么一个病人还要来当侍我，早间头还要起早把货搬到桥头棚棚里去，夜头亦要全部都搬回来。药断掉，再加上劳累过度，伊毛病一下子就加重。看到伊吣人都说她活不长哉。真当可怜。"我哽咽了。他却忽然得意地笑起来，说："幸亏我体格健朗，哪怕像你噶吣青年人，脚髈骨断掉半根，也弗可能一个礼拜就好转。绝对阶。我是硬让伊恢复。我要伊恢复，伊就一定要拨我恢复。这么一副烂摊子，有何办法？必须恢复，只能硬碰硬让伊恢复，恢复得了要恢复，恢复不了也要恢复。"我笑出了眼泪。我说："爸爸，你是怎么让它恢复的？"他说："我让乃母嬷床头给我缚得一根绳子，平时我吃茶吃香烟，就靠伊直一些起来。到第七日的时候，我牙齿一咬，着的一拉，单脚落地，跳得两步，硬绷绷让另外只脚也踏落去。就这么立起来了。一定只有立起来了，腾不出了。好，一旦立起来之后，就是我的天下了。第二日，我马上亦骑脚踏车去给乃母嬷配药了。"他说完微笑着抬头看着我，放慢了语速，意思是说以下只是些很不重要的细枝末节了："是还有些跷，肯定，要完全好的话当时总归之要养一个月以上。我要这么硬性规定伊，伊也没有办法。病根肯定留落下了，不过慢慢较总会得好的，一些些在好起来。"我把烟递给他，这次他接住了。我立即替他点上。我说："爸，你六十多岁的人了，真当要小心一些。"他摆摆手走到外面，找了一块湿漉漉的烂木头塞进火仓里，说："做这种生活，没有办法小心，永远都没有办法小心。怎么个小心法？早间头五点钟要爬起，早饭不吃，先把一大堆东西搬到店里去。乃母嬷还要把一大潮鸡鸭放出去。全都弄好之后就已经八点来钟哉。这时候才之有些工夫做口泡饭吃吃。晏昼头要做晏饭煎中药。我本来是必须困晏觉的，乃母嬷生病之后就把这项特权让给伊了。伊的睡眠质量必须要保证好。下昼头有时候要去南面配货，即使弗配货，一礼拜一次阶中药总要配。夜头饭吃过，生意再做一息，开始收摊，一直到九点光景才之能够全部弄好。有辰光碰着乃母嬷有只鸡有只鸭寻不着，还要帮伊到处寻。对不对？"他说完又抬头看我。我看他烟抽完了，又递了一根过去。他接了。"这是何烟？"他取下近视镜看了半天说。我说："是都宝。北京混合烟。""太凶，吃不惯。"他还是吃了。他走到门外，说："我去看看乃母嬷去，伊一个人忙不过来。"后来母嬷来给我铺床，说:"我的眠床你是困不来的,生过肝病,太脏。乃爹的眠床烟味亦太重。"就知道她有自己的讲究,不敢随便自己去铺床。她让我帮她一起赶鸡。那只活奔乱跳的童子鸡从她细细的胳膊底下钻了过去。"啊呀,飞进竹园里去了。竹斩光之后,抓鸡都抓不着了。"我说:"算了母嬷,不要杀了。"她生气了:"你不要来违背我啦,勤杀要杀,我恶乱煞哉啦。"有什么办法,有什么办法。我必须吃这只鸡。"我一个人来抓,你去坐一息。"我说。"一个人抓不住的。"她断然说。这是事实,天都暗了,在一片只剩了尖锐的竹根园子里,一个人怎么可能抓住一只想要继续活下去的童子鸡?她很快累得不行了。我无法说出口让她去休息,不然她就又要恶乱了。我是一个缺席者,在我最不应该缺席的时候。如果我是个诚实的人,我就应当接受她此刻关于爱的任何表达,不论它有多过分。它从来都是难以接受的,我不过是一直抗拒回到她身边,不让自己有机会看见。在我脑子走神那一小会,她一把抓住了它。她利索地给它放了血煺了毛剖了膛,给我蒸着吃了。我必须一个人吃完这一整只童子鸡,她亲手养的。吃得下得吃,吃不下也得吃,这是她向来的规矩,理由是整只童子鸡一顿吃完才补。不管我有多操蛋,我都必须吃掉它。只要她还在养鸡,这个折磨人的爱的游戏就会一直继续下去。这很没意思啊母嬷。她一直都在养鸡,我很小的时候就开始养,每次都几十只,养到斤把重就三五只三五只死。瘟病。它们走路像喝醉了酒似的倒倒歪歪冲来冲去,忽然一个跟斗栽在地上,颠上几下脚就直了。每回归笼的时候就会少几只。她自言自语,喋喋不休,说话声音很小。肉疼死了。她说啊啊,这只鸡日里我就看伊不大好了,果真是得瘟病了。不知另外两只有没有染着。她一个个屋角竹园去找死鸡,找到了就拎回来,要还是热的就赶紧放血煺毛,将它们腌起来,放不了血的才肯扔掉。她边做这些边轻声叨叨着,眼睛都红了。她自己一个人吃那些腌瘟鸡,不让我和爸爸碰。那时候她都会发誓说再不养了。结果还是熬不牢，去孵了一窝出来。晚上她将鸡蛋一只只从篮子里拿出来，在灯光下照，好的拿来孵小鸡，不好的做囤囤蛋吃。我说："母嬷，你养得这么许多年鸡，还没有厌掉？"她说："哦养了一回亦一回。每回好吃童子鸡了，就望你归来，归来，偏偏你就是这么不归来。这回你是吃着了，难为稍微大了一些，再小些还要好。你外头没有吃，给你补补。"她说到给我补补冲我笑了，好像是看到了我的一切，我缺什么需要什么她全知道。我吃完了那只童子鸡，特别香，肉质特别鲜美。"鸡汤你也喝落去，好的。"她说，看着心情不错。我端起大红花碗，憋足一口气，一下喝光了整碗鸡汤。"今年还好，死得不多，主要竹园斩掉之后，鸡也难养，只好少养两只，养得少就不太会生瘟病。""你实在想养，就养个一两只，不然太吃力，对身体不好。"我说。"嗯，少养两只也好的，否则瘟病生起来，真当要肉疼得着急死的。"我说："母嬷，竹园到底是怎么回事？"她说："溯河的人说淤泥没有地方堆，要堆到咱竹园里来。又嫌毛竹挡路，就这么全部斩光。乃爸爸看见这帮土匪部队毛竹着着削好，做铁箍柄，气得要跟他们拼命了。说：'到底是毛竹挡乃的路还是乃自家想弄两支铁箍柄？'这帮土匪部队嬉皮笑脸，根本不理你，照样着着斩毛竹，做铁箍柄，还边斩边说：'这份人家是有些小气的，烟也不来分一分。'乃爹说：'是啊，吃得我的香烟，好让乃有力气把我这两间房子也推倒。'他们就说：'这两间屋？这两间屋怕道还用推唻啊？不去动伊，伊都摇摇荡荡快要倒掉了呢。'"他已经不是昔日那个一把剃头刀威震围垦建设兵团的剃头匠了。我在兵团食堂前捡牙膏壳。毛橄榄拎着酒瓶从宿舍出来，看上去像个巨人，一酒瓶砸在我脑袋上。我跑向父亲的剃头店，知道满脸都是血，就是不敢伸手摸一下，怕弄脏了伤口要得破伤风，我妈一直这么说。他在剃头，咔嚓嚓咔嚓嚓，没来得及放下理发剪子就冲出草棚，跑向兵团食堂。我跟了过去，看到他站在醉醺醺的巨人毛橄榄前面，因为激动，手里的剃头剪子得得地抖，他总是在这种时候脖子变粗，嗓子变哑。他用发抖的剪子指着自己的胸口："毛橄榄，你自称八团六连总指挥，我剃头佬麦师傅现在骂你不是人生，是畜生。你打了我七岁都不到的儿子，你要是人生，不是畜生，就亮出你袖筒里的刮刀来，往我这里来。"毛橄榄一动不动站着，看看我父亲又看看他边上的我，表情哭不像哭笑不像笑。这位剃头佬的反应远远超出了他的想象。他的橄榄头好大，脸上毛孔好大，皮肉好厚，不时抖一下抖一下。怪不得叫他毛橄榄。感觉他要拿出那把远近闻名的三角刮刀来了。我也抓了一把我父亲的刮胡刀。啪，直接肚皮割破。结果什么也没发生，两个人走过来，劝走了我父亲。他应该也害怕了，毛橄榄真要动刀子，我俩就是白白送命。夜里，父亲把理发店里所有的东西都堵在门口，去后头草墙上挖了一个大洞，说："咱气也算是出过气了。兵团这帮流氓坏真当若说来报复，杀两个人掉也不算何大事体。夜头若说有人敲门，咱就马上从后头洞里逃掉。"毛橄榄没来，一直都没来。他站在那些砍他竹子的人面前，再也没有人把他当回事。我在吱吱嘎嘎的竹榻上翻了一夜身体。屋前针织厂的织机好吵，隐约能听见那些精神新鲜的女工在织机巨大的嚓嚓声中扯着嗓子交谈。父亲在我对面那张床上，呼噜打得很香。

眼下

等息打个电话回去。每次想起他俩就提心吊胆，怕又出了什么事。她以前身体那么好，稍稍注意一点，不至于病成这样。她越是生病就越忍不住要干这个干那个，想把自己生病花掉的钱挣回来。年三十夜，天黑了，棚子里只有她一个人，双手裹在袖筒里，闭着眼睛，半坐半躺瘫在竹椅上。西风刮在她皱皱巴巴的脸上。我眼泪立即涌了出来，还以为她不行了。我说妈妈妈妈。她没有反应。我以为她已经过去了。她醒了过来，刚想站起来，又坐下了。我抱住她，拼命揉她的背。她打出一个嗝，慢慢回过神来。小街上一团黑，一个人影也没有。她总算能走路了，我松下一口气，同时火气也上来了。我准备了一天年夜饭，叫他们一起吃团圆饭。我父亲配货还没有回来，他也疯了。为了初一的大利市，他下午骑车去塘头进货。不知道他俩为什么要这样。一个肝硬化晚期的病人，年前就已经忙得劳累过度，在年三十的大风夜守着一个破竹棚，为了多挣几十块钱。我也疯了，她刚清醒过来就冲着她一通乱吼。她果然挺不住了，一到家就躺下了。父亲回来的时候菜已经结了冻。这年夜饭。她躺了两个小时才又起来，吃了一口玉米羹。她向父亲抱怨我说我态度不好，冲她吼。父亲一声不吭。她说头疼，就让她赶紧再去睡。有个把星期我什么东西都不许她碰，她才恢复了一点元气。我倒了。噢那些酱油坛老酒坛榨菜坛那些乱七八糟的纸箱铁箱和塑料箱那些鞭炮气球玩具枪那些盘香纸钱红蜡烛那些豆腐皮肉皮勒笋每天都得抬过来抬过去包起来送出去。不知道那年冬天我没回家他们是怎么过的年？回家生病成了我的惯例，回北京后得花好长时间才能调整过来。

笔记

她远远坐在一把红面折椅上，身上裹了一块深色披肩，在抖。这是九月。幽暗的屋子，有点冷飕飕。她的嘴唇也在抖，说着一些我无法听清的事情。我努力想接近这堆絮叨，但身体僵硬，无力动弹。我感到脑袋空洞，不能做主。她残缺纤弱的嗓音将我一点点牵引开去，同时空间在她身后迅速后撤，像是被浸泡过似的胀得异常巨大。我被一丝丝阴风缠绕，在一只空空的透明大器皿里飘浮，任她摆弄。我听到了她时而像小孩时而像老妪的声音，每个音节都很清晰，只是我无法听懂。

"你像一个婴儿。"我听到自己在说。

"我有时会缩得很小，"她说，"是的，不停咳嗽。我怀疑是歇斯底里症。"

"是吗?"我说。歇斯底里神经性咳嗽。咽喉受到了想象的伤害和刺激，需要不停地呕吐。是她父亲还是她姑妈? 一个整日郁郁寡欢的中年男人。一个面皮白净的中年小女人，身体干瘪，皱皱巴巴，但什么都是新的。没用过的老处女。

"我比她会正常一些，我告诉过你了我不是处女。"她说。

这样好，我心想，这样就好。我又听到了她发出的声音。

"跟你这种男人碰在一起实在是很可怕的。"她说。

"是我伤着你了?"我说。

"你一直都在伤害我，恐怕不会就我一个。"她说，"你想走了吗?"

"我可以在你弟弟床上躺一会儿。你不是说他今晚不回来吗。"我说。我坐在她的床边。

"你想走就走吧，反正也留不住你。"

他妈的。

她从椅子上站起来，无声无息地坐到我边上，脱去鞋子，用被单裹住双腿，让脚露在外头。左脚脚踝处，青色的长筒袜底下透出一缕细金，散发着潮湿又腐朽的气息。

"我们可以再聊一会儿。"我说。

"那我们就这样一直聊下去，等聊累了再说，也许最好就是不去想这件事情。我有时候能做到这一点，但像你这样的人可能一开始就会持拒绝态度。你就从来不愿向任何人妥协吗，比如一个女孩子？很多男人在向女孩妥协的时候是有快感的。有人觉得这是大度。我还是认为像你这样更令人着迷。你是有点让我着迷了。你怎么就不想向女孩子妥协呢？你坐近一点。"她指了一下她臀部外侧的一块地方说。"这样是不是让你觉得不太礼貌？哈，只顾自己钻进毯子里，哈，既然你自己对别人也是那样的态度。对付你这种人也许就得这样，我也得学着勇敢些了。"她又说。

"你想睡就睡吧，"我说，"等我瞌睡了，就在你弟弟床头打个盹儿。"

她用那只小小的手掌拍了一下自己身体外侧的席子，说："因为怜惜你，我就给你一点地盘。咱俩井水不犯河水。"

我犹豫了一下，上去了。透过我的汗衫我能感觉到她身体可怜的体积和弹性。我从她后面把她搂在怀里。我本以为她不可能激起我的性欲，但性欲已经来了，一种软弱的性欲，她漆黑的目光引导了我的悲伤，我的悲伤引导了我的性欲。"我要你。"我说。我是怎么说出来的？声音怪极了。

"你别这样。"她毫无态度地说。

我离开她小小的身体，很快又抱紧了她。我听见自己在叫："我要你。"

她没有什么表示，听任我进去了。

"就为了这点东西？"她说。

是什么？欲望？想给她安慰？都不是，都有一点。只要我还在她边上呆着，性就是唯一的交流方式。我胸口灌满了冷风。放了吧。我放了。否则我就死了，我心想。

天已经亮了。我依稀感觉她整夜都在翻身都在咳嗽。受迫害狂性妄想狂歇斯底里症。我俩面对面躺着。她眼睛睁着，一动不动，干涩又空寂。她的呼吸一点气味都没有。这很怪。我看见她脸上有无数个淡褐色的雀斑。人中很浅，上嘴唇有些拱起，此刻离我很近。

她的脸形越来越夸张，难以接近。死鱼，死鱼的眼睛。可怜的女人。

她仍像第一次那样任凭我再次进入她那里。我被悲伤紧紧拽住，喃喃地向她说着爱抚的话。她在我底下慢慢地起伏了，像一小片冰凉的波浪。我抱紧她细瘦的躯体，深深地滑进去，直到最底端。我说："我希望你能健康一点，健康一点。"她有些气喘，时断时续地说："满大街都是健康，满大街都是，我要来做什么？"

我们都没有再睡，也没有再说话。我闻到一股苦涩的来自她下体的气息，有点像鱼身上的黏液。

"我对你不好是吗？"早上起床后我问她。

"是的是的。你要走了。"她说。

"对，我得回去看看我父母亲了。"她没说话。"我走了。"我说，心里想吻她一下，却忽然感觉我的衣服和皮肤都沾上了她那股阴涩的气息，变得冰凉。我失去了热情。

她朝墙壁转过头去说："你走吧。"

她的嘴唇不像是嘴唇，没法吻，我对自己说。我摇摇晃晃地来到户外。阳光非常耀眼。我回到旅馆，在浴缸里泡了很长时间，一直爬不起来。我想洗去我手指上，我整个身体上那层薄薄的苔藓般的黏液，结果搞得整个洗手间都变得很阴郁。我不想走路，拦了一辆出租车。一打开车门，我就倒了进去。"火车站。"我对司机说。我的嗓子哑了，声音贴在扁桃体上，提不起来。她是一个病人，我想，现在我受了感染。真是荒唐，这么一个柔弱的女孩，差点让我病倒。

眼下

丁零丁零。啊呸。踢沓踢沓。啊－哼。嘀嘟嘀嘟嘀嘟，砰砰砰，砰砰砰。"哦娘的呀，亦死坏。还剩落两条命，就得两条哉。"

对岸长椅上坐下了一位穿黑色弹力衫的姑娘，将一只鼓鼓囊囊的红蓝条纹的编织袋放到脚边，左右张望一下，从塑料袋里掏出一块面包，干巴巴地啃了一口。镇上来的，逛累了。的－咯－的－咯。右面过来的。的－咯－的－咯－的－咯－的－咯－的－咯－的。别抬头，会是一张难看的脸。为什么皮鞋声如此性感。呵还不算难看。"嗨嗨，葛郎头有一根大黑鱼。"脚步声。他们纷纷跑了过去。城河。"何里何里何里介，是一根鲤鱼么。""嗯，是根乌鲤鱼，看样子要死坏快得。啊沉落去得。"丁零。轰轰轰。嘀嘟嘀嘟嘀嘟。"噢看看，亦浮高来得。"一条黑鲤鱼窜到了半空。这种河里居然还会有鱼！现在要再像初中时那样跳下去游泳，你就准备起一身水泡吧。三轮车。咕唧咕唧咕唧咕唧。行人："唉小心小心。"车夫："唉屁股当心！"嘀嘀嘀，嘀嘀嘀。乘客："何家扣我？"车夫："老板，都已经有大哥大哉，扣机还有何用场，掼掼坏么好哉。"乘客："话费贵弗过啦，双向收费，一分钟八角。腰把里别只扣机咚，想回回，弗想回就弗回哉。喂，喂喂，喂，喂－哦唷听弗清爽，我大哥大电池用完哉……你看，好回不回吤电话，就噶打发打发么好哉。"两个小孩面对面站着在做游戏。一个："飞机快呢火车快？"另一个，抬手给了另一个一记耳光："劈个巴掌还要快。"他打得太重了。第一个小孩哭了起来。他要去妈妈那儿告状了。翻翻翻。好就这儿。

笔记

一小块边缘模糊的光斑贴在詹未苍白浮肿的脸上。这张飘浮在床角的面孔，看上去就像个石膏面具一样僵硬，不真实。一只健壮的灰猫安静地立在她蜷曲的身旁，青灰色的玻璃眼珠里映着她变形的身体。她牵动一下腰，想侧过身来。腹部底下一阵疼痛使她浑身一颤。她放弃了。她听见马路上传来细小的喇叭声和人声，很遥远。

她的左手缓缓地伸向自己双腿。白色的绣花内裤从藏青色睡衣中间露了出来。一块渍子。"噢。"她轻轻叫了一声，闭了一下眼睛。灰猫走过来，蹲下。詹未用手抚摸着它的脊背。"咪。"詹未叫道。"莫要——"它轻声叫道。清亮的声音，渗入我阴暗的心灵。"什么时候回来的？一直在偷看？我躺了几天？有两天了吗？"我问他。他装作负疚地笑着。我闭上眼睛。他离开的时候倒是轻手轻脚的。他这种人会把这也当作你渴望的温存来施舍。几点了？上海郊区的猫。还没有完全到中午呢。没力气，我又病了。在这种人面前，你怎么保护自己也没用，他那么粗暴，除非你从来就没对他感过兴趣，有过好奇。跟他这样的人做爱是得不到快乐的，只有暴力。他把我的骨头挤到一起，把我从背部提起来。"你一见面就恨我了。我知道的。我也无所谓。我并没想到要跟你发生这种事。"我说。我说得不是很清楚吗？可在那种时候还有什么用吗？他以为是我在勾引他。不过是一些些好奇。他的笑容那么无聊那么邪恶。你想知道一个完全不在乎别人的男人，是不是真的会很粗暴，粗暴到你根本无法忍受。结果就被伤着了。是我确实想要这样吗？我偷了姑妈抽屉里的那些玛瑙翡翠，分给那些不愿理我的小孩。她拎着我快步往家里走。她在地上撒了一把白色的碎石英，让我跪在上面。我是不会向她求饶的。我也不会向他求饶。我根本不在乎什么恨不恨。他咻咻地喘着气，但没有说话，仿佛他一开口就等于是泄气。他在那里使足了劲。这不是很可笑吗？我笑出声来，并让它听起来尽可能的刻薄。"我被伤着了。"詹未抚摸着灰猫的下颌说。它慢慢闭上眼睛。时间消失了。它亮出肚皮，要倒下了。我们在情欲深处结伴同行。詹未轻轻推了它一把。它呜了一声，跳到地上，盯着她，一脸疑惑。邪恶的笑容。"你会把嘴唇擦光的。"他说，显得很厌烦。他不爱任何人，也不爱他自己。他坐在一旁，点上了烟。他拒斥病态，漠视由它包裹的善良心灵，仿佛那是一种传染病。你无法对他作出表示，反抗或是顺从，都将得到伤害。我伸出手，像是要挡住刺眼的阳光，抹了一下眼睛，手湿了。我继续假装用它挡着阳光。老处女，我是不会让你知道我在哭泣的。我得去看看她了。

它沿着墙根走了一遍，朝詹未弟弟的床抬起头，注视了一会，轻轻一纵，又一纵，上了高高的衣柜。它在那里俯视着詹未。有人在门口走动，取出了钥匙。弟弟，弟弟。俊美的脸，眼睛里充满爱怜。坐起来吧，躲进他的怀里去。我动不了。"别动别动，姐姐。"他走过来，轻轻地搂住我。"来过陌生男人啦？"他笑着说，故作委屈地埋怨。"是的，一个没有教养的野蛮人。"我说。弟弟细长的手指抚摸着我的背。我用手肘碰碰他的肋部，问他："你又换了女朋友吗？""没有，我不找女朋友了。"他低下头来吻我的额头和面颊。松开了手。"你要走吗？""不会的。"他笑着，出去了。钥匙在转动着。开门的声音。不是在我的门上。是邻居进了她自家的门。常常离开家，夜宿斯巴达。他看不上我有过的所有男友。"我讨厌李可道。他太蠢了。"他说。电话铃响了。

詹未艰难地支起手臂，把腿伸到了床沿外面，让身子跟着滑下去。她在一阵痛楚中站起来，额头有了一小片汗影。她刚向电话机挪近一步，便立即停住不动了。她慢慢弯起腰，一手护住它，一手拿起了电话。

"喂，哪位？"詹未喉咙底下只发出一些嘶嘶的声响。

"喂！是你吗？詹未吗？我是麦农。"

"你好，是我。有什么事吗？"她发出声音来了。

"我想说……"好长一会的犹豫。

"什么呢？"他也会。

"我想你可能不在，但还是试了。"

"我才醒来，谢谢。"

"什么，我听不清楚。你一直在睡？已经快三天啦。"惊讶的声音，听上去还有些担忧。

"是吗？"嗓音又消失了，"你有什么事吗？"有声音了。这算什么。哈。我昏迷过一个星期。

"那天。我想对你说，对不起。"

"噢，你老远打电话来就是为了对我说这个？"那天。真怪。那天。不是刚才。

"不是的，也许。"

"怎么，你也吞吞吐吐起来。"

"你好吗？"

"就这样。还有什么？"

"没什么了。"

"我挂了。"

"你自己保重吧。"

"我会的。再见。"

"再见。"

詹未放下话筒。半途，她迟疑了一下，搁下。她转过脸，把手贴到了额头上。湿了。

眼下

"杨~梅贱卖哉，弗买回起哉。"

嘀咕嘀咕嘀咕砰砰砰砰砰砰。

"弹药弹药弹药血血血血啊啊啊啊大王大王打杀伊打杀伊啊光－荣－啦。"

"打弗打得？"

"我看再半年六个月也打弗出去。就得一个铜子得，打公飞公。"

"哎，偌悖弗悖，一角洋钿记得噶清爽作何？"

"有借有还再借弗难。"

"悖啊，真悖。"

咕唧咕唧咕唧咕唧。三轮车。

"啊覅有。"一个手握砖头大哥大边骑脚踏车边打电话的男人，"真当一分洋钿也覅有。偌还算好吤，吃过用过剩个屁股，我连只屁股都要剩弗牢哒。真当覅有。有还用偌开口？呛都犏呛一声，十老八早就拨偌送过去哉。银行？葛辰光吤银行，我晓得连自吤爹娘都弗认快哉，还认咱葛种葛种哈哈偌话对弗对？我？我来哒骑脚踏车，夯部老爷尼桑前两天刚刚卖掉，再歇两日，葛只大哥大也掼掼进城河里去么好哉，月租费都要缴弗起快哉。嗨，嗨，嗨，嗨，奈格来咚走路吤？我看偌是额角长咚屁股上。"

"偌话何兮啊？偌底有弗有兜一兜？勤还道偌手里捏得只大哥大，尿头尿脑吤。自家己走路拾五倒六，头来看一看！"

"偌投七投八少投投。"

"偌头大心空。"

"投尿。"

"唉唉，我刚刚打得一种新游戏，叫'神曲'，莫老老有意思。"

"哑子看见花卵泡。谭公子用一个子就打通关得。"

"杨~梅贱卖哉，弗买回起哉。"

"便宜些。"

"通去，七块一篮！偌话好好呢？"

"哦，都是拣落病退吤货色。四块，我作个独头弗着，帮你拿两篮。"

"老板，四块偌也犏话吤。我也作个独头弗着，格么六块，偌老板大，总是满意哉吤。"

"啥个老板，扳牢。快要扳杀哒哉。五块，就是葛哉。"

"好，直截痛快，五块半。老板，要要，勿算。"

突突突突突突突突突突突。

"修～～棕～～绷。"

"嗨，我阶自行车呢？自行车呢？"

"匿有看见。"

"刚刚放咚葛里阶。"

"估计亦是何里阶外地人。"

"多来两个铜子。"

"我要活着从地狱出来。"

"但丁？"

"当然。"

的各的各的各的各的各的各的各的各。

"啊哼。哎热伤风。鼻头涕拖得三尺长。"

"十三点。"

乃爹西瓦，乃娘西瓦，乃爹乃娘统统都西瓦。

丁零丁零。

"修～～棕～～绷。"

笔记

她有黑色的乳头。

眼下

布蓝的奶头很小，粉色的。"我的奶头像不像是处女的？"布蓝朝我挤着乳房说。饿了。得去吃一点。光－面－两碗～～。现在不会还是一角二一碗吧。过六点了。翻。切嚓。

笔记

我现在知道它的颜色在印象中是变化的。我随时都在给它以新的颜色。黑色的红色的褐色的，也许它本来就是变化的，取决于你不同时刻不同的激情深度，四周不同的空气的湿润感，手指或嘴唇向它靠近的不同姿态，以及它在接受这种靠近时在表皮的颗粒之间产生的不同收缩力。它现在是黑色的，只在顶部呈一点淡淡的粉红。我把手掌拢起，上下荡着它。它看上去像是一只又软又薄的橡皮袋子里装了一半的水，上面布满了褐色的斑痕。要是我把它放下，它就会立即挂下来，被里面的水哗地拖滑到她小腹部，并在它上面喇叭形松弛的表面拉出一道道皱纹。我这才开始有点兴奋。一个坏了的妇人，一对可耻的乳房，蓝灰色的眼睛已经有些模糊发暗。那个德国老女人。开始还没觉得她有那么老。等她凑过来想来吻我，才发现她的脸皮已经很松弛，就像没有绷紧的薄膜一般起皱，因为特意敷了一层粉，上面细密的皱纹透着下贱的红光。我将头扭开，张开食指和中指把她的乳房夹在中间，摇着，猛烈地摇着。我越来越兴奋，同时感觉想要呕吐。

眼下

这是谁？噢，对。麦弓身后响起了杂沓的脚步声。下班了。麦弓转过头去，看到三五个人从博物馆里面走出来，老馆长也在其中。麦弓看到：老馆长看到麦弓看到老馆长看到麦弓看到了老馆长，不安地把头转到了另一边。他总算还是把头转了回来，脸上没有什么表情，远远对麦弓说："郭睸估计今天是直接回家了。你打了电话没有？"

"没人接。"麦弓说。

"那就不知道了。"老馆长像是在对他前面的空气说话，因为他说这话的时候差不多都到了报亭边上的停车处了。他掏出钥匙，解开那心爱的双车铃、双车刹、双车兜、双车座、双车杠、双包链、双支脚、双挡泥板的小鸽子身上的锁链，身体前倾，抬头朝前看，翻身骑上小鸽子，轻快地滑了出去。

走吧。拎起包。还剩这么多。每回出去，回来的时候行李就剩了一点点。那时嘉峪关下车前一只拖鞋从厕所洞里漏了出去，另一只也只好扔了。敦煌穿破一双球鞋。库尔勒弄丢了水壶。那家旅馆妖气十足，重庆人开的，对"天府旅社"。噢那个其丑无比的麻脸女孩。一家扇子店。老头在柜台上打盹。原来是一家油条店。在梅城一中念书的时候偶尔想改善生活，就跑到这里来吃一根油条。隔壁原是一家扇子店。那把扇子很大，挂在墙上，正对着城河。右拐。香湖饭店。水饺太贵，两角三分一碗。夜自习到一半，饿了，拉上驼背烂牙，去吃光面两碗。居然还是这个店名。光面两碗～～，驼背烂牙边唱边进了教室，继续夜自修直到熄灯，其实只是来接着吃糖。他桌子下面永远有一只小铁盒一只塑料小勺子，老师一转身他便撮起一勺白砂糖飞快送进嘴里。体育课的时候他像一只烂冬瓜一样在跑道上滚来滚去。一个十几岁的少年长成七十岁的模样，真是让人佩服。那位长着一张蛤蟆脸的天府姑娘在车站截住我。嘴大鼻子宽，嗓音像牛叫，以为服务员那么丑，客房总会便宜。她不由分说，把我领到一个土坡下的上等客房前。门上挂着一把大铁锁。透过巴掌大的露底窗帘，能看得到靠墙摆着一张课桌，上面搁着一只生锈的铁盘，里面有一只紫红色铁壳水瓶，一只断了柄的茶杯。课桌旁边是一张单人小铁床，黄渍斑斑的褥子高高地翻起。要是在这种地方让人割了头，连尸体都找不到。一个昏昏沉沉的下午，我躺在过道的床上，比下面客厅高出五级台阶。客厅一角是理发店。一个胖乎乎蓄八字胡的男人，也许就是理发师，整个下午都在游手好闲，与树皮脸麻秆身的老板娘打情骂俏，还在那个嘴大鼻子扁嗓音像牛嗥的女揽客身上摸来摸去。过道的两张床紧挨着，床板又窄又短。另一张铺位上来了一个老头。若是我头朝这边睡，我的脚就会碰到他的脚。若是我头朝那边睡，他的脚就会来踩我的脑袋。怎么也避不开。他才不在乎，一脱衣服就睡着了。墙上挂了破破烂烂的旧报纸。上面写了四个巨大的草体黑字："兵至如归。"带宝盖头的那张报纸脱落了，看上去杀气腾腾。旅馆前面就是孔雀河。水很急。怕第二天一早干不了，下水后就在水底下脱下内裤洗了，洗完澡又穿上，爬到桥墩头晒夕阳。夜里，外头风声如潮，墙上报纸哗啦哗啦响了一整夜。天蒙蒙亮，土坡底下的老妇人就扯着嗓子往上头叫："楼上——楼上——"声音被风吹来吹去，听着让人心惊肉跳。幸亏她叫了楼上老伴，要不然我会一直睡过去，直到误了八点去喀什的班车。铁青色的天空下面，黑沉沉的孔雀河在清晨凛冽的东风中卷着旋涡飞快地流淌。车站站了不少人。一位包头巾的老妇人用低哑的嗓音在唱歌。听不懂。要饭的。我是不是给了她钱？一个肩上背着一只大布袋，上身黑光光下身穿着长裤的叫花子把手伸进路边的一只垃圾箱里。麦弓停下来，看他能从里面掏出什么来。一只空饮料瓶。他举起饮料罐，仰面朝天，往口中倒出几滴残留的饮料。麦弓继续往前走。错了。记错了。那位嗓音沙哑忧伤的老太太是在去喀什的第一站清河县车站。整个县城只有一条不到一百米的街，建在一座光秃秃的小山边上。我本来还不知道她是要饭的，身边放着一只麻袋，边上还有一位老头在她低吟慢唱的时候四处走动，向人们喃喃说着什么。他们纷纷送钱给他。老夫妇。他们说夫妇俩是在向旅人祝福。快到新年了，你要是愿意，可以驾着马车去要钱，主人不会因为你的穿着考究不给你钱。金属公司。机电公司。叫花子走到麦弓前面的那只狮子头垃圾箱前，把手伸进了那张黄色的大嘴里。麦弓笑了，停下来，想看看这下他又能掏出什么。叫花子把整只手臂都伸进了陶狮子的肚子里。半只发霉的面包。叫花子掰了一块发绿的面包塞进了嘴里。他看到了麦弓以欣赏的目光注视着自己，咧开满是面包渣子的嘴，哈哈大笑了两声。还不够，他使劲咽下嘴里的面包，再次仰天大笑。麦弓也笑了，心想，自己可能生来就与乞丐和疯子有默契。他也许从我身上看到了他熟悉的东西。是我未来的叫花子相还是我未来的疯子命？是在清河县。清河县？一位八角帽的维吾尔族老头在自己的杏摊上睡着了，身子压在杏子上，压出了稠黏的流汁，任着毒日头无遮无拦地往他脸上晒。他旁边有一个光身子小孩在桌子上撒尿，桌子底下还有一个小孩在地上乱爬，把从上面桌缝里渗下来的尿水用沙泥抹匀。那是下午六点左右，日头留在中天稍稍偏西，满大街就地乱睡的人。"你早来三天，喀什满大街的人都在跳舞。"阿木夏依说。我在喀什噶尔丢了半个魂。在吐鲁番丢了五十块钱。噢丢的其实是人。若是庞大海或郁利知道这事肯定要笑话我。"中国人是一个很天真的民族，"庞大海说，"你可以随地吐痰。"他花花公子式的措词。梅城物资局。储蓄所。一个女人唰，甩了一记算盘，从里面走出来。好美。她举起双臂伸一个懒腰。肚脐露出来了。有可能是生过小孩了。从形态看不出来。那么是从哪里呢？气。气。这时候中文最能说明问题。她往马路上看了一眼又进去了。不会是郭碾的老婆吧。"郭碾的老婆是梅城最风骚最迷人的女人。"陆翼锋说。很难说。梅城小嘛。那么多人围着看海报，又是今晚的人畜大赛。麦弓从这些人后面走了过去。这位也不错，但不可能是郭碾的老婆。脸上洋溢着青春。没有生过小孩。结婚了？悬！手里拎一篮白乎乎的生杨梅。她低着头，用一根细长的食指在里面拨来拨去，半天没找到一个能吃的。"气煞！"她轻轻叫一声，背朝马路，撅起蜂腰下的小屁股，由黑白格子吊脚裤紧紧包裹着的大苹果，把篮子里的杨梅统统倒进了垃圾箱里。她需要什么样的男人？没有概念。我跟她们在一起，却对她们一点都不了解。这是自私，她说。"她们"，是一类吗？

麦弓来到电话亭前，拨了郭婠家的号码。没人接。看来是去丈人家蹭晚饭吃了。往家里打一个。熊全雄。不能直呼其名。熊师傅。通了。是熊全雄的半聋子老爹。

"大伯，偌好。我是麦弓，我明朝回梅林湾。谢谢偌帮我叫一声咱母嬷，或者咱爸爸。难为情哦，作偌麻烦煞，唉难为情难为情。"

"噢，偌是麦共啊。我让咱孙子帮你去叫去。偌奈格？葛回子是探亲啊？"

"嗯？"

"麦峰怕道到广州去旅游哉啊？乃屋里人都走光哉，就留下伲两老哉。"

"何兮啊？"

"乃母嬷葛两日住院夯。乃爸爸元日头都来夯医院里陪伊。下昼头刚刚医院里归来咋。"

"啊？！偌话何兮啊？咱母嬷老毛病亦发作哉？"

"嘻，葛回子有些厉害咋，竟讲有些厉害咋。"

"我一些都弗晓得！"

"本来你爸爸想写信拨偌咋，怕乃子女外头接到消息要弗安心，就匿有告诉乃。"

完蛋。

"咱母嬷现在病情奈格样子？"

"伊是爬推子得来跌落来哉，肋排骨有两根断坏，已经住得一礼拜医院哉。葛两日饭自会得吃哉。问题大大弗大咋。"

"我今朝夜头就赶进归去。"又跌下来。上回是老爹，这回是老娘。她要干吗，拖着病歪歪的身体去爬梯子。

"来哉来哉，乃爹来哉。"

"爸爸，我是麦弓，母嬷骨头跌断哉啊？"

"麦共啊，你葛毛来咚何里？"

"梅城，我本来打算明朝归去。我马上去叫个车，马上赶回去。"

"叫出租车啊？多少贵唻。你母嬷已经好得弗少哉，偌明朝归来也可以哷。麦峰来信话说到广州去旅游哉，伊有弗有作偌话？"

"麦峰？何里个麦峰？"

"乃哥哥。"

"我是麦本顺哷倪子麦弓，是不是弄错哉。您可能是永康伯。"

"哦，噶是弄错哉，是弄错哉。我倒是来哒想，你来夯部队里，信里话也弗话起，奈格突然之就归来哉。好好，我帮偌去叫乃爸爸去。"

哦，松下一口气。

"咱母嬷咱爸爸最近奈格样子？"

"好哷，伢两老好哷。乃母嬷最近肚皮里哷水少得弗少哉，基本上弗大看得出哉。乃爸爸今朝去配中药哉，怕乃母嬷一个人吃弗消，走之前店门关得去哷。格我拨偌去叫乃母嬷？"

他们总算学会在适当的时候关店门了。去家里叫太远了，她得走半天。她会一路跑。算了。

"算哉算哉，永康伯，我明早就归去哉，偌若话看见咱母嬷咱爸爸就作伢话一声。"

"好哷好哷。"

"谢谢谢谢。"

他妈的？麦弓在下班的车流里行走着，想找一家面馆。我刚才感到烦了！好小子。她要是知道，会伤心透的。匿有匿有，母嬷，真当匿有。我真是冷血吗。不是，当然不是。现在应该已经没什么光面了。去弄碗片儿汆吃吧，北京可吃不到片儿汆。

"麦弓！"有人在对面叫道。

一位走路女人气的男人。白有。精神病世家的年轻富商。妈的，还是碰上了他。这下他又会拉我闲扯半天。

白有世家第三十一

白有生梅城西山。其先丐王也，曰白混。白混生白蛋，白蛋生白喷，白喷生白香，白香生白喷，白喷生白香，白香生白傻，白傻生白瓜，白瓜生白滚，白滚生白圆，白圆生白滚，白滚生白圆，白圆生白无，白无生白中，白中生白生，生与来氏女野合而生白有。白幼时，父死，既葬，母亦狂，日夜笞白。白少时，母狂益甚，裸身披发，呼号闾巷。白恶其母，时闭门鞭来氏。人多厌之者。白遂好诳不能自制。如公厕，或遇之途，曰：何往？白掩口笑曰：食堂。人异之。及长，稍慧，与梅林农家子麦弓俱学于梅城一中。

白应举落第。道逢麦弓诸人。白谓弓曰：判卷有误。改之，当入燕大西语系。皆贺白。白乐甚，途购鸯，延至其家，欲与乐饮极欢。既归，生断鸯颈及两掌，投之厕坑。诸人默然。有妇号户间，以掌击门，曰：白有救我。问白何人。白曰：远房姨也，入城治狂疾。众闻此怅然。母哭不止，曰：我非女姨，乃女母也。恚，执刀暴门入，掌击母脸。詈之曰：咄，老妪，今杀女。母哭不止。白举刀欲劈。母乃稍安。白笑曰：此狂妇自谓我母，我母乃郡守庄某也。

曩庄某以"生理卫生常识"教梅城一中。白尝师之。是时也，上兴"知识化，年轻化"之风。天下响应。欲招一无党系之妇为梅城郡佐，四十以下，硕士以上。遍求，惟庄可也，乃迁之。

其明年，白又应举。时麦弓偕谢某返乡。谢公为浙文联主席，屡闻白谓人曰：谢某，我友也。欲嬉之，与弓往见白。白告弓曰：获牍书久矣，已登甲科，将入清华国政。麦曰：何在？白目几上一小简曰：弓曷疑焉？此是也。取观之，无一字。背书：如杭，晚归。钱即日。

谢公笑谓白曰：识吾否？白贼目飞转，终笑曰：不识。谢曰：

吾谢某也。白掩口曰：嘻，鄙生慕谢公久已。

后白入临安府师范。遍告同学曰：陈立者，之大一级教授，吾父也。谢公，浙文联主席，吾兄也。众羡之。有师好文学，思入文联久矣。求白。白曰可也。与诣谢。指其师谓谢曰：此弟之友也。神色若常。

明年，浙驻琼署招士。时琼立省未久，未整，可贾。白执硕士牒文以应，遇朱副省长，奇其言，以为能，征为胥吏。既至琼，知其学士在读，逐之。白曰：无所归矣，师院已除我名。怜之，留为役使。

时浙南被水灾，上虚国库以赈贫民。是年，白娶钱氏。钱氏有乡里叔伯为啬夫，以十万赈灾资贺其侄。白思梅城愚智无不晓其身世，无立锥之地，移资琼，立思达公司。

当是时，朱徙为琼副省长。白时窥朱行止，伺歌台酒池之门，近之，与其同出入。白谓人曰，朱公吾叔伯也。皆以为狂夫之言。久之，始信之。白风友以闻朱，谓白财累万金。

他日，朱见白，识之，问白曰：子之居此易乎？白曰：多有财币，苦无可货。朱欲成白，曰：此事易。乃令椰汁厂总裁，予白五万箱。既售，收利十万。白善承意，不敢私匿，乃三分其利。予朱三万，总裁五万。朱说焉。白始为椰奶厂代理，贪欲无厌，求利不止。三方勾结，不避法禁。

明年，朱使白外办副主任。白益贵，出入骄恣，自称主任于外。时奉案诣主任，睨之，曰：当署。主任位虽尊，势反出白下。署惟谨。目白，曰：可否。白曰：得。乃退。漫不知何事。苦患之，然怒不敢言。白集政贾于一身，有御使览省南海，则厚赂之。盖其处世之道不欲同流但求合污，使受赇者欲安己身，必先保白。虽贤者多不与，然此术屡试屡验，用力少而功多，可以毋尽体骨之劳，而序古往暴发之勋。白之昭然远见，固非浅闻鄙儒之所及也。

后白迁琼电视台佐，无利可图。

白有意琼县之地久矣，谓朱曰：琼县地廉，可商。白某愿为前驱。朱大喜，从其计。使为琼县文教令佐。

始迁，免官削爵，大施其威。僚列哗然，益恶白。堕白计中。盖白意在获利，不欲久留。白乃广置地皮，予朱其半。白既获巨利，请黜。许之。

后朱多受贾人财物，免官候审。人皆逢其失而为之词，谓白与朱上下为匿，贪欲无艺，略则行志。白恐祸至无日，急移思达公司于钱氏，及未发，奔梅城。

曩白任职外办，厚献京都要官。既困，乃走京城，为商贾开发布，求批文，索字画，立民航代理。遇一生物方士，予数金，得其蚕蛹延年液专利。白以之入股一乡属企业，后借故撤资，得其半数注册之资。

白居梅城二岁，欲为政，往见郡守莫某。与语，莫大悦。迁为梅城人事主任。后闻莫将入狱听罪，急自黜，乃免其祸。

无事，乃取梅城善舞者与居，始疏钱氏。钱氏苦患之，欲离。许之。法院分白之财，以其半畀钱氏。白数岁致资累巨万，人始知之。后钱氏悔，挟妇人媚道，欲为白守业，免入他妇裙衩。白弗听。钱氏屡入白家，诟其新妇。谚曰：美女入室，恶女之仇。钱氏欲续旧好，往说白曰：向白贫不自存，梅城智愚皆厌之，惟钱氏知其能，善遇之，终为白奉箕帚。白弗听。

康大人曰：异哉！白生而痴，幼而狂，少好诳言，长而暴发。人各尽其能，各竭其力，得其所欲。然白不治产业，不力工商，植无本之木，建无基之宇，无袖而善舞，无钱而能贾，终成一代豪滑，非得神助焉，实世道尔。时异则事异，人狂世更狂，此之谓也。

眼下

疯子白有将浪子麦弓领至梅城家中，摆出梅城特产：霉毛豆、腌白菜、烂苋梗、臭豆腐、酱鸡腿、咸炝蟹、陈皮蛋诸凉菜及啤酒，乃以"我为什么能够成功"为题向老同学开讲。浪子麦弓云南归来，囊空如洗，肚空如倾，等不着郭碬陆翼锋，正愁何里去弄口饭吃，白有便现身街角，慷慨相邀：虽说此人可恶，却也来得正是时候。便暗暗道：填我肚皮，听其乱讲。正要恣意一饱，忽闻一阵异香。有一二八女子，红酥手端黑瓷锅，凌波微步而来。但见：

眼荡秋波，眉拂春山。鬓似乌云委地，臂如嫩玉凝脂。朱唇缀樱桃，皓齿排碎玉。莲步轻移动玉肢，柳腰微摆放响屁。

这无名女子将汤锅放在桌上，内有百年乌龟炖千年甲鱼及万年王八，默不作声的来了，又默不作声的去了。令麦弓颇觉疑惑。

闲话休提，却说白有在麦弓狂饮暴食之际絮烦些什么？有诗为证：

昔日盘陈仓，今点烂谷子。
白丁嚼舌头，鸿儒灌啤酒。

大致论及：

其一，我喜欢抱着枕头睡觉。哦——（连连摆手）女人不行，她们怎么能有抱枕舒服呵呵（频频摇头），必需抱枕才能睡着，必须是这样的。我外出时都得带上抱枕。改不了，永远改不了。

其二，我哥（突然冒出一个哥哥来，在白有如家常便饭）做企业不成功，现在在精神病医院做白痴。我跟他只有一步之遥，只有一步之遥，这我知道。我完全知道，有几次我就要疯了，真的要发疯了，可我最终还是控制住了。关键是自我控制。结果，他疯了，而我，成功了。

其三，朱省长在受审时绝不敢提我白有的名字。只有我和他两人知道是怎么一回事情。

其四，基于可见利益的帮助是短暂的，要想得到某位贵人长久倾力相助，你必须让他看到你有能力在某一天发迹，更有义气反过来帮他。任何得势的人都知道自己会有失势的时候，他花那么多精力来扶持你，是在为自己未来的难关制造一只援助之手。你所有的表演余地，全在于你是否能让他感觉到你同时具备这两点：才华和道义。

其五，如何与比你位高权重的人结盟？制造他跟你之间的共同利益！这种共同利益必须大到他不想脱离也不能脱离为止，紧密到别人一旦拿棍子打你，就不得不打到他。

其六，最高级的行贿，是为了获得一张随时能置对方于死地的王牌。一张就够。不过要得到这张王牌，你首先必须下得起大赌注，其次你必须有胆量冒险：在你置对方于死地的时候，对方也有绝对的把握置你于死地。如果对方认为在你置其于死地时，他没有十足把握置你于死地，他就会提前想办法把你干掉。做好了这种共生共死的打算，你就永远是最安全的。他知道你不会摊牌，你摊牌他死你也死，但他也知道，你若是要死，你会摊牌。这样，他会在你生死关头，拼死相救。

其七，但事实上呢？你必须有脱身之计。对方能置你于死地只能是，你给他的并使他信以为真的一种幻觉。这一点如何做到，商业秘密，恕不透露。不好意思老兄，呵呵。

其八，在海口多少人想弄我，可朱省长不允许。他信了我给他的幻觉。

其九，走为上。但在什么时候走？在最该走的时候。太早会损，太迟则无法脱身。

其十，我只做无本万利或一本万利的事，不做实业。我不承担风险。风险让别人去承担，而且有的是人愿意承担。

其十一，我做实业只是虚晃一枪，是为了在最后撤资时按合资份额拿到钱。当然，我总是早早打下伏笔，让对方来提议我撤资。

其十二，跟兆马集团谭老板合作经营大堂也是如此。只要我随便做些小动作，谭老板就沉不住气，就要我撤资。最好不过。

其十三，到现在谭老板还欠我二十万港币。非常小的数目。梅城人叫"毛毛雨"。既然翻脸了，再小的毛毛雨也得一根一根地算，绝不能让他赖了。前两天我让高律师叫了法院的人去他大堂的喷水池上贴了封条。就是要他难看。喷水池当时是我负责做的。这下好，进出这家四星级饭店的人全都能看到大堂喷水池上的法院封条。谭老板只好答应马上还钱。

其十四，本来今天就可以拿钱的。不巧高律师的父亲今天出了事，被一出医疗事故要了性命。晚上你跟我一起去看看吧（麦弓吞下一只百年龟头，说不行）。

其十五，在梅城闲着没事，想从政。都已经调到宣传部了当了主任了，只要再一个月，就能上位梅城常务副市长。真不巧，咱们镇上来的墨市长出了事。

其十六，他一下台，只好作罢。昨天检察院的人还来找我，要我交代跟墨市长的情况。我说你们别来找我。等你们准备起诉我的时候再来找我。他们不可能会有我的证据的，要不然我还呆在这里。哈哈（一手抿嘴，嘻嘻地笑。古怪的妇人相。麦弓打了一个大嗝）。

其十七，北京都是我的人。田某是我伯伯（白有按了几下"指甲机"接通田某的电话：田伯伯，过两天我去北京找您。对对。小事儿一桩。有人想要请您题字。当然当然，老规矩，肯定啊。好好。再见）。这是无本万利中的无本万利生意，要几个字还不容易嘛。上半年与镇上一家企业合资办的"蚕蛹营养品实业公司"的题词就是王某某的。当时算了我二十万人民币的份额。

其十八，过两天你去北京吗（麦弓啃着一只万年王八腿一个劲摇头）？你要去，我可以带你去钓鱼台住。我在北京永远住钓鱼台十号楼（左手食指与右手食指搭成一个十字）。

其十九，噢，那是我燕大西语系的毕业证书。证书是真的。当时燕大想在海南办分校，我替他们弄好的。我只向校长提了一个要求：要一张你们学校西语系的毕业证书和学位证书。杭城师范虽然除了我的名，可我最后还是拿到了毕业证书。我帮我们系主任加入了省文联嘛。我上了两个月学就走了，去海口了。嘻嘻。

其二十，甚至现在，还有人认为我是疯子。

我一直这样觉得，吃饱喝足了的麦弓说。

郭暇

第六章

太阳落山了，郭碫下山吧。布谷咕咕布谷鸟郭碫鸟吕库古觚不觚觚哉觚哉。太阳在对面山顶上喘息，将去照耀那背面的人们。你这伟大的星球啊，在垂落之际，仍未厌倦给予自己的光明。五个小时的隐居之后，这麻木和怯懦的杯子已经倒空，而我郭碫亦已再度为人。如你温暖冰凉的土地，我要如你一般下山，奉献我胸中蜂蜜般满溢的爱情。郭碫收起描了一下午的需待日后挖掘考证的越王墓地形图，如此这般下西山了。

郭碫穿过那块被灌木和野草覆盖着的越王墓。林子里有几只愚钝的布谷鸟在鸣叫，有几只轻浮的绿滴滴的蝶儿在闪动。咕咕叫布谷鸟郭碫追随在绿滴滴蝶儿吕蒂蒂后面。布谷鸟郭碫在后面咕咕叫着，哎呀爱呀哎呀爱呀哎呀爱。绿滴滴蝶儿吕蒂蒂在前面忽东忽西轻声唱道，你啊腻啊你啊腻啊你啊腻。呆头鸟儿从林子里钻出来，看到了前面小径上那位弯腰刈草的老头。

这位男子，老头直起身来说，姓郭名碫，叫郭碫，一位善良的糊涂虫。他父亲与我同辈，曾是远近闻名的画师兼木匠，专替人雕梁画栋，凿砖刻像。想当年，他老父在世之时，郭家是何等的兴旺何等的风光，真所谓樽中酒不空，座上客常满。谈笑有鸿儒，往来无白丁。却说那一日，绍兴人择下吉日良辰，备了美女好酒，路远迢迢专程赶来，请他下山，着一叶乌篷扁舟，荡万顷明月碧波，前往会稽兰亭，品尝圣人王右军之鹅的百代后裔。这是何等的口福？！怎料天有不测，途中小船儿忽地不听使唤，一头扎到了湖底。可惜郭老儿就此命丧黄泉。他老伴儿从此郁郁寡欢，积怨成疾，不久也撇下独养儿郭碫，跟着一命呜呼了。亏得老外婆身体健朗，好歹把小郭碫抚养成人。这郭碫毕竟望族之后，读书了得，头年恢复高考，便捧了个状元回来。从此与书为伴无暇旁及，不但写得一手好字，做出来的文章天下第一，梅城又谁个不知哪个不晓。只是古人说得好，"书中自有颜如玉"，就是要那些读书人时时防着那颜如玉婊子的勾引。这郭碫就是一个不当心，着了她的道儿，从此呆性发作读书成癖不能自拔。奇也怪哉，这郭呆子的美娘子果真来了，只是不从书中，而是从书外直奔来的。这美娘子也不叫什么颜如玉，乃是梅城名媛吕蒂蒂，不知因何缘故，绝了屁股后面一大堆老相好，看上了这郭呆子。一如当年卖油郎秦重独占了花魁王美娘。不过，两人一呆一美，居然倒也十分般配，不久便结了连理，成了姻缘，做了夫妻。前年冬天又生下一女，取名郭小。三口之家，其乐融融，日子过得风平浪静。谁知半路忽然杀出个程咬金来，那个一向不知贤贤易色，只知一味偷香窃玉的北京浑小子李得儿，一眼看上了卸了肚中胎儿，重现昔日美人身段的吕蒂蒂。这吕蒂蒂年未及笄就在梅城做下了一桩又一桩的风流韵事，虽然这时做了他人之妇，终免不了轻浮的本性，哪里经得住美少年的穷追猛打，不久就成了李得儿的床上囚。从此两人天天在一起颠鸾倒凤，日日做那翻云覆雨的游戏，直吵得左邻右舍鸡犬不宁。两人近来春情勃发，越加无所顾忌，胸中已无廉耻二字，居然在晴天白日也开始一味的宣淫了。这不是，暮春的一个午后，李得儿与吕蒂蒂肩并肩手挽手来到了这里。恰好我来此处刈草。两人在我上头蛟龙戏水，畅叙绸缪，一进一抽，一呻一吟，听得我卵惊鸟跳，恨不得冲上前去，捉了他俩的奸情。

哈，等我抬头一望哪，只见俩人挂在树梢上的红裤衩白胸罩，正在迎风招展……这郭呆子来了，打住打住。

我几回上山，郭嘏说，都碰上这位割草的老头。他是这里的管林人吗？无论如何，今天的郭嘏已非昨日的郭嘏。他以这种嘲讽的目光看我，显然还不知道我已经觉醒。

哎，这位可怜的郭呆子，老头说，近来总是见他愁眉不展心事重重，或许对妻子的奸情已有所耳闻。只是今天与往日依稀有些不同，他的眼神如此明净，他的脚步如此轻快。看来郭呆子确乎成了一位觉醒者。

老头："这不是木匠老郭的儿子小郭么？你的父母我岂不认得么？"

郭嘏："正是。"

老头："你下山了。"

郭嘏："不是因为下班。"

老头："难道是要去看你山下的妻子？"

郭嘏："若是我们两个都还在这个人世。"

老头："多少同床异梦飘浮在这寡义薄情的夜空。"

郭嘏："爱将穿越万水千山。"

老头："把妓女投向嫖客，将荡妇许给淫棍。"

郭嘏："让我的妻子重新回到我的身边。"

老头："这事听来多少有些新鲜。郭嘏跟他妻子分床已有一年。"

郭嘏："不久又将同床共眠。"

老头："今天却突然发现了爱。"

郭嘏："是找回，并不是发现。"

老头："从她身上还是由你这里？"

郭嘏："自然先是从我自身。"

老头："哦，可怜的肉体，短暂的要求。"

郭暾："这不是肉体的饥渴，而是……"

老头："比肉体更加虚无的精神的烟雾？难道缥缈之烟能织成爱情的锦绣？"

郭暾："来自我的心灵，我能听到它跳动的声音。"

老头："哪个妻子需要丈夫过时的爱情？哪个妻子愿听丈夫心灵的声音。总有男人比你更加年轻，总有男人令她更加倾心。"

郭暾："肉体的眷恋是短暂的，而爱将伴随你一生。"

老头："说得真是娓娓动听。可是女人是一种即性的动物，易变才是她们不变的本性。既然她们不需要你过于冗长的爱情，你不如在这里做一只布谷鸟，把爱献给这片山林。"

郭暾："布谷咕咕布谷鸟郭暾鸟吕库古觚不觚觚哉觚哉，还是让我快点走吧，免得你听到我整天独自在此哀鸣。"

于是他俩互相道别。

看来这老头确乎不知道郭暾鸟已经醒来，必须去追赶吕蒂蒂蝶儿了。

哎呀爱呀哎呀爱呀哎呀爱。

你啊腻啊你啊腻啊你啊腻。

一棵臭椿树迎面抽了一下郭暾的手臂，然后啪，断开一根枝桠，将一股奇臭无比的汁液，吐到了他嘴上。

"臭臭臭。"郭暾叫着拿手抹了一下嘴。这下更臭了。郭暾把断枝扔到地上，一脚把它踩得稀烂。

臭椿树在后面叫道："臭臭，抽抽，臭死你，抽死你。"

他不知道李得儿在携他妻子上山时，曾在这棵臭椿树的根部撒过一泡尿。

"耻辱。奇耻大辱！"郭暾捂着鼻子，羞愧地朝山下奔去。他跑得如此匆忙，就没有顾上脚下的情况。一块山岩趁机磕了一下他的脚掌。"噢唷。"他跳着抬起腿，抓住了自己受伤的脚掌。出血了，大脚趾盖被掀开了。"滚吧！"他用那只没受伤的脚愤怒地踢了那石头一脚。石头朝山下滚去。

石头边往下滚边幸灾乐祸地："咕咚，古董，失谷洞，郭嘏痛。"

他怎么会知道，这块石头曾是李得儿和吕蒂蒂背靠背股贴股的小憩之所。

郭嘏一瘸一拐地走着，心里有说不尽的懊丧。谁知屋漏偏逢连夜雨，忽然鞋底打滑，四脚朝天，顺着山沟往下滚。沙泥纷纷趁机钻进郭嘏裤裆里，将卵子卵泡卵核三位一体的小祖宗噼里啪啦一阵痛打。等他忍痛起身，发现三位已缺了一位，两只卵核逃到了肾脏底下。

沙泥快意地："嗤呼，耻乎，知耻乎，痴郭嘏。"

他哪知道，他身后这条小山沟，李得儿和吕蒂蒂曾陷身其中，长久地热吻过。

"畜生盗生他妈的娘的吶乃母×狗搿进。"郭嘏大叫大嚷，抡圆了胳膊将小山沟一通狂打。

堆积在山沟里的树叶被他狂怒的手掌掀动，前后相继向他飞去，噼噼啪噼噼啪，贴在他眼睛上鼻孔上嘴巴上耳朵上，把七窍堵个严实，将他捂成一个大混沌。

"乌龟王八蛋向蛋壳里走八窍生去吧。"郭嘏拼命扯着自己脸上的树叶，也因此不停地脚下拌蒜摔了一个跟斗又一个跟斗。

树叶刻薄地："沙沙，傻傻，啥之傻，嘏之傻。"

他岂能明白，他脚下这些树叶，李得儿和吕蒂蒂曾搂作一团反复碾压过。

在山林里跌打滚爬了半天，郭嘏伤了累了晕了，一头栽入山脚下那条布满鹅卵石的清澈小溪。他奋力把背包扔到岸上，不然描了一下午越王墓地形图将前功尽弃，然后坦然平躺下来，从嘴里吹出一串串水泡。

小溪："汩汩，股鼓，顾股谷，魿无骨。"

他哪能想到，李得儿和吕蒂蒂曾在这里一起光着屁股打水仗。

郭魿浑身烂湿，一声不吭地离开了山涧。

这下觚不觚？觚哉觚哉！被绊倒的人有福了。只好先回家一趟，去换身衣裳。本来可以直接去幼儿园接小小，再去吕蒂蒂那边。现在要快点了。一个正样八经昂首挺胸的女人。的各的各。小肚皮已经鼓起。的各的各。难道疯了吗？的各的各。奶奶已经挂到了腰上为何还那样一脸正经？的各的各。为何不去换了这双抽丝的袜子？她的小腿真肉麻。这种女人的屁都会比一般女人的臭。吕蒂蒂可是什么都不愿意马虎了事。五年了。她一直想要个小孩。我怕生育会影响她的身材和相貌。女人生过小孩老得多少快啊。我对小孩就是不感兴趣。我说咱过两年再要小孩。想要不想要最后她还是来了。除了乳房喂小小奶的时候有些变化，身材跟以前一样好看。那条有五千个纽扣的形体裤也许确实管用。她竟然不嫌难受。别人要解开还是有些难度的。若是她自家想解那就是另外一回事了。只要能够经常看到她的身体就可以了，不是说一定要像以前一样三天两头做那件事情。她也不一定乐意。她们没有兴趣的时候那里是干的。不想把她们弄痛就别想进去。她叫了起来。那种时候她估计完全不晓得自家在骂什么，应该也不会去想自家在骂什么。也并不是说非要不可，只不过一件事情你开始做了好像只能够把它做到底。我只想吻一吻她的乳房。这个不由我说。美啊。人见人爱。她被那个杭州佬带到一只房间里。他要看她的乳房。"因为它们很美。"他说。她才十四岁。她竟然把衣裳脱掉了。"我两只手托着自己两个乳房，站着一动不动，不知道在想什么。"她用普通话讲，好像不用普通话就讲不出口。那个流氓走过去一把捏牢她的乳房。"他就抚摸了几下，没有用力。"她讲。"后来呢？"我问她。"后来，后来，他在那里吻了一下。"她讲。"然后呢？"我问她。"然后么，他就放开了。"

她讲。"为何？"我问她。"因为我哭了。也不知道为什么，就一下子哭了。"她讲。竟然没有做。也有可能。我第一次和她做的时候床单上有一小块红渍子。是不是血啊？当然是。这么一点？有可能因人而异。要是我突然间看到那么漂亮的两只奶奶，看到她用自己两只手托着，一边还在流眼泪，也不会硬生生和她做那件事情，即使想做都恐怕做不了，肯定会被她的样子打动。不好跟她提这件事情，暗示也不行，还道我要翻她的旧账。她后来又跟那个流氓去来往，不然的话我还真想不起这件事情。我火了，换了现在也许不会。我抓住她的手腕，把她从座位上一把拉起。那个单相思流氓坐在那里一动都不动，傻掉了。"你丢我的面子，"她讲，很生气，"我们两个人根本就没有什么。"看样子确实也不像有过那种关系。"单相思也好精神恋也好，你奶奶都叫人家摸过了，就不应该再跟人家继续有往来。"我讲。她不说话，看样子是不同意我的看法。我这句话是什么意思？丈夫的意思。对，丈夫的意思。她心里或许是另外一种想法：既然我奶奶都让人家摸过了，互相之间搞得跟陌生人一样也太奇怪了，再怎么样总归是朋友嘛，大家都掌握分寸就可以了嘛。谁对了？是嫉妒和自私对了。每个人都只看见他自己，唯有爱可以让两个人同时都对。我刚才把车停在哪儿？她那时候可能没有。她一直都不太甘心，这一点再明显不过。我一个人是没有办法对的。也许只有她那时候的乳房是对的。她那时候两只奶奶多少鼓。现在是有些下坠了，比之前长了不少，不过这样子也蛮好看，躲在蓝丝绒的睡衣里，越加性感，越加诱人。几何学的必然性。贵族派头的语言。爱情总是被叫作专制的暴君。他命名了一种爱情，不是，他排斥了爱情，于是别人专门为他生造了一种爱情。激情和专制和暴君。混乱占据了灵魂。欲望在它周围营营作声。在醒着时能做出梦中的那种事的人。其快乐的幻象是一个平面数。一经平方再立方。平静的理智和混乱的激情其幸福和痛苦之比是 729 比 1。神奇的算法。

车车车。就是这样想不起来。车呢车呢车呢车呢。她比以前更美了。车。这里。总算没有偷了去。更年轻了。是分床的缘故吗？不少夫妻都是这样。停一段时间彼此又会有新鲜感。啪，开锁。她从来不主动要求。为何？相比之下女人家可能更无所谓一些。上车。现在我也无所谓了。一个月一两次。尽管说好不做了，还正儿八经分床睡，一个月一两次她还是接受的。她直挺挺躺在床上，两脚并拢，一只手按在额头上。"你好去洗了。"我说。她知道这句话是什么意思。只要不超过三次她是不会烦的。这种事情，男人不做要难过，多做要伤身，女人无所谓的。也不一定。像来冬红这种女人一看就晓得是个大瘾婆。"郭娘，半死人，昨日子夜头有人看到乃老婆来夯西山物资局宿舍夯边呢。"来冬红讲。她的消息哪里来的？陈来胜？他哥哥跟李得儿一个科。要么就是老A，多少欢喜管闲事。我对她讲："昨天子夜里偌出去得啊？"她讲："奈格了？去一个朋友家里坐了一息，带小小一道去吤。伊弗想嘎早困觉。"过了一息又加上一句："偌弗是也出去得啊。"我去文联下围棋了。隧道？还要前面一点。"阿舅摸妈妈奶奶。"小小讲。他们有过。她那里干的，进不去的。越来越干了。她没有兴趣。我兴趣也不是蛮高，但不至于像她这样对这件事情全无所谓。"偌为何从来弗主动要求？"我讲。"要求何今？"她讲，"我亦觉有兴趣，愿意让偌做已经弗错得。"跟另外的东西一样，老是不用就会生锈。这阵风叫一个阴凉啊，从隧道里来。郭娘骑进了西山隧道。

大嘴，凉而爽，整天不见阳光。庞大固埃从滑腻腻的舌头上不停分泌出清凉的口涎来。过来一潮人。种菜的。回荡在蟹壳和舌苔皮之间的人声。咱是从喉咙村来的，因为人生下来卵核不是都一样大的。咱是从牙缝村来的，个头虽然偏小，动作还算灵巧。咱是从食道村来的，最安分守己，也最最臭，因为这个世界最最古老。黑乎乎的人影子。没有鸽子。隔那么远才有一盏灯。那么多人在睡觉。湿搭搭的棉被。流浪汉阴凉的乐园。一动都不动。你永远不可能晓得他们是死了还是活着。瘟病。食道村在闹瘟疫已经传染到喉咙村。臭啊，活臭活臭。这潮人当然是随地小便大便加上放屁。"我在你的喉咙里大便。"在油里放屁。把鼻涕流在汤里。在汤里洗手。在水里躲雨。吃白菜拉韭菜谁有那么开心的童年？我的童年只有一个外婆。她那时候在我印象中多少高啊，现在那么小一个，眼睛白乎乎，任何东西都要反复摸过才会放心。那只老鸡娘还是不割舍弃掉，养了有几十年了，整天赖鸡窝打瞌睡。为了治它的瘟病她也算是挖空心思。第一法：把老鸡娘的一只脚用绳子缚牢，另一头缚到廊柱上，让它把所有注意力集中在如何想办法逃掉上，结果扑来扑去，掉得一地鸡毛。这种方法用过一两回之后就被老鸡娘识破了。它想通了一点：根本用不着逃跑，想困懒觉的话，绳子与廊柱子之间的空地净够了。想通之后，它就着地一匍，安安心心困觉了。第二法：她拿米饭和报纸糊了一只纸袋，套到鸡头上，袋口用细绳缚好，让它什么也看不见，但可以自由地活动。老母鸡走路倒倒歪歪，像煞老酒吃醉的样子，老外婆看得哈哈大笑。又是一次判断失误，老鸡娘心想，因为我认为自家是自由的，才会一次次撞墙头，冲阴沟，弄得灰头土脸一副狼狈相。其实呢，我根本没有必要去辨别方向，没有方向的自由才是真正的自由。想通这一点之后，它又就地一匍，安安心心开始困觉了。何里晓得，它正好匍在路当中，过行人走到它前面，全部都被这只戴高帽的老鸡娘吓得一头惊，还道是碰着何乃母的鬼了，来煞弗及啪啪啪从它头上跳过去，以免把它一脚踏糊。至于脚踏车三轮车摩托车小轿车大卡车拖拉机，一看鸡不像鸡，鬼不像鬼，还是赶紧调头，绕道走算了。第三法：我让它走钢丝，老外婆说到做到，抱起老鸡娘，把它放到一根悬空的横条木上，脚上还是要吊一根绳子。这样子它就再也没有办法打瞌睡了。只要它脑袋瓜子稍微一沉，一个不当心可能就跌下去了。老外婆看它倒挂在半空啪啪啪扑，开心得要命。这下子它只好一门心思站木棍子了，整日提心吊胆，叫它打瞌睡都不肯打了。不过，很快它就适应了，学会了如何在独木桥上安安稳稳睡大觉了。看样子，外婆说，只好用第四法：给你坐水牢。老鸡娘被她拖进了屋后的水沟里，绳子一头还是缚鸡脚爪，另外一头缚到河边的竹子上。老鸡娘现在只有两种选择：要么保持清醒，尽可能让鸡头露出水面，这样还有一口气好透，有一条命好活；要么索性如心如意困它一觉，随它沉到水底淹死算数。老鸡娘选择悔改，咯咯地叫个不停，要老外婆把它拉起来，同意此后不赖窝多下蛋。老外婆根本不去理它，顾自家睡觉去了。这次，她决定延长惩罚时间。水沟里的虱子一潮潮爬到老鸡娘身上，拼命吸它的血。过了几天，老外婆想起了那只老鸡娘，就走到河边，捞起了老鸡娘。结果蛮好一只肉骨壮壮的老鸡娘，只剩了一副鸡架子，外加一张老皮，两三根湿搭搭的鸡毛。老鸡娘从此再没有赖窝，也再没有下过蛋。丁零。她还不愿意我把她接出来，喜欢有同村的老人做邻居。隔壁那个小老太公，清朝遗民，年纪有个百把岁，脑袋后头吊一根花白的小辫子，半夜里醒来，见了月亮还道是太阳高了，出门去荡去了。一荡两荡，荡进了河江里。等村坊里有人醒过来，老太公已经光得一个小屁股，趴在河里死掉了。他穿的团团裤，远远浮在另一边。黑暗中一小块亮斑。出口。屁眼。揩屁股的五百种方式。用幼鹅茸毛柔软的脊背揩屁股，把鹅脖颈挽到卵子上头夹牢。热气透过肛门进入大肠贯通大脑浑身舒畅。我闻了她那里，和平时没有啥不一样。我又闻了她的衣服和内裤，也没有陌生的气息。"偌做何？"她赶紧护住那里，曲起双腿，笑着说，"毛病兮兮。"我说："匿有做何。""格偌奈格鬼鬼祟祟像狗介闻来闻去？"男人的精液是有气味的。一辆自行车，带了一个人。一二三四。他们在说什么？嗡嗡。嗡嗡。萝卜白菜酱油米醋。肚肠村来的。我来教你们做超人。那是在森林边的一个小镇上说的，不是在隧道里。容纳一切的大海，唯独容不下基督教。道德主题下最浮靡的变奏。反基督。反对软弱的同情心，反对胆怯的谦让，反对缠缠绵绵的浪漫主义，反对由狭小的个人情意抚养的主观抒情艺术，反对抑制生命的一切，反对半死不活浑浑噩噩的郭嘏鸟。嘏不嘏。如果这位仓库保管员兼牛马饲养员身上还有一点人的气味，就是因为他说过这么一句莫名其妙的话。尊为圣人，当众说出了一句废话，与他总共几万字的圣言一起被传诵了二千多年。这太他妈了不起了，太他妈伟大了。这可不像是我讲的话。何家？庞大海。一天到晚喜欢夸夸其谈。这也是他的迷人之处。他有一种直击要害的本领，煽动你向一切流俗开炮。只要给他五分钟，他就可以把你的一切都搞得乱七八糟，然后自家拍拍屁股走人。他在上海。这个夏天可千万别来了，以看奶奶为名来我这儿胡说八道，拖着我一场接一场喝酒。我这里已经够乱了老弟。丘不丘嘏不嘏妻不妻夫不夫。嘏也不愚，装死而已。中国装死的祖师爷。你要想跨进学堂，一大清早就必须先跪拜装死先祖，然后学习装死先祖的装死句法。今之欲明明德于天下者，先治其骚妻，欲治其骚妻者，先齐其老襟，欲齐其老襟者，先修其老襟之龟头，欲修其老襟之龟头者，先正其老襟之欲，欲正其老襟之欲者，先诚其妻之心，欲诚其妻之心者，先致其妻之知，致知在格妻之物。我从来没有好好探究过她那个地方，没有好好探究过她那里究竟有何需要。看上去是真没有何需要，蓬乱，偏黑，起皱，扁口，丑。长得这副样子还有何权利谈需要不需要。问题是，不等它开口叫饿，老早就有红肠送到。为何就偏离不开忘不了那里呢？出产屎尿尿的区域。人类文明的发祥地。人性恶的充要依据。为什么就不从乳房里生出人来？饱满，洁白，丰盛，浑圆，美。"阿舅摸妈妈奶奶。"她看见了。小小的眼睛看见了一切。还看见了什么。也许她看到的时候才几个月。主客体尚未分化。在一岁到两岁之间发生了一场哥白尼式的革命。语言开始了。不过也许印象很快就淡薄。我问她是哪个叔叔。她嗯嗯了半天说不出来。仅仅是开始，还抓不住任何确定的东西。语言的通道。也许真那样。他们知道这个通道刚刚投入运营，暂且还是一片灰暗。"小小话哜叔叔是何家？"我问她。"偌话何兮啊？叔叔？何个叔叔？"她说，看样子要生气了。"偌夯根东西是弗是弗太好用？"荡妇来冬红说，"自家哜老婆一日到夜往外头跑。"这个女人真可恶，真可恶。大奶大屁股。捏一把？一碰就着。不可去碰她，被她弄死有份。下面发大水，人都要淹死。何里吃得消？陆翼锋就是死在她手里的，还是身经百战的年轻小伙子。格物致知，格得不算少，知道也很多。我至今仅格过一物，格了也知之甚少，虽说从无到有目睹了小小从那里出来。无知的男人。亏得此物直生而非横生，不然，簸箕簸米簸边嵌进。无知的玩笑。若是我早早开始格物，情形或许就大不一样。很多人从手淫开始，先格自己家再格别人，我竟然从来没有想到过这一招。不少人婚后在外头到处格物，去求新知，我完全不行，因为遇到了吕蒂蒂，因为她是美的化身，因为你爱她。是美毁灭了欲望。一株没有欲望抚育的爱之树，结出了麻木果。笑声。两个少女结伴而行。这一段这么暗。一条黑影尾随其后。他扑上前去。半死人呆头鸟，是否你将度过无誉无毁的一生？天堂不要，地狱也瞧不上的。我糊涂吗？我沉闷吗？我乏味吗？我固执吗？固执是一种内脏的疾病。是肝还是脾？是肾还是肺？当然不会是心。每次我遇到一张新面孔就会浑身不自在。无论你用高傲去掩饰还是因为诚实而暴露，在人家眼里就是不可爱。他们一眼就看出你是一个不适合交流的人。三十六岁。我还活着，但是看不到前面三步以外的地方。这是有差别的，因为这里是太暗。他崇尚悲剧但不是个悲观主义者。他既不相信坏运也不相信罪恶。他对一切刺激的反应都极其缓慢。他不是鄙者生存的达尔文主义者，他不是恶，他是一个坚决的虚无主义者，遥望无可救药的大地说，噢，那就再来一遍吧！一只机敏的猎犬，能闻到你内脏中不为常人所见的疾病。沉默寡言的人消化不良。我的饮食确实大有下降。"你好，我来看病。"我讲。"你不是装死，你是一个死人。一个死人无论如何装死都不可能看上去像一个活人。"他讲。他周围人喜欢他吗？他能驾驭自己的狂乱吗？他说："你太沉闷。去学习做一名蹦蹦跳跳的小丑吧。"一个伟大的医生的伟大提议。"放弃你脑子里的室内运动，放弃那些幽暗的幻想，到明亮的户外去。"他讲。他不可能那样讲。他曾经歌颂了幻想和梦，接近神性的唯一途径。那时他还没有开始自己的骆驼期吧。有谁从一开始就进入了婴儿期？有谁在学习飞行前便已在高空翱翔？注意蜜蜡。我不行。我对飞翔没有真正的信仰。我认为现实可以被忘记，但不相信它是可以被忽视的。我认为现实是无足轻重的，但不相信它是可以被超越的。条件条件，请给出你的先决条件。为什么？就身体而言，我也许和他一样拘谨，就心灵而言，我被绑在条件上，他飞行在给出里。不告诉你狂笑的理由，他在狂笑。不告诉你谩骂的理由，他在谩骂。不告诉你猿猴为何变人，猿猴已经在做人的报告了。我不是一个从容、放松的人，因为我得快点了。否则郭小姐又要不理我了。她一旦生气，就会吐我口水。哪里学的？这么一个宝贝囝，还不到两足岁就晓得在餐桌边走之字步向你献媚态。谁教的？吕蒂蒂。她不会。血液里带来的？她妈妈？"饶饶我算哉，"她妈妈讲，"我只有三分之一只胃。"她吸引别的男人，那不是因为她轻浮。她从未有过轻浮的举止，只是天生一副好体态。可那不是几何学的必然性，小心车，而是恶人们心领神会的那种必然性。

快点。一辆双排小货车擦着郭碨身体从外面冲进隧道。刺眼。热。庞大固埃的屁眼。这么说来，这个洞外的世界就是他的大污坑了？恶毒的比喻，也是恰当的比喻。这些汽车尾气又热又臭。几何学的必然性。出了。屁眼属于柏拉图。

与隧道丁字相交的马路上挤满了人和车辆。

一条人影翻着跟斗从郭虾头顶飞过，然后重重地摔到了地上。翻跟斗的是一位少年，上身精光，露着两排肋骨，两只手臂涂成了墨绿色，下身一条紫色的薄棉灯笼裤，底下光着两只脚。他从地上爬起来，踮脚走了两步，曲起右腿勾在手上，单腿跳到边上一棵小樟树前。他皱起眉头，倚靠在树干上。他右脚扭坏了。

　　一个长着脏兮兮的山羊胡子的瘦老头，手握一支长长的皮鞭，斜肩背一只赤脚医生皮箱，站在一辆"巨鲸"牌大轿车顶上。老头满面堆笑向底下的看客拱手作揖，说："这是我的小儿子，向来很调皮。"倚靠在小樟树上的男孩这时突然仰起脑袋，冲老头做了一个龇牙咧嘴的鬼脸。他的上下六个门牙都只剩下与牙床齐平的牙根。"我让他服帖。"老头说完甩动手里的长鞭，一下卷起他的"小儿子"，像钓了一条大鱼似的将他拎向车顶。

　　车顶上另外三个正做着顶碗、叠人表演的少年一见如此，急忙冲到车顶边沿，张臂接住了他们的小弟。

　　老头再打一记响鞭，再抱拳作个揖，大声道："在家靠儿子，出门靠儿子。（打一响鞭）啊～，既然老天有眼，为我安徽灾民堵车，诸位仁兄不妨就此小驻片刻，（打一响鞭）啊～，赏个脸（猛吼一声），看我几个不肖儿（打一响鞭）啊～，车顶杂技表演。（打一响鞭，猛吼一声）就这样行吗？肯定不行。（猛吼一声）为什么不行？（打一响鞭，猛吼一声）因为还需要路上在立车里在座诸位动一动贵手。（拍两记皮箱，猛吼一声）动什么贵手？（猛吼一声）随便哪一只贵手。（打一响鞭）向哪里动贵手？（拍两记皮箱，猛吼一声）啊～，向袋袋里动贵手。（猛吼一声）向袋袋里的什么动贵手？（打一响鞭）向袋袋里的钱夹子动贵手（拍两记皮箱）。不然的话（猛吼一声，打一响鞭），就吃我几下老鞭。这样够了吗？（猛吼一声）不够！怎么不够？（猛吼一声）哪有那么便宜？若是不动贵手（拍两记皮箱，猛吼一声），或是动了贵手不向袋袋伸，（打一响鞭）

或是向袋袋里伸却不想摸出钱来，（拍两记皮箱，猛吼一声）或是想摸钱而又摸不出来，（打一响鞭，猛吼一声）怎么样？没有怎么样！（猛吼一声）究竟怎么样？（打一响鞭）我就得送给你们最毒最灵的诅咒。（猛吼一声）诅咒什么？（猛吼一声）没有什么！（猛吼一声，打一响鞭）究竟什么？（猛吼一声，打一响鞭）诅咒路上在立车里在座诸位，（大吼一声）走路倒路死，（吼）开车撞车死，（吼）坐火车火车脱轨死，（吼）乘飞机飞机爆炸死，（吼）扶着扶手死，（吼）爬着楼梯死，（吼）蹲着茅坑死，（吼）坐着马桶死，（吼）读着报纸死，（吼）念着报告死，（吼）听着报告死，（吼）日着姘头死，（吼）日着老婆也死，（吼）吹着牛×死，（吼）不吹牛×也死，（吼）躺喝糖汤烫死，（吼）吃饭噎死，（吼）吃菜撑死，（吼）吃烟呛死，（吼）放屁臭死，（吼）拉屎痛死，（吼）洗澡淹死，（吼）蚊子叮死，（吼）苍蝇咬死，（吼）生大疮毒死。够了吗？（大吼一声，打一响鞭）先说这些。看路上在立车里在座诸位哆哆嗦嗦，两腿发软，估计是有些心虚。（猛吼一声）好！（打一响鞭）若是路上在立车里在座诸位已经准备好了金子（拍两记皮箱）银子（拍两记皮箱）铜钿（拍两记皮箱）钞票（拍两记皮箱），就请观赏我家祖传独门绝技：蜻蜓倒立亲睡莲。（打一响鞭，猛吼一声）来，看好了！"老头挥舞着手中长鞭，朝他的儿子们挨个噼啪打去。每个孩子背上很快都暴出了一条清晰的血印。

　　刚才还垂头丧气的小伙子们受了这阵鞭打，立即一扫满脸的菜色，显得神采奕奕。他们彼此传递着微笑，不住向空中弹跳，看上去有些迫不及待。只有那个没门牙的男孩对此无动于衷，懒洋洋地做着软功动作。老头立马又给每个孩子来上了一鞭子。孩子们变得更加兴奋，一个个拿两支细胳膊猛捶几下自己干瘪的胸脯，在车顶做起了让人眼花缭乱的直体团体屈体前空翻后空翻侧空翻，将"巨鲸"撞得砰嘣作响。在老头再次皮鞭加身之前，三兄弟一直不停地凌空翻滚，谁都不愿意第一个停下来。直到他们力气全部耗尽，趴在车顶上再也不能动弹，老头才又甩出一记皮鞭，这次他用鞭梢从地上卷起来一个三角体支架，将它稳稳地摆放在车顶上。鞭响又起，一支铁睡莲从空中落下，准确无误地插进了支架中间那根的铁管中。三个小伙子这时挣扎着爬起来，蹲到了三角支架的三条边上，然后一人伸出一只手抓住其中一根铁条。他们仰着脸，望着站在他们中间的小弟，温柔地抚摸着他受伤的右腿。这位瘦猴弟弟低头冲他们做一个鬼脸，两手搭在其中一个兄长的肩膀上，一下倒立了起来，随后胸脯一挺，将两腿反扣在屁股尖上。他以手作脚，在三位兄长肩膀上快速地走了两圈，稍停片刻，身子微微一沉，从兄长的肩头灵巧地转移到了那个插着铁睡莲的三角支架上。他双手各紧抓着支架的一根铁条，待身体稳定之后，开始一把一把顺着铁条往上攀，直到支架顶部。现在，他整个身体几乎折叠起来，像一条蛇一样地将脑袋慢慢探向那支铁睡莲，在上面反复地嗅着。随后，他突然张大那张少了六个门牙的嘴，一口含住了那枝铁睡莲。

　　看来他的牙齿是在这枝铁睡莲上磨光的，郭猁想，前段时间见过这帮人在豪华菜场前面表演，现在被赶到这里来了。那个小男孩在确定已咬紧了铁睡莲之后，小心翼翼地放开了抓着铁架的手，将双臂平展开来。他那两条越过自己头顶飞向前方的细腿，也跟着一点一点向两边舒展，直到和下面的手臂合成一个二。他的三位兄长们开始你一下我一下推他的膝部，让他按顺时针方向缓缓转动起来。人群中发出一阵低叹，只有一两个人突然兴奋地鼓起掌来。山羊胡子老头立刻挥去皮鞭让他们闭嘴住手。三位小兄长推得越来越急，咬着铁睡莲的小弟也转得越来越快。小男孩边转边将腿往上收起，合成一个锥形。随着转速不断加快，他两条紫色的细腿渐渐连成一片，看上去就像一株随风轻摇的花蕾，底下衬着一片狭长的绿叶。小男孩边螺旋桨一般飞速旋转边将双腿从锥形变成青蛙蹬腿时的那种方形，再变成一个敞开的倒八字形，然后又一点点收起，从倒八字形变回到最初那个锥形，就像一朵睡莲一次次开放又一次次闭合。现在，不论老头如何凶猛地挥动手里的鞭子，底下的人群都不顾一切地为孩子的表现疯狂鼓掌喝彩。就在众人热情高涨的时候，离"巨鲸"轿车最近的那几个人突然惊叫起来。小男孩的一颗牙齿带着一摊鲜血，从他嘴里落到了车顶上，紧接着，他的整个身体顺着铁睡莲的根茎猛地往下扎。众人随之发出恐惧的"啊"，似乎他们立刻就要看到他嘴里那枝铁睡莲尖锐的花蕾要从他后脑勺穿刺而出。幸好小男孩反应敏捷，双手飞快地重新抓住了底下的铁架子，不让自己进一步下滑。他的三个小兄长也及时扑上前去托住了他的身体。小男孩满脸是血，浑身树叶般抖个不停。他躺在自己兄长们的臂弯里，脸色苍白，但仍装作一副若无其事的样子，伸出那只墨绿色的细胳膊向四周的人群轻轻挥动，甚至还咧开那张血流不止的烂嘴冲他们开心地笑了一下。显然，他累了，垂下头来向马路吐了一大口血，便由三个哥哥抬着，默默下了"巨鲸"车顶。人群中陆续响起了喝倒彩的吼声和口哨声，并且越来越大。老头脸色铁青，边猛拍自己腰上的赤脚医生皮箱，边向四下里挥舞着长鞭，狠狠抽打底下那些看客，提醒他们按事先说好的付钱。但那些看客很快四散而去，没有一个掏出钱来。

一位一手挽着竹篮子一手抓着一小袋茶叶蛋的老太太，在黑色"巨鲸"边上来回走，拖长声调叫卖："茶叶蛋，一块洋钿三只，五角洋钿一只。"她见郭�从她边上推车过去，便将手里那袋茶叶蛋扔进他的车篮里："一块三只，老板。"郭�正犹豫不决，便见从"巨鲸"牌轿车的车窗里探出一支细长的胳膊来，手指缝里夹着一张十元。

"我要。"谭公子冲老太太大声道。

老太太笑容满面，从郭�车篮里取回那袋茶叶蛋，塞到了谭公子手里："偌老板大，开噶个大轿车，多少多少派头。"

"骱找得。"谭公子收起了鸡蛋。

"谢谢噢谢谢，偌老板总算大阶，谢谢噢谢谢，偌老板总算大阶。"老太太忙不迭地弯腰道谢。她从篮子里又拎出一袋茶叶蛋来，边磨磨蹭蹭往前走，边一步三回头往谭公子的车窗看，像是在渴望一个更大的奇迹从那里冒出来。

那个奇迹确实出现了。谭公子再次从车窗里伸出了胳膊，这回手上捏着的是一张一百大钞。他举手向上，将一百块钱拍到车顶，老头的脚边。老头一挥鞭子，卷起那张一百大钞，将它准确无误地投进腰上的赤脚医生皮箱里，然后他跃向车头，继续拿鞭梢追击那些看完演出不肯掏钱的人。

郭碾在密密的车缝里艰难穿行。好半天，他才将车推到稍稍松快一点的路段，刚舒出一口气，想学别人上了车踮脚前行，一只猴子突然跳上他的肩膀，冲他一声怪叫。郭碾伸手去打，猴子哧溜下了他肩膀，单手勾住他的衫衣口袋，倒挂在他胸前。

"做何？"郭碾大声呵斥道。他看到猴子的另一只手上握着一根细铁丝。

猴子从郭碾的胸口一跃而下，双膝跪地，朝他不住叩头。

"做何啦？"郭碾显得不厌其烦。

猴子向他伸出一只毛茸茸的手臂，手掌心倒是光溜溜的，是他身上最像人的部位。

"要钞票？"郭碾追问道。

猴子把铁丝放到自己脖子上，开始一圈圈往上面缠。很快，它就被铁丝绑得喘不过气来，张着大嘴一阵阵地干呕，眼眶里涌满了泪水。郭碾回过头去，看到站在"巨鲸"背上的老头正拿鞭梢卷起一张张看客丢在地上的钞票，收进自己的赤脚医生皮箱里。老头也看到了郭碾，面带讥嘲冲他笑了一下。

“娘煞。”郭椴骂了一句，从口袋里摸出一张钞票，一看是十块，正想换一张小的，猴子早已一把夺过那张十块，咯咯咯叫着向老头跑去。“畜生，我还道偌刚刚真个气透弗转，要憋杀得，原来上得偌吤活畜生吤当。”郭椴嘟嘟囔囔跨上自行车，随着山脚下拥挤的车辆，缓缓向东骑行。

以最快速度赶到家里换一身衣裳去托儿所接小小。娘的吤杭龄厂下班加丁字路口加马戏团表演路再弗堵煞就有个怪寻着咚得。天还亮，六点应该过了。但愿她还在加班。手表老是忘记戴。描地形图这种事情应该陆翼锋来做。我对此毫无兴趣。这样一个人才一日到夜没有事情做，吃吃荡荡，把大好青春浪费在怪里怪气的行为举止上。梅城这么小一个地方，大家都当你独头看，毕竟不是北京。太可惜，实在太可惜。他夜里还要去参加人畜大战。拾五倒六的。夜里去看看，给丈人老太太过完生日再说。他瞪大眼睛看着我，充满期待，忽然低下头去，飞快地轻拍一通桌子，拍完，把手放到我耳边来说悄悄话：“哦哦哦，哦哦哦，来冬红吤两只奶奶真当大，巨大无比。下底也特别宽特别厚实。我自道自葛根东西也弗算小哉，何里晓得一进去噢，东西南北都弄不灵清，实在太大，吃弗落，吃弗落。”他说完退开一步，让脑袋倒在左肩膀上，做出一副半死不活见怪不怪的样子：“实际上也匿有何大意思，胖得像猪介一只，再加上小人生过，年纪也大得一点哉，下面完全松坏。松坏晓弗晓得？松坏！看看刺激，实际有何劲道？娘的吤，害得我只讨饭碗都掼破，真当弗值得。”以为他就这么消极收场了，谁知很快又来了兴趣，又一个劲地抽气笑，又把手放到了我耳边：“开头两次味道确实好，大家都使出浑身解数，来势实在凶猛。我反正上回子跌得一跤之后，可能中枢神经有些受伤，想放也放弗出，偌话横弄横弄直弄直弄，我都奉陪到底。结果嘭嘭一场弄，伊下面像是决堤介哉，糊里哒啦流得一大堆出来。刚开头我还想，陈来胜，今朝借乃老婆吤葛样东西先用一用，对弗住哉。后头一看是葛种光景，绝对弗不可能是陈来胜葛只猢狲精教出来阶，绝对是跟另外阶男人实战出来阶，而且数目远不止一个两个。噶一想，我宽心得弗少，马上嘭吱嘭吱再抠来日，日得伊连连讨饶还要日，后头伊讨饶声也匿有哉，眼睛都开始翻白哉，我才之停坏。"起了。他可真是个讲昏话的高手。绘声绘色啊。东西南北都分不清。有那么大吗？生过小孩确实有影响。她那里也大了不少，进去反而越来越难。干。越来越干了。那里的水是从哪里来的？比如来冬红。是什么的必然性？性冷淡。我打开录像机，里面有一卷录像带。一个全裸的女的用舌尖舔那东西，中间还看一眼摄像机。她一个人看这种东西。她怎么会一个人看这种东西？想了解人家为何都这么喜欢这件事情？想了解自家为何这么干？不格物不致知啊。小心小心小心！还是擦着了。还算好，没有把老太太的菜篮撞翻。一天卖一百斤青菜有多少钞票好挣？也不容易。她容易不容易跟我有何屁关系？关系就是我撞了她的青菜篮，为了赶时间。我比她着实要不容易。老太公把陆翼锋扫地出门，害我吃煞苦头。老年人的疯狂念头跟年轻人的疯狂行动才是绝配。你把一个真正热爱考古事业的小伙子除了名，拉我这只黄牛来当马骑，像也不像。不甘心平淡淡退休，硬弄也要弄出点名堂来，让后来的人笑话。老太公站在主席台上做报告：越王勾践是梅城人。我的这一考古发现将荣耀梅城十万万同胞。这样的话西施也不得不划到梅城来，然后是大禹。"至于会稽而崩"。老馆长想要用考古发掘来证明，古之会稽非今之会稽，实乃今之西山。想想绍兴人和诸暨人为了争夺西施大禹花过多少冤枉工夫，牵强附会，才各分了一男一女一丑一美一老一少。这回突然杀出一个梅城来，不但要从绍兴师爷那边夺那位吃污兼吃苦胆大王，还要想去霸占西施跟大禹。第一个朝代的第一个帝皇，归到梅城来当然是件大好事。如果能够把西施从诸暨人那边抢得来，梅城都可以做全国著名旅游城市了。诸暨女人多少难看，相比之下确实梅城女子更有西施遗风，晓得色相的宝贵性，可娱乐性，不可持续性。为何非得去争抢那位吃污大王？"大王近来是不是消化不太理想，昨晚吃了花生，今天拉出来的还是花生，原封不动。还有，大王粪便里酒气息蛮猛，或许应当少喝一点啤酒。"绝对是绍兴人的做派，只有绍兴师爷才干得出这种事情来。十几年尝一颗臭苦胆。看上去嬉皮笑脸，一旦得罪绝对要报复。长颈鸟喙。多少形象。梅城人喜欢做生意，应该去证明范蠡是梅城人相对还比较对路，携老家美女去山东做一票生意发一笔横财然后归隐山水。这样西施顺理成章自然也是梅城人。安徽佬年年大水灾，年年去经济发达地区讨饭取经，为何还没有学会做生意？讨饭讨惯了，就以为这是最轻松的活命方法，懒得再动脑筋去想七想八。其实梅城人手里的钞票都是从别人家口袋里偷来的。是讨是要是偷还是抢，只不过是一种说法，关键要看你怎么讨怎么要怎么偷怎么抢。这就叫会与不会。这样算是说中要害了吗？可恶啊政治经济学，我是一窍不通。一窍不通就是七窍不通，中文啊，你让老外怎么学？嗯解释一下，七窍不通就是糊涂蛋，我是糊涂蛋。不光是政治经济学的糊涂蛋，还是人情世故学糊涂蛋，主要是×学与实用×学的糊涂蛋。右。一辆大卡车，要压碎一只蛋很容易，还远唻。冲！嘟——一辆双排车。畜生畜生。抢在它撞我之前过了。搜乃娘！奔丧啊，要开得噶快，魂灵水都吓出。差一点点撞碎一只蛋，一只×学与实用×学的糊涂蛋。有多少瞬间你的生命系于一发。但事实上，你恰恰总是在这些看上去极其危险的瞬间，你突然感觉到对自己的生命有着最大的把握，你感觉到你是自己的主人，可以全面主宰自己不会有丝毫闪失。这是突然出现的感受，毫无预兆，可差不多每次你都能得到肯定的应验。在另外那些看上去远离任何危险你整个精神也处于松松垮垮的状态时候反倒更容易出问题。在那种时候你就是睁眼瞎，你看不到有一辆车正冲你驶近，看不到站在你对面那个人拿出了刀子，要刺进你的身体。不可能发生这种事情，我又没有仇人。对，就是这个就是这个。就是在这种麻木不仁的时候，你身处最安全的地方，你最最接近死亡，因为那种时候，你身上属于死亡的比例最高。那个时装店的女人，她怎么会知道自己夜里就要死了，就是一个熟人要来借钞票，然后杀掉她？就算是在他提出向她借钱的时候，她怎么知道对方马上就要杀自己？就算是在她拒绝借钱，对方威胁她的时候，她仍是糊涂的。连侥幸都称不上，她就是完全完全不知道自己快死了，不然她会马上说，家里所有一切你全拿去吧。如果她能活过来，再回到那一刻，她会非常清醒地说出这句话。有谁能提前一秒钟知道自己就要脑出血了。哈哈。第二声哈还没有出来，血管就崩裂了。试试。哈。没死。哈哈，还匽有死。哈哈哈，还匽有死。哈哈哈哈，还匽有死。哈哈哈哈哈，还匽有死。哈哈哈哈哈哈哈哈，还匽有死。奈格还匽有死？看来此刻，我是清醒的。我还没有死，我还不是一个死人，我还不是一个半死人。郭碬，半死人，来冬红说。这话错了，错在哪里？因为我看得很清楚，目光如炬，一切尽收眼底。也不一定，是我以为自己看清了一切，是我想要以为我看清了一切。不对，是因为爱觉醒了，啊对，爱觉醒了。爱让我清醒。爱啊，你这让人变得无畏、宽广的力啊。"帮帮我，帮帮我。"谁的声音？一条黑色的大鲤鱼，肚子肿胀，身上沾满沙粒和血污。它用四片破碎的鳍划动着下面的马路，歪歪扭扭向着前面的居民区移动。一辆摩托从它尾巴上碾过，将它翻倒。它张圆嘴，无力地一开一合："帮帮我，帮帮我。"它挺起身来，试着继续往前走，但再次翻倒了。它的尾鳍也破了。一双女人的尖头皮鞋尖踢到了它的脑袋。"啊。"那双皮鞋打了一个滑，立即跳了起来。手提公文包，挺胸抬头，目不旁视的庞小姐被脚下这条黑鲤鱼吓了一大跳。她站在马路边，举着双手，眼泪汪汪地向郭碬求助。"一条鱼。"郭碬朝她笑了笑，保证道。"怎么这样？"庞小姐问道。"一条黑鲤鱼。"郭骲再次向她保证道。"嗯。"庞小姐松下一口气，撇一下嘴，转过身，继续往前走。她走路的样子比刚才可爱多了，郭骲心想。他在黑鲤鱼旁边蹲下来，用指关节轻轻敲了一下它的脑袋，又拨了一下它的一只前鳍。黑鲤鱼朝郭骲张了一下嘴。活着。郭骲把它捧到手上，对着它的嘴巴吹了两口气。黑鲤鱼立即用它两只受伤的前鳍在他手心划了两下。郭骲把它放进了车筐里面。抬头。家。窗关着。窗帘没有拉上。我出去时忘了吗？她回来过？她已经下班了？几点了？穿过去。

"鱼缸，鱼缸。"黑鲤鱼说。

"从何里逃出来吓？动物园？"郭骲说。

"城河。逃得一天哉。"

"怪弗得嘎黑嘎莳。"

"水，水。"

"马上就到得。"郭骲停了车。猪窠。

"你好。"猪窠长拎着一只酱油瓶一摇一摆从楼梯口出来。他向郭骲大声致过意，伸出一只大肉掌，狠狠地捏了一把他的肩膀。"哦唷，买得一条大黑鱼？娘的吓，鲤鱼？黑鲤鱼？"

手膀骨都捏断快得。女人的打酱油男人。

"你好。"郭骲欠着身子，捂着被抓疼的肩头说。一条病鱼在街上走。假如一万条病鱼在街上走。

"奈格嘎迟落班？"猪窠又回过头来补问一句。

"嗯。"郭骲含糊地应了一声。其实这个猪头对这个问题毫无兴趣。究其原因？究其原因，他是猪头。究其原因？猪头认为一个招呼应该分两次完成，一个你好，再加一个随便什么问题。郭骲双手捧着鱼，已经到了二楼。猪头猪脑猪身。老婆属虎，虎吃猪。她小我五岁，小六冲，五应该不会冲吧。万幸。她要再小一岁，老鼠就被蛇活活吃掉了。

三楼。钥匙。叮叮。外门钥匙。插入。估计还没有回来。开铁门。鱼啊愚啊鱼啊，可别在这时候断气了。给它输氧。呼呼。还匿有死。转内门锁柄。不动。确实还没有回来。内门钥匙。插入。转。一圈。两圈。要是转不过来问题就大了。里面一只手紧紧捏着，她的，男的。不可能那么傻，选这种不尴不尬的时候。但如果真是有事情，我是破门而入呢还是一声不响走掉？鱼缸鱼缸。开。霉味。霉天霉地霉煞人。哪怕你再加上几道门，还是做不到真正密封。中世纪的男人在出门前做好铁裤衩替她们扣上锁好。水水。她们还是会趁你不备，把你腰上的钥匙印在橡皮泥上，交给她们的情夫。郭毁把肩上的包随手丢在地板上，冲向了卫生间。不脱鞋了。"嗨，你亦弗脱鞋子进来得。到处都是鞋印子。"她说。她要说就说吧。他把黑鲤鱼放进了浴缸。冲水。还会活吧。所有的鳍全烂了。还能扭动。看来是没有太大的问题。小便。一时出不来。等一息。嘘——先慢后急，稍稍用力。她的红内裤。什么时候穿的什么时候洗的？郭毁凑近妻子的红色丝织内裤嗅了一下。黑鲤鱼哗啦哗啦地咽水吐水。它吐出的水真黑，真臭。漂白粉味道你习惯吗？真甜真甜，谢谢谢谢。马桶里的蓝色洁厕水。她总是把马桶刷得煞煞清爽。这泡尿憋得有些急，一时撒不出。楼上叮当叮当。在做什么？打铁。总算出来了，卵脬一霎时松得不少。"倷帮我打一条铁裤衩，就按葛条内裤咿样子打，边沿上要打四只环。"我对赤膊打铁师傅讲。他瞪大眼睛，看着我手上的红内裤，伸过来一只脏手。"你弗可碰，弗可碰！"我制止了他。"算得算得，弗做得弗做得。"我收起了她的内裤。还有一点，再憋一口气。出来这么一点点。抖两抖，留一个尿尾在里头。水没过了黑鲤鱼的整个肚皮。甜啊甜啊谢谢谢谢。它已经在迫不及待地游了起来，用它破烂的鳍，溅起了一片片水花。谢谢谢谢真甜真甜。洗手，洗脸。没时间洗澡了。几点了？表表表。那条沟里的水还是挺干净的，至少不会有漂白粉。带一点来就好了，那样它要舒服死了。毛巾。没有一块是干的。怎么晾都晾不干。郭皼摘下他自己那块毛巾，拧干了水，擦了手和脸。他摸了一下衣架上自己那件汗衫，也没有干。要死的黄梅天，再半月应该出梅了吧。去衣柜寻一条干的吗？懒得进卧室去翻。穿在身上烘一息就干。难保翻翻翻翻出不想看到的东西来。那回就翻到了一条红睡袍。从来没有见她穿过红睡袍，不知道何时做的或者买的，看样子是新的。一直是穿那件蓝丝绒的，要不就是那件白色真丝。没有见她在我面前穿过但是她穿过了。闻了。是她身上的气息。真当不应该闻。水没过了黑鲤鱼的脊背。它有力地甩动身子掉了一个头。这下可以放心了，它彻底活过来了。郭皼脱了衣服裤子，拿毛巾擦了一下身体，换上了还没干透的汗衫和长裤。刚才印象中大卧室门是关着的。如果说她已经下班了，应该会直接去她妈妈家。我中午出去的时候有没有关？郭皼从卫生间出来，看到大卧室门确实关着。表表表。为了这条鱼也耽误了一点时间。就算是我关的，有必要关这么严吗？她的卧室门开着，能看到她的单人床。这么大一个人非要睡小小的床，脚都伸不直。小小只好跟我睡，再大一点怎么办？小闹钟。六点五十。要赶快。最好还没有下班，我接了小小去她那里。她有些吃惊的样子，看着我。我表达能力差。话在心里一个样子，到嘴里是一个样子，说出来又一个样子，她听到的就完全是另一个样子了。既然偌不想做一个女人，咱要么分开困，我讲。没想到她很爽快同意了。也许一直就等我开口说这句话。她理解的是我说出的话还是我嘴唇上的话还是我舌头上的话还是我心里的话？她是不是真的理解不了一个男人的要求？也只有一回她尖叫了："勤，痛，勤。"她边叫边啪啪打我的背。打得倒不痛，我下面疼。她痛我也痛。她当然不会晓得。店里应该有那种润滑油。叫什么啊？快活油？不是。那爿店叫什么啊？"揭竿而起"。哼哼。只要你随手一指你想要的东西。店主就心领神会。碰着问题哉，伊心里想。这下子彻底暴露。叫陆翼锋去买。他也不能知道。有两个月快了。想来一次，真当想要来一次。去推开门？她的门还是我的门？考验考验自家吧，看看能否容忍得了一个疑问。把它抽象了就不过是一条弯起的曲蟮跟一摊泥浆嘛。郭娘远远地站在卧室门前。真不开吗？好吧。推开门。"偌来做何？"吕蒂蒂从床上坐起来，脸色不太好看。她的棉被底下。"我寻书。夯本《巨人传》偌有弗有看到过？"我讲。"不是借给物资局那个人啦？那天子伊来咱屋里，偌弗是自家借拨伊吖啊？"她说。棉被底下。"噢对对，我忘记得。我可弗可以看一下，偌棉被底下有弗有何东西？"我讲。"滚，滚出去。"这下她真的生气。物资局那个，好像是叫李得儿，还借走了一本《牡丹亭》。电话。对了，打个电话问她一声就好了。"物资局的那个人。"她说。嘟嘟嘟嘟５６７。

"吕蒂蒂，乃老公的电话。"老Ａ的声音。

老Ａ。这个女人的声音真当受不了。最欢喜搬是非。来冬红的消息肯定十有八九是从她这里传过去的。

"还匿有落班啊？"

"还匿有达咪。偌小小接来得喽。"

"还匿有。"

"格快些去接，她来夯等吖。我今朝落班早弗了。"

"我带伊到偌葛边？还是，"郭娘说，"直接带伊到乃姆妈夯边？"

"既然是拨咱姆妈过生日，总是要一道去喽。"吕蒂蒂说。

"嗯。"

"勿忘记帮小小买'飞飞'糖。"

"嗯。"

咔嗒。现在好放心走了，除非那个人在柜子里已经呆了几天了。出霉点的奸夫。开霉花的敌人。睡觉醒来睡觉醒来睡觉醒来最后连自家也忘了这件事情，把柜子当成了自家理所当然的栖息地，诗意的。郭骽退出家门。内门。啪啪。外铁门。哗啦。那条黑鲤鱼在浴池里奋力跃了一下，欢乐地。可能是告别。再见再见。嗒嗒。电话铃。娘得呀，为何不早一两秒钟响，偏要等我关了门。算了，不管了。

"郭骽，你这混蛋，居然不接我的电话。"麦弓在公用电话亭前骂道。他挂了电话又重新拨号。

"我听到铃声的时候已经关上门了。我还得去接我女儿去。"郭骽说。他把耳朵贴在门上听了一会。不响了。看来没有什么要紧事。下楼。又响了。

"快去接我的电话。操，我找了你整整一下午。"麦弓说。

"好吧。"郭骽往后退回两步，在门口掏出钥匙，"我一下午都在西山。"

"我不可能跑到西山去满山遍野找人啊。"麦弓说。

"这串是办公室的钥匙，家里的钥匙好像忘在家里了。"郭骽说。

"算了算了，不难为你了，糊涂蛋。"麦弓挂了电话，马上又拨了另一个号码。这回他是往熊全雄家打的。

"家里钥匙找到了。"郭骽说。电话铃又不响了。

"我明早就回去了，今晚要是碰不到你，就只能下回了。喂，是全雄师傅吗？"

"麦弓！你在哪儿？"陆翼锋说。

"是我。"

"谁？"麦弓说。

"没想到吧。"郁利说。

"是你！"

"没想到吧，躲地震，嘿嘿。"郁利在梅城宾馆说。

"完了！"麦弓说。

"是弗是有些脑髓啦？还弗去接小小！"吕蒂蒂因为账合不拢心

里很恼火。

运钞车快来了。

"赶紧走赶紧走。"郭碫说，三步并作两步往楼下跳。

"当－当－当－当－当－当－当。"梅城大笨钟。

"吕蒂蒂奈格还弗落班？我菜老早就做好得。现在都七点快得。"吕蒂蒂妈妈说。

"郭碫磨磨蹭蹭磨磨蹭蹭，刚刚才之去接小小。"吕蒂蒂说。

"吕蒂蒂，今天晚上你得跟我在一起。"李得儿说。他看到吴琳琳从窗前走了过去。

"你敢？我打死你。"郭碫说。

"吕蒂蒂，我奶奶好像比你还要大弗少呢，奈格就是噶匿有小伙子来看上咱？"老 A 说。

"要找准时机，主动出击。"来冬红说。

"奈格出击出击？"老 A 说。

"简单阶话，就是尽快脱光裤子。"来冬红说。

"咱俩初次见面比这牛 ×。"李得儿说。

"你真过分。"吕蒂蒂说。

"我要打死他。"郭碫说。

"休想。"吕蒂蒂说。

"来吧来吧快来吧。"李得儿说。

"晚上你们有一次相遇的机会。就人数和场面来看，郭睡虫会占一点上风。不过，还得看到时候郭睡虫是不是下得了决心。"未来说。

"那得看我让李大爷在'两大炮'呆多久。"现在说。

"我真后悔，刚才没让他在自家窗前多等一会，不然我就可以改变你们的观点。"过去说。

"闭嘴！你只是我曾经的我，而他俩也不过是未曾的我。"现在说。

"算了，你们俩都是过去的我。只有我能确定你们在哪里，你们却永远不会清楚我去向何方。"未来说。

"一切都是预先就决定了的，只不过我没有向你们显示而已。就拿决心和冲动来说，一切都取决于李得儿现在是不是再次抓起电话往吕蒂蒂这儿打，并同时取决于吕蒂蒂是不是会把对母亲的感情暂时放在一边，痛痛快快地答应下来。就拿他喝酒这件事来说，目前的一切，包括他的心率，他的情绪，他的酒量，他喝酒的速度，他说话的频率，等等，决定了一会他将在喝到第几瓶啤酒的第几口时停下来。这一点又将在某一方面，甚至小得不能再小的方面决定他什么时候站起来以何种速度何种步态向何方向行走。"必然说。

"胡说八道。这位无耻的隐形人总是在事前喋喋不休，发出各种嘈杂的声音，目的就是要让人误入歧途，然后他跑到另一端摘下自己的假面具，将他们百般嘲笑。它看上去永远都是那么不容置疑，一切尽在掌握，可一旦让它提前描摹一下未来的模样，他赶紧便溜之大吉。什么叫'小得不能再小的方方面面，虽小但已被完全决定'？这句话不过是说明了一点：唯有我才是真正的实在，一切都由我的好恶而定，而且，甚至连我自己都不知道我下一秒钟的好恶是什么。"或然说。

"好得好得。赶紧去把小小接得来。"吕蒂蒂恼火了。

"我谁都不听，只听我老婆的。"郭碈说。

又是猪寋。打酱油这么久。他公老婆母老虎的打酱油雌老公雄老猪。"夜里何吤菜？"郭碈打开车锁说。

"酱油烧猪肉，韭菜炒大葱，浪里个浪。娘的吤。偌衣裳都换过得，夜里有何活动啊？"猪寋说完，拿酱油瓶狠狠敲了一下郭碈的脑袋。

"嗯。"郭嘏含糊地应了一声，两手捂着头顶飞快突起的大包。他伸出一只脚，要往猪窠屁股上踢。

"猪，我要用酱油哉，再弗到阶话就进弗了味哉。"猪窠里的母老虎在厨房里大喊大叫。

"来来来，"猪窠边倒着往楼上走边挑逗郭嘏，"你若话真敢踢，我就把偌夯只脚咔嚓拗断，喂我猪窠里葛只母老虎。"

"再不来接我，我不理你了。"托儿所的郭小说。

"我来了女儿。"不理我理谁？叔叔？是他吗？他来过一次。物资局那个人。这是她的说法。疏远的。有那么疏远吗？表现这种疏远的必要性呢？物资局那个人。那两本书至今还没还。我都跟吕蒂蒂说过好几遍了。"葛两本书，是偌自家借拨人家阶，还要话了亦话，话了亦话。"她讲。东西方两大独头，最伟大的渺小大师，最高级的低级大师。好书啊。叫吕蒂蒂再催一催。又制造了一个新的机会。是由我制造的吗？我要庄严起誓，我从未和她睡过觉，虽说男女之间此乃人之常情。常而不常。不常而常。他后来又来过？！我没有碰上？！她没有告诉我，或是并不想提及？！那盘录像带。她忘记取出来了还是本来就不当回事情。我说："偌看葛种东西？！"她脸红了，说："好奇呀，消磨一下时间么。"我也不好问她是从哪里弄来的。大惊小怪。她看的时候会是何种感觉？碰巧那天我没有什么兴趣。本来倒是正好可以看看，那种东西是不是会对她起作用。再去借一卷来，跟她一道看。"偌真当脑髓啦。"她会说。她跟他一道看的。他只来过一次。就我所见是一次。吕蒂蒂在卧室里喂郭小奶。她整好衣裳，到客厅里一道坐了一息，没有说几句话，就进去看电视了，把自家的朋友留给了我。大学刚毕业，不想做生意，无所事事，住在西山脚下物资局宿舍。"这儿居然也有物资局宿舍。西山那块儿实在太潮，要能搬这儿来就好了。"他说。"阿舅摸妈妈奶奶。"郭小说。"是哪个叔叔？"我问她。"嗯嗯。"她嗯了半天没有嗯出来。她看到了。一幅语言之外的景象。一个未经切割的世界。一个尚未被语词玷污的世界。当你拿着语言去切割的时候，你就同时开始污染那个世界了。这个过程无比隐蔽，你永远看不到想象不到感知不到污染是从哪里从什么时候开始的。我们不能把切割后的世界一块块拼起来放在你面前说：现在你看到了我刚才无法让你看到的东西。语言这把利刃帮我们实现了这一点：把无法一次呈现的东西分开来呈现给你。这种想法是错误的。因为这种拼合而成的东西已不是它未切割时候的样子了。我们不能确切知道，它因为切割行为本身，到底改变了多少，因为我们手中始终拿着语言之刃，并随时准备用它来衡量这种改变。我们的历史是语言中的历史，我们的记忆是语言中的记忆。我们无法透露非语言的世界，也无法告知非语言的记忆。你不可能思考非语言的东西，因为否则你就必须非语言地进行思考。罪魁祸首恰恰是语言自己。不仅如此，语言在这场官司中还既是法官又是证人还是被告还是原告代理。作为原告的完整世界当然只能请语言作代理，要不然它如何出庭？默默地一声不吭地？结果谁也没有看见谁也无法了解作为原告的世界是怎么回事，因为它身上蒙着黑布。得由语言来替我们揭开这块黑布。但如果就在这块黑布被揭开的同时它面目全非了呢？此时它已无独立发言权，不，它已无独立显现权。语言接管了属于它的一切。我们用语言看见而不是眼睛。我们用语言听见而不是耳朵。我们用语言闻到而不是鼻子。我们用语言抚摸而不是触觉。一层无所不在的坚硬外壳。原初的世界要想打破沉默有所申辩，必须先心甘情愿地请求它的代理，同时也是它的被告证人和法官把自己一块块切开。它想切到哪里就切到哪里。是单子还是原子事实？幸好这种切割并不是无限止的。任何刀都有厚度，它的厚度决定它适合把事物切到何种程度。在语言切出的伤痕之网中，世界处处闪耀着未受刀斧之伤的局部。在我们遗忘的时候，你都不能说"在我们遗忘语言的时候"

那样你又记起了它，在我们遗忘的时候，我们大都还是用眼睛在看，用耳朵在听，用鼻子在嗅，用触觉在摸。这一点无法证明，只能告知。不能打开灯去看黑暗。可也许这样呢：就在黑暗消逝于灯光的一刹那，我们对于黑暗的意识突然变得清晰了，尽管那时我们已经置身于光明之中。对于雷霆的明晓心拥有着对于此前寂静无声时的明晓心。一块可怜的但纯洁的言外之地。对于逻辑学家来说这是一群漏网之鱼。这是不能容忍的。罗素嫌日常语言过于粗糙。应该加以限制和改造！雪亮的逻辑实证。不能说罗素存在。只能说一个名叫罗素的人存在。不能允许在语言中反身自指。不能说不能说不能说不能说不能说不能说。应该这样说这样说这样说这样说这样说这样说。伯兰特·罗素举起了雪亮的屠刀。可那样就能帮助桑丘断案吗？若是法律不能判断，就应存宽厚之心。在这里罗素炫耀了他的智商，而桑丘却找到了自己的生活。应该从一开始就这样。一开始？如何开始？当我开始想让人知道些什么的时候，语言就已经开始了，哪怕你是个哑巴是个聋子，你的手你的身体你的行走你的表情都已经开始在编织语言了。如果世界现成地是被如此分割的，那是因为现成的语言必须如此分割它。这样说显然没有考虑语言自身发展的历史，不，没有考虑它对世界的分割史。一个只拥有"愁人"而没有"忧郁"这个单词的人就没有"忧郁"这种情感吗？"有，但不够清晰。是语言使他的感情变得清晰了。"索绪尔如是说。绝对的假象！绝对的错误！我们只是从绵绵的"愁人"的情感里割出一块来命作"忧郁"。这不是语言的功劳而是生活的需要。是生活在命令语言这样做。农民的生活命令农民的语言。Le petit bourgeois 的生活命令 Le petit bourgeois 的语言。他们的共同生活命令他们的共同的语言。因为他们共同都吃饭，他们就都有"吃饭"这个词。但就农民不太在乎怎么吃而言他们不需要更多的关于吃的单词。小资产者却需要"用膳"和"就餐"之类的词。现成世界是如此被语言所分割的，那是出于我们桑丘式的需求而非罗素式的需求。我们从一开始就不愿把个人孤立起来，不愿把眼前的世界等同于镜中的世界，而时刻要求我们对着他人说话，向着他人表白，并最终投入行动。生活从一开始就要求我们建立起对它的信仰。我们相信生活不是影子。我的妻子和女儿不是影子，也不是名词。情感在颤动，真切地，在指导我的车轮去缩短我和她俩之间的距离。这一段路程由柏油和沙石制造，但在当前黄昏降临的这一刻，由于我真切的思念，它也由情感制造。我的情感从一开始就信任了这个世界。它相信托儿所是存在的，我的女儿是存在的，因为生命充盈在这四周。到了。就算没有"托儿所"这个单词我也一样会来到这里。它只是提供了便利。"去哪里？""托儿所。"我一路上根本没有想到过怎么来这儿，可现在却到了。世界和生命的洪流永远不会被切割。伯兰特·罗素举起了屠刀，那是多么可笑多么可笑。他傻呆呆地站在那里，目瞪口呆地看着尼采。他的智慧中有浓厚的沼泽味。我听见那里面的蛙声了，尼采说。小心你自己的天才，不要乱来。维特根斯坦，在讲台前倒地发疯。允许疑惑存在，痛苦地允许。他不能容忍他看到的谬误。希特勒吹着跑调的曲子。你的口哨吹跑调了，维特根斯坦说。怎么会是我吹错了呢？是曲子谱错了，希特勒说。你深陷于谬误之中，你只是一个疯子，维特根斯坦说。我能在你脚上疼吗？这句话肯定是错了。但错在哪里？操，你这个犹太佬，总是跟我过不去，从那一刻开始希特勒成为了希特勒。既然我没有能力让人们看到什么是真理，那就让人们看到什么是谬误吧。果真如此，这代价就没有白出。小小在小便。天啊，我忘记给她买"飞飞糖"了。她还翘着小嘴巴呢。

托儿所里只剩下郭小和一个男孩，蹲在滑梯口的沙坑里玩沙子。一个胖墩墩的中年女人坐在边上的秋千架上打毛线。郭小撅起屁股撒出了一泡尿。尿液顺着她腿缝往前流，很快便到了小男孩跟前。男孩抓起一把浸透了尿水的沙子，迷惑不解地抬起头来，看着郭小。男孩扔掉手里的沙子，拼命往手掌上吐口水。

"哎，郭小！"胖女人放下手里的活走了过来。

郭小扭过头去，冲胖女人哈哈大笑。胖女人赶紧伸手捂住耳朵。小男孩此刻已是眼泪汪汪，仍在一个劲往受了污染的小手上吐着口水。

"周老师。"郭嗳从门口进来，远远叫道。

"来得啊。"胖女人应道，她拉起小男孩沾了尿液和口水的手，带他离开了沙坑。

"弗好意思弗好意思，单位里有些事体，一时走弗开。"郭嗳对胖女人说。

"我还道偌勰伊得，噶吩宝贝囡。"胖女人笑道。

"我也想送人，就怕送弗掉。"郭嗳哼哼笑着说。

"有些厉害吤，乃囡，往伊手里撒得一大泡稀。"胖女人边说边向郭嗳晃两下那个小男孩的手。

郭小仍在埋头刨着沙子，显然，她不愿理睬郭嗳。

"难为情难为情。"郭嗳连连向胖女人道歉。

"格偌带乃囡回去，我带葛郎倌去汏手。一息伊拉娘来接，要是晓得这桩事体，肯定弗高兴。"胖女人边说边带着男孩往屋里走。

"好好，弗好意思噢弗好意思，再会。"

"再会。"

"再会。"

郭小侧起头来白了一眼郭嗳，站起身来，顾自朝托儿所门口走去，小脚跟在地上一磕一磕。郭嗳面带微笑跟在后头。

"看样子懊恼哉。"门口传达室的老头说。

"嗯，懊恼哉。"郭嗳说。

"就特为要做拨偌看看，"老头大笑道，"哈哈，何家叫偌噶迟来接！”

"嗯，就是噶话。"郭毈说。

愤怒，尽管她还没有愤怒这个词。摆架子给他看，尽管她还没有这句话。愤怒已经流露，架子也已经摆了。交流顺畅。语言就此诞生。伯兰特·罗素举起了屠刀。

"你不要爸爸了？"郭毈上前去拉了一下她的手。

"勿伊。"郭小甩开他的手。

勿伊比不要更容易喊出来。她果断选择了方言。郭毈走到停在路边一棵冬青树下的自行车前，拍拍插在车杠上的郭小的小坐椅说："噶我一个人走得。"

郭小仰起面孔朝他吐出一口口水。郭毈弯身将她抱起来，让她跨坐在自己的小坐椅上，然后掏出手帕替她擦净了下巴上的口水。"爸爸有事，来晚了，爸爸对不起。"郭毈轻轻拍了两下她的小圆脸。眼睛像她妈妈。

"爸爸对不起。"

"对，爸爸对不起。坐好了，我们走了。"

"飞飞糖糖，有，有没有？"郭小扭过头来问。

"我来不及买，我们见了妈妈再去买飞飞糖糖好吗？"

"勿。"郭小扭着身子说。

"勿飞飞糖糖？"郭毈问道。包中，手上抓着一大把白乎乎的杨梅，不停往嘴里塞。啊，看看都要酸煞。

"要——"郭小两只小手拍打着车把手。

"要去看妈妈？"郭毈说。

"啊唔！"郭小大叫一声，一口咬住了郭毈的小手臂。她咬了一会，用小嘴在上面放了一个屁。

"不要飞飞糖糖也不要去看妈妈？"

郭小仰起头来向郭毈吐口水，还是全吐到了自己脸上，索性伸过头去，把口水擦到郭嘏汗衫上。她哈哈大笑起来。哈哈哈哈哈哈哈哈哈哈。屋子抖动了。桥抖动了。树木抖动了。市府抖动了。乌市长桌上的茶杯抖动了。

"今年，我市要争取……谁在笑？"新上任的麻球脸乌市长气愤地问身边的女秘书。

"是吕蒂蒂和郭嘏的女儿郭小，梅城有名的大嗓门。"女秘书说。

"有这个大嗓门捣乱，这会是开不下去了。散会。"乌市长说。

"乌市长，晚上你恐怕需要去出席一下体育馆的人畜大赛。"女秘书小心地说。

"嗯，我要亲自参加比赛。"乌市长说。

"总算，我吤账做平得。"吕蒂蒂舒了一口气。

"都是那个北京人弗好，亦是杀蛇表演，又是电话骚扰，十十足足迟得一个半钟头下班。"老 A 抱怨道。

"葛两天匿有休息好，精神弗太集中得起来。"吕蒂蒂笑着向老 A 致歉。

"偌嘎，嘠退板吤，"郭小扭过头来说，"妈妈，妈妈，来，飞飞糖糖，匿有。"

"刚刚电话里特为之提醒伊过，帮小小去买一包飞飞糖。"吕蒂蒂说。

"嘠退板？奈格叫嘠退板？"郭嘏问女儿。

"嘠退板，就是，就是。"郭小说。

"偌吤牙齿嘠退板吤。让我看看，牙齿有没有飞光。"郭嘏往战备桥上骑去。

几个蛇摊前各围着一簇人。桥下就是李得儿时常光顾的菜市场，边上是那条又臭又黑的城河，携带着各色杂物缓缓绕梅城流淌，仍在全河通缉那条不久前出逃的黑鲤鱼。

"哼——"郭小拧起了小鼻子。她张开嘴，拿一根食指在自己的烂牙床上抹来抹去。"还会，有的。"她说。

"谁说的？"

"阿婆。"

"你有没有看见阿婆每天都要洗假牙？"

郭小点点头。

"她的真牙齿就是被飞飞糖飞光的。"

"哼——"郭小又拧紧了小鼻子。

"哼个屁。坐好，落坡得。"

"噗噗，舒服，噗噗，舒服，谢谢郭毈谢谢郭毈。"

吕蒂蒂看了一下账簿，合上。心跳了。

爱啊。真有吗？找它的时候它就不见了。爱啊。注意到它的时候它就空了。爱啊。说出来的时候它就变样了。爱啊。十字路口。嘟嘟，嘟嘟。咕叽咕叽咕叽咕叽。自行车三轮车自行车黄包车面包车自行车好穿过去了。爱的十字路口多么混乱。停下。

"妈妈!"郭小大叫一声。

"哦耳朵都要震聋得。"老 A 抱怨道。

"我的心当，碎了当，难过当，死了当。"梅城大笨钟说。

"今朝葛口大笨钟奈格回事体介？敲过七点亦敲四点。"行人讲。

"妈妈!"郭小再放一炮，乐不可支，浑身缩成一团哈哈大笑。

两位正在验钞的保安把一大堆现钞一股脑儿地抹进铁箱，砰盖上，掏出了别在腰上的手枪。

"吵什么？难得来了一条大鲤鱼，我折腾了一下午，都快把它弄死了，突然就不见踪影了。"城河说。

"我向全体梅城市民请求退役，"梅城大笨钟说，"有郭小在，我无法正确计时。"

"噢，乃阶宝贝囡啊，喉咙真当像大炮啦，砰啊砰啊介轰过来。"老 A 说，"今朝乃老公奈格嘎好啦？"

"妈妈一会就好。"吕蒂蒂向门口的郭小喊了一声，然后笑着对老A说，"我奈格晓得？"

"估计是夜里厢要有要求得。"老A讥嘲道。

两位验钞保安朝吕蒂蒂瞪大了眼睛。

"有何要求？"吕蒂蒂说。

"算得算得，乃两个还是小伙子咪，再话落去要影响乃以后谈恋爱阶。"老A瞟了两位保安一眼说。

"问题弗大阶。拨咱也长长见识，对弗对？说弗定是好影响呢。"一个保安说。

"有何见识好长？总是葛件事体，我弗相信乃两个真当是童子哥。快点点钞票。"老A说。

"吕蒂蒂，偌弗可急噢。"另一个保安抬起头来说。

"奈格会弗急？娘要过生日，老公夜头有要求，小伙子亦想约伊出去。噶话脑子还弗乱坏阶话，神仙拉爹都做弗到。"老A说完朝外面的郭嫚看了一眼。

"哦，刚刚阶电话是来约偌阶啊，怪弗得电话还匿有搁落，面孔先红得，"第一个保安说，他朝吕蒂蒂抬起头来，又说，"偌看，吕蒂蒂面孔亦红得。"

"麴话得，郭嫚听到要生气阶。"老A说。

"点好没？"吕蒂蒂用双掌揉了一下两腮说。

"好得好得。"两位保安一起合上铁箱，在上面重重地拍了两下，一人抬一头，出来了。

"我先走得，偌关门好弗好？"老A说。

"好阶。"吕蒂蒂应道。

郭嫚把吵着要下去的女儿放到地上。

郭小格格大笑着朝正打算关铁帘门的吕蒂蒂跑去，一下扑到了她的屁股上。

"脑袋都要炸掉哉。打屁屁！"老 A 冲郭小吼道。

郭小抓着吕蒂蒂的腿躲到了她身后。

"跟阿姨说再见。"吕蒂蒂说。

"嗯～"郭小不同意。

"不肯说再见算了，我也不跟你说再见，"老 A 用普通话说，然后向两位保安挥手，"再见。"

"再见。"第一位保安从车窗里探出头来应道，然后又对吕蒂蒂，"吕蒂蒂再见。"

"再见。真不好意思，把你们拖得这么晚。"吕蒂蒂说。

"还好还好，还比较充实。"第二位保安笑道。两位保安向郭嘏点头致过，响亮地揿一记喇叭，开着运钞车走了。

吕蒂蒂锁好卷帘门，弯下身去一把抱起郭小，将一只手伸进她脖子里："囡囡囡囡，我的宝贝囡囡。"

郭小缩紧脖子咯咯咯笑个不停。吕蒂蒂脖子上的蝴蝶形胸饰在闪动。

"到乃姆妈里去啊？"郭嘏说。

"嗯。哎，偌今朝奈格想到要来接我？"吕蒂蒂说，脸有点红了。

"偌话一道拨乃姆妈过生日呀。"郭嘏说。

"我是话偌奈格会想到先打只电话过来。"吕蒂蒂说。

"乃姆妈生日需要买些何分？"郭嘏说。

"我已经订好鲜花跟蛋糕得，伊拉会派人送咴。飞飞糖忘记坏买得？"

"嗯，也确实来弗及买。"郭嘏说。

"飞飞糖糖爸爸没有买。"郭小说。

"一会妈妈给你买，好不好小小？"吕蒂蒂说。

"爸爸说，说飞飞糖糖，牙齿，飞光的。"郭小说。

"爸爸说得对。那咱们以后就不吃了，好不好呀？"吕蒂蒂说。

"牙齿，又有的。"郭小说。

"那咱们以后就少吃一点吧。"吕蒂蒂说着忽然从包里拿出一对白色的小翅膀说，问女儿，"这是什么？"

"翅膀。"郭小伸手去抓。

"是什么颜色的呀？"吕蒂蒂把翅膀套进了郭小的手臂。

"白色的。"郭小说。

"小小马上就要飞啦。"吕蒂蒂将两只翅膀在郭小肩膀上扣好，然后将她举过头顶，一次次轻轻往上送，"小小飞啊飞飞啊飞，飞到爸爸怀里去。"

郭小大笑着朝郭碾飞去。郭碾张开双臂，将女儿搂进了怀里。

病房

第七章

高月半：（在医院走廊）我要坚持我要坚持，我要抵制我要抵制。我要抵制瞌睡我要抵制厌倦我要抵制狂躁，我要抵制汗臭脚臭口臭的骚扰，我要抵制洗浴饮食和排泄的需要，我还要抵制胡说八道做打油诗编顺口溜的癖好。随他们去吧，就随他们去吧。随姐姐去吧，让她在梦中念她的咒语，随姐夫去吧，让他在梦中说他的胡话，随 π 去吧，让他闭着双眼发他的六指神功，也随老娘去吧，让她涕泗横流唱她未来老寡妇的哀歌，也随医院去吧，让他们慌里慌张去商量对策吧，那就也随我去吧，我月半可是要安安稳稳捏住自己的王牌。父亲啊，手术的前一天，你在马路上扶起一个跌倒的小孩，还郑重其事，跟她挥手道别。那是凶兆，噢父亲，那是凶兆。你没见她那双妖邪的眼睛，闪耀着阴森的火花，蛇蝎般闪亮的细牙，正滴着一串串稠黏的毒汁。那是凶兆，噢父亲，那是凶兆。刚才在医院门口，我又被一个老太婆一把拉住，她神色慌张，对我叽里咕噜口吐白沫。那是凶兆，噢父亲，那是凶兆。她说我背后跟着三个怨鬼，身背烈焰，张着鲜红的大嘴，来邀你共赴冥府。父亲啊，阴阳家潘师傅挡不住你赴黄泉路，他赶到我们南阳高家，察看祖坟风水，眼下仍在墓地等着送来镇墓的石碑。脑专家贾大夫治不了你的脑积水，虽是专从北京请来，却一样的有样没经。他上午去了西湖赏美景，这会恐怕正在回北京的天上打瞌睡。啊父亲，啊老爹，看来你蹬狗腿翘辫子，这事早就命里注定，命里注定。

高月半姐：（在病房内说梦话）来一个糖来一个糖要胖总要胖。

六指 π：（在病房内双目微闭，两掌朝向床上病人）呼吸呼呼吸，呼吸呼呼吸。

鬼上。

高月半：一阵阴风迎面扑来。谁谁谁？倒像是来了一个怨鬼。呸呸呸！

鬼：我是你父亲的灵魂。

高月半：奈格话老爹？

鬼：鬼魂听不懂方言。

高月半：原来如此。怎么说父亲。

高月半姐：（在病房内说梦话）四个白皮碰一碰糊坏糊坏糊坏。

六指 π：（在病房内双目微闭，两掌朝向床上病人）呼吸呼呼吸，呼吸呼呼吸。

鬼：（独白）多么舒畅啊，离开他们叫了近三十年"父亲"的那个牢笼，自由自在地透一口气。

高月半：不安的幽魂啊，为何你在死亡之前，就来到了自己的外面。

鬼：这具败坏的皮囊，这个苦涩的地方，就跟这座城市一样，到处有污水在流淌，在翻起层层昏暗的波浪。我再也不想以你们父亲的名义，继续在里面当一名囚徒。

高月半：你的苦处我当然知道，可唠叨太多就有些无聊。既然你当初投胎将它选中，享用了它甜美纯真的幼年，眉清目秀的少年，强健无畏的青年，果实累累的壮年，自然要善始善终，陪它度过昏聩糊涂的晚年，还有这生不如死的临终时分，不能说来就来，说走就走，不讲一点情面。

鬼：我走了不到一个礼拜，你的一家之主已当得像模像样。眼看大树倒了不再有阴凉，可喜你已能肩挑大梁，自作主张。

高月半：我怕你离开这肉身太久，在你想要回去的时候找不到入口。若是你没有什么要紧的事情，要在这里向我禀告，你最好尽早回到那个前镇长的皮囊，耐心等待，或许它还有机会恢复往日受人尊敬的模样。

鬼：我一只脚已迈进阎王殿的门槛，要我重返人间再受罪，你想都别想。不过这条走廊，倒是一个透气通风的地方，在赶赴地狱烈焰之前，我不妨在此稍作停留，好对你这不肖之徒有所交代。

高月半：父亲大人，请你无论如何有话快讲，有屁快放。

鬼：为何这两天，你们不停地来翻我的眼皮？

高月半：老爹你瞳孔老早放大，想再收小除非脑髓搭牢。不过总是有人不识劝告，有事无事要来翻翻眼泡。前两天，高村来了一位歪嘴大嫂，排排亲眷不知要表上几表。说是看你眼皮跳了一跳，非要翻起瞧上一瞧。哪晓得，一股口水滑出烂嘴角，好巧不巧打在你眼角梢。哭哉哭哉来哒哭哉，她直脚乱跳直头乱叫。活哉活哉活转来哉，真是拾五倒六瞎搞搞。害得咱，姐夫笑着梦里跳起，护士吓得凹 × 放屁。

鬼：好了好了。为何这两天你们总是在我耳边吵闹？

高月半：老爹你耳朵已然失聪，再吵再闹也不会变聋。不管最终有用没用，既然黔驴技穷，不妨就念念咒语发发功。

高月半姐：（在病房内说梦话）太矮太矮太矮我要买双高跟鞋。

六指 π：（在病房内双目微闭，两掌朝向床上病人）呼吸呼呼吸，呼吸呼呼吸。

鬼：说说吧，我那个躯壳现在是什么状况？

高月半：眼睛白涂涂，嘴巴黏糊糊。脚心冷冰冰，四肢硬挺挺。大肚皮，落又起；鼓风机，勤换气。心脏倒是还在跳，难为全靠起搏器。血管流尿液，脑袋盛药剂……

鬼：那样说来，你对我已不抱什么希望？

高月半：死马当作活马医，所有心血都白费。

鬼：为何不叫医生尽早拔掉接在它上面的那些仪器，好让它安安静静早些断气。你不知道，被囚禁在坏死的皮囊里，有多么憋气。

高月半：老娘她那么多天不吃不喝，在家里哭号不止，即便铁拐李的药膏，恐怕也难以治愈她的钻心之痛。就算时间能吹起迷雾，也不能从她眼前隐去你鲜活的身影，接受你挺尸病房的现状。至于院方，自然是能拖则拖，以便制造一种自然衰竭的假象，写在你的病历之上。

高月半姐：（在病房内说梦话）九点十点十一点再困再困再困。

六指π：（在病房内双目微闭，两掌朝向床上病人）呼吸呼呼吸，呼吸呼呼吸。

鬼：你们现在有何打算？

高月半：老爹，你可记得潘大仙？

鬼：记得。

高月半：你可仍相信他的阴阳神功？

鬼：骗得了死人骗不到活鬼。要我相信潘大仙，除非他喉咙里生痔疮。他若是真有盖世神功，当初为何又劝我相信科学，迫不及待来医院送死？

高月半：他一开始就说出了你的病变部位，是在小腹下方。

鬼：那时我膀胱隐隐作痛，双手自然会摸个不停。

高月半：他说你有一个姐姐两个弟弟。你那个幼年早夭的姐姐，连老娘都不曾知道。

鬼：只要你敢牵强附会，再怎么胡说八道你还会觉得他说得对。

高月半：他一进屋就说石英钟对着门挂不好，应该取下。

鬼：时钟尽管拿掉，灾祸依旧来到。

高月半：他拿来一只空茶杯，放进五粒白米十三颗茶叶，冲上开水看了一会，就说阳台上挂着一只黑鱼头，要我们赶紧拿走。他人在客厅，怎么知道阳台上有只黑鱼头？

鬼：啊呀，咱的阳台对着大马路呀你这个呆子。

高月半：他用阴阳神功抓过一只即将修炼成精的九斤狐狸，还接受了记者的采访。

鬼：你亲眼看见了没有呀呆子？

高月半：潘师傅刚才来了电话，说老家祖坟有一道裂口，及时补上或许还能救你性命。

鬼：我们高家祖坟年久失修，实在有些对不住列宗先祖。此番修缮，虽说与我是死是活毫不相干，总归是表达了我辈的一份敬意。不然，阎王殿里相见又会多一个话柄。

高月半姐：（在病房内说梦话）死鱼炖活鱼一等拿摩温好吃煞。

六指 π：（在病房内双目微闭，两掌平举胸前）呼吸呼呼吸，呼吸呼呼吸。

鬼：叫这个大拇指上长小枝桠的骗子马上滚蛋。天天来这里装模作样，将一蓬蓬口水喷在我脸上。还有他的汗酸和脚臭，留在裤裆里的尿头，把病房熏得臭气冲天，实在无法忍受。

高月半：让他去吧老爹，不管 π 有没有六指神功，开饭之前，我都会把他赶走。（旁白）他植物人做了这么久，听觉嗅觉居然还和常人一般灵敏。我该劝这幽魂尽早返回肉身，或许真有可能死里逃生。

高月半姐：（在病房内说梦话）裙子颜色太浅夯条内裤亦太鲜。

高月半：姐姐在念十三字真经，是 π 的东北师傅授的心诀，还特地寄来了一道符。那位神兄在万里之外向你发功，说你元气完好无损，大有希望起死回生。但亲人家属须有足够耐性，哪怕你的身体开始发臭，也一定要继续再等。所以我下午拉来了这么多冰，要在五尺水晶里把你冰镇，看看会不会有奇迹发生。

鬼：十三字真经早已成了她十三字好吃懒做经，你听听她在烦
×唠嘈说些什么。

高月半姐：（在病房内说梦话）哎牙膏皮换梨膏糖年糕玉米泡。

鬼：你姐姐已是这副样子，不知你这做律师的弟弟作何打算。

六指 π ：（在病房内双目微闭，两掌平举胸前）呼吸呼呼吸，
呼吸呼呼吸。

鬼：噢真受不了真受不了，这六指 π 的唾沫和口臭。月半，你
作何打算，尽快对我细讲。

高月半：身为律师，为遭谋害的老爹讨回公道，本是理所应
当。只是你生前已过多地追求公道，让它们像盗贼一样，一遍又一
遍洗劫了你可怜的钱囊。半个世纪的官场，未曾为家里添置什么家
当，死后再要公道，我们举家只能西风作粮白露为汤。

鬼：（旁白）老天呀，我心跳未止鼻息尚在，这小子身为律师，
却已在为其日后要走的邪路，打造一副翻云覆雨的伶牙俐嘴。看来
他已决意忘记杀父之仇，抛弃我们高家人最为看重的德行，打算加
入坏人的行列。罢了罢了，这不肖子成不了大器，我寄托在他身上
的一片厚望，看来是要付诸东流。

高月半：敬爱的父亲大人，不幸你这条老命，做了手术刀下一
个冤鬼，算它一级医疗事故，也只能赔到大洋五千。谋害你性命的
医生，可望记上一过，外加一张检讨书，再扣奖金一个季度。这是
我们能讨回的最大公道，如此廉价，还不足以维持你一天的开销。
近来亲戚朋友不断来访，餐饮住宿花费不少。虽说老娘将一串串眼
泪都化成仙丹，免去了自己的一日三餐；虽说姐姐梦里画饼充饥，
戒掉了多年贪吃零食的习惯；虽说我也趁机节食减肥，丢了月半的
名号，却仍是入不敷出，债台高筑。如此境地，再硬要公道，不但
仇不能报，恐怕到时候没有棺材来装你的骨灰，没有坟地来埋你的

棺材，没有墓碑立在你的坟前，甚至你的灵堂，也不会有像样些的花圈来把它装点。我考虑再三，终于还是决定：忘掉自己律师的身份，放弃一切起诉的可能，向市府市委市人大，以及新上任的歪头市长施压，迫使医院做出最大限度的赔偿。要不然，在你丢了老命之后，我们还得再搭上一大笔债务。事到如今，恐怕你已经看得很清楚，自己清廉的一生何其虚幻，正义的售价又是多么低廉。所以说正义人人想要，真迫的没有几个。

鬼：（旁白）只因我在这坏死的躯壳里憋得太久，才违反阴间的规矩来此一游。那边过来几个活人朋友，我不能继续在此停留，也没办法对他再做什么训导。从今往后，不怕他堕落不够，只担心他随时要栽跟斗。（对高月半）好自为之好自为之。

鬼下。

高月半姐：（在病房内）哎唷月半，我打得一个瞌睏，梦见好多好多袋里装满糖果阽小鬼，还看到老爹从我面前无声无息阽飘过，来咚走廊里跟偌讨论何阽猪肺羊头。刚葛息，我看到他亦无声无息阽飘回来得，重新躺回到床高顶，亦开始装假困熟。偌话究竟是我想老爹想得太深，梦中出现伊阽幻影，还是偌也有同样阽感应，说明伊刚刚确实托梦拨得咱两人？哎，偌看偌看，伊好像叹得一口气。不过，我估计是幻觉，弗可能真当是我亲眼看见。若话他真当自家能够下地走路，那会是多么美妙的一天啊。哎，三日前头我帮伊剪过一次指甲，到今朝还一些些都匿有长，说明伊新陈代谢已经停掉得。

高月半：谁来抓住我的头发将我摔倒？谁来拧下我的鼻子将鼻涕扔到我脸上？谁来踢我的屁股？谁来敲我的头颅？谁在我的脚底放炮？谁在我的头上撒尿？看，他们用一根生锈的铁针，从他粗壮的手臂注进过量的麻药，硬生生将他打翻，像扳倒一头健硕的老牛。他们又拿来一把雪亮的杀猪刀，一记孤掷捅进了他的肚皮。那层厚实的油脂，多少年才积起的这点可怜的财富，像开放的棉花，从他体内软软地翻开，露出底下一团模糊的内脏。"啊呀娘的吤，错哉错哉。"他们嘻嘻哈哈，把切开的肚皮又胡乱缝上。咔嚓，咔嚓，噢老爹，你一定闻到了杀猪刀荒凉的味道，游走在你高大的身躯上，却无力动弹更无力喊叫，只能听凭它将你胡乱肢解。咯嗒，咯嗒，噢老爹，你当然知道，他们这是在拿老虎镊拨弄你的肚肠，就像一群傻瓜来到了一座陌生的城市，打开了一张他们无法辨认的地图，茫茫然不知该将双脚迈向何方。嗤啦，嗤啦，噢老爹，你听见了吧，那根长长的铁针，拖着一根缀满血珠的麻绳，穿行在你身体里面，就像一个老眼昏花的裁缝，在一块好端端的布料上瞎裁了一刀，又推一下鼻梁上的老花眼镜，自语着把它颠倒着缝上。咕噜，咕噜，噢老爹，你知道是什么正在从你急速跳动的心脏里飞泻而出，溅满了手术室雪白的四壁，让挽救生命的病房，成了草菅人命的屠宰场。噢老爹，他们杀害了你无辜的睡眠，却仍能宴笑如常，若无其事地走在大街上，无须惧怕路上的石头会泄漏他们的行踪，手上那些洗不净的血斑会刺瞎他们的双眼。啊，我是个无耻之徒，面对亲生父亲遭受暴行，竟像是一个漠不相干的路人，除了一两句感慨，三五声叹息，再没有更多的反应；噢，我是一个下流的儿子，父亲脉息尚在，我便打算拿他冤情作为砝码，去完成一桩肮脏的交易。我远离正义的召唤，沿着肮脏大道果断前行，以确保自己免受其累，最好还能有所收成。让天上的惊雷在我头顶炸开吧，令我肝脑涂地，让大地的巨壑吞噬我吧，令这污秽的生命就此了结。

李得儿与钟三点上。

李得儿：（向钟三点旁白）谁能想到，这位一向没正经的打油诗人居然在这里痛心疾首独自忏悔。他扭曲的神情，表明在这场虚伪的自责之后，他将大胆做出一个不义的决定。从此，他将收起少年豪情，深埋刺眼的良心。那一向愤世的眼睛，既已勘破尘世幻影，很快就会罩上一层伪善的灰尘，用以包藏祸心。从此这人飞黄腾达，青云直上，所有他父亲至死不渝的美德，都将成为他南去之路的指北针。

钟三点：（指着病房内的六指 π 旁白）哈，这人是谁？一个手指要比人家多两只的家伙。一个在女士用品商城站内衣柜台的家伙。一个到了别人家里就翻抽屉寻香烟翻厨房寻冷饭捧电话打长途的家伙。一个衣袋里别十支钢笔，半夜跑来要跟我"谈谈文学"的家伙。一个在哈尔滨公用厕所前向一位巨无霸姑娘借了卫生纸就缠着对方要求结婚的家伙。这个心地还算善良的小骗子摇摇晃晃，看上去不碰也要倒。千万别信他鬼话连篇，他是为高尚廉发功耗光了元气，其实不过是三餐合一餐，一餐还没着落。

六指 π：（在病房内，双目微闭，双臂下垂）呼——真累。但愿老头活过来。老头一定能够活过来。（倒地）

高月半姐：（在病房内）月半，葛里有个臭烘烘阽男人家困起哒，看上去有些像六指 π，吓人倒怪阽。偌来看看看，究竟是奈格回事体？

六指 π：（从地上爬起，满意地苦笑）天地良心，我这一身臭汗全是为高老头所流，居然还遭高家人无端的白眼。念在高老头昔日慷慨供我冷泡饭的情谊，我也不想多作计较。（又倒下）

高月半姐：（在病房内，笑）哦，是 π 啊，何弗早些话呢，好让我心里有数。

六指 π：（在病房内，仰面躺地）赶紧接着念十三字真经。念完三万六千遍，高老头就有得救的希望。

高姐：（在病房内）好好。唵阿叭咪陀罗波捺悉咕噜剃吽。唵阿叭咪陀罗波捺悉咕噜剃吽。唵阿叭咪陀罗波捺悉咕噜剃吽。

钟三点：月半，神枪手来了。

高月半：两位定是尿足污饱，才会有空来此闲逛。

李得儿：请可怜的高老头见谅，在临死者床前，我们不宜讲过多的笑话。

六指 π：（从地上爬起，不停甩着两只手掌，出病房，来到走廊）大吉大吉大吉大吉大吉大吉。你们挖出眼乌珠看一看我这两只发黑的手掌，就知道高老头一身恶气已全部转移到了我身上。高老头会慢慢醒来，全靠我 π 今晚舍命相救。

钟三点：（拿起六指 π 的双手）真是真是，这两个多余的枝桠又长出了新的肉芽。

李得儿：（从钟三点手中接过六指 π 的双手，低头细看）这两只古怪的手掌红得就像火中的煤球，看来 π 的摄阳大法已练得炉火纯青。以后还是少跟他接触为好，要不然我三蛇酒甲鱼丸虫草精补了老半天，一转眼全给转移到了他身上。

钟三点：高老头给他这么一弄，大面是雪上加霜，提前见到阎罗大王我看是大有希望。

李得儿：哦，π，你这第六只指头上还套了一只锡戒指。世界一绝，中国第二。

六指 π：银的。我师傅说今年我要时来运转，戴只戒指能冲破晦气。

高月半：银的。连指甲都划得断。我老娘对他说了多少遍，让他拿掉这只锡戒指。老爹啊老爹，π 自家都要用锡戒指冲晦气，伊阶六指鸟功要是能够为偌带来好运气，太阳只好从北面出来哉。

高母：（在家中止住恸哭）赶紧拨我摘掉！年轻小伙子戴锡戒指，难看弗难看？（又哭）唔唔唔嗯嗯嗯呜呜呜咕咕咕。我阶胸口啊，痛啊。为何乃要作咱噶好端端阶老人杀坏啊？呲喳（擤出一把鼻涕）。π，还弗摘坏，偌葛只锡戒指？

高月半：老娘，偌弗可话人家哉啦。对自哭去。

高母：（在家中）唔唔唔嗯嗯嗯呜呜呜。我阶胸口啊，痛啊。

为何乃吤杀猪刀偏偏看上得咱噶善良吤老人啊？

六指π：妈的，今天这场功做得我老底都掏空。就怕这时候突然来一个桃花运，叫我眼睁睁牡丹开，软屁屁无露滴。

钟三点：嗯，妹妹找哥泪花流，可惜π卵不勃。

六指π：不是π卵不勃，只因三顿无着落。

高月半姐：（在病房内）伊吤意思是让咱早些开饭。话句实在话，我也肚皮饿煞。葛辰光若话何家送我一袋杨梅干，我哪怕地上爬三圈也甘心。不过有噶许多想吃白食吤老兄来哒，还弗如再迟些开饭。哎，念经念经，还是再得来念十三字真经。唵阿叭咪陀罗波捺悉咕噜剃吽。唵阿叭咪陀罗波捺悉咕噜剃吽。唵阿叭咪陀罗波捺悉咕噜剃吽。

高月半：晚上不开饭了，我臁那么厚，再饿它几顿问题不大。得儿，给我们讲讲你的采花经。

钟三点：对吤！

六指π：（旁白）看来今晚我必须忍受两种饥饿。

高母：（在家中）我也赞成。乃这许多人没有一个及得了李得儿。特别是咱高月半，这方面一点本事都没有。我看他是准备一辈子打光棍了。唔唔唔嗯嗯嗯呜呜呜。我吤胸口啊，痛啊！为何乃葛把投命吤杀猪刀，偏偏要来寻着咱噶善良吤老人？

高月半：哪里肯？咱从李得儿这里取了真经，明天就去大街上拖一个来成亲。

高母：（在家中）要弗是你爹出得葛桩事体，我老早就到吴家去听回音哉。那个播音员吴琳琳，伊娘跟我交情蛮深，话伊至今匿有看上过一个男人。我话咱月半也是葛种光景，挑三拣四总归心神弗定。吴琳琳葛个大姑娘，多少活泼多少可爱，相貌端正亦有人品，做咱高家吤媳妇，我正当一百个如意称心，就是弗晓得人家姑娘肯不肯。等乃爹病情有些起色，我还要寻伊娘去问一问。啊呀，话起乃爹我亦开始心痛。唔唔唔呜呜呜嗯嗯嗯。我吖胸口啊，痛啊。为何葛把投命吩杀猪刀，会看上咱噶好吩老人啊？

高月半：我妈说话颠三倒四，不知出了什么毛病。

六指 π ：哎，这事我倒是头一回听说，有意思有意思，很新鲜很新鲜。无论如何，播音小姐吴琳琳，可谓梅城一只鼎。若能攀得这门亲，何需再求采花经？

钟三点：月半，真的假的？吴琳琳说都不用说，绝对是梅城第一小姐，赶紧采回家里，把她 gī 了。

六指 π ：从实战体验来讲噢，得儿的姘头肯定是最好的。要是从采花效益来说，那就另当别论了。

高月半姐：（在病房内）唵阿叭咪陀罗波捺悉咕噜剃咔。π，谁是得儿的姘头呀，我怎么从来没有听说过哎。

高月半：少管闲事多念经!

高月半姐：（在病房内）何家，π 快话。唵阿叭咪陀罗波捺悉咕噜剃咔。快话快话。唵阿叭咪陀罗波捺悉咕噜剃咔。

六指 π ：想想还是算啦，万一得儿一气之下以后不让我打长途了，我损失可就大了。

钟三点：对，刚才我们俩吃蛇的时候，得儿一直心神不定，几次起身去打电话，还没有说话又突然挂了。后来总算和对方通上话了，就听他反来复去说一句话，过来，你过来，过来，你过来。噢实在太烦了。

李得儿：你这个叛徒。

钟三点：看看也确实是有点可怜，堂堂男子汉，还是个大帅哥，就为了在女人那里打一针，要这么苦苦哀求。

高月半：极有可能是月经待扫，蓬门难开。

钟三点：今朝得儿熬肯定是相当难熬。说也不用说，一会他肯定提前开溜。月半，到时候我们还是像上回那样去捉奸，怎么样?

高月半：今天我没空，放他一马算了。那么多年的采花道行，万一吓出个马上风的毛病，我们也担当不起。

李得儿：（旁白）这些手淫生物，这些性爱门外汉，居然如此放肆地谈论我的两个情人。若是我此时手里有一把尖刀，定要割下他们污秽的嘴唇，塞进他们的屁眼里去。不过算了，他们倒是提醒了我今晚还有更重要的任务得去完成，刚才差点儿就忘了这事儿。哦，亲爱的吕蒂蒂，今天她的口气与往常如此不同。是她已经对我感到厌倦，还是今晚另有约会？或是刚才她那位傻瓜丈夫接到一个对方不说话的电话，心头升起了重重的疑云，死缠着她说个明白？噢，一想起我心爱的女人，我的心就开始急速跳动，想要挣脱一切束缚，飞向她所在的地方。噢我宿命又致命的洞穴。噢无论如何无论如何，我必须和我心爱的女人一起度过这末日的前夜。让花儿开放吧，让星星炸成焰火，在人生最美妙的瞬间，谁都难以自禁，想要去迎接枯萎品尝死亡。噢走了走了走了现在立即马上去找到她，从她家里，从她床上，哪怕是从那个白痴的怀里，在她每一个毛孔每一寸肌肤每根血管吹响爱欲的号角，直到山峰崩塌，万林尽毁，雨水枯竭，静候死亡将我俩卷进它永恒的黑暗。

高月半：这是怎么回事？这小子手舞足蹈，像是疯狂的闹钟上足了癫狂的发条。

钟三点：估计是真憋不住了。猎物还没到手，就这样早早开始发情，倒也让人觉得十分的可怜。

六指 π：请密切关注这只一时找不到鸡窝的红眼野狗。

高月半：（手中大哥大响）哎偌好潘大师。奈格套？

潘大师：（在高家村）高家祖坟阽缺口已经补好哉。

高月半：好。

潘大师：（在高家村）我葛头开始发功，偌进病房去，帮我一个忙。

高月半：好。偌要我帮何个忙？

潘大师：（在高家村）慢。偌夯头气场不太安定。是弗是亦来得一批乱头阿爹？

高月半：对，大师！完全是乱头阿爹：一个神枪手，一个红鼻头，还有一个偌晓得，六只手指头。要不要把他们全都轰走？

潘大师：（在高家村）是偌吤朋友哥就算哉。一物一乾坤，任何一个朋友，弗管好坏，也弗管远近，只要出现在偌吤危难之际，都是一把火，能够增加偌气场吤能量。好，从现在开始，叫他们不三不四的话暂时少讲讲。

高月半：你们全都给我闭上臭嘴！

潘大师：（在高家村）这样，叫这些人全部都靠墙立好，不许说话。心里反复默念七个字：回来高尚廉回来。

高月半：兄弟们，请靠墙站好，心里默念七字真经：回来高尚廉回来。好，潘师傅，完全按照偌吤指示做得。请给我下一个指示。

潘大师：（在高家村）偌走到乃爹床前，用左手食指轻轻较在他右脚心涌泉穴勾三下，感觉一下有没有热气冒到偌手上来。

高月半：好。（走进病房，拿左手食指在高尚廉右脚心涌泉穴勾了三下。）

鬼：嘿嘿嘿痒。嘿嘿嘿痒。嘿嘿嘿痒。

潘大师：（在高家村）有没有感觉到他涌泉穴冒出热气？

高月半：大师！有！绝对有！

潘大师：（在高家村）那好，我的任务到此算是完成了。

高月半：等一下潘大师。老爹有弗有希望醒转来？

潘大师：（在高家村）乃爹双脚已经冷得三天三夜哉。现在亦重新开始有热气，肯定是能够起死回生吤。若话再有何个差错，格就是老天爷吤意思哉，我潘某人回天总归是力道弗够些吤。

高月半：我还是有些不太放心，是否可以请潘大师再占上一卦？反正大哥大既然已经借来达哉，多用两块电话费也随伊乃母×去。

李得儿：（向高月半）潘大师用的是什么功？是"阴阳胡编功"还是"八卦乱造功"？是"五虎腾牛污功"还是"奇门遁甲狗屎功"？

潘大师：（在高家村）哈哈，采花大盗。你叫他在阴局上当心一点。

高月半：采花贼！阴局上当心一点。

李得儿：什么是阴局？

潘大师：（在高家村）哈，什么是阴局不懂？我派一只狐狸给你演示一下。

潘氏红毛狐狸上。

红毛狐狸：（向李得儿撇开大腿，挺起屁股，亮出阴阜）小女名叫婴宁，久慕公子大名。今日幸得一晤，自愿呈上私处。若君尚留甘露，便请扬鞭入户。

李得儿：（解开皮带，抓起狐狸一条腿）早就听说狐狸爱露阴。这骚味儿，还真叫人受不了，真叫人受不了。

潘大师：（在高家村）且看他手上拿着是什么。

李得儿对着一只医用橡胶手套撒尿。

李得儿：（扔了手套）上当上当。幸亏丫手下留情，没派一把剪刀过来。没了这玩意儿，我李得儿就通没用了。

潘大师：（高家村）这位老弟是个调皮鬼，偷荤窃腥终有一天要吃大亏。有空我当面给你看一看。不过高月半看样子，心里还不太踏实，那么我就来给他爸爸算上一卦。

高月半：要么还是用"奇门遁甲"。

潘大师：（在高家村）"奇门遁甲"不可以当众演算，不然的话，我祖师爷杨乃武要生气的。还是用相对来讲比较简便实用的

"梅花易数"吧。这样月半，你练过气功，请你告诉我周易的卦数与五行生克。

高月半：我记不太清了。

六指π：（向高月半）乾一兑二离三震四巽五坎六艮七坤八。金生水水生木木生火火生土土生金。金克木木克土土克水水克火火克金。乾兑属金。坤艮属土。震巽属木。坎属水离属火。十二地支相应之数为：子一丑二寅三卯四辰五巳六午七未八申九酉十戌十一亥十二。

潘大师：（在高家村）好。一物有一身，一身一乾坤。万物备于我，三才别立根。月半可知卦数如何起得？

高月半：不知道。

六指π：（凑向高月半的电话）少于八数本数为卦。多于八数以八除，余数起卦。

潘大师：（在高家村）很好。那么又如何起动爻？

六指π：（凑向高月半的电话）以起重卦之数除六，以余数作动爻。不满六数，本数为动爻。

潘大师：（在高家村）π大有造就。

六指π：（夺过高月半电话）潘大师，收我为徒。

高月半：（夺回电话）弗可去理伊。头一头一弗可去理朝伊。

潘大师：（在高家村）哈，易数穷天地，后来莫轻传。尽管如此，你仔细听好：以万物皆数之理，可以物数占，可以物形占，可以物象占，可以声音占，可以脸色占，可以方位占，可以风觉占，可以字画占。但最易学易记的还是以年月日占。今天太阴历五月初二。现在不到九点为戌时。月数五加日数二为七。不足八，不必再除。七数为艮。艮为上卦。月数五加日数二，再加时辰数戌十一共为十八。因八卦数为八，十八除八得余数二。二数为兑。故兑为下卦。上下合一而为重卦。可知此重卦名叫什么？

六指π：（向高月半）艮主山，兑主泽。在六十四卦第四十一，山泽损卦。

高月半：卦名为山泽损。

潘大师：（在高家村）不错。此本卦演出另一互卦。可知何谓互卦？

高月半：不知道。

六指π：（向高月半）本卦去初爻及上爻，得中间四爻。以下三爻上为上卦，上三爻为下卦，重合两卦称为互卦。

潘大师：（在高家村）很好π。月半，现在你想一想这互体重卦的上卦是什么下卦又是什么？

钟三点：上卦为牛，下卦为×。牛×卦是也。

李得儿：上卦为狗，下卦为屎。狗屎卦是也。

高月半：上卦为震下卦为坤。

潘大师：（在高家村）对。现在再来看需变之爻。五加二加戌时十一，共得十八，以每一重卦之爻数除以六，不剩余数，以六记。自下而上，则本卦之上爻动。本卦上爻为阳，阴爻称为六阳爻称为九故为上九。现本卦上爻变阳为阴，想想变卦为何？

高月半：上坤下兑。

六指π：六十四卦第十九，临卦。哈哈。妙妙。卦词"元亨。利贞"。大吉！

潘大师：（在高家村）"元亨。利贞。"固然大吉。然而此卦词在《易经》未完。接下去是"至于八月有凶"。

高月半：何分啊？！偌话何分啊？！

李得儿：打死这狗屎的牛×大师。

潘大师：（在高家村）弗可急月半。我来给你细细分析。本卦上艮下兑。兑卦金为体。艮卦土为用，土生金。此一吉。兑主泽，指脑中的积水。艮主山，山上祖坟有裂口，山坏故而山不填泽，脑中积水难除，以至拖延之今。现山上主坟已经修复，脑中积水可望就此消除，此也一吉。然互卦中上卦为震，主木；下卦为坤，主土。坤卦土为体，震卦木为用，木克土，堪忧。幸好你爸爸病在夏天，若是春天，正值百木兴旺之际，以之克土，土必衰，可谓凶多吉少。现如今，夏之木盛极将衰，对土的损伤已经大大减弱。所以说此卦虽凶，尚有生理。变卦也称之卦上坤下兑，一样坤卦土为用生兑卦金之体。此又一吉。其辞为"元亨。利贞，至于八月有凶"。意思是八月以前只吉不凶。但八月以后，你爸爸的病如果说还不见起色，就有凶象了。

高月半：老爹不可能再这样躺上三个月。再十天，如果还是没有起色，我想我们恐怕就不得不考虑放弃了。

李得儿：真是位大孝子。

鬼：（在病房床上）我怕他不一定能坚持得了三天。

潘大师：（在高家村）这样说起来，"至于八月有凶"就不是什么问题了。回头再看本卦山泽损，《易经》变爻上九辞为："弗损益之，无咎。贞吉。利有攸往。得臣无家。"弗损益之，意思是顺其自然，勿损之也勿益之，就不会有什么大的差错。

高姐：（自病房跑出）嘻嘻，潘师傅，若是这样，我十三字真经就不用念了吧。

潘大师：（在高家村）你既然都已经念了还是继续念下去。一切都顺其自然嘛。

高月半姐：（往病房内走）匿有意思，还要念。唵阿叭咪陀罗波捺悉咕噜剃吽。唵阿叭咪陀罗波捺悉咕噜剃吽。唵阿叭咪陀罗波捺悉咕噜剃吽。

潘大师：（在高家村）前面那个爻辞也是提醒你们与院方都不要失去信心，不要随便拔掉你爸爸身上的设备。后面两句是吉占。总观全部六卦，土为三，金为二，木为一，三土共生二金，可见生气旺极，唯一木克金，又被夏木渐衰之天理抑制住了。再则你爸爸是老人，老人为乾，乾属金，并且主人的大脑；而现在除了已有的一艮卦两坤卦属土之外，还有你们四位未婚男子也主土，这样七土共生二金，因而老人大脑的疾病可以完全治愈。

鬼：脑髓能治好，骨头已烂光。

钟三点：（向李得儿）中国式的胡说八道。

李得儿：（向钟三点）也算对得起中国式乱七八糟。

潘大师：（在高家村）那位红鼻头朋友，潘某有一言想告，不知你愿听不愿听。

钟三点：有屁快放！

潘大师：（在高家村）红鼻头兄弟，寻女朋友偌本事大哆，不过呢，尿布一定要准备充足。

钟三点：娘煞。何意思？

六指 π ：说得对潘师傅。这家伙专爱勾引他班上的未成年女学生。

潘大师：（在高家村）只要我，啪！两道神光一闪！随便何家，心里哆蛛丝马迹都逃弗过我葛双狗眼。

钟三点：偌道就狗眼挖达出来拨我照照看。

高月半：潘师傅既然有狗眼之称，偌还是小心为好。

两道潘氏神光上。

两道潘氏神光：（照住钟三点）无耻小人，快快显出原形。

钟三点变成一只黄鼠狼。

黄鼠狼：啊童子鸡童子鸡，亦嫩亦好骗，我就欢喜童子鸡。

高月半：饶饶伊好哉潘大师。是人都有私心，都有见弗得光咯一面。

两道潘氏神光：这人内心藏了一个魔鬼，要不也照他一下？

潘大师：（在高家村）算了算了。远距离发功耗掉我太多元气。

就此打住，我要休息了。

两道潘氏神光下，钟三点恢复原形。

六指 π：潘大师，你帮看一下，我下半年有没有可能一举扭转上半年的霉运，不用继续站女士内衣柜台？

潘大师：（在高家村）你可以自己算嘛。

六指 π：我不知道该如何算起。

潘大师：（在高家村）明天站你柜台的时候抽出五分钟来，数一数来了几位顾客，中间几次间隔，来的人是男是女，就可以算了。（欲下）

李得儿：潘大师留步。我有一个疑问。

潘大师：（在高家村）听听这位突然之间变得这么客气的聪明人想说些什么。

李得儿：您刚才说到"山泽损"上九爻辞的时候，最后一句"得臣无家"没解释。能否请您解释一下。

潘大师：（在高家村）的确是一个聪明人。可是你这一问事关重大，我无可奉告。（欲下）

李得儿：等一下大师。您觉得这样的解释是不是确切："得"字指我李得儿。"臣"与"子"对应，"得臣无家"是不是说我会被我老爸扫地出门？可我本来就一个人独自在外生活，轮不到他赶我走啊。或是说我会回不了家？可我很快就要调回北京去了。真是不可思议。

钟三点：是无家可归。

高月半：是有家难回。

六指 π：你仔细想想，最近偷了谁家的女人。当心半夜被人杀掉，回不了北京。

潘大师：（在高家村）哈哈哈哈，无可奉告无可奉告。不过还是刚才那句话，你在阴局上稍稍注意一点。好了，我要休息了。再

会了各位。哦，走廊里好像来了一个老头，满嘴酒气，看样子是来大闹天宫的。你们赶紧挡住他。（下）

高月半：（旁白）有人靠着神谕放言未来，预测凶吉，还得为此搭上一双眼睛，甚至自己的性命。这位长着一对咄咄逼人的狗眼的潘大师，仅仅靠着万物无所不在的象数，便能算出物的必然，人的必然，甚至天神自己也无法逃避的神的必然，实在是匪夷所思。看来我老爹起死回生，也不是没有一点希望。可是谁在那边大喊大叫？

高由根嘴里叼着飞马牌香烟摇摇晃晃上。

高由根：杀杀杀！我要报仇。为何道理，乃无缘无故作作作作我阶哥哥杀杀杀坏？

护士一及护士二上。

护士一：啊，你们看，这人喝醉了酒，闯进病区来抽烟了。喂，你出去，你赶紧出去呀。

高月半：贰伯，弗可进来弗可进来。潘师傅刚刚拨爸爸做完功，偌噶弄起来，等于是咱前功尽弃。

高由根：杀杀杀！就是要杀。既然倪子硬弗起，不敢为爹报仇，噶就由——我，做阿弟阶来做主。偌放——开，放——偌想要叛变？你想要叛变！你敢叛变？！我要杀光医院里阶所有阶医生坏蛋。（抓住护士一的手臂，以掌为刀）杀杀杀。

护士二：啊，有人要杀人了！快来救命！（下）

高月半：贰伯，偌弗好噶，弗好噶。老爹若话葛辰光醒转来，肯定也会话偌弗好。

高由根：偌个畜——生，屄泡头。偌爹被人杀——坏哉，偌还还弗——去报仇。弗可拉我，偌个屄泡头，偌要叛变随偌去叛变，偌弗杀，我来杀，杀一个是一个。

护士一：救命！

高月半：（抱住高由根）贰伯，偌若话再弗听我吣话，我弗认偌葛个贰伯哉噢！

护士一挣脱高由根的手掌下。

高由根：（推高月半一把）偌个叛徒，尿泡头。我话偌偌偌偌是一，个叛徒，尿泡头，泡头，就是泡头，标标准准吣尿泡头。

高月半：（抱住高由根往外推）偌还是出去。葛里气场太乱，空气也恶煞。今朝贾脑专家话过哉，噶许多人随随便便进进出出，会造成病人吣细菌感染。我必须严格控制，弗然吣话咱爹就真当匿有希望哉。

高由根：（猛推高月半）居然来教——训乃贰伯哉？叛徒，偌个叛徒，尿泡头。偌有多少实力，叛徒，尿泡头，都全部扡出来，全——部扡出来。

高月半：（后退中忽然转身，反拉一把高由根）四两拨千斤，贰伯，弗可怪我出手太重。

高由根：（跌跌撞撞）偌打哉？！你翻——天——哉。尿泡头偌打我，翻——天哉？推手功夫都扡出来哉！想叫我吃——一个——跟斗。杀杀杀！

高月半：（对高由根太极推手）对付偌葛种人还是绰绰有余。来，来。偌想做，匿有。偌想进，出空。越想做越匿有，越想进越出空。现在，走！

高由根弹出老远，摔倒在地。他在地上找眼镜。医院保安上。

保安：请你出去！

高由根：（在地上）何家？偌是何家？杀！杀！杀！

高月半姐：连贰伯噶个老实头人都发起酒疯来哉。叫我话么，随伊去闹去，拨伲医院些颜色看看，反正要追究也追究弗到咱头上来。闲事勿管，饭吃三碗，我还是得来念经。唵阿叽咪陀罗波捺悉咕噜剃咔。唵阿叽咪陀罗波捺悉咕噜剃咔。唵阿叽咪陀罗波捺悉咕噜剃吽。

保安：（亮出一根狼牙棒）请出去！

李得儿：老高，我有一批 18mm 螺纹钢三百吨，有没有胃口？

高由根：哦，哈！李——得儿。你也在这里？！下午我还看见你在物——资局门口杀蛇。

李得儿：没错。（拍拍自己肚子）刚刚落肚，刚刚落肚。（旁白）娘煞，又说鸟语，不行。

高由根：兴——趣勿大。呃。现在钢材臭——得像一泡烂污介臭。烂污你知道不知道，烂污。

保安：请出去。

李得儿：不行不行，我俩生意还没有谈完呢。

高由根：我来看我拨你——们杀掉的老阿哥，你们杀掉的老阿哥，顺便谈谈生意，不行？！你们杀——掉我我老阿哥。杀。一刀。又—— 一刀。再—— 一刀。还—— 一刀。

保安：医院不允许在病房区谈生意。

李得儿：（拉起高由根）老高咱们走。

钟三点：好，走。

高由根：走？走！杀。

李得儿：（旁白）这可是个开溜的好机会。待会儿我把他领到楼下，就撒手不管了，他爱怎么闹怎么闹去。

六指 π：妈的，今天看来是吃不到高家的现成饭了。我也跟你们走。

钟三点：干吗？我们不去喝酒，去看人畜大战。

李得儿：（旁白）这俩拖油瓶可真他妈可恶，看来只能到了体育馆再找机会了。但愿今晚的好事不至于泡汤。

李得儿、钟三点、六指 π 及高由根均下。

高月半：十年前，贰伯三十好几，还是个拆天拆地的独头。自从被电线杆打开了脑袋，他像是彻底换了个人，开了一爿小店，一只铁算盘只会拨进不懂拨出，门槛比谁都紧。刚才他这个样子，看来是故态复萌，可见老爹这件事情对他有多大的刺激。不过刚才的场面实在太乱，我再不翻脸恐怕就收不了场了。这个恶人我一定得做。不错，该走的都走了，现在我觉着有些饥饿了。姐姐，我们还是去吃饭罢。

高月半姐：（在病房内）好。老爹，我再拨偌念一遍十三字真经。唵阿叭咪陀罗波捺悉咕噜剃吽。再一遍。唵阿叭咪陀罗波捺悉咕噜剃吽。再一遍。唵阿叭咪陀罗波捺悉咕噜剃吽。好。

白有与麦弓上。

高月半：等等，又来了两个家伙。我又不饿了。

高月半姐：哦，为何葛批人都是吃饭阶辰光突然变得嘎好心肠？

高月半：来的这位是我最讨厌的商人，一个天生喜欢说谎的疯子。可此人拥有令人羡慕的上层关系，我一直都希望能够有机会利用，尤其我父亲出了这样的变故，独挑大梁谈何容易。他来这里可不是真的来看我老爹，不过是为了兆马集团的那笔债务。我必须忍住对他的厌恶，不让它流露在我脸上，还要尽量少表达自己真实的想法，耐下心来听他怎么胡扯。他后面那个男的我好像在哪里见过。噢，下午我的自行车不小心碰了他的脚后跟。

白有：（向麦弓）这是一位很有前途的律师，精力充沛，野心勃勃，而且还有过人的胆识。最重要的是，一旦他父亲一命归天，所有正义的幻影就会立刻从他眼前烟消云散，他的壮志雄心也将因此卸掉一切包袱，让他敢于无视德行道义勇往直前。在这个世界上，只有当你的智慧和想象，拥有了无所顾忌的胆量，你才算是牢牢掌握了克敌制胜的法宝。在还没有什么人看上他以前，我要第一个向他作出友好的表示，以便日后将他好好利用。像我们这样随时都在伤害法律的人，必须时刻都能得到法律的保护。法律就是我们的稻草卫士，它为我们挡去那些老是想来我的晒谷场偷吃谷物的麻雀，又能让我们自己将它随意摆弄，胡乱践踏。（向高月半）月半，我来看看乃老爸。他奈格样子得？

高月半：并非完全没有希望，也并非有完全的希望，我能做的就是尽人力，结果如何只能听天命。

麦弓：（旁白）这些夏天的客人，常年漫游药罐的病号，都在这里筑下了自己拥挤的巢居，足以证明这里的空气有一种诱人的病榻气味。楼梯旮旯，墙边屋角，都是这些病人寻寻觅觅的地方，凡是他们吐痰行便之处，空气总是无比的甘美。

高月半：你好，我们是不是打过一次照面？我下午骑车的时候车轮磕碰了一个人的脚后跟，看着有点像你。要真的是你，还请多多原谅。

麦弓：不用在意。

白有：没想到你们俩已经见过面。这位是前途远大的高律师。这位是我的朋友麦弓，徒步旅行过一百六十个国家，刚刚获得由理想国颁发的索多玛勋章，和五角大楼授予的城堡文学奖。

麦弓：过奖过奖。

高月半：幸会。幸会。

麦弓：（旁白）这个混乱的城市，自有其耀眼璀璨的一面。他们热爱欢歌宴饮，崇尚狂饮豪赌和竞技，从不把通奸当作一回事情，也没人将老弱病残放在眼里。可惜他们做得还不够彻底，尚未抛弃最后那丁点虚伪的同情心，不痛不痒地保留了这座腐朽的医院，将那些无用的废物安置在这里。不过，若是将它作一番大胆的改造，那些热爱真实的人们倒是很有可能从此又多一处安居之所。毕竟只有在妓女流氓享乐者和通奸犯身上，我们还能多少目睹一些时代的明丽风情。

高月半：你这位朋友好像有些心不在焉，是不是他打算要去别的地方？

白有：他要去体育馆看人畜大战。我说我也正准备去医院看一位朋友的父亲，既然同路，就一起走了。路上我又跟他聊起你老爸的事情；人畜大战开赛还早，他就说上来看看。

麦弓：（旁白）在这种病魔猖獗的地方呆得太久，会让你怀疑是否自己也染上了什么要命的毛病。（对白有和高月半）兄弟们，走了。

高月半：好，再见。

麦弓：再见。（下）

白有：（对麦弓）明天走之前给我来个电话，也许我们还能在一起再喝上一杯。（对高月半指麦弓）嗯，一个哪儿都坐不住的人。

高月半：（旁白）伊似乎并弗急于跟我讨论讨债阶问题。是弗是需要先由我来主动提起？

白有：（旁白）伊是来咚等我提起讨债葛件事体，但昨天子法院已去兆马饭店大堂贴过封条，明朝伊拉肯定会来还钞票。我根本匿有必要再为这件事情去着急。哪怕就是装装样子，我还弗如再问声伊拉爹阶病情，然后起身告辞，好让伊晓得，我白有虽然是个利益至上的商人，但并非没有普通人都有的恻隐之心。

高月半：嗯，偌夯……

白有：哦，听偌噶话么，等于说潘师傅已经为乃老爸打了保票得，赘再出何阶太大阶意外得。噶我就放心得。唉，偌爹真当是一个蛮蛮难得的好人，可惜。

高月半：谢谢偌来看咱爹，尽管伊葛时光已经完全匿有知觉得。

白有：唉弗可客气弗可客气。我还有些事体匿有办完，要先走一步。你自己当心，身体一定要保重。

高月半：偌走得啊？

白有：真当有点急事体需要去处理一下，弗好意思弗好意思。

我还会再来看乃爹吓。再会。（下）

　　高月半：谢谢谢谢，再会。

　　高月半姐：（从病房出来）则总好去吃饭哉。

　　高月半：走。

　　两人同下。

吕蒂蒂

第八章

"电话，"吕蒂蒂母亲朝客厅喊了一声，见都不理她，便擦了手从厨房向卧室走去，边用梅普话嘀咕，"又是那个小伙子的。他今天是发神经了。喂。你是哪位呀？噢翼锋啊。来达。郭嘏！陆翼锋电话。"

郭嘏站起来，没看吕蒂蒂。他进了卧室。

"麦弓？我覅有接到电话。偌来咚何里？我估计伊会去体育馆吖。肯定，到处都是人畜大战吖海报。覅担心吖，伊蒽些本事有吖。我啊，等息过去。好。"咔嗒。

吕蒂蒂：小小去了哪里？在阳台上撕纸，在跟自己说话。

郭嘏出来了。他缓缓地在原处坐下，点上一支烟，轻轻地吸一口，吐出来。他的手臂搁在桌上，身体仰在椅背上，让烟在指缝里自己燃着。

郭嘏：一下子吃得五支。嘴巴里长满了小刺。

吕蒂蒂：他平时是很少抽烟的。一看就是外行，像也不像。有什么好抽的。脑子里一堆乱糟糟的图像，做梦一样。不晓得他在想什么。可能他什么都看见了，也可能没有。或者有些疑惑。应该有吧。他可能会猜到三个电话都是李得儿打的。"接葛种电话？！"他说。这下我妈的生日乱掉了。咦，管它呢。

郭昛：是我的头颅的重量在推着我空空荡荡的身体不停往下滑，因为脖子以下没有分量。一个棉团。一块膨化饼干。要是谁突然把它们拿走，你根本不会发觉。我没有坐相，已经没有一点坐相。哎，你怎么坐成这样呀？她说。普通话。她爱说普通话，越来越爱说普通话。她妈妈不说，但心里在想。她也没说，看了一下。心里在说。心里说和心里想。都不过是我想。是我想她在想呢还是，我想她在想我想。是我在想我的身体像是没了骨架。或许它们本来就不是属于我自己的东西。那么她的呢，她的呢？是属于她自己的。她对她的身体保持了清醒的选择权。选择腿往哪里迈，手臂向何处张开。她张开手臂。那个幽暗的人形呢？是我的身体吗？身不由己。是她还是我？这个成语如何用？那么脑袋呢？那么脑袋呢？失去了身体无家可归的头颅。一个脑袋在空中飞。南方有落头虫。以耳为翼。她能看见吗？我是你丈夫的头。

郭昛试图重新挪直身体，恢复刚才的坐姿。他试了一下。

郭昛：弗动，弗起作用。算得，就噶。

他从咽喉处对自己发出一个含糊不清的声响，连自己也没有听清楚。

吕蒂蒂眨巴着眼睛，看着对面半躺半坐的郭昛，喝了一口酒。

吕蒂蒂：干吗不坐好一点。心情不好。我不好。确实是我不好。

郭昛：丁零电话丁零电话。踢一脚门。吭。脚卡牢。痛。何里？何里痛？看不见。在一块看不见的地方我在痛吗？在怒吗？在狂吗？我只能在假想处假痛吗？我有可能在假想处真痛吗？我能在你脚上痛吗？它错了，错在哪里？我错在哪里？我想象我一脚踢进去，吭，但是我一脚踢不进去。这种事情麦弓来做会轻而易举。我只能用肩膀去撞，像一头狗熊。进去了又怎么样呢？那或许会看到的是我想要看到的吗？痛了，面对一个假定的事实，我真实地痛了。在哪里？胸口。我能在我胸口痛吗？不能。我胸口痛，但不能在胸口痛。麦弓不考虑这些。他愤怒，他冲入，他杀戮，以扶直自己的冤屈，可也无济于事啊。他躺在沙滩上没完没了地哭。不只为他者，而乃天性悲伤。等下就会碰到他。

郭毉喝了一口酒，嚼了一个花生米。呃，长长一个酒嗝。

吕蒂蒂母亲在厨房洗碗。听通叮听通叮听通叮。

吕蒂蒂：他眼睛红了。酒劲上来了。盯着一个地方一直发呆，什么也不看了，什么也没看见。看见了估计也就这样吧。他脖子都红了。那么差的酒量，最近还老是喝酒。嗝，打得倒有些响的，嘿嘿。他嘴里的味道不好闻，尤其后半夜。李得儿嘴里怎么就没有异味？他也抽烟，亲吻的时候嘴是甜的。牙齿雪白，手很干净，什么都精心保养。这位就不太注意，老是忘了脱掉脏鞋就进屋，把你刚刚打过蜡的地板踩得乱七八糟。开始的时候觉得很新鲜。哈，那就再打扫一遍好咪。慢慢慢慢就烦了。哎，偌奈格噶套呢？他乱丢脏衣服。我一个一个房间，一个一个角落去收起来，扔到洗衣机里。起先这样四处寻脏衣服还蛮愉快的，哼着小曲。后来一点心思都没有了，全都放在李得儿那里了，什么时候他换了衣服就马上拿来洗掉。晾干熨平叠好给他送过去。情人眼里的脏衣服。闻一下，深深闻一下。那股味道吸进肺里去了。立马就有点晕乎乎了。这位就从来没有觉察到？阳台上陌生男人的湿衣服，装在洗衣袋里，都是烫好叠好的，不见了。或者是他见到了，没往那方面想。或者是他猜出了大致，但不想戳破这层窗户纸。他容忍着我出格。说不定是在等我，等它结束。哦，这样子？这样子吗？我太不把这些当回事了，就好像一切都是理所当然。

吕蒂蒂喝了一口酒。她低下头去，跌进回忆之雾。

郭毉：我一喝酒脸就发烫。头晕，太阳穴跳。酒精的厉害之处，它在你的感觉四周散开一团迷雾，你的视力甚至思维都跟平时一样，可就是传不出去。可能还是能够传出去的，稍微慢一点，

slow。是否傻瓜也经常思考一些问题，因为传不到下一个线索那里就中途打转了，接着就什么都忘了？他们说些前言不搭后语的话。我现在也是吗？试一试。Où va-t-on? Au combat? 我唔知道嘞。Une jeunesse héroïque, à écrire sur des feuilles d'or. N'eus-je pas? 我唔知道嘞。衰人啊衰人吗？我唔知道嘞。La mort dans l'âme. 我去看看。会碰到麦弓吗？麦弓。什么是麦弓？在此指一个人名，还是由人名指向一个人？发生在爱上面的死亡。错误的问题还是可笑的问题？请回到常识。爱上面的死亡。体力充沛的梅林湾人。喜欢步行。什么意思？意思很明白。但含义？含义含义含义。含义就是我发觉自己比以前虚弱了。发怒或发情的时候腿部缺少以往的力量。爱上面的死亡。空了。虚了。肉的结构是不一样的。我的身体里水分和油脂比他多。它们骨头和肉泡开了。骨头里呢？都是风。水缓缓拍击肉脂，风轻轻穿过松散的骨缝。老鼠走在我干燥的阁楼的碎骨头上。La mort dans l'âme, 我的骨头里有风。老鼠走走走。身体的阁楼。歪歪扭扭的骨头柱子。老鼠走走走。其中一个窗是嘴。Bonjour 老鼠先生。打开吧。走走走。啊哼啊哼。有股烟臭。烟雾里的苦香与唾液混合在一起。因为舌头不够光滑，很容易留下来，随着呼吸在牙缝里弥漫。懒洋洋的口腔。食物被嚼碎，咽下。味觉消失了，因为舌头裹着烟雾的薄膜。能看见但没有意见。一局气味污浊的牌。红桃 K 在桌子底下踩了一下黑桃 Q。已经收不回了，若是真是那样。小小咳嗽了。我听见了。听觉。她刚才接了三次电话，有两次是刚刚搁下又响了。

吕蒂蒂母亲：听通。伊拉两个光吃闷酒弗讲话，听通听通，回去也许要有一场大风暴。

吕蒂蒂：蹇是感冒得啊？弗咳得。话弗定是气噎牢得。我的宝贝。"小噢兔子。"她学着我唱，很专心的样子。我心爱的小孩。这歌男的唱好听。她又咳了，一声。还在撕纸片。嘀嘀咕咕来咚跟何家讲呀？太可爱了太可爱了。搂住她亲她亲她。皮肤黑得一点。那个孩子要是留下来，会是一个很漂亮的小孩吗？白白的手臂。眼睛亮亮的。老冲你笑。跟李得儿长得一模一样，笑得也一模一样。李得儿的小模型。小小李得儿。他会喜欢吗？他们两个都不太喜欢小孩。李得儿怕麻烦。这位是无所谓。"今朝我要稍微之迟些归来。"他在电话里说。又跟人在下围棋。"最好弗过。"我说。"小小有弗有困？"听我口气硬呛呛，亦补了一句。多余的。"困得。"我说。咔嗒。他没有爱心。我毁的，估计是我毁的，肯定是我毁的。他的小肚子有些突出来了。那方面是没有李得儿精通。至少以前他身体也蛮结实的，也蛮叫人心动的。下班的时候，原来的那个郭堾闪了一下，就那么一小会。我脸烫了。居然还能在想到他的时候脸红。要是那另一个不出现呢？他的电话。你今晚来吧你来吧。他要是不出现就没有这么多事情了。不好，不出现不好。你来吧亲爱的来吧来吧。他就从不替我想想。去吗？

郭小在咳嗽。啊嗯啊嗯啊嗯。啊嗯啊嗯啊嗯。

郭堾：伊咳个弗定，面孔涨得绯红。气气气气。来咚讲何兮？一团烟雾。耳朵还能听见。一个昏迷的人，听任那些声音溜过去，一个也抓不住，也不愿去抓住，对一切意见无能为力，不害怕平庸，不折磨自己，直到腮发胀，咽喉浮起，坏水渗透全身。一条死鱼浮在思想的死水上。我的身体又在往下滑。滑吧。背部，屁股，都不舒服。用后脑勺勾住椅背，扛，究竟有多少分量。起来了。居然是它起来了。红色的。是酒红还是血红？多久没有去它该去的地方了？干燥的地方。慢慢自己也没有兴致了，怎么努力也不行。它面对虚空孤零零地竖立，涨红了脸轻轻跳动。乳白色的雾水在空中急速飞散，一束束，慢了，浊了。小小的亮晶晶的颗粒从微开的口子上流下来。它歪起一颗紫脑袋，缩回去了，变得像一团小麻绳，棕黑色的。"嗨，起来起来。长高些。"又倒下了。"起来。打起精神来。"又倒下了，像挨打的小狗，连呜呜叫的力气都没有，只是用可怜兮兮的眼神看看你又看看你，然后彻底躺倒了。它光滑的嘴掀开了，淡淡的粉红色的壁部留着一点黏液。"好啦，放过你算啦。"内裤太松。一走路它们就开始在下面晃荡。"Bonjour Madame，一件珍贵的私人物品，请您代为保管。"它在下面，斜着眼睛带着嘲讽。握在手上。摊开手掌。"啊！"嘴张圆。惊恐的叫声。两只手从长长的狐狸毛大衣袖里举到耳边表示受惊，就像不小心一脚踩到了蛇那样。要虚假得多，虚假得多。那是因惊而恐，这可是因惊而喜。它满意地缩回到了裤裆里。"哈哈，对不起，它回去了。""噢。"一脸遗憾。知道今晚该有多么漫长孤单了吧。这会才知道惋惜。噢，又放屁了。屁－屁－屁－屁－屁－屁－屁－屁。慢了半个小时。北京时间八屁半。破电子钟。

　　郭葭看了一下时钟。露出了厌烦的神色。

　　吕蒂蒂：他看了钟。报时声噶难听。他表情厌烦。是弗是还想叫我一道起去体育馆看人畜大战？李得儿会不会也去那里？"吕蒂蒂——"李得儿从对面看台上站起来，手掌拢在嘴前大声呼喊。"李得儿——"我回应他。我俩跳下看台，向中间的运动场跑去。拥抱。接吻。紧紧拥抱。聚光灯。四周的欢呼声。

　　吕蒂蒂母亲：我那时候就告诫吕蒂蒂，听通，叫伊勿盲目做决定，听通，以后会后悔吤。听通听通听通。她噶活泼一个姑娘儿，奈格能够跟郭葭噶个人一道过呢？伊一整天都弗讲一句话。一旦结了婚，听通，外边再交男朋友，总会有人讲闲话。听通听通。再挤点洗洁精。生日还要汰碗。亦老得一岁。老了，浑身都是病，每天练剑也是寻点开心，其实保持啥个体形呢？有何好保持，连身边吤老太公都弗在乎。要么出差，回到屋里就一日到夜闷声弗响看电视。要是我也去寻个相好，伊会有何反应？听通。那是真个要热闹煞哉。

　　"爸爸看。"郭小扭着小小的四肢和屁股，贴着桌沿学时装模特儿走路。她走了几步，扑到了郭毧膝上。

"走开走开。"郭毧把郭小推开，站起来。

郭毧：烦煞。吕蒂蒂从对面踢了我一脚。做何？

吕蒂蒂：小小可怜。爹弗喜欢，娘心思弗来咚伊身高顶。

"打你，啊打你。"郭小噘着嘴，边拍打郭毧的大腿，边仰头看他。她拍得越来越慢，停了下来。

郭毧：啪嗒啪嗒。她打我了，不理她。她毁了一切。面孔歪转，肚皮吹起。那时候她脸上都是斑痕，整天吃个不停。"我变得难看得。生小人实在太辛苦。"她说。幸亏上次做掉了。小产。意外。会是个男孩吗？一团模糊的血肉，进了垃圾筒，不会变得清晰。它怎么弄成的？那么小的概率偏偏就来了。算算时间吧。怎么算得清楚？应该从前一个月还是两个月算起？分床以前，好像偶尔有过几次。"生小人实在太辛苦得。"就最后那几个小时。我当牛做马十个月。她完全变样了，越来越难看，也不加掩饰。女人变得难看的时候，就成了动物，可笑又廉价。现在又完全恢复了。她们通过拥有美拥有尊严，通过恢复美恢复尊严。

吕蒂蒂母亲：所以讲，听通，我有辰光也劝吕蒂蒂，放开一些，男阶朋友总是要交的。等你老了，脸上都是皱纹阶辰光，听通听通，你都弗晓得自家阶青春到何里去哉。当然，听通，也要有分寸。现在流行啥个分寸？可怜郭毧啊，为何弗去寻个女朋友呢？伊今朝对我特别亲热。是因为我生日，还是因为想跟吕蒂蒂好了？

吕蒂蒂：模特儿。她有向往的。小脑袋里有了向往。它那时就能感觉到周围的异常吗？我和李得儿在一起。一开始还有点清醒，很快就完全没有数了。太没有自制力了。我根本不知道自己在发出什么声音。对她来说呢？她那时候听见了吗？或者只是黑暗中的一幅图画，无声又神秘，暂时放在它的一个角落里？要是哪天她不小心从那个角落里翻到了那幅图画怎么办？那团黑暗突然间消失。她一下子什么都明白了。可怕。

郭嘏：走走走。一个人走。

吕蒂蒂拉过郭小，一手搂着她，一手抚摸着她软软的头发。

吕蒂蒂：饶恕我吧女儿。他站起来了。是上厕所还是去体育馆？

"我去体育馆。"郭嘏说。他出去了。砰！

"妈妈，我们去，去，体乌馆。"郭小说。她抓起吕蒂蒂的上衣下摆，把脑袋伸了进去，把小嘴按到了她的肚皮上。噗——她在吕蒂蒂的肚皮上吹了一下，然后拿脑袋将吕蒂蒂的衣服拱了起来。

她老在别人面前做这种动作。有时候很多男人在她也这样。

"咦，走开！"吕蒂蒂烦厌地把女儿推开了。眼睛盯着杯里的酒。

"呸！"郭小朝吕蒂蒂吐出一口水。

"长大了准是骚货。"李得儿看着在地上打滚的小小说。小小大笑着爬起来，朝李得儿挥着手。李得儿站着，笑着，没动。小小咚咚咚跑过去牵他的手。"阿舅来，阿舅来。"她背过身，像纤夫似的拖着李得儿。她将他拉到我面前，拍拍我的肚皮，就又看李得儿。他还是没动，不过不笑了。郭小撩起我的毛衣。我说："你干吗？"她一个劲扯我的内衣。李得儿瞪大眼睛，不可思议的样子。她把我的内衣从裤腰里扯出来。肚皮全露出来了。"这里这里。"她拍着我的肚子仰头望着李得儿。"阿舅来。"她把李得儿的手牵到我的肚子上，硬要他来摸我。那时候她小脑瓜子里在想什么？怎么会对那种事情感兴趣？究竟是懂还是不懂？李得儿笑着狠狠拧了我一把，吻了我一下。他的气息。那里在流走。他的手伸上来，抚摸着我的乳房。他把它们拉到外头，拇指在乳头上来回弄。他用舌尖舔它们，眼睛盯着我，看我还能坚持多久。真的不行了。"不不。"我站起来，把他的手推开。"小孩子已经懂事了。"我说。"娃娃啊，你人间的海螺！"他仰起头举起双臂大声念道，完后朝我侧着头，显出很痛苦的样子，说："我可真的不太喜欢小孩。你知道我不喜欢，"他摇摇脑袋又说，"可你还是每次都带着她来我这儿。"他们都不喜欢小孩。自己都像是你的小孩当然就讨厌你的小孩。他不愿意带孩子，把一切家务都扔给我，好让我一点空闲也没有。要是心野掉了，再怎么都能够忙里偷闲。哈，忙里偷闲。这样不好。她。我自己的孩子。她在干吗？

郭小爬上沙发，噘着嘴，把脸朝墙壁凑近。

在干吗呢？这种怪异的行为是不是从她爸爸那里遗传来的。

呼！郭小向墙上吹了一口气。一只黑蚊子从墙上飞了起来。郭小转着小脑袋，往旁边的墙面看来看去。

砰、嘭、叮叮。

"何兮？妈妈。"吕蒂蒂大声问道。

"一只盘子掼破哉。"她母亲在厨房说。

"有弗有受伤？"吕蒂蒂说。

"匿有。"

"弗受伤就好。小心点。"吕蒂蒂说。李得儿当着她的面弄我的奶。她很兴奋，看看他又看看我，突然间仰起面孔大笑起来。太过分了。她就看我们做那事。什么都看见。李得儿也变得异常兴奋。我后来也不想管它了。

"葛个小伙子真当过分，连续打得三只电话。要我是郭毼也不高兴。"她妈妈在厨房里扫着碎瓷片说。

"这有什么？"吕蒂蒂说。

"乃回去肯定亦吵架。"吕蒂蒂妈妈说。她走出厨房，身上系着围裙，见吕蒂蒂不说话，又进去了。

他第三回来电话的时候，连我妈也站到了郭毼那一边。今天郭毼一直在跟她聊天。什么时候也学会讨好我妈了？"是啥人呀，吃饭也弗让人吃太平。"妈妈说。为什么他就是听不懂我说的话？还是她去接了。"吕蒂蒂电话。"一会她拖长声调懒洋洋地叫道，等我起身过去，她又压低了嗓门在我耳边轻轻说，"又是李得儿的。他可真会找人。那位要生气了。"她说着往客厅瞄了一眼。我已经暗示过他了。他知道我家里是什么情况，知道他就在我边上。郭畈今天表现很好，心情也不错，本打算跟他和妈妈小小一起去体育馆呢。"我今晚等你。"他说。"哦，嗯。"我说。"刚才怎么没说完就挂了？"他说。"你在干吗？"我说。"喝酒。想你。"他说。"我在我妈妈家，"我故意大声说，"都在，今天我妈妈生日。""你在说什么？"他说。他不可能真听不懂。郭小走过来。她拽住我的手臂往客厅拉："妈妈，外婆叫你去喝酒。"他还一个劲地说："太想你了，不行了。你忍心吗？""小小。妈妈一会就去陪外婆。"我大声对小小说，想让他知道我这里脱不开身，最后只好直说了，"不行。真的不行。"小小还在边上吵："妈妈是谁呀？妈妈，谁，呀？"他不挂电话，沉默了一会又说："我下个月就回北京。我们得商量一下那件事情。"他疯了，在电话里说这种事情。他是真要把我带走吗？还一直以为是说着玩的。答应他了。做那个的时候我求过他把我带走。那时候就想哭，最好是立刻就把我带走，想永远都跟他在一起。清醒了想想还是觉得不太可能。真跟了他，到了北京就是他的天下了。我哪里管得了他那样的人。再说还有小小呢。他不喜欢孩子。我喜欢。自己的孩子。生她有多难哪。大肚子。哪里好意思出门。"吕蒂蒂肚皮挺得噶大。要不了多久就要两脚掰开，任医生看过摸过，弗然句话，小人奈格生得出来呢？"他们边喝茶边嚼舌头，什么话都说得出口。除了没办法做一月一次检查，谁愿露面啊。她在我肚皮上摸来摸去。"胎位还算正。"她说。平躺。支腿。敞开。她们比划着我骨盆和出口的大小。幸好都不算小，要不然不知会受多少苦。用力用力。送送送。气憋牢，憋牢。啊。不要叫，一叫气就散了。忍住，不要叫。出不来。呼呼呼呼呼。来，再来，来。一次又一次，不知多少次，身体都裂开了。真的不要那样了。不要那样又能怎么样？想死还死不掉。终于还是牙齿一咬憋足一口气硬是把它往外挤，痛不痛也无所谓了。就是要屏牢这口气。这口气完了要是还出不去，估计是没力气再屏第二口气。就这样一直屏一直屏。感觉两边都一动不动，很久很久。总算是出去了。永生永世甭生第二胎得。都说生第二胎要容易得多。"嘣，弹出。"他们说。男人只晓得嘣弹出，嘣弹出，以为像母鸡下蛋噶简单。自家去试一下就晓得的。他们不知道生孩子有多辛苦，自然就不会像做妈妈的那样看重孩子。带到这么大真不容易。总算能说话了，能陪你一起玩了，就更舍不得丢下不管。"我去体育馆。"他说，说走就走。他一直在跟我妈说话，只不过有一只耳朵一直竖在那里。他都听见了。肯定，又没关门。猜也能猜得出来。他又不是傻子，会不知道"不行"是什么意思？他生气了。当然生气了。哪个丈夫都会生气的。他一个巴掌向我劈过来。他不会。有些男人真的就这么做的。刚才我站起来去卧室接电话，他很厌烦地盯了我一眼。我都有点被弄烦了，什么时候他也学会这样婆婆妈妈了。我就对他说："你别这样。我有事。"我就把电话挂了。其实我也很想。有一个多星期没跟他做那件事情了。他下午在大街上杀蛇，四周围了那么多人。我就忍不住要想，他今天怎么回事情？是不是想我晚上过去？不然的话怎么会当着那么多人发神经？我就控制不了自己不去想，结果把账目都弄乱了。老A唠唠叨叨埋怨我。做得差不多的时候，我还借看运钞车出去站了一会，往对面物资局二层楼望了一眼，他正好也站在窗口，看着我，可一点表示也没有。那时候他干吗不过来一趟？也不打电话来。也不走。是在等什么女孩吧。果然，没多久吴琳琳出现了，还几次抬头向他的窗口望。我都要哭出来了。脸烫，胀。老A生气地看我一眼。吴琳琳过去了，我才松了一口气。我想他要是还没走的话应该过来或是打个电话过来吧。心想他怎么还不打电话来，可能是已经走了。这下好，账又出错了。比平时多花了将近两个小时才总算弄平了。心里还是七上八下，难过死了。郭跶带着小小来了，破天荒，竟然接了小小又来接我。只有小小刚生下来那段时间，他整天兴致很高，不停地用手指戳小小的小脸蛋。这儿那儿这儿那儿。小小就是不醒，还放了两个屁。他就哈哈大笑。他是把小孩当作玩具了。等到要洗奶瓶尿布的时候，脸就像哭丧婆一样。我坐月子那段时间，他表现也不好。每次要他放下书，帮我煮点东西，就不太高兴的样子。今天不知是怎么了，见到我的时候眼神都跟平时不一样。让我想起他刚刚和我谈恋爱时候的样子，很害羞那时候他。"估计是夜里厢有要求得。"老A说。她就喜欢把话说得露出骨头来。估计是想要了，肯定是的。本来还想，正好李得儿出差，要是他真想的话也就算了，忍一下就过去了。没想到回来了。"不行了。"李得儿说。他要是再说下去我也不行了。一想到他的样子就受不了。他有过那么多女人，可是神情很清澈。你想不出来他会有什么不干净的想法。想想和他在一起时那些颠三倒四的姿势多让人难为情啊。开头几次真不好意思，后来就习惯了。他总是没完没了地要，直到你动不了为止。不过还能做，什么也不想，也不用动，听凭他在那里弄。很放松，很惬意，可以一直弄下去。不能多想，不然的话我一会真会过去。老公，生气了。也许他一生气就没兴致了。倒也省心。他想那事的时候就先自己洗澡，然后在浴缸里把热水给我放好。"偌去汏去。"他进来对我说。每次都很快。也许不是他自己的问题，是我不好。实在是没有感觉。要是碰巧李得儿刚刚前一天要过我，再要跟他做，就接受不了。想象我上面的人就是李得儿也不行。这样肯定做不好了。"偌越来越干得。"他气喘吁吁地说。会不干吗？我也不是故意的，就是没有什么办法，能在那里陪他做已经不错了。结果两个人都很难受。他不高兴，我那里也弄得很痛。"偌去汏浴。"他说。"我已经汏过得。"我说。他笑着来抓我的肚皮。我团紧身体，说："偌做何啦？"他笑着说："偌晓得吤。"我说："我弗晓得。偌走开。"后来我骂他畜生。以后再没有这么骂过。不能那样骂人家。总归之是自己老公,忍一下就过去了。他肯定也不舒服,可能也想快点结束。有时候做到中途他就不要了。他要能找到一个合适的女朋友,我也不会去管他。不想找还是找不到?"偌不是女人。一点女人吥反应也匿有。"他说。我想笑出来,赶紧用被子捂住面孔。他还以为我在哭,就边抚摸我的肩膀边来拉我的被子。总不能让他看到我这时候还在笑吧。我不让他抓。后来还是控制不住要笑,才让他去扯掉被子。

"偌来咚笑何分啦?"吕蒂蒂妈妈在厨房大声问。

"笑何分啦?"郭小边问她怀里的布偶。她一个人坐在卧室床上,在给布偶喂奶。

"匿有何分。"吕蒂蒂答道。一看到他的脸,我就一下子控制住了,既没有笑也没有哭。他一脸迷惑不解的表情,不满地叹一口气,去卫生间了。他受伤了。确实有些过分。他们两个,一个说"你不是女人。你没有女人的反应"。另一个说"你太有女人味了。让我着迷的女人味啊"。多少滑稽都不知道。他永远也想象不出来,我可以变成一个什么样的女人,可以有什么样的女人的反应。每个人的感觉不一样。郭毀喜欢我长发,少女的味道。李得儿喜欢我短发。"这样才有女人味儿。"养了那么多年的长发,他一句话,我就剪了。那天回家,郭毀的眼睛都亮了。没想到他也喜欢我的新形象。告别了少女,告别了。没有什么不好,就乳房没有以前那样挺那样鼓了。那里也大了。生过小孩就这样,本来过一段时间也许慢慢可以恢复,都是被他弄的。"大很好,更放荡。"他说。他顶在那里,在那里动。腿根在跳,又不行了。真当奇怪,只要一想起他的样子,那里就会出来。"伊一日带夜晃来晃去咚做何呀?落雨还不肯带雨伞,"老A说,"弄得咱吕蒂蒂账都匿有心思做。"真有那么明显吗?人家一看就知道了。也许她是随口说说的。"李得儿奈格会噶讨女人家欢喜呢?"老 A 又说,"上趟子,董美人帮物资局来存工资阶辰光话,李得儿欠局里一万多块钱钞票,估计是还弗出得,话道要想个办法帮伊账做做平。我话人家小伙子阶事情你噶操心做何?她话'我是伊阶姐姐呀,何家叫我认了噶个浪荡弟弟呢?'还话,'咱物资局葛批业务员个个都是好佬,何家弗是乃葛里存十万廿万?除了李得儿,每回发工资,伊是弗是第一个来取钞票?'伊钞票是也存阶,难为工资取过,就剩得最低限额,五块。"哼哼。李得儿真认了她做姐姐?只是想利用她吧。董美人长得那么难看。皮肤还不错。李得儿要是真喜欢她,就太没有眼力了。下次笑话他几句。他把董美人领到那屋子里,搂着她,另外一只手也不肯闲着。"李得儿,哈。"我站在他们后面大声叫。李得儿转过头来,很滑稽地对我笑。他们俩到底有没有做过那件事情?问问他,看看他的反应。妈妈洗完碗了,双手在围裙上擦。她解下围裙。

"走了?"吕蒂蒂母亲说。

"嗯。"吕蒂蒂说。

"生气了?"吕蒂蒂母亲说。

"咦,管伊噶多做何?"吕蒂蒂说。

"那位小伙子,他也应该考虑一下别人家的家庭么。"她母亲改用梅普话。

"偌今朝奈格一直帮郭䢂话说话呢?"吕蒂蒂说。

"伊今朝像是变了一个人,哈,跟我话了不少说话。主要还是听我来咚话。"她母亲改回梅城话。

"看来你的感情还是很好收买的嘛。"吕蒂蒂用普通话揶揄道。

"哈,年纪大哉,匿有人来讨好哉,偶尔听到一两句好话,蛮蛮窝心。不过郭䢂个人,平时确实太死样怪气。有辰光伊一动不动,眼睛盯牢一个地方,有一个钟头好坐咪。我经常想,伊究竟来咚想些何东西啊?"她母亲说。

"就是噶个人么。"吕蒂蒂说。

"过去学了哲学，现在亦搞文物，人弄得像根木头一样。"她母亲说。

"嗯。"都说他是木头。我从来没有这么觉得。脑子有些古怪而已，有时候有些不太正常。一个人看书咯咯咯可以笑很久。翻了一下，好多黄色玩笑。没想到那么有名的《牡丹亭》也那么黄。说不定他脑子里也都是这种东西。倒是从来没有在我面前说过一句露骨的话。我从他口袋里摸出一张纸，他写的字。一个小孩子放鹞，做了一只竹圈，趁着一阵大风把自己挂竹圈上面，顺着鹞线就滑到天上去了。鹞太高了，滑到不到一半他就到中年了，就想回到地面，就开始往下滑。等他落到地上的时候，他已经老了，死了，尸体已经风干了。怪七怪八。他发呆的时候想的就是这些东西吗？

"妈妈，我们去，去体乌，馆。"郭小扔了布偶，走出卧室来拉吕蒂蒂。

"不去！"吕蒂蒂甩掉郭小的手，喝了一口酒。腿根在跳。热了。凳子不会湿吧。

郭小瘪起了小嘴巴，看看吕蒂蒂又看看外婆，要哭了。吕蒂蒂抱起了她。"以后别带她来了。"李得儿说。我得过去。真是没办法。控制不住，真控制不住。心已经不在这里了。等一会两条腿就会自动跟着它走，再怎么叫它停也停不下来。哎唷我真没用，再也没用了。她要哭出来了。跟她说几句好听的话。

"小小刚才模特儿做得真像唉，真性感唉。"

"真像，真，性，感啊。"郭小笑了。

"真的好性感好性感唉。好，乖。你跟外婆去玩一会吧，妈妈还要再喝一会酒。"吕蒂蒂说。哄两句就好。我真应该多花点心思在她身上。这样对她成长不好。

"小小，吃不吃蛋糕呀？"外婆弯下身来问郭小。

"不要。飞飞糖糖，有没有？"郭小问。

"外婆上了你的当，吃飞飞糖糖，牙齿全部都飞光了，一个牙也没有了。你看。"吕蒂蒂母亲伸手从嘴里取出了假牙。

没有牙齿，看上去一下子老了十岁。不能老。

"我，也，也，没有。"郭小咧开嘴，手指指着自己黑乎乎的牙床。

"你没有了还能生出来。外婆生不出来了，只有戴这个牙齿了，这是假的。你赔我，赔我。"吕蒂蒂母亲伸出手臂，装作要追郭小。

"哈哈哈哈，哈哈哈。"郭小皮球似的笑着逃向吕蒂蒂，扯着她的衣服躲外婆。

"小小不要这样，妈妈喝酒。"吕蒂蒂说。

"喝酒做，做什么？"

"外婆生日呀。"

"外婆，生日。"

"对，外婆今天生日，小小到外婆房间里来玩，让妈妈喝酒。"吕蒂蒂母亲把小小带走了。

不会停了。在跳，酸咕咕，在催我。得去。真的不行了，我完了。一个接一个电话打过来，实在受弗了。刚才真有点把我弄烦了。"对对对，又是我。"他在那边笑着说。我一下就挂了。他生气了？肯定啊。不会从此就不理我吧。向他道个歉。可这位也生气了，要不然我妈不会帮他说话。"真的，生日都过不太平。"她故意用普通话很大声地说。"是哪个混蛋，他是疯了！"他在客厅里大声骂。他从来没有这么骂过。我和妈妈都不说话了。谁都会生气的。他这个家伙怎么就不为我考虑一下呢。现在倒不来电话了。不高兴了。可人家呢？人家就没有正常的需要了？

"妈妈还，喝酒啊。"郭小又从外婆房间出来，站在客厅门口说。

"对，喝酒。"吕蒂蒂说。

"阿舅，喝不喝，酒啊？"郭小问。

"阿舅不喝。"吕蒂蒂说，喝下一大口酒。这下完蛋了。她一定是全部都记着。

"阿舅，喝不喝，酒啊？"郭小又问。

"阿舅不喝，我说啦。"

"阿舅不喝，酒啊？"

"对，不喝。小小去外婆房间吧，妈妈马上就好了。"吕蒂蒂说。

郭小又站了一会，走了。

脸有点烫了。才喝了多少？以前可是四斤黄酒的量唉。花官墨市长，那时还是墨局长。"让我们梅城最美的吕蒂蒂小姐来敬大家一杯。"墨局长说。那些男人都跟丢了魂一样。随便跟他们说上几句，就主动先把自己灌倒。我那时候真傻啊，一圈圈去打酒，觉得很痛快。都在传我跟墨局长有那种关系，我根本不管。直到人家做了市长了还有人在传。郭碫这一点好，不会把这种闲言碎语当回事。也主要是因为这一点我才下决心嫁给了他。还是不甘心啊。有那么多选择，最后选择了他。领证那天我跑到杭州，去找了那家伙。他要我暂时不要领，态度一点都不坚决，太差劲了。害怕了，连抱也不敢好好抱我一下。两个人傻乎乎地坐了一整天。大雨，半夜，他把我送回梅城。郭碫落汤鸡似的坐在客厅里。他在车站等了我五个多小时，学会了抽烟。我妈也因为这一次才开始劝我，他既然那么坚决，看来你是逃不掉的了，要么嫁给他算了。他进了我房间，坐在床前，还是闷声不响抽烟，也不肯换掉那身湿衣服。我抱住他，吻他，把第一次给了他。这下没办法了。那家伙到现在都还没有结婚。就算不嫁给郭碫我也不会嫁给他。那种时候最能看清楚一个男人了。女人还不是为了男人关键时候的那点义无反顾嘛。义无反顾，哼，就是现在这样。女人最可怜，要这样去押宝，人生最大的宝唉。一拿到结婚证我就当他的面撕了。他也没有说什么。他知道他已经胜利了。以为这辈子就这样了，安分守己做个女人，相夫教子嘛。要不然我就不会放弃那么好的升职机会，打申请报告调储蓄所来了。那几年我把自己关得多少严啊，随便哪个男的都不见。谁会想到有了孩子以后还会有这样的事情。想得到的啊？想不到的。

"吃弗吃西瓜啊？"她母亲端了一大碗切成小方块的西瓜瓤进来问。

"弗吃。让小小去吃。"

"我是要拨伊吃呀，才之切成小块。少喝点酒。"她母亲端着西瓜进自己房间了。

"喝完葛杯就弗喝得。"吕蒂蒂追了一句。

喝完就走。越来越离不开他了，像吸毒上瘾一样。太糟糕了。他上次出差回来好几天没给我电话，做什么都没心思了。要不是我妈跟我说了，我都不知道他回来了。肯定是碰了别的姑娘。"今天早上我好像看到李得儿了，坐在三轮车上。"我妈说，"他给你打电话了？"这么一个妈妈，哼哼，可真有意思，看着自己女儿跟别的小伙子来往也不当回事。要是小小大了也这样，就是我的责任。我能说什么？自己在她面前做那种事情。她都看见了。以后年龄大一点都会想起来的。我能记起小时候的事吗？记不起来了。只记得她那时候很漂亮，一天到晚在镜子前面梳头。她不会也有什么艳遇吧。难说。现在还每天早上练剑，说要保持体形。"李得儿这小伙子长得文质彬彬。估计会有好多姑娘儿欢喜他嘞。"她说。故意说给我听的吧。也许她真有点喜欢李得儿呢。他那次来这里，跟她说了不少话，还跟小小玩呢。郭毈也在。他没怎么在意啊，当是一般的朋友。他太信任我了。郭小也喜欢他，老在我面前说阿舅阿舅，还在郭毈面前乱说阿舅阿舅。幸亏她那时候还说不清楚，换到现在估计就完了。"哪个阿舅呀，是哪个？"郭毈装得满不在乎的样子。"就是，就是，阿——舅。"小小说了半天还是阿舅。松了口气。他也没来追问我。

她知道的比她能说的多得多。她都认识那条路了，来回骑了多少遍啊，每回她都坐在前面。她总是一动不动，一旦下了车，就抢着跑去敲门。"去阿舅家尼。"那天她突然对我说，吓我一跳。想羞她的时候就问她："小小想不想阿舅啊？"她说："阿舅啊？"我说："就是小小最喜欢的那个。忘记了吗？"她赶紧用小手捂住面孔哈哈笑起来。有一次又羞她："小小想不想阿舅啊？"她突然大叫一声，冲过来，肚皮朝天，翻倒在我腿上大笑。文质彬彬，哼，最坏的坏蛋，把我也教坏了。结婚那么多年，我跟那位都直挺挺地躺着做那件事情。第一次就被他弄得晕头转向，把我翻过来翻过去。那么复杂，我那时想，还开着灯。我说："你把灯关了。"他说："不不，做爱要紧。"我说："你怎么什么都懂？"他就有点不好意思。郭赧比他大那么多也不懂。大学里练出来的。女人的火炉里炼出来的。那个学校多乱啊。《阳光明亮日报》都登了。一次开除了三十六个学生。对啊那家伙也是之江大学的，那时候李得儿还没上大学呢，和另外一个同学一起，整天从杭州赶来看我。很浪漫但都很规矩，就那家伙看了我一下胸。婚前他也就这么一点出格的行为。跟李得儿比比真是小儿科了。我拿起他书架上一本硬皮笔记。他夺了回去，说："是我的日记。"我说："我想看一下你那时候的日记，想知道是谁让你变得那么坏的。"他就嘻嘻嘻笑了，还是让我看了。"她掰开自己的两腿，像狐狸一样向我挺起了阴部。"我读到这里大笑起来。真是太好笑了。他也不好意思了，把日记夺回去了，再也不让我看了。看来就是从那个女人那儿学的，也许不止一个，现在又传授给了我。没人会相信的，一个小伙子教一个少妇做爱。我根本就没有准备跟他做那事，想认下路，坐一会就走的。谁会想到还没有等你坐稳唉，人家就把你弄到床上去了。那么快。我真的一点用都没有唉。可除了他还有谁敢这样对我？那件事情之前他就老是从办公室溜出来，趴在储蓄所柜台上，跟我来开玩笑。反倒是我紧张得不得了，脸一阵一阵红。那时候也没有想过会到现在这一步。"小伙子在勾引我们的美少妇咪。"老 A 一下子就看出来了。李得儿根本不在乎，走之前总是大声地说："吕蒂蒂，今晚去我那儿玩儿吧。"老 A 说："你这样子也太露骨了一点。"李得儿说："我怕吕蒂蒂听不懂。"老 A 说："不要以为我们都是三岁的小孩噢，再过上几年，孩子都跟你差不多大咪。"我盼着他赶紧走开。他趴在那里哪里还有心思做账。"赶紧走赶紧走，小伙子，"老 A 说，"人家吕蒂蒂被你搞得没心思工作咪。"李得儿说："她还没答应呢。""人家小伙子在等你回答呢。"老 A 说。我脸涨得都痛了，只好豁出去了，说："去呀。"老 A 不满地看了我一眼说："应得一点都不爽快。也太没用了，小伙子随便说了几句话脸就红成这个样子，真丢我们女人家的面子。"她喜欢嚼舌头了，肯定能猜到我俩有过。"奈格噶许多女人都欢喜李得儿。董美人还想帮伊做假账，把伊欠公司吥万把块钞票都做平。"老 A 说。她自己也想勾引他吧。他轻飘飘心不在焉的身影从前面马路上闪过，左右转脖子，看着从他身边过去的人和车，目光又好像不在上面，在别的什么地方。下面又跳了，想了。"嗨，偌账目乱坏得呢，神经兮兮吥，亦打呆顾。"我跟在他后面。我叫道："李得儿。"他转过头来，什么也没看见。他失望地转回头去。"嗨，李得儿。"他又转过头来，还是没有看到我。"美少年又过去咪。"老 A 说。我妈在卧室里说话。

"知道了老头子。我弗多吃。谢谢你关心噢，老头子。明朝才之回来啊，我以为偌今朝要赶回来拨我过生日呢。"吕蒂蒂母亲说。

是爸爸。

"来哒。吕蒂蒂。要弗要跟乃爸爸话两句？他拨偌买了一裙子。"吕蒂蒂母亲说。

肯定是不能穿的过时货。我爸就喜欢给我买衣服，从来没有一件穿得出去的。说多少回也没有用。做父母的都这样，总想给你一点什么。你需要不需要他们从来不考虑。

"谢谢爸爸，路上小心点！"吕蒂蒂在客厅大声说。

"有弗有听见，老头子？"吕蒂蒂母亲叫道，"好好，小小来，外公要跟你说话。"

有段时间我每天早起，赶上班前给他做一壶豆浆。"这儿全是甜奶，喝不惯。"他说。北京人每天早上不是牛奶就是豆浆，我们没有这种习惯。"做完爱马上喝一杯牛奶，体能很快就能恢复。"他说。那天是什么事情我生他的气了？想不起来了。一气之下把保温瓶里的豆浆全部都倒到了马路上。之后再也没有给他做过。老A又不失时机来问："偌来咚倒何兮啊？"我说："豆浆，有点坏掉得。"她就说："我看到偌早上才之拎过来阶呢，奈格嘎快就坏掉得呢？"也只有她，能够心平气和说这种话。本事大。还有那个来冬红，老跟她一起打麻将，大胖子。两只奶奶比老A还要大。"伊也太过分得，害得人家小伙子刚刚分到乃郭娘阶单位，匿有几个月工夫就被老板炒鱿鱼坏得。"老A说。两个女人互相拆烂污。肯定也说我。来冬红什么话都说得出口，用各种很难听的话刺激郭娘。"偌勤老往那个姓李阶屋里去，自有数账些，晓弗晓得？"他板着面孔说。终于知道了。"做何？偌自家弗是也一直出去跟人围棋，下到半夜也弗肯回来啊？我带了小小到朋友哥屋里去坐息，弗可以啊？"他不说话了。那天我妈带了小小。天下着毛毛雨。从此一去不回。一个生过孩子的女人家被一个二十出头的毛头小伙弄得完全蒙掉为止。他来开门，一动不动看我半天，竟然没认出来。可能是因为我穿了那套新做的黑衣服。"嗨。"我对着他叫了一声，跳了一下。"哦进来。没想到你真会来。太好了。"他忙不迭地说。"我说来的嘛。"我说。心里紧张得要命。怪。他那房子真阴湿。山脚下。慢慢习惯了。冬暖夏凉，还挺舒服的。是初冬。吊床。墙上的水粉画，有点糊了。墙壁返潮。衣服到处乱扔，都是名牌。虽然说也是衣服乱扔，不过都弄得干干净净香喷喷的。"你最好不要用香水。什么香水的气味都没有你身上气味好闻。"我说。他就不用了。我喜欢闻他穿过的衣服，放到鼻子底下闻。他的气息。他给我泡了一杯咖啡。我刚端了咖啡在看他画的水粉画，他就从后面伸过一只手来放到我肩膀上，下巴顶在我另一个肩上，往脖颈上滑。他的气息。我身体像突然间一下抽紧，腿就开始抖。他胆子那么大，也不怕人家生气。我扭了一下。他反而更加大胆。也许是身体太僵硬的缘故，扭得太轻了，没有一下子把他扭开。其实也怕他误解。误解什么？怕因为这点小事情大家翻脸。那多不好啊。是啊是啊，从一开始我就每个地方都担心他会不高兴，当然就什么都会迁就他了。真的很滑稽，我身体一直抖，哼哼。他就得寸进尺。"别这样。"我说。他当没听见，两个手伸到了我的肩胛上。咖啡晃了出来。"你看，咖啡都泼到我衣服上了。"我说。他还是当没听见，一只手很慢很慢伸到我前面来，拿掉我手里的咖啡杯，另一只手从我的领口伸下去，轻轻捏住我的奶，抚摸，不快不慢，就好像他摸过很多遍一样。完了。我的身体越来越僵硬。滑稽。那只咖啡杯"啪"掉到地上，叮叮响了两下，没碎。"别这样，别这样。"我又说，已经完全是废话了。我整个人都感觉像是漂起来了，不知怎么就被他弄到了床上，背靠着墙。那里又胀又酸，不停跳。"你想要怎样？"他来问我。当时觉得他脸皮好厚，后来才知道他这句话是什么意思。我哪有他懂这么多。根本就没有准备嘛。其实是被他勾引了。他把我顶在墙上，边吻我，手边在我腰上摸来摸去。怎么这样呢？我那时想，一边吻一边就开始找腰带了。真的太难为情了。他找到了那腰带扣子，半天没有解开。滑稽死了。我笑起来。我说："我的腰带很难解的。"多好笑啊，从头到尾不到半小时就彻底缴械，这样的腰带还算难解吗？他那时候有些急了，解了一半，站起来说："你自己来好吗？我不管你了。"好像我已经跟他来过好几回似的。他飞快脱光了自己的衣服，身体比我还白。我喜欢皮肤白的男人，可能因为我自己偏黑吧。他说我的肤色很性感。我心里乱得要死，不知道接下去怎么收场。他看我没动静，又上来解我的腰带。这回他弄开了，一下子把我的裤子往下剥，剥到屁股上，卡住了。他又放开了，回头去脱自己的裤子，眼睛盯着我，催我说："快脱吧，你自己快脱吧。我不帮你了。"我真的开始自己脱了。大腿那里一阵阵抽，一点力气都使不出来。我嗓子很干，看到自己在脱裤子，想停却停不下来。我把裤子褪到膝盖，一弯腰看到了自己中间黑乎乎一团，这时候我才反应过来自己在干什么。我看到他在盯着我看，赶紧把裤子重新拉上来。他不满地嘟哝一声，过来一下把它扯到了腿上。这下真的完蛋了，什么都露在他面前了。我也看到了他那个东西，紧紧贴在结实的小腹上。我的裤子落到了脚踝上。我想要不再试一下，就又弯腰去提裤子。"不，"他说，"不行，我已经要你了。"他很坚决，一把把我推倒在床上，把裤子连鞋子一起整个剥掉，扔到了地上。他俯过来吻我。他的气息。由不得我了。我并着双腿，叫一个抖啊。可别让我妈妈发觉了。

吕蒂蒂用脚跟轻叩着地板，以免她妈妈突然进来发觉她身体异常。她一口喝完了杯里余下的酒。

没想到做爱是像那样的。翻来翻去。啊，出来了，湿。怎么办？必须得去了。酒没了。再喝一会想想吧。郭碾都气成这个样子了。噢，我实在控制不了自己，实在没有一点自制力。

"小小，帮我再拎一瓶黄酒来。"吕蒂蒂大声叫道。

到底去不去？他开了灯，笑着看着我。太不好意思了。什么都在他面前摊开过了。我说就开那只小灯吧，我要想一想。"谁也阻挡不了曙光的河流。"他拿出一本诗集大声念了一句。我躲到墙边，心想，这下我整个人都变了，那里让他进去过了，整个人都不一样了。我有了两个男人。我成了一个不正经的女人了。他来搂我。我说你不要碰我，让我先好好想一想。又能想出什么来。在抽动。

"老，酒鬼。"郭小双手捧着一瓶黄酒进了客厅。

"是外婆给你的吗？"吕蒂蒂弯腰接了女儿的酒。

"外婆，给我的。"郭小说。

"你知道什么是老酒鬼吗？"吕蒂蒂母亲也进了客厅，来切蛋糕。

"老酒，老酒鬼，就是，就是，一斤一斤一斤，老酒喝下去了，老酒鬼。"郭小说，爬上了椅子。

"噢，一斤一斤一斤就是老酒鬼了？那两斤两斤两斤是不是老酒鬼呀？"吕蒂蒂母亲拿筷子夹起一小块蛋糕，塞进了郭小嘴里。

"嗯嗯。"郭小很坚定地摇着脑袋。

吕蒂蒂大笑起来。跟她说我要出去一趟。她一下子就会猜到我要去哪里。

"偌买咯葛块蛋糕真好，"吕蒂蒂妈妈又夹了一块蛋糕塞进自己嘴里，"我咯胃要是匿有割掉过，葛些蛋糕我一个人都吃得落去。"

"偌晓得自家胃弗好，就少吃点。"吕蒂蒂说。现在说吗？

"嗯，弗吃哉。偌也少吃点酒。"

"我小产之后，酒量差得弗少。"吕蒂蒂说。李得儿惹的祸。他那段时间的表现真是让人不敢恭维啊。

"何家叫偌小产之后第三天就出门去吹风啊？按理说要过两个礼拜才之可以见风。那辰光冬天，风多少大都弗晓得。"吕蒂蒂妈妈说。她看郭小倚着桌沿不住晃着小脑袋，便放下筷子，抱起了她："小小瞌睏哉。"

"嗯。偌带伊困去。"吕蒂蒂说。他来看过我一次，就一次，也是我要他过来他才过来的。

"嗯，让伊先困去。等息偌带伊回去，郭碾估计是蹩回来得。"吕蒂蒂母亲抱着孩子往外走。

"好。"吕蒂蒂说。我把他的照片剪成半个小椭圆，把我的也照样剪了。我把它们合在一起装在一只小八音表盒里，挂在胸前，整天拿在手上看。我嘴里嘀嘀咕咕响个不停。我也不知道我发出的是什么声音。他在楼下碰到了妈妈和小小。有些不好意思了。"你妈看到我有点儿冷淡。"他说。我就说："你管那么多干吗？"他说："确实不太好，你流产，我算什么，坐在你床边？"我妈后来也这样说："偌小产，人家小伙子奈格会来看偌？""葛有何兮？朋友么。我生病，伊作为朋友么自然要来望一下。"她就不说话了。就是这样的嘛。"你不来看我谁来看我？我这两天满脑子都是你的人影子。"我对李得儿说。他一进门就远远坐在我对面的椅子上。"你坐近一点，坐到这里来。"我拍拍床说。他坐下了，有点远，一直奇怪地笑着，没说话。我说："你来看我，我真的很高兴很高兴。"他还是笑笑，没说话。过了一会才说："我坐一会儿就走，你妈也许在等我下去。"我把胸口的八音表给他看。"你看这个。我这两天一直把它放在胸口。你听。"叮叮咚咚。"你疯了。"李得儿轻声叫道。我说："你是不是恨我把它给流了？"他说："你好好休息吧。"我说："你吻我！"他笑着慢慢站起来。没等他靠近，我就从床上挺起身体，一把抓过他的头，狠狠地吻他，想把他整个人都吸进去，让他再也不离开我。有点疯了。流掉的可是他的孩子。我和他之间多了一个联结，一个来到世上就是一个生命的联结。他肯定是没有感觉到。李得儿孩子的母亲。"我要为你生个小孩。"我对他说。"好啊。"他笑着说。随口说的。要是真的来了，我会多爱那个小孩啊。他不可能接受。如果不用他承担做父亲的责任，他就会愿意。没有办法，是只能流掉。否则一夜之间所有人看我的目光全都变样。要是能够突然间从梅城消失也好了，别人再怎样，我也看不见听不见。那位是什么样的态度我也无所谓。他就从来没有怀疑过吗？他那天回来晚了，笑得很古怪，一直对我很古怪地笑。还以为想让我做那件事情呢。他钻进被窝，这里闻闻那里闻闻。太可笑了。我说："偌做何？"他不好意思地说："匿有做何。"闻得出来才怪。我一回家就洗了澡。是因为他觉得我那次小产有些奇怪呢，还是因为那次他从录像机里找到了那盒色情带子？李得儿非要看，只好去借了一盘。他们什么都做，完全不怕肉麻。我用被子蒙着头不想看。李得儿就把我拉起来看。我说："难为情的。"他说："你害羞吗？你看，跟我们做得差不多吧。差不多。"我跟里面那些女的一样。要是别人看到我在那样，也会蒙上眼睛的。做的时候又不知道是这样的。他又弄了我一整夜。我一直睡一直睡，天亮了就请了假接着睡，忘了把录像带取出来了。"偌奈格看葛种东西？"他说。"我又弗晓得是葛种东西。我去借故事片，人家就拨我葛盘带子。"我说。他就不说话了。"偌项颈高顶奈格回事体？"他看着我的脖子问道。"何兮啊？"我说，心想，要摊牌了。"偌去照照一下镜子看。"李得儿干的好事。"我得在你自己够不着的地方做个标记。"他说完就吮我的脖子。当时想，管它呢，到时候再说。我对着镜子："嗳，奈格回事体？可能是蚊子咬哟。"他没继续追问。我和他一两个月才来一次。月经没来。我赶紧跟他来了几次。我有意穿得露一些，让他主动提要求，不然他会起疑心的。那段时间他很幸福的样子，对谁都笑脸相迎。"月经没来。"我说，让他陪我去检查。之后就上了环。他也不反对。上环很快，可接下去三个月唉。每天都恶心要吐。想想每次做都提心吊胆怕怀孕，想想流产有多少可怕，想想两个星期只能整天待在床上一动不动，不停地吃，人像猪一样胖起来，还要胡思乱想他又在跟哪个小女孩鬼混了，再难受也就忍了。整个小产期间他只来过那一次。他哪会让自己闲着。两个星期不做？他怎么可能。想起他笑嘻嘻的样子，真是要恨死你。到第三天，我再也受不了了，像是着了魔一样。都是做了妈妈的人了，还那样冲动。晚上郭甀一出门，我就跟着出去了，裹了一块头巾。那天风真是刺骨，可我还是觉得浑身发烫。那天要是找不到他，我估计要哭出来。幸好他在家里。看见我站在门口，呆掉了。我说："你太差劲了，就来看过我一次，还那么不情愿的样子。"他连连对我说对不起对不起，紧紧搂住我，吻我，抚摸我，安慰我。我总算没有哭出来。他确实是一个人，在看一本小孩子的连环画。见到他，我就一下子平静了。有半年老觉着四肢虚弱乏力，总算还是恢复了，酒量从此就不行了。以前是四斤黄酒的量唉。就看他们一个个在我面前倒下。"墨局长吶小妍头。"估计就是类似的说法，或许还要更难听一点。我才十六岁，无非比别的女孩发育早一点，其实什么也不懂。不就是因为你脸蛋漂亮一点，腰细一点，胸脯挺一点，屁股圆一点，边上围着转的男人多一点，主要是最后一点，那些女人就受不了了，恨不得把你一口吃掉。老 A 都年过四十的人了，还会不时拿话刺你两句。

"哎，五十二了。"吕蒂蒂妈妈叹了一口气，又进了客厅。

"弗算老，妈，着实还年轻唻。"吕蒂蒂说。

"年轻何兮。"

"小小困熟得啊？"

"匿有，刚拨伊困落，亦精神得，来夺看一休哥。"

"我要出去一下。偌帮我带一下小小。"吕蒂蒂说。她摸了一下椅子垫，没湿，站了起来。

"哦。噢。"她抬头看着她，神情严肃，"夜里厢困葛里还是困自家屋里？"

"看情况，帮我留门。"吕蒂蒂说。

话出口得。走。说弗定夜里厢真当弗回来得，反正伊去体育馆得，还来了一个北京朋友，肯定会喝酒喝到半夜。那个人在云南的时候就来过电话。我说："郭毘不在。"他说："你是他爱人吧，你就跟他说，有一个叫麦弓的朋友过两天去梅城看他。"这帮人聚在一起，十有八九要喝通宵吧。那样最好了。"昨日夜道偌到何里去得？"他说。"我困了夺咱娘葛里。"我说。他会在十二点以前打电话给我妈。"噢，吕蒂蒂回来一个多钟头哉，老早跟小小两人困熟哉。"这方面我妈做得还不错。从来没有让我出过洋相。哪怕预先没跟她打过招呼，她也能替我圆得很好。我学会说谎了。第一次说谎的时候还会脸发烫，慢慢居然就习惯了。从来没想到过说谎的时候可以不去想自己是在说谎，现在都变成家常便饭了。可心总归是虚的。

"妈妈，你去哪里啊？"郭小不看电视了，跑出来拉住了吕蒂蒂的手。

"小小跟外婆在一起。妈妈出去，有点事情。很快就回来，陪小小。"吕蒂蒂弯下腰，抚摸了一下女儿的脑袋。

"我也要去。"小小生气了，低下头，一次次踩吕蒂蒂的脚。

"外婆陪小小去看一休哥。妈妈马上就回来。"吕蒂蒂妈妈抱起了郭小。她开始挣扎。

"走得，妈。妈妈回来再陪小小玩。小小再见。"吕蒂蒂边说边打开了门。郭小在外婆怀里挣扎着要下来。

吕蒂蒂关上了门。她听到女儿在屋里尖叫起来。好大的嗓门，整个楼都能听见。堕落了堕落了，真的是堕落。

"出去啊。"楼梯口上来一个男人。

"嗯。"吕蒂蒂说。四楼的还是五楼的？

"乃囡好像来咚哭么。"那人从吕蒂蒂头顶递下话来。

"嗯，大嗓门，弗好意思。"吕蒂蒂说。我老是被一些我完全不认识的男人认出来。在他们眼里我是个风骚的女人吗？坏女人，他们在背后骂道。也许，不知道。红颜祸水。他们男人总是喜欢这么说。城市毁了也是她们的缘故，朝代灭了也是她们的缘故。老公死了就更是她们的缘故了。郭耿不会吧。他要真想不开，万一有个三长两短，我肯定被人骂死了。女人哪里逃得出这个命？女人自己也跟着骂。古今中外不都是这样吗。"海伦很小的时候就被男人抢走。"李得儿说。后来，她背叛了自己的丈夫。那个国家就灭亡了。我哪有这么大本事？吕蒂蒂来到楼下，还能听到女儿从四楼传出的哭声。真的是堕落，我可怜的女儿。要不是因为你，我和你爸爸早就分了。他有时候真的有点疯七疯八。他在卧室里疯狂地把小小的身体扯来扯去，就像是在玩一个塑料娃娃，嘴里还发出嘀嘟嘀嘟的怪声。小小想哭出来又忍不住笑了，想哭出来又忍不住笑了。我不知道他们在玩什么。刚进卧室，小小就大声哭出来，不顾一切扑进了我怀里："痛，妈妈，痛。""你疯了。"我说他，他居然大笑起来，还朝我怪模怪样地手舞足蹈了。精神不正常。怎么会是这样的一个人？会不会跟性生活太少有关系？他做那件事情的时候从头到尾都闷声不响。他闷声不响我也闷声不响。他那样拘谨，我就越来越僵硬。在李得儿那里我完全换了个人，什么都不管。"你是条母狗。"他边弄我边那样说我。我突然心想，我就是一条母狗，就想做一条母狗，就想一下子堕落到底。脚不着地的美少年，你的气息就是我的迷魂药。哪怕有一大堆衣服摆在我面前，我也能够马上把他穿过的衣服找出来。有点甘甜，有点阴湿，不是。他的男人气息。轻微的体酸，也不是。他的男人气息。我拎起他床上的牛仔衣，深深地嗅一下。一阵眩晕极快极快冲了脑门。这种时候要有个人轻轻碰我一下，我就会一屁股坐下去，不管下面是什么。"你的气息。李得儿的气息。我永远都能一下认出来，衣服，丝巾，包，书，到处都是这个气息，这辈子再也不会忘记。"我说。也是他这种气息吸引了别的女孩子吗？吴琳琳。她在他的门上写了一大堆石灰字。一天找他无数次。小姑娘气坏了。我假装看他书架里的书，可实在忍不住要笑出来。"李得儿！"我转过去对他大叫一声。"干吗？"他不解地问。"喜欢你的女孩子很多吧。"我说。"怎么啦？"他很尴尬地笑，很滑稽的样子。"你去看看你门上写着什么？"哈哈哈哈。他跑出去，就听到他拿手哗啦哗啦抹着门上的石灰字。这么多女孩子他哪里应付得过来？他那一套，我太了解了哈哈。一个烟头在那只东晋破陶罐里飘着烟雾，还是我从郭毈抽屉里偷来送他的。桌上台灯没有打开。床底下亮一盏很暗的小灯。哪怕本来开着台灯的，一听见外面有人敲门，他就会立马把它关上，去打开床底下那盏灯，弄得房间里古里怪气的。小姑娘进去之后肯定就想躺那张吊床上，荡它一会。脑子立马就糊涂了。他就一下子把人家拿下，实在太坏了。"真不好意思，让你看到了。"他一脸尴尬，笑着进来。他也会有不好意思的时候。我就问他："你是不是老是骗那些不懂事的小女孩，人家还要嫁人咪。"他盯着我，说："你的意思，我应该专门只骗那些嫁了人的女人？"我宁愿他去找妓女，也不愿意他跟那些小女孩谈情说爱。她们还不懂事嘛，怎么可能容得下李得儿这样的男人？她们只是想他是个男孩子，帅小伙儿。事实上哪是啊？"对，出去谈点事情。嗯，等三轮车。偌也出去啊？嗯，就是噶话喽，三轮车都去体育馆得。咱爸啊，还匿有回来。好再会再会。"李得儿也真是的，老去惹这些小姑娘。真是有点生气了。以前怎么从来不生气？那时候觉得自己很幸运。好像是那次小产以后开始有点不一样了。毕竟我为他怀过孩子了，不一样了。三轮车。看到了我。招手。过来了。

"大姑娘，何里？"车夫说。

大姑娘，女人家得。真看弗出来还是假看弗出来？

"西山道口那边。"吕蒂蒂钻进三轮车之后，才给了师傅目的地。

"就道口啊？"

"过道口，再往前，物资局宿舍，偌晓弗晓得？"

"晓得阽，七带八来咚送客人过去阽。物资局阽批小爹，匿有一个愿意走两步阽。"车夫说。

动了。大姑娘。"我喜欢你的女人味。"真正的大姑娘不好伺候他才这么说吧。吴琳琳挺漂亮，身材也好，老是来储蓄所取钱。李得儿跟她谈恋爱其实可能会不错。小姑娘那方面可能不太放得开。

他喜欢胡来，已经不适合跟小姑娘谈情说爱了，不被吓死才怪咪。她们就想接吻，拥抱，手拉手出去玩，逛逛商场，看看电影，去哪里旅游一下子，恋爱一两年然后就结婚。女孩子嘛，要我也这样想。他不想。在我这儿他就没有这方面的顾虑了。"你娶我吧。"我那次我也忍不住说了。他肯定没有当回事。换了小姑娘肯定就会受不了。人家把什么都给了你，你还不想结婚。哪有这样的？那个鞋店的姑娘就太糟糕了。倒也蛮漂亮的，可惜一股刁蛮气，好端端的一张脸全给破坏了。她老远从鞋店走到储蓄所来换开一百块钱，明显就是来看看我的。"拨我一百块换换开！"盛气凌人，欠她一样的，故意摆给我看。有本事去征服李得儿才对啊。估计是李得儿跟她说起了我。大嘴巴，什么话都藏不住。不知道他会跟她们说些什么，不会什么都说吧。他跟我说起过她。这很好理解，我是过来人嘛。"她太可怕了。"他说。"你破了人家的处女，又不想跟人家结婚，谁有那么好啊。"我说。他还是有点分寸的。我要他说说处女是什么感觉。他就不说，除了那句"太可怕了"。哼哼，吃到苦头了。就应该让他尝点苦头。他在我面前就什么都不用忌讳，也不用担心我吃醋。是女人都会吃醋的。只是想想我是结过婚，有了孩子的，人家是小伙子，有权利那样做。其实真要说起来早就不能算小伙子了，到现在还到处拈花惹草。他要是真打算娶我，真打算带我去北京，不应该再那样了嘛，至少不要让我知道呀。今天两只奶奶有点胀，要来例假快得。就这两团东西没以前好看，有点垂了，跟小姑娘比当然不能比啦，也不一定，各有所好。他说喜欢这样。他没见过我以前的样子。又挺又秀长，自己看着都喜欢。刚生完小小那段时间最大，奶水全部胀满。第一次跟他做的时候，他把我挤得满胸都是奶水。他显得很兴奋又很惊讶。他慢慢用力从下面挤它们。"你看，都红了。"我说。我正想把上面带粉红色血丝的奶汁抹掉，他突然抓住我的手。"我要喝你的奶水！"他说完就吮起来。他咽了下去。"哦，这种味儿，哦，这种味儿。我再也不喝这玩意儿了，太腥了。"我忍不住笑起来。"你是几岁的小孩吗？哈，太有意思了。"我笑得停不下来。他说话就像个小孩。胡来的时候也是那么无邪。叮嗒叮嗒。叮嗒叮嗒。

人有点多。快到电影院了。路边长长一排梯形灯。男孩子在打台球。哦，一个双腿细长的高个女孩，十四五岁吧，蓝色短裤和白色运动鞋，弯着身体撅着屁股，打出一杆，力道吃得很足。一个子进洞了。边上几个男孩子惊讶地叫起来。她笑了，很甜，很清脆。

未来的梅城美女，吕蒂蒂心想。

一个四五十岁的中年男人，矮子，脸色不好看，出现在她身后。小姑娘回过头来。"偌奈格来得？"她问中年男人。"晚饭弗回去吃，来葛种地方玩！脑子有弗有带？"中年男人嗓门很大。小姑娘面孔一下子红了，朝对面那个圆脸男孩笑了笑："咱爸爸。格我先回去得。"圆脸男孩从台球桌边拿起一只黑色提琴盒，一声不吭递给小姑娘。看不到了，他怎么那么多青春痘？李得儿怎么没有？一帮小年轻穿过马路向电影院走。一个男孩快速跟上，手上夹着一支烟，向一个往路口探望的女孩子挥动。女孩不高兴，顾自往电影院走。

狐狸。东方吸血鬼片。一个人面狐狸身女人，牙尖滴着鲜血。九点十分，第二场。售票处门口站了不少人。东张西望的小男孩们和手捧零食嘻嘻哈哈的小女孩们。我跟郭毆也是从电影院开始约会的。也许全世界的少男少女都是这样。最普通的幽会方式。幽暗的约会，有道理。没有房子，口袋里也没有几块钱。女方暂时还不想太出格。先向最幽暗的电影院借个方便，又安全。郭毆从来不动手动脚，顶多偶尔捏一下我的手。现在他们早早就开始抚摸接吻，过不了一年半载，再换一个新的。郭毆第一次吻我，冬天，大雪，整个世界都一片白。我在打墨局长的讲稿，第二天要用。天色暗了。他在门口等我。他没看到我出来，站在他后面。"嗨。"我笑着对他叫了一声。"嗯。"他笑了。他站起来。他说:"偌打字手肯定冻僵得。"我说:"烫,偌弗相信摸摸看喏。"他的手很冰很冰,轻轻抓起我的手。我说:"偌自家吓手指才之冻僵得,伸呀伸弗直得。"我把他的手放到我的大衣里面,贴着我的腹部。它们在那里一动不动。"好白呀,"我说,"我们一起跑步吧。"我们手拉着手在雪地里跑,偶尔看到一个黑黑的人影,我们就朝他怪叫。对方也向我们怪叫。远处也有两声怪叫传过来。好安静。他的呼吸声,借着灯光吐出的白色的呼吸。我俩一直跑到教堂。里面只有三个人。一位老头戴着眼镜在弹风琴。两个老太太在闪闪烁烁的圣诞树前面低头祷告。第二排坐着一个老头,在静静地笑着剔牙。我们听到有东西在絮絮响,就一齐把头转过去,居然还有一个老太太在角落里低声唱赞美诗。我们一直捏在手里的雪团变成了透明的冰球。外面不时传来雪压树枝发出的嘎嘎声。郭碶古怪地看了我一眼,嘴角抽动一下。我心想他要吻我了。我们轻手轻脚走出教堂。他就突然搂住我,吻我。那时连吻都不会呢。他只知道用力。后来看着我笑。我说:"怎么了?"他还是笑。我说:"究竟是怎么了?"他说:"你的嘴唇被我吸长了,肿了。"我就打他。噢对哦,我俩说的是普通话,后来很少再说。回家我照了一下镜子,嘴唇真的又红又长。初恋啊,算初恋吗?当然算,杭州佬儿不能算。我被李得儿勾引了。

叫声。排档。梅城宾馆前面每天都有那么多人。

一个穿着夹趾拖的女孩子从门口出来。穿得这么露,短裤不像短裤,内裤不像内裤。那么大的胸还穿个宽松红背心,也太招摇了吧。排档里有男人在对她吹口哨。脸长得倒是蛮好看的,鼻梁也挺,嘴唇也厚,李得儿要是看见肯定会上去搭腔。好像见过。她没有刮腋毛唉。也许男人看了会觉得很刺激。"丁丁!来葛里坐一息。"刚才吹哨的那个男的大声叫她。肯定就是那种人,靠着宾馆吃饭。对啊,就是在宾馆见过。很久以前了,现在变成这样了。那时她哪里有这么洋气，土土的，一看就不是梅城人。那种行当也蛮锻炼人的。
"我从来没有兴趣碰妓女。"李得儿说。良家女都顾不过来，嘿嘿。
踢嗒踢嗒。她懒洋洋地甩着手臂，向对面的排挡走去。人是有点多，
但骑得也太慢了。故意的，想看热闹。算了，不去催他了，也不差
这么一息工夫。

"来，葛头来吃。"另外一桌的一个男的又招呼她。

"乃有弗有看到我阿姐？"丁丁大声问他。

好破的嗓音。那么漂亮的姑娘儿声音怎么这么粗，这么难听。
就凭这一点，李得儿肯定受不了。

"我还以为乃两人一直来咚一道喽。"那个男的说，"偌怕道匿
有听见伊来咚房间里嗳唷唷啊唷唷叫啊。舒服煞夯。"他四周的几桌
人都大笑起来。

"阿凹，偌要是葛息弗够舒服，立马跟我上去。弗管偌想听奈
格种叫声，我都叫拨偌听。一道叫也可以阶。"丁丁边说边向他们晃
过去。

前面传来响亮的摩托马达的声音。丁丁停下脚步，转头去，咧
嘴笑起来。"阿凸来了。阿——凸。"她向跨车而立仍不肯马上熄火
的那个男的叫起来。

"奈格？想喝奶奶啊？"阿凸终于熄了火，拔了钥匙下了车。

"偌怕道有啊？偌有奶奶我就吃。"丁丁说。

"奶奶总有只把，大点小点。"阿凸和丁丁两个嘻嘻哈哈挨着
坐下。

千万不要让这些人认出我来。咕唧咕唧咕唧咕唧。三轮车夫捏
了几下橡皮喇叭，重新灵巧地在人流中穿行。

"开始忙得。"车夫在前面说。

"嗯。"吕蒂蒂应了一声。

"都是生意，排档有排档生意，鸡婆有鸡婆生意，皮条有皮条

阶生意，对弗对，宾馆有宾馆生意，老板有老板生意，对弗对。"

"三轮车也算生意。"吕蒂蒂顺他道。

"踏三轮车叫生意总归之有些难为情相阶。"车夫说。

我是什么生意？送货上门，免费品尝。乱七八糟。梅城阶夜宴刚刚开始。咕唧咕唧咕唧。听得叫人心里发痒。天啊，来冬红，坐夯对面三轮车里。还算好过去得。伊人亦大得一圈。完全匿有腰得。我幸亏生完郭小立马自家做了一条体形裤。一侧十只纽扣。穿得是弗舒服，但是确实管用啊。

吕蒂蒂抚了一下自己的腰。跟结婚以前差不多。要像来冬红那样李得儿肯定对我没兴趣。说不定她看到我了。"呆头鸟郭毵，昨日夜里偌亦拨乃老婆放假得啊？"她说话的腔调像流氓。她也出动了？不会。下午老A在电话里约她凑三缺一。麻将？暗号？老A跟她老公分居。她们两个什么事干不出来？舌头伸得长长的母狗。我吻李得儿那里。他要我那样做的。他要我做什么我就做什么。"舌尖，对用舌尖。"他在那头说，边用手动我那里。"你别动，"我喘了一口气说，"我一激动说不定会一口把它咬下来的。"他就哼哼地笑，还是不住地动。"是吗是吗？噢，试试看吧，你要是咬下来我就送你了。"他知道我不会。我说："我把它咬下来整天放在我那里面，谁也别想拿走。"我就轻轻咬了它一下。"我哪里会舍得啊。"我说。我求他吻我那里。"那我试试。"他说。他一次也没有吻过。他的脸贴在我小腹，磨磨蹭蹭。他凑近我那里，立马退开去。"不行，我做不了。"他说。是嫌我结过婚还是嫌我生过小孩？好几次了，都是那样。他吻一个北京女孩的那个地方，他自己说的。郭毵对我做过一回，不知是从哪里学来的。真受不了，很快就不行了。他比以前懂多了。为什么不早一点呢？现在再来想改变已经改变不了了。没有感觉。等下我要他这样做，一定要让他吻我那里一回。那就又是一个第一次，别人的第一次不算。我就丢了魂。一定会很不一样。

怎么是这样的？我求他不要再折磨我了。到后来实在不行，我一口咬了他的肩膀。肌肉互相之间都失去了联系，一块跟一块都只顾自己在跳。我说："怎么做得那么复杂？"他说："你都有孩子了，还跟个处女似的笨。你们是怎么生出小孩来的？"他摸一下肩膀，看到出血了。背上也出血了。他说："操，你这歹毒的女人，掐那么深，咬那么狠。"他背上被我掐了一个大窟窿，在冒血。哼哼。活该。我说："我哪里知道。那时候只要随便抓住什么东西我都会死命地掐进去。才不管它是什么呢。"他就又要来碰我。我说："噢你先别动我了。你转过身去，让我一个人好好想一想。像是在做梦，从来没有做过的梦。"我躲到墙角，用毯子裹住了自己的身体，脑子里一片混乱，哪里想得清楚？下面涌了一下。

吕蒂蒂在车座上扭了一下屁股。

那次幸好老 A 没有看见。我刚站起来就看到下面湿了一块。我立马又坐下了，半天都不敢再动一动。他来储蓄所坐了一个小时。我脑子里尽想着他那个东西放到我下面去，不想想也要想。让他吻我那里，就今晚。他会在等我吗？他第一次让我吻他那里的时候，我就马上吻了，尽管心里也不太情愿。谁一开始就会情愿啊。"男人阶精液最补。"老 A 说，"俉看有些夫妻出来，男阶精瘦，猢狲介一只，女阶来得一个胖，肉猪介一只，多半是女阶来夯吸精。来冬红就吸伢老公阶精，伊自作我话阶。"哪里吸得了来啊，就只开头有一点点。怎么试都不行。他那东西离了我那里就不肯出来。那次他抽得还算快，也多半已经喷在外面了。我吻它。吸。他受不了了，他边笑边呻吟。要真的吸干了，也许会死的。西门庆想必也就是这么死的吧。"什么味儿？"他问我。我说："说不太清楚。"他说："再想想，是什么味儿？不太难闻吧。"我说："不难闻。"他说："腥吗？"我说："也不腥。"他说："那是什么味儿？"我想了一下，总算是找到了一种感觉。"跟鲜荔枝的味道有点像。"我说。他听了这个答案就不住地吻我，叫我亲爱的亲爱的亲爱的。

四五个男孩背对马路，冲着前面的城河小便，发出粗野的笑声，还一边走来走去。小便声很大。后面沿河新盖的楼群里，有人在大声喝彩打嗯哨。

在比谁的小便喷得更远。喝醉酒了。不一定。男孩子都这样。梅城，乱来的。我要是在别的城市或许也不至于这样。母狗。这种事情要是让别人知道谁都会说你是母狗的。我真的有些不要脸啊。到那时候根本不会去想它。有时候真想光着身子在城里跑，大声喊出来，让所有人知道，我是李得儿的情人，我是一条不要脸的母狗。

一个男人骑车过去了。他刹了一下车。扭头。

要扭多少回？路灯。千万不要是认识我的人。这一点最讨厌了。好几次碰到老王。李得儿叫他亮光光老王。亮光光老王，哈，今天可别碰到了。早上从他那里出来，都走完斜坡，快到了马路上，亮光光老王哼哧哼哧晨跑回来了。我假装没看到他。他一定是想跟我打招呼，但看我那样子也只好算了。其实可能我越是这样他越是会乱想。噶早从西山宿舍出来，七点都还不到。估计是从李得儿房间里出来唦。昨天夜道匿有回去？我把小小抱到前面车座上，她还是不醒。我轻轻推她叫她，让她醒一醒，她就是不醒，歪着小脑袋一直睡。有小小跟我在一起反而好一些呢。这样他不至于认为我会带着自己的小孩在李得儿那里过夜。那天晚上小小真是可怜。李得儿怎么也不愿意小小跟我们一起睡。幸好是夏天，让她躺在地上还没事。半夜我听到她在轻声地哭着叫我。他在熟睡。我爬下床去抱她，让她不哭。"怎么了？"他在床上迷迷糊糊地问道。我说"小小醒了。肯定是一摸我不在她身边，就怕了。"他就说"真烦。小孩太烦了。求你以后你真的别带来好吗？"小小听到他说话又哭起来。我说"小小别哭。妈在这里。"李得儿也开始叫了"我要你。"我说"她在哭呢。"他坚持说"我要你。你自己把我的放进你那里去。"我说"她在哭怎么办?"他还是说"我要你。快过来。"我跟他这样糊里糊涂地说话。小小也糊里糊涂地哭着,一会终于睡着了。我用垫子替她做了一个假妈妈放进她怀里。那样她就会以为我一直搂着她。我那样真是太坏了。她才那么小一点。她还不到十个月。他又在催我了:"快一点。"他从来不会疲倦的。我那里有点痛了。我说"我有点痛了。"他说"你把我的放进你那里去。我现在要睡觉。"我把它放了进去。我让自己整个身体沉下去。这种姿势真让人受不了。每回下去的时候,它的顶部总要碰到我的子宫。我只好叫起来,要是不叫我会做不下去的。我说"这样你舒服吗?"他说"舒服啊。你呢?"我说"我受不了。这个动作太刺激了。我会被你弄死的。"他说"你用那地方夹它一下好吗?"我就夹了它一下。我说"你感觉到了吗?"他说"感觉到了,不过最好再用力一点儿。"我就又夹了它一下。他说"挺好,要是你能够,最好是把它夹断。"他肯定是在说梦话,肯定不知道自己在说什么。要不是他提醒,我也听不见自己在叫。"楼上,楼上,亮光光老王。"他说,"你就听不见自己叫得有多响吗?"我是听不到嘛。"让他听见好了,"我说,"我还想到马路上去叫呢。"我就叫起来,这下我听见了。怎么会这样?真的太难为情了。小小也被吵醒了。我听见她在嗯嗯地呻吟,要哭出来了。说不定呻吟了有一会。我早忘记了她就在地上躺着。她可能什么都听见了。要是我的一举一动都印在她小小的脑袋里,那她长大以后怎么面对。我真是不要脸的女人。本来是打算走的,睡到我妈那里。谁知道那天第一次就做了两个多小时,然后就睡着了。我说:"要是她以后长大了都一一回忆起来,那怎么办呢?"他说:"不管它了! 我们现在干我们的,她长大干她自己的。"他就喜欢乱说话。他哪里会知道做母亲的在想什么呢。

　　咯噔。道口。下坡。他让车顺着往下滑。这下舒服了。

　　"现在生意好喽。"吕蒂蒂说。

"曼偌愿意拉。有辰光真当弗想拉。"车夫说。

"你是觉得葛吤钞票不好赚？"吕蒂蒂说。

"难赚倒是还好，就是气不过。娘的吤，人家 KALA OK 唱唱，屁股扭扭，男男女女一大潮，酒醉醺醺啪往三轮车高头一坐。你呢，拼得个老命，唃哧唃哧去拉葛帮爹。年纪还都比你小一大半咪呢。有两个我看断奶都断得还匿有几日咪，就嘴部里香烟横吶，手膀里夹一个女吤。哎，就一塌括子就两个人走路，非得倒倒歪歪，劈来劈去，相条街都占牢。偌往葛里去伊也往葛里，偌想往夯里么伊也往夯里，嘴部里还哇啦哇啦，哇啦哇啦唱歌。若话弗是想从乃袋袋里挖两个铜钿出来，真当想一个巴掌劈乃煞。"车夫说。

吕蒂蒂哼哼笑了起来。"格偌也可以去吃通宵老酒寻欢作乐呀。"她说。

"就是说想弗通。人活到噶个年纪，枉是再也豢想通哉。就想赶紧多赚两个铜钿，到辰光弗可连棺材钿都付弗起。"

"棺材钱么向倪子要喽。"吕蒂蒂说。

"哦嗔，好省省算哉。梅城何个做倪子吤弗是撒出良心？咱倪子厌嗔我踏三轮车丢伊吤面子。我就作伊讲：'我踏三轮车，死坏困自吤棺材。偌呢，也自去赚钞票，自去讨老婆生小人去。我勤偌一分洋钿，偌也弗可来问我讨钞票。咱爹和倪子两个相安无事。'说话全部都话清爽。实际上有何个屁用场，再是吤话清爽也弗相干。真当话伊要结婚哉，伊话要多少钞票，偌就得拨给多少钞票。前生前世欠伊吤介。"

不能再跟他说话了，会没完没了的。

"葛班小阿爹，偌怕道弄得伢过吤啊？全部都是伢吤天下呢。"车夫又说。

由他去说。

"一过四十，就匿有偌何吤说话在份哉。"车夫接着说。

他们的天下。嘿，什么都属于他们。女人，鲜花，美酒，体力，脑筋，酒量，债务，还有青春。随便奈格挥霍都挥霍弗完，从来弗晓得何叫吃力。"它又起了，得赶紧进去。"他说。他就永远停不下来。刚做完，稍稍碰它一下，就又起来了。大吐过一场都还能把我弄得半死。那么大的敲门声，把我吓醒了。等听出是有人在用拳头揍门时，我反倒镇定了下来。估计就是他。疯了。幸亏郭跛带着小小去乡下看他外婆了。我刚转完两下锁，他就扑了进来。浓浓酒气。他脑袋挂在我肩膀上，呼哧呼哧地吐气，一个劲地叫我亲爱的，把我的肩膀吹得热乎乎的。我说"我知道了你喝醉了。"他说"是啊是啊所以就来了嘛。"费了好大劲才把他弄到床上。他还在说爱你爱你。说这种话他是从来不吝啬的。恐怕对别的女孩也是这样。我换上几天前刚做的睡袍，紫红色的。"睡袍真好看。"他说。"就只在你面前穿的。特意为你去做的。前两天刚拿来。你喜不喜欢这种颜色？"我说。他就说"替我脱了吧。"我就说"我替你脱了擦一擦身子。"他说"嗯。脱光，全脱光。光光光。"他那时候真是疯了，伸手摊脚一动不动躺在床上。我替他脱衣服的时候他还不停地说："对，皮带，背心，内裤全都脱光。光光光。"他光溜溜地躺在鸭绒被上，像一棵被打光了叶子的树枝，中间那根东西软乎乎地躲在毛丛里，滑稽死了。我用手指轻轻拨它。拨到这边又回到那边，拨到这边又回到那边。很好笑，也不变大。我说："你现在还硬得起来吗？"他说"不行不行，你得备好脸盆儿。我随时准备大吐一场。现在我睡觉。"他说完就睡着了。我用热毛巾替他来回擦了好几遍身体。他根本就没有知觉。那根东西，我隔着毛巾揉它，在多少女人那里熬过啊。还是喜欢它。我想今晚就握着它睡觉。他醒来之前我一直握着它，眼睛盯着天花板，胡思乱想。一会有些亮色从窗帘里透进来，然后是那些赶早市的菜贩子的嚷嚷声和车铃声。头道贩子用自行车带着一筐筐蔬菜批给二道贩子。每天早上三点，很准时。他翻过身来，爬到我上面。我想他睡了两个小时就醒了，大约是想吐了。他却直接把那东西弄了进来。我那里一下就湿透了，像是早就备好了似的。我说"你酒醒了？"他说"边干边醒酒吧。"才一会工夫，那种感觉一阵阵地来，我又受不了了。真弄不过他。那次真的听见自己的尖叫声，太放肆了。兴许连那些菜贩子都听见了。他们没有起哄吧。他开始对我说下流话。我就想听他说下流话，还一心想着躺在大街上跟他做。后来实在太困了，睡着了。醒来时他居然还在做。窗帘有些白了。我说几点了。他说十来点吧。我看了一下表，都十二点多了。他光着身子在屋子里走来走去。那东西挂在腿中间，一晃一晃，真的让人恨死了。他的体形很好，又高又匀称。怪不得那个同性恋作家认为男性的体形比女人的更美。要是他娶了我，让我整天看他在屋里光着身子走来走去就好了。一直做做做，中间吃了一点面包，给他泡了两杯奶粉，就又接着做了，做到下午三点。我心想，最好是郭碨提前回来，让他抓住我们算了，也用不上再欺骗他了。我实在一动都动不了了，就听他在那里弄。他说"你不想做了吗？"我说"想，只是不想动，也动不了。不过这样很舒服。"我被他弄得腰骨都掉下来了，哪里都使不上力。他说"还有快感吗？"我说"有啊。虽然没有高潮，可这样很舒服，不用像一开始那样做筋骨，完全放松。"他说"我抽出去了"，就装作要抽出去。我就求他别出去。他又缓缓进来了。那天要不是那个庞大海来敲门，不知会做到什么时候。我还以为是郭碨回来了。"出去吗？"他问我。我说"不要。"他说"你那位回来了。"我说："我不想管。再来一会。让他听见好了。"他说"我看还是出去算了。"他就抽了出去。真不想就这样停了。我想拉住他，可身子哪里动得了。外面又敲了一会门就停了。他拍拍我那里，就说得走了。我不想他离开我。我说"再继续弄我好不好？最好是一直这样弄下去。"他就笑了，想了一下，说"那就再来一会儿吧。"我这才感到有些疼。"你出血了。"他说。我说"是吗?"他说"你真的出血了。"我看到他那东西上有些血迹。他笑了起来。真是没用,一个妇人家还被他弄出血来。之后几天我每回小便那里都很痛。幸亏那个疯子后来又来敲门,要不然真会被他弄死的。那个疯子一年来一次,竟然就撞上了。下巴上一撮小胡子,满嘴脏话,边喝酒还边剥脚趾头,这种动作真当恶心。他眼睛老往我身上飘,也太露了。那天他没敲门就推门进来了。郭敮刚趴到我身上想做那事,立即又骨碌翻了下去。我笑坏了。那个疯子也在外面客厅哈哈大笑。肯定是故意的,真无聊,幸好我衣服还没脱掉。他每年都要跟郭敮一道去看一次外婆。今年可别再不打招呼就找上门来。我一个人陪他说话真是头都大死,说话一套套,每回都不一样。我们要搞文艺复兴,他对郭敮说,中国必须搞文艺复兴运动,不然中国就完蛋了,事实上它已经完蛋了。过了一年又说,我们得去山上打游击,我们已经别无他路,我们怎么可能这样没脸没皮地活着呢?这个社会不需要你我。你以为他们需要我们吗?必须拿起枪来跟他们干哪,真干哪,不拿枪跟他们干是不行了。批判的武器永远打不倒武器的批判!那还能怎么着?枪毙他们啊。郭敮边剥花生吃边嗯嗯嗯。庞大海气死了,破口大骂:"你他妈的装什么丫挺!你他妈的完蛋了!肯定是他妈的完蛋了。怎么会不完蛋呢?"郭敮出奇的平静,说:"别人的任何观点我都不知道我应该持什么态度。比如我们吃花生,你吃了一个苦的花生,就说'花生是苦的',我就会不知该怎么听才好。但如果你说这颗花生味道是苦的,或是说,我从这个花生里吃出了苦的味道,那我就知道是怎么一回事情。要是你什么时候成立一个非观点协会,我倒是很愿意参加的。每个会员只交流各自吃花生米的感受,而不表达对花生米的评判。"我在卧室里听得笑出来了。庞大海也笑了,说:"郭敮,你他妈的打错算盘了,我绝对不成立非观点协会!决不!操!你他妈的被那套破哲学给惯坏了你知道吗?你在之江大学哲学系的时候就已经完蛋定了，因为你他妈的那时居然喜欢柏拉图，柏拉图不就是个死人吗？一个他妈的连操×都不会的人，只记得一堆影子，影子的影子。这不是死人是什么？你丫是一个死人，真的，很可能。"他说话怎么这么难听，一口京骂。李得儿都很少用京骂。

从西山上残缺的球形白炽灯能看出蜿蜒而上的台阶。

砰！李得儿举枪打破了一盏。还没有打光，不然就全黑了。一男一女在暗处做。啪，打死腿上一只蚊子，继续做。下来的时候两人的屁股上全是蚊子包，哼。那时候还没有蚊子，才四月好像，中午，身上流着汗，我俩沿着山脚骑车。过了香湖，路上就没几个人，好安静。两人偶尔相互看一眼，笑一下。一条上山的红泥小道，蜿蜒在草丛里。"停这儿。"他说。他抓着我往山上走。想到他马上就要进我那里去了，腿就发软，一步也不想走了。他拉着我跌跌冲冲地往上爬，蹚过一条小溪，我靠在一棵树上，再也不想动了。我说："你吻我。你现在就进去吧。我动不了了。"他往山下望了一眼，说："从下面还能看到咱们。"他说完又拖着我往上走。他往小道边上的草丛望了一眼，说："往那儿。"我俩往没路的地方走去。一块长满密密的青草的小斜坡。他飞快地折断了四周几棵树枝，脱了身上的牛仔衣垫在青草上面。我脱下内裤的时候，看到上面已经有一块湿了。他把内裤啊胸罩啊丝袜啊都挂到了边上一棵小树枝上。他身上的肌肉那么清晰，皮肤好白好白。他移动身体，让一道透过树影的光在那上面滑动，然后就抬起头来冲我笑。它笔直竖着，一会变黑一会又变得通透，整个都灌满了红光。他把它从肚皮上扳开，挤开那个小口子来对着我。我脑子一热，就想吃它。没等我上前，他已按下我的脑袋，把它塞进我嘴里。我腿越抖越软，一屁股坐到了地上。他抬起腿，轻轻踢了一脚我的肩膀，我就翻倒在了他的牛仔衣上。我们的舌头卷到了一起。我第一次那样无遮无拦躺在地上跟人做爱。空气甘甜湿润，泥土从我的脊背传来温热，上面一块湛蓝的天空，有白云缓缓移动。我很快就到了。我听着蜜蜂在我耳旁嗡嗡叫，感觉到好幸福。我真是爱他呀。我侧过头，看到树梢上白色的胸罩，红色的内裤，棕色的丝袜在飘动。他躺在我边上，轻轻打着鼾。我看着天，手不知不觉就在玩他那个东西。玩了好久还是软的。我翻过身去吻它，还是没反应。我听见下面有清脆的嚓嚓嚓的声响传来。我推了他一下，他就醒了。我们屏息听了一会。"有人在下边儿割草。"他说。割草的声音忽然停了。"我得看看，是什么人。说不定人刚才全听见了。"他说。他站起来，光屁股对着我，踮着脚，伸长脖子朝下张望。从他屁股缝能看到那根东西垂在前面。我就想上去抓。他的脚滑了一下。他抓住一根细细的树枝不让自己往下冲。他嘴做成圆形，又伸长脖张望一下。真的恨死了。我抬起手，啪，在他光屁股上狠狠劈了一巴掌。"轻点儿，轻点儿。"他转过身来压低声音说。一只很小的白蝴蝶和四五只蜜蜂在边上的野花丛里飞舞，不时在我和他的内裤上停一会。阳光把山林照得很温暖。我突然又想喊叫：李得儿是我的情人。想让下面城里的每个人都听见。"是个老头。"他说。我扶着他的小腿站起来，贴着他光亮的背脊往下看。一个戴黑草帽的老头在割草，离我俩好像还不到十米。李得儿从前面把手伸到我背后抚摸我的屁股，说："咱们躺一会儿，现在开始不说话。"我俩又躺下来，伸脚摊手，好自在。那个东西皱成一小截，躲在黑毛丛里，顶部光滑，淡红色，咧着幼鸟一样的粉色小嘴。鸟。鸟。小鸟。我把它拎直，一放掉它就立马缩回去，像根橡皮筋一样。那团黑色的毛丛好油亮，上面粘着一些黄色的草屑。"别动。"他在阳光下闭着眼睛，懒洋洋地说。我摘了一片草叶，在他眼皮上转动。他晃着脑袋，一只眼睛露出了一条细缝，斜了我一眼，又闭上了。我抓起那东西，一下一下用力捏，就像医生一下一下捏测血压的气囊。没几下它就从我指缝里胀开来。"还是得操你。"他一骨碌翻过身，压到了我的上面。我的呼吸一下变得好畅快。我大笑起来。唶哧唶哧。哼，哼，哼，哼。

车夫鼻孔里吐着气，下了车往斜坡上推。快到了。我还是下来吧。

"要么我落来。"吕蒂蒂说。

"哎箐箐，肯定要把偌送到为止。唶哧唶哧。哼，哼，哼，哼。"

"怕偌太吃力。"吕蒂蒂说。

一个垃圾箱。

"若话葛些力气都匿有，还拉何吤车。几号？"

"9号。"

过来一个人影。千万不要是熟人。近了。他从黑暗中看了我一眼。弗认得。还好。

"弗是葛里。葛是6号。"吕蒂蒂说。

一条黑影挂在二楼的阳台下面。鬼。李得儿？降下来了。呼哧，又升上去了。在做吊环。又一个垃圾箱。掉了漆皮的9号。到了。灯亮着。舒一口气。我透过斜斜的雨线看到灯光下的蓝底白字5号。我细心地往前数着墙门。8号。9号。门洞里乱七八糟堆了许多湿漉漉的自行车。最里面那辆是李得儿的，好久没看他骑。我收起雨伞，雨水滑进我的脖子里。我站在门口，心想我这样随随便便来看一个男孩子是不是不应该。我敲响了门，心想都到了，又不是来做什么，就坐一会聊会天嘛，在家里一个人看电视也没有意思。第一次。哪里会想到一发不可收拾。

吕蒂蒂给了车夫双份的钱。车夫连声道谢。

千万不要这个时候亮光光老王从楼上下来。不过脚步声应该会提前传下来。

吕蒂蒂举手叩了一下门。

"嗨。"我在门外跳了一下，叫道。"噢，是你。快进来，快进来。"他说，脸上闪过一丝惊讶，随即咧嘴而笑。白牙齿。哼哼。白牙齿。

敲门。

不在？"我还以为你没那么容易说动自己呢。"他说。我说："说了来的，又不是找不到。""太好了。"他在我身后关上了门，"我替你泡杯咖啡暖暖身体。"

吕蒂蒂轻轻推了一下门，开了。没关？！奇怪。他生气了。去找了别的女孩子。他们在散步。

吕蒂蒂进屋后关上了门。里面卧室的门也没关。亮着灯。李得儿没在里面。

他的气息。

靠后墙的床上铺着雪白的床单，一条卷曲的白色棉毯，一条用过的淡蓝色内裤。吕蒂蒂走到床边，坐下，看到床单上一根又黑又亮的卷毛。他的。地上一只箱子敞开着，里面是一堆洗得干干净净的衣裤。她洗的。她仰起头，看着那幅有暖色布纹背景的水粉静物：颈部歪斜的香槟瓶，悬空侧翻的钟，倾倒的酒杯和汤匙。他到哪里去了？肯定会回来的。等吧。先叠床单和衣服吧。

吕蒂蒂抓起那条棉毯。一股浓浓的李得儿的气息从里面冒出来，冲进了她的肺腑。她弯下身体，将脸埋在了里面。嗯要醉了。我撅着屁股。他悄悄进门，什么也不说就从我后面一下子塞进来那会怎么样那会怎么样那会是梦啊。他跳过水沟，伸出手。抓住。我跳过水沟。泥泞的地。小麦地，三月，清香扑鼻。一处新建的小区，没有灯，还没有住人。两个小伙子在竹架支起的油布棚下打牌守夜。我们往前走。空空的路，没有一个行人。他往楼上望了一下，便跑了上去。他从三楼楼道口探出头来，说，没人，上来吧。我上去了。他让我转过身，手扶着栏杆，把屁股冲着他。我说这样能做吗？他说当然能做。他掀起我的裙子，扯下我的内裤。他进去了。他又出去了，说，不管咱俩在哪儿做爱都不能马虎将就。我们脱光了再做吧。我求说你别这样，你先进去，先做一会。你都已经进去了，就先这样来一会好吗。我双腿可笑地抖动着，有点站不住了。他双手抓住我两边的胯骨，又进去了。那就这样先将就吧他说。我的双脚离开了地面。

外面传来三轮车的声音，然后是急促的脚步声。

他回来了。别转过身去。快进来吧，从后面。

李得儿从后面轻轻搂住了正在叠衣服的吕蒂蒂。

"亲爱的，你今天真的要我命了。"李得儿气喘吁吁地说。

"嗨。"吕蒂蒂笑着转过身来，仰着头，看李得儿的脸。

"今天我肯定是疯了。"李得儿说，一副失魂落魄的样子。

"你刚才去哪里了？"吕蒂蒂吻了他一下说。

噢，我先去了体育馆。看到了你那位。他也看到了我。他看着有点儿愤气冲冲，边上站着一个芋头脑袋的大傻×，恶狠狠盯着我，敢情是想一口吃了我，操。你那位还算懂点儿礼貌，愣是拉住了他，没让丫冲过来。操，老子没心思也没空跟你丫打架，我只想见到你我心爱的女人，我对仇恨没兴趣我心里只有爱情。可我没见到你，就心想你总算明白过来今晚我有多需要你也许因为你从一开始就明白这一点已经去了我那儿就是这儿心想要真是这样的话我俩就肯定错开了。我就赶紧回来了一趟。你没在我的女人。我想我必须得找到你，决定再出去找找看随便哪儿都找找看，又怕我一走你就来了这样就又错开了。我就把门都开着，万一你来了就可以推门进去。我心想你可能是回家了。我就去了你家里反正我知道他在体育馆亲爱的搂着你真是太好了我跑到三楼你家门前，敲了一阵子门又敲了一阵子门又下去等又敲了一阵子门又下去抽烟等抽烟等抽烟等唔唔唔唔唔唔唔唔哦你的唇先吻一会儿好了好了唔唔唔唔一会儿再吻你先听我说完。我心想你总会回来的再晚也会回来啊就又往楼上跑那是最后一次，天哪，碰到猪窦。他非得伸出那两支肥猪胳膊来抱我。真他妈叫一个恶心。他说李得儿，你怎么会在这里？我说我找郭䴔和吕蒂蒂。他说你找他们干吗？我说讨论明早如何杀猪取卵的问题。他就怪叫一声一拳打在我肚子上真他妈的重这会儿还在疼我要手里有把刀就立马剁了他那个猪蹄子丫差点儿就毁了我一整天都蓄势待发的两弹一星这会儿就没法要这个这个是这个吗是的对是的本来就是。你干吗脱鞋？哦你的脚世上最美的脚。袜子。多美的袜子你干吗脱了它让我看到它底下诱人的大腿迷人的大腿疯狂的大腿可耻的大腿你为什么勾引我？既然如此就让我先抚摸它一下好了很舒服可是我们需要克制冷静热烈的克制疯狂的冷静过一会儿再说。幸好丫赶时间要去体育馆看人畜大战说晚了晚了这帮想从畜生那里找到人的感觉的畜生哦你现在可不能这样轻一点儿轻一点儿不然我的睾丸卵核蛋会被你捏碎的这个卵是什么卵？

我的卵。

当然是你的卵可这个洞是什么洞？

你的洞。

很好很好你这样回答很好我非常满意它当然是我的我的我的可是你想想仔细想想难道你不要命了？这么早就让它起了这可是你自找的哦你想要跟自己过不去我有什么办法就那样总算把猪寨给应付过去了。我也没法再在你家楼下等你了哦哦。我心想你可能噢噢噢还在你妈妈家里。去不去那儿去不去那儿去不去去不去你脱了内裤?！是太热了吗？有那么热吗？哦慢一点儿慢一点儿是火山就总有机会喷发还是继续听我说吧还是先把你的胸罩一把，扯了吧断了，应该的，怎么可以不断呢哦女人的世界这可怜的城墙既不中看更不中用它唯一的用途就是引狼入室好软啊哦真他妈的长我还以为你生我的气了，今晚就不想过来那我到底去不去到底去不去你妈妈家？我就去了你妈妈家，在楼下转来转去转来转去，希望能在窗口看到你的身影。可是只听见小小的大嗓门对她还没睡和你妈吧唧吧唧吧唧没牙齿的说话声你还说她年轻的时候是位美女我操你脱了裙子为什么先脱内裤再脱裙子？我明白我知道我懂得因为你先内热再外热是的是的是的我还得说对还得说对对对对对很好我怕你一个人在看电视什么的什么的，就在那里游荡了有半个小时。我不知道你去哪儿了，不知道确实不知道根本不知道完全不知道怎么能知道怎么操这扣子我操这手抖成这样居然半天没解开行了可是裤子得你来帮我脱了喂喂你竟敢对我露出了这绝世无双之奶又沉又软那就让我来劈波斩浪吧它们它们它们它们优美的它们柔滑的它们秀长的它们它们稍稍下垂的它们我得抵制诱惑呆会儿再来对付它们先听我把故事讲完是的是的对你知道了你已经全知道了我还没讲完呢那这个卵是什么卵？行你的就你的我对自己说我得找遍每条街每个舞厅每个每个每个每个因为梅城的夜宴图这会儿才刚刚打开我就坐在三轮车上，穿了一条又一条街，进了一个又一个酒吧，出了一个又一个酒吧，进了一个一个一个一个一个一个一个舒服舒服舒服舒服舒服。你这淫荡的魔爪居然伸进了我的裤裆里。你怎么可以这样我亲爱的荡货一个一个一个一个噢你解开了我的皮带操，裤子也掉下来了我还没说完呢，不行得说完必须得说完一个又一个舞厅一个又一个是的睾丸卵核蛋，碰到了很多很多很多对这样很好很好很很好很好舒服很多熟人，不等他们走上前来我早已开溜出门我哪有心思哪有时间跟他们一一打招呼心想着今晚万一找不到你那怎么办啊怎么办。我真他妈心心心心心噢灰灰灰灰意噢噢冷。哦你这荡妇，竟敢脱了我的"啄木鸟"来取真命天子鸟让它无依无靠对就这么让它依唇靠齿还它朝思暮想魂牵梦绕的王座很地道够劲道唔唔唔唔唔小心点儿你这恶毒的女人不许撕咬它庄严的王冠我想我都已经疯了你应该有应该有应该应该应该有感应吧也许也许也许吧这会儿早已到了我房间正等着我说不定早已脱了个精光在我床上四仰八叉抚×待操呢我棕色皮肤的女人这是你的毛。我得说我得我得我得噢呜我就坐着三轮回家心想要再见不到你我可就真他妈的完了，真完了。难过难过紧张紧张绝望绝望绝望悲伤亲爱的我多么想你多么多么你真的在真的在这儿等我居然还撅着屁股只差没脱裤子怎么就不提前光着，那样我就长驱直日了管它是谁的洞我想你啊太想他妈你了是吗是吗你爱我我也是的真的爱你啊亲爱的宝贝这一夜我不知道自己是在干吗我亲爱的荡妇中的贱人啊贱人中的大骚货啊你那里为何洪水滔天淹没了这顶红色的王冠？我手执肉鞭将你打一二三四我还是放手吧一会儿再让它去自寻死路。乳房腰屁股腿哦我的小翘鼻子啊让我来拍一下这绵绵淫雨中盛放的花朵向它致敬吧何花不开何草不黄何毛不飞何 × 不翘来吧只属于我因而也属于全世界的荡妇啊该我挺身而日的时候了噢我的大吸盘让我好好呆一会儿好的好的好的不许叫对你的爱与惩罚才刚刚我操你别叫了别叫了开始唔唔唔算了你叫吧随便叫吧我觉得很好听。我亲爱的邻居们请竖起耳朵，这一夜你们有福了。

体育馆

第九章

一市民：葛郎倌奈格一个肩胛高一个肩胛低？

另一市民：因为伊一只脚膀长一只脚膀短。

前食堂堂长公社社长打砸抢分子造反派头头公安局局长下海急先锋商业厅厅长梅城师范名誉博士江南豪赌协会会员，无数异母私生子的共同父亲，老花眼近视眼散光眼色盲患者，两只三十度左倾肩着一个麻球脑袋，今梅城乌市长瘸着腿上了主席台：女士们先生们。

看台上的全体市民报以嘘声，哨声，笑声，骂声，跺脚声，作呕声，腋下放屁声：这儿没有女士先生，只有荡妇淫棍。

乌市长：尊敬的各位嘉宾。

看台上发出低沉的唔，闷雷般从主席台上方滚过，要将乌市长轰下台去。

一市民：尊敬？尊敬个卵泡。

另一市民：尊敬？尊敬根卵毛。

陈来旺：眼睛乌珠卵戳瞎介。

卖打火机的绍兴佬从围墙翻入体育馆内，拍身上的石灰粉。一位保安向他走来。

保安：滚出去。

绍兴佬：好弗容易翻达进来，为何要我滚出去？做人弗可噶凶啦。

保安：原来是个绍兴师爷，我倒想得怪煞，梅城会有贪葛种小便宜吤人？

绍兴佬向保安塞上一只假"烟斗"牌打火机。

绍兴佬：葛只防风电子打火机是偌吤。价值勿说连城，几百块总是少话吤。算我晦气。

保安一路玩着打火机走开。

绍兴佬：小——娘——生。还话我贪便宜，好好比我要贪些？五块洋钿一只吤打火机，抵廿块一张吤门票，等于是捡了十五块。背算个。

身着烟灰色半透明超薄连体衫，晃着两只清晰可见的麻袋奶，额头敞着一个淫水直流的玫瑰色阴部，肚脐处露着一个倒竖中指大洞，背上开着一条倒立阴茎长缝，丁丁身体笔直从看台木然而下。

看台上的梅城市民发出层层叠叠的哦，将丁丁推送向前。

丁丁摆动水蛇腰，走下看台，来到乌市长身边。她手掌贴着大腿内侧缓缓上升，在阴部会合后又继续向上，经小腹升至胸脯，一手托起两只大奶，一手从乳沟深处取出一支肥大的鸡巴形手枪，对准乌市长的麻球脑袋，轻轻勾动扳机，将一股洁白的牛乳打在了他的麻脸上。

从看台另一边，沿台阶滚下一只木桶，里头住着第欧根尼幽灵，从朝圣者稀少的希腊酒桶神庙出走，闻风来到梅城。木桶上打了九道亮锃锃银箍，中间一道铸了"第欧根尼淫想之家"八个黄灿灿金字，全是来梅城后新近打造。这位狗哲学家寄居蟹一般从木桶里探出半个光溜溜的身体，笑容可掬，手握一支三五米长百来斤重的鸡巴，左右扫动，将两边看客一片片打翻在地。他又滚到了市长和丁丁边上，将他俩也打倒在地，然后举着那根雄壮的大×，对着话筒打起了拍子：

> 酒桶，我永久的住处
> 鸡巴，我用之不竭的财富
> 我将它们四处背负
> 踏遍一片片伪善的国土
> 哦，个个不是孔老夫子就是柏拉图
> 却从来见不到一个人
> 直到我走进梅城，发现
> 这里才是我的乐土，我一直寻找的归宿

第欧根尼诵毕，将那根大×捅入丁丁额头的阴户，随即用它将丁丁整个身体举到空中。丁丁顿时浑身痉挛，将一股股淫水顺着第欧根泥巨卵倾泻而下。

看台上的梅城市民纷纷趴伏在地，又是膜拜又是犬吼，要推第欧根尼为梅城之王。

乌市长从地上爬起，重新站到了话筒前面，沉痛地：我们忘记了我们的先民是谁，忘记了我们有过何等灿烂的文化，显赫的历史……

博物馆馆长从观众席中站起：不要装腔作势了，你又不是土生土长的梅城人。这些问题我们博物馆会及时向大家介绍的。据最新得到的资料，我基本可以乐观地告诉大家，我们梅城是古越国的真正发祥地。所以呢，在不远的将来，我们可望看到在梅城和绍兴之间掀起一场争夺古越国所在地和它所有名人名胜的大恶战。胜利定将属于我们！

观众抽着烟喝着酒嚼着蜜饯啃着瓜果：真是该死。怎么突然谈起了臭不可闻的历史？

胡飞从老馆长边上站起来，将他推倒在地：葛种老死尸烦×唠噪真当烦煞人啦。取煞得咱中国每个朝代都有造反派，该打阶打，该砸阶砸，该抢阶抢，该杀阶杀，弗然阶话，咱十老八早被葛种介老楦头烦煞哉。我倒娘煞阶想问乃一声，究竟何家活人劢要做死人，生活在过去？

郭皽自语：除了我还能是谁？

市民们：我们只有现在，看不见过去和将来。

陆翼锋手舞足蹈：过去是空虚，将来是空虚，唯有现在，才是真正的进行式，行动式，流浪式，放逐式，冲锋式，叛乱式，革命式，才是自由生活的可靠源泉。

麦弓一言不发，在观众中间走来走去。

汪德鬼：耻厮耻刻，我只想听吴琳琳的嗓音。

吴琳琳坐在解说员席位上，双掌托着下颌，两眼发直，一动不动。听到梅城的痴情汉们呼喊着自己的名字，她黯然自语：那个三心两意的墓主李得儿，刚才在观众席里这儿张张那儿望望，明明头转向我，刚好跟我打了个照面，却对我视而不见。看他失魂落魄的样子，还以为他是在找我，就远远向他拼命招手拼命叫。真可恨啊，看台上男人全都转过头来，大惊小怪地盯着我看，就他一个人竟然假装没听见，搞得我面孔涨得绯绯红，滚滚烫。我在人前出尽洋相没关系，可看他那心急火燎的样子，肯定那颗轻浮的花心又瞄准了哪只骚狐狸。

乌市长：我们我们的优优优优良传统……

老方愤然而起，拿右手背打左手心，发出响亮的一记啪，右手食指和拇指做成手枪状，有力地甩出去，嘴里冒出一串曾经南北杂交的杭州话语：你晓得啥个传统八统。老子杭州人都确实比你晓得点儿来咚。梅城一向底传统，喏，葛是一句老年人底老话，从来必须由全民公决才之能够最后决定拉个人上台当市长。如果说底话语，市民对市长不满意，或者说底有看法，照样可以每位市民各抠一块小石头儿，排好队伍，要市长下台底跟不想要市长下台底各攒来咚两个地方，堆成两堆，最后数一下子拉一堆石头儿多，然后才之决定市长是不是落台。噢，你突然冒到出来，自说自话称自家为市长？拉个相信？拉个相信呢？

全体市民振臂高呼：我们要全民公决！我们要马上扔石头决定谁当市长！现在就扔！

乌市长：一位值得尊敬的老人可能会在今天去世，今晚的这次活动可以看作是……

观众向乌市长扔香蕉皮，饮料罐，海报，拖鞋，瓜子壳，拐杖，望远镜，内裤，嘲笑，胸罩，太阳镜，肉痂，唇膏，眼药水，梳子，打火机，牙签，牙结石，手套，止咳露，咳嗽，屁股垫，烟头，脓水，钢笔，脚泥，被抛弃情人的铁裤衩钥匙，剃刀，电话机，发夹，避孕套，不再卫生的卫生巾，鼻孔毛，首饰盒，青春痘，鞋垫，假牙，水果刀，饱嗝，假发套，救心丸等物：我们在工作时间谈够了高尚廉这破老头，现在已是休闲的时光，应该来做些正儿八经的事情！

高由根：杀！杀！格杀勿论。

五年级补课生：噼噼，噼噼，这个游戏才好玩。我要从这边的看台杀到那边的看台。

绍兴佬眉开眼笑，自语：最好就是梅城人自相残杀，格么今朝我葛只打火机就送得大背算哉。

绍兴佬：打打打，马上就打，弗打出人命来弗是人生。

陆翼锋对着郭碾肚皮一阵假打：啊……

庞小姐：葛郎倌其实相当可爱。从他紧身运动裤的大腿缝里挤出来的那团东西，像是有普通人的两三倍，我要尽早把他收在身边，以便供我随时交配。

亮光光老王：哈哈，娘的唲，有趣有趣。不过呢，话说回来，差不多光景，我还是早些回家，一个人静静较躺在床上，耳朵墙壁高头贴牢，听楼底下那台人肉打桩机砰扎嘭扎的交响曲，味道多少好。

市民再次齐声呼喊：为何我们还没有看到流血的场面？

乌市长麻脸朝天，左右开弓猛击自己脑袋，随后长啸一声，撕烂身上的外套，领带，衬衣，皮带，长裤，皮鞋，袜子，内裤，掷向四下的观众，只见他：头顶扎一圈臭椿枝，上面插一根大种鸡尾巴毛，脸上涂满白石灰，脖子上挂猪骨项链，肩背络麻秆长弓，小腿绑一簇稻草箭，胸前粘一团拉丝玻璃绳，腰间系腈纶虎皮纹围裙，一手握一柄暗沉沉的塑料剑，一手执一面亮晃晃草纸盾。

乌市长跳下主席台，走向到赛场中央。

郁利：这太乱了。头晕头晕，我完全不能适应。

乌市长眼露凶光，把塑料剑和草纸盾敲得嚓嚓作响，等吵吵嚷嚷的市民稍稍安静，才口吐人言：你们搽着香水阴水口里水，飘着狐臭口臭卵泡臭，含着香烟蜜饯奶奶头，踏着独轮两轮三轮车，来到了体育馆……

观众东张西望，交头接耳：伊想做何，葛咥外地佬？

乌市长：你们来此之前还关在一只只笼子里，读报喝茶闲聊打盹收款开票搡桌子打钉子撤喇叭接电话吃粉笔灰闻汽油味。你们一会还将被圈回笼子里，读报喝茶闲聊打盹收款开票搡桌子打钉子撤喇叭接电话吃粉笔灰闻汽油味。你们没有记忆，眼前一片灰暗。你们不吃带壳的五谷杂粮，尽吃米饭面条馒头糕点。你们将酱汁当鲜血，将西装鸡火腿肠当美食，见到走投无路的小动物也不知如何给以致命一击，然后撕裂它的脖颈，咬碎它的头骨，吞食它的鲜肉，畅饮它的热血。你们人性太人性，称退化为进化，远离河流，草场，森林，山谷，不再东游西荡四处为家，将厕所和床怯懦地摆在钢筋混凝土围中间，高悬在半空。你们阴险地收购凶禽猛兽，将它们驯化成油头粉面的小丑，变得跟你们一样皮肉松弛目光呆滞神气萎靡。你们在哪里交媾？温暖柔软的弹簧垫上，磨磨蹭蹭，絮絮叨叨，羞羞答答，偷偷摸摸，完事之后还要赶紧喝上一杯牛奶。靠着这般卑贱的交配，你们繁衍出更加卑贱的孽种。你们没有赤裸裸的血腥，却有精心掩饰的残暴。你们离不开照明，却容忍终日不见阳光。你们瞧不起森林里野猪的自由，却要去森林里模仿自由的野猪。你们这些行尸走肉，你们这些垃圾渣子废料。

观众勉强地：哦，真酸真酸，酸死了。

吴琳琳轻声地：不能让这个老淫棍这么一本正经来骂这些小流氓。得有人阻止他。快来人阻止他。

包中双手捂住面孔低下头去：噢——吭。

他重新扬起脑袋，鲜血从他眼眶里溢出，顺着指缝流满两只手掌。他的呜咽声变成了野兽低沉的吼声。他的身体飞快地膨胀，衣服和裤子纷纷绷裂。他伸出两只毛茸茸的胳膊，痉挛着向前扑倒，亮出同样毛茸茸的两只后腿中间一支健硕的阴茎，连着一只粉红色的薄皮阴囊，上面布满红蚯蚓般弯曲的血管。他的手掌和脚掌向内弯曲，变成了脚茧厚实舒展自如的利爪。他宽大的眉骨向前拱起，遮起底下那双凶光逼人的眼睛，同时鼻梁快速塌陷，鼻冲迅速增厚，并跟着嘴部一齐伸展向前。他的上下四颗门牙生成尖锐的弧形，裹满晶莹稠黏的口涎，像铁钳一样彼此紧紧咬合。

包中变成了一只公狼。它昂首嗥叫，从自己两只一大一小一黄一黑一布一皮一左也一左的鞋子里跳起来，跃向边上一个酥胸半裸的美少妇。它在美少妇面前挺直身子，一只爪子按住她的糯米脸，另一只爪子搭上她豆腐胸，一串串红宝石般的血珠随即从她雪白的胸口和脸上渗出。它伸出灵巧的舌头，舔掉上面的鲜血，目光一时变得深远又朦胧。它突然低吼一声，张开猩红的大嘴，伸向她细嫩柔滑的脖子，要将它一口咬断。

　　郁利：不行。我得赶紧离开这里。我好不容易娶了一个温柔的妻子，买了一套温馨的居室，可不想就这样变成一头野兽。

　　吴琳琳：天哪，这位美少妇跟时装店的老板娘长得多像啊。是不是我眼花了，一月前她明明已经被人一棍子敲死。

　　男人们：哦，咱吶美骚货亦归来哉，亦归来哉。

　　美少妇一手轻推包中狼的下巴，一手撩起旗袍露出半个白屁股，轻松制止了包中狼的攻击。随即，她抹开大奶奶上那道黑纱，挤出两颗樱桃般鲜嫩的奶头，见包中呜咽一声，拖出长长的舌头要来舔，便又挺出一条美腿，拿指甲勾开红色内裤的蕾丝花边，摘下淡黄色细软卷毛一根，对着包中狼呼嗤作响的鼻翼来回扫动。包中狼眼神迷离，满脸凶光顿时糖衣一般融化。

　　美少妇正直起身来要向观众致意，包中狼忽然张嘴咬住她的一根腻脖，将尖利的犬牙插入其中。一股股热血从美少妇的脖颈急速喷溅出来，飞向四周的看台。她发出一声低弱的惊呼，像被风扯断的一缕轻烟，一时消隐无踪。随后，她软软地倒在了包中狼脚下。包中狼咧开血口，昂首向天，发出一声长啸。

　　美少妇身上飞快长出浓密的毛发。不一会，她就变得与包中狼几乎一模一样，只是屁股后头少了那两样无耻的累垂之物，多了一只鲜红肥大的阴阜，吐着荔枝肉色的淫水。

　　乞丐公狼和时装母狼激烈地厮打起来，直至彼此都在对方身上撕开了几道血淋淋的口子，这才欢天喜地一齐从看台一跃而下，跑向竞技场中央的乌市长，用腾跃和吼叫对他刚才那一席振聋发聩的演说表示感激。

　　六指 π 向体育馆上空敞开双臂，张开十二个手指头：多么难得多么强大的气场啊，我得赶紧采集这股元初混沌之气，装入丹田，炼成永久的生命元气。

六指 π 就地结跏趺坐：精念玉房，内视丹田。π 静了 π 静了 π 静了。叩齿生津。嘎啦嘎啦啦嘎啦嘎啦啦。女士内衣柜台。对面柜台的白薇薇不是很性感吗？杂念杂念。见怪不怪其怪自败。赤龙搅清醴。汩噜汩噜噜汩噜汩噜噜。偷一条内裤送白薇薇吧。杂念。数息。一二三四五六七八。好了。π 静了 π 静了 π 静了。鼻息徐导。呼吸呼呼吸呼吸呼呼吸。她说起过李得儿。怎么回事？凡人不可无思，当以渐遣除之。会阴下鹊桥命门夹脊玉枕百会上鹊桥天突神阙气沉丹田。闭气。好了好了。热了热了。饿了饿了。问题不大。高月半真他娘的小气。

六指 π 睁开双眼：为什么我眼前一片黑？我得赶紧重来一遍，不然节骨眼上，长了元气，瞎了眼睛。

陆翼锋不住地拍着郁利的肩膀，把他打得像小树枝一样摇摇晃晃：哦好好。哦好好。难得难得。难得难得。我早就盼着这一天了。（他抓住郭碾）郭碾怎么样？不能再做木头人了。依我看你马上变成一只瘟猪算了。要不变成一只乌龟。（推麦弓）麦弓。啊麦弓。

郭碾：她在哪里？她在那里。不必想象那种真实的东西，我就能真实地想象那种东西。

丁丁：痛快痛快！要是每个嫖客都是这种有学问的狗，真不知该谁付谁嫖资。

第欧根尼幽灵：过瘾过瘾！是妓女，而不是孔夫子或柏拉图，告诉世人什么是真实。

片刻间，龙吟虎啸响彻整座体育馆。多年忍气吞声的朱棠变成一头野猪，转身用尖嘴去拱身边的妻子。他妻子立即咆哮一声变成了一只腹部挂满皱皮乳房的母老虎。牛郁盛变成了一匹黑马。方老头变成了一只板鸭。谭老板变成了一头金毛狮子，他的神枪手儿子变成了一条金枪鱼。庞小姐变成了一个蚊子。老馆长变成了一头犀牛。董美人变成了一只红屁股狐狸。"两大炮"饭店老板娘变成了一只馋嘴猫。陈来胜变成了一只乌龟。汪德鬼变成了一只秃鹫。卖打火机的绍兴佬变成了一只刺猬。许局长变成了一条鳄鱼。胡飞变成了一只蝙蝠。这些人分头行动，就近下手，吃掉了一个麻痹症婴儿，挤扁了一个四十岁的老处女，撕碎了一个爱哭的小伙子，踹穿了一个患肝病的男人，撞坏了一个平胸女人，摔烂了一个耳聋的老太，顶死了一个流口水的老头，然后纷纷争着跳下看台，拥向竞技场，那里市长正与那对恶狼格斗。

两头恶狼从两边各咬住市长的一只手臂，贪婪地啜饮着从他手腕上喷出的热血，还不时掉过头来，伸出血淋淋的舌头舔一下热气腾腾的嘴，冲想要来争抢猎物的那些动物厉声吼叫。

公狼：哦，人类的鲜血多么甜美。

母狼：确实如此。我想要马上交配。

郁利脸色发白，额头冒汗，牙齿打战，浑身颤抖：我有点冷，我有点冷。谁能给我一件大衣谁能给我一个火炉谁给我一杯姜汤？算了，我想最好还是赶紧回房间歇着。我原以为这里会有一场文明人自我调侃的木偶戏，没想到这儿突然间变成了一个残暴的屠宰场。冷冷冷，冷冷冷。我再也不想跟大象掷铁饼。这种无聊的游戏我一点也不感兴趣。我的名誉从不靠蛮力获得，只需躲在僻静的房间捕获灵光妙计，便能克敌制胜，就像那位想出木马计的前辈，不必亲自钻进拥挤的马肚子里，依然能为自己的军队赢得辉煌的胜利。我根本不该来这种野蛮的地方，跟那些愚蠢的肌肉块作无聊的较量。

郭嘏脸无表情一动不动盯着前方，嘴唇轻轻颤动：在你再也无法感受到我对你的爱情的时候，我该怎么办？刚才我对他怒目相视，为什么不冲上前去把他撕个粉碎？弗如也。吾弗如也。嘏也不愚。其争也君子。身上隐藏着一个暴君和一个奴隶。我爱你，你是我的暴君。因为爱情，你又是谁的奴隶？我应该去哪里？一个幽灵。一个苦涩的幽灵在梅城上空徘徊。

陆翼锋一把抱住麦弓，双眼盯着对方，泪流满面：啊麦弓，我们的天下快到了。啊麦弓麦弓，我们当家做主的天下。

麦弓拍拍陆翼锋的肩膀，继续在狂乱的观众中间来回走动。他忽然大声自语：一块潮湿的土地一个混乱的城邦，一群自由的虫子一张暴君的温床。一切都在受潮，在出霉，在变质，在发臭，在腐烂，在死亡。

全体看客齐声合唱：让惊雷炸平它，让闪电击碎它，让暴雨冲垮它，让飚风卷走它，让岩浆吞没它，让火焰烧毁它。

动物们将乌市长团团围住。走在最前面的百兽之王率先撕开了乌市长的左肋部，老虎也毫不示弱，吞下了乌市长的一块肝脏，狐狸在乌市长嘴里撒了一泡尿，秃鹫叼走了乌市长臭烘烘的胃腔，乌龟用背部砸烂了乌市长的脑袋，蚊子钻进了乌市长的耳朵，板鸭咀嚼着乌市长的鸡巴，金枪鱼破空而来穿心而过，馋猫啃吃了乌市长的腰子，刺猬一头扎进了乌市长的肺叶，马蹄踢断了乌市长的脊椎，犀牛用犄角把支离破碎的市长轻轻一挑扔出老远，正好鳄鱼张着大嘴将它一口咽下。

郁利：我走了。

陆翼锋：不行！你是我请来参加比赛的。要不然别人会说我组织不力。

郁利：我病了。

陆翼锋：看一会病就好了。

郁利：我困了。

陆翼锋：看一会就会醒的。

郁利：不行。我是为躲避地震才逃到这里来的，为此我不惜背负遗弃爱自逃的千古骂名，可这儿，简直比地震的景象还要来得悲惨。

郁利倒地昏死。

乌市长从鳄鱼屁眼里钻出，被一群捡破烂者拖到市一医院院长前面，请他修复肋部，接上肝脏，清除嘴里的狐狸尿，缝合捡回的胃腔，补好脑袋上的破洞，把蚊子赶出耳朵，从板鸭嘴里夺回鸡巴，从猫肠子里抠出腰子糊在原处，从肺叶里拔出刺猬的长刺，焊上心脏上的金枪鱼枪眼，接上断裂的脊椎，在所有的伤口吐上口水，并浇上椒盐露芥末汁蚊子血蛤蟆油孕妇乳婴儿尿，止住流血，扎上雪白的绷带，穿上洁净的内裤衬衣，系上簇新的领带，拿涂金夹子别住，外头加一套全新双排扣直筒裤西服，套上雪白的袜子亮锃锃的皮鞋，乌黑的头发一律后梳，抹一朵润发油膏，伸一伸双臂，清一清嗓子，一手轻轻搭在后腰，一手向观众徐徐挥动。

乌市长：你们（指着观众）遗忘了嗜血的本性，而它们（指着动物们）也同样看不见自己身上的人性。它们忘了通过人类的不懈努力，自己早已经成为温良的家畜，可供调笑的丑角，善解人意的伴侣。它们忘了在自己栖身的花园，有假山、喷泉、暖房、游泳池、车库、人造森林和人造塑料森林。它们忘了在自己装饰考究的居室，有浴室、厕所、厨房、会客厅和卧房，还配备了勤快的保姆，高明的医生、时髦的美容师、细心的营养家。它们忘了自己每天都必须在相隔一定钟点后定时进餐，定时嬉耍，定时小憩，定时睡眠。它们忘了自己早已抛弃茹毛饮血的陋习，在每日的餐桌上少不了精炼的牛奶，脆黄的面包，香醇的美酒，新鲜的蔬菜，焦嫩的烤肉，柔滑的米饭，甘甜的浓汤。它们忘了通过自己滑稽的直立行走，俏皮的耍球表演，准确无误的吼声算数游戏，已成为万众瞩目的明星，无论身现何处都能赢得经久不息的掌声。它们忘了自己不必见到阳光，依然能生活在光明之中，不必走向山顶，照样可以呼吸新鲜的空气，不必通过残酷的争斗，仍旧可以尽享美食，不必通过险恶的较量，也能与其他同类共夫共妻。你们这帮不可救药的蠢货，自甘堕落的混蛋，不思进化的无赖。

动物们痛哭流涕，纷纷用多毛的爪子拍打自己的脑袋和身体，为自己刚才的丑行悔恨不已。一道道强烈的灯光打在它们扭曲的肢体上，阻止它们重新变回人类。在阵阵充满敌意的起哄声中，它们惊慌失措地逃向了各个阴暗的角落。那些没有来得及蜕变成野兽的人，趁着场面混乱，赶紧回到人类的阵营，并跟着他们一起起哄。这使得那些四处逃窜的动物更加方寸大乱纰漏百出，不是马头变成了鸭嘴，就是把狮子腿变成了蚊子脚，或是在乌龟身子上长出了一根光溜溜的秃鹫脖子。只有那对野狼仍拖着淫荡的舌头在一个劲地交媾，对身边的发生的一切变故浑然不觉。它俩哈哧哈哧地喘着气，口水和阴水满地流淌。

六指 π 把双掌慢慢压向小腹，睁开眼睛，吐出一口长气，又跟着放出一屁。他摇着头：他娘的，前功尽弃。刚想收入丹田之中的一股九阳真气，转眼间都从小周天下鹊桥中除受鸡奸者之外的人体最大的只出不进的洞里走漏了出去。可惜可惜。此时正值动物退化成为人类之际，气场杂乱，不宜再练，赶紧收功。

陆翼锋低下芋头（一说橄榄）脑袋，快速地拍椅子：啊啊啊啊，就差了这么一点点，可惜可惜可惜。哦哦哦哦，这个世界又要恢复原样，遗憾遗憾遗憾。

两头野狼的交媾达到了高潮，它们的叫声响彻梅城夜空，令各处所有正在做抽送运动的梅城男女一时间纷纷失禁。唯有李得儿吕蒂蒂不在此列，这对梅城的性交皇帝和性交皇后，拥有无上的性交尊严，不允许任何兽类干扰或冒犯他们的性爱。

一袭黑衣的十地阎罗王殿下的胡判官从地府升至体育馆竞技场，自语道：有一倩女怨魂今日自地府消失。想来明日是害她性命的仇人执行枪决的日子，估计她会重返人间向那凶手寻事。噢，原来她在这里，正与大卵泡疯子包中团成了肉片儿。看来她复仇是假，在地府闷得心慌，想让包中的大卵泡来抽她一抽通通气倒是真的。

既然如此，我就将计就计，假意成全这淫鬼，把包中许配给她，待我把她骗入地府，再将包中送回人间便是了。（大声宣布）这一对人狼既已当众茹毛饮血交欢媾合，便算彻底荡涤了人性进化为真兽，故尔再无需继续滞留人间，与下贱可怜的人类为伴，现判其双双上调地府，做阎罗殿前一左一右看门狗，永相厮守。

胡判官又把那些刚才拼命企图钻进地府的动物们一一踢回人间，宣布：这些非人非畜，企图钻进地缝躲藏起来，但地府乃是我们阴间的辖区，这些东西不能证明自己没有遗民倾向，申请死亡签证受拒，不得入境。它们仍需在阳间一如既往地做它们非人非畜的勾当。好好看管它们，是你们无聊的人间不可推卸的职责。我们阴间将视它们此后的表现，定其入地狱后的相应刑罚，和下辈子作何种轮回。请接着尽情欢闹，去发掘你们人性中的兽性和兽性中的人性吧。

胡判官说完，牵着两只嘻嘻哈哈的野狼重新沉入地下。

公狼和母狼的人类家眷们在它们后面掩面恸哭，把一堆堆纸画的"垫屁股"牌枕头，"寒风挡不住"牌被子，"顶通"牌帽子，"露底"牌皮鞋，"亮膝"牌牛仔，"羊羊羊"牌狗毛衫，"黑得快"牌牙膏，"牛粪"牌香皂，"刮则断"牌剃胡刀，"越战越木"牌避孕套，"滴血不剩"牌卫生巾，"通不用"牌地狱钞，"喝不醉"牌葡萄酒，"未嚼先碎"牌饼干，"如糠"牌咖啡，"苦涩牌"冰糖，"点不亮"牌应急灯，"推不倒"牌麻将，"懒得看"牌百科全书，"拐脚"牌桌子，"瘸腿"牌椅子，"离"牌胶水，"睡不够"牌保姆，"保死"牌医生，"自习"牌教师，"薄膜"牌草坪，"沙漠"牌沃土，"无蓝"牌天空，"二氧化碳"牌臭氧（火焰已经升起，不知还有何物赠送，再也看不清楚），通通点上烈火，烧成灰烬，以便它俩在阴间守门时尽情受用。

郁利及时苏醒过来：哈哈，这种热闹的场面可是难得看到，刚才幸亏双腿发软站不起来，无法回饭店休息，不然错过了这美妙的一刻那才叫遗憾。

麦弓眼中茫然，若有所思，在痛哭流涕的观众间来回走动。他突然转过身来，大声地：你们的尊严是什么？

沉痛的观众：就是我们脸上的胡子，在洁净的夜晚，它从我们安静的心灵吸收养分，悄然生长。可是一到清晨，我们就会毫不犹豫把它们刮掉，以免有人嘲笑我们不够利索。

麦弓：你们的理想是什么？

沉痛的观众：就是女人的卫生带，永远保护着她们裙子的体面，让别人看不到底下滚滚流淌的脓血。可一旦能有机会将它抛弃，谁也不会回头再瞧上一眼。

麦弓：你们的信仰是什么？

沉痛的观众：就是我们的臭气熏天的鞋子，我们甘愿让它套住自己的双脚，是因为它能让我们免受精神之路上的碎石玻璃和钉子的伤害。但它必须根据季节、天气和场合改变自己的模样，以免显得不合时宜，关键它得合脚，不然就会给我们的行动带来不便和麻烦。

麦弓：你们的良知是什么？

沉痛的观众：就是我们直肠里的废物，时时带来我们想要的满足感，可为了轻装上阵，我们每天都会及时将它们排放得一干二净。

麦弓：一块荒凉的土地一个凄惨的城邦，一群可怜的虫子一张昏君的温床。一切都已萎缩，已枯竭，已老朽，已蛀空，已崩塌，已成风。

全体看客齐声高唱：让惊雷唤醒它，让闪电照亮它，让暴雨冲刷它，让岩浆烤炙它，让火焰点燃它。

郭崴陷在沉思之中：我可有斯巴达克斯的膂力，让敌人的鲜血染红我复仇的尖刀？我可有刘骜的放荡，让绝色的妻子轻捷的玉肢成为众人竞相啜饮的破壶？我可有悲剧之翁的辞藻，让我枯竭的爱情之树重新开满迷人的花朵？我可有理念皇帝的顽固，让思辨的蛛丝封住欲望的门户在纯净的心灵之殿织出灿烂的锦绣？甚矣，吾衰也。拉撒路出来吧。

乌市长的脑袋上蹲着一只猕猴，脑袋里蹲着一条响尾蛇，左肩上站着一只苍鹰，右肩上站着一只猫头鹰，脖子上盘着一条巨蟒，鼻孔里挂着两条蚯蚓，耳朵里住着两只飞蛾，脸上停满了蝎子，手臂上叮满了蚊蝇，经络上有毛虫在拔河，血管岸边一头大象在踱步，肚皮上一群蚂蚁在游荡，肚子里一群鱼儿在嬉戏，屁股上养了一条扬子鳄，裤裆里一只雌狐狸在穿梭，鞋子里有两只黄鼠狼在捉迷藏。他与其寄生动物一齐诵唱：人类与动物此时终于走到了一起。他们和它们再也不分彼此。

那些一直在东躲西藏、由人退化而成的四不像，纷纷从各个角落冒了出来，同时更多的飞禽走兽从四面八方大摇大摆地唱着鸟语、吼着兽言走向主席台，在麻球脑袋左倾肩膀鸡胸驼背的乌市长四周服服帖帖地蹲下来。

市民们：人类从禽兽凶恶的双眼中看到了自己的虚弱。

禽兽们：禽兽从人类温和的双眼中看到了自己的残暴。

市民们：人类从禽兽机敏的双眼中看到了自己的笨拙。

禽兽们：禽兽从人类悠闲的双眼中看到了自己的粗鄙。

市民们：人类从禽兽直率的双眼中看到了自己的奸诈。

禽兽们：禽兽从人类机智的双眼中看到了自己的蒙昧。

市民们：虚弱的人类，从凶恶的禽兽眼中的自己温和的双眼中，看到了人类对于禽兽野性的羡慕和恐惧。

禽兽们：残暴的禽兽，从温和的人类眼中的自己凶恶的双眼中，看到了禽兽对于人类人性的渴望和担忧。

市民们：笨拙的人类，从机敏的禽兽眼中的自己悠闲的双眼中，看到了人类对于禽兽低贱的无奈和不屑。

禽兽们：粗鄙的禽兽，从悠闲的人类眼中的自己机敏的双眼中，看到了禽兽对于人类趣味的困惑和好奇。

市民们：奸诈的人类，从直率的禽兽眼中的自己机智的双眼中，看到了人类对于禽兽蒙昧的爱怜和鄙视。

禽兽们：蒙昧的禽兽，从机智的人类眼中的自己直率的双眼中，看到了禽兽对于人类狡诈的迷恋和憎恨。

乌市长：我们更加清楚地看到了对方的过去现在和未来，也因此更加清楚地了解了自己的过去现在和未来。于是人与动物的一般的、种类的友情消失了，只留下了特殊的、个体的友情。人与动物的一般的敌意消失了，只留下了特殊的、个体的敌意。我们从各自对峙的阵营中走出来，从可耻的压迫和屈辱的反抗中走出来，从可笑的丑角似的互相嬉戏和胡闹中走出来，走向公平公正健康的对抗。我们之间从此并不一定和睦但必定友好，并不一定谦让但必定平等，并不一定团结但必定公正。我们之间再也不存在一般的距离，只存在具体的距离。来，我们或者亲吻或者争吵，或者拥抱或者争斗，或者互相爱抚或者互相残杀。我们没有成见只有分歧，我们没有界线只有距离，我们没有好坏之分，只有认同或是反对，我们没有复杂的情感，只有简单的关系。

全体市民和动物：人兽之间古老的障碍就此消融。我们心中坦荡，不再彼此仇恨。我们渴望走向对方。

人与兽互相靠近，寻找各自最合适的敌人、对手或朋友。一个胖子走向了野猪，一个瘦子走向了长颈鹿，一个瘸腿走向了板鸭，一个光头走向了秃鹫，一个近视眼走向了眼镜蛇，一个机灵鬼走向了长臂猿，一个骗子走向了花蝴蝶，一个失眠者走向了猫头鹰，一个腋臭者走向了骚狐狸，一个小偷走向了老鼠，一个诗人走向了八哥，一个银行家走向了花脚蚊子，一个歌手走向了甲壳虫，一个拳手走向了袋鼠，一个柔姿舞者走向了水蛇，一个麻脸走向了鳄鱼。

大会执行委员会主席：难道就这样说开始就开始吗？在这种疯狂彻底击溃理性的时刻，人类与畜类的比赛还能够成立吗？我们还有能力确保双方都充分感受竞赛的合理与公平吗？比赛可以热烈甚至疯狂，但比赛规则的制定必须合乎理性，而制定合乎理性的规则的一个重要前提，就是反复的假设与责问。简单地以游泳为例吧，大家都知道我们的游泳池总共只有八个泳道，就算我们可进行数轮的预赛选拔，决定最后进入的决赛的八组选手，以最大限度地确保其公正性，就算假设在决赛以前没有出什么差错，运动员们对比赛的规则和设施也都非常满意吧，在这种情况下来了八组决赛选手，我们再假设他们中第一道是包头鱼，第二道是青蛙，第三道是人，第四道是狗，第五道是河马，第六道是水蛭，第七道是水獭，第八道是鳄鱼。我这里的假设以水生类动物为多，并不出于偏见，而是基于自然习性的选择。我们总不能把飞禽类比如像麻雀或山鸡，也假设在游泳决赛的名单中吧，除非它经过特殊的训练，另外，畜类善游泳的也相对少些，其原因也是显而易见的。问题在假设阶段看来已有所暴露，那就是，所谓的公平和公正是否已把选手体质的自然特性考虑在内？如果不考虑体质的自然性，那么决赛的结果将毫无疑问是类的胜利或失败，比如水獭类胜过了河马类，而飞禽类则根本没有机会参加游泳比赛。就算这里面不含有令人难堪的等级问题，这种类的差别难道仅仅是特殊的具体的差别，而不是一般的普遍差别吗？如果我们事先已经考虑了选手体质的自然性，那么这就等于是我们在事先就确立了我们早就打算抛弃的人与动物之间的普遍等级差。就算我们闭上眼睛说瞎话：这只是一个优胜劣汰的过程，而根本不用管什么一般差别和特殊差别之类的问题，我们的问题也不会因此而减少。比如，我们是不是在每一种比赛中都把这种优胜劣汰的原则坚持到底呢？我的意思是说，在有些项目对人类不利的情况下。如果我们说人类必须参加每一个项目的比赛，要不然，消除人与动物之间的普遍差异，消除人与动物之间的敌对倾向，消除人与动物之间虚伪的友爱，这些本次赛会最重要的主题就会得不到体现，就算是这样，人能参加与飞鸟的无支撑悬浮比赛吗？人能参加与瓢虫的啃树叶比赛吗？人能参加与章鱼的喷雾比赛吗？人能参加与秃鹫的吃腐肉比赛吗？一句话，对于人完全没有能力参加比赛的那些项目，人是否就可以把这些比赛项目擅自取消？如果是，那么这里难道不体现了人对动物的专制吗？如果不是，那么举办这种比赛的意义何在？因为就算人不去刻意安排今晚这种比赛，动物们每时每刻也都在进行着这种比赛。反过来说，在那些人类占优的项目上，我们是否安排与动物进行比赛呢？比如下象棋打纸牌。竞技并不只是一种体力的活动，它理所当然地包括了智力的活动。在这种情况下，有那么多几乎除人以外的所有动物（除了少数几只向科学院做过报告的人猿，严格说来它们已经属于人类）都需要我们去教会它们识别棋子以及每只棋子的特殊功用，记忆棋谱和行棋规则以及手筋发挥等等。这种教育如果不是毫无希望的话，至少也会花上动物们上百万年的时间，一如我们从猿人进化到现代人类所需的时间。这些仅仅是无稽之谈吗？恐怕很有可能当然是。就算它是吧，问题并不就到此结束，但我们仍然可以假设这些问题并不存在，或者假设这些都只是我本人的杞人忧天，就算这样，接下去还是有问题。还是拿游泳来说吧，我们设置跳台，并且要求每位选手在同一时间以特殊姿势从跳台往下跳吗？这种要求对于像包头鱼这样的选手来说公平吗？因为它们根本无法在光滑的起跳台停留。我们仍然像在人与人之间的比赛中要求每位选手在听到枪响以后起跳吗？这对于水蛭这样没有耳朵的选手来说公平吗？还有我们的泳道只有五十米长，那么还进行不进行五十米以上的游泳比赛呢？如果进行的话，对于那些不具备掉头技术的选手，难道非要让它们在掉头时撞得头破血流吗？我们又给予它们何种帮助，以克服这些困难呢？这些是问题吗？哦，人类有足够的智力去寻找适当的方式，去转移这些问题，偷换这些问题，曲解这些问题，避开这些问题，甚至蔑视这些问题，直至所有的动物都在听完他们的回答后皆大欢喜。但有一点是人类们无论如何也回避不了的，那就是，从此以后人类都将老老实实地成为可怜的素食主义者吗？

　　吴琳琳：不论人或兽，赶紧出来一个替我干掉他，不能让这种迂腐的家伙在这里大放厥词。太好了，一头大象终于第一个站了出来，它用灵巧的长鼻子吸住了这家伙的脑袋。天哪，它拽住这家伙的头发，把他整个提了起来，就像吊车勾住铁索提起了货物。哦，太过瘾了，我们的大象把这饶舌的家伙像风扇一样转了起来，哦，这家伙的整块头皮被揭开了。啊他掉下去了。精彩！看似笨拙的大象竟然没等这家伙落下又把他拦腰卷了起来，举到了半空。

　　观众：摔死他！摔死他！

　　吴琳琳：那是毫无疑问的。这可是它参加与人类的掷木饼决赛以前的最后一场热身赛啊。它会轻易地放过这个难得的热身机会？可能吗？

　　观众：摔死他！摔死他！

　　吴琳琳：再来一次！

　　市民：摔死他！摔死他！

　　郁利：我从未想到今晚会如此过瘾，但我必须让我沸腾的热血冷却下来，选择最恰当的时间——既能满足我的好奇，又能确保我的安全——离开这个狂热早已将理智的圣殿洗劫一空的鬼地方，除非在此之前我能想出妙计，能够十拿九稳地战胜这个愚蠢的庞然大物。

　　大象缓缓地眨巴着眼睛，甩着脑袋，扇动一对大耳朵：呜－呜——呜－呜——

六指 π 用十二个手指头飞速翻动《兽语大全》：大象。七画。呜。找到了。四声重复。短长短长间隔。找到了，找到了。"这位播音员小姐真是让我着迷。"他妈的，这蠢蛋竟然打起了我们梅城小姐的鬼主意了。我不能把它的话翻译给观众。

大象温情脉脉地看了一眼吴琳琳，然后用力一甩，把执行委员会主席抛向了远处的西山。

吴琳琳：看见了吧，你们看见了吧，这位执行主席像一只烂草包似的飞了起来，飞向了夜色中的西山。这就是他的下场。在他连自己的发言都未能完全执行之前，他的死亡已被提前执行。让西山上的柴狗去替他收尸吧！

大象微笑着转过头来，将一支长鼻从竞技场一直伸到了解说席，轻轻地抚着吴琳琳美丽的面颊：呜-呜——呜-呜——

吴琳琳亲昵地拍了几下大象的鼻子：大象是世界上最可爱也是最有灵性的动物。它肯定能够赢得今晚的比赛。

大象：呜噜呜噜呜噜。

六指 π 用十二个手指头飞速翻动一本《兽语大全》：七画呜。妈的，这又是什么意思？呜噜无间隔三次重复。找到了。"我爱你。"他娘的。我看它是不想活了。我并不担心一旦观众知道大象有这种非分之想，不会激起他们的熊熊怒火，可我担心吴琳琳一旦听到大象粗野的示爱声，会真的草率地把自己的爱情奉献给这蠢伙。李得儿刚才在这儿现了身，又旋即消失，在她柔弱的心头刚刚掀起一场苦涩的风暴。爱情一旦受了重创，哪怕遇见的是一根稻草，只要向她迎风招展，她也会立即伸出自己娇柔的手臂。

大象：呜噜呜噜呜噜。

吴琳琳再次轻抚大象的长鼻：可爱的大象，这里没有能听懂兽语的人，所以，你还是先去参加比赛吧。

大象愤怒地把目光转向六指 π。六指 π 赶紧躲到了麦弓身后：

这是无敌的梅城英雄，向来单骑走天下，所向无敌，你若胆敢动我一根毫毛，他立即就把你撕成碎片。

大象看了一眼一脸漠然的麦弓，甩着两只大耳朵走开了。

吴琳琳：所有的垫赛已全部决出了胜负。在第一场正式比赛开始以前，我先向诸位宣布垫赛结果：野猪不敌胖子，因为胖子啃下了野猪的一块膘肉，野猪对胖子身上的肥肉却是下不了嘴。瘦子胜了长颈鹿。瘸腿很意外地输给了板鸭，真是令人不可思议。秃鹫胜了光头。近视眼胜了眼镜蛇，这可算是一大冷门。机灵鬼与长臂猿旗鼓相当。骗子赢了花蝴蝶，因为花蝴蝶仅仅在感情上三心两意，而骗子不仅如此，还骗走了花蝴蝶的一只翅膀。失眠者在与猫头鹰的守夜比赛中半斤八两，这也是自然而然的事。腋臭者输给了骚狐狸，很显然，因为后者虽是满身腥臭，却依然能吸引广大异性，可见技高一筹。小偷赢了老鼠。诗人赢了八哥。原因是——噢，在这儿，原因是诗人虽然一味说谎，八哥却只会一个劲地重复诗人的谎言，引起了裁判的反感。银行家赢了花脚蚊子，情理之中，我们想想那狠毒的商人夏洛克就行了。歌手负于甲壳虫，因为甲壳虫本来就是甲壳虫，而歌手只是在成名之后人们才承认他是甲壳虫。拳手输给了袋鼠。柔姿舞者输给了水蛇。在这三个项目中人类可谓节节败退。麻脸赢了鳄鱼。记录上是这样写的：鳄鱼一见麻脸就沉入水底躲了起来。判麻脸胜。这可谓是真正的沉鱼落雁之貌啊。好，亲爱的看客们，在正赛开始之前，让我们先向垫赛的优胜者们表示祝贺吧。

吴琳琳鼓掌。观众跟着鼓掌尖叫打口哨。

吴琳琳：现在，好戏就要来了！赶紧睁大你们的眼睛，张开你们的双臂，跺响你们的双脚，来欢迎我们的英雄和野兽吧！哦他们出场了。这位戴眼镜的瘦个子是英雄郁——利。

吴琳琳鼓掌跺脚。观众打哦啸喝倒彩。

吴琳琳：尽管他的上门牙像是偏到了嘴唇外面，这反而使他看上去更加可爱，更加迷人。站在他一边的是我们已经十分熟悉的大——象，它样子多么憨厚啊。

吴琳琳鼓掌跺脚。观众跟着鼓掌跺脚。

大象：呜噜呜噜呜噜。

吴琳琳：这位，是麦嗳噎嗳噎嗳噎弓。他矫健的身影我们当中也许有不少人已经见过，因为他今天中午刚刚从云南来到梅城，一直在梅城街头东荡西逛。他是男人中的男人！浪汉中的浪汉！

吴琳琳鼓掌跺脚。观众打哦啸喝倒彩。

一市民：他不过是一个梅林湾的烂脚农民的儿子。

麦弓走到那人前面，一拳打在他脸上。一串烂牙从那人嘴巴里飞出看台。

吴琳琳：当然我们希望这样的男人能对我们女人尽可能的温柔一些。将与这位捷足英雄同场竞技的是我们梅城的良种白——骏——马！

吴琳琳鼓掌跺脚。观众鼓掌跺脚尖叫打口哨。

白骏马：咿——嘀嘀嘀嘀！

六指 π 用十二个手指头飞速翻动《兽语大全》：九画咿。马部。咿，长间隔连续四嘀。"我是闪电我是雷鸣。"

吴琳琳：看，它居然直立起来。它显然理解了你们热情的尖叫和口哨，打算以胜利来回报你们的美意。去战斗吧！马儿！

白骏马再次屈起前蹄昂首嘶叫。观众们更加放肆地尖叫打口哨。

吴琳琳：最后的一对，是我们梅城男儿中身手最为敏捷的蛮汉，陆乌乌乌翼翼翼锋嗡嗡嗡嗡！和来自科学院实验室的，现在已是安徽灾民杂技团成员之一的人——猿！这是人间的野人和野兽中的类人的一场精神与身体的双重较量，一定会带给我们今晚最精彩绝伦的一场争斗。

吴琳琳鼓掌跺脚。观众鼓掌跺脚尖叫打口哨。

郭碫：那我呢？是不是该去找一头狗熊比一下？

吴琳琳：我们现在可以看到郁利和大象率先来到了木饼投掷场。郁利来自温城，现在北京一所大学任美术教师，为人谦逊和善，但关键时候总有出人意料的发挥，并最终击败对手。希望大象不要对这样一位其貌不扬的选手掉以轻心。我们看到郁利已经拿起了木饼，令人感到惊奇的是，他并没有自己投，而是替大象在它的长鼻子上友好地放好了木饼。这不光说明了郁利的大度，同时我们也能看出，他有备而来，并对赢下这场比赛极为充满信心。大象现在甩动了有力的长鼻，它要出鼻了。郁利表现得也是同样的紧张，他在一边用极其古怪的动作挥了一下手。哦天啊，我们的大象怎么了，那只木饼没有扔出去，而是直接从它鼻子上掉下来落在了脚趾边。它好像在流泪，在为自己的失鼻感到沮丧。不过问题不是太大，它还有一次机会。现在轮到郁利投了。是的，他的胳膊似乎是细了一点，双腿也好不了多少，观众对此给予了善意的笑声，因为看上去他根本没有机会获胜。郁利并没有利用转圈去获得最大的初速度，而是原地站立，轻轻松松随随便便地投出了手中的木饼。噢他投得不算远，简直是太近了，恐怕还不到三尺。我听到了，你们的嘘声和笑声。尽管如此，第一次投掷郁利还是赢了。现在我们来看第二次。这回是大象自己从地上用鼻子卷起了木饼，但愿它这次运气不会像刚才那样坏，要不然，可实在是糟透了。看哪，它把木饼举到了空中，在出投之前，它转过头来看了一下旁边的郁利，似乎在说，小老弟，你好像没什么机会。它甩动了长鼻，越来越快，越来越快。噢——天哪，我们可爱的大象居然在投出木饼之前，从长鼻子里打了一个巨大的喷嚏，让搁在上面的木饼竟然不是往前，而是笔直地飞到了半空。谁能想象这样的景象？噢它落下来了。但愿别伤着我们的大象，使它的心灵和身体受到双重的打击。噢——为什么我不等这不幸的事件发生早早闭上眼睛啊？真是不幸！太不幸了！这该死的木饼竟然打在了大象的脊背上。它痛苦地趴倒在地了。它没事吧？它应该没事，它肯定没事，但愿它没事。幸好这只是一块木饼不是铁饼，要不然后果叫人不敢想象。多么难以置信啊，这究竟是怎么回事？哦瞧，它还在痛苦地打着喷嚏，哦，眼泪也流出来了，好大的弹珠，好可怜啊，它肯定疼死了。它运气实在太差了。谁都以为这场比赛大象十拿九稳将赢得胜利，我们刚刚还目睹了它是如何把那位可恶的执行委员会主席扔到西山上，它有这个实力。可前后相隔还不到半个小时，它居然判若两象，两次投掷，成绩都被取消。这样郁利已经不用再投了，他已经凭着第一次二尺一寸的成绩成了金牌的得主。现在，在场还有哪位能够再嘲笑这位看上去手无缚鸡之力的画家呢？你们和我一样，这下全都傻眼了是吧？无论如何，我们还是要祝贺温城人郁——利夺得掷木饼比赛冠军！

吴琳琳鼓掌。观众喝倒彩。

变回人类的庞小姐：在大象打喷嚏的时候，我似乎闻到了空气中的胡椒粉气味。是不是这位看上去就一肚子坏水的家伙做了什么手脚？既然他来自臭名昭著的温城，那里生产的牛粪纸皮鞋皮带皮裤皮帽曾让我蚀足了老本，就怪不得我做出这种不太友好的猜想。一会我得为大象做一番仔细的检查。

吴琳琳：大家看到了吗？我们的梅林英雄麦弓和那匹白骏马出场了。这英气勃勃交相辉映的一对，一左一右从容优雅地走在跑道上，仿佛刚刚从热血飞溅的战场凯旋，令人难以相信，他俩即将为捷足之王的美名，展动各自的腿脚，作一场力与美的比拼。本来这场角逐是在梅城短跑名将陆翼锋与白骏马之间展开，但陆翼锋今天意外地碰到了他的好友麦弓，便竭力向大会组委员推荐麦弓参加这次比赛，因为这位梅林湾来的农家弟子才是真正的捷足的阿基利斯。

看看他结实细长的小腿，粗壮有力的大腿，还有那宽厚强健的肩膀和胸脯吧！亲爱的梅城姑娘们，看看这男人中的男人吧，难道此刻你们没有和我一样怦然心动吗？梅林湾来的英雄，我们梅城女人为你加油，愿你夺得最终的胜利。

女观众：我们为你加油！

男观众：加油，加什么油？

胡飞：实在太过分了，主持人应该主持公道才对。后马屁打仗，一个梅林湾来的乡巴佬，值得你梅城第一美女这样子为他摇旗呐喊？梅城白骏马，打败他，打败这个梅林湾的乡巴佬。

麦弓脱下了身上的衣服，只留一条短裤，露出一身刚刚拿梅城菜籽油涂抹过的亮闪闪的肌肉块。

女观众：货真价实。我们为你加油！

男观众：货真价实的乡巴佬，连橄榄油都买不起，也确实需要给他加点油了。

郭靓轻轻地摇头，自语：一个从来不关心别人的男人，怎么也能让女人鬼迷心窍？

被第欧根尼幽灵抛弃的丁丁：果然是伊，白天在书店里，我用奶奶碰得一下伊阶手膀。结实阶，扎瓷阶，卵功应该也弗错起阶。不过呢，今天晚上我人生的主题不能再是爱情。为了明天的生计，我得尽快回到宾馆，用这身皮肉去做几宗生意。

丁丁摊开右手，向麦弓远远吹去一个吻，便转身离开了体育馆。

吴琳琳：现在让我们把目光一齐投向我们光荣的梅城白骏马吧。它的体态如此矫健优美，四肢的线条又是多么干净匀称。它一尘不染的尾巴如同少女的长发，在饱满而又结实的屁股上轻轻拂动。高高的脊背如同起伏的海浪，闪烁着银色的细毫。还有那一片秀美的鬃毛，长长地披挂在大理石般的脖颈两侧。上面，便是它高贵迷人的头颅，那双黑色的眼睛散发着柔和的光彩，令人心驰神荡。请你们在这双温柔的眼睛上稍作停留。难道不是吗，你们已经开始怀疑它是不是一匹真马了。哦是的，它也许正是一位令人心碎的王子，一件老天爷赠送给我们梅城女人的稀有杰作。是的，我亲爱的姐妹们，跟你们一样，我已经有些醉了。我真希望它此刻能开口跟我说话。

白骏马：呜呼——呜呼呼呼。

六指 π 飞快地翻动《兽语词典》：马。呜呼间隔呜呼呼呼。"亲爱的小姐，您是世上最美的人儿，我愿为您而战。"妈的，今天的人畜大战越来越像一出动物向人类求爱的木偶戏了。当然不能把它的话翻译给吴琳琳，我得把表达它的机会留给自己。

吴琳琳：人和马都来到了各自的起跑门内。由于马缺乏应有的起跑知识，为确保公平，人和马都在两扇小弹簧门后面等待信号。一旦枪声响起，拴住马的绳子便立即放开，他俩便开始自由奔跑。尽管我们现在还暂时看不见他俩，可是我们仿佛已经听见他们粗重的呼吸了。啊，枪响了。啊，他们出来了。梅林湾的浪汉麦弓冲在前面。显然他在起跑时占了先手。哦，他俩的距离居然还在继续拉大。我们的白骏马好像还没有完全反应过来。它正在努力加速，但远没有达到最高奔跑速度。我的手心在冒汗，因为我的拳头一直没有松开过，就好像是我自己在参加比赛。格格格格格格。哦天哪，我的牙齿怎么了？难道它们因为不能参战而先向自己开战？我口渴，我得格格喝一口水，格格格格，要不然我一句话也格格格格不出来了。咕噜咕噜。对不起。现在他俩之间的距离再也没有拉大了，因为我们的白骏马已经跟上了我们的英雄浪汉的速度。在整个四百米比赛中，人要想获得胜利，必须在起跑和前二百米的加速中把与马的距离拉开，不然在后二百米中，我们的白骏马将调动它庞大的身躯上的每一块肌肉，使自己达到最佳的奔腾速度。在这个时候，哪怕是真正的阿基利斯也将难以与之相比。现在捷足的梅林湾浪汉麦弓还是稳稳地跑在前面。他跑得太快了，身上简直像是长上了风的翅膀。看哪少女们，他的闪电般的双腿多么优美多么轻捷多么舒展。要是有一天他要用它们来进攻你们纯洁的身体，谁愿意拒绝这样的千男难遇的机会呢。他已经跑出了前面二百米，现在他与马之间的距离估计会在五十米左右。噢，看哪少女们，我们洁白的骏马已经提到了最快的速度。它的四肢几乎离开了地面，哦它追了上去，在空中飞驰了。哦，那迷人的鬃发也跟着飘了起来。太美了。哦，看看它每一块肌肉在光滑的皮脂下的清晰的运动吧。哦，看看它在如此激烈的奔跑中依然保持的飘逸的体态、温柔的眼神，和高贵的气质吧。我的眼前只剩下了它俊美的身影，我什么也听不见，除了它舒缓的呼吸和我剧烈的心跳。要是它不是马而是人，哪个梅城少女不愿打开自己颤抖的双腿，把一切都向它奉献？

白骏马甩头看了吴琳琳一眼：呜呼——呜呼呼呼。

吴琳琳：（自语）它看我时候的眼神是多么让人着迷啊。那么的湿润又是那么的专注。我的心在乱跳。不行不行，我得赶快平静下来，完成自己的工作。（继续解说）噢，我们的骏马赶超上去了。它现在离前面的麦弓最多只有二十米。麦弓并没有因为跑了三百米而降下了速度，他几乎跑得和开始的时候一样快，一样轻捷自由，可是白骏马的速度实在是太快了。他俩之间的相距也许不到五米了。这是怎么了？所有的人都张大了嘴，可我能听到的却只是一阵阵低弱而又遥远的轻叹。周围是那么的静。哦，它来了！从地下！仿佛飓风在地下滚动，一直都没有传到地面上来。现在它变强了。哦，所有的人都加入了这宏大的吞没一切的声响的巨浪中去了。啊，麦弓，自由的男人，千万别输掉这场比赛啊。哦马呀，只剩下了最后三十米，快赶上你的对手吧。

女观众：麦弓，冲刺，坚持住。马儿呀，向前，赶上他。

男观众：马儿，马儿马儿。不到十米了，只差这乡巴佬一个身子了。马儿。快。快。快。快。快。哦差不多平排了。冲冲冲冲。

轰——巨大的声浪突然落下。

女观众：他输了。哼哼。它赢了。哼哼。

男观众：太好了，这乡巴佬居然在撞线前倒下了。哈哈。

吴琳琳：哦，麦弓居然在离终点不到三米的地方痛苦地倒了下来。他输掉了眼看要赢到手的比赛。他蜷曲在地上，捂住了自己的脚后跟。这个高傲的男人闭上了眼睛，一阵阵剧痛正在穿过他强健的身体。他一定是受伤不轻。快去帮他一把呀，快去呀。你们这些小鸡肚肠的梅城男人，居然站着傻笑。你们是我们梅城女人的耻辱！姑娘们，快冲上去，去吧，拿出你们全部的风骚，去治愈英雄的伤痛吧。去吧，梅城姑娘们，你们一向就喜欢男人骄傲，你们最乐意品尝他们的粗暴。那就全力去抢吧，倒在地上这个人，正是一个骄傲又粗暴的男人。

姑娘们眼中闪着泪光，潮水般冲下看台，向倒在地上的麦弓跑去。麦弓突然用一条腿站了起来，然后瘸着腿向坐在竞技场边抽烟的郭蹶和郁利走去。姑娘们满眼失望，停下了脚步。

吴琳琳：这是一位真正的硬汉，但对女人也实在是太过粗鲁。他居然连看都不看一眼这些多情的梅城姑娘，未免有点太装那个了吧。女人天生愿向这个世界的男人施展自己的柔情，即便最冷酷的男人，也该懂得基本的温存，就算你不愿接受，至少该知道如何以男人的胸怀去抚慰女人的多情，让她们不至在被你拒绝后，又要被你的冷漠羞辱。（自语）说起对女人滥施温存，这倒是今晚那个来了又去的家伙天生就有的本领。他肯定是跟哪个女人躺在他那张合欢床上了。我肺要炸了，要炸了。气死我了。

陆翼锋站起来：怎么回事？为什么到了最后的时候突然脚伤复发？噢，噢，我们的胜利呢？噢，我们的世界呢？

麦弓：中午拨一个胖子脚踏车撞得一头。

陆翼锋拍胸脯：我去把你丢掉的金牌和荣誉夺回来。看我的。

陆翼锋向竞技场中心的两根大木柱走去。一只猿猴从后面追上了他，并利索地跳上了他的肩膀。它举起一只酒瓶，向陆翼锋晃了几下。

郭嘏：这畜生下午还从我这儿抢走了十块钱。

猿猴：来一口吗？正宗的绍兴女儿红。

陆翼锋一脚踢开猿猴：原来是你。你不是早已成了科学院院士了吗？

猿猴：你说的是我的那位德国佬曾祖父。我们家族没过几代又很快退化了，尤其是德国的那一支脉。但自从他们把我父亲送到中国以后，他们重新看到了我们家族复兴的希望。那些聪明的饲养员专门找到了那篇我曾祖父当年在科学院做的报告仔细研读。从上个月开始，他们就按照书上的方法和步骤来教我变成人类。除了握手喝酒和说话，最让我骄傲的是，我刚从安徽灾民那里学会了拿钢丝缠脖子，用你们梅城话说，强讨饭。无论如何，我现在是安徽讨饭团的正式成员之一了，享受和别的成员完全同等的待遇，没有人把我当作外人看待。

陆翼锋：外人？你昏了头了。

猿猴：怎么会呢？绍兴黄酒实在好喝，比那些让人作呕的威士忌白兰地杜松子不知好多少。怎么样？来一口？

陆翼锋一脚踢开猿猴：我得保持最佳的身体状况，以确保能够最后赢你，这样才会有女孩拿她们的大腿来朝拜自己的心中的英雄。

吴琳琳：这一对选手似乎格外的亲昵，仿佛他们不是要去角逐，而是要去一起喝酒。哦，真的，那只德国种安徽灾民杂技团的猿猴居然拿出了一瓶老酒在往嘴里灌，不知道它一会怎么爬杆。要是爬到高处，忽然酒性发作掉下来怎么办？安徽佬居然会放任他这样做。他们名声这么臭，没了这只猿猴他们还能要到饭吗？它长得可真丑,黑毛红面孔,一点都不像猿猴,当然更不像我们人类,反正怎么看怎么别扭。好吧。他俩将要开始一场爬杆比赛,爬的是同一根大木柱,两侧装了梯档,人和猿猴各自从一侧上,谁先爬到顶端敲响上面的小铜锣,谁就算是赢。嗯,裁判吹响了哨子。陆翼锋开始爬杆了。奇怪,这只小猴子居然这时还蹲在下面一个劲喝酒,它到底想干吗?它抬起满是皱纹的额头,瞄了一眼正奋力往上攀爬的陆翼锋。噢,它又接着喝酒了,陆翼锋都快爬到柱顶了。小猴子在往酒瓶里面张望。早空了,还想喝。这家伙很不高兴地甩着酒瓶子,显然是还没喝够。它扔掉了空瓶。他妈的,真是他妈的,居然还向看台展开长长的双臂,在自个儿头顶鼓了两下掌。又鼓了两下。什么意思?他妈的,观众全都开始跟着它的节奏鼓起了掌。看来它倒是很会调动观众的情绪。好了,陆翼锋只剩下最后三档了。小猴子跃了起来。果然,它摔到了地上。它看上去已经醉得不行了。为什么让这种东西来参加比赛,而且还是压轴戏。可恶的安徽佬,就会来我们梅城骗钱,让这只完全没能力参加比赛的破猴子来骗个出场费也好的。裁判应该要求它立即退出比赛,或者干脆宣布取消它的比赛资格。天哪它居然上去了。陆翼锋已经抓起了小棍向桅顶的铜锣伸出了冠军的手臂。噢,天哪,小猴子箭一样窜了上去,在陆翼锋手臂上抓下一片肉来。小木棍从陆翼锋手中掉了下来。这不行,这是野蛮的兽行。裁判应该立即中止比赛。应该立即取消猴子的比赛资格!人与兽刚才不是已经讲和了吗?不是已经天下一家了吗?哦!陆翼锋还有戏,他居然伸出了那只血手去敲那面铜锣。这当然是允许的,因为猴子犯规在先,打掉了他手里的击鼓棒。猴子疯了,飞快抓了一把陆翼锋的脸,又抓下一片肉来。他妈的,真是他妈的,这算什么?!它居然还眼放凶光,像老太婆一样尖叫起来。裁判目瞪口呆,早忘了自己的职责。哦,太好了,陆翼锋回击了。打死它,对,掐死它陆翼锋,不许这些穷鬼畜生忘乎所以,在我们人类面前放肆胡来。太棒了，陆翼锋向猴子击出了一记漂亮的下勾拳。猴子狂叫一声，喷出一口鲜血。脑袋像要离开它的身体飞出去。这下它死定了。哦天，它居然没有掉下去，居然伸出一支长长的手臂勾住了最上面的梯档，它手臂可真长他妈的。踩它一脚，陆翼锋，踩它踩它踩它。哦这畜生太灵巧了，躲闪得好快。陆翼锋一脚踩空，哦别掉下来。好好他又上去了。天哪这畜生把自己整个身体的重量都送到了右臂上，又准又狠地打了陆翼锋一记右平摆。陆翼锋被打中了，显得有些困惑不解。他甩了一下满是血珠的脑袋，似乎是想让自己清醒过来。噢可怕，太可怕了。猴子跟着又是接连两记左刺拳击中了陆翼锋的头部。噢别别。陆翼锋只剩一只手臂还勉强挂在梯档上。他还在一个劲地甩头，看样子神志已经不太清楚了。别糊涂啊不要这样亲爱的陆翼锋。天哪他举起手臂想打一记右勾拳，可根本没有击中目标。坚持住可怜的翼锋，千万别掉下来，亲爱的陆翼锋，别让这只非人非畜的野兽得胜。哦谁去救一把我们的英雄。他要掉下来了。那只猴子伸出了利爪，在陆翼锋的挂在梯档上的那只手臂上抓出了一道又一道血痕。太可怕了。它在凶恶地狂啸。它是在向我们整个人类宣战了。英雄在哪里？快去救下这支我们梅城女人的大针筒啊，快啊，千万不要让他摔死啊。

　　麦弓从地上捡起一块石头，展开风一样的双腿冲向立柱。他后面很快跟上来一大队群情激愤的观众，用声嘶力竭的嚎叫为自己鼓气。从竞技场另一端，大象、白骏马带着野猪、长颈鹿、板鸭、秃鹫、黄牛、金枪鱼、眼镜蛇、长臂猴、猫头鹰、骚狐狸、老鼠、八哥、花脚蚊子、甲壳虫、袋鼠、水蛇、鳄鱼向迎面扑来的人类汹涌而出。麦弓身后的人群立刻陷入一片惊慌之中。他们脸色惨白，四肢发抖，还没等野兽们靠近，就先逃掉了一大半。顷刻间，人类的队伍在畜生面前土崩瓦解，陷入彻底的混乱。他们不顾一切地互相挤搡踩踏着拥向入口处。只有麦弓一人凭着自己两条快腿，在禽兽们还没有赶到立柱前，先向那只猿猴扔出了手里的石头。石头准确无误地击中了坐在木柱顶上无耻狞笑的猿猴背部。它怪叫一声，从空中一跃而下，闪电似的向跑道外侧的围墙飞奔而去，一转眼，它便逾墙而出，消失了。就在同时，陆翼锋也无力地从梯档上坠落下来。

麦弓张开强劲的双臂，把一身血糊的陆翼锋接到怀里：我们得赶紧走。要不然那匹刚刚赢了我的白骏马一会就会赶上我们。

郭毁：这是铁定的法则。人必然输给畜生，君子肯定输给流氓。

麦弓和陆翼锋冲到郭毁身边，一把拉起了他。

"那后面有一堵矮墙，很容易翻。"陆翼锋指了下体育馆一侧的一片柏树林说，便领着两人往那儿跑去。

夜巡

第十章

包中笑出声来。他伸手从渗着油汤的小布袋里面掏了一会,摸出一颗酱爆螺蛳来,吸一下,空的。他笑着把螺蛳壳扔回到布袋里。

"大卵泡包中!来!"一辆三轮车从他前面急驰而过,里面有人跟他打招呼。

包中撇着两只光脚,大卵泡在裤裆里晃荡着,跑在三轮车后面。他攀上了车后的铁档。

"嗨,嗨,阿爹,好哉好哉,包中阿爹,我怕道还骑得动唻啊?"车夫在前面说。

"爹?!奈格够?起码叫爷爷,要么叫太爷爷。"坐在三轮车里面的人说。是汪德鬼。跟他坐在一起的是前任墨市长的公子,墨君。

包中差点掉下车去。被车夫叫了几声阿爹,包中做出了爹的样子:一只脚踏在三轮车下方的铁档上,另一只脚使劲蹬马路。他边蹬边嘻嘻笑着。路边的排档里不断地有人大声喊他的大卵泡,为他叫好。

"碰着包中葛种爹伯真当叫匿有话头。"车夫说。

"落去!"墨君突然探出头来向包中喝了一声,接着又哈哈笑了。

"偌做何？"汪德鬼说，"魂灵水都被偌吓出。"

"碰着葛种晦气鬼，一息牌还会得好唻啊？"墨君说。

"木卵捧大牌偌晓弗晓得？包中阶运气肯定比咱好，否则句话，伊能够活到今朝还噶健朗？偌道去靠垃圾箱过日脚试试看，弗出三日，马上送医院。"汪德鬼说。

包中对搭车游戏没兴趣了。他跳下车，朝前面的大樟树大排档走去。三轮车从丁字路口的大樟树北拐，向兆马饭店直驶而去。

白有闭着眼睛，抱着枕头，嘴里吧唧吧唧地响。他女友翻了一个身，抽走他怀里的抱枕，搂住了他。白有的手碰到了她的乳房。他醒了过来。"去去，把抱枕给我。"他说。他女友一声不吭地把枕头塞回他怀里。白有又睡着了。

"好好好，包中到。"正在一股浓烟后头炒田鸡腿的老板娘笑着对边上的客人说。"大卵泡包中，"她又大声对走到她前面的包中说，"我先作话清爽，等客人走得以后，你才之好吃。有弗有数账？等客人走得以后你才之好吃。"

包中笑着点了一下头，从油布袋里抓出两只空盘子，朝老板娘扬了一下，放在她的脏盘堆里。老板娘嘿嘿笑了起来。她朝后边的郁利和 π 看了一眼，用勺子利索地勾起一只粗壮的田鸡腿递给包中："快。"包中笑眯眯地一把抓过田鸡腿，并没有整个儿塞嘴里，而是稍稍地咬了一点。"一息弗可拨我阶盘子也园进你的讨饭袋里去做人情哦。"老板娘告诫道，把一盘田鸡腿装进盘子里，用肥嫩的手指轻拨几下，把它弄整齐，放到 π 和郁利前面的小圆桌上。"老板，菜齐得，"她说，"要弗要再拨乃热些黄酒啦？"

"何个老板，扳牢！" π 说。

郁利右手抓着自己的左肩，将脑袋压在上面，瘟鸡似的半张着嘴。"刚才我跑得太快了，还有点慌不择路，肩关节痛又犯了。我得早点回饭店休息。"他说。

"田鸡腿才刚刚上来。"π说。

"你自己吃吧。"郁利说。

"账呢。"π说。

"哦,"郁利说,"自然我来,我差点给忘了。"

"哎,再坐会再坐会,我帮你推拿一下就保你没事。"

"不可能,我吃了多少药了,根本没用。"

"年纪轻轻就得这种病,不可思议。你肯定是个保守派。"π走到郁利边上,捏了一下他的肩膀说。

"我是保皇党。你可别出手太重。"郁利说。

"这类单侧神经痛经常是中老年人才得,俗称'五十肩'。算你运气好,遇见了我。"π让郁利双肩放松自然下垂,然后伸出四只拇指,在郁利左肩轻轻平推九下,又用掌根缓缓滚摩九下。"感觉怎么样?"他问郁利。

"挺舒服的,最好就一直这样做下去。"郁利微闭着眼睛,满意地说。

"好。"π说,用两只中指关节抵住郁利两边耳根的风池穴,使劲地往里顶往里钻。

"酸!我操你轻点,这是什么穴位啊?"郁利把脖子缩了进去。

"屈指掐法,"π说,"现在你伸平左肩,我得扯你的肩髃穴了。忍着点。"

"啊。你疯了!"π只扯了一下,郁利立即叫嚷着站起来,"算了算了,你再这么折腾下去,我肩膀更疼了。"

"马上就好,"π说,又加一句安慰,"马—上—就—好。"他把郁利按回到小圆凳上,继续扯他的左肩:"肩周炎主要是由于你从手掌到头部,从外侧百谷到阳溪到手三里到曲池到肩髃到风池到百合诸穴,及从神门到内关到少海到尺泽到肩髃到百合诸穴有所淤塞。因你体质性情都偏阴,本来我只需替你轻轻推拿,再布些我身上的真阳之气，那些穴道就可以一一打通，但今天不行，在体育馆碰到你和陆翼锋之前，我刚饿着肚皮替一位垂危病人布过功，元气大耗。"

大樟树对面高尚廉妻子立即反驳："布气？我看伊是从咱老太公阶身高顶偷得不少元气。"

"我感到有点热了。哦，酸！轻一点，我求求你了，操。"郁利笑着在小凳上一跳一跳。

"说明这些穴位之间正在重新开放自己的边境。你快得救了。"π说完往前跨出一步，站到郁利左侧，右手捏住郁利的手掌，右手按在他的肩膀，以顺时针方向飞快地转动他的手臂。

"暴力！暴力！"郁利高喊着，扭着身体试图站起来。

"别动！不然你的手臂会断掉的！"π厉声警告，随后又缓了语气，"我做慢一点。这样没事吧？"

"好吧好吧，你爱怎么着怎么着吧，只要别把我的手弄断就谢天谢地了。"郁利无奈地认可了。

"温城佬顶顶坏，π，就要拨伊好好较吃些苦头。前年我买得一根温城出阶珍珠项链，居然话道个畜生，是豆腐干做阶。"高月半姐说。

"何家叫偌欢喜贪小便宜，专门买便宜货。"高月半说。

"摇法，"π说，"最管用了，若不是看在你这顿宵夜分上，我根本不会替做这个。嗨嗨大卵泡包中！"

包中看到π两人的小圆桌上有吃剩的酒菜，便走过去坐了下来。他捏了一把田鸡腿塞进嘴里，一口喝干了π剩下的半杯黄酒。π放过郁利，冲上前去，把包中推到了马路边。不过包中还是抢先拎走了盘子里的半条糖醋鱼。他仰面吮着鱼头，笑着走回来拿他的布袋。

"滚滚滚，鱼都拨偌吃过哉，还不滚？"π拎起包中的布袋，塞进他怀里，再次把他推到路边。

谭公子正穿过地狱最后一关，悲哀之国，眼前一片无光无水无气的虚无。"何辰光炼狱才之会得到货啊？"他在梦里梦外同时自语道。

"来来，老板，吃些何㕷？"老板娘用油勺敲着铁锅，招呼坐着三轮车嘻哈而至的麦弓郭嘏和陆翼锋。两个梅城人刚刚陪着梅林湾农家弟子麦弓绕着全城兜了一圈。

三位跳下三轮车。陆翼锋朝车夫挥着手说："走，走走走。好走哉！还想奈格？钞票匮有。赶紧走。"

车夫坐在车上笑着，等郭嘏把车钱付了。

"谢谢老板。"车夫接了钱说。

"呆子，哈，真是个呆子。"陆翼锋假模假事指责道。

"操，我正要走。都快被你们这位 π 朋友给弄死了。"郁利向麦弓和陆翼锋抱怨道。

"π！你又在搞什么臭把戏？"陆翼锋拿食指和拇指从盘子里拎了一只田鸡腿，让它落进嘴里，随即向炒菜的女人大声说道，"再来两瓶黄酒，斩些姜丝进去。"

"哎，别忘了像刚才那样打两只鸡蛋在里面，"郁利说，"其实我早就喝不下了。"

"还是小地主的口味。"麦弓说。

"你他妈的就是刻薄。"郁利说。

"既然要打鸡蛋就不要加姜丝，但是要放点冰糖进去。"郭嘏说，"其实夏天还不如喝啤酒痛快。"

"黄酒啤酒都喝吧。"麦弓说。

"可以可以可以可以。格么菜再炒两只喽，噶许多人呢，真当话，葛些菜何里吃得够？"老板娘说，她拿出两瓶加饭酒，给陆翼锋看，"老板，偌看呐，我这里㕷加饭酒么绝对正宗。"

"好好，"陆翼锋随口应道，转向 π，把刚才的话又问了一遍，"你搞什么臭把戏？"

"替这位哥们儿做了一下推拿。这哥们儿这么讲义气，请我喝酒，我哪好意思白吃他？"π 说。

"我今天晚上才算是真正有点了解了中国文化。什么都是暴力。最善意的就是最暴力的。"郁利说。

"是这样的吗？"麦弓说。

"也对吧。"郭耺说。

"别理他，你管自己好不好？"陆翼锋说。

包中再次背着布袋向郭耺他们走近。他在马路边站着，盯着麦弓微笑。

"偌也认得大卵泡包中？"郭耺问麦弓。

"认得，"麦弓说，"下昼头刚刚认得呀。我从垃圾箱旁边走过，伊就一直对得我笑。嗨，走，走。"

"看来你俩有缘分，"郁利说，"你看，他就是不走，呵。"

"缘分？呆子看见疯子自然感觉像碰着亲人即。嗨，走走！"陆翼锋朝包中冲过去。包中拔腿就跑。远处的黑影里传来他古怪的大笑声。陆翼锋走到长条摊板前，看了一下摊在上面的菜，对其余四位说："我看再点几个菜吧。"完后大声问老板娘，"老板娘，有何兮好吃？"

"乃想吃何兮？凉菜么炝蟹醉虾凤翅凤爪鸭舌肚子鸡肫门腔酱牛肉白斩鸡，"老板娘中途换了梅普话，"其实鸡肫的味道是很不错的，下黄酒么最好唻，"再度改回梅城话，"热菜么呐，油爆河虾酱爆鳝丝清蒸河鳗清蒸鲈鱼清蒸带鱼糖醋小排咸肉蒸蛋样样都好吃呀。想实惠些么呐，红烧肉呐，萝卜烧醋鱼呐，实惠弗实惠？或者是茭白雪菜炒肉丝呐，家常菜，泥鳅烧笋子干菜汤呐，任拣鲜得，味精都甮摆呀，苋菜梗蒸臭豆腐呐，臭对臭。是话再想便宜些么，搭底落末，青菜炒两只，茄子炒一只，噢，螺蛳炒一盘，花生毛豆拼一盘，葛种东西是实添些色头阶，一分钞票都匿有得挣阶。"

"一盘鸡肫，一盘肚头。肚头切咚头高顶，弗可切到下底去，要不然就不叫肚头哉。"陆翼锋说。

"格肯定，"老板娘说，"要么再盐水花生盐水毛豆弄两盘。"

"有炸臭豆腐吗？"郁利叫道，"你们梅城的油炸臭豆腐实在太好吃了，又香又臭又脆，我一个下午都在吃这玩意儿。"

"比咸亨酒店的要好得多。"郭赧点头说。

"你想吃啊？"陆翼锋回头盯着郁利说，等郁利刚一点头，便向马路斜对面炸臭豆腐的老头大声喊："十串臭豆腐。"

"哎，马上就送过来。"那边的老头回喊道。

"温城虽然话假货多不过，两只锅贴煎得实在好吃。小手指头介大，一面半焦，一面是像玉介透明，再送偌一碗清清爽爽阶葱花蛋汤，啊，个味道啊，实在太好哉。"高月半姐姐说。

"蔬菜弄两只。"陆翼锋说。

"想吃蔬菜啊，子辣椒么过老酒么顶好得，亦嫩亦鲜亦甜，或者是芦笋呐，要么……"老板娘见陆翼锋伸出食指和拇指掐住一条鲈花鱼的尾巴，拎到鼻子前嗅着，立即说，"偌放心，老板，刚刚杀好阶。多少新鲜一根鲈鱼啦，来根咚。"

"多少？"陆翼锋抬起头，瞪大眼睛半张着嘴，笑着问道。

"乃也是专门来咚来阶，总覅得拨乃吃亏阶，"老娘说，"六十块一斤进阶，葛根鲈花鱼一斤贰两，算乃八十块钱洋钿么好哉。"

"吃弗吃？"陆翼锋转过头来问道，还是刚才的表情。

"偌请客？"麦弓说。

陆翼锋翻出一只裤袋来，说："看看，即剩得一根卵。"

"卵也好挖来烧阶，"老板娘说，"味道肯定好阶。"

"弗割舍，"陆翼锋，"想好端端待伊，打算下半辈子靠伊吃饭。"

"怕道有噶特别咚？我倒也弗太相信。"老板娘说。

"倷若话年纪再小一半，咱还可以试一试。"陆翼锋说。

"噶倷可能还稍微嫩得些唻。葛根老什头，若话真当想学些真本事噢，就应该寻咱葛种介女人家来练，"老板娘说，"奈格话？我看倷河鳗弄支咚，拨倷小伙子现杀呐，河鳗壮阳么顶顶好得。"

"还是我们南方人有意思，"郁利说，"跟你调点情做点生意。"

"小地主腔调又来了。"麦弓说。

"操，麦刻薄。"郁利哼了两下鼻子说。

"如何说话是一个立场问题。"麦弓说。

"这倒是也算确切。"郭毈说。

"唉——唉——唉——唉。"老板娘跳舞似的跑到炉子前，端起了热酒锅，"即对付作乃话造话，酒都潽出得。"

在梅绍路的中间地段，那位白天曾让麦弓心动不已的小提琴姑娘，从自己卧室的窗口探出脑袋，对楼下那位满脸青春痘的圆脸男孩压低嗓门喊道："倷回去好弗好？我今朝夜道弗出去得。"男孩在底下回答："我一息就走。伊亦骂倷得？"女孩说："倷回去好弗好？"男孩又说："伊亦拨倷反锁咚房间里厢得啊？"女孩犹豫了一下说："倷弗可担心，匿有事体吤。明朝再跟倷话好弗好？"她飞快地扭头看了一眼，又飞快地转过头来，急促地说："快走，快走，伊来哒开门得。"底下的男孩还仰着脑袋不肯走。女孩边上忽然探出那位小个子中年男人湿淋淋的脑袋。他穿了一件白色老头背心，脖子上搭着一块湿毛巾，看样子刚洗完澡。他对着男孩大声喊道："隑嘞下底作何？小死尸，倷有几个头？滚，赶紧作我滚。"挨了骂的男孩这才低下脑袋，快快不乐地走了。中年男子砰地关上窗户，推了一把女儿的脸，厉声说："困觉！昏头昏脑来早恋得，功课越来越差。倷若话再噶套，我喇喇两记巴掌。相弗相信？"女孩坐到床边，眼睛盯着地板，执拗地说："是我同学啦，我何里早恋啦。"中年男人抽下脖子上的湿毛巾打向女儿的脸。"嘴部再硬?"他补上一句警告。女孩护住脸,抽泣起来。

卖打火机的绍兴师爷躺在城河边的石椅上,嘴里念念有词:乃爹西瓦,乃娘西瓦,乃爹乃娘统统都西瓦。

一个大嗓门男人的笑声从郭碫他们后面传来。老板娘立即转过身去招呼:"来来葛里,三位老板。"

"来来,葛里来,三位老板。"那头的老板娘也叫道。

三位赤膊老板选择了郭碫他们边上的排档。那个不停大笑的家伙长得又矮又宽,身板子结实得像一块石板,在路灯下看着乌黑发亮。他的笑声粗野,放肆,富有感染力,脚底板有力地蹬着地面,边上的郭碫都能感觉到震动。"十——瓶!"那人两手的食指搭成一个十字架,迸出两个刚劲有力的字来。

"加饭?"那边的老板问道。

"哎,啤酒啰。哈哈哈哈。"他大笑着接过同伴的火,点上烟,夹在两只又粗又短的手指中间。

"阿番,北京一外阿语系毕业的,被发配到梅发厂子弟学校教小学英语。"π说。

"这家伙像是刚从田里爬起来似的。"郁利说。

"谁请客?郭碫呆子今天心情不是很好,就不要他请了。要不π,他今天中午刚进了一批东晋的紫砂壶,说不定能发一笔横财。"陆翼锋说。

"阿番!"π冲那边的大嗓门叫道。

"嗨,π,"陆翼锋叫道,"你请客。"

"我请客?今天要不是碰到这位郁老先生,我现在还饿着肚子。"π说。

"那就只剩下郁老先生了,麦老先生的卵头比我还光。"陆翼锋说。

"请客请客，哪有让客人请客的？"郁利说。

"你不是来做客的，"陆翼锋说，"是来避难的，得缴避难费。"

"别逗了。你们要是在北京就知道现在那边有多人心惶惶了。操，我请就我请，谁让我昨天给你们画海报赚了八百块钱呢。"郁利说。

"翼锋，"麦弓说，"我们今晚没拿到出场费？这是怎么回事？"

"本来有颁奖仪式的，还没有结束人都逃光了，还颁给哪个爹去？"

阿番被同伴推了一下，看到了这儿的 π，赶忙咚咚咚走过来致歉："嗨 π，刚才没听见，难为情哈哈，难为情。"他张着短壮的五个指头向 π 笔直地戳过来，一把捏住对方小小的六个指头，有力地甩了两下。

"畜生，你的嗓门还欠大。"

"哈哈，难得难得。那么介绍一下你的几位朋友喽，"阿番露出又短又宽又白的两排牙齿笑着向在座四位一一致意，等 π 六个指头好不容易逃出了他的魔爪，他又立即十分严肃地把它推向了麦弓，"幸会幸会，兄弟，我阿番。请教尊姓大名。"

"有眼力。你们是校友。"郁利说。

"哦？！贵姓？"

"麦弓。"麦弓说。

"麦，弓，哈哈哈哈，懂了懂了，唐吉诃德，有意思有意思。你学什么？"

"一点英语，半点德语。"麦弓说。

"现在出来了喽。"

"出来了。"

"那么在何处高就呢？"

"教几个老外汉语。"

"啊你老兄，学了点外语还算派上用场了。娘煞吤，我学了五年阿语，毕业之后从来没用过，哈哈，到现在，总算还记得一个阿特特尔啊啊啊啊比尔，哈，那是我进阿语系学的第一个单词。"阿番说。

"怎么听上去像是'I 大——便'呢。"郭䩄说。

"哎真的真的，有点有点，听说过听说过，"阿番说，"其实这里有个小舌音并不好发，这位麦弓老兄学过德语肯定知道。不信你发一下试一试就知道了，特特尔啊啊啊比尔。我们班里不少人为了发这个音只好不停去医务室配咽喉片，发不了的只好转系。你发一下试试，特特特特特特特尔。"

后半夜迈出了它的脚步，晃向潮湿的黎明。争亮母亲对自己说：我是亦要作自家话说话哉，仍旧还是话咱争亮。伊肯定还来夯何个酒吧里吃酒咪。日里当夜头，夜头当日里。每天夜里厢三四点归来，困到下午三四点，爬起来饭扒两口，就亦出门去哉。每天都有噶许多小官人大姑娘来陪伊唱歌跳舞，何家作何家，分都分弗灵清，分明是想揩伊些油。伊拉拍拍屁股走坏，管自困觉去哉，咱争亮每回都是末独一个走，小姐就让他结所有匿有人结吤账。那天子陆翼锋说争亮一个夜头花得一千多块洋钿，我听得肉痛也肉痛煞。若话伊吤公司匿有被停业，反正伊钞票来得快，来得多，伊要花两块就花两块。问题是封条都贴过哉，每日噶坐吃山空，能吃多少日脚？吃光用光身体健康。吃光用光身体健康。我作伊话过弗知多少回数，我话争亮，每日噶花钞票偌弗肉痛吤啊？伊就笑哉，头点点。就讲作来咚作一个五六岁吤小人话说话介，头点过就算听过哉，等偌再想话句把，伊人十老八早就走得去哉。性子倒真当耐得弗少，弗管话话何兮，从来弗来反对偌。伊读大学吤辰光脾气亦弗是噶吤。夯回子，我屋里带得些吃吤，去师院看伊，伊独个人坐夯寝室里，话道剃得个光头，我吓得一大跳。我话争亮，偌做何要剃光头？伊连看都弗看我一眼。我话，争亮，倷做何要剃噶个光头？伊还是弗朝我看。再一看，墙高顶竟然写得四个毛笔字：打倒争亮！我一看是伊自家吤笔迹，现马上就哭哉。我说，争亮啊，倷做何要打倒自家？伊话，倷奈格还弗走？他看我坐到伊吤床高顶开始哭，就过来拍我吤肩膀，话：好得好得，倷还是回去，我打弗打倒自家跟倷匿有何关系？完全匿有关系么。我话倷何苦呢？何苦呢？伊话好得好得，倷赶紧回去。现在想想，我宁愿伊还是像原来吤样子，跟倷作对，跟倷话说话。我现在心里越来越匿有数账，伊究竟来咚想何兮，一些些都匿有数账。旧年子伊问我要五百块洋钿去广州，我就匿有同意。我自家也是老师，晓得葛个行当匿有何意思，伊弗想当老师，可以梅城寻个合适吤工作么。作何非要去广州。后来是老太公拨伊得五百块洋钿。伊想去闯一闯就让伊去闯一闯，伊讲。话么是实噶话，不过，要闯梅城也可以闯。自家吤倪子弗来咚身边，做爹吤是匿有事体，做娘吤觉得弗舒服，一日带夜要记挂。后来争亮走哉，我心里想都已经走哉，五百块洋钿何里够，每天都盼伊来信，我好按地址寄钞票拨伊。十十足足有半年，一封信都匿有。老太公无所谓，根本弗按咚心里，我是寻死上吊，是要死哉。当时何里晓得咱争亮珠海连困吤地方都匿有着落，碰着一个人，就要厚得脸皮问伊拉：今晚我睡在你那里，行不行？然后就把自家吤身份证交拨人家，着地铺过一夜，第贰日一早就要爬起，到街高顶去荡。还管何个面子弗面子。别人家还道伊是个无赖。屋里噶安耽吤日子勿过，要去过叫花子介吤生活。我都是要准备去珠海寻伊去哉。老太公话：倷起何个乱，噶大吤人，怕道还弗晓得自照顾自啊？钞票用光么伊会得写信来即。我话：倷奈格晓得咱争亮匿有被人杀坏吃坏呢？一个外地人，被人杀坏吃坏，何家来管？我每日夜道都做噩梦。拉爸爸枉困得叫一熟，眠鼾打得像杀猪介响。我匿有冤枉伊。倷听听看，响弗响。爹跟娘就是弗一样。倪子是娘身高顶吤肉生吤介。爹枉是困咚碰着天，数啊匾有。

争亮父亲不打呼噜了，他翻了一个身，不耐烦地说：我被偌吵醒哉。有完匾有完？缠咕唠叨阶。睡觉。

两人静了五秒钟，争亮父亲鼻息渐粗，又打起了杀猪鼾。

争亮母亲说：偌看，伊亦困熟哉。还说我作伊吵醒哉。若话夯辰光争亮真阶被人杀坏哉吃坏哉，我非要作伊拼命弗可。偌想想，一个学历史阶去珠海葛种地方，会觅有人要？夯边个个都是奸商，怕道斗得过伊拉介？若话道有人问我：偌懂弗懂期货？我肯定老老实实话弗懂。咱争亮竟然有胆子话伊学阶专业就是期货。人家还真当相信伊哉，竟然让伊第二日就去当期货讲解员。学员有弗少都是做过好两年期货生意阶。现马上就要露马脚。年轻人敢做敢当，伊拉爸爸笑笑话。敢做敢当要有本事才之可以敢做敢当。还算好，夯边会普通话阶人少。争亮也真当聪明，马上到书店里去买得两本期货书来读。当夜头边学边备课，第贰日一早就去上课去哉。学员竟然还话伊上课上得弗错。奇弗奇怪？

争亮父亲又醒来，说：奇弗奇怪奇弗奇怪奇弗奇怪，烦煞哉！睡觉！

"十串油炸臭豆腐。嘿，嘿。"对面的老头一手举着一把竹签串着的炸臭豆腐，一手在牛仔布围裙上来回擦着手，满脸堆笑，站在众人面前。

那边一桌人等得不耐烦，大声叫阿番过去。阿番边向在座诸位一一致歉，边五指箕张一遍又一遍跟他们挥手告别："对不起对不起，幸会幸会幸会，一会我们再一起喝几杯。"

"葛十串臭豆腐炸得时间有些长么，可能偌阶豆腐是现磨起来阶。"陆翼锋说。

"我都忘了咱们还要过炸豆腐。"π 说。

"刚刚来得两个赌博客人，要五十串，带到宾馆里去吃。再话么我也想拨乃两位老板烤得透一些。"老头解释道。

"我没忘,"郁利说,"多少钱?"

"嘿,嘿,随便哙,随便哙。"

"随便哙?"陆翼锋瞪大眼睛大声说,"噶偌好走哉。"

"弗拨也匿有关系哙,"老头继续憨笑着说,以防万一,又,"乃老板大,总蕶得亏待咱哙。嘿。"

郁利给了他十块钱:"够了吗?"

"多哉多哉。"老头收了钱,不住地弯腰点头加憨笑。

"多哉也是你哉。"郁利说,"我这样说对吗?"

"嘿嘿,对哙对哙,谢谢谢谢。"老头倒退两步,走了。

"估计是农村里过来的,挣些夜钞票。"郭毆说。

"好吃好吃。"郁利立即吞下一整串。

"焦黄松脆喷香活臭,"陆翼锋说,"来,干一杯。"

五个人啃着田鸡腿,吮着炒螺蛳,嚼着臭豆腐,干了一杯。老板娘端上了清蒸鲈鱼,和一小碟加了醋加了姜末的酱油。

"要添何兮尽管吩咐。"老板娘说。

陆翼锋拿自己的筷子夹住了 π 伸过来的筷子,一副吃惊的样子,说:"你干吗?你不是说自从通了小周天之后一碰到荤腥就想吐吗?"

"干吗畜生?我早已经通了大周天,荤腥早就不再对我起作用了。"π 说。两人用筷子较量了几个回合,结果 π 一招胜出,取走了一大块鱼鳍肉。

"你真会气功吗?"郁利说,"我总觉得这东西听着就像是神话,操。"

π 咽下鱼鳍,喝一口姜汁冰糖黄酒,嘴上吧吧一声,伸手将掌心按到郁利的命门上。除了陆翼锋正歪着脑袋在对付一只半天吮不出的螺蛳,其余人都一动不动保持静默。

"嗨，还真的，有点麻。"过了好一会，郁利说。

"怎么样？信了吧，我今天算是状态很差了。饿了一天肚子不说，现在又喝酒又沾腥。不过，管不了那么多。"π说，掐下一大块鱼腩塞进嘴里。

"确实是有点麻。我不知道是不是因为我的幻觉。"郁利依然将信将疑。

"哈哈，"那边传来阿番爽朗的笑声，"我想来想去，除得脚底心还没摸过，其余么，哈哈，应该是都早就包揽哉。前两天想去海口，借得三百块洋钿，去赌得一场，赢得一千，哈。约得一个同车间阶少妇，去得一趟厂旁边一个公园，实际就是一片小树林哈哈。我心里想，少妇还有何关系，就准备去掀伊阶衣裳哉。何里想到，伊竟然连牢话得两个不行。我说：'不行？格咱噶远路，过来做何？'她想想是么也是，两个成年人，伊自家小人都生过哉，弗是话吃得空老老匿有事体做，黑忪忪阶，弗想做那件事体，来做何？蚊虫么咬煞，对弗对？噶一想么，伊，哈哈，裤子啪哒就脱落。"

"啊，呸，呸，"陆翼锋吃到了一个坏螺蛳，不住吐着口水，"老板娘，奈格回事体？"

"何兮？"老板娘过来问。

"何兮何兮？臭螺蛳！"

"对弗起，真对弗不起。头一回碰着葛种事体。我事先还都一个个挑过呢。难为情难为情。"老板娘手提锅铲走上前来。

"噢，则葛张臭嘴部一息怕道还有大姑娘愿意亲咪啊？"郭毈说。

老板娘接过陆翼锋手里的螺蛳壳，闻了一下，笑了起来："嗯，还真当是颗臭螺蛳。我再作乃炒得盘过好得。哪怕送乃一盘也无所谓阶。"老板娘说着扔了螺蛳壳。

"到底有所谓呢无所谓？"陆翼锋追问。

"送乃一盘，话过就算数呐，则好好呢？"老板娘下了狠心。

"话清爽就好。"陆翼锋满意了。

"哎唷哎唷。"来冬红在梦里呻吟。麦弓和陆翼锋正对她前后夹击。

"库吐库吐。"她丈夫陈来胜在一旁打鼾。

来冬红将一只大胳膊伸进陈来胜裤裆里,一把抓住了他那根蚯蚓般的巴屌。她扯了几下,醒了:"噢是葛件东西。"她气恼放开了它。她开始在老公的呼噜中自摸,怎么都和不了。

郭碨浴缸里的那条鲤鱼已洗去城河水的黑色,变回普通的鲤鱼:哗啦哗啦,我只想一辈子都呆在浴缸里,哗啦哗啦,再也别让我回到河里去。

一个漂亮姑娘和一个脖子上挂大金链的男人,过来看了一眼陆翼锋他们桌上的菜,在邻桌上坐了下来。女孩看上去十七八岁,一头光滑的披发,在底端剪得齐平,白色的半透明短衫,蓝色带小花点的胸衣,眼睛又黑又亮,不住左右顾盼,薄薄的嘴唇带笑微启,露出底下两颗洁白的兔牙,透着那个年龄才有的清澈的甜美和羞涩。

老板娘立即走到了她面前。

"鸡。"是那边阿番的声音,听得出他是竭力想把嗓音压低一些的,结果还是所有的人都听见了。那个男人朝阿番那边看了一眼,默默地抽了一口烟。

π 两掌相对,两眼茫茫,做了几个柔软的拉面动作。

"弗可装神弄鬼哉啦。"陆翼锋说。

"今天确实不行了,畜生。"π 黯然说,然后垂下双臂,闭了双目,不再理会他人。一会,他睁开眼睛,说道:"我刚打通的大周天又有些不畅了。有时我都能做到气息合一,有周天息了。那就是最初步的法轮。功力比我深的人就能看出我那时身上的光环来。"

"有了法轮是不是就是气功的最高境界了?"郁利问。

"那还不是。我到现在为止头顶的天眼还没打开，要是有一天打开了，我就能看到自己的前世，当然也能看到你的前世。" π 说。

"这应该是胡说八道吧。" 麦弓说。

"绝对不是。在通小周天之前，人会跟自己算旧账。但凡通了小周天的，都有过这个体验。那时候很多你遗忘已久的陈年旧事，全都会找上门来，那些十几年没有联系的朋友，那些十几年没犯过的老毛病，那些你幼小的时候有过的稀奇古怪的念头和意识，全都会回来。你甚至还会看到自己喝你妈奶水时候的情形。因为任脉和督脉自打你出了娘胎，就断开了，通小周天就是把它们断开的地方重新接通，然后再接通其余六脉。小周天刚通的一刹那，人就好像是从现在，好比说我们现在正在吃螺蛳，" π 从盘子里拿起一颗螺蛳，"从我们把这颗螺蛳放到嘴边的这一刹那，到少年到童年到胎儿突然通上了电，那些我们以为早就丢失的记忆这个时候一下子全都涌上了心头。"

"哈，干!" 阿番的声音。他把对面那个瘦个子的家伙的酒杯倒空，还给他。瘦个子递上空杯跟阿番狠狠碰了一下，杯子的一角飞了出去，他仰起脸往嘴里灌空杯，完后翻转破杯，示意没有酒留下了。"好!" 阿番嚎叫一声。

"不过，这只是出于自发的记忆，" π 接着说，只有郁利一人边嚼油炸臭豆腐，边哼哼着鼻子还在听，"在更高一层境界，也就是你打开百会穴上的天眼的时候，你会看到另外一种景象。尽管我还没有通天眼，可我师傅跟我说过，开了天眼之后，人可以通过回忆，看到自己一分钟以前的情形，看到自己一小时以前的情形，看到自己去年某一天时的情形，然后是青年，然后是少年然后是童年，然后是婴儿，然后就是在母亲腹内做胎儿时的情形，然后就是父亲那粒特殊的精子从千军万马中脱颖而出冲向母亲的卵子的情形。到这里有一个大关，道行高的大师能继续向前，眼前忽然一片白白茫茫，紧接着电光一闪，你看到了自己前世躺在门板上的情形，你听到自己前世的父母妻子在你尸体周围哭泣。记忆，啊，它其实不会丢任何东西的，只是暂时地，你看不见而已，到了一定时候，它会重新涌向我们，因为什么，世上灵魂的数目是恒定的，就那么多，属于你的灵魂，也始终只有那么一个。"

"柏拉图陈词滥调的中国变种。"麦弓说，原来他也在听。

"嗨哥们儿，嗨。"阿番的声音。他对面那个瘦子已经趴倒在桌上了。阿番抓住他的头发，把他的脑袋拎起来，左右轻扇两记耳光，然后又把盘里的剩菜汤泼到了他的脸上。另外一个家伙蹲在地咯咯地笑个不停。"嗨，哥们儿，咱们下围棋怎么样？"阿番说。

"那帮人可真开心。"郁利说。

"行。"瘦子说。

"好，我四四。"阿番还拎着他的脑袋。

"我三三。"瘦子说。

"我还是四四。"阿番说。

"我还是三三。"瘦个说。

"那我点天元。"阿番说。

"那你输了。"瘦子抬着一只弯曲食指说，脑袋咚地磕回到桌子上。他喉咙里咕噜作响，一股黄水从他嘴冲出来，在桌面溢开。他侧过脑袋，将半边脸浸到自己的呕吐物里，有一搭没一搭地继续呕着。阿番用力拍着他的背。声音很大。

"呼吐吐——呼吐吐——哎哎。"亮光光老王被一个熟悉的女人的尖叫声惊醒过来。"啊！"那叫声又尖又短，是从喉咙底下被压出来似的。他的心脏毫无节律地乱跳起来。"啊！"又是一声。"呜——"男人的声音。"娘煞咭，亦来达搜 × 哉。李得儿哈小淫棍，运道真当好，吕蒂蒂嗄好咭一件贝趣竟然自送上门来。葛件东西弄起来味道弗知有多少好。葛辰光女人越夠脸越好！"老王自语道。

"气功基本上是一种残疾人的运动。"郭碫说。

"π 算不上残疾，只不过比别人多了两个指头。"陆翼锋说。

"噢，对不起 π。不过你肯定知道我说的都是真的。你说谁会一天花几个小时去练气功？除了那些没事干的老太公老太婆，要不就是神经衰弱，要不就是内脏出了毛病，肺结核，胃溃疡，心脏病，要不就是高血压低血糖，糖尿病，或者是遗精啦，月经不调啦什么的。你们近代几个气功大师谁不是这样？"郭碫说。

"说对一半，确切地来说是这样的：通常身体不好的人更能下恒心去练功，而且练功后也会比常人更能体会到气功的作用。"π 说。

"这种残废者的特殊运动，自然会伴随残废者特殊的残废观念和残废意图。因为他们，通常地，对世界和生活是有抱怨的。这不是出于健康人的偏见，而是出于残疾人自己的偏见。因为他们沉沦**在**自己的残疾世界**之中**，而且最切身地沉沦**在**自己的残疾世界**之中**。他们只能设想健康肢体下的健康目光，健康目光下的健康世界，和在健康世界里的健康生活，却无法真正地，通过自己的肢体的行动去体验这一点。"郭碫说。

"对这一点，我认为必须予以肯定。"麦弓说，跟郭碫干了一下。

"对这一点，我认为必须予以否定。"π 说。

"残疾人所有的关于健康的设想，都仅仅只是他们自己的幻想。你怎么能指望一个小儿麻痹症患者像有正常的腿的人一样明了：什么是站立什么是行走什么是奔跑呢？你怎能让一个同性恋者体验到异性恋的快感呢？你怎能让一个瞎子了解色彩，让一个聋子了解声音呢？不可能，因为人们永远只活在自己的身体里面。"

"π 活在六指身体里。"麦弓说。

陆翼锋吮出一个酱爆螺蛳，凑到郭碫面孔前面，瞪着一双铜铃大眼说："我看阿悖哥今朝有弗有吃错药？"

郁利说着将一块臭豆腐塞进自己嘴里，鼓着两腮对陆翼锋说："真不知道是北京要地震了还是这儿要地震了。"

"有一点是可以肯定的，"郭碬继续，"他们感觉到了那条鸿沟，也知道它对面有一个全然不同的世界，只他们看不见。他们知道有一些人在享受着那些他们无法体验到的生活和事物，却永远无法知道它们是什么。对于一个瞎子来说，色彩是完全无意义的，他自然就不会去维护色彩在这个世界上的价值，比如绘画。对于一个聋子来说，声音是完全无意义的，他当然不会去维护声音在这个世界上的意义，比如音乐。"

"对于一个淫棍来说，爱情是完全无意义的，他当然不会去维护爱情在这个世界上的意义，比如家庭。哎，我可怜的沉沦**在**糊涂世界**之中**的呆头鸟女婿啊，永远明白不了什么是清醒。"坐在床上等着女儿回家的吕蒂蒂母亲说。

"相反，为了使自己与所有人平等，他们一有机会便去毁坏它们。这是残疾人的普遍心态。"郭碬继续道。

"我想这个结论是成立的。"麦弓说，跟郭碬再干一杯。

"恶毒！非常恶毒！"π 说。

"我是说普通心态，π，而你，很有可能是特殊的。整天沉浸气功中的人，我说了，这是一项残疾事业，他们要什么？是静止而不是运动，是虚无而不是欲求，是回忆而不是展望，是保守而不是变革，是死亡而不是生命。这下清楚了，气功不仅仅是一项残疾运动，更是一项死亡运动。"

"准确，精辟。"麦弓说，举杯再干，没酒了，晃动手里的空杯叫老板娘，"再开一瓶老酒。"

"彻头彻尾的胡说八道。"π 愤愤地说。

呲啪，呲啪，呲啪，呲啪。"奈格吭弗出来，别又是臭的。"陆翼锋一半梅城话一半普通话。

"今朝乃是吃得舒畅得哦。"老板娘眉开眼笑，将一瓶女儿红放在桌上。

"你说气功最该守的部位是什么呢？外丹田，中丹田，还是内丹田呢？当然是守虚，就是说什么也不守。最高的功法又是什么呢？当然是无。因为一法有一障，若要'障'无从生起，必得让'法'先归于无。然后就是你们静功的最高境界：'自有入无，从无生有，无无亦无'。这下，不但世界飞走了，连'无'跟着也飞走了。"郭锻喝了一口麦弓给他新倒的酒。

"太可恶了。继续。"麦弓说。

"木头人哪里来的这么多气功知识？"陆翼锋嘴上叼着一根田鸡骨头说。

"为什么要打通任督二脉和奇经八脉，联络整个小周天呢？本来人自娘胎出世以后任督二脉已从上下鹊桥断开，你们偏要舌舔小腭，下提肛门，修补断桥，提倡胎息，不就是想要重新回到出生前的蒙昧状态吗。对你们来说，娘胎才是人类的失乐园。这不是怨恨吗？就因为一点点残疾，你们就认为老娘不该让自己来到这个世界，或者说你们希望自己被重新生过。一个来源于你们那个残疾世界的词汇：'没出息'，正好可以来形容你们，你们就是想让自己从来没有出息过。"

"奇谈怪论。"π 说。

"妙不可言。干了，郭锻。"麦弓向郭锻举起酒杯。

"有点意思。干了。"郁利说。

"这里谁有出息？"陆翼锋伸长脖子一个一个地看过来，最后落到 π 脸上，"咱们没有出息的人也来干一杯，随伢去嚼舌头。"陆翼锋跟 π 干了一杯。

"真是想不通啊，"π 长叹一气，拿起一个螺蛳来吸，"最近我为什么总是那么背运，呲呲，啪，他娘的。"

"你们还力图消灭呼吸，消灭心跳，消灭饮食，甚至，消灭放屁。那些练功不久的，偶尔放个臭屁就心痛得要死。那些气功大师甚至一分钟只有一两次心跳，只需一两次呼吸，一个月都不用进食，吃点风喝点露就可以了，至于放屁这项功能，早就被他们废掉了。他们还不认为这就是最高境界，得继续修炼。可想而知，练功者的终极目标就是，不吃不喝，不拉不睡，不呼吸不心跳，不打嗝不放屁，就是说死人，但是活着。他们要死而犹生，因而也是生而犹死。"

"这怎么可能。妙！哼，哼，妙！"郁利边哼哼着鼻子，边拿筷子在桌沿替郭煆的演说打拍子。

"听听那些稀奇古怪的名字吧。他们不说肚脐，而叫'神阙'，就是说人是个土丘，肚脐眼是制高点上的一座瞭望楼。他们不说小腹，而叫'丹田'，就好像人是一只火炉。他们把呼吸称为火，呼吸之气称为风，还有，嘴巴叫玉池，口水叫玉液，后脑勺叫玉枕，肺叶叫'华盖'。另外，肝是木，心是火，脾是土，肺是金。没有人能想象，会有哪个国家的语言在描述人体的时候，会出现'昆仑''九宫''九天''天谷''黄庭''泥丸''涌泉''海底''鱼际''尺泽''曲池''天井'这么多物质的、自然的、植物的、低等动物的名称，没有一个稍稍带点人味的字眼。这些词比冷冰冰的医学用语还来得恶毒，它们包含着残疾人想要毁灭这个世界和它的主人——人类的全部仇恨。"

"那边要打起来了，哼哼。"郁利说，很少一次喝这么多酒，他鼻子完全堵死了。

邻桌的那个大金链男人站到了阿番对面。阿番微笑着，握掌成拳，挂在腰际。那个兔牙女孩在努力把那个男的拉回来。

"打，赶紧打，这样喝酒才有味道。"陆翼锋笑着说。

"对，马上就打。娘的，我最喜欢看打架了。"π说。

"最可怕的是那些练气功的女人，她们居然要抛弃老天爷给她们的乳房和月经。就算那些天生的小奶小屁股，无法理解性感的美德吧，但何必连性器官也要加以摧残，加以毁坏？《女丹经》称女人的经血为'赤龙'。'赤龙'是后天阴气所化，所谓'阴气动而浊血流'；因而要炼血化气，并把由经血炼成的气经由乳溪存于双乳之间。那种动作真是可怕，练功时得把一只腿跟抵住阴户，称为'闭户'。直到最后经血由赤变黄，由黄变白，由白变气，经血斩断，乳房缩成一张光灿灿的干皮，才算是大功告成。"

"不可思议。"郁利说。

"实在肉麻。"陆翼锋说。

"绝对恶心。"麦弓说。

砰。马路对面有人砸碎了一只酒瓶。"打偌煞！"阿番的声音。有人在大喊大叫，可能因为紧张或是恐惧，嗓子又粗又哑。呜呜呜。那个兔牙女孩的哭声。噼啪噼啪。乱纷纷的脚步声。"服弗服？"阿番的嗓音。打耳光的声音。

"啊！" π 大叫着跳起来，冲向沿马路快速移动的人群。

砰嘣砰嘣。对面窗玻璃被打碎的声响。噼啪噼啪。乱纷纷的脚步声。噗。挨打的那个男人飞出去落在地上的声音。哦。挨打男人的呻吟声。

"好听好听。"郁利哼着鼻子站起来，缓缓向那边走去。

"喝酒最容易引发的事件，打架睡觉和撒尿。"麦弓说完走到操场的边墙前，解开了裤带和裤裆。

"这不就跟她们第一次来月经之前一样了吗？为什么要发育呢？为什么要性别呢？要是所有女人都成了既没有性别也没有性欲的不男不女，那男人只好通过互相鸡奸自己去繁殖下一代了。还是向那些刻苦钻研房中术和采花术的中国方士们致敬吧，他们做的一切倒是无不与生命有关。"

"打打。" π 的呐喊声。

"走火入魔是对气功最大的抗议。"郭毈说。

"好了好了，我们还是走。"陆翼锋拉起郭毈。"让他们两个去看热闹，我们换个地方继续喝。"陆翼锋对麦弓说。

"是身体在抗议。"郭毈说。

"闭嘴！"陆翼锋喊道。

"决不能允许这样！"郭毈说。

董美人拧开床灯，翻身下床，趿了拖鞋向厕所走去。唏唏嘘嘘嘀嘀嘟嘟，她听见了自己的撒尿声。她低下头，从下垂的睡袍里看到了自己的两个奶，不算大，也不算小，奶头黑了一点，刚才被客厅窗口进来的后半夜的凉风吹了一下，变得更黑了，坚实地竖着。"我看到过你的奶。"她想起李得儿有一天笑着对她说。"什么时候啊？"她笑着问。"那次在你家，你爱人光着膀子在厨房做菜。你穿了背心，没戴胸罩，替我倒茶时整个都亮在我前面了，伸手可及。"他说。"那是什么样的呢？"她继续笑着问。"奶不大，不过乳头挺有劲儿的。"唏唏嘘嘘嘀嘀嘟嘟。"你还看得挺仔细嘛。"她说。那时候心里突然之动了一下。"我还以为你是故意的呢。"他说。也许那天不应该回绝他，她心想。她一进李得儿房间，李得儿就开始动手动脚。"你别动。"她把他的手从自己的领口处按住说，像按住了一只忽然飞到胸前的鸟儿，"别这样，我一直是把你当弟弟的。"李得儿两只食指塞进嘴里，往两边一拉，做了一个鬼脸。后来他再也没有邀请我去他那儿过。自然表面上还是那样，当着局里众人的面还拉一拉你的手，拍拍你的脸，摸摸你的屁股，可再没有那时候的那种意思了。我真把他当弟弟吗？谁知道呢。实际上，就只有两个人，也没有必要说这些。嘀嘟。好了。他年纪这么小，心思这么花，靠不住的，转个身就去找别的女人了。我哪里经得起他那样弄法？一个不好闹得沸沸扬扬，何苦呢。再说了，都在传他和对面储蓄所的吕蒂蒂有那种关系，谁知道是真是假。没意思的，安安耽耽过日脚有何不好？董美人从厕所出来，倒了一杯凉水，喝了。她打开她爱人的卧室。他睡得很死。她回到自己房间，重新躺下。

茹英向四下吹去一个长长的风吻，打一个揖，在哨声和喊声中走下台来，回到来娣娣这桌。

"你要不要也去唱一支啊？"她晃着脑袋问来娣娣。她今天穿了香槟金鸡尾酒无袖装，底下是一条紧身大花裤。

"我想回去了。"来娣娣说。

邻座男人将一只手放到了茹英腿上。他眼看着别处，就像是无意中将手放到那里的。茹英往那只手上斜了一眼，弯腰脱下一只高跟鞋，用梅城话说："再坐一息，等到三点钟，咱一道走。到伊里去！若话真当有女人伊床高顶困起夯，就现马上拖出来，咱用高跟鞋打伊拉屁股。"茹英说着突然举起手里的高跟鞋，对着那个男人的手打了下去。对方也早有防备，没等鞋跟落在自己手背上，早就抽了回去。这家伙抬起手来捏了一把鼻孔，站起身来，朝厕所走去。"我真当会得打咋噢。"茹英冲那人的背影大声说。

来娣娣笑出声来，说："我九点左右去过一趟。屋里灯匣有亮。出来路高头看到吕蒂蒂坐夯三轮车高头。"

"是去李得儿夯边？"

"肯定是。"

"茹英茹英！"四周有人开始叫了。

"那咱们一定得去。不能让这小子那么便宜。绝对不行。"茹英边说边站起来。

"我想回去休息得。"来娣娣说。

"你别走，等我。我要上去了。"茹英匆匆喝了一口饮料，向台上走去。她作了一个揖，抬起头来，说："这会想听什么呢？'大明星'怎么样？"

"不行。'擦树皮'！"有人叫道。

"好吧，'擦树皮'。"她看到来娣娣从座上站起来，走了。茹英沙哑的嗓音，缓慢庄严的声调，伴着同样缓慢庄严的蓝调在来娣娣后面升起：

索菲娅·罗兰，她进了一座树林

索菲娅·罗兰，她情欲总是那么旺盛

她走到一棵橡树前面，伸开手臂，将它抱紧

我要一个男人我要一个男人，她呻吟

那个东西，最好是这么粗，这么长

我要一个男人我要一个男人，她呻吟

那个东西，赶快从我那里捅进

索菲娅·罗兰，她解开裙带脱下了裤衩

两条大象腿将大橡树，夹紧

索菲娅·罗兰，她上上下下上上下下

那个开口的地方，哦呀哦呀，擦树皮

哎那边来了，一个农民兄弟，远远看见

索菲娅·罗兰，在擦树皮，索菲娅·罗兰，在擦树皮

可可可怜的姑娘，我的美美美人

我有一副好好好心肠，正好还有一根大大大鸡巴，
　　直挺

我见你哦呀哦呀，擦擦擦树皮，别提有多多多伤心

噢，农民兄弟，我的好人，农民兄弟，我的好人

救人要紧，救人要紧

你不要这么结结结结巴，我要的是鸡鸡鸡鸡巴

噢，我有一副热热热心肠，还有一根大大大鸡巴，
　　直挺

热心肠农民兄弟，取出他的大鸡巴

可可可怜的姑娘，我的美美美人，你就擦擦擦这个
　　鸡巴

不要再擦擦擦树皮，不要擦擦擦树皮，不要再擦擦
　　擦树皮，不要擦擦擦树皮

　　来娣娣听到二楼窗口传出尖叫声和口哨声，贴着城河独自向前走。灯光从她头顶滑过，将她的人影投到她前面。一滴泪水从她眼眶里落下，在她脚边的一个小石头上磕得粉碎。一只蚂蚁爬上那个小石头，在那块伤心的小湿痕上停了一会，爬走了。

　　一个男孩独自在绣衣坊二楼舞厅一角喝着罐装啤酒。

　　"争亮！"陆翼锋伸出两只手重重地搭在男孩的两只肩膀上。

　　"做何啦？老酒吃饱哉啊。"争亮笑着说，朝陆翼锋边上的郭碬和麦弓看了一眼。他嗓音粗哑，人精瘦，眼睛明亮，一副烂牙，还算整齐，脸上挂着对一切都充满期待且满不在乎的笑容。

　　陆翼锋依然两手按在争亮的肩头，瞪着大眼睛，半张着嘴，一动不动地看着他。"哦哦哦哦哦，争亮，争亮。"他终于抬起手来，飞快地拍争亮的肩膀。

　　"何兮哦哦哦？"争亮说。

　　"哦哦哦哦，争亮，刚刚鞋店吽来娣娣是弗是来达葛里？"陆翼锋说，"我楼梯高头碰到伊。"

　　"伊叫来娣娣啊？"争亮说，"刚刚我楼高顶吽咖啡厅里看到过伊。"

　　"啊啊啊啊，可惜可惜，迟得一步。"陆翼锋说。

　　"介绍一下你的朋友嘛。"争亮笑眯眯地看看郭碬和麦弓说。

　　"朋友？总有机会介绍的。这位是梅城本地人，郭碬。这位是刚从北京回来，不不，云南回来的，麦弓。"陆翼锋说。

"到底哪里？"争亮问。

"在北京混的刚从云南流窜回来的。还不清楚吗？还不清楚吗？你们自己介绍你们自己介绍。啊啊。可惜可惜，可惜可惜，"陆翼锋轻拍着自己的膝盖说，"可惜可惜，我去扭两下。"他扭着屁股，混进了跳舞的人堆里。

"听说你是梅林湾人。"争亮盯着麦弓，像是随时要大笑出来。

"是。"

"梅城也庛过阶嘍。"

"是。"

"梅城话还匿有忘记喽？"

"蟇忘记阶。"

"格么弄罐啤酒吃吃喽？"

"好。"

争亮从桌上拿了两罐啤酒，一个给麦弓，一个给郭蜓。

"陆翼锋专门作我话起偌阶，话道北京作偌一道庛过阶，屋里纯是个苍蝇。"争亮说。

"有屁就现马上放光阶人。"麦弓说，"啤酒弗错。郭蜓。"他向争亮和郭蜓碰了酒。

"梅城本地啤酒介，钱江啤酒，"争亮说，"偌怕道匿有听说过啊。"

"已经是第三回吃得，稍微有些醉。"郭蜓说。

"等息困到我里去，要是怕乃老婆骂阶话。我见过偌，博物馆阶，是弗是？"争亮对郭蜓说。

"何里看到阶？"

"咱阶交易所。奈格，偌夯辰光也做期货啊？"争亮问。

"就看看。夯辰光有家公司想让我教期货。我话我匿有炒过，奈格阶教法子。拉话亦弗是让你炒，是让你教，匿有问题。"郭蜓说。

"就是话，上课同操作完全是两回事体。偌只要备好课，就能够上好课，跟我刚到珠海吤辰光一模一样。"争亮说，跟两人碰了杯。

"就上过几次，后来实在匼有兴趣，就停坏得。"郭毲说。

"好两年匼有吃钱江啤酒，突然变得噶好吃？"麦弓看着啤酒罐说。

"新出吤麦芽啤酒。不过梅城啤酒一向就做得好，比杭州啤酒好弗知多少。"郭毲说。

"最好吃吤的是葛种，玻璃瓶，贰两装，"争亮说，他把自己手里的小瓶啤酒递给麦弓，"是西施吤沐浴露做的。哎哎，帮挪一打葛种啤酒过来。"争亮向在边上游荡的啤酒女侍说。

"西施吤汏洗脚水做吤。"陆翼锋搂着一个穿黑色皮短裙、黑色长筒袜的女孩，将橄榄脑袋从麦弓肩头伸过来大声说，然后，又扭开了。

"像梅城葛种要山水匼有山水，要泉水匼有泉水吤地方，能够做出葛种啤酒来，弗简单。"郭毲说。

"梅城是一只发酵桶偌晓弗晓得？随便何吤乌七八糟吤事体，里厢都有。全世界梅城人顶开心。"争亮说。

陈来旺被自己的呼噜噎住了。他咳嗽两声，翻了个身，冲着他老婆的脸继续打呼噜。他老婆从睡梦中伸出手，一把推开了他的脸。

"眼睛乌珠卵日瞎。哈哈。"陈来旺在梦中说。

"腿好看。"麦弓说向郭毲示意。

"格么偌也去抱一个。"郭毲说。

"我要寻一个小腿长大腿壮……"麦弓说。

"奶奶大肚皮圆。"陆翼锋抱着那个女孩又凑过来插嘴。

"差弗多。"麦弓说，"不要去碰小女人，也不要去碰丑女人。那儿好像有一个。"麦弓端着酒向一个坐在台阶上吸烟的高个女孩走去。

阿凹看到鲁芳芳伸开四肢一动不动地趴浮在紫色底子的泳池中央。她没有穿泳装，身上只有白色的胸罩和三角内裤。他在脑子里顺着鲁芳芳变动的体形打出一个粉色的 X 和 H。他一头跃入了池中，贴着紫色的池底向前游去。他伸出右手，指尖触到了前面那只在水波中晃动的光艳艳的脚丫，它蹬出一记青蛙腿，顶歪了阿凹的鼻子。阿凹奋力追上前去，一把扯下了鲁芳芳的胸罩。他钻上水面，手里抓着鲁芳芳的白胸罩，上了游泳池。

"掼落来！"鲁芳芳冲阿凹叫道。她两只胳膊抱着自己的胸脯，歪起脑袋咧开嘴巴，向阿凹扮了个鬼脸。

阿凹挺起身子，拿胸罩在自己裤裆上装模作样擦了几下。"若话阿靠葛辰光刚好走进来，乃两人麻烦就大得。"边上的阿凸说。

"可弗可能呢？刚刚机场接芳芳阶时候，老大话十一点左右过来。"阿凹说。

"快掼落来！"鲁芳芳又叫道。

阿凹嘻嘻笑着将胸罩扔给了鲁芳芳。鲁芳芳转过身，背对着两人，在水里系胸罩。阿凹两只手掌在自己胸前划了两个大弧形，向边上的阿凸模拟了鲁芳芳的奶。

"弗可贼头狗脑啦。"鲁芳芳转过头来冲两人笑道。她系好胸罩，往入口处游去。鲁芳芳爬出泳池，甩两下头发，往更衣处走。"我一息要去做个脚底按摩。葛次演出实在太吃力。"

"下午绣衣坊匿有看到乃老公么。"阿凸说。

"广州进货去得。"鲁芳芳说，进了更衣间。

一个胖男人背剪着双手，撅着大屁股，晃着一步一顿的肥鹅步，跟在一个小巧玲珑的女孩后面，歪着大脑袋从一侧盯着她看。那个女孩边跳舞边转过身来，冲大胖子甜甜地笑了。

"伊好像也是乃期货公司阶。"郭嘏说。

"我老板，老广。"争亮说。

"假呆假痴。"郭娓说。

"眼火好哜!"争亮笑着说,"第一个看上我哜就是伊。"

"我是弗太喜欢上课,偌后来上得奈格套?"郭娓问。

"所有学员都炒过期货,就我葛个当老师碰都匿有碰过。还算好,老广会讲普通话哜少。我头天夜道备课,第二天一早去上课,按公司要求每星期开除四分之一学员,最后剩下三两个,留了公司自家用。"

"接落去何打算?"

"等等看再话。做期货养出来哜坏毛病。夜头困弗熟。"

"境外期货好像做弗来得。"郭娓说。

"嗯,一直是噶传,匿有想到会噶快。"争亮露出甜美的烂牙笑着说。

"伊夯辰光专门要我跟伊去炒期货。酒吃饱之后就推来推去推我,"陆翼锋一个回来了,他歪着脑袋推麦弓的肩膀,"'你干吗呢偌做何啦。你干吗呢偌做何啦',一支舌头都转弗过来哉,还'干吗呢做何啦'。其实我老早就看出来哉,伊拉哜公司是准备骗两块钞票就卷铺盖走人哜。争亮,偌听得弗可生气,真哜,全中国十有八九的县市级期货公司,都顶多只有半年寿命。半年之后,人就寻弗着哉。争亮还算有良心,匿有拖得纽约期货市场上一个月哜交易记录来放。不过争亮,"陆翼锋笑着朝争亮点点头,"假单子偌做得也弗少哜。"

"偌刚刚抱哜鸡婆呢?"争亮说。

"屁股太大,奶太小。我想摸一下伊夯个地方,伊弗愿意。"陆翼锋说。

"前段时间葛郎倌匿有事体做,一日带夜到咱公司里来避难。公司所有人,包括我在内,全部都白衬衫蓝领带黑皮鞋,就伊一个人,一双拖板鞋一件汗背心,脚趾甲板亦厚亦长,一双脚活活臭,还弗肯汰。"争亮笑着说。

"争亮，你赶紧帮我找一个小妹妹，"广东肥佬背着手踱过来，用广普话说，"她们都好像是不愿意跟我玩的样子。"

"我帮你去拉一个。"陆翼锋说。

"这些不行，都不好玩。我要吃宵夜去了。"广东肥佬说完便转身走了。

老A看着站在窗前那个光屁股吸烟的男人，用一只中指来回勾着自己的大奶头。光屁股男人掐了烟头，穿上内裤，说："走得。过得两点再弗回去就弗好交待得。"他说完转过身来。是牛郁盛。

麦弓混在一群劲舞者中间，一次次往空中弹跳。

"体力好。"郭碬说。

"咱上去坐。葛里太吵。"争亮招呼郭碬说，又冲陆翼锋，"翼锋赖子！叫一声你哥们儿。我们上去坐。"

麦弓被陆翼锋从人群里拉了出来。

"渴。喝口啤水。"麦弓说，把桌上几杯没喝完的啤酒都咕噜咕噜喝个干净。

"今天挂你账不少啊。"吧台小姐从争亮手里接过钱，笑着对他说。

"让他们挂吧。要是再不开业，我自己也活不了多久了，不如大家开心。"争亮笑着说。

"要是过两天又开业，大家就更开心了。"吧台小姐说。

"不能老让你骗人家的大钞票，也得给人家机会骗你一点小钞票嘛。"陆翼锋说。

"偌做何啦？"争亮笑着大叫一声，冲过去掐住陆翼锋的脖子，"做何啦做何啦做何啦？"

"亦差不哉，"陆翼锋说，"亦是做何啦做何啦做何啦？"

"每天夜里十一点到早上四点，我一个人大致一箱啤酒。"争亮对麦弓说，"我要是做不了期货可能也去北京。不过期货的钱实在好赚。我这次机会不好。"

"九月份同道去，好弗好？"陆翼锋说。

"我怕你过不了几天又逃回来。"麦弓说。

"这次不会，怎么也得等到考完研。"

"我今天……"麦弓说。

"昨天，哥们儿。"争亮说。他的嗓门永远那么大，笑容永远那么灿烂。

"路过'遥遥'期货公司，好像被查封了。是你公司的吗？"麦弓说。

"是呀。"

他们身后跟了四五个男孩和女孩。

"都是要来放争亮血吩。"陆翼锋回头看了一眼说。

"偌认得吩啊？"郭碾问道。

"弗认得。"争亮说。

"黄鼠狼跟得黄瓜荡，反正争亮老板会结账，"陆翼锋说完回过头去，大声问跟在后面的那几个男孩女孩，"是弗是？"

郁利裹着浴巾，拿起床上的脏衣服，准备放进衣柜里。他迟疑了一下，从裤兜里掏出钱包，点了一遍里面的钱。"我少了三百块钱。"他说。

"是吗？"π 在卫生间里说。

"嗯。不多不少正好三百。"郁利又点了一遍钱。

"真要是丢了的话，我估计十有八九是陆翼锋这小子拿的。要不然这帮人干吗招呼也不打一声就溜走了呢。"π 放了水，声音变得更加模糊。

"陆翼锋我倒不担心。我还以为是你刚才向我借了钱呢。"郁利站在卫生间的门口冲里面说。

"你这是什么意思？我没向你借过钱。你是不是怀疑是我拿了你的钱?"π打开浴室门大声说。

"没事没事,"郁利说,"你洗吧,既然你没向我借过,就不管了。"

"嚯!你居然这么说。看来光靠我对天发誓是不够了。我们之间得立即进行一场神判。你进来,我们来捞开水。"π摘下了锡戒指。

"什么捞开水?"

"我把锡戒指投进盛满开水的浴盆里,谁把它捞起来手不受伤,谁就是有理的一方。"

"去你的!我说算了嘛。"郁利走开了。他又站回到窗前。

"什么算了,你这么说还是不相信我嘛。你要觉得不合适,咱们可以换一种神判。我们俩各在嘴里嚼一把米。一分钟后吐到纸上,谁的米没嚼完,或带血痕的,谁就无理。"

"你疯了,真不该让你睡在我这儿。"郁利打开了窗户。

"嚯,你居然说出这种话来。神判一定得做,我得还我自己一个清白。随你挑一种:踩热铁,砍狗头,潜深水,吃毒食,我都奉陪到底。"π说。

"在这儿在这儿!"π裤袋里的三百块钱不停地叫。可惜郁利没听见。

窗口传来隔壁房间一个女人粗哑的啊啊声。有男的,还不止一个。郁利将头探出窗外。

"旁边房间有人在搞,一个女的,应该有好几个男的。"郁利回过头来,对光着身子站在卫生间门口的π说。他看到π那根细长的东西呼呼地从底下挺了起来,"哼,哼"地笑了。

π裹了浴巾来到窗口,侧耳听了一会,说:"妈的,真是就在隔壁。那个女的叫丁丁。鸡婆。不过非常性感。尤其是两只奶奶。别别,你别关窗。"

"我还以为是个很难看的女孩呢。她的嗓音太难听了。"郁利关了窗户。

"噪音有什么关系，那东西好才好。我一会要去敲门，或是拨个电话过去。" π 走进卫生间说。

"你妈的疯了。我们会给人杀掉的。"

争亮的母亲说：我当初就话葛个名字弗好。"遥遥"期货。遥遥无期。摇摇晃晃。胖子老广奈格取噶个名字？伊头一次来咱屋里吃饭吓辰光，我心里想，噶吓人，呆古古，根本弗像一个做大生意吓人，还要带咱争亮。争亮话：偌懂何兮。伊亲自做吓任何单子，绝对匿有一张赔吓。都话咱争亮的枪法准，做一张是一张。就是心太狠。那次伊拉爸爸拨伊二万块钞票，伊做得两张单子就变成十多万，大家都叫伊收手收手，伊一定要再做一张，结果亦即剩得两万。白做。

争亮父亲从床上挺身而起，嚎叫：两万两万——！烦煞哉——！

"哈，梅城也有人听 Frente。" 麦弓跟着唱起来：

She's bigger and braver than she is clever

See it's her! it's her!

"是我推荐给酒吧老板的。" 争亮说。

"Open your eyes and say, yes, no, may—be." 麦弓和争亮跟着音乐一起唱。

"我太喜欢 Frente 的主唱了，太迷人了。" 争亮说。

"又傻又迷人。" 麦弓说。两人又跟着音乐唱："When I kiss your mouth, I wanna taste it. Turn you upside down, I don't wanna waste it. Jump on me and jump on you..."

男侍者送来一打二两玻璃瓶装的钱江啤酒，看了一眼麦弓说："今天好像有新面孔。"

"嗯！" 争亮朝麦弓晃着头，等两人都合上拍子，继续跟唱，"I can't do anything but phone, phone phone phone, phone phone

phone."

茹英从洗手间出来，拿起话筒走上台，领着客人们一起跟唱："Phone, phone phone phone, phone, phone phone phone."

"我有些瞌睡得，先困一息。"郭碢自语着挨着沙发边躺到了地板上。

茹英转向麦弓和争亮，挺起身，跟着长笛和吉他灵巧的节律，左手五个手指发报似的轮番轻磕着阴部："ladada——ladada——ladada——ladada, lada, dala! dala!"

郭碢看着眼前一只空啤酒瓶，嘀咕道："气味好唅。绝对弗是西施唅汰脚水，汏夯个地方剩落唅水倒是有可能唅。"

"二千。"林大荣说。

"跟！"汪德鬼大叫一声，把手里的牌甩到桌上，"只要倷弗做牌，我就跟倷战。"

"匆伊得，已经是第三副得。"墨君看了一眼沉思中的林大荣，收起自己的牌，微微笑了一下说，"德鬼，哈，打完这副就换新牌，咱弗拨伊有做牌唅机会。"

林大荣给自己发了一张 8，给汪德鬼一张 Q。他把余牌放回到桌上。墨君刚上前抓了想看，林大荣一把夺了回来。

"我亦藝话唅。"墨君说。

"不行的。"林大荣神情专注地看着汪德鬼轻声说。

"好好，弗看就弗看。"墨君说。

"面上 8 一对话！"汪德鬼说。

"四千。"林大荣继续盯着汪德鬼，轻声说。

"五千！弗相信倷真当有三个 8。只要倷弗做牌，就是跟倷战！"汪德鬼说。

林大荣伸手去抓墨君手里的牌。墨君立即用手按住，学着林大荣轻声说："不行的。"

"明牌！"林大荣皱起眉头说。

"明牌，偌说就是得么，翻何阶翻？哈德鬼，今朝伊做弗了牌，是要死得啦。"墨君说，"我看看，自家都忘记得。6！"

"德鬼偌阶呢？"林大荣问。

"假惺惺。像偌葛种高手连两张明牌都记弗牢。K！"汪德鬼不情不愿地说。

"叫五千。"林大荣自语道，他又单手往自己眼前晃了一下牌，合上，突然说，"多！"

"多多少？"汪德鬼问。

"哈，"林大荣看了汪德鬼一眼，"想来偷我阶鸡？！"

"就偷偌林大荣阶鸡！"汪德鬼说。

"偌弗怕天打雷劈啊？"林大荣看着汪德鬼，温和地笑着说。

"天打雷劈？管弗了噶多哉，鸡偷进算数。"汪德鬼说。

"真想我多？！"林大荣沉默了一会又突然问道。

"你足管多好哉。"汪德鬼口气渐软。

"哈哈哈，"林大荣大笑起来，"想让我以为偌来咚偷我鸡。谅你也没这个胆量！看牌，不多叫得。我三只8。"

"算你运气。"汪德鬼正面扔下自己手里的牌，把桌上的钱抹到了自己这边，"三个K！"

"噢，德鬼，水平太臭，太臭，"墨君指着汪德鬼说，"只多叫一千，要我阶话就加一万。伊葛种人疑神疑鬼，只有真吓伊，伊才会疑心偌偷鸡。"

"哈，哈，"林大荣笑道，"伊以为可以白传一千洋钿。"

"我实际上是何兮呢，等伊一千高头再多，来偷我阶鸡，噶我今朝就要伊输达卵脱壳哉。"

争亮从茹英手里接过麦克风："我要为一位刚从大理回来的朋友，麦弓大兄，唱一首《海阔天空》。"

茹英走下台，坐到了麦弓边上。

来娣娣趴在枕头上痛哭，哭声透过棉芯，听着沉闷。渐渐地，她的眼泪变成了软软的黄色小颗粒。这些黄色小颗粒渐渐地变硬。她睡着了。

"争亮的嗓子是最好的。"茹英说，"人也特别聪明，学了两个月粤语唱成这样，真是，我唱了那么多年了，粤语还不如他好，气煞。"

"碰一下。"麦弓向茹英举起酒杯。

"碰一下。"茹英笑着，递来自己的瓶子和麦弓碰。"我们见过的。"茹英喝过一口酒，看着麦弓说。

"嗯。"麦弓看着茹英支吾。

"想不起来了？再想想看。"茹英微笑着鼓励道。

"嗯。"麦弓冲茹英笑着。

"记性太差了。"茹英埋怨一句，别过头去。

"今天吗？"麦弓追问。

"下午，鞋店里，有没有想起来？还没有！你来买鞋子，现在想起来了吧。"

"啊。"麦弓叫道，他只想起那位趴在柜台上哭泣的姑娘。

鲁远贵端着一脸盆水，来到自家阳台上。谭家的空调机在他前面轰轰地响，向他吹来一股混浊的热气。

"畜生，水吃得一盆咚。顶好拨我烧坏乃母×，省得偌半夜头再吵煞吵活阶吵。乃母阶搜×。"鲁远贵说着把一脸盆水泼向了那只空调。他等了一会，见它并没有停下的意思，又转回屋里去接水。

谭老板老爹干瘦的身影出现在谭家阳台上。看鲁远贵又端了水要泼过来，大叫起来："哈，偌个畜生盗生阶坏良心。我杀偌坏。"谭老头举起一把菜刀对鲁远贵骂。

"偌来得正是时候，也拨我污水吃得一面盆咚。"鲁远贵盆里的水泼向了谭老头。

谭老头向鲁远贵扔出了菜刀。鲁远贵赶紧举了脸盆挡在自己面前。菜刀在脸盆上弹了一下，掉到了鲁家阳台上。鲁远贵捡了菜刀朝谭老头不住地晃："我马上就打电话叫警察来，把葛件杀人吤罪证交拨警察。作俉葛个老死尸珂得去，明朝就去枪毙坏。"

谭老头回进屋里，打开北边正对着张海根家的窗户嚎叫起来："海根，鲁远贵葛个畜生，来达朝我吤空调高头泼汽油，想烧伊坏。你赶快来打伊杀！"

张海根一副扛花抱头的大麻将没抱上，被对家自摸了，正在气头上，听见连襟的老爹向自己告状，一把推了手里的麻将："畜生！越老越多事。早一点去见阎罗大王，干干净净清清爽爽，有何弗好？"他嘀咕着推开窗户，冲谭老头大声说："老爹，一点钟哉呢，大家都困熟哉呢，做何半夜三更要作左邻右舍全部都吵醒？有何了不得吤事体？等我打完葛一副再话。"他说完关上窗户，回到了麻将桌前。

麦弓抓起茹英的一只手掌。手背上有个黑疤。"嗯？"他看着茹英。

茹英笑笑，抽回了手掌，说："香烟火烫的。来干杯。"

两人都干完了各自瓶子里的酒。茹英打个响指，男侍很快又送来两瓶啤酒。麦弓把手放到茹英大腿上。

"你能帮我认一下这上面这些英文吗？一直穿它，可从来都不知写的是什么。"茹英说。

麦弓把手按在她小腿内侧的"SMALL"上说："小。"他的手指从小腿划到她的膝盖，说："'我能睡在你的鞋子里吗？'很好。"麦弓的手指在她的大腿上游荡一圈，说："YOU WOULD LOOK WONDERFUL ON ME. 嘿，'你在我上面看着会很精彩。'"他的手指划到她的大腿内侧，接着又划到了她的三角部位，说："'小东西给你大欢乐'哈哈。"麦弓大笑着一把抓住了茹英的阴部，上面的那个单词是"FUN"。哈哈哈哈。

"笑什么呢？"茹英说，"是什么意思呢？"

"找个地方操吧。"麦弓说，那只手仍一动不动捏着她的阴部。

"是我裤子上的英文的意思，还是你的意思？"

"我的意思。"麦弓说，将阴部抓紧，然后放开了。

"我还以为你不像别的男人那么无聊呢。"茹英说，跟麦弓干了一杯。

"嘴要争气，×要放屁。"陆翼锋走过来大声说。

"我得吐一下。"麦弓打了一个嗝，站起来，向卫生间走去。陆翼锋立即跟在后面。

麦弓脑袋挂在水池上方，猛地低下去，张开嘴，发出呃的一声响。"操，什么也没有。绝对的，我已经二百八十八个小时没睡觉了。呃。"他又沉下头去，还是什么也没有呕出来。他喘了一口气，说："在吃宵夜以前，我已经一百四十四个小时没有吃过东西了。"

"伊刚刚还话要跟我做。"茹英站在卫生间门口抽烟。

"做何弗答应？"陆翼锋笑着问。

"吃醉得呀，"茹英说，"弗吃醉阶话还可以考虑一下子。"

"伊要是弗吃醉，你根本考虑都朆考虑，"陆翼锋说，"保证偌欢欢喜喜叫上一夜头。"

"喝醉了也用不着考虑，"麦弓说，"呃——"

"麦弓，你是不是真的想吐出来？"陆翼锋大声说。

"最好连胆也吐出来，"麦弓说，"呃，不行。"

"我来。"争亮进了卫生间，从后面抱住麦弓，双臂猛地勒紧他的肚子，放开，又猛地勒紧。

麦弓瀑布似的哗哗吐了起来。陆翼锋立马拿手指按住半边水龙头，朝麦弓脸上喷凉水。麦弓转过脑袋，咬住了水龙头。"啊啊啊。"他打蛋似的叫着。"瞞晓啊。"麦弓说着倒进了陆翼锋和争亮怀里。

"有些重么。看上去跟我差弗多瘦么。"争亮笑着说。

"吃一两糠能够变成一斤精肉阶人，会勢弗重啦？"陆翼锋说，他伸手捏了把麦弓的×，叹道，"有些煞克阶。怪不得布蓝要死要活要跟着他。"

"布蓝是何家？"争亮问。

"一个，蛮好阶姑娘，相当漂亮。"陆翼锋两眼放光，看着争亮笑着说。

"我去叫三轮。"茹英跑下楼去。

"我去要两个炒面。郭毺反正十老八早地高顶掼翻夯哉。葛两个半夜里醒转来肚皮肯定会饿阶。"争亮说，也跑下楼去。

已经有一个多星期了。每天早上我从我妈家出来，他就在我后面。

丫肯定每天都站在自家窗户后面等，你一出现，丫就赶紧下楼去追你。

一直是那个距离。

打过招呼了？

没说过话。好像有一次对面碰到了，互相笑了一下。

你笑了？

好像是的。

他也笑了？

他先笑的。

他跟着你的时候，你有回头看吗？

没有看过唉。不过我知道他就在我后面。

嗯，都有感应了。

有雾的时候我也能感觉他在后面。

你喜欢那样?

不知道。蛮有意思的。

你希望他突然上来把你按倒在地吗?

没有想过。

不会吧。

他风度蛮好的。

你觉得自己安全吗?

应该安全吧。

这事值得注意。

为什么?

因为它无法解释。

我也不知道怎么回事唉。

你希望那个人是我吗?

要是你就不会是那种感觉了。

怎么呢?

早就要你了。

嗯,要是我的话,就突然从后面进你那儿去。

你对别的女孩子做过那样的事情吗?

没有。她们只要有一点儿不情愿,我就做不了。

也有女孩子不情愿的呀?

有几次都碰到她们那儿了。可她们临时后悔了。我也就没要。

跟她们做爱有意思吗?

还行,只要不是处女。

还有人不喜欢处女的。可见你这小伙子也不正宗了。

要那么多正宗干吗?这儿最适合我。像是大了一些。

被你弄大的。

不会吧。生小孩的缘故吧。

还不是你弄的？你一点也不可惜它。

怎么可惜得了？是拿来做的，又不是拿来看的。

你不会因为它大了就不跟我好吧。

不会的。

肯定会的。等我到了北京，成了你的人了，你就会嫌它了。

那不会。

可以去做手术嘛。

有这种手术吗？

不知道。我想总是可以的。

是把它缝住一点儿吗？

我不知道。

那可不行。我宁愿它现在这样。

要是你那时真不要我了，我怎么办？

不会的。

我就自杀。

你会自杀吗？

会的，觉得活着没什么意思了就自杀了。

我不会，怎么着都不会。

女人跟男人不一样的。

怎么不一样？

女人在自杀的时候很冷静的。

你怎么知道。

我很小的时候就知道了。

你自杀过。

十来岁的时候，有次我爸打了我。我都哭完了，也不难过了，我就爬到了窗台上，看着下面，知道自己可以下去，一点恐惧感都没有。

你太可怕了。

后来对面楼有人看见了。

你太可怕了。

我完了。真的。是你把我一步步弄成这样子的。

还以为你是心甘情愿的呢。

每一步都是被你勾引的。

是它勾引了你吗？

嗯。它现在小了。

你愿意被它勾引到北京去吗？

啊，真是没办法。

你愿意被它勾引到北京去吗？

真是没办法。你们北京人都像你这样吗？

不是吧，我离开北京那么多年了。

听你说话很舒服的。

其实我说的是普通话。

那舌头还卷那么高。北京人是不是每个字都卷舌头？唔儿唔儿，听都听不清楚。

也许是太懒惰了。

蛮好听的，软软的。我就去过一次北京。结婚的时候。那时候时兴旅行结婚。我就跟郭毂说我们就去首都北京。是夏天子。

呵，夏天子。

怎么了？

喜欢你们南方人说话。夏天子。

那应该怎么说？

就说夏天子。我以后也说夏天子。

印象很深的。风很大，很透气，看什么都是雪亮雪亮的。

我倒是觉得这儿的气候不错，一个个养得跟小白鼠似的。

北方就是太干，对皮肤不好。哎，北京的女人好像都喜欢化浓妆唉，难看死了。

嗯，确实挺难看的。灰太大，没办法。

衣服穿得也挺随便的。

嗯，不会打扮嘛。

冬天很冷很冷。

哪有这儿冷？

我看电视上北京人冬天都穿军大衣。

那是在外头，屋里有暖气，可比这儿暖和多了。

他们穿军大衣倒是蛮好看的。

他们就爱穿军大衣，管用。这么说你喜欢北京喽。

祖国的心脏呀。新闻联播一天到晚都在讲北京的事情。拿了全国人民的钱建一个北京，会不好吗？就是太大了，东南西北都分不清。

北京的方位感还是挺清楚的，比任何城市都清楚。

二环路。小面包开着开着方向就变了。下来就糊涂了，只好又问路。

以后环线还要多呢。

我就知道二环。

三环马上就通车了，会一直修到五环。

是不是跟申奥有关？你说会成功吗？

管它干吗？

总是想多了解一点么，我以后就要在那边生活了呀。

也是。

你跟北京人一点也不像。

怎么呢？

他们最喜欢谈政治。旅馆的人七点半一到都坐到了电视前面。

还议论来议论去，好像什么都知道一样。

人就这德行。

不过人好像都蛮讲礼貌的。

怎么呢？

问个路都很客气。怎么走怎么走，说得特别慢特别详细，有时候还跟你说两遍。哪里像这里。

他们也就能指一路。

可能做个北京人很有优越感吧。

有吗？

不像上海人，还老是喜欢跟杭州人斤斤计较。

上海人这一点特操蛋。太排外了。

不过北京人在上海还是很受欢迎的。

就没拿过它当回事儿。

呵呵，我说你们北京人有优越感嘛。

嗯，好像是有那么一点儿。

可你们怎么都在路边吃早饭，不在家里吃？

不就图个方便嘛。

家里做个泡饭，弄点榨菜或者霉豆腐多好。

唉，嫌麻烦，懒嘛。这人跟人不一样。

还有不少老头吃早酒。一客小笼包子，一小碗白酒。二锅头。这样也能吃的。我就跟郭跛两个吃过一回。小笼包子一点也不好吃，哪里像我们这里，里面裹的都是精肉，咬开的时候有汁，香喷喷的，你们什么都裹在里面，白菜啊韭菜啊，一点都不干净。馄饨汤里还放酱油放香菜的。

我就爱吃你们杭帮菜，上海菜不行，太他妈甜了。我最喜欢吃醉虾，放到嘴里还跳个不停。

北京可能没这种河虾。

没有吧。

做醉虾一定要活的河虾。啊，说起来，以后到了北京就没得吃了。你们北京就一只鸭子。

鸭子还是不错嗒，我爱吃。

太油了，就吃过一回。北京有什么好吃的点心？

没什么，就一些宫廷糕点什么的。

宫廷糕点，我没吃过哎。

也就这么一称呼，你还真信它？点心肯定没你们南方人做得好。

北京有个地方叫麦当劳，你知道不知道。

知道。你去了？

郭碬带我去的。他说是美国快餐，一定要带我去开一下洋荤。

好吃吗？

有一种叫菠萝派的很好吃的。汉堡包不好吃。哎，是不是叫汉堡包？

是。是王府井那家吗？

对，口子上。旁边是北京饭店。王府井那么小的。那么有名的街，总以为很大，结果那么小一点，跟这儿的市心路差不多大。太让人失望了。

是。

我们换个位置吧。

干吗？

这个也要问的。

不就想摸吗？怎么就不能问？

一下子说出来有点不好意思。

一下子摸住它就没有不好意思了。

怎么这样子啦？

为什么你摸它的时候就喜欢用左手？

不知道唉。我有好些事是左式的。

什么呢?

发牌。

还有呢?

翻书。

还有呢?

骑车也是左手稳。

还有呢?

还有就是,摸它的时候呀。

还有吗?

暂时想不起来了。

擦屁股是用左手吗?

我想想。好像是用右手的。它没反应唉。

起来一点儿了吗?

嗯。可还是软的。

得过一会儿。你还在犹豫吧。

有一点点。主要是小小。你说我可以就这样一走了之吗?

当然可以。

噢。你吻我一下。噢。我有点怕。

那我再吻你一下。

你说我还有救吗?

没救了吧。

那怎么办?

还能怎么办,乖乖跟我走呗。

真的跟你走吗?

哦,都这会儿了你还犹豫什么。

总不能说走就走,什么都不管。

没劲。

今天它怎么回事？弄了它半天，还不起来。

因为它觉得你今天特没劲。

是吗？

哦，你不能这样。

还没劲吗？

哦，就非得那样。

看来它是听我的。我让它怎么样就怎么样。

哦你不行了。

多吗？你说我没了你还怎么活下去？

你把身体放低一些。

老天哪。

你的奶真长。你那会儿要是听我的，不回奶就好了。

可老感觉胀，还老是把衣服弄脏。也许忍过一段时间就好了，好多生过小孩的女人都这么说。

以前的女人有回奶这一说吗？

没有，以前不用回。哎，早知道我也不回了。啊，它又软了。你以前不是这样的。来了一回还有一回。

它可能是累了。

不会是又有别的女孩子了吧。

没有。

你能吻我那里吗？

我做不到。以后好吗？

你吻过别的女孩子那里吗？

嗯——

你就嫌我是女人嘛。

不是的。

还不是。算了。

你不会生气吧。

不会的。

你呢？上次我们在一起之后，你跟他做过吗？

好像有过一次。

你不是说不会了吗？

可我是他妻子唉。很多时候他要做，我都骂他。

像他这样蠢货，一年一次还嫌不够吗？

我被你害了。我跟他做的时候已经没有一点感觉了。那里总是干的。每次他都把我弄得很痛很痛。

他怎么说？

他说我不是女人。

一个喜欢读一千零一夜的男人当然不知道什么是女人。

是我喜欢读一千零一夜的，不是他。很轻松的故事。

轻松吗？我真是难以想象你会喜欢那些缠头巾的阿拉伯人讲的那些糟糕透顶的故事。

他们很幽默。

幽默吗？一些小小的狡猾。老是半途停下来跟你唱一堆莫名其妙的歌。一个故事没说完又没事找事去套另外一个故事来讲。真他妈事儿。

我挺喜欢，就像进了一个迷宫，不急不慢地在里面这里走走那里看看。他们肯定是一个很会享乐的民族。

会个屁！我说阿拉伯游牧人在帐篷里说有一个山鲁佐德在皇宫说有一个倒霉的裁缝在哈里发面前说有一个自称寡言者的唠唠叨叨的理发师在一次聚会上对我们说他的一个兄弟说父亲死了我得了一百元遗产买来玻璃器皿一百变二百变四百变八百换行业赚大钱在十万元的时候让宰相为他女儿向我求亲他说十句我回答一句新娘端

上酒来说"我的主人啊，凭着安拉起誓，你别拒绝，从奴婢手里接过这杯酒了"我就这样一脚踢过去于是他的玻璃器皿全碎了。你还在流。

嗯。

我得看着它点儿，以免它鸟闯入。

不会的。

我们走之前你别再跟他做了好吗？

嗯。我真的就这样跟你走了吗？

真的。

这下梅城可要热闹了。

梅城一直就很热闹。

那他以后怎么办呢？

管他呢。

总要想一想嘛。还有小小呢。把小小也一起带走吧。

以后再说好吗？我受不了小孩。

我真是想你啊。吻我一下好吗？

过去你的乳房多美啊。

是啊，那时很挺的。

现在有点儿垂了。

你喜欢什么样的乳房？

你回奶以前的那种。现在也很好。

其实那时已经跟怀孕前不一样了，胀满了奶汁。

你以前的乳房是什么样儿的？

乳头是淡粉色的，小小的一点，乳房又挺又秀长，下面微微有点垂，顶部是往上翘的。

羊角奶中的羊角奶。

什么？

羊角奶。

哈。还有什么奶？

盘子奶啊，漏斗奶啊，布袋奶啊，南瓜奶啊，香蕉奶啊，鸭梨奶啊。

哈。哈。谁教你这些的？

局里那些家伙。

那他们说过你们男人的东西也有种类吗？

没有。只有一些雅号。和尚啦，秃头啦，魔鬼啦，恶棍啦，铜盆帽啦。铜盆帽是什么？

哈，就是军人的铁盔。

就你们梅城人这么说。

可能吧。你上班也跟那些人说这些吗？

他们老说，我偶尔也参与一下。

你跟你们单位的那些骚女人也说这些吗？

也是偶尔。

你碰过董美人吧。

不能算。

什么叫不能算？

那就没有。

你碰过。

不是。

什么叫不是？你想碰她？

她来过这儿。我说我能抚摸您小小的乳房吗夫人，她说不行先生。

你真的没碰她。

她抓住了我的手。

要你碰她？

要我别碰她。

你也太差劲了。

心血来潮嘛。

我说你连送上门的董美人也弄不到手，太差劲了。不知道以前我是怎么被你勾引的。

董美人知道我三心两意。她好像知道我俩的事。

她问起过？

是的。

你告诉她了吗？

没有。你那位知道吗？

不知道。他跟我说过，让我少来你这儿。你那时不是来过我家吗，他还借了你书呢。

那他还记得我。

应该还记得。他没像表面看上去那么木。有一次我从你这儿回去，他钻进被子里，在我身上闻了半天。我说你干吗，他就笑着，什么也没说。

他没闻出来吗？

我洗了。

他闻你那里了？

哼。

他闻你那里了？

嗯。

然后呢？

什么然后。

也吻那里了？

嗯。

天哪，你刚跟我做完，回去就又跟他那样。

我又不是木头人。很痒的。

不行。这不行。

啊。

不行。这不行。

噢亲爱的。我真是太想你了太想你了。真不想要这样。

我也是。

可你还要了那么多别的女孩,我就只要你一个。

你那么容易满足吗?

噢你不要这样子折磨我。快点。

你不让我歇一会儿吗?

不。哦。

哦天哪天哪瞧瞧你,瞧瞧你。我亲爱的破烂货,亲爱的破烂
货。唔唔。马蹄渐入扬州路,囊中两卵献子宫。

啊。

噢荡妇啊你又抓我的背。噢,我恨不得将你肉儿般团成片,待
俺把玉山推倒×得你软玉生烟。嘘。别叫。亮光光老王在楼上听着
呢。别叫,别叫了。咱们慢慢来吧。好。这就对了。

噢。我快被你弄死了。

说实在,这种体位我最受不了,哦。不行。你侧过来吧。好,
就这样。噢不许叫。

我要叫。啊!

你是母狗。

是的。啊。

你这母狗。

是的。啊。

我想抽根烟。

不要。快。快呀。

慢慢来。

快呀求求你。

你来得太早了。

快快。快快。噢亲爱的求求你求求你求求你求求你求求你。

看来又得孤军作战了。

你来吧。我动不了啦。哦。轻一点。

过去了吗?

是的。

你好吗?

很好亲爱的很好。

那帮我一下。

你自己来吧。我腰都掉了。

帮我一下亲爱的,啊帮我一下。一个人多没劲啊。多没劲啊,我多想和你在一起啊,自始至终。我的小宝贝我亲爱的破烂亲爱的破烂亲爱的破烂亲爱的我进来的女人出去的女人我是多么迷恋它我是多么迷恋你我最亲爱的女人我们一定是前世相识世界尚未萌芽宇宙深处遥相呼应两颗流星流星流星流星流星流星流星从相反方向呼地擦过为彼此的光辉吸引吸引吸引吸引可是过去了不能回头不能不能以为再也无法相见可是可是命中注定命中注定啊两道星际的光辉化成两个思念的细胞两个宇宙深处思念的细胞又坠到了一起破碎的细胞破碎的细胞破碎的细胞破碎的破碎的破碎破碎的哪它来了来了来了发出去了噢应该节约不能徒靡弹药我可不需要节约我的美人美人美人美人美人美人美人啊。

你好吗?

很好,哦你别动了。

我又有点想要了。

不行不行。先别动。

床单湿了

湿过几遍了。是你的

要把它换掉吗

不管它

干了都是渍子就不好洗

我就把它寄给我老爸，让他看看是他厉害还是我厉害

他女朋友比我年轻吗

怎么会呢他找的女朋友一次比一次老一次比一次难看他快废了

你身上都是汗

下回得由你来做了

你这手上是什么东西

你说是这些吗我怀疑是什么湿气南蛮之地多瘴气

痒吗

有点

我以前怎么没见过

以前只有一两个没多久就消失了最后居然一下出来了十几个。

不会是牛皮癣吧

我怎么可能得牛皮癣

谁知道呢也许是你碰了那些脏女人

没有啊

你可别把它传给我

趴在你身上你累吗

不累

你在我上面的时候我就觉得很难受

女人耐压啊。它出来了

嗯我得下去了

想睡了

暂时还没有

我一点睡意也没有了这下明天上班肯定挺不住了

我得睡一会儿说不定你一会儿还想要像个催命鬼似的

呵呵。你说现在有三点了吗

一点两点三点四点五点六点不知道

你这儿山脚底下看不到天光

天光什么天光天光什么天光南方话

睡着了吗

什么什么

它好滑稽啊

谁的卵

我的

这个洞

你的

好好了好了好了

睡着了

两个思念的细胞

看来是睡着了

两个思念的细胞

那我怎么办

好好好好好

别睡好吗

好好

真快

快吗快什么快吗快什么快吗快什么不好好休息能行吗能对付你
这样没完没了想要的女人吗来了一次还要一次来了一次还要一次沟
壑难平啊你们裂缝我们巨囊你们囊中取卵把吴钩看了栏杆拍遍你们

深谷你们乌云女人啊世界的吸盘精子的收罗者毁坏者收罗者毁坏者收罗者毁坏者我想要沉下去正在沉下去已经沉下去了我的脚在哪里是直的还是曲的这是我的吗

是我的腿

是你的腿我拍它一下看看我有没有感觉没有真是你的腿吗是的看来是的大腿大腿大腿大腿

你喜欢我的大腿吗

是的不也许这是什么毛是的小腹我的小腹啊

你喜欢我的小腹吗

是的不也许这个卵是什么卵

你的卵

这个洞是什么洞

我的洞你喜欢我的洞吗

我们喜欢过脚可以摸可以捏可以闻可以吻可以吮可以咬可以啃我们喜欢过小嘴樱桃樱桃樱桃那时候我们还不太看重吻我们喜欢过腹部隆起的柔软的浑圆的有弹性的下冲的时候不会碰到硬邦邦的骨头我们喜欢过乳房长长的鼓鼓的稍耷的顶部上翘的往中间靠而不是往两边分的乳沟处迷人啊迷人迷人啊迷人迷人的深影我们喜欢过屁股越大越好屁股缝很深很深你的屁股缝就很深最优美的线条我们不厌其烦地发掘你们身体的每一处宝藏无论是脚的时代腿的时代嘴的时代乳房的时代屁股的时代视觉的冲击力在不停地转移无论如何仍都无一例外地围绕着洞的中心就是你们那个最不好看的地方在任何时候都是我们男人的中心告诉你我们不是这个世界的旁观者我们最终是来行动的对于乳房屁股腿的视觉信仰来自于对于你们那个难看的破洞的实际参与其中的行动并且最终还得回到实际参与其中的行动我为你把腻乳轻搓酥胸汗贴细腰春锁我为你度情肠款款通启玉门轻轻送软温香阳气攻

我真的离不开你想想那一个个激动的白昼和思念的夜晚为迎接你的到来我遍洒卧房用麝香樟脑和玫瑰露且铺下我的腮颊让你从我的眼皮上走过

　　是的没错我走过走过走过走过从你的眼皮上我滑倒走过滑倒走过滑倒滑倒我并不清醒我已经睡着已是一册图书翻吧翻吧翻吧看吧看吧看吧读吧读吧读吧读过头发的黑夜读过额头的前庭读过眉毛的宝剑读过眼睛的窗户读过眼皮的窗帘读过嘴的殿堂读过耳的卧室读过腹部的库房肚脐的天井屁股的后院读过读过读过读过骨头的道路经络的沟渠血液的河流

　　昨天我看了你爸爸新拍的一个电影

　　嗯嗯嗯嗯读读读读你你你说什么什么什么什么什么

　　你爸爸拍了一个电影你看了吗

　　老爸我认识他吗他还能拍吗过时货因为他找的女朋友一个比一个一个比一个一个比一个难看了嘛眼前的这个这个这个这个没见过可能可能比我妈妈和前后妈还难看那就就就就没戏了若是更老肯定更老难说也许更老真的相信是更老那他就完了早就完蛋了完蛋了完蛋了装得很飞的样子脑筋不管用了还什么飞飞飞他懂什么飞飞飞我才是飞飞飞只要我想只要我想我想了我就我想了我就我就我就是的没错这样没错可以可以可以可以对对没错

　　他睡着了我也睡吧好像睡不着这里有点疼以后我们整天在一起整天干这事会不会把两个人都搞垮那个接了马卵的人离开妻子打遍天下无敌手最后眼睛瞎了来到妓院他妻子在这里做妓女一位顶尖高手接待了他报应报应报应我可不愿意有这样的结局若是我们打算长久生活在一起就得节制一些可如何节制得了我一想到跟他做那事就受不了真的真的现在又想来了碰它一下软了真是喜欢这东西真是喜欢做那事不管是什么时候不管我有没有准备不管我心情好不好可怎么办可怎么办总不能老做这事吧肯定会有问题的到了北京我做什么

我什么都不会那里的个个都是很能干的一下子把我比下去我什么都不行除了做这事难道真得去做一个鸡婆他当然不会让我成为那样的人就让他养我吗整天呆在家里他很快就会腻的因为你老在他身边什么地方也不去还想着他会不会在外头寻花问柳真要那样的话说不定想做那事还不会做了呢现在因为各种不便反而刺激了情欲可要是他没了偷情的乐趣他恐怕就不会再对我感兴趣可不能那样啊也许我应该去找一份工作会不会在工作的时候突然想他想跟他来一次那时怎么办怎么办可怎么办啊一个陌生的地方总是要受当地人的欺负你要是出了差错可不像这里谁也不会拿你怎么样怎么办怎么办哪当然我还是要跟他走没办法离不开他一天看不到他就心慌意乱脑子里乱乱哄哄的就让它去吧能想清楚吗随它去吧当然想不清楚他可不会去多想我却不得不想了又想想了又想就算别的什么都不想可是小小小小小小小小他们两个能生活得好吗郭毂这样的人能照料好小小吗让妈妈去照看吗那等于先告诉她一切了在我离开之前是谁也不能知道这件事情的小小呢她更加不能知道她也懂不了可怜的孩子以后会怪我的一见我就转过身去她从此只懂父爱不知母爱肯定会怨我一辈子要是他能同意让我带着小小就好了你愿意吗他睡着了你愿意吗愿意吗睡着了真睡着了

不不不不我就可以不不不不不不所以就不不不不才能不不不想一想再想一想不不我的预感我得问问我的弟弟他在哪里不不回去见到他再问吧我没有弟弟我哪里有弟弟父亲啊你是否真的生过一个弟弟不不不不

你睡着了吗

是的不不不

哦亲爱的亲爱的我真的离不开你真的爱你我还能怎么办啊它又起来了起来了

不不不不不所以才不不不不不哦好好我不想再逃脱不不不不那

就为云为雨不不不硬的和软的干的和湿的圆的和扁的长的和深的光
的和糙的

　　快点进去吧我真受不了真受不了

　　不不又开始了吗？

　　是的

　　好吗

　　真好

　　不可是算了随它去吧我们可以就此衰老

图书在版编目（CIP）数据

一个南方的生活样本／康赫著 . -- 北京：作家出版社，
2018.6

ISBN 978 - 7 - 5063 - 9522 - 9

Ⅰ.①一… Ⅱ.①康… Ⅲ.①长篇小说 - 中国 - 当代
Ⅳ.①I247.5

中国版本图书馆 CIP 数据核字（2017）第 143595 号

一个南方的生活样本

作　　者：康　赫
责任编辑：李宏伟
装帧设计：合和工作室
出版发行：作家出版社
社　　址：北京农展馆南里 10 号　　　　邮　　编：100125
电话传真：86 - 10 - 65930756（出版发行部）
　　　　　86 - 10 - 65004079（总编室）
　　　　　86 - 10 - 65015116（邮购部）
E - mail: zuojia@zuojia.net.cn
http: // www.haozuojia.com（作家在线）
印　　刷：三河市紫恒印装有限公司
成品尺寸：145 × 210
字　　数：423 千
印　　张：16.875
版　　次：2018 年 6 月第 1 版
印　　次：2018 年 6 月第 1 次印刷
ISBN 978 - 7 - 5063 - 9522 - 9
定　　价：78.00 元